Gin tonic et concombre

Rafaële Germain

Gin tonic et concombre

Roman

Catalogage avant publication de Bibliothèque et Archives nationales du Québec et Bibliothèque et Archives Canada

Germain, Rafaële, 1976-
    Gin tonic et concombre
    (10/10)
    Édition originale : Montréal : Libre expression, 2008.
    ISBN 978-2-8972-2011-2
    I. Titre. II. Collection : Québec 10/10.

PS8589.R473G56 2015   C843'.6   C2015-940581-5
PS9589.R473G56 2015

Direction de la collection : Marie-Eve Gélinas
Mise en pages : Annie Courtemanche
Couverture : Clémence Beaudoin

Remerciements
Nous reconnaissons l'aide financière du gouvernement du Canada par l'entremise du Fonds du livre du Canada pour nos activités d'édition.
Nous remercions le Conseil des Arts du Canada et la Société de développement des entreprises culturelles du Québec (SODEC) du soutien accordé à notre programme de publication.
Gouvernement du Québec – Programme de crédit d'impôt pour l'édition de livres – gestion SODEC.

Les Éditions internationales Alain Stanké
Groupe Librex inc.
Une société de Québecor Média
La Tourelle
1055, boul. René-Lévesque Est
Bureau 300
Montréal (Québec) H2L 4S5
Tél. : 514 849-5259
Téléc. : 514 849-1388
www.10sur10.ca

Dépôt légal – Bibliothèque et Archives nationales du Québec et Bibliothèque et Archives Canada, 2015

ISBN : 978-2-8972-2011-2

Distribution au Canada
Messageries ADP inc.
2315, rue de la Province
Longueuil (Québec) J4G 1G4
Tél. : 450 640-1234
Sans frais : 1 800 771-3022
www.messageries-adp.com

« Let's do it. Let's get the shit kicked out of us by love. »
RICHARD CURTIS, *Love Actually*

À mes garçons.

À : Fred
De : Marine Vandale
Objet : Test

Ça marche ?

À : Marine
De : Frédéric Vandale
Objet : Triomphe de la technologie

Ça marche. Ça fait même un gentil bruit musical quand ton mail entre, un genre de petit « ping » de bon augure. C'est joyeux. Du coup, je me demande comment j'ai fait sans accès Web depuis deux ans que je suis ici.

À : Fred
De : Marine Vandale
Objet : Cyberdépendance

En squattant le cybercafé en bas de chez toi, si je ne m'abuse ! Maintenant s'agirait de pas devenir accro du Net, parce que je te rappelle que si tu te la joues Parisien d'adoption depuis deux ans, c'est dans le but de pondre un chef-d'œuvre immortel dont je crois pas avoir encore vu la première page.

À : Marine
De : Frédéric Vandale
Objet : Cyberdépendance

Depuis quand t'es rendue pion du cyberespace, toi ? Mais t'as raison. Boulot, concentration, regard fixé vers horizon glorieux et littéraire. Toi, tu fais quoi ?

À : Fred
De : Marine Vandale
Objet : Acouphène

....

J'essaie de retrouver l'usage de mon tympan droit après avoir passé quelque chose comme huit heures au téléphone avec maman pour lui expliquer comment fonctionne son cellulaire et essayer de lui faire comprendre que même si Christophe est gentil comme tout et tout ce qu'il y a de plus propre de sa personne, j'ai pas exactement l'intention de lui faire un enfant d'ici la fin de la semaine.

À : Marine
De : Frédéric Vandale
Objet : Précision

....

T'es encore avec Christophe ? Parce que moi j'ai souvenir d'une conversation téléphonique passablement récente au cours de laquelle tu insinuais que Christophe, il se situait plus près de la porte que de ton lit.

À : Fred
De : Marine Vandale
Objet : re : Précision

....

Oui, ben on a comme opéré un rapprochement vers le lit avant-hier. J'ai vraiment besoin de t'expliquer ou on s'entend gentiment que tu commences à connaître la chanson ?

À : Marine
De : Frédéric Vandale
Objet : Refrain

Laisse-moi deviner : finalement il est bien Christophe, et même si c'est pas la grande passion qui décoiffe il est gentil et il est mignon et puis pourquoi que tu baisserais les bras à la moindre contrariété, t'as plus vingt ans, faut se forcer un peu en amour comme dans la vie et en passant est-ce que je suis pas un peu mal placé pour parler ?

À : Fred
De : Marine Vandale
Objet : Sans fausse note

Impeccable. T'as tout bon.

À : Marine
De : Frédéric Vandale
Objet : Fausse note

Je veux bien, mais elle est où ma petite sœur qui rêvait de grande passion et d'amours enivrantes ?

À : Fred
De : Marine Vandale
Objet : Déni

Elle a la tête dans le sable et elle apprécierait grandement que comme tous les gens bien élevés tu fasses comme si tu ne t'en rendais pas compte. Et parlant de gens bien élevés, faut que je file, les garçons m'attendent. Tu me trouves ridicule, hein ?

Je t'aime.

:-)

Chapitre 1

« Ces messieurs vous attendent sur la banquette, madame Vandale. » Une fois de plus, je me suis demandé pourquoi Olivier insistait pour m'appeler « madame ». Déformation de vieux maître d'hôtel peut-être, mais j'avais toujours envie de lui dire quelque chose comme : « *Come on*, Olivier, arrêtons de nous faire des accroires, j'ai beau avoir trente-deux ans, j'ai moi-même de la misère à me croire en tant qu'adulte, alors pour la *madame*, on repassera. » Et puis pour ce qui était de qualifier les gars de « messieurs », disons que je doutais pas mal aussi.

J'ai entrepris l'interminable et frustrant processus d'enlever mon attirail d'hiver (manteau, foulard, tuque et mitaines – mais où mettre la tuque et les mitaines ? Le foulard, on le sait bien, entre toujours gentiment dans une des manches de la doudoune. Mais le bonnet et les moufles, si on les place dans les trop petites poches du manteau, risquent en moins de deux de se retrouver par terre, dans la gadoue, entre un parapluie oublié depuis l'automne et les chouclaques d'un des vieux habitués. Du coup, on les fourre au fond du sac à main, sachant très bien que deux minutes plus tard, alors qu'on tente de se frayer élégamment un chemin parmi le labyrinthe de petites tables, une mitaine rose, trop coincée entre la tuque, le porte-monnaie, le cellulaire, l'agenda et huit tubes de rouge à lèvres jamais utilisés, va aller revoler dans le pot-au-feu d'une distinguée cliente. Malaise).

Les gars me faisaient déjà de grands signes depuis la banquette du fond, comme si je pouvais les manquer, comme si je risquais d'oublier qu'ils étaient là tous les midis, depuis au moins cinq ans, à la même table, *aux mêmes places*. Laurent me faisait des tatas pendant que Julien, à côté de lui, ouvrait de grands yeux en hochant la tête l'air de dire « Bravo, hein ». Laurent lui a raconté, ai-je pensé. C'était à prévoir.

Je me suis faufilée devant eux, à ma place à moi, juste en face de Laurent. J'ai regardé sa petite face, que j'appelle encore une « petite face » même si, bon, à quarante ans, on n'a plus exactement une petite face, mais plutôt un beau visage. Ça allait bientôt faire dix ans que nous nous connaissions, dix ans durant lesquels j'avais vu ce visage presque chaque jour – j'avais même dormi à côté de lui, chaque nuit, pendant cinq ans. J'étais toujours contente de le revoir. Laurent était ma preuve personnelle que l'amour ne disparaît jamais complètement, que même après avoir tout connu de lui avec quelqu'un, même lorsqu'on croit qu'on l'a bu jusqu'à la lie, il en reste quelque chose. Je lui ai fait un grand sourire en lui caressant le lobe d'oreille.

« Bonjour Loulou !

— Ouin, ben bravo championne, hein ! T'es retournée avec !

— Oh, arrête, je suis contente... » J'ai essayé d'avoir l'air convaincue – périlleux exercice devant ces quatre yeux qui me connaissaient par cœur et savaient généralement mieux que moi, et *avant* moi, ce que je pensais. Pourtant, j'étais contente. Je n'étais pas extatique, mais j'étais contente. Ce n'était pas comme si je n'avais pas pensé à mon affaire, quand même. J'avais fait ma fille : j'avais fait des listes, j'avais tergiversé, j'avais passé des heures au téléphone avec ma sœur Élodie (spectaculairement de mauvais conseil), j'avais même essayé de « m'écouter », comme disait Julien (facile à dire, ça, « s'écouter », pour moi qui étais née indécise et dont chaque affirmation était suivie de « oui mais » ou « à moins que ». J'étais très mêlante à écouter, et je m'énervais moi-même). J'en étais arrivée, par les plus longs chemins de traverse qui soient, à la conclusion que les sept mois que j'avais passés avec Christophe avaient été de beaux mois et que la seule et unique chose dont je pouvais me plaindre était de ne pas être complètement, hystériquement, on-est-seuls-au-monde-et-c'est-merveilleux amoureuse de lui. Mais (il y avait toujours un « mais ») je l'aimais beaucoup. J'étais bien avec lui. Et depuis un mois que nous nous étions séparés, je m'étais ennuyée de lui. Peut-être avais-je aussi simplement peur d'être seule. C'était à considérer – mais je laissais ces considérations aux garçons qui, justement, étaient en train de me les énumérer frénétiquement comme s'il s'agissait d'une question de vie ou de mort.

« Mais ça marchait pas ! a dit Laurent.

— Tu peux ben parler, toi.

— Il a raison ! a dit Julien.

— Toi aussi, tu peux ben parler. »

« Tu peux ben parler » était la phrase la plus régulièrement entendue au sein de notre petit groupe. On y répondait généralement par un petit « humpf » renfrogné, ou, si on était Julien, par une sorte de couinement indigné. J'avais raison, cela dit. Ils étaient tout à fait mal placés pour parler, coincés qu'ils étaient tous les deux dans des relations à demi satisfaisantes. Je me suis demandé si quelqu'un, dans ce restaurant, ou même dans toute la ville, vivait une relation entièrement satisfaisante et enivrante, ou si le concept même du grand amour partagé n'était pas qu'une vaste blague, assez mesquine merci, qui n'aurait eu pour but que de nous faire sentir un peu minables avec nos amours approximatives qui ressemblaient trop souvent à des compromis.

« On t'a commandé un verre de blanc, a dit Julien avec une compassion que j'ai trouvée un peu insultante. Je pense que ça s'impose. »

J'avais envie de leur dire que ce n'était pas comme si je venais de me découvrir une maladie grave et fulgurante. Au contraire, nous aurions dû être joyeux, remplis d'un optimisme vigoureux et sentimental, croire en des lendemains heureux, voir l'avenir tout en rose, enfin faire tout ce que font les gens normaux quand ils ont choisi de parier sur l'amour.

« C'est vrai qu'il est *cute*, par exemple, le petit Christophe », a dit Julien, qui mesurait environ six pouces de moins que Christophe. « Il a un petit côté *bum* que j'haïrais pas goûter… »

Laurent a levé les bras en signe de protestation, l'air vaguement dégoûté. « O. K., qu'est-ce que j'ai déjà dit au sujet des images mentales de ce genre-là ? Pas bon, Julien, pas bon. Vis ta sexualité, mais dans ta tête, O. K. ? Je suis encore à jeun.

— Ouais, j'ai faim moi aussi, a dit Julien. Jeff est où ?

— Jeff était pas rentré quand je suis partie ce matin. »

Ils ont chacun pris un petit air étonné et offusqué. « *My, my, my*… » a dit Julien, et j'ai pensé encore une fois, en le regardant, que c'était tout un gaspillage qu'un aussi bel homme ne veuille rien savoir des filles. Quand il ne faisait pas ces petites mimiques volontairement affectées, il n'avait absolument pas l'air gai (à part peut-être pour les chemises excessivement colorées qu'il insistait pour porter sous des pulls rose gomme balloune ou bleu cobalt, en se réclamant à grands cris de Stéphane Rousseau et en nous traitant de colorophobes quand nous insinuions que le rose nanane, pour un pantalon, pouvait prêter à confusion). Il avait d'immenses yeux très bleus qui étaient presque hypnotiques – et, à près de quarante ans, il en paraissait à peine trente. Il se faisait d'ailleurs souvent draguer par des filles, ce qui le ravissait et navrait Laurent, qui voyait dans cette ironie du sort une grave injustice. Le pauvre s'était même fait faire du rentre-dedans, un soir, par un beau jeune homme qui avait été convaincu par ses manières d'aristocrate et son choix de cocktail (un daïquiri aux fraises. « Pourquoi pas un Blow Job ? » avait fait remarquer Jeff) que Laurent était gai. Le coup de grâce avait été envoyé quand le beau jeune homme lui avait dit, sur un ton délicieusement lubrique, qu'il avait toujours eu un faible pour les « beaux grands chauves ». Laurent, qui commençait à sérieusement perdre ses cheveux, avait failli pleurer. Il était rentré chez lui, piqué, en nous assurant que d'ici peu il allait tous nous épater avec son look ultra-viril. Il était arrivé au restaurant le lendemain avec une tuque.

Julien a regardé sa montre. « Bon. Ben on l'attend encore quinze minutes puis on commande ? Moi je vais avoir besoin d'un autre *drink*, par exemple. » Il a fait à la serveuse un signe indéchiffrable qui, pour elle seule, voulait clairement dire un simple scotch. « Et en attendant, Marine, tu vas nous raconter ce qui s'est passé dans ta petite tête. Parce que si je me souviens bien, on avait beaucoup, beaucoup débriefé au sujet de Christophe.

— On a beaucoup débriefé au sujet de Carole et de Mathias aussi, et je vous ferai remarquer que vous êtes tous les deux encore avec. Donc, silence, hein.

— C'est pas pareil, a dit Laurent.

— Non, c'est pas pareil. Toi t'étais libre, Marine ! T'avais fait le *move*, tu pouvais passer à autre chose ! Jouir de ton célibat ! Tu sais à quel point c'est jouissant, le célibat ? Tu sais ce que je ferais, moi, si j'étais célib…

— Image mentale… a dit Laurent.

— O. K., O. K… Ce que je veux dire, c'est que t'avais réussi ce qu'on est pas capables de faire, et là, tu te renfonces dans cette relation.

— Bon, d'abord, ça serait un minimum apprécié si vous étiez un tant soit peu encourageants et si vous arrêtiez de parler de cette relation comme si c'était une *swamp*. Ensuite, lâchez-moi avec vos plaintes puis vos soupirs. Si vous étiez si mal que ça avec vos blondes…

— Chum, a corrigé Julien.

— *Whatever.* » Mathias, contrairement à Julien, était tellement efféminé que j'avais de la difficulté à parler de lui au masculin. « Si vous étiez si mal avec eux, vous les laisseriez.

— C'est pas si facile, a dit Laurent. Je peux pas faire ça à Carole.

— Mais tu peux continuer à la niaiser.

— Je la niaise pas…

— Tu lui fais perdre son temps. Crisse, elle a trente-huit ans, Laurent. » Laurent s'est frappé la tête contre le mur. Je comprenais sa détresse, du moins en partie. J'aimais bien Carole – c'était une avocate, un peu *straight* sur les bords mais plutôt drôle, et remarquablement brillante. Mais à force d'avoir accumulé les relations peu fructueuses avec des hommes qui avaient peur de l'engagement et une sainte terreur de la paternité, elle était devenue une espèce de caricature de la femme qui approche la quarantaine et panique à l'idée qu'elle n'a pas encore eu d'enfants. On pouvait difficilement la blâmer, cela dit, et je savais bien que si j'étais toujours un peu mal à l'aise avec Carole, c'est que je voyais en elle un de mes possibles futurs et qu'il me navrait totalement. Elle cherchait frénétiquement – vraiment, vraiment frénétiquement – un père. Quant à Laurent, il avait à peu près autant l'intention de devenir père que de se faire empaler sur un cactus.

Il a poussé un petit gémissement, le visage toujours tourné vers le mur. «Mnaaargh... pourquoi je peux pas sortir avec une fille de vingt-deux ans, comme tous les gars de mon âge qui veulent se faire accroire qu'ils sont encore jeunes? Je serais tellement bieeeeen...

— Ah, ciboire!

— Quoi? Même toi tu sors avec un gars plus jeune!

— Christophe a huit mois de moins que moi. Pas dix-neuf ans de moins que moi.

— Miaou...» a fait Julien.

Laurent s'est retourné vers lui, l'air las. «Miaou?

— Oui, miaou. C'est beau des petits *bums* de trente et un ans. Il doit avoir une petite paire de fesses, là...» Il attendait que je réponde. «Ben là, *come on*, Marine! Un peu de détails... pour faire plaisir à ton ami Julien... *Six pack*? Pecs? Donne-moi quelque chose, au moins!

— Si tu lui demandes comment est sa graine, a dit Laurent, je vomis dans ton scotch.»

Je me suis mise à rire. Ils avaient la même dynamique depuis que je les avais présentés l'un à l'autre, huit ans plus tôt. Je commençais à peine à sortir avec Laurent, et Julien était le comptable qui m'avait aidée quand j'avais décidé de quitter mon emploi de dessinatrice dans une boîte de pub pour partir à mon compte. C'était Jeff qui me l'avait recommandé («Il est génial, m'avait-il dit. Et puis il pense pas comme un comptable»). Je ne voyais pas ce qu'il y avait de rassurant là-dedans, mais j'avais fini par comprendre. Julien, tout en étant remarquablement professionnel et compétent, était d'une frivolité ahurissante qui ne nuisait en rien à son métier.

Laurent et lui se disputaient presque tout le temps, ne se cachaient absolument rien, s'envoyaient régulièrement promener et étaient inséparables. Parfois, je souhaitais secrètement que Laurent nous arrive un midi, tuque ou pas tuque, et qu'il nous avoue son homosexualité jusqu'ici refoulée avant de se jeter sur Julien qui l'accueillerait à bras ouverts. Julien, de son bord, souhaitait depuis toujours que Laurent et moi revenions ensemble.

« Vous êtes parfaits l'un pour l'autre ! nous répétait-il. Quand est-ce que vous allez trouver quelqu'un avec qui vous vous entendez aussi parfaitement ? » C'était une bonne question, que je me posais moi-même trop souvent, et à laquelle je n'avais toujours pas trouvé de réponse satisfaisante. Je ne m'entendais pas aussi bien avec Christophe – je ne m'étais pas aussi bien entendue avec tous les autres hommes qui étaient passés dans ma vie depuis Laurent. Mais j'espérais. Je me répétais, avec plus ou moins de conviction, qu'une telle entente prenait du temps, qu'il s'agissait de se mouler à l'autre, et que ça ne se faisait pas en un claquement de doigts, d'où la nécessité de donner une chance à ce que j'avais avec Christophe. Je voulais croire.

« Peut-être pas vingt-deux, a dit Laurent, à personne en particulier. Peut-être juste vingt-cinq ou vingt-six. Elles veulent pas encore d'enfants à vingt-cinq ans… non ?

— Non, elles veulent des chiots. » Jeff s'est glissé d'un geste agile sur la banquette à côté de moi. « Désolé, les jeunes. Léger contretemps.

— Contretemps ? ai-je demandé. Méchant contretemps, t'étais pas là à neuf heures ce matin, je te rappelle. T'aurais pu appeler au moins. Tu sais que je m'inquiète. » J'habitais avec Jeff depuis trois ans. Quand Laurent et moi nous étions séparés, il m'avait proposé de venir vivre chez lui « en attendant ». Trois ans plus tard, je n'avais toujours pas trouvé ce que j'attendais, mais nous faisions d'excellents colocataires. L'appartement était immense, et nous nous connaissions assez pour nous endurer plus que convenablement. Je l'avais rencontré à l'université – j'avais dix-huit ans, lui vingt-trois. Il n'était pas exactement beau, mais il avait quelque chose. Il « dégageait », comme disait ma mère, et avait un charme fou qui, grave injustice selon moi qui avais compris depuis longtemps que le temps n'était pas de mon bord, avait augmenté avec les années.

Il vivait avec une femme de trente et un ans quand je l'avais rencontré, et je fréquentais, moi, un homme qui avait dix ans de plus que moi (ce qui, à l'époque, me faisait l'effet de deux ou trois siècles). Nous parlions de nos *sugar daddy* et *mommy* en riant et en sachant déjà tous les deux, je crois, que ces histoires ne dureraient pas. Depuis il voguait de femme en femme, et moi de Laurent à pas grand-chose.

« Tu peux ben parler, toi, m'a-t-il répondu. Je peux savoir ce que Christophe faisait dans ma cuisine en boxers à dix heures ce matin ?

— Mmm… Christophe en boxers… a soupiré Julien, provoquant instantanément un air dégoûté chez Laurent.

— Oh. Il était pas parti à dix heures ?

— Non, il était pas parti à dix heures. Il mangeait des céréales en lisant le journal et en jouant avec le chat. » Jeff s'est appuyé sur ses avant-bras et s'est tourné vers moi. « Veux-tu bien me dire ce qui t'a pris ? Je veux dire… je l'aime bien, Marine, mais on avait pas réglé ça, cette affaire-là ? Tu le sais bien que y a pas d'argent à faire avec ça. Quelque chose de constructif, ça te tenterait pas, à un moment donné ? » Je ne pouvais pas en vouloir à Jeff. J'accumulais depuis trois ans les relations brèves et rocambolesques qui sont amusantes à vingt ans, mais qui commencent à craindre un peu dans la trentaine. Des hommes plus vieux, des hommes mariés, des gars terrifiés à l'idée de s'engager, des plus jeunes qui au contraire voulaient m'épouser au bout de deux semaines, des carencés affectifs, des trop indépendants.

« Est-ce qu'il sait que t'as couché avec son meilleur chum pendant que vous étiez plus ensemble ?

— Jeff ! ! !

— Quoi, ils savaient pas ? »

J'ai à peine eu le temps de lui faire de gros yeux même pas menaçants que Laurent, qui, même après trois ans de séparation, supportait mal l'idée que je puisse avoir une vie sexuelle, criait : « Ah ben BRAVO, hein ! » et que Julien se mettait à taper des mains, ravi comme il l'était toujours quand quelque chose d'un peu déplacé se produisait.

« On n'était plus ensemble ! ai-je couiné. Et puis Patrick est pas le *meilleur* ami de Christophe, ai-je dit faiblement. C'est un collègue.

— Sont toujours ensemble, a fait remarquer Jeff.

— Non…

— Non, c'est vrai. Sont pas ensemble quand Patrick est avec sa blonde. C'est vrai. »

J'ai cru que Julien allait exploser de joie. J'ai levé une main devant Laurent avant qu'il n'ait le temps de crier un autre « Ah ben BRAVO » et je me suis laissé tomber la tête sur le comptoir.

« O. K., a dit Julien. Je peux pas être plus fier de toi, présentement. Tu sais que si t'étais un gars, on te trouverait *vraiment cool* ?

« — Par opposition au fait qu'étant donné que je suis une fille, vous trouvez que je suis la plus grosse *slut* en ville ?

— Non ! a dit Julien. Pas du tout. C'est ce qu'on penserait, effectivement, si on t'aimait pas. Mais nous, on t'aime.

— Merci, les gars. Ça me rassure. »

J'ai fait un petit sourire moqueur. Mais c'était vrai, au fond. Ça me rassurait. Ça me rassurait de les savoir là, presque tous les jours, d'avoir la chance et le privilège de baigner dans leur amitié douce et solide. Je les connaissais tellement bien, tous les trois, et je les aimais exactement comme ils étaient, avec leurs innombrables défauts et leurs qualités si précieuses. Je savais aussi qu'ils m'aimaient de la même manière et qu'auprès d'eux je pouvais être qui j'étais, qui je voulais, sans jamais craindre leur jugement. (En fait, pour être exacte, nous passions le plus clair de notre temps à rire de nos travers et à nous juger mutuellement, à un tel point que j'avais déclaré que nous avions tous les quatre, quelque part entre la rate et le pancréas, un organe de plus, celui du jugement. Mais jamais je n'aurais demandé à aucun des trois de changer le moindrement sa nature profonde, ni d'altérer ce qui faisait de chacun d'eux une personne unique, toute croche, magnifique et irremplaçable.)

Mes amies de filles, elles, jugeaient. Quant à ma mère, c'était la Cour suprême. Elles jugeaient mes actions et mes inclinations, mes décisions et mes convictions, mais seulement « parce qu'elles m'aimaient ». Je répétais souvent à ma mère que si j'entendais encore une fois la phrase « Je te dis ça pour ton bien », j'allais m'arracher un bras et me battre moi-même avec jusqu'à en perdre connaissance, mais en vain (ma mère, pas folle, se doutait bien que l'arrachage de bras serait perpétuellement ajourné au profit d'une séance de soupirs et de regards en l'air qui ne lui faisaient pas peur du tout – avec trois filles, elle en avait vu d'autres).

« Ouh ! a dit Julien. C'est pas ton amie Flavie, ça ? »

Je me suis retournée. Demander si c'était mon amie Flavie, à propos de Flavie, était à peu près l'équivalent de demander, devant la tour Eiffel, s'il s'agissait bien de la tour Eiffel. On pouvait n'avoir qu'entraperçu Flavie une fois dans sa vie, on s'en souvenait. C'était une Française de six pieds, extrêmement *loud*, avec une crinière rousse qui lui descendait jusqu'aux reins, un port de reine à la limite de l'excessif (elle entrait partout la tête tellement haute et le pas tellement leste que je craignais souvent qu'elle trébuche sur une personne plus petite qu'elle n'aurait tout simplement pas vue depuis ses hauteurs) et un style reconnaissable entre tous. Elle portait toujours d'immenses jupes colorées et, en hiver, de gros manteaux jaune moutarde ou fuchsia et des chapeaux bizarres, en feutrine verte avec des fleurs roses ou en laine écarlate avec une cascade de pompons blancs et bleus.

« Allô poulette ! s'est-elle écriée en étalant tous ses six pieds et les pans de sa cape verte sur une chaise à côté de moi. Allôôôôôôôô ! Ah, je suis contente de te voir. Je suis tellement à boutte, là ! Tellement à boutte ! » Elle prononçait « à bout-eu ». Flavie était toujours « à boutte ». À cause de son travail, du temps qu'il faisait, des hommes dans sa vie ou de l'absence d'homme dans sa vie, c'était selon.

« Qu'est-ce qui se passe ? » lui ai-je demandé pendant que les gars échangeaient des regards amusés. Jeff lui a fait un grand sourire – je savais qu'il la trouvait à son goût. Il n'avait peur de rien, Jeff.

« Qu'est-ce qui se passe ? Oh… Oh ! Salut les garçons ! » a-t-elle dit sur un ton guilleret, comme si elle venait tout juste de remarquer leur présence. Elle leur a tendu une main gantée d'une souris en peluche et s'est instantanément retournée vers moi, comme s'ils n'existaient plus.

« Ah, j'en peux PLUS de Guillaume, il m'a encore taxé cinq cents piastres (elle disait « pi-as-tres » et non pas « piasses ») pour payer son loyer, merde, qui est-ce qui est pas capable de payer son loyer à vingt-cinq ans ?

— Attends... t'es retournée avec Guillaume ?

— Non ! Enfin... Un peu. Peut-être. Putain, Marine, c'est le seul homme qui me fait jouir chaque fois en moins de vingt secondes. Et *vaginalement*, je te rappelle. » J'ai vu, du coin de l'œil, Laurent et Jeff échanger un regard impressionné comme s'ils avaient assisté à une belle passe pendant que Julien murmurait à Laurent : « *Vaginalement ?* »

« Oui, mais Flavie... ça fait cinq fois que tu le jettes puis que tu le reprends. Ça va, le yoyo ?

— Mais Marine, merde, je peux pas supporter la solitude ! Depuis que Thierry est parti que je suis seule !

— Thierry est parti il y a un mois.

— Mais c'est énoooorme, un mois ! Tu sais quel âge j'ai ! J'ai trente-trois ans, Marine, il faut que je pense à ma famille ! À mes enfants !

— T'as des enfants ? » a naïvement demandé Laurent.

Flavie a pris l'air patient de quelqu'un qui se voit obligé de négocier avec un simple d'esprit. « Mais non, j'ai pas d'enfants. Je parle de mes enfants à venir. Si j'avais des enfants, je serais certainement pas ici en train de me désaxer la colonne sur une chaise de merde... » Elle s'est agitée de gauche à droite en soupirant de manière déchirante, comme si elle souffrait vraiment. J'allais presque rire quand Julien s'est levé pour lui offrir sa place, en lui expliquant gentiment qu'il n'y avait pas de problème, qu'il pouvait bien prendre la chaise pendant quelques minutes.

« T'es trop chou, a répondu Flavie avec un sourire à la limite aguicheur. Mais je reste pas. »

Elle est tout de même restée une bonne demi-heure, histoire de s'apitoyer sur son sort et celui de ses enfants à venir et, ce que je trouvais un tantinet insultant, sur le mien.

« Putain, Marine. On n'a plus vingt ans, tu sais.

— Je sais qu'on n'a plus vingt ans. Je le sens chaque lendemain de veille, crois-moi.

— Moi, ce que je sens, c'est que c'est plus exactement poilant, à notre âge, de se retrouver sur le marché. » Elle a pointé un pouce derrière elle. « T'as vu ce qu'il y a dehors ? T'as vu les pauvres cons qu'il y a dehors ? »

Laurent et Jeff ont émis des petits « Ben là » de protestation.

« Et toi tu t'aides pas, ma pauvre. Tu crois que ça branche un mec, une gonzesse qui passe sa vie avec d'autres mecs ? Pas que j'aie quoi que ce soit contre vous, les garçons, vous êtes mignons comme tout et si on compare à la pléthore de débiles qu'on se tape habituellement, vous êtes même pas mal du tout. » J'ai retenu un rire en regardant de côté les garçons, qui semblaient se demander s'ils devaient avoir l'air insultés ou flattés. « C'est pas comme ça que tu vas te dégoter un mec, Marine. »

Ah. Voilà. Ç'avait été une des rengaines préférées de ma mère aussi, qui voulait tellement désespérément me trouver un chum qu'elle en était rendue, quelques mois avant que je rencontre Christophe, à m'encourager à sortir en minijupe et en bas résille au Lovers, avec des amies de filles – mais idéalement des pas trop jolies, histoire de mettre toutes les chances de mon bord. « Tu trouveras certainement pas quelqu'un en passant tes soirées à faire à manger avec ton ex puis une tapette, me disait-elle. J'adore Julien, y est merveilleux et tu sais que

28

j'ai rien contre les homosexuels, mais Marine, ça fait pas des enfants forts, ça. Pourquoi tu sors pas un peu plus ? Tu pourrais appeler Sarah ou Caroline.

— Sarah ou Caroline ?

— Oui, tu sais, qui habitaient sur la rue en face de chez nous quand tu étais petite.

— Maman, la dernière fois que je les ai vues, je pense qu'on avait regardé un épisode de *Candy* ensemble. Je les reconnaîtrais pas même si je leur fonçais dedans.

— Oui, mais ça te ferait du bien de sortir avec des amies de filles ! Penses-tu vraiment qu'il y a un gars qui va oser approcher une fille qui passe son temps avec d'autres gars ? »

Je lui répétais alors, avec une lassitude qui commençait à atteindre des proportions astronomiques, que, justement, je ne voulais pas d'un gars trop pleutre pour oser approcher une fille seulement parce qu'elle se tient avec d'autres hommes. « Un peu de virilité, de confiance en soi, lui répétais-je. Un vrai gars, avec des couilles et tout ce qu'il faut. » Ma mère hochait alors tristement la tête, et je savais pertinemment qu'elle se disait en son for intérieur : Cette pauvre enfant va finir toute seule avec ses idées de grandeur et de couilles. Puis elle se rabattait sur une de mes deux petites sœurs, qui, à vingt-trois et vingt-cinq ans, n'étaient pas encore pour elle des cas désespérés et risquaient peut-être de lui donner avant moi ce premier petit-enfant qu'elle réclamait de plus en plus hystériquement. « J'ai soixante-deux ans, Marine ! Ton père en a soixante-neuf ! On aurait tellement aimé le voir grandir, au moins… » me disait-elle sur un ton piteux et résigné comme s'ils avaient tous les deux quatre-vingt-quinze ans et un stimulateur cardiaque.

J'avais cru, bien naïvement, qu'elle se calmerait en apprenant que je voyais Christophe, mais c'était exactement l'inverse qui s'était produit, et même si je ne le connaissais que depuis huit mois, il aurait fallu que nous ayons déjà trois enfants, un golden retriever et une hypothèque sur une maison à Laval, idéalement à deux coins de rue de chez elle. Elle m'appelait chaque semaine pour me demander quand je lui « amènerais » Christophe, ce que je repoussais toujours en me disant que c'était par pitié pour Christophe, qui ne méritait pas cela, mais au fond c'était parce que je n'avais présenté personne à mes parents depuis Laurent, que j'avais secrètement peur de ne pas aimer assez Christophe et que je craignais, plus ou moins consciemment, que ma mère s'en aperçoive. Or, si ma mère s'apercevait que j'avais un chum mais que je n'étais pas folle de lui et prête à porter sa descendance, non seulement j'allais en entendre parler jusqu'à la fin des temps, mais j'allais être obligée de regarder en face certaines choses que j'aimais mieux contempler de biais, ou à la dérobée, ou même ne pas voir du tout.

« Enfin, a soupiré Flavie. Tu fais ce que tu veux. Mais tu pourras pas dire que je t'ai pas prévenue, hein, si t'es encore toute seule à quarante ans.

— Ben… justement…

— Quoi ? Quoi, justement ? » Elle s'est redressée sur sa chaise. « T'as rencontré quelqu'un ? T'as rencontré… Elle a rencontré quelqu'un ? » Elle s'adressait maintenant aux garçons, l'air presque paniqué. Je la connaissais assez bien pour savoir que d'avoir une amie célibataire elle aussi était pour elle primordial. Elle me regardait comme si je l'avais trahie.

« Elle est retournée avec Christophe, a dit Julien.

— Tu te fous de ma gueule ? a demandé Flavie.

— Crisse, ça tenterait pas à quelqu'un de m'encourager, un peu ? Vous êtes supposés me soutenir inconditionnellement, je vous signale.

— Tu sais bien qu'on te soutient inconditionnellement, a dit Jeff en me caressant le dos.

— Parle pour toi, a dit Flavie. Marine, merde ! Qu'est-ce que tu fais de la passion ? Putain... tu veux vraiment donner dans le registre tiède ? Tu sais ce qui arrive aux gens qui donnent dans le registre tiède ? »

Je connaissais sa réponse par cœur et j'ai lancé avant elle : « Ils se dessèchent à l'intérieur ?

— Oui. Exactement. Ils se dessèchent à l'intérieur...

— C'est pas tiède ce que j'ai avec Christophe. Je serais pas avec lui si ça l'était. Je suis terrifiée par le tiède, Flavie. » C'était vrai que ce n'était pas tiède. C'était même à la limite assez tumultueux. Je n'étais simplement pas certaine. Mais bon, je n'étais jamais certaine. Je n'étais même pas certaine d'être un jour certaine, et ça me désolait, en même temps que les gens qui étaient toujours sûrs de tout me déprimaient. Je trouvais que mes doutes, au moins, étaient plus honnêtes.

Flavie a haussé les épaules. « Et puis, t'as pas passé la semaine dernière à baiser avec son meilleur pote, toi ?

— On n'était plus ensemble !

— C'était toute la semaine ? a demandé Julien. Mi-a-ou !

— O.K., a dit Laurent, l'air découragé, *what's with the* miaulement ?

— Quoi, *what's with the* miaulement ? Miaourr, c'est tout. J'aurais aimé ça, moi, passer la semaine à baiser avec un gars comme Patrick.

— Vomi ! Vomi ! »

Flavie les a regardés avec une irritation non dissimulée et s'est pincé le nez entre les deux sourcils comme si elle avait mal à la tête, puis elle s'est retournée résolument vers moi, tournant pratiquement le dos à Laurent et à Julien.

« Bon. Écoute. Tu sais ce qu'on va faire, toi et moi ? On va aller manger, et tu vas m'expliquer ce que tu fais avec Christophe. Je demande qu'à être convaincue, poulette. »

Moi aussi, ai-je eu envie de dire.

« Tu crois que Patrick lui a dit, pour lui et toi ?

— O. K., ma belle Flavie, a dit Jeff. Il y a des choses qu'il va falloir que je t'explique sur la psychologie masculine. Patrick s'ouvrirait pas la gueule à ce sujet-là même si Christophe l'avait pogné sur le fait. »

Flavie a haussé les sourcils et croisé les bras. « Attends, mon beau. Tu crois pas que tu vas m'apprendre quelque chose à *moi* sur la psychologie masculine, quand même. » Elle souriait à demi, et j'ai pensé que Jeff ne devait pas lui déplaire. Il a croisé les bras à son tour, l'air content – il aimait ces fausses disputes avec Flavie –, mais celle-ci a levé une main.

« Ça sera pour une autre fois, mon chou. Il faut que j'y aille », a-t-elle dit. Elle s'est dressée lentement, déployant six pieds de laine verte devant nous. Nous avons tous les quatre levé la tête. « On s'appelle, poulette ? Je te laisserai pas t'en tirer comme ça, tu sais.

— Crois-moi, je le sais.

— Allez, je me sauve, j'ai rendez-vous au zoo, ils ont une guenon séropositive, je fais un topo. Personne connaît un père Noël professionnel ? J'en cherche un pour l'émission de la semaine prochaine. » Elle n'a même pas attendu notre réponse, sachant depuis longtemps que la plupart de ses demandes (« Vous avez pas un cousin hassidim, par hasard ? Je cherche un homme moitié hassidim moitié pure laine » ou « Vous savez où se tiennent les satanistes, à Montréal ? ») recevaient généralement pour toute réponse des regards vides et déconcertés, et dans un tourbillon vert et roux elle est partie.

« *Wow*, a dit Jeff. Quelle femme, quand même.

— Ah ça, c'est sûr.

— Invite-la donc à souper à la maison, à un moment donné. Non ?

— Moi ça me dérange pas, mais... » Je me suis tue pendant que la serveuse apportait sur la table deux douzaines d'huîtres. « ... tu sais qu'elle est complètement folle.

— Oh, c'est clair. » Il a avalé une huître. « Mais elle est formidable, aussi. Pour une fille qui est terrifiée par le tiède, tu devrais comprendre.

— Ouais, je comprends. » J'ai souri à Jeff. Moi aussi, ai-je pensé, si j'étais un homme, je rêverais de quelqu'un d'aussi extraordinaire, dans le sens littéral du terme, que Flavie. « O. K. Je vais l'inviter. Mais toi, Casanova, t'étais où, hier ?

— Oh, moi... nulle part. Chez une fille. Quelqu'un que vous connaissez pas. » Il a pris un air évasif en calant le fond de mon verre. Julien a plissé les yeux et a croisé les bras. « T'étais chez Marie-Lune, hein ?

— Ouais, a dit Jeff. Qu'est-ce que tu bois, toi ? Parce que je pense que je vais avoir besoin d'une bouteille de vin à moi tout seul. »

Marie-Lune était une jeune fille de l'âge de ma sœur, charmante et jolie comme tout, mais d'une stupidité et d'une vacuité qui nous sidéraient depuis déjà plusieurs années. Je soupçonnais parfois Jeff de l'aimer, au fond, et d'être incapable d'avouer qu'au bout du compte il était bien auprès de cette jeune femme certes peu brillante, mais douce et gentille.

« Ah ben, tu pouvais ben parler, toi ! ai-je crié. Tu peux ben rire de moi parce que je suis retournée avec Christophe...

— Je suis pas retourné avec Marie-Lune.

— Oh, me semble...

— Chanceux... T'as passé une belle soirée ? » a demandé Laurent, qui depuis le temps qu'il voulait laisser Carole pour une fille plus jeune et surtout moins exigeante cherchait à se persuader que bonheur et stimulation intellectuelle n'allaient pas nécessairement de pair. Je n'étais pas loin de croire qu'il avait peut-être raison, d'ailleurs.

« Belle soirée ? a répété Jeff. Ben... Euh... oui, correcte. Sympa.

— Je peux pas *croire* que t'es retourné avec Marie-Lune, ai-je répété.

— Tu penses que je peux croire que t'es retournée avec Christophe, moi ?

— Je peux pas vous croire tous les deux, a dit Julien.

— Eille ! Tu peux ben parler, toi ! » Jeff et moi avions parlé presque simultanément. Laurent a pouffé dans son verre et nous nous sommes mis à rire tous les quatre. Jeff, souriant toujours, s'est frotté le visage.

« Ostie qu'on fait dur...

— C'est pas si pire ! » ai-je dit. Mais je riais toujours, et les garçons aussi. J'ai insisté quand même. « On essaye au moins ! Juste pour ça, on fait pas SI dur...

— Ouais, peut-être, a reconnu Julien. En attendant, une bouteille de vin aiderait peut-être à... » Il a levé la tête, soudainement interpellé par quelqu'un ou quelque chose à l'avant du restaurant. « Ouh... ça, ça fait pas dur, par exemple.

— *Oh boy...* a demandé Laurent. Qui exactement ? Et d'abord, est-ce qu'on veut vraiment le savoir ?

— C'est ton homme », m'a dit Julien.

J'ai alors posé une des questions les plus stupides de ma vie : « Lequel ? » Le mot était à peine sorti de mes lèvres que je réalisais l'ampleur de mon ridicule : je m'étais d'abord dit que mes trois hommes étaient avec moi. J'avais ensuite eu l'idée, très désagréable, que c'était Patrick, et qu'il pouvait être avec sa blonde, et j'avais eu envie de me dissoudre dans la banquette. Et finalement j'avais pensé qu'il s'agissait peut-être de Christophe, et je m'étais trouvée lamentable.

« Lequel... » ai-je répété entre mes dents. Jeff et Laurent me regardaient comme si j'étais légèrement débile, mais Julien était penché vers moi, l'œil brillant et le sourire grivois.

« Le docteur Gabriel Champagne *is in the house.* »

À : Fred
De : Marine Vandale
Objet : Insomnie

Tu crois que j'ai fait une gaffe en retournant avec Christophe ?

À : Marine
De : Frédéric Vandale
Objet : Instinct de survie

Si tu permets je vais garder sur la question un silence judicieux, parce que j'ai le solide sentiment que peu importe ce que je réponds, ça risque de m'être remis sur le nez dans un avenir rapproché. Tu veux me dire par contre ce qui a déclenché l'angoisse ?

À : Fred
De : Marine Vandale
Objet : Médecine douce

Je t'ai déjà parlé de Gabriel Champagne, le beau docteur qui mange souvent au même resto que nous ?

À : Marine
De : Frédéric Vandale
Objet : Pédale douce

Tu vas pas sérieusement me dire que t'as déjà rencontré quelqu'un d'autre ? Parce que je sais pas Marine, mais soudain je me sens un peu las.

À : Fred
De : Marine Vandale
Objet : Gloire au corps humain

··

Et si je te dis que c'est le plus beau spécimen de
monsieur que j'aie vu depuis longtemps ? Qu'il
a des cheveux noirs qu'on a juste envie de passer
sa main dedans, des yeux bleus comme le ciel de
Naples la nuit et le sourire de l'homme qui porte
son charme comme une deuxième peau ?

À : Marine
De : Frédéric Vandale
Objet : Una notte a Napoli

··

T'as déjà été à Naples ?

À : Fred
De : Marine Vandale
Objet : Vétille

··

T'es gentil, et tu ne m'embêtes pas avec de petits
détails géographiques.

À : Marine
De : Frédéric Vandale
Objet : Vif du sujet

··

Bon. Alors, c'est qui ce monsieur Champagne ?
Et puis, il est docteur de quoi d'abord ?

À : Fred
De : Marine Vandale
Objet : Sauveur de l'humanité

....

On n'est pas trop clairs là-dessus. C'est la serveuse qui nous a dit qu'il était docteur. Du coup, c'est très vague, et il peut aussi bien sauver des vies en cardiologie que faire des traitements de canal sur la Rive-Sud. Moi j'aime bien imaginer qu'il est médecin sans frontières.

À : Marine
De : Frédéric Vandale
Objet : Frontières du médecin

....

Je voudrais pas encore m'empêtrer dans les détails, mais est-ce qu'il y a eu contact avec le doc ?

À : Fred
De : Marine Vandale
Objet : Full contact

....

D'abord j'ai déjà échangé avec lui deux bonjours non verbaux du genre je hoche la tête et j'ai une étincelle dans l'œil, et la semaine dernière Julien lui a fait remarquer qu'il avait laissé tomber son écharpe. Donc, on est pas loin de la conversation soutenue. Et je te fais grâce des nombreux sourires auxquels j'ai eu droit et qui se traduisent par : « On se connaît pas, mais je vous reconnais, parce que le désir se passe de paroles. »

À : Marine
De : Frédéric Vandale
Objet : re : Full contact

Tu lui as jamais parlé, hein ?

À : Fred
De : Marine Vandale
Objet : re : re : Full contact

Non. Non, pas un mot.

À : Marine
De : Frédéric Vandale
Objet : Le doc sort du sac

Tu vas me dire que tu es assise devant ton ordi à quatre heures du mat' parce que tu papillonnes pour un docteur qu'on sait même pas si c'est vraiment un docteur, parce que personne lui a jamais parlé ? Et ce pauvre Christophe, dans tout ça ?

À : Fred
De : Marine Vandale
Objet : Mauvaise foi

Je te rappelle que ce pauvre Christophe, t'as été un des premiers à me dire de l'envoyer siffler là-haut sur la colline. Alors, épargne-moi la compassion, j'ai pas dormi. Et depuis que je suis retournée avec lui, c'est le festival de la moue dubitative de la part des garçons et du courriel pas trop sûr de la tienne. Donc vous aidez pas.

À : Marine
De : Frédéric Vandale
Objet : Partage des torts

. . . .

O. K., peut-être. Mais tu crois que tu t'aides, toi ? Et puis, je voudrais pas me faire l'avocat du diable, mais ma solide expérience de vie, elle me dit que quand une fille se met à fantasmer sur un inconnu, il a beau être médecin sans frontières ou prix Nobel de la paix, c'est peut-être le signe qu'elle est pas 100 % ravie de son couple.

À : Fred
De : Marine Vandale
Objet : Prix Nobel de la perspicacité

. . . .

Qu'est-ce que tu crois qui me garde debout à quatre heures, au juste ? Je sais tout ça, Fred. Et je l'adore, Christophe, et je sais mieux que personne que les papillons dans le ventre, ça tient pas la route. Du coup j'essaie beaucoup de me dire que c'est peut-être normal tout ça, et que c'est juste sain de s'effondrer de désir pour des inconnus, surtout quand ils ont le regard bleu mer Égée. Et non, je suis jamais allée en Grèce.

À : Marine
De : Frédéric Vandale
Objet : (aucun)

. . . .

Tu rêves encore et toujours, hein ?

Je sais. J'arrive pas à m'arrêter.

:-)

Chapitre 2

Christophe dormait, couché sur le dos, une main sur la poitrine. Je me suis dégagée doucement, en essayant de ne pas le réveiller en retirant ma jambe gauche d'entre les siennes. Je l'ai regardé un instant et, comme toujours, je l'ai trouvé mignon. Je ne le trouvais pas beau, contrairement à Julien, je le trouvais mignon. *Cute*. Il avait de grands yeux bruns rieurs, une bouche d'enfant et deux grains de beauté au visage, un sur la pommette droite et l'autre sur la tempe gauche, qui étaient presque élégants, comme des mouches.

Nos vêtements traînaient un peu partout dans la pièce, épars, donnant à la chambre un petit air sympathique qui me plaisait. Je me suis levée lentement, m'enfargeant dans ses souliers, des baskets Puma colorées, et dans son T-shirt qui était en tas par terre – le style faussement usé, affichant le logo délavé d'un groupe qui n'existait probablement plus l'année de la naissance de

Christophe –, comment m'étais-je retrouvée avec un *hipster* ?

Le soir commençait à tomber et je me suis demandé ce que nous allions faire. Un film, sans doute, et des pâtes maison. Nous étions sortis tard la veille et l'avant-veille, et je savais qu'il aspirait autant que moi à une petite soirée tranquille. J'ai pensé, brièvement, que j'aurais en fait préféré être seule, pour pouvoir zapper à mon aise dans le vieux fauteuil de Jeff et ne pas me gêner pour regarder cinq reprises de suite de *Law & Order*.

J'ai regardé encore en direction de Christophe. Il avait l'air tellement jeune. J'ai failli sauter sur le lit pour le réveiller et m'allonger contre sa peau douce – il aurait ri, je le savais, et nous aurions parlé un peu, enlacés, avant de nous relever. Mais je me suis retournée vers la porte. Je le connaissais, il était capable de dormir encore une demi-heure et je comptais en profiter.

Ma chambre donnait sur l'immense pièce qui faisait office de salle à manger, de salon, de bureau pour Jeff et d'espace à dessin pour moi, et sur laquelle s'ouvrait la cuisine. J'ai refermé la porte avec mille précautions, et je n'avais pas fait un pas que j'apercevais Jeff, assis à la table, le nez exagérément plongé dans un livre, qui tendait vers moi une chemise.

« *Fuuuuuck* », ai-je murmuré. J'ai hésité quelques ridicules secondes, puis j'ai parcouru la distance entre Jeff et moi avec une espèce de démarche maladroite pour finalement lui arracher la chemise et essayer de l'enfiler le plus rapidement possible.

« Qu'est-ce que tu fais ici ? » ai-je murmuré en essayant de trouver la manche gauche. C'était une de ses chemises, et elle m'allait presque jusqu'à mi-cuisse. La tête toujours plongée dans son livre – il avait le nez à un demi-pouce des pages –, il a dit : « J'habite ici ? Au cas où tu te souviendrais pas ? »

— Mmm. C'est beau, ça va. »

Il a finalement levé la tête et m'a regardée en souriant. « Une robe de chambre ? Un T-shirt ? Non ? Ça te tente pas ?

— J'aime ça être toute nue quand je suis toute seule.

— Regarde. Moi, si t'insistes vraiment, je suis tout à fait prêt à vivre avec le fait que tu te promènes toute nue à longueur de journée. Même et surtout quand je suis là. Mais bon...

— T'étais pas censé être à Québec ?

— Oui. Jusqu'à seize heures aujourd'hui.

— Je pensais que tu revenais vendredi.

— On est vendredi.

— Maaaah... » J'ai ri de moi-même et je me suis assise lourdement sur une chaise devant Jeff. Puis, une idée désagréable m'a traversé l'esprit. « *Oh God*. T'es ici depuis quand ?

— Juste assez longtemps, a répondu Jeff en souriant. Je suis arrivé juste au bon moment. »

Je me suis pris le visage. Jeff et moi avions beau nous connaître par cœur, c'était un peu gênant. « 'Scuuuuuse...

— Ben voyons. » Il m'a souri. Il parlait tout bas lui aussi et je me suis dit qu'il ne devait pas vouloir réveiller Christophe lui non plus. Il s'est levé sans faire de bruit et a pointé un doigt vers la cuisine. « Tu veux un *drink* ? Un petit gin tonic ? J'ai des concombres.

— Le rapport étant...

— Gin tonic et concombre. *Very very good*. Très estival, aussi. Mon nouveau remède contre la grisaille de l'hiver.

— Ce que tu veux. » Jeff était un grand inventeur de cocktails. Il a fait le tour du comptoir de la cuisine, qui du côté de la salle à manger servait de bar.

« Peut-être t'aimerais mieux quelque chose de consistant ? Pour te remettre de ta... euh... de ton exercice ? » Il avait les avant-bras appuyés sur le comptoir et me regardait en riant.

« Bon… je suis désolée. J'étais mêlée dans mes jours.

— Au moins, ta porte était fermée.

— Au moins, on n'était pas sur le comptoir. »

Il a levé les bras d'un coup, comme s'il venait d'être piqué. « Ah, Marine… ! Avez-vous déjà ? » Il a pointé le comptoir, puis a agité les mains. « Non, laisse faire, j'aime mieux pas le savoir. Vraiment.

— O. K., tu sais que tu ressembles à Laurent, présentement ? Ça va, la sainte nitouche ? »

Il s'est mis à rire, la tête en arrière – normalement ç'aurait été son grand rire éclatant, mais il faisait attention. Je riais moi aussi et je pensais à ma mère et à Flavie. C'était vrai que je n'étais bien avec personne comme je l'étais avec mes garçons, et c'était vrai que c'était absurde.

Il a commencé à s'agiter derrière le comptoir, pendant que j'attrapais le livre qu'il était en train de lire – *Les Bienveillantes*, de Jonathan Littell, une brique énorme et usée à la corde par une première lecture (la mienne, j'étais dure avec les livres). Jeff et moi avions un club de lecture informel – un des deux achetait un livre, le lisait, et le passait immanquablement à l'autre. Nous avions presque exactement les mêmes goûts, et ni lui ni moi ne nous rappelions si c'était depuis toujours ou parce que, à force de vivre ensemble et de nous connaître par cœur, nous avions développé des sensibilités similaires.

J'ai lu quelques lignes puis, le menton toujours appuyé sur ma main droite, j'ai levé la tête vers Jeff, qui m'apportait un verre rempli de belles tranches de concombre. « Je me croirais dans *Cocktail*, ai-je dit.

— Hé. Pas de *jokes*. Sinon, je sors mes chemises hawaiiennes et mes disques des Beach Boys.

— Pour vrai ! Ça serait teeeeellement *cool*. »

Il a ri et est venu s'asseoir à côté de moi. «Tu vas bien?» a-t-il demandé sur le ton indubitablement sincère qu'ont seuls pour nous les gens qui nous connaissent par cœur.

«Mais oui, je vais bien.» J'ai fait un hochement de tête en direction de la chambre. «Je vais vraiment bien.» Jeff a semblé douter de mes paroles, et j'ai soudainement compris. «*Oh my God*, t'as parlé à mon frère!

— Tu fais de l'insomnie à quatre heures du matin! a dit Jeff. Tu te poses des questions absurdes! C'est sûr que je m'inquiète!»

J'ai levé le poing dans un geste caricatural de protestation. «Maudit Frédéric à *marde*...»

Nous avons ri tous les deux. «Tu sais, ai-je dit, j'ai toujours pas écrit à Fred que tu étais retourné avec Marie-Lune.

— Je suis pas...» Il a pris un air découragé. «O.K. *Whatever*. Je sais pas. Je sais pas.»

Il y a eu un moment de silence confortable. Le chat, qui dormait selon son habitude dans un des bols à fruits, s'est levé, s'est étiré et est venu se frotter le visage contre le menton de Jeff.

«Penses-tu qu'on devrait être en train de délirer d'amour? ai-je demandé. Penses-tu qu'il y a des gens normaux, quelque part, qui sont en train de se dire qu'ils sont totalement fous de leur chum ou de leur blonde et qui en reviennent juste pas de leur bonheur et qui ont même jamais remarqué les jolis docteurs qui se tiennent dans les mêmes restos qu'eux autres?

— Je pense que tu te poses tellement trop de questions, Marine.» Il m'a souri et m'a embrassée sur le front, et j'ai eu presque envie de lui demander de m'apprendre la certitude, de me dire comment faire pour me réveiller, un matin, et ne plus me poser de questions. Il s'est levé doucement pour répondre au téléphone qui sonnait, tout en me serrant gentiment la nuque. Comment un tel colosse pouvait-il avoir de si doux gestes ? Un triomphe de maîtrise, me suis-je dit. À sa place, j'aurais démoli des armoires et fracassé des cadres de porte rien qu'à circuler dans mon propre appartement.

« Hé, a dit Jeff. Hein ? Comment ça, *comment ça* ? Ça fait dix jours que je vous dis que je suis supposé revenir aujourd'hui !... On *est* vendredi. Coudonc, avez-vous déjà vu un calendrier de votre vie, vous autres ? » Il s'est mis à rire. C'était certainement Laurent. Laurent avait hérité d'une somme considérable à la mort de son père, qui avait fait fortune dans les alumineries du Saguenay, aussi ne travaillait-il pratiquement pas (nous l'appelions à cause de cela « la rentière », ce qui le faisait hurler : « Je suis PAS rentier ! »), se contentant de réaliser environ tous les deux ans des documentaires brillants et drôles qui lui valaient un succès substantiel auprès de la critique et du public malheureusement plutôt restreint qui appréciait le genre. Cela lui laissait près de six mois de libres par année, qu'il passait à rêvasser, à vaquer à divers projets qui ne devaient jamais voir le jour, à ne plus savoir quel moment de la semaine nous étions et, parfois, à développer très tranquillement son prochain documentaire (il travaillait depuis un bout de temps sur ce qu'il appelait un *road movie* et qui consistait à remonter la rue Saint-Laurent au complet pour découvrir à travers la *Main* l'histoire de la ville).

Jeff a continué à parler et à rire avec Laurent quelques minutes, puis il m'a tendu l'appareil.

« Bonjour Loulou !

— Bonjouuuuur...

— Ça va ?

— Ça va, toi ?

— Ça va. Bonjouuuuur... !

— Bonjouuuurr... » Jeff a levé les yeux au ciel en attrapant d'une main son livre. Laurent et moi avions chaque jour cette interminable et inutile conversation que les autres filles ont en général avec leur mère. Carole n'aimait pas cela du tout, et je pouvais la comprendre. Nous nous disions mille bonjours, prenions de nos nouvelles alors que nous avions dîné ensemble la veille, commentions en direct certaines émissions de radio, élaborions au sujet de nos horaires (concept très absurde, dans la mesure où je travaillais à mon compte et que Laurent, quand il n'était pas en tournage, oubliait jusqu'à la notion d'horaire), disséquions chacune de nos petites angoisses (« Je pense que j'ai un bobo au coude... »), faisions des rapports détaillés de ce que nous voyions par nos fenêtres (« Ouh... y a un gars qui se fait touer devant la maison ») et échangions, de manière générale, tout ce que les gens extrêmement proches échangent – des rires, de petites histoires, des peines, même des moments de silence au téléphone.

« Qu'est-ce tu faiiiiis... ? » a demandé Laurent sur le ton qu'il avait quand il ne voulait pas savoir ce que je faisais, mais plutôt ce qu'il pouvait faire, lui, et s'il n'y avait pas une chance que je lui suggère une activité peu forçante comme un souper à la maison.

« On prend un gin tonic, ai-je répondu tout bas.

— Chanceux... Il a mis des concombres ?

— Coudonc, tout le monde est au courant des concombres sauf moi ?

— Très bon les concombres. Julien trouve ça pratique, il dit qu'après tu peux te les appliquer sur les yeux, si jamais ils sont poffés.

— Julien est ridicule.

— Il peut avoir tendance à l'être, oui. » Il parlait tout bas lui aussi.

« Laurent, pourquoi tu parles tout bas ?

— Euh… parce que tu parles tout bas ? »

Je n'ai pu m'empêcher de rire. « Tu sais que toi t'es ridicule, hein ?

— Peut-être. » Encore tout bas. « Mais… toi, pourquoi tu parles tout bas ?

— Christophe dort. On veut pas le réveiller.

— Ah… » J'ai senti qu'il était déçu. Laurent aimait bien Christophe, qu'il avait connu en fait avant moi, lors d'une rencontre fortuite alors qu'il était avec Jeff. Nous nous étions même vus plusieurs fois tous ensemble, mais je voyais bien que Laurent n'était pas le même quand Christophe était là et je ne pouvais pas le blâmer, c'était le fardeau qu'avaient à porter les ex qui avaient la chance d'être restés de bons amis – je n'étais pas parfaitement à l'aise, moi non plus, autour de Carole. Cela venait sans doute du fait que nous savions pertinemment, tous les deux, que nos chums et nos blondes actuels comme futurs regarderaient toujours d'un œil méfiant cette autre personne, cet « ex » qui avait gardé tant de place dans nos vies. Ils étaient comme tout le monde, après tout, et devaient se demander, comme Julien nous le demandait si souvent, pourquoi nous ne revenions pas ensemble.

« Tu veux venir ? ai-je demandé.

— Non… non, ça va. Carole s'en vient.

— Comme tu veux, Loulou. »

Nous avons parlé une quinzaine de minutes, puis j'ai raccroché, non sans confirmer notre rendez-vous pour le lendemain midi. J'allais me rasseoir près de Jeff quand Christophe est sorti de la chambre. Plus avisé que moi, il portait des boxers et un T-shirt. Il m'a vue d'abord, m'a fait un grand sourire heureux que je lui ai rendu, puis s'est approché de Jeff en faisant un grand « hé ! ». Ils travaillaient ensemble depuis plusieurs années et s'aimaient beaucoup.

«Hé, bel étalon», a dit Jeff en lui donnant une claque dans une main (inexplicable, déconcertante habitude que celle du *high five*). Christophe a souri et est venu me prendre dans ses bras et m'embrasser dans le cou. Il avait ce que j'appelais une «facilité d'être» extraordinaire. Ses gestes étaient souples et aisés, ses décisions semblaient se prendre organiquement et, de toute évidence, il ne connaissait ni l'adversité ni l'introspection exagérée et inutile qui caractérisait tellement d'autres jeunes privilégiés que je connaissais (incluant, force m'était de l'avouer, moi). Une sorte de pureté se dégageait de lui, et je me demandais souvent si elle était due au fait qu'il n'avait jamais connu de déchirements et ne s'était jamais remis en question. Peut-être que la vie facile ne manquait pas de charme, après tout.

«J'ai-tu dormi longtemps?» a demandé Christophe en bâillant et en se grattant la tête. Ses cheveux foncés formaient des pics charmants et indisciplinés, et je l'ai trouvé, encore une fois, mignon. Il avait beau avoir trente et un ans, l'adolescent qu'il avait été n'était pas loin. Il affleurait encore dans certains de ses gestes, dans ce corps constamment en mouvement, dans son visage mobile. Cela lui donnait une grâce étrange et sensuelle. Jeff, à côté de lui, avait l'air d'un roc, ou d'une statue, enfin de quelque chose en pierre dure et sereine. Je comprenais ce que les femmes lui trouvaient, surtout les jeunes filles de vingt, vingt-cinq ans, qui étaient attirées comme des mouches par ce grand homme. On sentait qu'il pouvait vous soulever d'un bras et que sa poitrine était solide, forte et rassurante. J'aimais l'avoir dans l'appartement avec moi. Je l'appelais mon Shrek, et je m'endormais tranquille en sachant qu'il était dans la pièce d'à côté.

«Gin tonic? a-t-il demandé à Christophe.

— Peut-être juste scotch...»

Il a fait lui aussi le tour du comptoir, s'arrêtant pour caresser le chat, qui était retourné dans le bol à fruits et y dormait ferme, tout entortillé autour d'un citron, puis s'est mis à fouiller dans le cabinet à alcool pour trouver, parmi les innombrables bouteilles, la bonne. Tâche ardue. Nous avions, en plus des prévisibles vodka, rhum, gin, scotch et tequila qui étaient placés à gauche, là où la rotation était rapide et le remplacement des bouteilles fréquent, du triple-sec (pour les margaritas), du Baileys (donné à Jeff par une de ses tantes), de la crème de menthe (pour ma mère quand elle venait), du Frangelico (pour les desserts), du Godet (une horrible liqueur au chocolat blanc dont Jeff nappait certains gâteaux), de la grappa, du Campari et du Ricard, du Jagermeister (que personne ne se souvenait d'avoir acheté ou reçu), de l'amaretto (pour les amarettos *sour* de Marie-Lune), de la sambuca (pour les cafés-sambucas de Julien), un fond de Grand Marnier (que plus personne n'osait même regarder depuis que Jeff et moi avions presque fini la bouteille un soir pour nous réveiller le lendemain matin avec la très nette impression d'être confits), du bourbon (acheté impulsivement deux ans plus tôt quand nous avions décidé de recréer la parade du Mardi gras dans la maison), du Canada Dry (pourquoi ? pourquoi ?) et même un fond de liqueur de banane dont la présence chez nous était certainement moins inquiétante que le fait qu'elle avait été presque toute bue.

« Vous avez pas d'allure… » a dit Christophe en riant et en tendant deux bouteilles de single malt en direction de Jeff qui en a pointé une, très arbitrairement selon moi parce qu'il ne buvait pas de scotch. Il était en train de se servir un verre quand le téléphone a sonné.

« Madame Vandale ! » a joyeusement répondu Jeff. Il adorait ma mère, principalement, je crois, parce qu'il pouvait passer des heures au téléphone avec elle à déplorer ma très mauvaise gestion de ma vie sentimentale et à échanger des idées de recettes. Je lui disais souvent que ma mère lui permettait en fait de faire ressortir la belle-sœur en lui, et il ne s'obstinait pas trop. Ils ont parlé quelques minutes, durant lesquelles je suis restée debout à côté de Christophe, jouant distraitement dans ses cheveux alors qu'il lisait un magazine dans lequel Jeff et lui avaient écrit. J'écoutais Jeff passer des commentaires désolés sur mes deux petites sœurs qui s'épivardaient chacune à leur manière et sur la cuisine de Ricardo qui « est pas si bonne que ça, madame Vandale. Arrêtez donc de croire que tout ce que vous voyez à la télé est bon » (Bonne chance, ai-je pensé. Ma mère vivait depuis quarante ans dans une cuisine avec une télévision constamment allumée. Autant demander à une carmélite de remettre en question l'existence de Dieu).

« Quand vous voulez, a-t-il finalement dit. Lundi ? Ben oui, on s'appelle. *Ciao ciao !* » Je me suis retournée pour prendre l'appareil, mais Jeff était en train de raccrocher.

« Ben là, franchement ! Elle voulait pas me parler ? » Christophe était hilare.

« Ben non, a répondu Jeff. Elle avait juste besoin de ma recette de gremolata. »

J'ai eu un geste découragé qui a fait redoubler de rire Christophe. « Ben oui, c'est très drôle... » Je souriais tout de même moi aussi. « Je vais aller m'habiller, O. K. ? Tes chemises piquent, Jeff.

— Je t'ai dit que tu pouvais rester toute nue.

— C'est beau, c'est beau... »

Je n'avais pas fait un pas vers la chambre que le chat, qui avait pour moi une passion dévorante et jalouse, se levait et s'étirait autour de son citron. « Viens, Claude François ! » Il a sauté légèrement en bas du comptoir et a trottiné jusqu'à moi, le nez levé vers mon visage comme s'il attendait quelque chose, des félicitations, un encouragement, de la bouffe, allez savoir.

« Claude François ? » a demandé Christophe. Jeff et moi appelions rarement le chat par son vrai nom, c'était un peu long. La plupart du temps, « le chat » faisait parfaitement l'affaire. Mais de temps en temps, surtout quand il s'agissait de prouver sa fidélité à l'un ou à l'autre de nous deux, venait le moment de ressortir l'artillerie lourde.

« Il a le poil de la couleur des cheveux de Claude François, a expliqué Jeff.

— Et il fausse quand il miaule, ai-je ajouté. Je te jure. Il fausse.

— Viens, Claude François ! » a dit Jeff à son tour en ajoutant les petits bisous d'usage qu'on adresse inexplicablement aux animaux quand on veut les attirer. Non seulement le chat ne s'est pas retourné, mais il est venu s'enrouler autour de mes pieds.

« Bof, a dit Jeff en levant son verre vers lui. Santé, mon homme. J'aurais fait la même affaire. Elle est effectivement beaucoup plus *cute* que moi. »

« Non, maman. Non, je vais pas amener Christophe. Parce que... parce qu'il travaille ce soir-là. Oui, ben je pouvais pas savoir, hein ? Maman... Laurent ? Pourquoi tu veux que j'en parle à Laurent ? Maman, je suis plus avec Laurent depuis trois ans. Je suis avec Christophe. Non. Non, je vais pas amener Christophe ! Maman ! »

Les conversations téléphoniques avec ma mère me faisaient souvent l'effet d'un labyrinthe particulièrement pervers et je me sentais, en lui parlant au téléphone, comme Astérix et Obélix dans *Les Douze Travaux d'Astérix* quand ils sont coincés dans une maison de fous et que toutes les indications qu'on leur donne les ramènent au même point.

« Maman, ai-je fini par dire, là je vais raccrocher parce que j'ai la main totalement gelée, et je suis arrivée à mon rendez-vous, O. K. ? Mais inquiète-toi pas, je vais être là, la semaine prochaine. Non. Non. Maman. Non. Je vais pas amener Christophe. Bye maman. » J'ai raccroché, et je me suis arrêtée au beau milieu du trottoir pour reprendre mon souffle. Un homme qui passait à côté de moi et qui avait entendu mes dernières paroles m'a regardée en riant.

« *I feel your pain* », m'a-t-il dit. De toute évidence, je n'étais pas la seule à avoir une mère qui aurait dû, en fait, ouvrir une agence de rencontres. J'ai fait un sourire à l'inconnu et j'ai gravi les marches qui menaient à mon atelier. Ce n'était pas un rendez-vous en tant que tel, mais j'en étais rendue à un point où j'aurais invoqué une soudaine attaque de malaria pour pouvoir raccrocher. Et j'avais la main gelée. Vraiment.

La porte était déverrouillée, signe que ma petite sœur devait être là. Elle venait trois après-midi par semaine pour s'occuper de retourner des appels, placer des commandes et gérer quelques problèmes mineurs – je l'avais engagée l'an dernier quand elle s'était retrouvée sans emploi et que je m'étais lassée de recevoir six appels par semaine de ma mère pour me dire que ça n'avait pas de sens que je ne montre pas « un peu plus de solidarité envers ma pauvre petite sœur ». Je n'avais pas vraiment besoin d'elle, puisque je faisais évidemment mes dessins toute seule et souvent chez moi, et que l'atelier servait surtout d'entrepôt et occasionnellement de galerie. Mais bon. J'aurais payé quelqu'un jour et nuit si ç'avait été ce que ça prenait pour faire taire ma mère.

« Élodie ? » ai-je appelé. Silence. L'atelier, qui était en fait un grand loft aux murs de briques peints en blanc où traînaient d'innombrables rouleaux, des piles de papiers et divers objets inutiles que j'accumulais depuis des années et que je me proposais de trier depuis au moins aussi longtemps, semblait vide. Personne derrière la table à dessin, ni au bureau.

« Élodie, câlisse ! » La porte de la salle de bain s'est finalement ouverte, et une petite tête blonde et en larmes est apparue. J'allais ajouter autre chose, mais elle a levé une main et m'a fait sa fameuse petite face piteuse qu'elle cultivait depuis qu'elle avait quatre ans et qu'Ariane, notre autre sœur, lui piquait ses poupées. Rendue à vingt-cinq ans, elle la maîtrisait à la perfection : c'était un mélange de grands yeux bleus navrés, d'une petite moue et d'un menton à peine tremblotant.

Le miracle, c'est qu'elle réussissait encore à attendrir ainsi notre père et certains hommes un peu naïfs. Mais à moi, on ne me la faisait plus, en tout cas plus depuis ce soir où je les avais gardées toutes les deux et qu'Élodie m'avait fait accroire qu'Ariane lui avait arraché une poignée de cheveux alors que Frédéric l'avait très bien vue se les couper elle-même, tout ça pour avoir la permission de regarder *Robin Hood* plutôt que *Beauty and the Beast* (éternel sujet de débat entre Élodie et Ariane, qui dix-sept ans plus tard se battaient encore pour déterminer lequel des deux films était le plus édifiant). J'avais alors quinze ans et j'étais encore assez stupide pour être fière du fait que, même si Frédéric avait dix-huit ans, c'était moi que mes parents avaient laissée responsable de mes petites sœurs. Un choix un peu douteux, sans doute, dans la mesure où, exaspérée par leurs manigances, j'ai pris la décision de mettre la vidéocassette du *Silence des agneaux*. Ariane avait pleuré pendant trois jours et n'a jamais retouché un morceau de viande et Élodie avait seize ans, je crois, quand elle a arrêté de penser qu'Hannibal Lecter l'épiait depuis son placard.

J'ai poussé un long soupir. « O. K. Qu'est-ce qu'il y a ? »

Élodie a émis un petit pleurnichement et s'est avancée vers moi les bras tendus, comme un enfant qui veut se faire consoler.

« Élo, ai-je dit, ça fait cinq minutes que je suis ici. Je sais que ça serait très étonnant qu'un illustrateur concurrent passe ici en douce pour voler les planches du prochain livre, mais me faire voler mon ordi parce que ma petite sœur chigne dans les bécosses, je la trouve plutôt ordinaire, O. K. ? »

Elle a reniflé, en me regardant comme si je l'avais giflée mais avec un petit air résigné, et que je crois qu'elle trouvait noble, puis a dit : « Arrête de me chicaner !

— Élodie… » J'ai pris un ton un peu plus doux, parce que je savais que même si ma sœur était souvent insupportable et un bébé gâté, elle était sincère dans ses peines, aussi futiles soient-elles. « C'est ma job, ici. Y a toute ma vie dans mon ordinateur. Puis je suis contente que tu travailles ici… » J'ai réfléchi. « … la plupart du temps. Mais ça implique des responsabilités de travailler quelque part, j'ai quand même pas besoin de te dire ça, non ? Et c'est pas parce que je suis ta sœur que tu peux fucker le chien comme ça… Tu sais-tu combien ça me coûte, moi, de…

— O. K. ! O. K. ! Pas besoin de me refaire le *speech* du combien ça coûte ! » Elle a levé une petite main indignée. Comment pouvait-elle, à vingt-cinq ans, assumer avec autant d'autorité cette indignation tout à fait injustifiée qu'ont normalement seulement les enfants pris en flagrant délit ? Un grand mystère. Elle s'est mise à sangloter tragiquement. Elle me donnait presque envie de rire, parfois, et même si elle m'exaspérait souvent, elle m'attendrissait. Frédéric avait hurlé quand je lui avais appris que je l'avais engagée à temps partiel, me criant que j'allais faire faillite et probablement détruire le fragile équilibre familial lors d'une éventuelle tentative de *sœuricide*.

« Bon, lui ai-je dit. Ça te tente de m'expliquer ce qu'il y a ? »

Elle a levé vers moi un regard immense et bleu où j'aurais dû lire toute la tristesse du monde. J'y voyais plutôt un cargo de manipulations et plusieurs gallons d'apitoiement sur son sort. « Élodie. Qu'est-ce qu'il y a ?

— C'est Félix.

— Quoi, Félix ?

— Félix ! Mon chum !

— Élodie, j'ai jamais entendu parler de Félix. Y a deux semaines, tu sortais avec un caméraman qui s'appelait Charles-Antoine. »

Elle a gémi de plus belle. Élodie rêvait de devenir actrice et faisait de la figuration de temps en temps pour des téléromans ou des vidéoclips, et parfois même pour des films, quand Laurent réussissait à lui trouver de petits contrats. Depuis, elle s'amourachait systématiquement de tous les jolis techniciens travaillant derrière la caméra, des gars pour la plupart jeunes et drôles, des petits *bums* assez charmants qui m'auraient aussi plu à son âge. Mais les petits *bums* charmants étant ce qu'ils sont, ils ne restaient jamais bien longtemps. Élodie mettait cela sur le compte de leur « immaturité » et de leur « peur de l'engagement », moi j'y voyais plutôt un solide et sain goût pour le plaisir et surtout une réaction malheureuse mais prévisible à la soif immense d'Élodie, qui cherchait un chum avec la même panique et la même urgence qu'un asthmatique en crise chercherait son souffle.

« Félix ! a-t-elle répété. Félix ! Je t'en ai parlé, je suis sûre ! Tu le connais en plus, il a déjà été avec Ariane !

— Tu sors avec les ex d'Ariane ? » Je trouvais la chose ridicule et sensiblement déprimante, mais je me suis souvenue que si je couchais avec les meilleurs amis de mes ex, Élodie pouvait bien faire ce qu'elle voulait avec ceux de notre sœur. Belle famille, ai-je tout de même pensé. « Lequel de ses ex ? Le p'tit *cute* avec des *dreads* ? Qui avait l'air granol ?

— Euh… t'as déjà vu Ariane avec un gars qui avait PAS l'air granol, toi ? » Elle avait raison. Depuis qu'elle avait découvert Harmonium dans un camp de vacances à l'âge de douze ans, Ariane s'était immergée dans une culture pseudohippie, d'une rectitude politique tellement stridente qu'elle aurait fait pâlir même Laure Waridel. Elle était végétalienne, elle aurait fait des milles à pied (jamais dans des souliers de cuir, bien sûr) pour trouver un produit bio et équitable, elle vivait dans une coop, était altermondialiste et bénévole l'été pour des fermes qui pratiquaient la culture bio, avait fait plusieurs voyages en Amérique du Sud pour aider à construire des écoles dans des régions gravement défavorisées, jouait du luth, connaissait les chansons des Cowboys Fringants par cœur et, malgré sa grande douceur, était capable de faire se sentir coupable n'importe quelle personne en lui parlant plus de deux minutes. Je me répétais souvent que ça devait être un travail à temps plein que d'être Ariane, que de se lever chaque matin en essayant de s'agrandir le cœur pour y loger cette compassion immense et universelle, qui ne serait jamais assez grande, mais qui ne cesserait jamais de croire et de vouloir soulager le monde entier. Il m'arrivait aussi parfois de l'envier en pensant à cette certitude absolue qui était la sienne, à la ligne droite et pure qu'elle voyait devant elle. Mais ça ne durait jamais bien longtemps. Depuis toujours, les certitudes et les lignes droites m'avaient angoissée. Aussi je retournais à mes doutes et à mon chemin flou pendant qu'Ariane allait militer contre la destruction d'un silo.

« *Anyway*, a dit Élodie en reniflant. C'est pas important, c'est sûr que c'est fini.

— Ben voyons. » Je parlais avec une absence de conviction tellement évidente que j'étais certaine qu'Élodie la remarquerait, mais elle a poursuivi, sur le même ton à la fois piteux et outré (il fallait le faire, quand même. En matière de ton, c'était comme une prouesse d'équilibriste) : « Pis ça allait super bien, en plus ! Super bien ! Mais là il me rappelle pluuuuus !!! Je lui ai laissé un message pour l'envoyer chier, fait que là il va encore moins me rappeler ! »

Elle a ouvert de grands yeux, puis a plongé la tête contre ma poitrine – une bonne affaire, me suis-je dit, au moins elle ne me verra pas rire.

« Élodie. Sérieux. Va falloir que ça arrête. Tu réalises que tu vas de mal en pis, hein ?

— Tu peux ben parler, toi ! Comme si t'avais eu un chum qui a de l'allure depuis Laurent ! Moi si j'avais eu un gars comme Laurent dans ma vie, je l'aurais jamais, jamais laissé ! »

J'ai failli lui dire qu'angoissés comme ils l'étaient tous les deux, elle et Laurent, ils n'auraient pas survécu ensemble plus de vingt minutes, mais je me suis abstenue. Inexplicablement, Élodie se voyait comme une femme possédant une confiance en elle du tonnerre, comme l'archétype même de la femme moderne et libérée. Inutile de péter sa balloune si vite, me suis-je dit. On va essayer d'y aller en douceur.

« Je l'aiiiiiime !

— Non. Non, tu l'aimes pas.

— Je suis plus capable d'être toute seule, Marine.

— Oh... » Elle avait l'air tellement sincère, la pauvre petite, et il y avait cette fois tellement de vraie peine au fond de ses yeux que je l'ai reprise dans mes bras. Je savais pertinemment qu'elle s'en remettrait d'ici la fin de la semaine, mais j'étais triste pour ma petite sœur qui souffrait tant de ne pas pouvoir partager sa vie avec quelqu'un.

Elle pleurait contre mon épaule et je sentais son parfum sucré, l'odeur du produit qu'elle se mettait chaque matin dans les cheveux avant de les raidir. Son mascara va faire une tache sur mon chandail, ai-je pensé. Elle était toujours tellement impeccablement maquillée, elle portait des petits chandails moulants et des boucles d'oreilles scintillantes. Elle avait même un nouveau rire qu'elle laissait éclater comme mille clochettes chaque fois qu'un homme, peu importe lequel, disait quelque chose d'un tant soit peu comique, et une façon de le regarder avec de grands yeux quand il racontait une histoire et qu'elle voulait lui faire sentir que c'était *fascinant*. Elle travaillait tellement fort dans l'espoir futile et touchant de plaire, de plaire toujours plus. Et elle manquait son coup chaque fois, justement parce que, selon moi, elle se forçait trop, parce qu'elle croyait avoir compris ce que les hommes cherchaient alors qu'elle ne voyait pas plus loin que le bout de son nez – pas plus loin, en fait, que les conseils d'abruties des mensuels féminins qu'elle dévorait avec passion.

On est toutes dans le même bateau, ai-je pensé en berçant ma petite sœur qui pleurnichait toujours. Je ne me trouvais pas plus fine qu'elle, au fond. J'ai pensé à Flavie aussi, si flamboyante, en apparence si libre, qui cherchait pourtant la même chose que nous. L'amour, toujours l'amour. On ne pouvait pas en vouloir à quelqu'un de rêver d'être aimé inconditionnellement.

J'ai donné une petite tape dans le dos d'Élodie. « *En-weye*, pitoune, *the show must go on*.

— *The show* ? Tu dessines des bonhommes, ciboire ! »

Je me suis mise à rire, et j'ai essuyé délicatement une de ses larmes, qui essayait de se frayer un chemin entre la poudre irisée et le fond de teint.

« Y a quelqu'un qui t'a appelée, a-t-elle dit en reniflant. Un gars qui avait pas l'air d'appeler pour la job.

— Christophe ?

— Non… non, attends… » Elle s'est penchée sur le bureau et a dû tasser plusieurs magazines avant de trouver ce qu'elle cherchait. « Tiens. Patrick. »

Julien était debout devant le grand miroir de ma chambre, en train d'ajuster le col de sa chemise jaune safran. Une jolie couleur, selon moi, mais que j'aurais sans doute mieux appréciée si elle n'avait pas eu à rivaliser avec une veste saphir et un pantalon fuchsia.

« Tu penses que j'ai l'air de Stéphan Bureau ?

— Pardon ?

— C'est pas un peu *too much* le veston bleu pardessus la chemise jaune ? » Il s'est regardé dans le miroir, tirant encore le col de sa chemise. Une chance qu'il est encore mince, ai-je pensé, parce qu'on sombrerait dans le clown assez facile s'il avait l'ombre d'une bedaine. Il avait de l'allure, par contre. Je ne lui aurais pas donné deux secondes dans une taverne ou sur un chantier de construction, mais il avait de l'allure.

« Je sais pas, Julien. Je le trouve très *cute*, moi, Stéphan Bureau, si ça peut t'aider.

— Ouais, mais il est un peu intense sur la couleur, tu trouves pas ? Je l'ai vu au resto l'autre jour, et c'était comme un arc-en-ciel avec des lunettes.

— Il porte plus de lunettes.

— *Whatever.* Il a comme des lunettes mentales, pour moi. C'est comme le gars qui fait les sports aux nouvelles à RDI. Il s'est coupé la moustache y a quinze ans, je pense, mais il garde une moustache mentale. Tu comprends ? »

Le pire, c'était que je comprenais. « T'es beau comme un cœur, Ju. »

Il m'a souri et m'a fait un beau clin d'œil. J'avais souvent envie d'attraper ses yeux et d'en faire de jolies billes tellement ils étaient bleus, comme la mer dans *The Blue Lagoon*.

« Fait que ? a-t-il dit.

— Fait que quoi ?

— Fait que fait que ! Tu me dis que Patrick t'a appelée, puis tu me dis rien d'autre ! Je pense que ça mérite une couple de "fait que" ! Tu l'as rappelé ?

— Non ! Non, je l'ai pas rappelé ! Voyons donc… »

J'avais passé les dix jours précédents chez Christophe, pour laisser ma chambre au frère de Jeff qui était en ville. Nous nous étions entendus à merveille. C'était un laps de temps plutôt court, bien sûr, mais j'avais tout de même pu apprécier la simplicité de nos rapports, l'accessibilité et la franchise de Christophe, qui, contrairement à moi, ne pensait pas et ne parlait pas sur plusieurs degrés en même temps. Il avait de l'esprit, il aimait la vie, il savait ce qu'il voulait et il m'aimait beaucoup, ce n'était pas plus compliqué que cela.

« Euh… et pourquoi ça devrait être compliqué, au juste ? » a demandé Julien. C'était une bonne question. Une très bonne question, même.

« T'as raison, ai-je répondu. Tu peux pas avoir plus raison. » Je me suis mise à rire. « Je suis tellement ridicule… » J'avais l'impression d'avoir fait une petite découverte – rien de bien grandiose, ce n'était pas l'Amérique, mais il y avait là quelque chose. Julien avait raison : non seulement je considérais que logiquement, inévitablement même, l'amour *devait* être compliqué, mais une partie de moi se complaisait dans cette idée qui me rassurait, sans doute, parce qu'elle excusait une bonne partie de mes échecs amoureux.

Julien s'est retourné vers moi et m'a fait son petit sourire sage et mystérieux, celui qu'il gardait pour ses grandes déclarations ou pour ces moments où il sentait qu'il allait dire ce qu'il appelait « une de ses grandes vérités », et il m'a mis une main sur l'épaule.

« La vie est courte, Marine. T'as déjà pensé à tout le temps que t'as perdu en questions stériles ?

— Eille ! » Je me sentais insultée, mais j'étais surtout consciente qu'il avait encore raison et qu'il y avait quelque chose d'un peu humiliant dans le fait de se faire dire ses quatre vérités par quelqu'un en pantalon fuchsia qui non seulement était assez loin d'avoir le poids moral du dalaï-lama, mais qui en plus menait sa vie avec une aisance absolument déconcertante, comme si rien n'était plus simple que de vivre, tout simplement. J'ai pensé à Laurent, à Flavie, à mes sœurs, et je me suis demandé pourquoi, au juste, nous faisions de nos existences un job à temps plein qui demandait réflexion, travail, débat, questionnements interminables et au moins huit *containers* d'indécision. Julien, lui, suivait son petit bonhomme de chemin, en se moquant gentiment de nous qui insistions pour prendre *the road less travelled*, la route la plus ingrate, dans l'espoir (totalement injustifié, selon lui) qu'elle allait nous mener à un nirvana que n'atteindraient jamais ceux qui, comme lui, empruntaient gaiement la voie pavée de roses du plaisir et de la facilité.

« Ça peut être simple, a-t-il ajouté. T'as le droit. »

Je lui ai donné un petit coup de poing sur la poitrine. « T'es à la veille de fonder une secte, hein ?

— Oh oui, madame. » Il a levé les mains dans un geste imitant Shiva. « La secte du plaisir et du…

— O. K., ça va faire, le Stéphan Bureau du pauvre. On est en retard. »

Il avait encore les mains dans sa position de Shiva quand nous sommes entrés au Lulli, un petit bar où nous avions nos habitudes et où Christophe devait venir nous rejoindre plus tard. Laurent et Jeff étaient assis au bar, en train de rire.

« Pourquoi on est ici, encore ? ai-je demandé à Julien.

— Parce que ça va vous faire du bien de sortir un peu. À vos âges, passer vos soirées dans votre salon à refaire le monde, ça fait dur. Un peu d'exotisme, les jeunes !

— T'aurais tellement dû être G.O.

— Je sais… »

Je n'aimais pas beaucoup les bars. Laurent non plus d'ailleurs, mais nous cédions parfois aux pressions de Julien. Le Lulli s'était révélé un bon compromis : c'était un endroit agréable et tranquille, ce qui nous seyait parfaitement, et le barman, un grand Australien d'origine chinoise, comblait Julien.

« Salut Andrew, lui ai-je dit en m'approchant du bar.

— Eille Marine ! » Il prononçait « Marine » à l'anglaise, et j'avais l'impression d'être un soldat d'élite de l'armée américaine. « Tu veux un verre de blanc ?

— S'il te plaît.

— Oh Andrew… a soupiré Julien en s'appuyant sur le bar. Tu sais ce qui manquerait à mon bonheur ?

— *You DID tell him I was straight, didn't you ?* » m'a demandé Andrew. J'ai haussé les épaules en souriant et je me suis retournée vers les garçons pour donner un petit bisou sur le front de Laurent. Une fille qui devait mesurer environ un pied de plus que moi et peser vingt livres de moins est passée à notre hauteur. Jeff a levé les yeux vers elle, elle s'est arrêtée, en proie à un ravissement qui me semblait un peu exagéré, l'a enlacé, puis s'est penchée pour lui murmurer quelque chose et, j'ai cru voir, lui lécher un peu l'oreille. Elle s'est relevée, a fait un sourire qui en disait long et nous a quittés. J'ai donné une petite tape sur l'épaule de Jeff en riant, pendant que Laurent se cognait méthodiquement la tête sur le comptoir.

« Comment tu faiiiiis ? Jeff, faut que tu m'expliques. » Il s'est retourné vers moi. « T'as vu ? Mais t'as vuuuu ?

— J'ai vu.

— *Dude, that was hot* », a dit Andrew, provoquant un nouveau cognage de tête sur le comptoir de la part de Laurent et un grand éclat de rire chez Jeff.

« C'était qui, exactement ? a demandé Julien.

— Elle s'appelle Delphine.

— Elle a quel âge ? » Laurent semblait souffrir le martyre. C'était plutôt drôle.

« Je sais pas. Vingt-cinq, vingt-six ? » Andrew, qui suivait la conversation, a à peine eu le temps de glisser sur le bar un sous-verre, sur lequel Laurent s'est immédiatement cogné la tête.

« Oublie ça, a dit Jeff. Je te jure que t'es mieux avec Carole. Vraiment. C'est une belle fille, Delphine, puis elle est charmante, mais… ç'a pas inventé le bouton à quatre trous, si tu vois ce que je veux dire. »

Laurent a gémi quelque chose.

« Qu'est-ce qu'il dit ?

— Que raison de plus.

— Arrête donc, a dit Jeff. Tu t'ennuierais à mourir. Tu serais pas heureux avec une fille comme ça. C'est une vocation, les belles filles pas trop *bright*. C'est pas pour tout le monde. »

Laurent a levé la tête et a attrapé Jeff par les pans de sa chemise. « Apprends-moi. Je veux être ton disciple. S'il te plaît.

— *You think he's got the chops for it ?* » a demandé Jeff à Andrew, qui a fait une petite moue dubitative. Tout le monde riait. C'était aimable, relax, un petit mercredi soir en ville. Je ne sais pas comment ça s'est passé – je crois

65

que Julien a vu venir quelque chose, il a dit : « Coudonc, lui, je vais commencer à croire qu'il nous suit partout, depuis quand il se tient ici ? » et « *Oh fuck* », puis j'ai aperçu Gabriel Champagne, tout suintant de charme et de désinvolture, s'approcher de moi et, du coin de l'œil, j'ai vu Christophe entrer dans le bar, au moment même où Laurent me murmurait en me regardant beaucoup trop intensément : « O. K., retourne-toi pas tout de suite, mais Patrick vient d'arriver et il s'en vient par ici. »

À : Fred
De : Marine Vandale
Objet : Vaudeville

Tu sais la scène dans les théâtres d'été où tout le monde se retrouve dans la pièce, la femme, le mari et son amant, et que tout d'un coup un autre personnage sort de derrière le sofa pour rajouter à la situation déjà complexe et ridicule ?

À : Marine
De : Frédéric Vandale
Objet : Déjà-vu

Laisse-moi deviner : soit tu as inopinément choisi de tout abandonner pour faire une thèse sur le théâtre d'été, soit tu as trouvé le moyen de te mettre dans une situation similaire et, franchement, je suis pas trop étonné.

À : Fred
De : Marine Vandale
Objet : Diagnostic

Disons que tu as une copine et que par un malheureux tour du destin tu apprends que, alors que vous étiez temporairement séparés, elle a comme qui dirait vu du pays avec ton meilleur ami ?

À : Marine
De : Frédéric Vandale
Objet : Opinion professionnelle

Tu veux une opinion sincère, ou j'invente quelque chose pour te faire voir la vie en rose ?

À : Fred
De : Marine Vandale
Objet : Voir les choses en face

....

Tu m'épargnes pas.

À : Marine
De : Frédéric Vandale
Objet : Dure vérité

....

Marine, c'est pas fort. Je veux bien croire que Montréal, c'est pas Mexico au niveau population, mais ça te tentait pas d'aller piger un peu à l'écart du cercle d'amis de Christophe ? Maintenant je dis pas que la plupart des gars feraient pas exactement la même chose que toi s'ils en avaient la chance, mais comme tu sais, baser ses notions de morale sexuelle sur les habitudes des hommes, c'est peut-être pas champion.

À : Fred
De : Marine Vandale
Objet : Paging Simone de Beauvoir

....

Pourquoi j'ai toujours l'impression que si j'étais un homme, non seulement ma vie serait plus facile, mais 90 % de mes actions auraient un tour plutôt comique alors que là, elles sont franchement pathétiques ?

À : Marine
De : Frédéric Vandale
Objet : Tragicomédie

....

Faudrait quand même pas exagérer, petite sœur,
t'es quand même pas la dame aux camélias. Et
sincèrement, vu d'où je suis, c'est pas exactement tragique, mais plutôt burlesque.

À : Fred
De : Marine Vandale
Objet : re : Tragicomédie

....

Tu sais ce qu'elle te dit, la reine du burlesque ?
Parce que franchement, Fred, c'est plus exactement drôle tout ce cirque, et je suis à une relation
foireuse près de devenir la fille de trente-deux
ans qui se lamente que le ciel était plus bleu au-
dessus de ses vingt-cinq ans et que maintenant
tout n'est que nuages lourds et horizon sans
espoir.

À : Marine
De : Frédéric Vandale
Objet : Pas de panique

....

O. K., tu vas te servir un verre de vin, tu mets une
jolie chanson heureuse dans la stéréo, tu renifles
un peu le cou du chat, tu penses à une plage au
soleil et tu te relèves les manches, Marinette : je
te laisserai pas devenir une fille triste.

À : Fred
De : Marine Vandale
Objet : Mesures d'urgence

Le verre de vin, il est déjà pris, et c'était finalement plutôt une bouteille. Jeff va se jeter par la fenêtre s'il entend encore un accord de guitare de Jack Johnson, Claude François a plus de poil dans le cou tellement je me suis mouchée dedans et les plages au soleil, je trouve ça juste beau avec un homme à mes côtés.

À : Marine
De : Frédéric Vandale
Objet : re : Mesures d'urgence

Et les manches ? T'as essayé de te relever les manches ?

À : Fred
De : Marine Vandale
Objet : re : re : Mesures d'urgence

Ouais. Ça aide. Un peu. Ou alors peut-être que c'est juste toi. ☺

À : Marine
De : Frédéric Vandale
Objet : Punch du vaudeville

Comment ça finit ton histoire de mec qui surgit de derrière le divan ?

À : Fred
De : Marine Vandale
Objet : Vaudeville de merde

Je te raconte tout à l'heure, O.K. ? Et tant pis pour Jeff, je repars Jack Johnson, et en boucle cette fois, et je lui siffle sa dernière bouteille de vin. Je veux pas te raconter à jeun, c'est trop ridicule.

À : Marine
De : Frédéric Vandale
Objet : re : Vaudeville de merde

Je bouge pas. Le temps de me faire un pop-corn et j'attends la suite.

:-)

Chapitre 3

Des jours plus tard, Julien disait encore que la scène s'était déroulée exactement comme dans un film. Moi je ne voyais pas du tout ce que le moment avait de cinématographique, dans la mesure où après le choc initial qui, au cinéma, aurait été tout bien découpé, avec moi qui regarde d'abord le docteur et lui fais un beau sourire encore innocent parce qu'ignorant la débandade qui va suivre, puis qui prends un air un peu déconcerté en apercevant Christophe, et ensuite une expression totalement horrifiée en voyant Patrick entrer, après quoi on aurait eu une belle scène furieusement rythmée, les répliques assassines et profondes se suivant élégamment, les regards rebondissant les uns sur les autres, les visages perplexes de Jeff, Julien et Laurent observant le tout, renvoyant au spectateur sa propre image.

Au lieu de tout ça, nous avions eu droit à un premier moment totalement absurde et désordonné, d'abord parce qu'il m'avait fallu au moins une minute de trop pour comprendre ce qui se passait au juste, et ensuite parce que même devant le fait accompli, même obligée de constater qu'on s'enlignait gaiement vers un joyeux malaise, j'avais continué à sourire bêtement au docteur, incapable de détacher mon regard de ses yeux rieurs (qui, observation faite, n'avaient rien du ciel de Naples ou de la mer Égée, mais tenaient plutôt des vallons de la Toscane ou des landes irlandaises – bref ils étaient verts, et pendant que mon amoureux s'apprêtait à entrer en collision avec mon récent amant qui s'adonnait à être son meilleur ami, moi je cherchais mentalement une entité naturelle qui aurait rendu justice à la couleur des yeux de Gabriel Champagne).

Quant à la scène furieusement rythmée que nous aurions pu voir au cinéma, elle avait été remplacée par un interminable laps de temps durant lequel personne ne comprenait visiblement rien ou préférait ne rien comprendre, à tel point que Julien avait cru bon d'intervenir, ce qui avait provoqué une intervention subséquente de Jeff pour le retenir et le sommer de se taire. S'était ensuivi un brouhaha insupportable et vraiment très, très mal rythmé, des gens qui parlaient tous en même temps, Laurent qui essayait d'attirer l'attention de Delphine, Andrew qui servait frénétiquement des *shooters* pour calmer les esprits (mauvaise, mauvaise idée. Comment un barman pouvait-il ne pas savoir que plus les gens sont soûls, plus ils sont stupides ?), le docteur qui ne comprenait rien, moi qui tentais de rassurer Christophe qui n'en revenait pas et de retenir Patrick que je voulais en fait étriper, et Jeff qui faisait de son mieux pour ramener tout le monde à l'ordre.

Je m'étais finalement retrouvée assise au bar, complètement, mais complètement ahurie par ma propre bêtise, en train de me faire consoler par les garçons pendant qu'Andrew m'apportait vodka citron par-dessus vodka citron, ce qui, sur le coup, m'avait rendue extrêmement désinvolte et hilare, mais avait transformé un réveil qui s'annonçait comme déjà pénible en un véritable cauchemar. J'étais couchée dans mon lit, en sous-vêtements, avec un gros pot d'eau et un seau à côté de ma table de chevet. Il fallait tout de même donner ça à Jeff : même soûl, il savait comment s'occuper de sa coloc. Et depuis, je harcelais les garçons dans le but de comprendre ce qui s'était passé au juste, ce soir-là au Lulli, ce que j'avais dit et ce que j'aurais dû dire, et ce que je pouvais faire pour sauver ma relation avec Christophe, et ne serait-ce qu'un dé à coudre de dignité.

« Si tu me demandes encore UNE fois de te raconter, a dit Julien, je vais manger mon poing, c'est-tu clair ? Je vais mettre mon poing dans ma bouche et je vais le mastiquer jusqu'à tant que tu t'en ailles.

— Je m'en irai pas. Mastique tant que tu veux, mais raconte-moi. »

Julien s'est retourné vers Jeff : « *Kill me. Kill me now.*

— Eille. Je vis avec, moi. Fait que plains-toi pas.

— Laurent ? a demandé Julien d'une voix suppliante.

— Moi j'ai rien vu. Je regardais la grande Delphine. » Laurent se délectait de toute cette histoire depuis des jours. Il avait tout vu, évidemment, puisque, alors qu'Andrew lançait pratiquement des *shooters* au visage de tout le monde, que Jeff jouait à l'arbitre et que Julien, incapable de résister à la perspective d'un beau malaise, brassait pour ainsi dire de la *marde*, Laurent observait le tout en espérant seulement que personne ne se batte, ce qui l'aurait mis un peu mal à l'aise et l'aurait peut-être obligé à s'impliquer, ce qu'il redoutait par-dessus tout. Il jouait depuis au gars qui n'a fait attention à rien, alors que, le connaissant, il avait tout noté, mais me faisait languir, parce qu'il trouvait toute cette histoire un peu ridicule et futile (et, dans mes brefs moments de lucidité, je devais bien lui donner raison) et que, comme tout événement mineur qui ne lui enlevait ou ne lui apportait rien, la chose lui semblait d'un intérêt très, très relatif.

« Julien... » ai-je dit d'un ton menaçant. J'ai pris une gorgée de vin, ne le quittant pas des yeux. C'était un manège complètement inutile : nous savions tous les quatre que Julien adorait ressasser ce genre d'histoires, *ad nauseam* en général, et que s'il se faisait prier, c'était simplement par plaisir.

« Bon, bon, bon... Mais va falloir que Laurent m'aide pour les détails.

— J'ai rien vu ! » a dit Laurent. À côté de moi Jeff, l'air carrément fatigué, a fait signe à la serveuse de lui apporter un autre verre.

Nous étions tous d'accord là-dessus : la première personne que nous avions remarquée était Gabriel. Enfin, Jeff n'avait remarqué personne, trop occupé à commander un cocktail inusité à Andrew, qui écoutait ses indications. Mais Laurent et Julien avaient vu la même chose que moi : Gabriel Champagne qui se dirigeait vers moi avec un sourire à faire fondre ce qu'il reste de glaciers sur cette Terre.

J'avais entendu Julien, derrière moi, dire : « Coudonc, lui, je vais commencer à croire qu'il nous suit partout, depuis quand il se tient ici ? » et je m'étais retournée pour faire face au beau docteur. Sa trajectoire était claire, et il devait d'ailleurs se dire, comme Julien : Coudonc, je vais commencer à croire qu'ils me suivent partout, eux. Mais il avait l'air de trouver tout cela charmant et – était-ce mon besoin maladif de croire que les miracles étaient encore possibles ? avais-je été à ce point contaminée par trop de comédies romantiques ? – il semblait sincèrement content de me voir et pendant les quelques secondes pures et belles qui avaient précédé l'arrivée de Christophe et de Patrick, je n'avais pensé à rien, parce que ce n'est pas vrai qu'on pense à quelque chose durant ces moments suspendus, on ne pense à rien, ou alors à la couleur du mur d'en face ou au dernier livre qu'on a lu ou au refrain de la chanson qui est en train de jouer.

Je n'avais même pas joui du moment, je ne m'étais même pas dit : « Ce bel homme sur lequel je fantasme joyeusement depuis des mois vient me parler alors que je ne m'y attendais pas » qu'il était devant moi, les mains dans les poches de son jeans, chemise blanche et veston de tweed (détails tous colligés par Julien. Pour ma part, il aurait pu être en habit de cosmonaute que je n'aurais rien vu d'autre que ses yeux et son sourire).

« Bonjour, avait-il dit, souriant toujours. On se croise souvent, je pense... » Il avait peut-être ajouté autre chose, mais j'entendais déjà Julien dire « *Oh fuck* » et j'apercevais Christophe qui s'avançait vers moi, puis le visage de Laurent, tout près du mien, qui m'annonçait l'arrivée de Patrick.

« C'est dans tes habitudes de pas rappeler le monde, ou c'est juste moi ? avait demandé Patrick.

— Hein ? De quoi tu parles ? » J'avais fait un rire remarquablement idiot, comme si je croyais que la stupidité pouvait tout effacer, que Patrick répliquerait en me disant que ce n'était qu'une blague et que tout le monde s'en retournerait chez soi content et innocent.

« Je t'ai appelée vingt fois, Marine.

— Quoi ? Non... » Toujours le même rire stupide. J'avais entendu Julien murmurer : « *This is too good to be true* », puis Andrew et Jeff dire simultanément « *Shut up !* » et « Ta gueule ! ».

« Euh... t'as appelé Marine ? » avait demandé Christophe.

Patrick semblait ne pas l'entendre. « J'ai pas arrêté de penser à toi », m'a-t-il dit. Je pouvais presque sentir Julien jouir à côté de moi.

« *Tu* penses à *elle* ? » avait demandé Christophe. Il s'était finalement retourné vers moi. « Y a-tu quelque chose que j'ai pas compris, moi ?

— Andrew, avait dit Jeff sans quitter Christophe des yeux. Sers une couple de *shooters* de vodka, O. K. ? »

Nous étions tous restés silencieux un moment, et j'aurais pu jurer que j'entendais chacun d'entre nous se demander ce qu'il allait dire ensuite. C'était finalement Patrick qui avait parlé. Il avait semblé se réveiller et, toujours sans me quitter du regard, avait pointé un doigt vers Christophe et m'avait demandé : « Attends... Vous êtes retournés ensemble ? ! »

J'avais déjà lu quelque part que les tout petits bébés, quand ils reçoivent trop de stimulations extérieures, s'endorment souvent et que le phénomène est appelé le *shutdown reflex*. En gros : trop d'informations, je ferme la *shop*. Ce soir-là, j'avais fermé la *shop* en relevant le visage vers les yeux officiellement verts de Gabriel Champagne, qui s'était retrouvé au milieu de cette situation absurde et qui, clairement, n'y comprenait rien. Il regardait vers Patrick, puis vers Christophe, puis vers Julien qui piaillait entre les deux comme s'il s'était agi de *son* problème, et finalement de nouveau vers moi.

Il m'avait regardée en souriant, l'air à peine interrogateur, et l'idée m'était venue qu'il devait trouver la situation plus amusante qu'autre chose. Je me souvenais d'avoir entrouvert la bouche (pour dire quoi, par contre, allez savoir : « Salut, voici mon chum et son meilleur ami avec qui, malaise, j'ai baisé alors que nous étions en *break* » ou « Salut, je pensais que vous aviez les yeux bleus » ou, plus plausiblement, « De grâce sortez-moi d'ici »), puis de son regard, encore, et de son sourire qui

77

s'était transformé en un charmant demi-rire : de toute évidence, il trouvait cela très drôle, et on ne pouvait certainement pas le blâmer. Il avait fait un petit salut de la tête et avait tourné les talons. Je l'avais regardé se perdre dans la foule, puis le doux *shutdown reflex* avait cessé et le monde extérieur m'envahissait de nouveau, sous la forme de deux hommes qui répétaient mon prénom avec insistance et attendaient visiblement, et avec raison, certains éclaircissements de ma part.

« Pauvre Christophe, a dit Jeff en secouant la tête. Vraiment, là… » Il s'est retourné vers moi, avec un air de reproche qu'il m'imposait depuis des jours.

« Arrête de me regarder comme ça ! » J'ai caché mon visage dans mes mains, et je l'ai senti me prendre par les épaules. Au moins, sous le reproche, il y avait toujours la vaste nappe d'affection qui caractérisait nos rapports depuis que nous nous connaissions. Je le soupçonnais d'avoir aussi un peu de compassion pour la capacité en apparence inépuisable que j'avais à me mettre dans des situations inextricables et peu souhaitables. Normalement c'était plutôt comique, mais cette fois il y avait quelqu'un qui souffrait beaucoup plus que moi, par ma faute, et ça, c'était beaucoup moins drôle.

« Qu'est-ce que tu vas faire ? » a demandé Laurent. Ça devait être la quarantième fois qu'il me posait cette question que je trouvais totalement stupide, mais qui était, en fait, la seule qui soit vraiment valable, étant donné la situation.

« Je sais pas ce que je vais faire… » ai-je répondu sur un ton exaspéré. D'ailleurs, que pouvais-je faire ? Christophe avait fini par tourner les talons après avoir compris ce qui s'était passé. Je l'avais rattrapé sur le trottoir pour lui dire, bêtement : « Mais on n'était plus ensemble ! » sur un ton tellement pitoyable que j'avais eu envie de m'asseoir dans un des bacs de recyclage qui traînait là et d'attendre la prochaine collecte. Christophe m'avait regardée, visiblement déconcerté par ma propre mauvaise foi.

« Tu pourrais peut-être me dire que c'est la faute de Patrick, tant qu'à y être ? » J'avais reçu l'insulte sans broncher – comment aurais-je pu, d'ailleurs : il avait raison sur toute la ligne et, pour être parfaitement honnête avec moi-même, j'y avais pensé, à cette phrase ridicule et minable. J'avais voulu dire quelque chose, une banalité déprimante sans doute, mais Christophe avait fait un geste de la main. « Regarde, avait-il dit. Je peux pas avoir une conversation présentement, O. K. ? Bye. » Et je l'avais laissé partir.

J'étais rentrée dans le bar, hors de moi, avec la ferme intention d'exécuter Patrick sur les entrefaites, mais celui-ci s'était contenté de me regarder avec un drôle d'air et de me dire : « Hé, personne t'a tordu un bras.

— Non, crisse, personne m'a tordu un bras, mais y a-tu quelqu'un qui t'en a tordu un pour venir ici, tabarnak ? » Je fulminais. Décidément, c'était plus facile de faire porter le blâme à quelqu'un d'autre.

« J'avais pas vu que Christophe était là », avait-il dit en guise d'excuse. Il avait l'air de se sentir mal, lui aussi, ce qui me faisait méchamment plaisir. « T'aurais pu me rappeler, tu sais. Je t'ai laissé je sais pas combien de messages. T'aurais pu juste me rappeler pour me dire que t'avais repris avec Christophe. C'était-tu vraiment trop te demander ?

— Touché », avait fait Julien, que j'aurais sans doute assommé avec un tabouret si Jeff n'était pas intervenu.

« Mais non, mais y avait raison, a dit Julien. D'ailleurs, si je me souviens bien, je t'avais dit de le rappeler, non ?

— O. K., Ju ? a dit Jeff. T'aides pas. T'aides vraiment pas.

— Mais j'ai raison.

— J'ai dit : t'aides pas ! »

Julien a fait un petit « Pffff » maussade et a semblé se concentrer sur son assiette de saumon fumé. Il avait horreur qu'on minimise le rôle qu'il pouvait avoir joué dans une histoire, ce qui normalement me faisait beaucoup rire. On ne pouvait pas raconter quelque chose qui s'était passé, même cinq ans auparavant, sans que Julien intervienne pour rappeler le bon mot qu'il avait eu, la remarque perspicace qu'il avait faite ou, faute de mieux, la couleur de la chemise qu'il portait ce jour-là.

« Écoutez, ai-je dit. Est-ce qu'on peut s'entendre que j'ai été une ostie de niaiseuse…

— Oui, ont répondu les trois garçons en même temps.

— Que j'ai tout ce que je mérite…

— Oui.

— Que Patrick a quand même pas trop assuré de son bord… » Un silence. « Ben là, dites oui ! » Laurent a fait une petite moue, Julien a semblé hésiter, et Jeff m'a dit : « Assume donc, Marine. T'as merdé. T'as pas pensé aux autres ou aux conséquences de tes actes.

— Ohhh… je sais…

— Et peut-être qu'arrêter de t'apitoyer sur ton sort pourrait être une idée ? a suggéré Laurent.

— Tu peux ben parler, toi ! » Laurent était le prince de l'auto-apitoiement, il en faisait un sport, une religion. Personne ne s'apitoyait sur soi avec autant de volupté que Laurent.

« Euh… ces jours-ci, tout le monde peut parler, Marine.

— O. K., O. K…

— Et ça pourrait, je dis ça comme ça, être à propos d'autre chose que cette ostie d'histoire-là.

— O. K. C'est beau. » J'ai pris une gorgée de vin pendant que les garçons poussaient des soupirs de soulagement à peine exagérés.

« J'ai pensé qu'on pourrait discuter de Gabriel à la place, qu'est-ce que vous en pensez ? Genre qu'on analyse les chances qu'il me reste d'entrer en contact avec lui autrement que par la voie médicale ? » Laurent s'est mis à rire, Jeff a soudain semblé pris d'un douloureux torticolis pendant que Julien, devant moi, levait un bras en criant : « On va avoir besoin d'une autre bouteille, ici ! » Quand nous étions sortis du restaurant, une heure et demie plus tard, nous parlions encore de Gabriel et de mes mésaventures. Julien nous avait quittés sur le trottoir en me criant à travers les bourrasques de neige : « Tu nous en dois une, Marine Vandale ! »

La patte du loup s'étendait vers le petit chaperon dans un geste menaçant. J'ai regardé la feuille quelques instants, la gueule du loup entrouverte en un mauvais sourire, le capuchon retombant sur les épaules de la petite fille, laissant voir ses cheveux en bataille. J'ai effacé la patte, pour la dixième fois au moins. Je ne voulais pas d'un loup menaçant, mais d'un loup séduisant et juste assez inquiétant. La ligne était mince, et je ne l'avais pas encore trouvée. J'avais un assez bon *feeling* que personne ne la chercherait ni ne la remarquerait d'ailleurs, mais je savais que j'allais être incapable de rendre l'illustration tant que je n'aurais pas trouvé le mouvement exact. J'étais contente de la gueule, par contre. J'ai farfouillé dans mes crayons de couleur – je travaillais pour ce projet avec des pastels, et j'ai retiré celui qui servirait à la cape du chaperon : un bleu pervenche absolument adorable qui me donnait envie de cueillir des fleurs dans un champ.

C'était une idée assez jolie : une auteure française de livres pour enfants avait écrit cinq « petits chaperons rouges » alternatifs. Le petit chaperon bleu, le petit chaperon rose, ainsi de suite. Et la personnalité de la petite fille changeait avec la couleur de son chaperon. En bleu, elle était rêveuse, en vert écologiste. Le petit chaperon carreauté était particulièrement mêlé. Ça demandait un style de dessin plutôt conventionnel, mais les histoires étaient bien écrites, et j'aimais l'univers qu'elles décrivaient, la forêt mystérieuse, à la fois belle et terrifiante, le loup pervers et retors, le charme désuet de la maison de la grand-mère.

Je travaillais bien depuis que je ne voyais plus Christophe – dix jours que je n'avais pas eu de ses nouvelles, malgré mes appels d'abord incessants puis un peu moins insistants, et les trois visites que j'avais faites chez lui, sans prévenir. Il ne répondait pas, ni au téléphone, ni à la porte, et moi, je n'osais évidemment pas appeler ses amis, malgré les conseils de Julien qui prétendait que Christophe aurait vu cela comme une marque de courage et d'amour véritable. Je me disais qu'il était peut-être parti, chez sa mère loin sur la Côte-Nord ou à New York, où il se réfugiait souvent quand il voulait avoir la paix. C'était là qu'il était allé lors de notre première rupture, alors que j'étais restée ici, dans les bras de son meilleur ami.

J'essayais depuis trois ou quatre jours de ne plus trop penser à tout cela – de ne plus trop penser point, en fait, d'abord parce que j'étais incapable de le faire autrement qu'à haute voix et que les garçons étaient au bord du *burn-out* collectif, ensuite parce que j'avais trouvé le moyen de me mêler moi-même et, qu'une fois de plus, je ne savais plus ce que je voulais. Pourtant, je n'avais jamais su ce que je voulais, j'étais donc habituée à cela, c'était chez moi un état permanent dont je trouvais parfois même le moyen de me vanter quand j'avais un peu bu et que je trouvais la chose romantique et bohème.

J'avais des idées, vagues et immenses, de ce à quoi j'aurais voulu que le bonheur ressemble ; je collectionnais les images intérieures d'amours passionnées et d'intimité profonde, de paysages visités avec un homme que j'aurais aimé à la folie – des images de liberté et d'amour. Mais pour ce qui était du concret, du « au jour le jour », fallait repasser. Et dans le quotidien, dans ce monde réel dans lequel vivait Christophe, entre autres, j'étais incapable de prendre une décision, peut-être par lâcheté et par peur de me tromper, peut-être par paresse. Quand j'étais de bonne humeur, je me disais que c'était par amour pour mes idéaux, et j'arrivais parfois à me croire.

Mais là, je me trouvais carrément moche, ce qui, cela dit, ne suffisait pas à déclencher chez moi une soudaine attaque de certitude et de pouvoir décisionnel. Je ne savais même plus si je tenais à joindre Christophe parce que je l'aimais ou parce que je me sentais coupable, confusion plus commune qu'on ne le pense, mais tout de même vilaine. Aussi je me plongeais dans le travail, je dessinais des loups et des forêts enchantées et je pensais à mon enfance.

À côté de moi, Laurent dessinait des petits bonshommes allumettes autour d'une de mes esquisses. Il était penché au-dessus de la table à dessin, et inexplicablement appliqué, comme s'il avait été en train de faire un travail d'une grande précision technique alors que, sous la pointe du crayon, des petits monsieurs allumettes se contentaient de faire des tatas à des petites madames allumettes, ou de se tenir debout à côté de petits chiens allumettes. Ils souriaient tous, même les chiens, et les femmes semblaient avoir un seul cheveu leur couvrant le crâne et retombant de chaque côté sur leurs épaules. Dans deux minutes, il va faire un soleil avec une face dedans, me suis-je dit.

« Ça va, le grand créateur ? » Je le regardais en souriant. Il n'a pas levé la tête, toujours concentré sur son œuvre, mais a plutôt étendu un bras pour remuer son verre vide. Je me suis dirigée vers le petit réfrigérateur au fond de l'atelier, dans lequel je gardais toujours des bouteilles d'eau et du vin blanc.

« Ça donne soif, la création, a expliqué Laurent.

— Ben oui. » Quand je suis revenue près de lui, il y avait sur la feuille un gros soleil jaune et orange qui souriait, l'air content d'éclairer ce petit peuple allumette. J'ai regardé Laurent, qui a levé la tête vers moi.

« Tu sais c'est quoi le pire ? a-t-il demandé.

— Quoi ?

— Je me suis vraiment forcé. » Il riait un peu. J'ai ri à mon tour, me laissant tomber sur une de ses épaules.

« On va le garder, ai-je dit. On va même l'aimanter sur le frigo.

— Pffff... un peu plus puis je fais un barbeau noir et je dis que c'est une tempête de neige.

— Hé ! Je faisais ça quand j'étais petite.

— Je sais ! Tous les gens que je connais qui ont des enfants ont genre huit grabos laids sur leur frigidaire ou sur le mur de leur bureau, faits par leurs flos qui disent que c'est des tempêtes de neige.

— Je trouve ça *cute*. La fille d'une de mes amies est plus rusée, elle dit que c'est une tempête de neige *sur l'eau*.

— C'est insupportable.

— Arrête donc de dire que tout ce qui concerne les enfants est insupportable.

— C'est insupportable.

— T'es insupportable.

— Peut-être. »

Il venait de temps en temps dans mon atelier quand il savait que j'y étais, pour prendre un verre de vin, discuter un peu, ou même se contenter de ronfloter une petite heure sur le vieux sofa gris (avait-il toujours été gris ? N'avait-il pas déjà été blanc ? Angoissante question). Je savais qu'il ne passait que quand il se sentait triste ou qu'il se posait trop de questions. Il disait trouver des réponses dans la tranquille blancheur de la grande pièce et dans le geste patient de dessiner, mais je savais que c'était ma présence qui l'apaisait, non pas parce que j'étais moi-même apaisée ou calme ou même à la rigueur tranquille, mais parce que je le connaissais tellement parfaitement qu'il n'avait pas besoin d'être quoi que ce soit d'autre que lui-même auprès de moi. Je le savais parce que, moi aussi, sa présence me reposait, elle était une permission, des vacances, « *the next best thing to being alone* », nous disions-nous parfois, paraphrasant *Seinfeld* et nous trouvant subtils.

« Ça va, avec Carole ? » lui ai-je demandé. Je savais que quelque chose, quelque part, n'allait pas trop, et je savais aussi ce qu'il allait répondre.

« Mmm.

— Mmm ?

— Ben oui, ben oui, ça va. » Il avait le ton qu'on prend avec les gens qui nous énervent – il y avait longtemps qu'il avait cessé de se gêner pour moi.

« Elle t'a encore parlé d'enfants ?

— Il reste du vin ? » Il avait déjà fini son verre. J'ai fait un petit sourire, je lui ai caressé le lobe d'oreille, et je lui ai resservi un verre.

« Est-ce que tu l'aimes, Loulou ?

— Quoi ? ! » Laurent avait un rapport étrange et complexe avec l'amour – il ne m'avait jamais dit qu'il m'aimait, il ne l'avait jamais dit à personne. J'avais parfois l'impression qu'il avait peut-être de la difficulté à reconnaître chez lui les manifestations de l'amour. Il a haussé les épaules, l'air contrit, et j'ai su qu'il ne répondrait pas.

« Tu vas chez tes parents, ce soir ?

— Ouais. Anniversaire d'Élodie. Tu veux venir ?

— Ben là. On n'est plus ensemble.

— Ouais. Je sais. »

Il a fait le tour de ma table à dessin, et est venu se pencher sur celui que j'étais en train de faire, et d'autres qui étaient plus achevés. « Le petit chaperon te ressemble.

— Franchement. C'est une petite fille de dix ans.

— Euh...

— Ben là, quand même. » Les gars disaient toujours que j'avais l'air d'avoir environ seize ans. C'était à la limite plutôt flatteur. Mais dix ans, je trouvais que c'était un peu exagéré, pour ne pas dire vaguement angoissant.

« Je te dis, moi. La forme des yeux, la petite bouche, le toupet. Tu vas la faire blonde ?

— Non ! Rousse.

— Oh, *come on* ! Tout le monde sait que le petit chaperon, qu'il soit rouge ou vert ou bleu, a les cheveux blonds.

— O. K., O. K., je pensais lui faire des cheveux blonds.

— Tu vois ? Tu t'es dessinée. »

J'ai haussé les épaules et je suis allée m'appuyer comme lui sur la table à dessin. Dans l'illustration qu'il regardait, la petite fille souriait, les mains jointes, en s'extasiant devant les grandes dents du loup, ridicule en bonnet de grand-mère. Je l'ai observée un moment et je me suis dit que, dans une certaine mesure, Laurent n'avait peut-être pas complètement tort. Bel acte manqué, ai-je pensé.

« De quel grand méchant loup t'as peur, Marine ? »

J'ai suivi le petit chemin de pierres savamment dépareillées qui menait à la maison. Mon père, maniaque de travaux ménagers inutiles depuis qu'il était à la retraite, avait visiblement pelleté l'entrée au moins trente-six fois dans la journée : il neigeait depuis le matin, mais le chemin était impeccable, exempt du moindre flocon et, de chaque côté, de petits tas de neige déblayée avaient été envoyés derrière les lampes halogènes qui éclairaient la maison. Il devait y en avoir au moins quarante, qui été comme hiver avaient pour but d'éclairer le chef-d'œuvre d'architecture insignifiante et de paysagement banal qu'était la maison où j'avais grandi. C'était un effort touchant, je devais le reconnaître, mais considérant que toutes les maisons sur la rue se ressemblaient et que tous les terrains avaient été aménagés par le même architecte-paysagiste très moyennement doué, on était en droit de se demander pourquoi, au juste, certains propriétaires avaient senti le besoin d'illuminer leur domaine comme s'il s'était agi des jardins de Versailles.

Devant la porte, j'ai compté comme toujours jusqu'à cinq après avoir sonné : à quatre, fidèle à elle-même, ma mère hurlait : « Raymond ! La porte ! » – on l'entendait jusque sur le trottoir. Mon père est finalement venu ouvrir, avec le bon sourire qu'il se préparait toujours avant même d'avoir aperçu son invité.

« Marine ! a-t-il dit en ouvrant les bras. Marine. » Il répétait souvent les noms, pour nous montrer, et se prouver je crois, qu'il n'était pas « aussi oublieux que ta mère pense ». Je me suis hissée sur la pointe des pieds tout en tentant de me plier par-dessus sa bedaine pour l'enlacer. Il avait cessé de fumer depuis au moins quinze ans, mais gardait pour moi une odeur de tabac et de Old Spice qui me rappelait mon enfance.

« Allô Papou. » Il m'a regardée avec son même sourire et allait dire quelque chose quand ma mère est arrivée, mitaine de poêle dans une main, spatule dans l'autre, disant au moins vingt-quatre choses en même temps, prenant mon manteau, m'informant de la nouvelle promotion de mon cousin Samuel qui était rendu chef de section (section de quoi, au juste, je n'en avais aucune idée – la dernière fois que j'avais vu Samuel, il avait treize ans et rêvait de devenir champion de Gameboy) et m'indiquant qu'il y avait des amuse-gueules dans le salon.

J'ai donné une petite tape sur l'épaule de mon père, qui avait déjà renoncé à placer un mot, et je me suis dirigée vers le salon où Élodie fumait une cigarette, l'air de s'ennuyer prodigieusement, à côté d'Ariane qui grignotait un bâton de céleri.

« Ça va ? » ai-je demandé. Élodie a fait un petit « Pffff » d'adolescente blasée, pendant qu'Ariane levait vers moi son céleri. « Je fais des réserves, a-t-elle dit. C'est vraiment la seule chose que je vais pouvoir manger à soir, maman met de la viande dans tout.

— Ben oui. Toujours sainte Végétarienne ?

— VégétaLienne », a-t-elle précisé en souriant. Ariane savait que Frédéric et moi nous étions toujours un peu moqués de son militantisme vert enragé. Elle s'est levée, leggings aux rayures multicolores, Converse rouges, jupette en velours cordé brun, pull énorme en laine vierge, ses *dreads* blonds retenus par un foulard violet.

« Comment tu vas, ma vieille ?

— Ça va très bien. Et toi, saine jeunesse ?

— Ça va. » Elle sentait le patchouli.

« Pourquoi tu m'appelles jamais saine jeunesse ? a demandé Élodie.

— Ben là. » Ariane et moi avions répondu en même temps, et nous nous sommes mises à rire. Mon père est arrivé avec des bières fraîches pour moi et Élodie, et un verre de jus de légumes pour Ariane, qu'elle a refusé avec une grimace : c'était plein de sodium, aussi bien licher un bloc de sel.

« Va falloir que je retourne en cuisine, a-t-il dit. Votre mère a besoin de son assistant.

— Je vais y aller, papa, a dit Ariane.

— Non, non, non. Restez entre sœurs. Ça me fait plaisir, moi. »

Je me suis demandé si les filles se doutaient elles aussi qu'il préférait en fait ne pas rester avec nous, parce que même s'il nous aimait à la folie, ce camionneur de carrière n'avait jamais trop su comment parler à ses filles, ces petites personnes étranges et rieuses qui, à l'adolescence, étaient devenues des créatures pour lui déroutantes.

« Bonne fête, ai-je dit à Élodie.

— Pffff.

— Coudonc, qu'est-ce que t'as, toi ? »

Ariane m'a regardée en faisant un geste découragé qu'Élodie a aperçu du coin de l'œil.

« Ben c'est ça ! a-t-elle lancé. Fais ta *smatte*. Tu peux ben rire, toi, t'as juste vingt-trois ans. Moi je vais avoir vingt-six ans demain, et j'ai pas de chum. Ma vie est finie. » Elle le disait avec tellement de conviction que je n'ai pu m'empêcher de pouffer de rire.

« Eille, toi, va chier, O. K. ? »

J'ai ri de plus belle. Elle semblait sincèrement outrée, et la connaissant, je n'en doutais pas. À côté de moi, Ariane la regardait avec une incrédulité tout aussi sincère.

« Élo… ai-je dit. Regarde-moi. J'ai six ans de plus que toi, et je peux pas moins avoir de chum moi-même. Et j'ai jamais pensé que ma vie était finie pour autant. » Me croyais-je vraiment ? Je sais toutefois que j'aurais dû voir Ariane plus tôt, qui me faisait de gros yeux et essayait de pointer discrètement en direction de la cuisine. Quand je l'ai finalement aperçue, j'ai à peine eu le temps de me retourner pour voir ma mère, mitaine de poêle toujours au poing, qui hurlait (ce fut du moins mon impression. Plus tard, Ariane avait tâché de me convaincre qu'elle avait simplement parlé, mais je gardais le souvenir d'un cri particulièrement strident) : « T'AS PLUS DE CHUM ? ! » S'ensuivit la cacophonie habituelle, qui se terminait comme toujours par un : « T'aurais tellement dû rester avec Laurent », le tout ponctué d'éclats de rire très justifiés de la part de mes sœurs, de douces caresses dans le dos de mon père, qui me répétait gentiment que « t'as pas besoin d'un homme pour être une fille merveilleuse, Ariane. Euh... Élo... Euh... Marine. Marine ».

Ma mère, comme toujours, était beaucoup trop affligée par une situation qu'elle ne comprenait qu'à moitié. Élodie, quant à elle, avait commencé à se détendre, et même l'arrivée sur la table des fameuses et immangeables darnes de saumon avec une sauce au fromage de ma mère n'avait réussi à lui enlever son sourire. Au moins, me disais-je, j'ai trouvé le moyen de lui faire passer un anniversaire amusant. Elle riait, ses paupières impeccablement maquillées papillonnaient, elle me donnait des coups de coude en disant : « Finalement, t'as raison, vingt-six ans c'est pas si pire ! » pendant qu'Ariane essayait de se soutenir en avalant des kilos de patates pilées qu'elle aurait sans doute vomies si elle avait su la quantité de beurre que ma mère avait mis dedans.

« Jeff », ai-je murmuré. La chambre était sombre, et j'entendais son léger ronflement. « Jeff ! ai-je répété plus fort.

— Mmm ? » J'ai vu une forme se dresser dans le lit. « Y est quelle heure ?

« — Y est même pas minuit.

— Mmm ?

— Es-tu tout seul ? » On ne savait jamais, avec Jeff.

« Quoi ? Oui, je suis tout seul. »

J'ai franchi l'espace entre la porte et le lit en deux enjambées, et je suis allée me coucher à côté de lui.

« Penses-tu que ma vie est finie ?

— Mmm ? »

J'ai alors fait ce que je détestais faire plus que tout au monde : je me suis mise à pleurer, comme une fillette, pour des choses qui me semblaient, en plein jour, ne pas trop en valoir la peine. Jeff s'est retourné et a passé un de ses grands bras autour de moi, m'attirant dans le creux de l'immense cuiller de son corps. Il n'a rien dit. Je crois qu'il s'est endormi alors que je pleurais encore, parce que je me trouvais sotte et pitoyable. Vers une heure du matin, il a semblé se réveiller en sursaut et a demandé à ma nuque : « Ça va ?

— Non. » Je ne voulais pas m'excuser, je ne voulais même pas me lever. Puis, l'idée que les bras de mon coloc étaient la seule chose qui s'imposait entre moi et une déprime profonde et stupide m'a fait pleurer de nouveau.

« Ça va aller », a-t-il dit en caressant mollement mon jeans.

Évidemment, ai-je pensé. Ça va aller. Ça finit toujours par aller. Je me suis retournée. Je devinais son visage à quelques pouces du mien. Et j'avais envie, plus que jamais, moi la grande gaffeuse, de faire une gaffe.

À : Fred
De : Marine Vandale
Objet : Misère des riches

....

C'est quoi exactement ta position sur les grandes filles gâtées qui l'ont eue facile mais qui trouvent quand même le moyen de se plaindre de la vie qui les surprend encore par sa sournoise imperfection ?

À : Marine
De : Frédéric Vandale
Objet : Expérience sur le terrain

....

Je te rappelle que j'ai trois sœurs. Donc le département des plaintes exagérées, ça me connaît. Qu'est-ce qui se passe ?

À : Fred
De : Marine Vandale
Objet : Honteuse présomption

....

Qu'est-ce qui te dit que je parle de moi ?

À : Marine
De : Frédéric Vandale
Objet : Expérience sur le terrain

....

Écoute, je voudrais pas avoir l'air du gars qui se vante de lire entre les lignes, mais encore une fois, a-t-on vraiment besoin de jouer à cache-cache ici ? Parce que j'ai une impression assez solide qu'on pourrait sauver du temps et pas mal de pixels en entrant vaillamment dans le vif du sujet.

À : Fred
De : Marine Vandale
Objet : Don de voyance

....

Tu aurais au moins pu être gentil et rigoler un peu, quitte à me faire croire pendant deux ou trois nanosecondes que je faisais peut-être référence à Élodie, dont en passant c'était l'anniversaire et qui a souligné à une vingtaine de reprises que le téléphone a pas dérougi, mais que c'était jamais son frère au bout de la ligne. Je voudrais pas te dire quoi penser, mais moi, je vois là comme un reproche voilé.

À : Marine
De : Frédéric Vandale
Objet : Frère indigne

....

Merde. Tu crois que si je lui explique que j'étais dans la création jusqu'au cou et que les métaphores me sortaient des doigts à un rythme effréné et que j'avais un devoir d'auteur de les consigner sur la page, ça va passer ?

À : Fred
De : Marine Vandale
Objet : re : Frère indigne

....

Tu veux rire ?

À : Marine
De : Frédéric Vandale
Objet : re : re : Frère indigne

....

On peut toujours rêver, non ? Mais ça va, je sais.
Je l'appelle, je me confonds en excuses, je promets un séjour de rêve quand elle va venir me
visiter ici.

À : Fred
De : Marine Vandale
Objet : Salaire de misère

....

Tu crois quand même pas que je la paye assez
pour qu'elle puisse se payer un billet pour Paris.

À : Marine
De : Frédéric Vandale
Objet : Lucidité

....

Bien sûr que non. Tu crois quand même pas, toi,
que j'inviterais Élodie une semaine chez moi si
je pensais qu'elle pouvait venir ? Pas fou, quand
même.

À : Fred
De : Marine Vandale
Objet : Solidarité féminine

....

Oh, ça va, l'écrivailleux, hein. Elle est insupportable, mais c'est ma petite sœur, et elle non
plus, elle va pas champion ces jours-ci. Donc,
douceur, et amour fraternel.

À : Marine
De : Frédéric Vandale
Objet : Grand frère à la rescousse

....

C'est bon, c'est bon. Et tu sauras que je suis un bénitier d'amour fraternel, ce qui me fait te demander pourquoi au juste la petite fille gâtée a tant à se plaindre.

À : Fred
De : Marine Vandale
Objet : Spectre de la vieille fille

....

La plainte, elle est liée assez directement au fait que j'ai trouvé le moyen, habile comme pas deux, de gâcher simultanément deux relations en même temps et de faire peur à un homme qui a toute la beauté des landes écossaises dans les yeux. Du coup, constat : j'ai trente-deux ans et je vais finir mes jours seule, assise à côté de Claude François empaillé.

À : Marine
De : Frédéric Vandale
Objet : Taxidermie

....

Le chat ou le chanteur ?

À : Fred
De : Marine Vandale
Objet : re : Taxidermie

....

T'es con.

À : Marine
De : Frédéric Vandale
Objet : Légèreté

....

Un peu de légèreté, Marinette. Et puis tu m'en
voudras pas de pas te prendre trop au sérieux,
pour plein de raisons douces et gentilles du
genre que tu es une fille géniale et mignonne
comme tout et que j'ai beau essayer, j'arrive pas
trop à te visualiser un avenir de bête abrutie à
côté d'un chanteur empaillé et ridicule.

À : Fred
De : Marine Vandale
Objet : re : Légèreté

....

Oui, bien tu vois, c'est ça. Ma légèreté, je la
trouve plus, et pour tout te dire je sais plus exactement où je l'ai mise. Et là j'arrive plus à rela-
tiviser et je me sens moche et seule, et derechef
moche de me sentir moche alors que je devrais
pas me plaindre. Donc cercle vicieux, humeur
maussade, manque de confiance, et tout ça, tu
te souviens, c'est la recette gagnante pour faire
des gaffes.

À : Marine
De : Frédéric Vandale
Objet : Gastonne Lagaffe

....

Oh non. Qu'est-ce que t'as fait ?

À : Fred
De : Marine Vandale
Objet : Même Gaston aurait honte

    T'as pas parlé à Jeff, par hasard ? Je te demande ça comme ça.

À : Marine
De : Frédéric Vandale
Objet : (aucun)

    Oh non. Oh non, non, non. Marine, qu'est-ce que t'as fait ?

À : Fred
De : Marine Vandale
Objet : (aucun)

    Merde, faut que j'y aille. Il vient d'entrer. Je te raconterai. Tu me jugeras pas ?

À : Marine
De : Frédéric Vandale
Objet : INFO !

    Tu vas pas me laisser en plan comme ça, quand même ?

À : Marine
De : Frédéric Vandale
Objet : Hyène

    Je peux pas croire que tu m'as laissé en plan.

:-)

Chapitre 4

« Mon Dieu », ai-je dit à voix haute en entendant la clef dans la serrure. J'ai fermé l'ordinateur d'un geste sec et je me suis levée d'un bond pour aller me tenir stupidement devant la porte. Nous ne nous étions pas revus depuis la nuit, et j'étais... j'étais beaucoup de choses. J'étais triste et mêlée et déconcertée et gênée – j'étais, surtout, terrifiée. J'avais passé la journée avec l'impression d'être entourée d'un nuage de peur fétide et tenace que j'aurais eu de la difficulté à définir, mais que je sentais nettement. La peur de perdre Jeff, la peur que certaines choses changent que je croyais immuables, un peu de tout cela, je ne savais trop. Et j'espérais que Jeff, de l'autre côté de la porte, pourrait m'aider.

« Ben là ! a dit Julien en entrant. Tu te tiens toujours debout dans l'entrée comme une dinde ou t'avais particulièrement hâte de me voir ?

— Ostie de niaiseux ! » J'étais absurdement fâchée contre lui. De m'avoir fait si peur, de n'avoir pas de remède contre ma peur. Il a rapidement enlevé sa grosse doudoune Kanuk blanche avec un énorme collet de fourrure beaucoup trop coquet à mon goût, pour révéler un jeans rouge et une chemise magenta portée sous un débardeur violet qui m'ont donné mal à la tête.

« Je suis venu dès que j'ai su », a-t-il dit en se dirigeant directement vers la cuisine pour se faire un cocktail, se contentant d'une rapide caresse sur mon épaule. Il va au moins me dire comment il a su et ce qu'il sait exactement, ai-je pensé, mais non. Il s'activait vivement derrière le comptoir, un tourbillon de couleurs trop audacieusement agencées, suivi du regard par le chat qui le contemplait depuis le bol à fruits.

« Banana daïquiri, ça te tente ? a-t-il demandé, révélant par le fait même le mystère de la crème de banane.

— Je vais prendre un verre de vin, Ju. Mais vas-y fort. »

Il m'a rapidement servi un verre et est retourné à sa mixture qui ressemblait déjà à un mal de tête carabiné. Il m'énervait prodigieusement et j'étais de plus en plus terrifiée parce que je n'avais pas de réponse et parce que Jeff risquait d'arriver d'une minute à l'autre, me trouvant en caleçon d'homme et en camisole dans la cuisine avec un clown trop coloré buvant des cocktails de matante et avec, surtout, aucune réponse.

« Julien, ai-je finalement dit en retenant une de ses mains.

— Quoi ?

— Qu'est-ce que tu fais ?

— Un banana daïquiri.

— Julien, câlisse. »

Il a versé au moins douze mesures de rhum dans le malaxeur, puis s'est arrêté. «Jeff m'a appelé, a-t-il dit. Alors, je suis venu.

— Qu'est-ce qu'il t'a dit?

— Il m'a rien dit. Il m'a dit que tu devais avoir besoin de compagnie.»

J'ai failli me mettre à pleurer, par dépit et par tendresse pour Jeff, qui même dans ces moments-là pensait à moi.

«Il est où, Jeff?

— Je sais pas.

— Julien...

— Il est allé coucher chez Laurent. Il m'a dit qu'il pensait que c'était une meilleure idée pour ce soir. Et en plus, Laurent est comme surexcité d'avoir enfin quelqu'un pour tester sa maudite chambre d'amis.»

J'ai ri un peu. Julien s'est accoudé au comptoir, plaçant devant lui un énorme verre de daïquiri mousseux à travers lequel je voyais flotter de décevants petits bouts de banane.

«Qu'est-ce qui s'est passé? a-t-il demandé.

— Ben là.

— Ben là, quoi? Il m'a rien dit, Marine. Il m'a juste dit que te connaissant, tu devais être dans tous tes états et que, pour ce soir, il pensait que c'était mieux pour lui d'aller faire dodo chez le grand.

— Y est tellement fin...»

Julien a soupiré de façon exagérée avant de prendre une grande gorgée de son cocktail. «O. K. Marine? Je veux ben croire qu'il est tellement fin, et je suis content pour lui et encore plus pour toi, mais en attendant, est-ce que tu peux me dire ce qui s'est passé? Parce que là je suis en train de m'autodissoudre tellement la curiosité me dévore et si tu me racontes pas tout d'ici la fin de mon *fucking* de banana daïquiri, je vais t'obliger à en boire un, c'est-tu clair?

— O. K. ! O. K. ! » Si mon furieux besoin de confession n'avait pas suffi, la menace du daïquiri venait de m'achever.

J'ai essayé de remettre mes souvenirs en ordre. C'était plutôt confus, il faut dire, avec tout l'alcool que j'avais consommé chez mes parents pour ne plus trop entendre ma mère me répéter que ça n'avait pas de sens que je n'aie personne dans ma vie et que c'était certainement parce que j'étais trop difficile (une théorie qu'elle défendait âprement et que je trouvais particulièrement insultante puisqu'elle impliquait que ma propre mère trouvait que je visais un peu haut, et que si elle avait été à ma place, elle aurait définitivement abaissé ses standards vers quelque chose de plus digne de moi, c'est-à-dire de plus médiocre).

Mon père, en plus, avait semblé m'encourager dans cette tâche, me versant continuellement du vin, sachant sans doute par expérience que rien ni personne ne pouvait réveiller une conscience comme ma mère, et que parfois, entre l'ivresse et ses remontrances, un choix s'imposait. J'étais donc rentrée assez soûle merci et dans un état de désarroi mou que Laurent appelait « l'apitoiement sur leur propre sort des soûlons ». J'étais en plein dedans, toute peinée pour moi d'être seule par ma propre faute, d'être incapable de m'en foutre, d'assumer mon célibat et de me réjouir des enjeux autrement profonds et fascinants que recèle l'âme humaine. Je pensais de travers et je pensais trop, toute triste et humiliée d'être une mauvaise personne qui trompait ses jeunes et gentils chums (je me soupçonnais en fait d'être simplement une personne ordinaire et je trouvais cela encore plus déprimant. Au moins, me disais-je en titubant à travers le salon, les méchants ont devant eux des possibilités de rédemption et de chemins de Damas. À quoi allait ressembler mon chemin de Damas ? J'avais la nette impression, en contournant le sofa et en essayant de ne pas marcher sur le chat, que j'étais beaucoup trop ordinaire pour les révélations dignes de l'épiphanie, qui devaient être réservées à ces personnes plus grandes que nature que j'admirais et que je n'allais jamais être).

Bref, j'étais amère, soûle et triste, disposition très peu recommandable pour la jeune trentenaire doutant d'elle-même. S'il m'était resté un iota de sagesse, je serais allée directement dans ma chambre, mais c'était au-dessus de mes forces. Et dans l'état où j'étais, c'était justement ce dont je rêvais avec émotivité : la force de quelqu'un. Jeff, avec ses six pieds deux, ses deux cents livres et son assurance à tout casser, semblait tout indiqué. Plus, me fera-t-on remarquer, il était juste là. On ne pouvait pas dire que je m'étais cassé la tête.

Je me souvenais encore clairement d'être entrée dans sa chambre, de m'être couchée contre lui, d'avoir pleuré comme un bébé en lui demandant si selon lui ma vie était finie, et de m'être vaguement endormie. Là où les souvenirs se bousculaient, c'était après, après m'être retournée face à lui et avoir observé son visage dans la pénombre pendant quelques minutes. Il avait des cils exceptionnellement longs et fournis, des cils d'annonce de mascara qui s'agitaient imperceptiblement sur ses yeux clos. J'aurais peut-être continué à détailler ainsi son visage (fascinant exercice, quand on a trop bu, que de reconstituer patiemment les traits d'une personne que nous connaissons tellement bien que nous avons pratiquement cessé de la voir) pour finalement me rendormir entre ses bras, mais voilà : Jeff avait ouvert les yeux.

Je ne savais déjà plus combien de temps nous étions restés ainsi, à quelques centimètres à peine l'un de l'autre, à nous regarder comme si nous ne nous étions jamais vus. Julien avait beau insister, j'étais incapable de me rappeler s'il s'agissait d'une ou de vingt minutes. J'attendais que Jeff dise quelque chose, en fait. Jeff disait toujours quelque chose. Jeff était l'antidote à tout malaise, le remède à chaque silence un peu trop lourd, celui par qui venait le mot juste. Mais là, silence. Silence et regard bleu – enfin, je dis bleu parce que je savais de quelle couleur étaient les yeux de Jeff. Dans la nuit qui nous entourait, de toute façon, tout était bleu, et j'avais bien envie de blâmer ce bleu qui tapissait tout, et même l'intérieur de ma tête, pour le geste que j'avais alors posé.

« Vous avez baisé », a dit Julien en calant son daïquiri. Je me suis demandé comment il avait pu tenir jusque-là sans poser la question, et j'ai presque eu pitié de lui tellement je savais qu'il allait être déçu quand je lui ai répondu : « Non. Non, on n'a pas baisé. »

J'avais, par contre, embrassé Jeff. J'avais très peu pensé – j'étais soûle, d'abord, et je ne crois pas que quiconque au monde ait jamais vraiment réfléchi avant de faire un geste aussi absurde et impulsif. Je me souvenais encore de son bras qui était posé sur ma hanche : c'était, plus que ses yeux ou sa bouche, ce qui m'avait donné le désir, absolument irrésistible, de m'abandonner à lui. (Encore une fois, il peut être intéressant de remarquer que les désirs sont rarement résistibles quand on est soûl, et que c'est là une leçon que personne n'apprendra jamais, ou plutôt que personne ne sera jamais capable d'appliquer, pour le meilleur et pour le pire.)

Je m'étais approchée, doucement d'abord. J'avais eu un bref éclair de lucidité – de cela, je me souvenais encore – qui m'avait fait voir l'absurdité carrément abyssale de la situation, la quantité astronomique de problèmes parfaitement évitables qu'elle risquait d'engendrer et le fait qu'il y avait sans doute peu de choses aussi moches à faire, quand on se sentait seule et coupable d'avoir mal aimé deux hommes en même temps, que de s'apprêter à faire la même chose avec le premier venu, fût-il (et à pire raison, s'il l'était) votre meilleur ami. Je me connaissais aussi assez bien pour savoir que c'était exactement mon genre, que quand je n'allais pas bien, je cherchais les bras d'un homme comme d'autres cherchent une bouteille de vin (bon. Pour être bien honnête, je cherchais les bras d'un homme ET une bouteille de vin et ce soir-là, j'avais trouvé les deux).

L'éclair avait duré quelques secondes, peut-être, mais il avait été suffisant pour me faire entrevoir tout cela et, pire, pour prendre la décision consciente de m'en foutre éperdument. Au-delà de tout raisonnement et de tout bon sens, il y avait le bras de Jeff sur ma hanche et, une brève éternité plus tard, mes lèvres sur les siennes.

Il n'avait pas semblé étonné. Ses lèvres s'étaient entrouvertes, doucement, tendrement, même, et j'avais senti sa main serrer ma hanche, ce qui m'avait terriblement excitée, et d'un seul mouvement je m'étais collée tout contre lui, contre ce grand corps d'homme dont je voulais sentir le poids sur moi.

Julien me regardait, la bouche grande ouverte, une caricature de face étonnée. Dans deux secondes, ai-je pensé, il va dire « *Oh. My. God* ».

« *Oh. My. God.* » Je me suis mise à rire, mais il n'a même pas eu l'air de me voir. « Je peux pas CROIRE qu'il m'a rien raconté de tout ça.

— Rien du tout ? » Moi aussi, pour être bien honnête, j'avais un peu de difficulté à le croire.

« Non ! Il a rien voulu nous dire. Juste qu'il s'était passé quelque chose, rien de grave, mais que tu étais tout à l'envers. Si tu veux mon avis, il avait l'air pas mal plus à l'envers que toi.

— Tu penses ? » C'était idiot, mais l'idée me faisait plaisir.

« Oh mon Dieu, a dit Julien. Je suis *sûr* qu'il va tout raconter à Laurent. » Il a levé en l'air un poing dérisoire et a maugréé : « Maudites confidences d'hétéros…

— Julien. Non. Y a pas de confidences d'hétéros. En tout cas, pas de gars hétéros. Les gars se confient à leurs amies de filles, occasionnellement à des amis gais, et la plupart du temps à leur berger allemand ou à leur char.

— Tu généralises.

— À peine. »

Il était en train de piler plutôt maladroitement une autre banane trop mûre pour se faire un autre cocktail. « En tout cas. Laurent est mieux de pas en savoir plus que moi. » Il a semblé réfléchir, puis a posé sa fourchette avec un petit geste sec et s'est mis une main sur la hanche. « À part ça, veux-tu bien me dire pourquoi il nous a rien raconté, ce grand insignifiant-là ? Quel genre de gars se vante pas d'une histoire de même ? C'est quoi, il a pas bandé ?

— Non. » Je suis allée me resservir un verre de vin. Quelle semaine de merde, tout de même. « Non, il vous a rien dit parce qu'il est poli. Par gentillesse.

— Ooooh… » Il a hoché la tête un moment, puis a eu l'air de comprendre. « Oh ! »

Eh oui, oh. J'étais collée contre Jeff, encore tout habillée, nous nous embrassions avec un entrain qui, même rétrospectivement, me semblait être tout ce qu'il y avait de plus passionné, j'avais mis de côté ma raison et je n'étais enfin plus qu'un corps (*sweet oblivion !*). Je n'avais qu'une envie qui, si elle m'étonnait encore un peu, persistait et même augmentait : sentir Jeff entrer en moi. C'est là qu'il s'était réveillé.

Je dis « réveillé », parce que c'était exactement l'impression que j'avais eue et, pendant quelques secondes, je m'étais même demandé s'il n'avait pas été endormi tout le long de notre étreinte – après tout, peut-être était-il somnambule et s'il y avait une chose que Jeff devait faire dans son somnambulisme, ça ne pouvait être que cela : étreindre des femmes.

« Marine », avait-il dit, et je m'étais tout de suite inquiétée : ce n'était pas le « Marine… » langoureux de l'homme qui s'abandonne, mais plutôt celui, tendu et effrayé, de celui qui se ressaisit. Je l'avais déjà entendu, ce « Marine », dans la bouche d'un autre homme qui avait fait suivre mon prénom ainsi prononcé de la phrase : « Je suis marié. » Bref, ça n'augurait rien de bon, et j'avais rapidement cessé d'être un corps pour redevenir une raison malheureusement trop consciente de ce corps qui se trouvait toujours dans les bras de son colocataire, et de la solide ivresse qui l'avait mené là.

Jeff s'était un peu reculé, de quelques centimètres à peine, mais je savais déjà que c'était pour ne plus se rapprocher : je sentais une tension dans son dos que je tenais encore qui contrastait tristement avec l'abandon de la minute précédente. Il avait relevé, très lentement, le bras qui m'entourait, et c'était finalement moi qui avais parlé.

« Excuse-moi », avais-je dit en me retournant sur le dos et en me mettant une main sur le visage. Je souhaitais ardemment me réveiller dans mon lit et réaliser que tout cela n'était qu'un rêve, excitant et humiliant et surtout pas vrai.

« Non, avait dit Jeff. Excuse-moi.

— T'excuser de quoi ? C'est moi qui… je suis désolée.

— Arrête. » Il s'était retourné et avait tendu un bras vers moi, mais cette fois c'était moi qui m'étais vivement éloignée de sa main comme si elle avait pu me brûler.

« On n'est pas pour commencer à faire ça, avais-je dit, alors que je sentais encore, dans mon ventre, les braises de mon désir. T'as raison, ç'a aucun sens.

— Non, c'est pas ça... Marine, c'est pas l'envie qui manque...»

À ces mots, je m'étais levée – je ne savais pas trop pourquoi, mais ils m'insultaient, ils me piquaient au vif. J'avais rajusté mon chandail dans un geste d'une remarquable futilité et j'avais voulu dire quelque chose, mais en me retournant vers le lit où Jeff, appuyé sur un coude, se passait une main dans le visage, à demi nu dans la lumière bleue, je m'étais sentie capituler, complètement, et je n'avais pu articuler que «Je suis soûle, O. K. ? Je suis désolée», alors que nous avions été soûls ensemble des centaines de fois sans que jamais rien de ce genre ne se produise, et : «Je vais aller me coucher.»

Je l'avais entendu derrière moi dire «Ta vie est tellement pas finie», et ensuite, alors que je refermais la porte : «*Fuck.*»

«Oooooh, a dit Julien.
— Peux-tu arrêter de dire "Oooooh"? C'est pas exactement constructif.
— Pffff...
— Bon.» Si j'étais pour passer la soirée à entendre des onomatopées et des monosyllabes, valait mieux le faire avec un verre dans le nez. Je me suis relevée pour me verser encore du vin, en contournant Julien qui continuait à faire des «pssss» et des «tsssk» dans son daïquiri. Claude François me suivait du regard, et je me suis penchée pour donner un bisou dans sa fourrure tiède.

«T'es fâchée après lui ? a demandé Julien.
— Après Jeff ? Non. Non, même que je trouve qu'il a de la classe en tabarnak de rien vous avoir raconté.» J'ai pris une gorgée de vin. Julien me regardait, essayant sans doute de voir si j'étais bien honnête. «Et de pas avoir... tu sais... de m'avoir empêchée de... d'avoir empêché

qu'on... En tout cas. De pas avoir cédé ou de pas avoir voulu... de pas... Crisse, aide-moi pas, toi, surtout !

— Mais je peux pas t'aider, Marine ! Penses-tu vraiment que je sais ce qui s'est passé dans la tête à Jeff ? Moi je pense qu'il a simplement raisonné, qu'il s'est dit que ç'aurait aucun sens, que ça risquerait de gâcher certaines affaires... et puis *no offense*, ma pitoune, mais ça prend pas des dons de voyance pour voir que tu files un drôle de coton ces jours-ci et donc que c'était peut-être pas exactement les bonnes raisons qui t'ont poussée à faire ce que t'as fait.

— Je sais tout ça, Julien. C'est pour ça que je trouve qu'il a été correct. Même si... câlisse. Sur le coup, je voulais le tuer.

— Je comprends. »

Je n'étais même pas certaine si j'avais aussi mal réagi parce que j'étais vexée ou, en fait, parce que j'avais bien vu, même à travers mon désir frustré et mon ivresse, que Jeff avait compris mieux que moi, et avant moi, ce qui m'avait amenée dans ses bras.

« Faut pas que tu t'en veuilles, a dit Julien.

— Ben là.

— Non ! Faut pas que tu t'en veuilles. Je sais pas ce que vous avez toute la gang, toi et Laurent, surtout, à vous en vouloir toujours d'être humains. C'est pas fort, ce que t'as fait, c'est loin d'être champion, mais câlisse, c'est juste humain. La faiblesse est humaine. Tu vas quand même pas commencer à te reprocher d'être trop humaine, non ? »

J'avais envie de lui dire qu'en pensant comme ça, on pouvait d'ores et déjà commencer à pardonner absolument tout à absolument tout le monde sous prétexte que nous étions tous humains, du meilleur au pire d'entre nous, et que l'idée d'embrasser sa faiblesse, l'œil humide et le cœur gonflé, avec le sourire béat de celui qui retrouve une sœur trop longtemps perdue, me semblait ouvrir la porte à un dangereux flot de niaiseries et de bêtises, pour ne pas dire à de potentielles catastrophes (si on suivait la théorie de Julien, on pouvait faire passer n'importe quoi sur le dos de notre condition humaine : elle avait le dos d'une largeur infinie. J'imaginais Hitler, dans son bunker, hausser les épaules d'un air un peu contrit : « Qu'est-ce que vous voulez, *meine Herren*, j'ai merdé, je sais, mais je suis juste humain »).

« Je sais ce que tu penses, a poursuivi Julien. Peut-être que c'est parce que je suis gai, puis que de découvrir que t'aimes les hommes en 1980 à Percé c'est pas nécessairement évident et ça t'oblige à penser un petit peu autrement, juste pour survivre et t'endurer toi-même, mais je me suis fait une idée assez tôt qu'il y avait rien, absolument rien de ce qu'on pouvait faire qui était inhumain. Ça existe pas l'inhumain. C'est un mot qu'on a inventé pour se rassurer quand il y a des choses qui nous font peur. Dire d'une mère qui tue son enfant : "C'est inhumain", c'est se fermer les yeux. C'est pas inhumain, crisse, puisque quelqu'un l'a fait. C'est horrible, mais c'est humain. C'est un refus de l'humain, au pire, mais on s'aidera pas en essayant de le nier. Et à une beaucoup plus petite échelle, tromper sa femme, coucher à gauche et à droite, voler la petite caisse du resto où tu travailles, *bitcher* ta meilleure amie, oublier d'appeler ta mère à sa fête, essayer de te taper ton coloc parce que t'es soûle et *down*, c'est juste des manifestations un peu décevantes de notre humanité. Je te dis pas de les célébrer, mais au moins de pas t'autoflageller inutilement à cause d'elles. Parce que de passer son temps à se faire des reproches, c'est juste une façon de pas assumer ses torts. »

Il a terminé sa tirade avec le genre de soupir fatigué et satisfait qu'on pousse après avoir accompli une tâche exigeante et un peu rébarbative, puis il a levé la bouteille de crème de banane jusque devant ses yeux pour voir si elle était vide. Il en restait un doigt, qu'il a immédiatement versé dans son verre vide et qu'il a calé d'un coup sec. Que s'était-il passé dans sa vie, me suis-je demandé, pour qu'il tienne de tels discours et insiste pour finir des bouteilles de crème de banane en une gorgée ?

Je comprenais ce qu'il voulait dire et, sans être absolument d'accord avec lui, j'étais loin de considérer qu'il avait tort, mais j'étais abasourdie de l'entendre lui, Julien, avancer tout cela avec quelque chose qui s'approchait presque du trémolo dans la voix. Nous avions toujours su qu'il se cachait quelque chose de triste et de gris dans le passé de Julien – Laurent et Jeff croyaient simplement que c'était le fait d'avoir eu à s'assumer en tant qu'homosexuel dans une famille qui considérait cela comme un péché mortel, mais j'avais toujours pensé qu'il y avait autre chose, quelque chose de certainement plus lourd dont il avait dû se remettre et à la suite de quoi il avait choisi d'être aussi violemment joyeux, aussi constamment positif, et qui l'avait décidé à chasser jusqu'à la plus petite chaussette grise de sa chambre pour faire entrer un arc-en-ciel dans sa garde-robe.

Il ne me regardait pas, occupé à tasser des bouteilles dans le cabinet à alcool, à la recherche de je ne sais quoi – après la crème de banane, il aurait sorti du Drambuie que je n'aurais pas été étonnée.

« Excuse-moi, a-t-il dit, le nez toujours dans le cabinet. Je m'emporte un peu des fois. C'est juste que… » Il avait la tête presque complètement enfoncée dans l'armoire. S'il avait pu, je crois qu'il y serait entré tout entier avant de refermer la porte derrière lui. « C'est juste que quand tu t'es fait vraiment mal, des fois ça te fâche un peu de voir les gens que t'aimes se faire mal avec des choses qui devraient même pas être douloureuses, elles.

— Qu'est-ce qu'il t'est arrivé, Ju ? »

Il s'est retourné, une bouteille crasseuse dans une main. « Du *peach schnaps* ! Exactement ce que je cherchais. Je fais d'excellents Fuzzy Navels. » Il souriait, radieux, ses yeux si beaux dansant gaiement comme s'ils n'avaient jamais connu le moindre souci, et j'ai su que ma question ne trouverait pas de réponse, certainement pas ce soir, et peut-être jamais.

« Écoute, a-t-il dit en sortant du réfrigérateur du jus d'orange pour préparer ses damnés Fuzzy Navels, que j'étais cette fois tenue de goûter. Ce que je veux dire, c'est que y a pas de mal à avoir envie du corps d'un homme quand on file pas. Moi aussi, c'est ma dope.

— Oui, mais toi, t'as un chum, Ju. »

Il a ouvert la bouche pour dire quelque chose, en clignant des yeux.

« O. K., quoi ? ai-je demandé.

— Du jus d'orange ! a-t-il crié, comme s'il venait de se réveiller. Y a plus de jus d'orange. » Je devais le regarder avec un air intrigué parce qu'il a ajouté, sur un ton beaucoup trop enjoué et comme s'il s'était agi d'une réponse à ma question : « Du jus de pamplemousse. ÇA, ça va faire la job. » Il s'est mis à tasser les cartons de jus dans le réfrigérateur et a ajouté, toujours sur le même ton guilleret : « Qu'est-ce que tu veux, Marine, on est pleins de vie, ça vient avec ses avantages et ses désavantages.

— Ouais, ben en attendant, je suis pognée avec un coloc qui est obligé de découcher, un épouvantable *guilt trip*, et un ostie de Fuzzy Navel.

— Goûte ! Je te dis que c'est pas mauvais. »

Ce n'était pas mauvais à proprement parler, mais le goût du *peach schnaps*, faisant remonter en moi l'impérissable souvenir de ma première brosse, m'a instantanément donné envie de vomir, d'écouter du vieux Depeche Mode et d'écrire d'absurdes slogans anarchistes sur un sac à dos, histoire de retrouver mes seize ans dans toute leur splendeur. Qu'avais-je fait pour avoir des amis qui, à près de quarante ans, insistaient encore pour boire d'absurdes cocktails ? Pourquoi ne pouvions-nous pas nous soûler au vin ou à la bière, comme tout le monde ?

« Julien...

— *Enweye, enweye.* Si t'es fine, je te fais un Blue Lagoon, après. Vous avez du Curaçao, non ? »

J'ai jeté un regard paniqué vers le cabinet à alcool, calculant mentalement le nombre de mètres qui m'en séparaient et essayant de voir si je serais capable, en cas de besoin, de bondir par-dessus le comptoir à temps pour y arriver avant Julien et fracasser la bouteille de Curaçao sur la première surface solide disponible.

« N'empêche, a dit Julien, comme si la menace du Blue Lagoon ne planait pas toujours entre nous, c'est vrai qu'il a été correct, Jeff.

— Il a été correct en crisse. Il avait vraiment l'air à l'envers ? »

Julien avait dû remarquer mon sourire, puisqu'il m'en a fait un en retour, rempli d'insinuations. « Il avait l'air troublé. Peut-être qu'il a juste peur que ça change entre vous.

— Peut-être. » Et si les choses avaient à changer ? L'idée m'attristait au-delà des mots. J'aurais voulu qu'entre moi et les garçons jamais rien ne change, même si je savais que tout finissait toujours par changer, et qu'il allait bien falloir, un jour, que nous devenions de vraies grandes personnes.

« As-tu déjà pensé qu'il était peut-être amoureux de toi ?

— Pardon ?

— Je sais pas, une idée comme ça.

— NON ! Non ! *God*, non, non, non, non, non... Julien, NON ! » L'idée me catastrophait complètement.

J'aimais Jeff de tout mon cœur, et oui, bon, j'avais voulu ardemment faire l'amour avec lui, mais il me semblait évident que si quelqu'un mêlait de l'amour à tout cela – du vrai – rien ne serait plus jamais pareil, rien ne pourrait plus rester simple entre lui et moi parce qu'une fois que l'amour entrait dans une équation, *you could kiss simplicity goodbye*, comme disent les Anglais.

« O. K. ! O. K. ! a dit Julien en riant. Je me demandais, c'est tout, je voulais pas insinuer… Seigneur, ça serait si grave que ça ?

— Ça serait complètement absurde, Julien. Ça impliquerait que je vis depuis trois ans avec un gars qui est amoureux de moi et qui… *oh my God*, est-ce qu'il vous a dit quelque chose ?

— Non ! Arrête donc… » Il riait un peu. Je devais effectivement être assez risible, en train de m'énerver inutilement au-dessus de mon Fuzzy Navel. « Il nous a rien dit, ça fait quarante fois que je te le répète. Et là, le connaissant, il doit être en train de regarder le hockey avec Laurent qui fait semblant d'aimer ça, en débriefant légèrement et en espérant que t'es correcte. Oublie pas, Marine, Jeff est *by far* le moins fucké de nous autres.

— C'est encore drôle ça, ai-je dit sur un ton qui oscillait entre la paranoïa et l'amertume et qui surtout n'augurait rien de bon. C'est toujours ceux qui ont l'air le moins fuckés qui le sont le plus.

— O. K. T'as vraiment besoin d'un autre *drink*. » Il avait parlé patiemment, avec un soupçon de lassitude, et je sentais qu'il était parfaitement conscient de la stupidité de ma phrase. C'était vrai, pourtant, que Jeff était certainement le moins compliqué de nous quatre. Il était transparent parce que sans complexes, sincère et solide dans ses affections, et moi, avec mes eaux mouvantes et mes gestes maladroits, j'avais dû le dérouter juste un peu, lui qui ne perdait jamais le nord, lui qui se tenait comme un roc au milieu de nos vies sans ancres et qui, malgré son grand cœur et sa bonne volonté, comprenait mal nos errances éperdues.

« 'Scuse. T'as raison. Je sais que Jeff est pas fucké. *It's the Fuzzy Navel speaking.* » Je me suis rendu compte, en parlant, que je commençais effectivement à être un peu pompette. « Fais attention, Julien. Si jamais je deviens soûle, je risque de te faire une passe. »

Il s'est mis à rire, a ajouté une banalité du genre : « Tu sais que je n'attends que ça pour changer d'équipe, Marine », puis on a sonné à la porte. Je me suis levée, intriguée, pour aller ouvrir, et Flavie est entrée comme un ouragan de couleurs avec son grand manteau jaune moutarde, ses Doc Martens mauves et, comble du comble, un bonnet phrygien qu'elle insistait pour appeler un bonnet de sans-culotte alors que tout le monde, ici, parlait de son chapeau de patriote.

« Salut ma puce ! » a-t-elle lancé en enlevant son manteau pour révéler une longue robe bleue en quelque chose qui ressemblait à du feutre. Avec elle et Julien dans l'appartement, j'avais un peu l'équivalent d'une boîte de Prismacolor. « J'ai laissé Guillaume !

— Guillaume ! Je… Yé ? » C'était le « Yé » le plus incertain que j'avais prononcé de ma vie : je ne me souvenais plus exactement de Guillaume, je ne savais pas s'il s'agissait d'une bonne nouvelle et je n'avais, pour être honnête, absolument aucune opinion sur la chose.

« Mais oui, yé ! Putain, yé yé yé ! Ah ! Julien ! » Elle s'est approchée du bar en deux enjambées, faisant détaler Claude François, qui avait toujours été terrifié par cette femme plus grande que nature, et elle s'est posée sur un banc en lâchant un soupir que les voisins ont dû entendre. « Qu'est-ce que tu fais, mon beau ? a-t-elle demandé à Julien.

— Blue Lagoon.

— Aucune idée de ce que c'est. Y a de l'alcool ?

— Juste ça, quasiment.

— Alors, t'en fais trois ? »

Elle a poussé un autre soupir avant d'enlever son bonnet, puis s'est finalement retournée vers moi. « Mais qu'est-ce que tu fous en caleçon, toi ? Ça va ? »

Julien lui a fait un signe de la main qui signifiait « Pas fort ».

« Mais qu'est-ce qu'il y a ? a demandé Flavie, soudain transformée en un torrent roux de compassion. Qu'est-ce qui se passe ? »

Alors, il a fallu lui raconter toute l'histoire de nouveau. Moi je voulais omettre quantité de passages, parce que je me souvenais que Jeff avait un petit béguin pour Flavie et que je m'en serais voulu de tout gâcher avec ma maladresse, mais Julien insistait pour tout raconter, et Flavie l'écoutait en riant et en m'envoyant des regards exagérément navrés et en me répétant « ma pauvre chouette ».

« Ma pauvre chouette ! a-t-elle dit quand l'interminable récit de Julien a finalement été terminé. Mais à quoi tu pensais ?

— Comment ça, à quoi ? À quoi tu penses que je pensais, Flavie ?

— Je te demande à quoi tu pensais de quitter la chambre comme ça ?

— Ben, qu'est-ce que tu voulais que je fasse ?

— Mais que tu le baises, ma pauvre fille ! Que tu l'entourloupes, que tu fasses tout ce qu'il fallait faire, mais que tu finisses au moins la nuit avec ce bel animal entre tes jambes !

— Tu trouves que c'est un bel animal ? » Julien, *shaker* toujours dans une main, était rendu tellement penché sur le comptoir que j'ai pensé qu'il allait tomber par-dessus.

« Ah ben oui ! a dit Flavie, comme s'il s'agissait de la chose la plus évidente qui soit. Il est magnifique, ce garçon !

— Il TE trouve magnifique, ai-je dit.

— Ça va, je sais. Je suis pas con, quand même, je vois bien comment il me regarde. »

Je l'ai soudain enviée terriblement, non pas d'être ainsi regardée par Jeff, mais d'avoir la lucidité et la confiance qu'il fallait pour reconnaître et assumer de telles choses. Moi, à trente-deux ans, j'avais encore envie de me confondre en excuses quand je plaisais à un homme.

« Pourquoi tu viens pas souper ? ai-je demandé à Flavie. Ça serait drôle.

— Mais… oui, peut-être. Faudrait peut-être attendre que vous régliez vos trucs, non ? » Derrière sa crinière rousse, Julien me faisait de grands « Oui » de la tête.

« Oui, ai-je dit. Je suppose, mais ça sera pas long. C'est pas si grave, quand même.

— Mais non, c'est pas si grave, a dit Flavie en me caressant une cuisse. C'est jamais aussi grave qu'on pense.

— C'est jamais aussi simple non plus.

— Non, a dit Julien en plaçant devant nous deux cocktails bleu électrique. C'est jamais aussi simple.

— *Thank God* », ai-je ajouté en souriant. Flavie a levé son verre et nous avons trinqué sans rien dire, à la belle complexité de la vie, je suppose, alors que j'espérais qu'au fond ça soit aussi simple, aussi joliment simple, pour toujours.

Le lendemain matin, je me faisais réveiller à sept heures par le téléphone. J'ai d'abord sursauté dans mon lit, me suis demandé pendant un bref quinze secondes où j'étais et qui j'étais exactement, puis je me suis souvenue des Blue Lagoon et, comme si mon mal de tête n'avait attendu que ce souvenir pour se déclarer, j'ai senti une vive douleur me serrer aux tempes. J'ai répondu – tout pour arrêter ce terrible bruit – et j'ai entendu la petite voix flûtée et polie de Mathias, le chum de Julien, au bout du fil.

« Mathias ? » J'ai jeté un regard à côté de moi : Julien, couché sur le ventre, tout habillé, ronflotait doucement, et des images de la veille me sont revenues lentement, comme des bulles remontant à la surface d'une eau très très brouillée. Je nous revoyais, tous les deux, couchés sur mon lit, finissant des cocktails qui, rendus là, ne devaient même plus avoir de noms officiels, riant comme des fillettes de quinze ans, puis de m'être endormie, non sans avoir baragouiné quelque chose à Julien quant au fait qu'il pouvait rester s'il voulait – précaution inutile, puisque si mon fragile souvenir se révélait juste, il ronflait déjà.

« Excuse-moi de te réveiller, a dit Mathias... Je voulais juste, euh... Est-ce que Julien est là ? » Je sentais dans sa voix qu'il était gêné de m'appeler, pour ne pas dire humilié d'avoir à s'enquérir ainsi des nuits de Julien et qu'il aurait préféré ne pas avoir à appeler chez les amis de son chum à sept heures du matin, mais qu'il n'en pouvait plus. Il n'avait pas dû dormir.

« Mathias, oui ! Oui, mon Dieu, Julien est ici. Julien ! » J'ai brassé Julien, qui était légendairement difficile à réveiller, et j'ai placé l'appareil près de lui pour au moins faire entendre à Mathias ses grognements caractéristiques.

« Je suis désolée, ai-je dit. On aurait dû t'appeler. On a fait nos ados, on a pris un coup comme des tatas et Ju s'est endormi ici.

— Non, Marine, c'est moi qui suis désolé.

— Non, non. T'es pas désolé. Pas question.

— Il va bien ?

— Ben… il doit avoir un ostie de lendemain de veille, mais pour le reste je suppose que oui.

— Bon.

— Mathias. Ça va ? » Je respirais encore les brumes éthyliques de la veille et j'avais de la difficulté à soutenir une conversation. J'aurais voulu être là pour Mathias, lui dire que tout allait bien, que nous avions bu des bananas daïquiris et des je-ne-sais-quoi, mais les mots comme les idées s'entrechoquaient dans ma tête.

« Oui, ça va, a répondu Mathias. Ça va très bien. Tellement désolé, Marine.

— Arrête. Toi pas désolé, c'est-tu clair ? » J'ai failli ajouter que c'était Julien qui avait à être désolé, mais j'ai pensé que Mathias n'avait peut-être pas nécessairement envie de partager avec moi ses angoisses matrimoniales. J'aimais beaucoup Mathias, ses grands yeux noirs, sa douceur et cette délicatesse qu'il entretenait et que les garçons confondaient bêtement avec le fait d'être efféminé. Nous avons parlé quelques secondes encore, Mathias s'inquiétant gentiment de moi et me proposant une séance de confidences « autour d'une tisane plutôt que d'un baril d'alcool ». Il a raccroché en disant : « Merci, Marine. Merci de l'avoir gardé. »

Je suis retombée lourdement sur mon oreiller, et j'ai regardé Julien qui dormait de plus belle, avec son gros secret caché sous ses habits de couleurs. « Maudit niaiseux », ai-je dit à voix haute, en pensant avec beaucoup de mauvaise foi que si j'avais eu un chum comme Mathias, moi, j'y aurais fait attention comme à la prunelle de mes yeux.

Je me suis rendormie un peu, pour être réveillée de nouveau par le damné téléphone, que j'ai cette fois laissé sonner, un charitable afficheur m'ayant avertie qu'il s'agissait de ma mère à l'autre bout du fil. J'ai essayé de deviner le nombre de minutes qui s'écouleraient avant un autre appel de sa part – il a fallu moins de trente secondes pour que j'entende mon cellulaire sonner dans le salon, puis un autre quinze secondes environ pour qu'elle rappelle sur la ligne de la maison, « au cas où ça aurait pas marché la première fois » –, elle faisait toujours cela. Dix minutes plus tard, un autre appel, et je me suis décidée cette fois à au moins écouter le message.

« Marine, c'est ta mère, Monique. » Ah ! avais-je toujours envie de répondre, cette mère-là. « Écoute, si jamais tu parles à ton frère, est-ce que tu peux lui dire de nous appeler ? Ça fait longtemps qu'on a pas eu de ses nouvelles… Là, je veux pas qu'il paye le longue distance par exemple, alors dis-lui d'appeler puis de laisser sonner deux coups, je vais savoir que c'est lui, je vais le rappeler. Parce que là s'il est pour faire des longues distances depuis la France, ma petite fille, c'est des plans pour se ruiner, ça. Déjà qu'il est pas riche-riche… Bon. De toute façon, tu peux nous rappeler. 450-555-8321… Oh, et Marine… » J'étais persuadée que l'idée d'appeler elle-même directement Frédéric ne lui avait même pas effleuré l'esprit. C'était inexplicable, mais ma mère semblait incapable de concevoir des solutions simples et pratiques aux petits problèmes de la vie, cherchant plutôt, avec une énergie ma foi fort redoutable, d'étonnantes et d'ingénieuses manières de complexifier ce qui, moi, me semblait impossible de l'être.

J'étais en train d'écouter la suite de son message – une histoire interminable et d'un intérêt très discutable à propos d'une madame qui avait sorti le mauvais chéquier à la Caisse et lui avait par conséquent fait perdre UNE DEMI-HEURE de son temps – et je m'attendais à ce qu'elle me rappelle d'une minute à l'autre leur numéro de téléphone qui n'avait pas changé depuis trente-cinq ans, comme s'il avait été humainement possible que je ne le connaisse pas par cœur, quand j'ai aperçu Jeff devant ma porte. Je ne l'avais pas entendu entrer, trop occupée à suivre les trépidantes aventures de ma mère à la Caisse pop de Duvernay.

Il me regardait, lui, avec un sourire particulièrement amusé. J'étais couchée sur le dos, toujours en caleçons et en camisole, une main sur le dos de Julien, une autre contre mon oreille, et je réalisais que j'avais soupiré à voix haute au moins deux fois : « Maman... ciboire... » J'ai lancé le téléphone par terre et je me suis redressée, beaucoup trop vite évidemment, et je me suis pris la tête.

« Ouch... ouch. » J'ai levé le visage vers lui. « Allô ? Je... argh... » Je ne savais pas quoi dire. Je lui en voulais presque d'être déjà là, de ne pas m'avoir laissé le temps de me préparer un petit quelque chose ou d'au moins avoir digéré deux Tylenol. « Ça va ? ai-je finalement demandé stupidement.

— Moi, oui, mais j'ai vu les cadavres de bouteilles dans la cuisine... Vous devez être en forme... Je savais pas qu'on avait de la liqueur de cacao.

— De la liqueur de... ? Argh... » De vagues souvenirs de cocktails absurdes remontaient encore. Je me suis levée lentement pour aller parler un peu au salon et me servir un verre d'eau. Jeff était déjà dans sa chambre.

« Écoute », ai-je dit. J'étais couchée, sur le ventre, sur le dossier du sofa.

« Marine. » Il est venu se tenir dans l'encadrement de la porte. « C'est correct. C'est vraiment, vraiment correct.

— Non. Non, c'est pas correct, je... » Je me suis levée, les mains dans le visage, et j'ai vaguement eu envie de pleurer, principalement parce que j'avais une épouvantable gueule de bois, mais aussi parce que pour la centième fois en deux semaines je me trouvais formidablement stupide et futile. J'étais devenue une de ces filles que je haïssais.

« Marine ! » Il a ri, et je l'ai entendu s'avancer vers moi, pour me prendre contre lui. Mon visage arrivait à peine entre ses deux pectoraux – j'avais l'impression de mesurer trois pouces et, si j'avais pu, je me serais installée dans la poche de sa chemise. Je voulais être minuscule et invisible, un petit oiseau dans un incubateur, un chaton sur le ventre tiède de sa mère, un insecte, même – il devait bien y avoir des insectes heureux, lovés quelque part dans leurs confortables chrysalides, cachés aux yeux du monde derrière de grandes feuilles vertes.

« Marine, a répété Jeff en riant. C'est super correct ! Ciboire, on n'a quand même pas commis un meurtre, non ? Il s'est rien passé ! O. K., un peu de *necking*. Penses-tu que c'est la première fois dans l'histoire de la colocation qu'un gars puis une fille neckent un peu ?

— M'non. Pourquoi t'es parti d'abord ?

— Parce que je savais que tu serais tout à l'envers. En plus, Laurent était tellement content que quelqu'un couche enfin dans son ostie de chambre d'amis.

— Ah.

— O. K., regarde. » Il m'a levé le menton avec un doigt. « Là, là, tu te cherches des raisons d'angoisser avec des affaires qui sont pas censées être angoissantes. Je sais que t'as eu un deux semaines un peu *rough*, puis c'est plate ce qui est arrivé avec Christophe, et que ton beau docteur pense probablement que tu t'es évadée de Louis-H., mais ce qui s'est passé l'autre soir, c'est pas vrai que c'est une source d'angoisse, O. K. ?

— Je suis ridicule ?

— Un p'tit peu. Et là, faut que je m'en aille, faut que je sois à Québec à midi.

— Pourquoi ?

— Je t'ai dit ! J'ai une entrevue avec le PM.

— Ah… » J'avais parfois de la difficulté à suivre le parcours de carrière de Jeff, qui faisait tantôt des portraits de vedettes populaires, tantôt des reportages sur l'état des écoles autour de la baie d'Ungava, et qui aujourd'hui rencontrait le premier ministre.

« Faut que je me sauve », a-t-il ajouté en me donnant une espèce de pichenette sur le bout du nez, comme si j'avais eu neuf ans, des tresses et une boîte à lunch.

« Euh… T'es sûr que t'es correct ?

— Veux-tu bien ? Ça va bien, Marine. Je veux juste pas que tu sois, toi, tout à l'envers, O. K. ?

— O. K… »

Il m'a fait un beau sourire sincère et est sorti aussi rapidement qu'il était entré. Je contemplais avec un air abruti le bar, couvert de verres et de bouteilles vides, et j'ai entendu Julien derrière moi. « Pas un mot », a-t-il dit. Il avait un bras contre le cadre de ma porte, et la tête appuyée dessus. « Je crois pas un mot de ce qu'il vient de dire.

— Quoi ?

— Jeff. Je le crois pas.

— Hein ? »

Il a soupiré puis a ajouté : « *Anyway*. Qu'est-ce que je sais… » et il s'est passé une main sur le visage. Il y avait des taches sur sa chemise magenta qui lui donnaient un air étrangement vulnérable, lui toujours si bien mis, lui le prince de la représentation et de l'impeccable. « C'est Mathias qui a appelé plus tôt ?

— Ouais… il s'inquiétait. Tu sais.

— Oui, je sais. Je le sais en tabarnak. »

Et j'ai eu l'impression que mon prince de la représentation et de l'impeccable se fendillait devant moi. Il a fait un drôle de bruit qui tenait à la fois du sanglot et de ces rires tristes que l'on a quand on s'apitoie sur son propre sort puis, voyant que je m'avançais vers lui, a tendu une main pour m'arrêter dans mon élan. Je suis restée plantée devant lui quelques secondes – il avait la tête complètement enfoncée dans son bras et ne faisait plus un son, mais un léger mouvement de ses épaules m'a laissée deviner qu'il pleurait. Mon Dieu qu'on fait dur, ai-je pensé en nous regardant. J'avais l'impression que de voir Julien craquer soulignait toutes mes failles, que sa fragilité exacerbait la mienne. Parce que si lui s'effritait, je pouvais tout aussi bien m'écrouler.

« Julien, ai-je dit doucement. Qu'est-ce que… qu'est-ce qui se passe ? » J'avais le ton vaguement paniqué des enfants qui voient leur mère pleurer.

« Mathias est parti, a-t-il dit dans le creux de son bras.

— QUOI ?!

— Y est parti. Il s'est tanné. » Il a relevé la tête. Il avait un sourire triste et pathétique sur les lèvres. « Et je sais que j'ai passé les trois dernières années à faire l'éloge du célibat et à me plaindre et à coucher à gauche puis à droite. Je le sais, mais… » Son menton tremblait. J'ai essayé de m'approcher de nouveau.

« Non, a-t-il dit. Pas tout de suite O. K. ?

— O. K… »

Il a hoché la tête puis a dit, en allant s'asseoir sur le sofa : « Je sais que j'ai dit tout ça. Mais… mais là… » Je suis allée m'installer à côté de lui, en faisant attention de ne pas le toucher. « Je peux juste pas sans lui. » Il m'a regardée. Je comprenais ce qu'il voulait dire. Je comprenais surtout que sa douleur était sincère et profonde, et qu'il devait la porter avec lui depuis un bon bout de temps sans avoir su ou pu la partager. Il préférait me consoler, écouter nos petits malheurs, faire semblant de draguer Andrew.

« Il reste des tranches de concombre ? » a dit Julien en pointant ses yeux enflés. J'ai eu un petit rire de compassion, le seul que je pouvais faire.

Nous sommes restés silencieux un bon moment, puis j'ai posé une main sur sa cuisse. « Tu veux me raconter, Ju ? » Il a fait « Oui » de la tête mais n'a rien dit et nous sommes restés là, tout poqués, moi dans mes vieux caleçons et lui dans sa chemise tachée, et je ne voyais plus que nos failles.

À : Fred
De : Marine Vandale
Objet : Autoflagellation

....

Alors moi, dans la série ingratitude et narcissisme néfaste, je peux te dire que j'ai battu des records cette semaine. Tu peux croire que Julien, il se promène depuis des jours avec le cœur en berne et que moi, tout ce temps-là, je lui déversais mes ineptes petites angoisses dans sa pauvre oreille ?

À : Marine
De : Frédéric Vandale
Objet : re : Autoflagellation

....

Oui, bien permets que je te flagelle moi-même. Parce que la dernière fois que tu m'as écrit, c'était pour me laisser en suspens en plein milieu d'une anecdote qui promettait. Tu te rends compte qu'il a fallu que ça soit Jeff qui me raconte lui-même ?

À : Fred
De : Marine Vandale
Objet : Acte de contrition

....

O. K., c'est bon, c'est bon. Mes plus plates excuses. Mais tu comprendras que j'ai été un peu occupée avec la peine de Julien. Il parle pas souvent, le Ju, mais quand il ouvre les valves, je peux t'assurer que ça sort ferme.

À : Marine
De : Frédéric Vandale
Objet : Le clown est triste

....

Qu'est-ce qu'il a, l'ami arc-en-ciel ?

À : Fred
De : Marine Vandale
Objet : Le clown est seul

....

Mathias est parti.

À : Marine
De : Frédéric Vandale
Objet : re : Le clown est seul

....

Oui, bien, faut peut-être pas s'évanouir de surprise, non ?

À : Fred
De : Marine Vandale
Objet : Festival du « oui, bien... »

....

Ça va, c'est ce que tout le monde dit depuis deux jours. Lui le premier. Mais c'est pas ça qui soigne les bobos, tu sais. Alors, caresses dans le dos, oreille attentive et préparation de cocktails : je suis comme la Florence Nightingale de la peine d'amour.

À : Marine
De : Frédéric Vandale
Objet : Paris veut savoir

....

Qu'est-ce qui s'est passé, au juste ? Il s'est juste
lassé, le petit Mathias, ou il y a eu une goutte
pour faire déborder le vase ?

À : Fred
De : Marine Vandale
Objet : Goutte monumentale

....

Je te raconterai au téléphone parce que la goutte,
elle rentrera même pas dans un seul courriel.
Faut surtout pas rire quand on a un ami qui
pleure, mais je te préviens tout de suite : ça se
peut que le mot « désopilant » te vienne à l'esprit.
Maintenant, toi, tu veux me dire ce que Jeff t'a
raconté ? Parce que moi, je me tape depuis des
jours le festival de la bonne humeur joviale et
insouciante, et il a ramené Marie-Lune chaque
soir depuis. Et puis, juste avant l'ouverture des
valves, Julien a tout de même trouvé le moyen
de me dire qu'il y croyait pas du tout, à cette
jovialité.

À : Marine
De : Frédéric Vandale
Objet : Confiance, confiance

....

Il m'a raconté, c'est tout. Et peut-être que c'est
un peu son style d'en beurrer épais niveau jovialité, mais tu crois pas que tu pourrais prendre
un peu de recul plutôt que de te méfier ? Je te
l'accorde, s'il ramène la Marie-Lune tous les

soirs, c'est peut-être un signe que l'homme est en détresse. Mais recul, Marinette. Recul. Peut-être que tout est pas si compliqué que tu veux toujours le croire.

À : Fred
De : Marine Vandale
Objet : Sagesse soudaine

....

Il a fallu que tu te rendes à Paris pour réaliser tout ça ? Dis-moi tout de suite ton truc parce que d'ici, je vois pas grand-chose, alors que toi, tu es tout recul et écriture.

À : Marine
De : Frédéric Vandale
Objet : Recul parisien

....

Euh, pour le recul, ça va, mais pour l'écriture, tu serais gentille de passer outre au sujet, dans la mesure où mon futur livre, il a à ce jour trois paragraphes. Évidemment tu dis rien à maman là-dessus, parce qu'elle s'attend à ce que je gagne le Goncourt d'ici la fin du mois. Donc, chut et merci.

À : Fred
De : Marine Vandale
Objet : Maman

....

Maman, elle te cherche justement tellement acti-vement que ça m'étonnerait pas qu'elle ait envoyé la GRC à tes trousses et quoi encore. Elle veut beau-coup que tu l'appelles en utilisant un code que je comprends pas trop et qui implique deux sonne-ries et un rappel. Enfin, peu importe, appelle.

À : Marine
De : Frédéric Vandale
Objet : re : Maman

....

Maman veut jamais que je l'appelle et elle veut
encore moins m'appeler parce que longue distance, pour elle, ça se conjugue un peu avec
angoisse. Elle m'envoie encore des lettres par la
poste, si tu te souviens. Donc, qu'est-ce qui se
passe ?

À : Fred
De : Marine Vandale
Objet : re : re : Maman

....

Elle veut te parler.

À : Marine
De : Frédéric Vandale
Objet : re : re : re : Maman

....

Attends, tu vas pas me relaisser en plan deux fois
en une semaine ? Marine, qu'est-ce qui se passe ?

À : Fred
De : Marine Vandale
Objet : Papa

....

Tu paniques pas. Tu appelles, tu laisses sonner
deux coups, tu raccroches, tu attends, et tu
paniques pas. Et tu dis surtout pas à maman que
je t'ai dit quoi que ce soit.

:-)

Chapitre 5

« O. K., je sais qu'il a de la peine et tout, mais c'est drôle en tabarnak », a dit Laurent en apportant un petit plateau bleu sur la table à café. Il était chargé d'un bol d'olives marinées et d'un autre de noix épicées, d'une assiette de rosette de Lyon finement tranchée et d'un mince vase, bleu lui aussi, contenant une marguerite. Le tout, je le savais, venait de l'épicerie du coin – Laurent était incapable de faire griller du pain sans se brûler, à plus forte raison de trancher un saucisson sans s'amputer un bras – mais j'appréciais l'effort. L'éclairage était tamisé et une musique douce jouait dans l'appartement.

Ce petit monde dans lequel j'avais vécu pendant cinq ans ne portait presque plus de traces de ma présence, les photographies sur les murs avaient changé, les meubles avaient été déplacés et le contenu du garde-manger appartenait à une autre. Mais moi, ai-je pensé en regardant cette pièce où j'avais été si heureuse et si triste, où j'avais même eu le bonheur de m'ennuyer doucement, je garde en moi la trace indélébile de ce lieu. Je ne devais pas bien aller : je commençais à faire de la poésie facile sur la mémoire des lieux par rapport à la mémoire des êtres, je disais à un Laurent patient et vaguement ennuyé qu'« on se souvient des lieux longtemps après qu'ils nous aient oubliés », et je n'avais même pas l'excuse d'être soûle.

« Ah, je sais, ai-je dit… C'est vraiment… » Je me suis mise à rire à travers ma nostalgie, puis je me suis reprise. « On devrait pas rire… Pauvre Julien. Pour une fois qu'il nous raconte ses malheurs plutôt que d'écouter les nôtres, on lui rit dans la face.

— Pas DANS la face.

— Non, non : Jeff lui a littéralement ri dans la face. Il a failli tomber en arrière.

— Ben oui, mais… » Laurent a éclaté de rire. « C'est un ostie de sketch ! »

Julien avait en effet redéfini l'expression « se faire prendre les culottes à terre » et depuis que nous connaissions toute l'histoire, je devais reconnaître que j'éprouvais pour Mathias un nouveau respect. Il n'était pas fou, bien sûr, et était au courant depuis toujours que Julien avait la cuisse un peu trop légère – mais ils avaient un arrangement tacite et je crois que Mathias, au fond, savait que Julien l'aimait et s'était longtemps accommodé de cette fidélité du cœur à défaut d'avoir celle du corps. Seulement, lui ne souhaitait pas aller voir ailleurs – il répétait souvent qu'il était la femme du couple et que pour son plus grand malheur, il devait faire partie de ce très petit pourcentage d'hommes, gais ou non, à être farouchement monogames.

Le lendemain de notre cuite aux bananas daïquiris, Julien m'avait raconté qu'ils en parlaient quelquefois ensemble. Il savait que ses aventures d'un soir blessaient Mathias – celui-ci faisait souvent de petites allusions sur un ton qui se voulait badin, mais la plaie était visible et elle allait s'agrandissant, jusqu'au jour où il s'était décidé et avait dit à Julien qu'il n'en pouvait plus. Julien avait réfléchi longtemps, m'avait-il dit, il avait pesé le pour et le contre pour se rendre compte que malgré ses discours de macho et son penchant pour le sexe anonyme, il aimait trop Mathias et la vie qu'ils avaient ensemble pour les perdre. Et il avait promis.

Puis, quelques mois plus tard, devant certaines absences suspectes de Julien et quelques mensonges qui ne concordaient pas, Mathias s'était décidé, malgré ses scrupules, à fouiller dans l'ordinateur de Julien. Sur le site de rencontres où ils avaient fait connaissance des années plus tôt, il n'avait pas tardé à trouver la nouvelle identité de Julien : « hotjules ». Hotjules correspondait avec plusieurs hommes différents (Julien me disait qu'il flirtait, mais, connaissant mon ami, je me doutais que la nature desdites correspondances devait se situer très loin au-delà du flirt). N'écoutant que son cœur blessé, Mathias était devenu « badboy69 » et lui et hotjules avaient commencé à « flirter ».

« Il me demandait ce que j'aimais, m'avait raconté Julien. Il me disait ce qui l'excitait lui, il se décrivait – Mathias me connaît par cœur, alors inutile de te dire qu'il a su assez vite comment attirer mon attention. » Il avait ri tristement. « Il m'a même demandé si j'avais un chum, si je l'aimais.

— Qu'est-ce que t'as répondu ?

— J'ai pas été capable de dire non. J'ai dit que je voulais pas parler d'amour ici. » Et moi qui croyais que mes amours étaient complexes, avais-je pensé.

Hotjules et badboy69 s'étaient finalement donné rendez-vous dans un quartier de la ville où Julien était certain de ne connaître personne. Il attendait badboy69 dans sa voiture, le cœur battant («Euh… je pense que tu veux plus dire le gland battant», avait spécifié Jeff, et même Julien avait ri) et s'en voulant un peu, mais pas assez, puis il avait levé la tête et à l'heure convenue, la porte du passager s'ouvrait, et Mathias s'assoyait à côté de lui.

« C'est pas tant que c'est drôle, ai-je dit à Laurent. C'est juste que… c'est le genre d'affaire qui arrive dans les films puis que tu crois pas. Jeff a applaudi quand Julien est arrivé au punch.

— Ben… Julien a beau être mon meilleur chum, je suis pas sûr que je féliciterais pas Mathias si je le croisais dans la rue.

— JE le féliciterais. J'aime Julien au boutte et je sais qu'il a surtout pas besoin de se faire dire ça, mais il a pas mal ce qu'il mérite…

— Tu penses qu'ils vont revenir ensemble ?

— Euh… y est peut-être beaucoup trop tôt pour poser cette question-là ? C'est sûr qu'ils s'aiment, mais… en tout cas, moi, si j'étais Mathias, je défâcherais pas tout de suite. Pauvre petit loup, il a appelé chez nous l'autre matin. Il s'inquiétait. » J'ai hoché la tête et j'ai pris une gorgée de vin. « Je te dis, Loulou, je nous regardais l'autre matin, Ju puis moi, dans le salon, avec nos lendemains de veille puis nos tranches de concombre sur les yeux… Je trouvais qu'on faisait dur en tabarnak. Veux-tu bien me dire comment deux personnes qui sont censées être quand même douées d'intelligence ont été capables de *fucker* toutes leurs relations aussi magistralement ? »

Laurent m'a fait un petit sourire en haussant les sourcils. Nous aussi, nous avions fait naufrage.

« Marine… tu sais pas à quel point t'es chanceuse », a-t-il finalement dit, un peu pour me faire taire je crois. « Tu te plains que t'as personne, que t'as tout foutu en l'air, mais tu connais même pas ton bonheur. » Il répétait cela de plus en plus souvent. Je me suis souvenue que Laurent n'avait jamais été profondément malheureux, mais qu'il n'avait jamais trop su comment être parfaitement heureux non plus, et qu'avant d'apprécier une joie il lui cherchait des failles.

« Tu devrais pas te plaindre », a-t-il répété. C'était vrai que je me plaignais beaucoup depuis quelque temps. Je chignais stupidement sur mon sort, je pleurnichais sur mon célibat, et quand j'étais soûle, j'en sortais des belles comme « personne m'aime et je suis seule au monde » que les garçons se faisaient un plaisir de me répéter le lendemain en m'apportant des Bloody Ceasar.

« Tu te plains aussi », lui ai-je dit.

Il a haussé les épaules en avalant une rondelle de rosette. « Bof. Pas plus que d'habitude. » Au moins, il était lucide. Il se plaignait de sa relation avec Carole depuis le début, et mon intuition me disait qu'il avait dû se plaindre à d'autres durant la totalité des cinq années que nous avions passées ensemble.

« Tu penses qu'on fait du déplacement ? lui ai-je demandé.

— Hmm ?

— Du déplacement. C'est l'expression de Fred. Genre qu'on se plaint d'affaires insignifiantes pour ne pas regarder nos vrais problèmes en face.

— Mon vrai problème, c'est que je serai jamais heureux en couple et que je suis pas capable d'être tout seul. »

Décidément, il voyait clair, aujourd'hui. « Épineux », ai-je dit pour tout commentaire. Laurent a pris une gorgée de vin et a fait un « Pffft » qui devait vouloir dire quelque chose comme « À qui le dis-tu ». Je me suis demandé un moment pourquoi j'étais venue – nous n'avions visiblement pas envie de parler ni l'un ni l'autre, mais j'étais bien dans ce salon qui ne me ressemblait plus. Certaines vont chez leur mère pour s'oublier, ai-je pensé, moi je viens chez Laurent.

« T'es pas mal lucide, en tout cas.

— Bof. Je suis sûr qu'on est tous plus lucides qu'on pense. Tu sais pas c'est quoi, toi, ton vrai problème ? »

J'ai réfléchi un instant. J'étais d'accord avec lui : j'avais toujours cru que la plupart des gens, moi la première, étaient beaucoup plus au courant de ce qui se passait en eux qu'ils n'acceptaient de se l'avouer, sans doute parce que le refoulement restait une solution plus facile et moins douloureuse, à court terme bien sûr, que de regarder les choses en face.

« Je pense... » L'idée m'était plutôt désagréable, et je la trouvais à la limite passablement humiliante, mais elle avait un air de vérité que je ne pouvais plus ignorer. « Je pense que mon problème, c'est que j'ai pas vraiment de problème.

— Euh...

— Je sais pas. Appelle ça du désœuvrement, si tu veux. J'ai pas de graves problèmes et j'ai beaucoup de temps, alors je m'invente des peines qui prennent des proportions ridicules dans mon esprit. Ça fait dur, hein ?

— Bof...

— O. K., abus de bofs.

— Ben, qu'est-ce que tu veux que je te dise : non, ça fait pas si dur que ça. En fait, oui, ça fait dur, mais tout le monde fait ça. Bon, peut-être pas les gens qui essaient juste de survivre au Darfour ou ailleurs, genre au Soudan...

— Le Darfour *est* au Soudan.

— Ah oui ? »

Je me demandais parfois comment fonctionnait l'esprit de Laurent. Il regardait les nouvelles pourtant, mais les seules informations qu'il en retirait concernaient la couleur de la cravate de Bernard, le temps qu'il faisait à Saskatoon ou le nombre de chevaux employés dans *Cavalia*. Il m'avait déjà questionnée au sujet de l'ouest de l'Inde pour savoir si c'était une région qui existait : « Ça se peut, ça, l'ouest de l'Inde ? » et il avait eu l'air tout ébaubi quand je lui avais répondu que non seulement ça se pouvait, mais que même son condo avait un ouest.

« En tout cas, a-t-il poursuivi, juste pour dire que tu dois certainement pas être la seule personne à faire ça. On devient tous fous quand on a trop de temps pour penser à nous autres. C'est pour ça qu'on travaille trop fort…

— Euh… tu travailles quatre mois par année.

— Oui, mais le reste du temps ça travaille là-dedans. » Il a tapé sur sa tempe gauche avec son index, et je me suis mise à rire. « C'est pour ça qu'on travaille fort, puis c'est pour ça qu'on veut tellement tomber en amour. Pour pas devenir fous. »

Il avait prononcé sa dernière phrase la bouche pleine de noix épicées. Il en a avalé une autre poignée, sans rien ajouter, jusqu'à ce que je dise : « Wow. » J'ai moi-même pris une gorgée de vin, en essayant d'assimiler cette idée qui sortait si inopinément d'une personne que je croyais connaître par cœur. « Tu crois vraiment ça ? ai-je finalement demandé.

— Ben oui. Qu'est-ce que tu penses qu'on fait tous ? Qu'est-ce que tu penses que Jeff fait avec Marie-Lune *of all people* ?

— Comment ça qu'est-ce que Jeff fait avec Marie-Lune ? T'as pas besoin que je te fasse un dessin, toujours ?

— Tu comprends ce que je veux dire. » Il a fait une pause et a dit exactement ce que j'attendais : « À part ça, je peux pas croire que vous vous êtes frenchés.

— Loulou… » Il répétait la même chose depuis deux semaines, tout en insistant sur le fait qu'il n'avait aucun problème avec cette histoire et que Jeff avait « donc bien fait » de venir le voir ce soir-là.

« Ben quoi ? C'est correct, tu peux frencher qui tu veux, mais c'est *spicial* quand même. » Quand il disait « *spicial* », il voulait dire « énorme ».

« Loulou… il baise avec Marie-Lune. Puis c'était une gaffe cette affaire-là. Ma gaffe. Il te l'a pas assez dit ? » Laurent n'avait jamais voulu me rapporter tout ce que Jeff lui avait raconté le soir où il avait dormi chez lui, et autant j'admirais cette belle solidarité masculine, autant je voulais étriper Laurent et le secouer pour faire tomber son secret. Je le croyais quand il me répétait que ça n'était pas grand-chose, que Jeff l'avait assuré qu'il était « *cool* avec ça », mais j'aurais voulu un enregistrement de leur conversation ou, à tout le moins, un verbatim.

« Je t'ai dit ce qu'il m'a dit. Ça fait juste prouver ma théorie, de toute façon. Ce que t'as fait, ce qu'il fait lui, ça revient au même, ça reste le même principe. T'en parleras avec lui, je suis sûr qu'il est d'accord, au fond.

— Oui ben, c'est pas comme si j'avais régulièrement l'occasion de lui parler, ces temps-ci. Je pense que, depuis deux semaines, je l'ai pas vu une seule fois sans que la petite soit là… »

Je savais que j'étais devenue trop attentive aux détails insignifiants. Mais depuis ma stupide gaffe que je me reprochais encore, je comptais pratiquement le nombre de mots que Jeff et moi échangions, et malgré son attitude joviale et insouciante, j'angoissais. Je le trouvais *trop* jovial et insouciant, et je me trouvais absolument folle de raisonner ainsi. Aussi, je tournais en rond dans l'appartement, lui demandant vingt fois par jour s'il était correct, et il me répondait, invariablement et avec un sourire amusé, « Mais oui, je vais bien ! ». Et je me rendais compte qu'alors que tout ce que je souhaitais était que rien ne change, c'était l'absence même de changement dans le comportement de Jeff qui m'inquié-tait, parce que j'étais moi-même tellement désorientée depuis quelque temps que j'en étais arrivée à croire que ceux qui ne l'étaient pas cachaient quelque chose.

Et puis, il y avait la présence de Marie-Lune, qui me faisait l'effet d'une réappropriation du territoire de la part de Jeff, geste qui normalement m'aurait fait rire, mais qui maintenant me déprimait – j'aurais voulu, moi aussi, me réapproprier un quelconque territoire, me laver du souvenir de Jeff dans les bras d'un autre homme, mais j'avais encore assez de bon sens pour sentir que, pour le moment, j'étais mieux de me tenir loin des hommes.

« Tu peux penser ce que tu veux, ai-je dit. Mais moi j'embarque pas. C'est trop triste, ton affaire.

— C'est pas si déprimant que ça en a l'air.

— Euh… tu veux m'expliquer en quoi c'est pas tota-lement déprimant ?

— Ben là, je sais pas ! » Il a haussé les épaules. Il ne fallait pas trop lui en demander quand même : pour quelqu'un qui était aussi porté sur l'introspection et l'analyse sentimentale que je l'étais sur l'astrologie ou l'industrie du boulon en Allemagne, Laurent venait de se livrer comme rarement. Je lui ai donné une petite tape sur l'épaule.

« C'est juste que… je trouve pas ça triste, a-t-il dit. C'est correct, non, si c'est ça qui nous fait nous bouger le cul, en fin de compte ?

— Oui, ben je veux pas te décevoir, mais si pour toi se bouger le cul ça veut dire passer sa vie à chialer contre sa blonde ou à se plaindre parce qu'on a pas de chum, ou à trouver le moyen de perdre un gars comme Mathias ou à baiser avec Marie-Lune, je suis pas sûre que ça donne des résultats vraiment champions, ta théorie.

— Ç't'encore drôle.

— Ç't'encore drôle quoi ? » J'avais envie de lui demander s'il croyait sincèrement que quelque chose de constructif allait sortir de ce pauvre marasme dans lequel nous marinions tous les quatre. Pensait-il vraiment que nous allions émerger de tout cela comme autant de phénix, plus heureux et plus sages ? Puis, je me suis souvenue de l'industrie du boulon en Allemagne et je me suis dit que j'étais peut-être mieux de le laisser tranquille avec mes questions sans réponse.

« Comment va ton père ? a demandé Laurent.

— Bof.

— Je pensais que j'avais fait sauter tous les quotas de "bof" pour la journée. »

J'ai fait un petit sourire. « Non... c'est juste qu'on sait toujours pas vraiment, et qu'on saura peut-être pas avant des mois, et encore, fait que...

— Ils lui font pas passer des tests ?

— Ah, ça oui... puis ils l'envoient d'un bord puis de l'autre, il a des rendez-vous avec des psy, avec des neurologues, avec des ergothérapeutes... pauvre p'tit.

— C'est quand même lui qui a choisi d'y aller, c'est bon signe, non ?

— Ouais, mais quand même... pauvre p'tit papou. »

Mon père avait choisi, un mois plus tôt, de se rendre lui-même à l'hôpital pour se renseigner au sujet de la maladie d'Alzheimer. Il répétait que c'était sa propre décision, mais je me doutais bien qu'il avait été influencé en cela par ma mère qui, depuis des années déjà, avait soin de lui faire remarquer chacun de ses oublis et de ses radotages et qui ne pouvait recevoir quelqu'un chez eux sans dire, à un moment ou à un autre : « Oh, vous savez, Raymond est rendu tellement oublieux... »

Nous n'aurions probablement jamais eu vent de ses démarches (mon père, qui vivait depuis quarante ans avec une des femmes les plus envahissantes de l'histoire de l'humanité, avait appris depuis longtemps à protéger ce qu'il appelait son «jardin secret», terme qui me semblait encore incongru dans la bouche d'un camionneur à la retraite) si, comble de l'ironie, il n'avait pas un jour oublié dans la poche d'un de ses pantalons un petit papier indiquant l'heure d'un rendez-vous avec un médecin. Ma mère, qui vidait toujours ses poches avant de faire la lessive et en fouillait méthodiquement le contenu, avait appelé le médecin en question, s'était renseignée et avait immédiatement entrepris de faire une crise d'hystérie qui avait duré une bonne semaine. C'était mon père, qui gardait depuis le début de cette affaire un calme presque surhumain, qui m'avait raconté en riant qu'elle avait déjà tout anticipé et qu'elle appelait sa sœur à Québec pour lui dire, en pleurant, qu'elle n'avait même pas eu le temps de penser aux préarrangements et qu'allait-elle donc faire, veuve avec quatre enfants.

« Peut-être que c'est juste de la vieillesse, a dit Laurent.

— Sûrement que c'est juste de la vieillesse. » C'est ce que nous nous répétions tous depuis le début de l'affaire et, pour ma part, j'en étais presque persuadée. C'était peut-être de l'optimisme primaire, mais je trouvais cela préférable au défaitisme inné de ma mère, qui n'avait jamais pu résister à l'idée d'un beau malheur et qui se délectait depuis toujours du pire quand rien encore n'était arrivé (« Ta sœur est pas rentrée ! Ils ont dû avoir un accident d'auto. Mon Dieu, verrais-tu ça, paraplégique à seize ans… »). Prévoyant d'emblée le pire, elle m'avait d'ailleurs interdit de dire quoi que ce soit à mes sœurs, parce que « les pauvres petites, faut les épargner ». Je ne voyais pas en quoi elles étaient plus à épargner que Fred ou moi, mais je me disais que si je pouvais leur sauver quelques semaines de conversations interminables avec ma mère qui avait pris l'habitude de m'appeler chaque jour et aurait sûrement fait la même chose avec elles, si elles l'avaient su, c'était toujours ça de pris et un beau geste de solidarité sororale. Et, peut-être par superstition, je me disais qu'il était inutile de les alarmer, que nous allions bientôt apprendre que mon père n'était, finalement, que vieux et que tout allait aussi bien que ça pouvait aller dans ce qui restait tout de même, à défaut d'un autre, le meilleur des mondes.

« N'empêche, ai-je dit à Laurent. Pas super champion, comme début d'année.

— On a peut-être vu mieux, ouin.

— 2005…

— Ah ! 2005 ! » 2005 était notre âge d'or à nous. Nous étions tous les quatre célibataires, mon frère était encore en ville et – était-ce dû à un simple concours de circonstances ? à la certitude inavouée que c'était peut-être notre dernière année de véritable insouciance ? ou, comme le prétendait Julien, à un alignement particulière-ment coquin des planètes ? – toujours est-il que nous avions touché du doigt une liberté presque absolue et une euphorie d'autant plus éclatante que nous savions, au fond, qu'elle serait éphémère. Nous nous quittions à peine, voguions de brunch en lunch en apéro, organisions des voyages à New York, à Las Vegas et même au festival de Saint-Tite, et je crois qu'en un an aucun de nous n'avait eu la moindre pensée pour le lendemain, pas une seule fois. Depuis, nous gardions la nostalgie de cette époque excessive et lumineuse, et la moindre mention du nombre 2005 entraînait une suite de « Ah… » mélancoliques.

« Moins en 2005… a soupiré Laurent.

— Moins en 2005… » ai-je répété. J'allais ajouter quelque chose quand le téléphone de Laurent a sonné. Il a répondu, émis quatre ou cinq « Hmm » de suite, puis a raccroché en me disant : « Faut que tu sortes par-derrière, Carole arrive dans deux minutes. »

J'ai failli éclater de rire. « Pardon ? !

— Carole s'en vient. Si elle te voit ici, elle va me faire une scène. Sors par en arrière. » Il était déjà en train de vider le contenu du petit plateau à la poubelle, en faisant bien attention de mettre d'autres déchets par-dessus, comme si deux rondelles de rosette de Lyon et trois amandes épicées présentaient un risque réel et sérieux de crise conjugale majeure.

« Laurent… » Je savais que Carole n'allait pas faire de scène. Je savais aussi que j'allais sortir par-derrière, comme une maîtresse que je n'étais pas, parce que Laurent, dans sa drôle de petite tête, avait besoin de croire que Carole était mille fois plus jalouse et possessive qu'elle ne l'était vraiment, parce que, sans cela, il aurait perdu une raison de se plaindre, d'angoisser, et de s'empoisonner l'existence. C'était une forme particulièrement absurde de masochisme que Laurent pratiquait sans trop le savoir et qui consistait à truffer son quotidien de drames potentiels qui n'avaient pourtant aucune chance d'éclater, pour la simple et bonne raison qu'ils n'existaient que dans son esprit. Carole, avec raison d'ailleurs, avait un peu de difficulté avec le fait que son chum soit resté aussi proche de son ex, mais elle n'en avait jamais fait de cas démesuré. Laurent insistait pourtant pour nous dire que, oui, il frôlait pratiquement la mort chaque fois qu'elle apprenait qu'il m'avait vue, et il y avait longtemps que nous avions cessé de le contredire.

J'ai remis mes bottes pendant qu'il m'apportait mon manteau en panique et je me suis dit que nous étions finalement tous dans le même bateau et que, malgré toute sa lucidité, Laurent n'était pas plus fin que moi, et que malgré tout le bon sens que je croyais avoir, je pratiquais après tout ce qui n'était qu'une variante de son masochisme ridicule en m'enlisant dans des drames qui n'avaient aucune profondeur.

« Bye, m'a-t-il dit en me faisant une bise distraite. 'Scuse.

— M'mouin. » Je n'arrivais pas à être fâchée, je trouvais cela trop drôle. « Tu sais que c'est ridicule sur un temps rare, hein ?

— Ben oui, ben oui. » Il aurait dit oui à n'importe quoi pour me faire sortir.

« Bye Loulou. » Je lui ai caressé le lobe d'oreille et je suis sortie par le balcon, en me demandant comment il allait justifier les traces de pas dans la neige, ce grand rusé du dimanche.

Le soir commençait à se coucher et, dans les cours qui bordaient la ruelle, de petits enfants hassidiques jouaient en criant et en riant, une musique qui avait toujours irrité Laurent et que j'avais toujours aimée, et qui me rappelait mes années passées là. Je me suis souvenue d'une famille, tout au bout de la ruelle, dont la cour faisait le coin avec la rue, composée de sept enfants, dont trois paires de vrais jumeaux, tous roux comme des petits renards, et qui me faisaient souvent des tatas quand je passais devant eux. J'entendais des enfants crier derrière la palissade mal équarrie. Du côté de la ruelle, on pouvait voir dans la cour – deux paires de jumeaux étaient là, ils riaient en se lançant des boules de neige et, ce qui était un peu plus étrange, des caisses de lait en plastique. L'un d'eux m'a vue, a jeté un rapide regard vers l'intérieur de la maison, puis s'est retourné avec un petit sourire pour me faire un grand bonjour de la main, avant d'être ramené à l'ordre par un de ses frères aînés qui lui a donné une bonne tape sur la tête. J'ai pris un air caricaturalement désolé et je me suis dirigée vers la rue. J'envoyais encore de coquins tatas aux plus petits des jumeaux lorsque j'ai tourné le coin, un mètre plus loin, et que je me suis retrouvée nez à nez avec mon beau docteur à qui j'avais à peine pensé durant les semaines précédentes et qui était maintenant devant moi, souriant avec l'aisance et la désinvolture d'un homme qui passe sa vie à foncer dans des jeunes femmes sous la neige, pendant que moi, à des lieues de toute aisance et à des milles de la moindre désinvolture, je n'ai pu qu'ouvrir la bouche en un « Oh ! » beaucoup trop joyeux, la mitaine toujours levée vers les jumeaux qui pourtant ne me voyaient plus.

« Décidément », a-t-il dit en souriant toujours. J'ai fait un petit rire idiot et, me souvenant de notre dernière rencontre, je me suis dit qu'il était peut-être temps d'essayer enfin de faire bonne impression sur cet homme qui me faisait un effet bœuf et inexplicable, même là, sous la neige, avec son manteau de ski et le bout du nez rouge.

« Vous habitez dans le coin ? ai-je demandé.

— Deux rues par là-bas. Vous ? »

J'étais déstabilisée et charmée par ce vouvoiement qui me semblait d'une autre époque – je ne me souvenais pas d'avoir jamais vouvoyé un homme qui me plaisait, à part peut-être dans mes rêveries d'enfance, quand j'étais Mme de Chevreuse et que je retrouvais Athos, mon amant, après des années de séparation.

« J'habitais ici, ai-je dit. Là, c'est euh… un ami.

— On dirait que vous en avez beaucoup dans le coin. » Il pointait derrière moi, vers une petite mitaine qui s'agitait à travers le grillage de la cour et qui, à la suite d'un cri en yiddish, s'est rapidement retirée.

« Ouais, ai-je répondu. Moi et les petits Horowitz, on avait une ligue de hockey de ruelle. »

Il a ri, et j'ai eu l'impression d'avoir accompli quelque chose de merveilleux et de magique. Il faut qu'il parle, ai-je pensé, sinon je vais dire quelque chose de complètement stupide dans trois secondes.

« Écoutez, a-t-il dit. Ça doit faire au moins quinze fois qu'on se croise, donc je me dis qu'il est peut-être temps qu'on fasse un peu connaissance, pour qu'au moins les prochaines fois on ait une bonne raison pour se dire bonjour, non ? »

Il m'était arrivé auparavant, à deux ou trois reprises dans ma vie, de sentir que la chance avait soudainement décidé de se ranger de mon bord, pas à moitié ou juste un peu mais complètement, comme elle le faisait pour ceux qui gagnent le million ou qui survivent à un carambolage monstre. J'ai senti ce soir-là, pendant les quelques secondes qui ont suivi la question du docteur, qu'elle venait de se poser de nouveau sur mon épaule, m'offrant gratuitement tout ce qui m'avait semblé inaccessible.

« Vous voulez aller au café à côté ? ai-je demandé. C'est *cute*.

— Et ils font du rhum chaud.

— Et ils font du rhum chaud », ai-je répété avec un sourire qui devait certainement être épais. Nous avons commencé à marcher, je bénissais à la fois les petits Horowitz qui m'avaient retardée juste assez pour que je fonce dans Gabriel, Carole qui avait eu la bonne idée de rentrer plus tôt ainsi que le masochisme de Laurent, et j'étais tellement persuadée que cette chance providentielle ne me quitterait plus que, lorsque mon téléphone s'est mis à sonner, j'ai répondu par réflexe, ou par un bête abus de confiance.

« Allô ?

— C'est moi, murmurait Laurent dans le téléphone, et j'ai su aussitôt que j'avais fait une erreur en répondant. Faut que tu reviennes.

— Quoi ? Non. Non, franchement.

— Crisse, tu dois quand même pas être rendue loin, non ?

— Non, Laurent, je... » J'ai regardé vers le docteur, qui marchait en ayant poliment l'air de ne pas écouter. « Je peux pas présentement.

— Marine, câlisse, t'es partie y a cinq minutes, il faut que tu reviennes.

— Regarde, on se reparle tout à l'heure, O. K. ?

— NON ! T'as oublié ta tuque ici. Carole l'a trouvée dans l'entrée, ça m'a pris au dépourvu alors j'ai dit que t'étais juste sortie acheter du vin blanc. Tu peux pas me faire ça ! »

J'ai alors eu un geste complètement idiot : j'ai porté une main sur ma tête, comme si par ma simple volonté une tuque risquait d'y apparaître et, par le fait même, me sortir de cette situation complètement ridicule. Je trouvais que la chance aurait quand même pu s'attarder plus de trois minutes.

« Laurent, 'scuse-moi, mais je peux vraiment pas.

— Non, non, non. Là y est trop tard. Je lui ai DIT que tu revenais.

— Ben là, dis-lui que je me suis souvenue d'un rendez-vous d'urgence et que j'ai dû partir.

— Marine...

— Laurent !

— T'es à côté ! Je vais te devoir tout ce que tu veux sur la terre, mais sors-moi de cette merde-là... »

J'ai soupiré. Carole avait beau ne pas être aussi folle que Laurent le disait, je trouvais qu'il avait effectivement réussi à se mettre dans un pétrin assez substantiel et je savais que j'allais être incapable de ne pas l'aider. « Ostie que tu me fais chier.

— Tu t'en viens ? Elle est en train de se changer.

— Ben oui, câlisse. Je vais aller acheter de l'ostie de vin blanc pour être crédible, et j'arrive. »

J'ai raccroché en pestant et j'ai levé la tête vers Gabriel. Nous étions arrêtés depuis un moment sur le trottoir et il avait cessé de faire semblant de ne pas écouter pour suivre ma conversation avec son sempiternel air amusé – air que, étant donné les circonstances de notre rencontre précédente, je ne pouvais pas exactement lui reprocher.

« Écoutez, ai-je dit, je... » J'étais déjà en train de formuler mentalement une excuse pitoyable et sotte, quelque chose impliquant idéalement ma famille (moins menaçant) et une vie en danger (qui n'aurait pu être sauvée que par une bouteille de vin blanc). Puis deux constats me sont venus simultanément : non seulement je me laissais mener par ma propre inertie depuis des semaines déjà, mais cet homme que je ne connaissais pas et qui se tenait debout devant moi devait avoir depuis au moins aussi longtemps une opinion de moi qui justifiait ce sourire amusé qu'il avait toujours en ma présence. Or, non seulement il n'avait jamais eu l'air découragé ou ennuyé, mais il cherchait à mieux me connaître. Je n'avais rien à perdre. Et puisqu'il était encore là, il méritait certainement mieux qu'une mauvaise excuse.

« Je...

— Vous... » Il souriait toujours, avec un air encourageant. J'ai pensé que je l'amusais peut-être plus qu'autre chose, mais encore là, je me suis dit : Pourquoi pas ?

« Vous voulez venir à la SAQ avec moi ? Mon ex est dans la *marde* et il a besoin d'aide. »

Il a ri et encore une fois, j'ai eu l'impression d'avoir accompli un petit miracle et d'être récompensée par ce rire. « Je vous explique en chemin, si vous voulez.

— Avec plaisir. »

J'ai fait un grand sourire : un homme qui acceptait aussi simplement une proposition à ce point absurde avait forcément plus qu'un petit quelque chose.

« Je m'appelle Marine, ai-je dit alors que nous marchions.

— Je sais. Moi c'est Gabriel.

— Je sais. »

Carole est venue ouvrir la porte dans un petit sur-vêtement d'intérieur rose et gris seyant, comme tout ce qu'elle portait. Elle était toujours bien mise, et même ses tenues décontractées avaient un petit quelque chose d'étudié et de réfléchi. Son vernis à ongles était appliqué impeccablement et elle possédait cette chose inattei-gnable et qui me mystifiait encore : une coupe de che-veux. « Salut ! » lui ai-je dit. J'avais toujours l'impression d'être une petite fille auprès d'elle – d'avoir vingt-deux ans et d'être juste un peu inadéquate. Elle ne m'a pas répondu tout de suite, trop étonnée sans doute de me voir arriver avec un homme alors que j'étais censée être partie toute seule.

« Carole, je te présente mon ami Gabriel, ai-je dit. Je l'ai croisé à la SAQ et je lui ai proposé de venir prendre un verre avec nous vite-vite. »

Laurent m'avait dit qu'il m'en devait une, il était mieux de jouer le jeu. Quant à Gabriel, il avait immé-diatement embarqué. Il m'avait expliqué, devant une rangée de bouteilles de sauvignon néo-zélandais, qu'il nous voyait depuis un an déjà, moi et mes amis, et que sans trop savoir pourquoi il avait commencé à imaginer à quoi pouvait ressembler notre vie. « Vous avez toujours l'air tellement bien ensemble, avait-il dit. Peut-être que je vis dans un monde triste à mourir, mais c'est rare que je voie ça. Vraiment rare. Ton ex, c'est le grand qui perd un peu ses cheveux ? » Nous étions passés au tutoiement rapidement, sans nous concerter. Je lui avais demandé il était docteur de quoi, ce qui l'avait fait rire (« Décidément, tout se sait dans ce resto-là. Toi, tu dessines depuis longtemps ? »), et il m'avait fait deviner pour finalement me dire, après « podiatre », « chirurgien dentiste », « docteur en philosophie » et « docteur Dolittle », qu'il était urgentologue.

« O. K., avais-je répété en montant les marches qui menaient au condo de Laurent. On se connaît depuis longtemps, mais on s'était un peu perdus de vue, et là, on est tellement contents de se retrouver que j'ai pris sur moi de t'inviter.

— On s'est connus où ?

— Où tu veux. »

Il avait réfléchi, le visage levé vers moi, un sourire flottant toujours sur les lèvres. J'avais pensé, pendant une brève et belle seconde, me pencher pour l'embrasser – j'y avais pensé sérieusement parce que je me disais que tout cela était trop incroyable pour que personne n'en profite et que, visiblement, cet homme si beau avait un sérieux goût pour l'imprévisible. Il regardait en l'air comme s'il croyait y trouver son idée, tandis que ses yeux clairs prenaient une teinte indéfinie dans la lumière du lampadaire – on ne devinait que le contour foncé des iris et leurs eaux limpides. Il doit avoir une femme, avais-je pensé stupidement. Ou une blonde, ou une maîtresse, ou même cinquante maîtresses. Ça ne se promène pas tout seul, un homme comme ça, quelqu'un l'a déjà attrapé et, à moins d'être complètement folle, cette personne-là n'a jamais lâché prise.

« Dans le Maine, avait-il proposé, me sortant de ma rêverie.

— Dans le Maine ?

— Oui. » Il s'était mis à m'expliquer le tout très sérieusement, comme s'il s'agissait d'un événement réel. « Il y a une couple de mois, on s'est rencontrés sur une plage dans le Maine...

— Carole va souvent dans le Maine. Quelle plage ? Faudrait que ça soit près de Biddeford Pool, c'est la seule place que je connais.

— *Go* pour Biddeford Pool. Donc, on se rencontre là, on s'entend bien, on prend une couple de bières ensemble avec tous nos amis, mais LÀ, et c'est là la beauté de la chose, on se recroise par hasard, à Montréal, une couple de mois plus tard. » Décidément, mon beau docteur rêvait d'imprévisible et de surprise.

« T'es sûr qu'une rencontre chez des amis communs est pas un peu plus crédible ?

— Comme tu veux. Mais moi j'ai pour mon dire qu'il y a plus de chances que les gens croient une histoire s'ils la trouvent belle que si elle a juste l'air possible.

— Tu penses ? » C'était une idée si jolie que je voulais, justement, la croire. Il avait souri, comprenant sans doute mon raisonnement, et avait fait un hochement de tête qui voulait dire « J'en suis certain ».

« O. K., d'abord. *Go* pour le Maine. » Je lui avais rendu son sourire et m'apprêtais à sonner quand il avait dit mon nom.

« Marine ?

— Oui ?

— Vous vivez toujours comme ça ?

— Hein ?

— Des affaires comme ça, ça vous arrive souvent ?

— Euh… Vas-tu partir en courant si je dis que c'est pas quotidien, mais que c'est pas loin d'être étonnant quand même ?

— Non. Pas pantoute. » Il avait l'air content, et j'avais pensé qu'il s'ennuyait peut-être, ou du moins qu'il cherchait quelque chose sans trop savoir quoi, un petit plus, un petit je-ne-sais-quoi qui ne ressemblait pas trop à de l'ordinaire. J'avais toujours cru que c'était ce que nous cherchions tous, mais c'était la première fois que je voyais quelqu'un le faire aussi clairement, sans détour, avec la voracité de celui qui n'a pas honte de sa faim. J'avais sonné à la porte et je l'avais entendu, derrière moi, murmurer : « Biddeford Pool. »

Nous avons suivi la forme rose et grise de Carole jusqu'au salon, où Laurent posait le petit plateau bleu, avec les mêmes noix et la même rosette, sur la table basse. Il a vu mon regard vers le plateau et m'a fait un imperceptible haussement d'épaules qui voulait dire « Qu'est-ce que tu veux que je te dise… », puis il a aperçu Gabriel.

« Heu…

— Tu te souviens de Gabriel ? Tu sais, on s'était rencontrés dans le Maine, puis on se voyait de temps en temps pendant un bout… Je pense que vous vous êtes déjà croisés au resto… » Carole était derrière moi, je pouvais donc faire de grands regards explicites à Laurent qui restait planté comme un piquet avec son plateau bleu dans une main. *Come on*, pensais-je de toutes mes forces alors que mes lèvres articulaient d'autres mots. Embarque.

« On s'est croisés à la SAQ, ai-je ajouté.

— Gabriel ! a finalement dit Laurent. Oui ! Mon Dieu, excuuuse-moi. » Il a posé son plateau et est venu vers nous, une main cordialement tendue en direction de Gabriel, qui l'a prise tout aussi cordialement en ajoutant un « *Long time no see* » fort à propos.

« Eille, ça fait longtemps, a poursuivi Laurent. La dernière fois qu'on s'est vus, tu finissais ta médecine, ça se peut-tu ? » J'ai pensé qu'il aimait ce petit jeu lui aussi, peut-être autant que Gabriel. Ils se sont mis à échanger ainsi des propos qui auraient été parfaitement banals s'ils n'avaient pas été complètement fictifs, jusqu'à ce que Gabriel, sentant que Laurent s'emportait (il en était rendu à lui demander s'il avait toujours sa vieille Renault, détail charmant, mais dans lequel quelqu'un risquait éventuellement de s'empêtrer), se tourne vers Carole pour lui poser poliment quelques questions sur elle. J'en ai profité pour suivre Laurent dans la cuisine, où il ouvrait une des bouteilles que j'avais rapportées.

C'était une cuisine ouverte, séparée du salon par seulement un comptoir, mais en se tassant devant le réfrigérateur, qui faisait dos au salon, on pouvait se dérober à la vue des invités.

« O.K., *what the fuck* ? a murmuré Laurent.

— Tu m'as dit que tu m'en devais une.

— Mais oui, mais… Tu ramènes des gars que tu connais pas, toi ?

— Ben là, on sait c'est qui, quand même.

— Peut-être que c'est un *serial killer*. »

Je l'ai fait taire d'un regard.

« Ben oui, mais… » Il n'a pu s'empêcher de rire.

« Je t'expliquerai plus tard, Loulou. Peux-tu croire ?

— Euh… non ? Est-ce que ça pourrait être plus burlesque ?

— Non, non, je ne pense pas. » J'étais consciente de mon sourire et de mon excitation.

« Bon, c'est quoi là, tu vas sortir avec ? » Sa petite jalousie, presque désuète, qui me faisait encore plaisir.

« T'es ridicule. Puis *enweye*, sers du vin, on a de la visite dans le salon. » Il a souri et moi aussi, pendant quelques secondes, dans la bulle retrouvée de notre intimité révolue.

Dans le salon, le rire clair de Carole accueillait les propos de Gabriel, qui semblait aussi à l'aise que s'il avait toujours connu ces gens et j'ai pensé que cette situation, qui normalement aurait été insoutenable, avait quelque chose d'absolument charmant à cause de lui et du plaisir innocent qu'il prenait à ce jeu. Il portait un jeans usé et un col roulé marron, un vieux chandail dans lequel il semblait parfaitement à l'aise et qui tombait mollement sur ses larges épaules. J'étais en train d'essayer d'imaginer son corps sous la laine quand il a levé la tête vers moi, et j'ai vu dans ses yeux verts et dans son sourire qu'il avait parfaitement compris ce que je faisais. J'avais presque envie qu'il s'en aille, pour pouvoir faire le point, pour me fermer les yeux et revoir chaque geste et chaque moment, pour appeler Julien et lui changer les idées en faisant ce que Jeff appelait de la « suranalyse », ce qui consistait à décortiquer maniaquement chaque détail, surtout les plus insignifiants, parce que, disait Julien, « on sait jamais ce qui se cache dans un battement de cils ou dans une préférence pour le pinot noir. Tout veut dire quelque chose, Marine, TOUT ». Si tout veut dire quelque chose, ai-je pensé en allant m'asseoir près de Gabriel sur le divan, on va en avoir pour des années à analyser cette soirée.

Nous avons parlé ainsi une bonne heure. Laurent semblait particulièrement à l'aise, sans doute parce que, une tierce partie étant présente, il n'avait pas à se préoccuper de l'attitude de Carole par rapport à moi. Il était même affectueux envers elle et, quand elle se collait discrètement contre lui, il lui caressait le dos, un geste maladroit et touchant qui m'a fait penser qu'il l'aimait certainement plus qu'il ne voulait se l'avouer. Quant à elle, une main posée sur la cuisse de Laurent, elle parlait presque exclusivement à Gabriel ; j'ai eu à nouveau l'impression qu'ils étaient les deux seuls adultes dans la pièce et que, si nous avions pu, Laurent et moi nous serions retirés pour aller construire une tente avec des draps ou sauter sur un lit.

La conversation était agréable et souple, et j'apprenais à connaître celui qui était censé être mon vieil ami en même temps que Carole et Laurent. Il était né sur le bord du lac Saint-Jean, il avait su qu'il voulait être médecin à huit ans, quand son cousin Harold était tombé dans un petit ravin et qu'il avait vu sa jambe disloquée et regretté presque physiquement de ne pas pouvoir la remettre en place, il vivait dans le Vieux-Montréal, il avait été marié. Il avait trente-neuf ans et il aimait la mer.

Quand Carole s'est levée pour aller répondre au téléphone, nous avons attendu tous les trois qu'elle soit sortie de la pièce pour nous donner des tapes étonnées sur les cuisses et échanger des regards qui n'en revenaient pas et qui posaient mille questions. « Tu m'en dois tellement une… disait Laurent tout bas.

— Pardon ? TU m'en dois une.

— Non, non, non. Oh que non.

— Oh que tellement ! »

Et Gabriel riait. « Écoutez, a-t-il finalement dit. Je vais y aller. Je veux pas que ça devienne lourd, quand même. Je… » Il a hésité un moment, puis s'est tourné vers moi. « Tu veux aller manger ? À moins que tu sois déjà occupée, je sais pas. Ta vie a l'air euh… un peu mouvementée. » Laurent s'est mis à rire à cette évocation de notre dernière rencontre au Lulli et pour peu j'ai pensé qu'ils échangeraient un *high five*.

« Mais ça me ferait plaisir », ai-je répondu en essayant de ne pas avoir l'air *trop* contente. J'ai vu du coin de l'œil Laurent se renfrogner et, dans les yeux de Gabriel, une étincelle joyeuse qui m'a fait douter de ma chance, qui m'a semblé de tellement bon augure que j'ai eu peur que quelque chose n'arrive, que tout s'arrête ou que je me réveille, parce que la vie était généreuse mais pas à ce point, et qu'il y avait longtemps que j'avais cessé de croire aux miracles.

Gabriel était déjà levé quand Carole est revenue au salon. « Vous partez pas j'espère ?

— Oui, a dit Gabriel. J'ai euh…

— Ben attendez encore au moins cinq minutes, c'était Jeff au téléphone, il s'en vient, puis il avait l'air super content quand je lui ai dit que vous étiez là… »

Ben voilà, ai-je pensé. Ça commence déjà. Laurent, sur son fauteuil, me regardait avec un sourire niais. Gabriel s'est retourné vers moi, l'air incertain – il avait beau avoir un faible pour l'imprévisible, ce beau docteur bleuet, il commençait à comprendre que nous n'allions pas pouvoir poursuivre longtemps cette comédie qui, au fond, ne s'adressait qu'à Carole.

« Je sais pas... ai-je dit.

— Mais non ! a insisté Carole. Jeff a dit que ça fait des années qu'il a pas vu Gabriel et que ça va lui faire plaisir. »

Le gros tabarnak, ai-je pensé. Gabriel me regardait toujours, attendant ma réponse, et j'avais envie de lui dire que ce qui le charmait dans nos vies désordonnées avait aussi son mauvais côté, qu'il y avait des couches qu'il était un peu difficile de gratter, des strates qui couvraient parfois trop de choses, de nœuds que nous ne savions plus comment défaire.

« On va y aller, O. K. ? » ai-je dit, et il m'a fait un petit oui de la tête.

Nous étions dans l'entrée, en train d'enfiler nos manteaux, quand Jeff a sonné.

À : Marine
De : Frédéric Vandale
Objet : Allô docteur

. . . .

Alors ? Tu l'as appelé ?

À : Fred
De : Marine Vandale
Objet : Leçon de tact

. . . .

On t'a jamais appris qu'il y a des questions qui ne sont pas exactement polies à poser ? S'il y avait eu communication, et par communication je suis même prête à entendre signal de fumée ou télépathie, je t'aurais fait signe tellement gros que t'aurais presque eu peur. Donc, pas de signe, pas d'appel et un frère avisé serait bienvenu de faire semblant de rien.

À : Marine
De : Frédéric Vandale
Objet : Brother knows best

. . . .

Ton frère, il avise surtout que, dans la série je-mets-vraiment-aucune-chance-de-mon-bord, on a rarement vu mieux que toi. Tu veux me dire ce qui te retient de l'appeler ? Parce que après la soirée que vous avez passée ensemble, tu avais « homme de ma vie » dans le porte-voix, je te rappelle. Du coup tu comprends que ton silence, il me fait un peu l'effet d'une inconséquence.

À : Fred
De : Marine Vandale
Objet : Brother fait chier

....

J'ai envoyé un message texte, O.K.? Et là ça fait
une semaine et j'ai la boîte de réception vide
comme ça se peut pas. Alors, tu fais le calcul et
tu te tais.

À : Marine
De : Frédéric Vandale
Objet : Mauvais calcul

....

Tu veux rire de moi, ou quoi? Je voudrais pas
trop faire motivateur personnel, mais l'homme
te dit « Appelle-moi » et toi tu envoies un message texte et après, tu te drapes d'indignation
parce qu'il t'a pas encore envoyé de fleurs?

À : Fred
De : Marine Vandale
Objet : Psychologie masculine

....

De toute manière, quel genre d'homme dit
« Appelle-moi » à une fille qui exprime le sincère et palpitant désir de le revoir plutôt que de
prendre son numéro à elle et l'appeler lui-même
comme un grand?

À : Marine
De : Frédéric Vandale
Objet : Logique masculine

....

Peut-être un homme qui a remarqué que ladite
fille a un don inné pour se retrouver dans des

situations ridicules, qui a été témoin d'une alter-
cation entre son chum et son amant et qui l'a
vue pour la dernière fois chez son ex alors qu'un
ours débarquait comme un cheveu de deux cents
livres sur la soupe ? Je voudrais pas avoir l'air
d'en savoir plus qu'un autre, mais tu vois, je me
pose la question.

À : Fred
De : Marine Vandale
Objet : Ours sur la soupe

Oui, bien lui, je le retiens. Tu aurais dû voir ça,
c'était tellement le festival de l'Innuendo et des
regards pleins de paroles que le pauvre Gabriel
savait même plus à quel niveau de jeu on en était
rendus. C'est sûr qu'ils ont tout gâché, ces deux
clowns. Et puis je sais pas ce que Julien lui a dit
au téléphone quand il a appelé, mais ça peut
pas avoir aidé, parce que après Gabriel il riait
à chaque fois qu'il me regardait. Donc, tu comprends que le silence qui a suivi mon message
texte, je l'interprète un peu comme un « Merci
bonsoir ».

À : Marine
De : Frédéric Vandale
Objet : Diagnostic

Ça t'a déjà effleuré l'esprit que peut-être tu analysais trop ? Une idée comme ça.

À : Fred
De : Marine Vandale
Objet : re : Diagnostic

··

J'analyse pas trop, je déduis. Et je te signale que Jeff, il a forgé le mot « suranalyse » il y a longtemps, donc t'as rien inventé. Et viens pas me dire que c'est de la suranalyse que de déduire lucidement qu'un homme qui est intéressé par une femme, si elle lui envoie un message texte, il répond derechef. Moi j'aurais répondu dans la minute, et encore.

À : Marine
De : Frédéric Vandale
Objet : re : re : Diagnostic

··

Tu veux que je te dise ? Le grand problème qu'on a tous, c'est que tout le monde pense que les autres pensent exactement comme eux, et qu'on veut tous ça, d'ailleurs, parce que niveau interprétation de l'autre, ça simplifie bien des choses. Mais c'est pas vrai, Marinette. Alors tu te bases pas sur ce que toi t'aurais fait, tu me lâches la suranalyse, tu arrêtes de jouer des games, le docteur a dit « Appelle-moi », appelle.

À : Fred
De : Marine Vandale
Objet : Bouche bée

··

Tu le prends mal si je te dis que c'est la chose la plus intelligente que je t'aie jamais entendu dire ?

À : Marine
De : Frédéric Vandale
Objet : Mémoire courte

....

Non, mais j'aimerais quand même te rappeler
la fois où je t'ai fait remarquer que de remplacer
la vodka que tu piquais dans le congélateur par
de l'eau, à long terme c'était pas champion,
c'était assez intelligent aussi. Sérieux, Marine,
si l'urgentologue te plaît, joue pas de jeu. On est
grands, maintenant.

À : Fred
De : Marine Vandale
Objet : Complexe du Hobbit

....

Pas exactement l'impression d'être grande de ce
côté de l'Atlantique.

À : Marine
De : Frédéric Vandale
Objet : Petit Hobbit deviendra grand

....

Oui, bien le docteur, lui, il me fait l'effet d'une
grande personne. Arrête d'avoir peur, Marine.
Appelle-le. Tu vas l'appeler ?

À : Fred
De : Marine Vandale
Objet : Besoin de Gandalf

....

Tu veux pas l'appeler à ma place ?

À : Marine
De : Frédéric Vandale
Objet : Gandalf a parlé

Gandalf, si je me souviens bien, a dit à Frodo :
« All you have to decide is what to do with the
time that's been given to you. » Alors, tu décides,
mais moi je te préviens que si tu veux revoir ton
Gabriel, la seule façon c'est de l'appeler. Ce n'est
pas plus compliqué que ça.

À : Fred
De : Marine Vandale
Objet : Question de point de vue

Ç'a l'air tout gentil quand tu dis ça comme ça,
mais on voit que c'est pas toi qui risques de
te retrouver, en plus d'une boîte de réception
déserte, sans retour d'appel. Peut-être que je
pourrais renvoyer un SMS en douceur, du genre
« Est-ce que ça se pourrait que, par hasard, t'aies
pas reçu mon premier message ? ».

À : Fred
De : Marine Vandale
Objet : (aucun)

Fred ?

À : Marine
De : Frédéric Vandale
Objet : re : (aucun)

Je veux plus t'entendre tant que t'as pas appelé.

:-)

Chapitre 6

J'ai ouvert la porte du réfrigérateur pour apercevoir, appuyé sur une pinte de jus de pamplemousse, un grand carton sur lequel on avait écrit : « APPELLE ! ! ! » avec trois points d'exclamation agressifs qui me pointaient du doigt. Même Jeff s'en mêlait, ça commençait à friser le ridicule. Je me suis servi un verre de jus en replaçant délicatement la pancarte, geste absurde et inexplicable qui ne m'a frappée qu'une minute plus tard, alors que j'étais en train, pour la quinze millième fois depuis une semaine, de vérifier sur mon cellulaire si je n'avais pas reçu de message texte et si le numéro de Gabriel était toujours inscrit dans l'annuaire électronique.

« Le numéro s'est pas envolé ? » a demandé Jeff en sortant de la salle de bain. Il avait une serviette nouée autour de la taille et, en voyant son épaule sur laquelle perlaient encore des gouttes d'eau, l'image de notre étreinte m'est revenue, vive et présente. Ce n'était pas désagréable, étrangement, mais cette douceur me dérangeait et j'ai secoué la tête d'un mouvement sec.

« Non, ai-je dit en lui faisant une grimace. Le numéro s'est pas envolé.

— Marine. » Il avait le ton patient et calme qu'on prend avec les gens qui ne veulent pas comprendre quelque chose.

« Arrête, O. K. ? Je sais ce que tu vas me dire. Je suis pas mal sûre que je sais mot pour mot ce que tu vas me dire. Fred répond plus à mes courriels. Même Laurent me dit de l'appeler, et pour que Laurent m'encourage à appeler un gars, faut qu'il soit écœuré en ostie de m'entendre. Fait que ça va. Je sais qu'il faut que je l'appelle. Crisse, Julien m'a appelée à trois heures cette nuit pour me dire : "Appelle-le." Le message est très, très enregistré. C'est beau. »

Ils m'énervaient tous, encore plus que je m'énervais moi-même. Je me sentais toute petite, comme à l'époque où ma mère me disait d'arrêter de bouder Frédéric quand celui-ci m'avait fait de la peine. « Va donc lui parler, disait-elle. Je sais que ça te tente pas, mais là, tu boudes juste pour bouder et tu te fais plus de peine à toi qu'à qui que ce soit d'autre », et je voulais lui crier des noms, d'abord parce que je savais qu'elle avait parfaitement raison, mais surtout parce que j'aurais voulu qu'elle partage ma mauvaise foi. C'est ma mère, me disais-je. Elle devrait être de mon bord, se tenir à mes côtés même si j'avais commis un meurtre, à raison de plus si je veux injustement bouder mon frère. Et maintenant, vingt ans plus tard, j'aurais voulu que mes amis, plutôt que de se transformer en voix de la sagesse et du bon sens, embrassent ma peur ridicule et mon orgueil mal placé.

« Ciboire que t'es pas du monde, ces temps-ci », m'a-t-il dit en souriant. Il s'est dirigé vers le cabinet à alcool, a sorti la bouteille de vodka et en a versé une bonne rasade dans mon jus, puis il s'est assis sur un des tabourets du bar. « Si tu avais attendu trois secondes avant de me sauter dans la face, tu m'aurais laissé le temps de te dire que, peut-être, dans le fond – et je dis bien *peut-être* – t'es mieux de pas l'appeler.

— Hein ? » Ma mauvaise foi, dont la résilience m'a impressionnée moi-même, n'a fait qu'un tour et j'ai dû me retenir pour ne pas dire à Jeff que, franchement, il fallait être un sacré mauvais ami pour décourager une fille d'appeler celui qui, on ne sait jamais, était peut-être l'homme de sa vie.

« Bon. » Encore le ton calme et patient. Il devait probablement garder une camisole de force cachée quelque part au cas où. Je devais être encore plus insupportable que je ne le croyais. « Là, a-t-il poursuivi avec une intonation indéniablement prudente, je vais te dire quelque chose et je veux pas que tu te fâches. » Une seringue remplie de sédatif, ai-je pensé. Il parle comme quelqu'un qui tient une seringue de sédatif et qui préférerait ne pas l'utiliser, mais qui est prêt à tout. « Est-ce que tu veux m'écouter ?

— Ben là, je suis pas rendue débile, quand même ! »

Un hochement de tête et un regard m'ont fait comprendre que je n'étais pas loin de l'être. « O. K., a-t-il dit. Ce que je pense, c'est que peut-être – et encore une fois je peux pas davantage souligner ici l'importance capitale de l'adverbe *peut-être* – tu t'es dessiné un amour autour de ce gars-là et que si t'hésites tant à l'appeler, c'est pas que t'as peur de te faire raccrocher au nez ou de pas avoir de retour d'appel, mais au contraire qu'il réponde. ET... » Il a levé une main pour m'empêcher de répondre. « ... j'ai bien précisé *peut-être*. P-e-u-t tiret e accent circonflexe-t-r-e. *Peut-être*.

— Mais là, ça va faire, les *peut-être* ! C'est quoi, t'as peur de moi ?

— Terrifié. Je suis terrifié. Sérieux. »

J'ai fait un petit sourire et un effort pour réfléchir à son idée. Sa rasade de vodka était décidément substantielle et des plus efficaces, et je commençais à me détendre un peu.

« O. K., je comprends ce que tu veux dire. » Jeff a poussé un soupir de soulagement exagéré et s'est passé une main sur le front comme un homme qui vient d'éviter un accident grave. « Mais je suis pas d'accord.

— C'est correct. Je te demande pas d'être d'accord. C'était une idée comme ça. C'est juste que j'ai cru que c'était tellement garroché comme situation que t'avais peut-être – et j'insiste sur...

— ÇA VA !

— O. K., O. K. Mais quand même. Avoue que c'était un ostie de cirque, comme soirée.

— Oui, bien mettons que t'as pas aidé. »

Quand Jeff était arrivé chez Laurent, je m'étais retournée vivement vers Gabriel, comme s'il pouvait avoir une solution ou me venir en aide, et j'avais eu la sincère envie de sortir par l'arrière pour la deuxième fois, cette fois sans oublier ma tuque. Gabriel avait froncé légèrement les sourcils, l'air de dire : « Qu'est-ce qu'il y a ? Pourquoi ? » et j'avais réalisé pour la première fois depuis le début de cette absurde soirée (« Il était temps ! » m'avait dit Julien plus tard) que nous ne nous connaissions toujours pas du tout.

« Ben là, vous allez quand même pas partir comme ça ? » avait demandé Jeff sur un ton d'une jovialité tellement exagérée que j'avais cru un moment qu'il allait ajouter un « Ho ho ho » à la fin de sa phrase et déposer à nos pieds un sac de cadeaux.

« Gabriel ! Ça fait un ostie de bail, hein ? » Il s'avançait vers lui, bras ouverts, tandis que Laurent et moi échangions un regard légèrement paniqué. Jeff semblait hors de contrôle et, à la limite, un peu soûl, ajoutant un élément très volatil à une soirée qui flirtait depuis un bon bout de temps déjà avec la catastrophe. Il avait d'abord enlacé Gabriel, qui, malgré le fait qu'il mesurait certainement au moins six pieds, semblait tout petit dans les bras de mon ogre de coloc, puis il m'avait prise dans ses bras, me soulevant de terre comme si je n'avais pesé que quelques grammes.

« T'as dû la trouver encore plus belle que la dernière fois que vous vous étiez vus, hein ? » Gabriel avait gentiment répondu : « Toujours autant, ça c'est sûr », pendant que je jetais vers Jeff un regard mortifié auquel il avait répliqué en me donnant une petite tape sur une fesse qui avait failli faire mourir de rire Laurent.

« Une tape sur une fesse, ai-je dit. Je peux pas croire que tu m'as donné une tape sur une fesse.

— Quoi ? Je voulais avoir l'air normal.

— Quand est-ce que tu me donnes des tapes sur les fesses dans la vie normale, au juste ?

— Ben... » Il riait. « O. K. J'ai peut-être *un peu* forcé la note. Mais...

— Jeff. Si t'avais pu pisser tout autour de ma personne, je pense que tu l'aurais fait.

— Ben voyons...

— Non, pas ben voyons ! C'est la première affaire que Gabriel m'a dite quand on est sortis. »

J'avais finalement réussi à mettre fin à ce qui était devenu une soirée parfaitement insupportable en rappelant avec insistance à Gabriel que nous avions réservé dans un restaurant pour vingt heures trente et que, vraiment, ç'aurait été trop bête de perdre nos places et surtout quand allions-nous pouvoir remettre ça ? Il avait acquiescé vivement, ce qui m'avait fait comprendre qu'il était lui-même dépassé par cette mise en scène ridicule qui avait pour but, au départ, d'éteindre les soupçons de Carole, mais qui n'avait plus rien à voir avec elle depuis longtemps.

« Wow ! » avait-il dit quand nous nous étions retrouvés dans la rue. Il m'avait regardée, avec ce même air amusé et incrédule qui ne le quittait apparemment plus, et il avait secoué la tête. « Ton coloc...

— Je sais, je sais. Je pense qu'il était un peu soûl. Fais pas attention.

— Non, non, ça va. C'est juste que j'avais comme l'impression qu'il était là pour défendre son territoire...

— Son territoire... »

Il avait gesticulé vers moi.

« Quoi ? ! Non. Non, non. Voyons. » J'avais essayé de rire, mais des images de la soirée me revenaient, de Jeff qui ne cessait de parler de moi à Gabriel, comme s'il avait voulu souligner à quel point il me connaissait bien, combien était grande notre intimité. Il avait dû dire au moins trois fois : « Si tu connaissais Marine comme je la connais... » Même Laurent, qui avait normalement tendance à jouer à ce petit jeu autour des autres hommes qui m'approchaient, semblait un peu dépassé par cette attitude et m'envoyait des œillades perplexes au-dessus de son verre de vin.

« Écoute, avait dit Gabriel, peut-être que je me trompe, mais... Je voudrais juste pas qu'il pense que... On se connaît même pas...

— Je sais ! Je sais ! » J'avais dû me retenir pour ne pas lancer un « Comment ça tu ne voudrais pas qu'il pense que ? ! » qui aurait sans doute trahi ma déception et mon sincère désir de penser que, justement. L'idée m'était aussi venue que le fait que Gabriel ait perçu cela dans le manège de Jeff signifiait qu'il avait très bien compris que mes intentions n'étaient absolument pas chastes et pures, et que j'en avais fait part à mes amis. Le pauvre, m'étais-je dit en me sentant stupide et ridicule. Il prétend avoir l'impression d'avoir été attiré dans le piège le plus idiot de l'histoire des relations hommes-femmes par une fille qui sent le besoin d'enrôler son ex et son colocataire possessif pour arriver à ses fins.

« Je... » J'aurais voulu trouver quelque chose de particulièrement brillant à dire, mais j'avais la tête remplie seulement des boutades grossières de Jeff et de la notion persistante que je venais de passer deux heures avec un homme sur lequel je fantasmais depuis des mois et que, non seulement je ne le connaissais toujours pas du tout, mais qu'en plus, j'avais certainement réussi à le convaincre que mes amis et moi étions une joyeuse bande d'adolescents attardés. Lui, avec son condo dans le Vieux-Montréal, un mariage derrière la cravate et un métier qui consistait à sauver des vies sur une base quotidienne et non pas à dessiner des méchants loups, avait visiblement quitté l'adolescence depuis longtemps, avec ses fous rires hystériques et ses plans foireux, mais aussi avec son instabilité sentimentale et son manque de jugement.

« Gabriel... » Je n'avais tellement rien à dire que j'avais tiré ma tuque sur mon visage. Je l'avais entendu rire à côté de moi. « Je suis désolée, avais-je dit à travers le cachemire. Vraiment, je pense pas que dans l'histoire de l'humanité des gens ont réussi à établir leur niaiserie aussi vite que nous autres. Excuse-moi.

— Arrête. Arrête donc. Je peux te proposer quelque chose ? »

J'avais relevé ma tuque et m'étais retournée vers lui.

« O. K., on fait un *deal* ? On va manger quelque part et tu m'expliques une couple d'affaires ? Parce que moi, je peux pas avoir passé deux heures comme celles-là puis me coucher sans rien comprendre. Ça serait comme lire un roman à clef, puis jamais avoir la clef. Ça enlève tout le charme. »

Jeff m'écoutait depuis sa chambre. « Puis ? a-t-il crié. Tu lui as donné, sa clef ?

— Oui. »

Il est sorti en boutonnant un jeans qu'il venait à peine d'enfiler. « Toute la clef ?

— Toute la *fucking* de clef. »

J'avais suivi le même raisonnement que dans la ruelle, quelques heures plus tôt. C'était peut-être dû à un fond de judéo-christianisme dont je n'arrivais pas à me débarrasser, mais quelque chose me soufflait que, dans de telles situations, il valait mieux miser sur la vérité, quelle qu'elle soit. Alors j'avais misé, avec une certaine maladresse certes, mais j'avais misé quand même. J'avais raconté à Gabriel mon histoire avec Laurent et les angoisses de celui-ci concernant Carole, ma relation avec Christophe et mon aventure subséquente avec Patrick qui expliquaient la scène dont il avait été témoin au Lulli et, quand il m'avait demandé si j'étais déjà sortie avec Jeff, je lui avais raconté ce qui s'était passé dans sa chambre quelques semaines plus tôt. Je lui avais dit, aussi, que je n'avais pas eu de nouvelles de Christophe depuis notre vilaine rupture et que je restais parfois réveillée le soir en pensant que ma relation avec Jeff avait peut-être changé malgré tout, pendant que Marie-Lune gémissait dans la chambre d'à côté.

« En tout cas, le moins qu'on puisse dire, c'est que tu t'ennuies pas », avait dit Gabriel et j'avais pensé, non, je ne m'ennuie pas, et aussi pathétique que ça puisse sembler, au bout du compte, ça sera toujours bien ça de pris. Je voyais encore parfois de vieilles amies qui me parlaient de cet ennui qui s'était matérialisé sournoisement mais sûrement entre elles et leur chum, sans qu'elles le voient venir. Elles me disaient qu'il était apparu, un jour, sur le sofa, devant le visage sérieux de Bernard Derome ou les cheveux de Chantal Fontaine, un ennui étrangement doux mais solide qui s'était incrusté là, avec l'aisance de quelqu'un qui connaît la place.

« Non, avais-je dit aux yeux verts de Gabriel. Je m'ennuie pas. Tu t'ennuies, toi ?

— Comme un ostie de cave. »

J'avais répondu avec un « Oh » plutôt plat – l'idée venait de me frapper que si Gabriel avait accepté de me suivre chez Laurent alors qu'il ne savait presque rien de moi, ce n'était peut-être pas parce qu'il avait été séduit par le bleu de mes yeux ou mon plus beau sourire, mais parce qu'il croyait, inexplicablement, que je pouvais peut-être l'aider. « Tu sais, dans le fond, tout ce que les gens veulent, c'est juste que quelqu'un les sauve », m'avait déjà dit mon père. J'avais cru à l'époque qu'il s'agissait d'un cri de détresse concernant mon étouffante maman, mais ce soir-là, j'avais pensé qu'il avait peut-être compris quelque chose depuis longtemps et que cet homme fruste, qui ne parlait presque jamais, avait senti le besoin de partager cette idée avec une de ses filles.

Gabriel s'était ensuite mis à parler, longuement, de cette vie qu'il menait et qui aurait dû le combler mais qui le laissait plutôt avec un « genre de vide ». Il décrivait son condo, l'hôpital, le *rush* occasionnel lorsque de vrais drames se produisaient aux urgences et qui le sortait de la routine habituelle, paperasse, bureaucratie, petites vieilles inquiètes monopolisant le personnel pour un rhume, toxicomanes feignant une douleur quelconque pour avoir des sédatifs et patients désemparés par un lendemain de veille qui venaient, paniqués, lui expliquer qu'ils avaient mal au cœur et à la tête et se trouvaient tout étourdis alors qu'ils sentaient le fond de tonne à plein nez et auxquels il prescrivait deux Tylenol et du repos à défaut de pouvoir leur donner trois bonnes baffes.

Il m'avait aussi parlé de sa femme, médecin comme lui, de cinq ans son aînée, qu'il avait laissée quand le grand méchant ennui, justement, était venu faire son nid entre eux deux au bout de sept ans de mariage et de « Bonne nuit » fatigués échangés dans la pénombre depuis l'autre côté du lit. Depuis, disait-il, des femmes allaient et venaient entre ses draps que je soupçonnais être en coton égyptien et de couleur neutre (beige ou gris, très certainement) et le laissaient rassasié mais peu satisfait, parce qu'elles ne le faisaient pas rire et qu'il se rendait bien compte qu'il voulait tout savoir de leur corps mais rien de leur âme.

Il était si beau, dans la lumière dorée du restaurant, il parlait avec une telle lucidité de ses sentiments et une telle confiance que j'avais envie par moments de lui couper la parole pour lui demander de me ramener chez lui et de me garder dans l'étreinte de ses bras toute une nuit, sans bouger s'il le fallait, simplement pour que je puisse sentir contre moi cette force tranquille qui, paradoxalement, venait de l'admission candide de ses faiblesses. Je nous revoyais, nous, charmantes poules pas de tête, qui passions nos vies à tourner en rond en nous posant des questions futiles et en n'ayant encore jamais même eu l'idée d'attendre une réponse. Je trouvais la clarté d'esprit de Gabriel terriblement sexy, tout comme cette notion parfaitement claire qu'il semblait avoir de lui-même. Alors que j'errais et me détournais de tout, il regardait en face des réalités que je refusais encore d'envisager.

« Tu dois me trouver sinistre à mourir, hein ? m'avait-il demandé.

— Non. Toi tu dois penser que je suis une câlisse de folle, hein ?

« — Je suis encore en train de me faire mon idée là-dessus. » Il m'avait regardée avec un grand sourire qui m'avait fait oublier l'hiver.

Depuis, les garçons l'avaient mesquinement surnommé *The Prince of Darkness*, même si je leur répétais qu'il était drôle, aussi, et qu'il m'avait surprise à plusieurs reprises par un humour charmant et particulier. « Il peut pas être aussi drôle que nous », répétait Laurent, entraînant par le fait même des hochements de tête convaincus de la part de Jeff et Julien, qui haussaient ensuite les épaules, l'air de dire « Qu'est-ce que tu veux, faut se résigner : l'homme qui va te faire rire plus que nous est pas encore né » et je leur faisais des grimaces, en craignant comme toujours qu'ils aient raison, ces trois clowns que j'aimais tant, que j'aimais peut-être trop.

« En tout cas, a dit Jeff, moi, un gars qui passe sa soirée à me parler de son ennui, pas trop sûr que ça me ferait bander.

— Contrairement aux filles qui ont même pas besoin de parler pour être ennuyeuses que tu ramènes à la maison.

— Eille ! a-t-il dit en souriant et en me donnant un petit coup de coude. *Cheap shot.* »

Je lui ai rendu son coup de coude. « J'ai droit à une couple de *cheap shots*. Ta présence chez Laurent constituait une *cheap shot*. J'ai beau chialer contre ma mère quand elle me prévient que le fait de passer ma vie avec vous autres fait probablement peur aux autres gars, c'était peut-être pas nécessaire d'en beurrer aussi épais la première fois que je rencontrais Gabriel.

— Ah, *come on*. Si le gars avait eu peur de ça, il serait jamais venu te parler au départ et il t'aurait certainement pas demandé de prendre un verre avec lui à la première chance qu'il a eue. Ça, il faut lui donner ça, au *Prince of Darkness*, il est quand même pas le genre à se laisser intimider par trois beaux spécimens comme nous.

— Tu peux ben dire "spécimens"… Pourquoi tu penses qu'il répond pas à mon message ?

— … Bon, encore ça.

— Mais non, mais tu penses pas qu'il a peut-être été un peu traumatisé par vous autres ? Puis Julien, en plus ! Veux-tu bien me dire ce que Julien lui a raconté, quand il a appelé ? »

Jeff s'est mis à rire.

« O. K., quoi ? Quoi, quoi, quoi ? Jeff, c'est pas rassurant, ça.

— Non, il a été super *cool* ! » Il a ri de plus belle.

« Jeff, câlisse… » Je l'ai attrapé par une oreille – c'était ma seule arme contre lui : il se penchait à ce moment-là sur le côté, vers moi, et si je parvenais à assez allonger le bras, il n'arrivait pas à m'attraper pendant, oh, trois bonnes secondes.

« O. K. ! O. K. ! » Il riait et se tortillait en même temps, et a fini par attraper ma main et en moins de deux secondes j'étais maîtrisée, le dos accoté contre sa poitrine, un de ses bras me tenant solidement en place.

« O. K., a-t-il dit derrière moi. Si t'es pour sortir les gros canons… Il a fait savoir à Gabriel qu'il était très déçu de pas avoir été là, parce que ça faisait des mois que toi et lui vous battiez pour son attention et que, s'il avait été là, il était sûr que Gabriel aurait eu d'yeux que pour lui.

— *Oh my God…* » J'ai placé ma main libre sur mon visage et je me suis laissée tomber vers le sol. Jeff me retenait contre lui en riant.

« C'est tellement humiliant !

— Ben non ! C'est drôle !

— O. K., c'est clair que je l'appelle plus jamais. Crisse, il doit penser qu'on vit à Degrassi. Oh mon Dieu ! Je vais le tuer. Crisse, y est pas supposé être en dépression, cet innocent-là ? Je vais vraiment le tuer. Si jamais tu veux reparler à Julien, appelle-le, parce qu'il lui reste pas long à vivre. »

Jeff riait dans mon cou.

« Tu réalises que vous avez littéralement ruiné ma vie ?

— Arrête donc, a dit Jeff en relâchant son étreinte. Honnêtement, on t'a rendu service. Au moins, le gars a une idée très claire de qui tu es et de comment tu vis.

— Trop claire. Le mot que tu cherches est TROP claire. »

Je nous revoyais, Gabriel et moi, marchant lentement sur le trottoir qui n'avait pas encore été déneigé. Il avait insisté pour payer au restaurant, en me disant que ça lui faisait plaisir, et j'avais répliqué que tout le plaisir était pour moi et que j'insistais donc doublement. Nous avions badiné ainsi cinq minutes, débattant de notre degré de plaisir respectif pour nous entendre finalement sur des additions séparées. Il s'était levé pour aller aux toilettes, prétendument, mais lorsqu'il était revenu il avait tout payé et avait dit : « C'était un bel effort. Mais mon plaisir bat le tien », et son sourire m'avait une fois de plus fait l'effet d'un beau feu de foyer allumé au milieu d'une nuit d'hiver.

Mais dans la rue, un quart d'heure plus tard, il m'avait embrassée chastement, sur les deux joues. Moi qui n'avais jamais su faire les premiers pas, j'attendais, catatonique, le baiser que je désirais tant et les douces paroles dont je rêvais – mais rien. Il avait finalement levé une main vers mon visage et avait caressé ma tempe d'un doigt et moi, n'y tenant plus, j'avais dit (terrible, douloureuse concession à mon habitude de ne jamais faire le premier pas !) : « J'aimerais ça te revoir. » Il avait hoché la tête, un oui dansant sur son sourire, et quand j'avais dit : « Je vais te laisser mon numéro », il avait répondu : « Non. JE vais te laisser mon numéro. Et toi tu vas m'appeler. »

Claude François avait retrouvé sa place de prédilection dans le bol à fruits, juste sous mon nez. « Je comprends ce que tu veux dire, ai-je répété à Jeff en caressant la blonde fourrure du chat. Et peut-être que je me leurre comme jamais femme s'est leurrée, mais moi, je te dis que si j'ai si peur d'appeler, c'est que j'ai peur qu'il réponde pas. Crisse, Jeff, ça fait depuis Laurent que j'ai rien eu de constructif ou même de prometteur dans ma vie. On se fera pas d'accroires, on le savait tous que Christophe c'était charmant, mais que ça durerait pas. Lui... je veux pas mettre la charrue devant aucun bœuf, mais il me semble... » Il me semble quoi ? me suis-je demandé. J'étais perdue, et une partie de moi aimait cet égarement. « Il me semble qu'il a quelque chose de réel. »

Jeff avait hoché la tête, l'air peu convaincu, et avait avancé une main à son tour vers Claude François. « O.K., a-t-il dit sans détourner son regard du chat. Si c'est vraiment ce que tu veux, Marine, on va être avec toi.

— Jeff ?

— Hmm ?

— Pourquoi t'es venu chez Laurent ? »

« Il a jamais voulu répondre ? a demandé Julien.

— *Nope*. Il a haussé les épaules avec un genre de rire que je suis pas capable d'interpréter, puis il est parti parce qu'il était en retard et y est pas revenu avant hier soir.

— *Spicial* », a dit Laurent.

La serveuse est arrivée avec quatre verres à vin. Elle en a posé un devant chacun de nous, puis a regardé vers la place normalement occupée par Jeff et a demandé, avec un ton plein d'espoir : « Vous allez être trois ou quatre ?

— Quatre, a dit Julien. Inquiète-toi pas, il s'en vient. » La serveuse a eu l'air un peu gênée mais n'a pu retenir un sourire, et elle a posé d'un geste léger un verre vide à la place de Jeff.

« Comment tu vas ? ai-je demandé à Julien.

— Ça va bien.

— Julien : *comment tu vas ?* »

Il avait pleuré pendant deux jours après m'avoir raconté que Mathias était parti et, dans un geste qui ne lui ressemblait pas, avait même accepté que je vienne rester chez lui. Tout était en ordre, comme toujours, et j'avais compris en entrant dans l'appartement impeccable, où rien ne trahissait un récent déchirement, que Julien était capable de tenir ses peines à distance, que tant qu'il n'en parlait pas, elles restaient pour lui presque étrangères. Mais il m'avait raconté et sa souffrance s'était littéralement répandue au grand jour, et j'avais failli pleurer, un matin, en le voyant entrer dans la cuisine en pantalon noir avec un chandail gris.

Il avait passé la journée dans ces vêtements qui me faisaient l'effet d'un drapeau blanc, d'un avis de capitulation, et nous avions parlé de Mathias, qui appelait encore régulièrement pour prendre des nouvelles et pour lui dire les mots si poignants des « pauvres gens » : « N'oublie pas qu'il reste quatre steaks dans le congélateur », « Tu as encore deux chemises chez le nettoyeur », « Le numéro de la femme de ménage est sur la petite fiche que j'ai laissée sur le bureau », « Surtout, ne prends pas froid. » Julien espérait le convaincre de revenir, mais ne s'en sentait pas encore la force et ne savait pas, surtout, quels mots magiques il aurait pu invoquer pour lui redonner confiance.

Il m'avait parlé aussi de son premier amour, de celui qui l'avait blessé tellement profondément qu'il avait cru mourir, dans des circonstances ironiquement et pathétiquement similaires à celles dans lesquelles il avait blessé Mathias. Un homme plus vieux, que Julien avait surpris avec un inconnu dans leur lit et qui avait essayé de le convaincre que c'était normal et sain. « Comme Mathias », m'avait dit Julien, en tenant ses poings fermés sur ses yeux. « Le même ostie de *pattern*. Il m'avait convaincu et j'avais ravalé jusqu'à tant que ça me fasse trop mal, puis il m'avait fait des promesses… » Il riait, un rire laid et triste de dépit. « Puis, j'avais trouvé des factures… il me disait qu'il allait travailler toute la journée à Québec, mais en fait il passait sa journée à fourrer dans un hôtel du Vieux avec un petit Thaïlandais de dix-neuf ans. Je m'étais senti tellement *tellement* cave, là… tellement *humilié* par ses mensonges, encore plus que par le fait qu'il baisait ailleurs. Et là ? Je fais exactement la même chose au seul gars que j'ai aimé depuis. » Je lui caressais le dos, incapable de dire quoi que ce soit. Je ne voulais pas sortir une banalité du genre « Ben non, ben non » ou « On n'apprend pas toujours de ses erreurs », aussi avais-je préféré me taire. « Câlisse ! avait-il finalement crié. J'ai QUARANTE ans ! Pourquoi je fais encore ça ? ! » Et, dans un sanglot, il avait ajouté : « Pourquoi je ME fais ça ? ! »

Mais le lendemain, il portait une chemise neuve, d'un violet tellement éclatant qu'il faisait presque pâlir le spectaculaire vert émeraude de son pantalon, et j'avais retrouvé le chandail gris dans la poubelle de la salle de bain. Et depuis, il refusait de parler de toute cette histoire, sauf pour nous dire que ça allait « mieux ». Je n'étais pas loin de le menacer d'appeler Mathias, persuadée que cette rémission éclair était plus inquiétante que ses larmes sur un chandail gris.

« Sérieux, ai-je répété. Tu vas bien ?

— Oui, a dit Laurent, toujours maladroit dans ces situations. Tu vas… O. K. ?

— Mais oui, je vais bien. Seigneur, c'est pas comme si j'avais perdu un rein, quand même ! »

Non, mais t'as eu le cœur brisé par ta propre faute, ai-je eu envie de dire, c'est au moins aussi douloureux. Mais je me suis abstenue.

« Câlisse ! a-t-il dit dans un spectaculaire effort de changement de sujet. Jeff arrive-tu ? Je mangerais un bœuf.

— Je pense qu'il avait une fille dans sa chambre, ai-je répondu. Il était toujours pas levé quand je suis partie et ça, ça veut généralement dire qu'il est pas tout seul.

— Marie-Lune ?

— Non, Marie-Lune est partie avec des amies à New York. Je le sais parce qu'elle m'a répété au moins deux cents fois : "*Oh my God*, imagine, on va boire des Cosmos à New York, c'est tellement *Sex and the Cityyyyy* !"

— Fait qu'il est avec qui ?

— Je sais pas, Julien. C'est pas comme si j'allais ouvrir la porte de sa chambre pour vérifier.

— Ça te dérange qu'il voie d'autres filles ? a demandé Laurent.

— Pourquoi ça me dérangerait ? » J'ai moi-même entendu l'agressivité dans mon ton.

« Vous discuterez de ça un autre tantôt, les enfants, a dit Julien. Le gros arrive. »

Jeff s'est glissé à côté de moi et, dans un même geste, est parvenu à se verser un verre de vin, me donner une drôle de petite bine, sourire d'un air satisfait, s'appuyer sur la table et prendre une gorgée.

« Ça va, la face du gars qui a une bonne nouvelle ? a demandé Laurent.

— Ça va *très* bien.

— Oui, bien on irait tous très bien si on avait passé la nuit à baiser », ai-je dit.

Julien a levé un doigt : « Euh...

— Quoi ?

— Ben, *j'ai* passé la nuit à baiser.

— PARDON ?

— Hé ! J'ai le cœur brisé. Pas la graine brisée. »

J'ai eu envie de passer un commentaire désobligeant, mais j'ai pensé que le fait qu'il admette qu'il avait le cœur brisé constituait un progrès suffisant pour que je me taise. J'ai pris un petit air renfrogné. « Bon, ben vous avez baisé tous les deux, bravo.

— En fait, moi aussi, a dit Laurent, et mon air renfrogné s'est transformé en un gémissement piteux qui a fait éclater Jeff de son grand rire.

— Fais-toi z'en pas, a-t-il murmuré en me caressant le dos. Moi non plus j'ai pas baisé.

— Tu dis ça pour me faire plaisir. » J'avais de la difficulté à imaginer Jeff passant plus de six heures sans baiser.

« Non, c'est vrai ! Je me suis couché tard, mais j'ai pas baisé. » Mais il gardait un air tellement ravi que Julien, n'y tenant plus, a presque crié : « Ben là, saint chrême, vas-tu nous dire ce que t'as fait ?

— Saint chrême ?

— Ma mère est venue passer la fin de semaine en ville. Ça déteint.

— Mon Dieu, a soupiré Laurent. S'il fallait que je me mette à dire *"viarge* à Ménard" chaque fois que je vois ma mère…

— Ma mère est plus du genre "torieux", ai-je dit. Je peux pas vous dire à quel point je hais ce sacre-là. C'est comme "sapristi" ou "mautadine". Des sacres de matantes.

— Tellement pas satisfaisants, a reconnu Laurent.

— Je pense que ma mère a jamais sacré de sa vie, a dit Jeff. Mon père était un gros fan de "bâtisse".

— Bâtisse ?

— Oui, comme dans "Hé, bâtisse". »

Laurent et moi avons fait une moue appréciative : oui, il y avait effectivement quelque chose d'intéressant dans « bâtisse ».

« N'empêche qu'il y a rien pour battre un bon tabar...

— HÉ ! On s'en câlisse des osties de sacres de vos ancêtres ! Le gros a la face épanouie comme une ado qui vient de découvrir son clitoris, alors est-ce qu'on peut savoir, pour l'amour du ciel, c'est quoi ton truc ? Parce que moi, j'ai beau avoir baisé toute la nuit, j'ai des poches en dessous des yeux et le teint *borderline* blafard. Fait que lâche-moi l'analyse comparative des sacres, puis partage.

— Calvaire, a dit Laurent. T'es vraiment sûr que ça va ?

— Oui, oui, ça va. 'Scusez. Je dors tellement mal, ces temps-ci, à cause de toute... » Il a fait un geste vague qui devait vouloir signifier « l'histoire ». « J'ai de la misère à m'endurer moi-même.

— Peut-être si tu fourrais moins... »

Jeff et moi avons éclaté de rire. Julien a souri, un sourire forcé et las, et je l'ai revu couché sur son sofa dans son chandail gris, fixant le plafond, et j'ai eu envie de lui prendre une main et de la garder dans la mienne un bon moment, sans rien dire.

« C'est rien, a finalement dit Jeff. Je suis juste de bonne humeur. J'ai vu ton amie Flavie, hier, au Lulli. » Je me suis souvenue des regards qu'il posait sur elle quand ils se voyaient et de ses paroles à elle : « Il est magnifique, ce garçon. » Manquerait plus que ça, ai-je pensé. Tous mes amis casés, mon coloc avec ma seule amie de fille en plus – j'allais être comme Joey à la fin de *Friends*, le seul innocent resté célibataire, mais alors que lui semblait tout content de son sort, j'allais moi m'enfoncer dans une morosité amère et inélégante.

« On a jasé pendant une bonne heure, a-t-il pour-suivi. *Man*, quelle femme ! »

Quelqu'un avait-il déjà dit de moi : « Quelle femme ! » ? Les chances me semblaient minces, très minces. J'imaginais des « Elle est vraiment *cool* », « Elle est tellement drôle » et, dans mes rêves les plus fous, un occasionnel « C'est une fille super *cute* ». « Quelle femme ! » était réservé, selon moi, à des êtres surnaturels et immenses comme Flavie, pas à des filles de cinq pieds quatre pouces qui, à trente ans passés, restaient incapables de ne pas danser sur les premiers *hits* de Rick Astley.

« Je sais pas, a dit Laurent. Elle me fait un peu peur, moi, Flavie. » Je lui ai souri et lui ai caressé le lobe d'oreille. Je me demandais parfois si un homme, un jour, allait réussir à m'attendrir autant que lui. Si je finissais par avoir un fils, peut-être. Et encore.

« Vous avez jasé, a dit Julien. T'es en train de me dire que j'aurais juste besoin de jaser avec une fille qui s'habille en fortrelle bleu poudre... » Il s'est arrêté, suivant le regard explicite de Laurent vers son pantalon à carreaux violets et verts puis a crié sur un ton indigné : « ... Ben là, ils sont pas en fortrelle ! » Je suis tombée sur l'épaule de Jeff en riant. Je ne pensais presque plus à Gabriel quand j'étais avec eux – ou du moins, si j'y pensais, c'était sans amertume et sans inquiétude, une pensée vague et douce comme tout ce qui se situait à l'extérieur de nous. Peut-être était-ce ce que je craignais le plus, au fond, plus encore que le destin tragique d'un Joey sans humour : la défection de ces trois hommes dont j'étais si dépendante, parce qu'ils me faisaient tant de bien. Craignaient-ils, eux, ma défection ? Je revoyais Laurent me demander, à propos de Gabriel : « Bon, c'est quoi, là, tu vas sortir avec ? » et l'absurde manège de Jeff, et je me disais, avec un sourire intérieur, que oui, que je n'étais pas toute seule dans mon bateau de fortune.

Jeff venait de me dire que sa « fascinante » conversation avec Flavie s'était terminée par une invitation ouverte à souper et que Flavie attendait mon appel à moi pour confirmer le tout et j'attendais seulement qu'il se lève pour demander à Julien et à Laurent ce que j'avais pu faire au bon Dieu pour être devenue coincée dans le rôle de Cupidon, quand Ariane est arrivée, dans un nuage de patchouli, devant notre table.

Je l'ai regardée un instant, interdite. La présence d'Ariane dans ce restaurant où l'on pouvait trouver certains produits non équitables et peut-être même non bio et, hérésie entre toutes les hérésies, de la viande, était totalement incongrue.

«Toi, là... m'a-t-elle menacée, en pointant vers moi un index qui sortait d'une mitaine pas de doigts. Toi...» Je la connaissais – elle était incapable de rester fâchée plus de cinq secondes. Je comptais mentalement quand son regard est passé de moi à Laurent.

«LO !» s'est-elle écriée. Elle était redevenue la petite sœur douce et enjouée que j'avais toujours connue. Elle s'est penchée par-dessus la table pour embrasser Laurent, qui semblait ravi de la voir.

«On s'ennuie TELLEMENT de toi», a-t-elle dit. Ses jolis yeux clairs riaient sous son bonnet péruvien.

«Moi aussi je m'ennuie de vous autres», a dit Laurent, et j'ai su que c'était vrai. Ariane allait se pencher pour lui donner un autre baiser quand elle a aperçu son assiette et qu'un autre doigt, couvert lui aussi jusqu'à la deuxième phalange, s'est levé, plein de reproches et de leçons. «Laurent... un steak tartare. Quand même... tu sais ce que ça donne comme message à ton organisme quand tu avales quelque chose comme ça ?

— Miam ? a suggéré Laurent.

— T'es chez l'ennemi ici, a dit Julien. *In* Rome...

— Correct, correct.» Elle l'a embrassé à son tour, puis s'est laissé happer par les bras de Jeff en riant.

« O. K., a-t-elle dit en sortant de son étreinte. Je ris là, mais je suis TRÈS fâchée, Marine. »

Dix minutes et un thé dont la boîte avait été longuement étudiée pour s'assurer de son contenu équitable plus tard, elle m'avait expliqué que la veille, alors qu'elle s'apprêtait à sortir de l'hôpital dans lequel elle faisait du bénévolat (« Tu fais du bénévolat dans un seul hôpital ? avait demandé Laurent. Pas fort… »), elle était tombée sur notre père qui, incapable de mentir quand il était pris au dépourvu, avait tout avoué.

« Je peux pas CROIRE que tu m'as pas prévenue. Marine, je suis ta sœur ! Je suis sa fille aussi ! » Elle possédait un registre d'airs indignés qu'elle déclinait au fil des manifestations et des démonstrations pacifistes qui rythmaient son existence.

« Eille, lui ai-je répondu. Tu devrais me remercier, ma petite fille. Parce que moi, ça fait un mois que je me tape l'appel quotidien de maman et…

— Marine, c'est ta mère ! C'est elle qui t'a mise sur terre ! Tu lui dois quand même…

— Veux-tu vraiment que maman t'appelle tous les jours ? »

Une lueur paniquée est passée dans les yeux d'Ariane. Elle n'a pas insisté. Jeff et Laurent, devant elle, se regardaient en riant.

« Est-ce qu'Élo et Fred sont au courant ?

— Fred, oui. Maman voulait vous épargner.

— Comment ça nous épargner ? On est ses filles aussi ! On a…

— Ariane… peux-tu slaquer le mode "indigné" deux secondes ? On sait même pas ce qu'il a, papa. Peut-être qu'il a rien. Dis-toi que s'il n'en tenait qu'à lui, personne aurait rien su jusqu'à temps qu'il sache vraiment. C'est pas nécessairement la meilleure décision au monde, mais ça se défend, tu penses pas ? »

Elle a poussé un petit «Humpf» contrarié qui lui a donné l'air d'avoir seize ans. De nous quatre, elle était la seule à avoir hérité de la bonté instinctive de notre père. Frédéric, Élodie et moi n'étions pas de mauvaises personnes, mais aucun de nous trois n'avait cette fibre humaniste qui, dans sa simplicité, frisait parfois la naïveté, parfois le sublime. Mon père poussait l'expérience encore plus loin : si Ariane ressentait tout de même une certaine gratification à l'idée d'aider son prochain, lui serait tombé en bas de sa chaise si on lui avait fait remarquer sa bonté. Mais il avait tout de même légué à sa fille ce souci désintéressé pour autrui qui caractérisait chacun de ses actes, à tel point qu'il se faisait souvent manger la laine sur le dos, un constat qui m'affligeait, pour mon père bien sûr, mais pour l'humanité en général, au sujet de laquelle il en disait assez long.

« Il faut prévenir Élo, a dit Ariane.

— *Oh boy…* » Julien et Laurent avaient parlé en même temps que moi : j'imaginais déjà des crises démesurées et Élodie se vautrant voluptueusement dans ce drame potentiel – elle avait hérité, elle, beaucoup de ma mère.

« On devrait l'entourer, a dit Ariane. Fred devrait revenir.

— Fred y a pensé. Mais on va commencer par attendre de savoir de quoi on parle, O. K. ?

— Pauvre papa… » Elle s'est soudainement arrêtée, surprise par une sonnerie, puis s'est mise à fouiller dans l'énorme sac en chanvre tissé qu'elle portait toujours et qui contenait généralement au moins quarante tracts et pétitions et jamais d'argent – Ariane ne croyait pas au « pouvoir de l'argent » et fonctionnait presque entièrement avec un système de troc, de recyclage et d'échange de services qui lui prenait soixante-quinze pour cent de son temps. Elle en a sorti un petit cellulaire et a répondu en disant simplement : « J'arrive dans dix minutes. »

« O. K., ai-je dit. Whoa. Whoa whoa whoa. Mon cerveau arrive pas à suivre. T'as un cellulaire ? Toi ? »

Elle a baissé les yeux comme quelqu'un qui se voit forcé de parler d'un sujet douloureux. « Je sais, a-t-elle avoué. C'est juste qu'on est en train d'organiser une grosse démonstration contre la cigarette et c'est moi qui gère le réseau de transport... » Elle a relevé les yeux vers nous, soudainement fière et enthousiaste. « On fait venir des gens de Vancouver, même, et on s'arrange pour que chaque déplacement soit comptabilisé et toutes les émissions de gaz carbonique que ça va causer, ben on va les compenser en allant planter des arbres.

— Ah, pour l'amour du bon Dieu... » a soupiré Julien en s'affalant sur la table.

« C'est sûr qu'on encourage le déplacement à bicyclette et le covoiturage, mais bon, des fois on n'a pas le choix... » Jeff la regardait en hochant la tête, un sourire flottant sur les lèvres, l'air du gars qui n'en revient pas.

« C'est pour ça qu'il faut que je me sauve. Mais toi, Marine Vandale, tu t'en sortiras pas comme ça. Je vais appeler Élo, puis on va aller prendre un thé, O. K. ?

— O. K... » S'obstiner avec Ariane demandait une maîtrise de soi et un art de la rhétorique que je n'avais jamais possédés.

« Mais toi ? a-t-elle dit en enlaçant Jeff de nouveau. Comment tu vas ? Tes amours ?

— Oh mon Dieu... oublie ça, je... »

Les garçons ne m'ont pas laissée finir ma phrase, se lançant dans une description plutôt comique du fiasco qu'était ma vie sentimentale – ils se complétaient et se passaient la *puck* habilement, à tel point que je me suis demandé s'ils n'avaient pas répété leur petit numéro.

« Mais il faut que tu l'appelles ! » a finalement crié Ariane sur le ton qu'elle aurait employé pour dire : « Mais il faut se couvrir en hiver ! » et j'ai eu envie de lui crier que ça allait, qu'on avait déjà établi depuis longtemps, moi la première, qu'il s'agissait d'une évidence. Les garçons la regardaient en faisant des hochements de tête exagérés et en levant vers moi des mains impuissantes qui cherchaient sans doute à me signifier que j'étais un cas désespéré.

« Tiens, a dit Ariane en me tendant son cellulaire. T'as deux minutes. Aussi bien que ça serve à quelque chose de beau, cet appareil-là.

— Quoi ? Non ! Je vais appeler en arrivant à la maison.

— Marine », ont dit quatre voix menaçantes. J'ai regardé la petite main gantée et les yeux clairs de ma sœur et, me souvenant qu'on ne pouvait rien contre la bonté, j'ai pris le téléphone et je suis sortie du restaurant.

À: Marine
De: Frédéric Vandale
Objet: Sagrada Familia

. . . .

Bon, j'avais dit que je t'écrirais pas, mais là, tu vois, je viens de passer une heure au téléphone avec Ariane, tellement que ça sentait presque le patchouli jusqu'ici. J'ai rien compris. Elle parlait de papa, du fait que la vie t'avait envoyé un signe sous la forme d'un portable lui appartenant et qu'il paraît que maintenant on peut planter des arbres pour se faire pardonner d'avoir une voiture. Tu veux m'expliquer ?

À: Fred
De: Marine Vandale
Objet: Sainte-Patchouli

. . . .

Tu veux que je commence par où, au juste ?

À: Marine
De: Frédéric Vandale
Objet: Bel effort

. . . .

Tu veux vraiment qu'on fasse semblant de pas savoir que la seule chose qui t'intéresse c'est de me dire si t'as appelé ton doc ?

À: Fred
De: Marine Vandale
Objet: R-E-S-P-E-C-T

. . . .

Ça va, hein. Je me préoccupe de papa aussi, tu sauras, et encore plus du fait que j'ai rendez-vous demain avec les petites sœurs et qu'il va falloir que je déballe toute mon autorité de grande sœur calme et posée pour leur expliquer que, non, elles peuvent pas venir avec moi l'accompagner à son prochain rendez-vous.

À : Marine
De : Frédéric Vandale
Objet : S-E-G-R-E-G-A-T-I-O-N

Et pourquoi elles peuvent pas venir ?

À : Fred
De : Marine Vandale
Objet : Portrait de famille

Fred, tu te mets dans la peau d'un monsieur qui a peur d'avoir peut-être l'Alzheimer et qui est encore plus terrifié à l'idée d'avoir l'air faible devant sa famille et dis-moi : tu as vraiment envie d'avoir tes deux plus jeunes à côté de toi, surtout quand une des deux c'est Élodie et que l'autre risque d'insister pour faire brûler de la sauge autour de lui et lui masser les poignets avec des huiles essentielles ?

À : Marine
De : Frédéric Vandale
Objet : Demi-bon point

Tu vois, je te suis, mais j'ai une question, moi aussi : tu crois pas que tu te la joues un peu gardienne du père et que c'est toi qui veux pas partager ton rôle de glorieuse sauveuse ?

À : Fred
De : Marine Vandale
Objet : Bon poing

....

Ça me ferait plaisir de le partager, mon rôle de sauveuse, et si c'était pas du fait que tu te la coules douce sur le bord de la Seine, trop occupé à ne pas écrire un livre avec l'argent que papa t'a prêté, je t'assure que ça me ravirait de te voir l'accompagner à ma place. Mais voilà : moi je fais des barbeaux en province pendant que tu te prends pour un écrivain dans la métropole. Tu voudrais peut-être que je m'excuse, aussi ?

À : Marine
De : Frédéric Vandale
Objet : Nœud du problème

....

Il a pas répondu, hein ?

À : Fred
De : Marine Vandale
Objet : re : Nœud du problème

....

Non, il a pas répondu.

À : Marine
De : Frédéric Vandale
Objet : Raison de sourire

....

Au moins t'as appelé.

À : Marine
De : Frédéric Vandale
Objet : (aucun)

Marine ? T'as vraiment appelé, hein ?

À : Fred
De : Marine Vandale
Objet : re : (aucun)

Mais oui, j'ai vraiment appelé. Boîte vocale.
Maintenant, je suis la fille qui laisse des messages
textes et vocaux un peu partout et qui en retour
reçoit que du silence. Et pendant qu'Ariane sauve
le monde à grands coups d'arbres plantés, moi
j'arrive même pas à faire passer le drame de ce
que vit mon père devant mes états d'âme de
merde. Donc tu vois, j'ai pas trop le moral.

À : Marine
De : Frédéric Vandale
Objet : Carrousel

Tu tournes en rond, Marinette.

À : Fred
De : Marine Vandale
Objet : Duh

Tu m'en diras tant.

À : Marine
De : Frédéric Vandale
Objet : Les beaux carrousels de Paris

....

Pourquoi tu viens pas me voir ?

À : Marine
De : Frédéric Vandale
Objet : (aucun)

....

Marine ? Pourquoi tu viens pas ?

À : Fred
De : Marine Vandale
Objet : re : (aucun)

....

C'est lui. Il appelle sur mon cell.

À : Marine
De : Frédéric Vandale
Objet : Plonge

....

Réponds-lui, Marine. Merde aux regrets.
Réponds.

:-)

Chapitre 7

« Plonge… » ai-je dit à voix haute à Claude François. « Comme si c'était facile à faire… » Mais *c'était* facile à faire, principalement parce qu'un plongeon impliquait un geste bref et impulsif et laissait peu d'espace à la pensée, qui, chez moi, avait pris beaucoup trop de place depuis un bout de temps. Deux semaines que j'analysais tout, chacun de mes gestes et de mes sentiments, chaque parole de Jeff, chaque silence de Gabriel.

Alors, dans un geste souple qui n'impliquait que mon corps et la bonne vieille portion reptilienne de mon cerveau – un geste qui avait la même urgence que celui de se nourrir ou de se protéger –, j'ai répondu. Mon cœur battait et, dans la demi-seconde délicieuse qui a précédé mon « Allô », j'ai eu le temps de me voir perchée sur la crête d'une falaise et choisir, en frémissant, de me laisser tomber.

« Marine Vandale ? a dit la voix polie et perpétuellement amusée de Gabriel.

— Elle-même. Docteur Champagne, *I presume?* »

Il s'est mis à rire, et moi à respirer de nouveau. Je me suis demandé s'il n'y avait pas des cigarettes quelque part dans l'appartement, tellement j'étais nerveuse. Je n'avais pas fumé depuis sept ans.

« Ta sœur est charmante, a dit Gabriel.

— Ma sœur ?

— Oui, ta sœur. Ariane. À moins que ce soit un nouveau personnage, mais c'est que le numéro d'où tu m'as appelé avant-hier, eh bien apparemment c'était son téléphone.

— Oh… » Je me suis pris le front puis j'ai regardé en l'air, absurdement, vers un dieu en lequel je n'avais jamais cru, pour lui demander pourquoi il m'avait créée à ce point maladroite et ce que j'avais pu faire dans une autre vie, exactement, pour avoir ainsi attiré son courroux.

« Non, ça va, elle est vraiment charmante. Je sais tout maintenant sur la combustion des gaz à effet de serre et sur la quantité de gaz carbonique qu'un feuillu de taille moyenne peut absorber en une année. Tu m'avais pas dit que ton père était malade ? »

J'ai essayé de penser à une façon d'égorger Ariane à distance. Avait-elle vraiment besoin de mettre Gabriel au courant de nos secrets de famille ? Je savais qu'elle avait dû le faire par gentillesse, en plus, et cette bonté qui m'était depuis toujours inaccessible m'exaspérait.

« Heu… ton père EST malade, hein ? a répété Gabriel, qui avait dû décider depuis quelques jours déjà qu'il valait mieux se méfier de toute affirmation provenant de ma famille ou de mes amis.

— Oui. Oui, y est malade. Enfin, non. On le sait pas. » Je regardais frénétiquement autour de moi, me demandant si la bourrure du La-Z-Boy n'était pas fumable ou si Jeff ne gardait pas des joints quelque part dans sa chambre.

« Qu'est-ce qu'il a ? » a demandé Gabriel. Son ton était sincère, professionnel et surtout rassurant. C'est à ce moment-là que j'ai fait un geste qui par la suite devait rester pour moi indissociable de ce souvenir : j'ai éloigné l'émetteur du téléphone de ma bouche pour que Gabriel ne m'entende pas soupirer. Parce que c'était plus qu'un soupir. C'était un souffle nerveux qui me quittait pour être remplacé par une respiration enfin calme et sereine : c'était le son de moi qui s'arrêtait.

« Il a commencé à oublier des choses depuis un bout de temps », ai-je dit. Je me suis assise sur le sofa. Nous avons parlé près de deux heures, ce soir-là, l'émetteur de l'appareil maintenant tout contre ma bouche. Je ne cherchais plus de joints ou de cigarettes – je préférais me perdre dans la musique de ce penchant naissant, dans l'ivresse qu'amène la découverte de l'autre et les premiers pas timides qu'on ose poser sur son territoire.

« Eille ! » s'est exclamé Jeff en entrant, quelques heures plus tard. J'étais confortablement installée sur le sofa, emmitouflée dans un de ses pulls, et je regardais pour la millième fois un épisode d'une série de HBO dont nous avions acheté le coffret et que nous adorions tous les deux.

« Eille ! » ai-je répondu, joyeuse. Je l'attendais depuis un bout de temps déjà et j'avais préparé mon gag. J'ai levé vers lui le carton sur lequel il avait inscrit « APPELLE !!! » puis je l'ai retourné – j'avais écrit, moi, « IL A RAPPELÉ !!! » au verso.

Jeff s'est approché, les yeux plissés, dans un geste complètement futile qui impliquait qu'il avait de la difficulté à lire d'aussi loin, alors que je savais qu'il avait une vision parfaite. « Oh », a-t-il finalement dit, avant de faire une moue qui se voulait sans doute appréciative, mais qui me donnait plutôt l'impression qu'il trouvait la chose insignifiante.

« Ben là. Tu pourrais au moins faire semblant d'être content, ça fait deux semaines que vous me siphonnez les oreilles pour que je l'appelle puis que je lui parle !

— Oui, oui, je suis super content. Si c'est ce que tu veux. » Il est allé se chercher une bière dans le réfrigérateur et est venu s'asseoir lourdement dans le La-Z-Boy. « T'es sûre que c'est ce que tu veux, non ? »

Je me suis redressée sur le sofa. « Oui, je suis sûre que c'est ce que je veux ! Tu m'énerves avec ça ! Pourquoi je serais dans cet état-là depuis qu'on s'est rencontrés si c'était pas ça que je voulais ?

— C'est vrai. » Encore la petite moue peu convaincante.

« Jeff ? Est-ce qu'il y a quelque chose qui te dérange là-dedans ?

— Non. Pas du tout. » Il a semblé comprendre quelque chose. « Non ! Est-ce que t'insinues que... Non !

— Non, j'insinue rien, ai-je menti. C'est juste que... »

J'ai regardé ailleurs et quand j'ai relevé les yeux vers lui, il faisait la même chose. Pour la première fois en près de quinze ans d'amitié, j'ai eu l'impression que nous étions mal à l'aise en présence l'un de l'autre.

« C'est juste que d'habitude t'es content pour moi. Ou au pire, tu ris de moi. Mais là on dirait que t'approuves pas, puis je comprends pas parce que justement, c'est la première fois depuis Laurent que je sens quelque chose comme ça. »

Il a souri, sincèrement cette fois. « Je sais. 'Scuse-moi. C'est peut-être ça, justement, je te vois aller puis j'ai peur que tu prennes une débarque.

— As-tu vraiment besoin de mettre la charrue à ce point devant les bœufs ?

— Non. Mais je m'inquiète toujours pour toi. Tu le sais. Mais t'as raison. On traversera le pont quand on sera rendu à la rivière.

— Oui. On vendra la peau de l'ours après l'avoir tué.

— Et celle du docteur après y avoir goûté.

— Eille. La peau de Gabriel s'en va nulle part, mon ami.

— À part...» Il a fait un geste vers mon entrejambe et je lui ai lancé un coussin en riant. Il l'a attrapé d'une main et s'est levé. «Bon... ben je vais aller faire un tour au Lulli, moi. Tu veux venir?

— Quoi? Y est minuit et demi!

— Tu te souviens que les bars ferment à trois heures, hein?

— Oui, mais... non. Je suis trop bien, je ressors pas à moins quarante, non monsieur.

— *As you wish.* Si je vois Flavie, je l'invite à souper?»

Je n'ai pas su quoi répondre. Qu'il puisse revoir Flavie en tête à tête me dérangeait, à tel point que j'ai failli changer d'idée et le suivre au Lulli. J'ai pensé que ma réaction était aussi irrationnelle que la sienne et que ça devait maintenant être lui qui, à me voir ainsi incapable de répondre à une question pourtant si simple, devait se demander ce qui me dérangeait dans tout cela.

«Euh... oui! ai-je finalement répondu. Euh... dis-lui que je vais l'appeler.

— Je vais faire ça.» Il m'a fait un sourire et un petit clin d'œil, puis il est sorti. Il venait à peine de refermer la porte derrière lui quand j'ai réalisé qu'il ne m'avait même pas demandé si Gabriel et moi devions nous revoir.

«C'était la situation la plus *bizarre*, ai-je dit à Julien. Je veux dire: on était gênés. Tous les deux.

— Peux-tu marcher plus vite?

— Julien... » J'ai levé les yeux au ciel, mais j'ai tout de même pressé le pas : il prenait cette idée de *power walking* sur la montagne très au sérieux depuis quelques semaines. À peine quelques minutes auparavant, il m'avait laissée regarder la vue en haut du grand escalier pendant qu'il le redescendait et le remontait cinq fois de suite. « Je vais avoir quarante ans », m'avait-il expliqué après sa quatrième montée, tout essoufflé, avant de repartir de plus belle. Je le suivais maintenant tant bien que mal. Il avait des vêtements de sport parfaitement adaptés à ce genre d'exercice, au temps froid et à son penchant pour le bleu électrique. J'avais un jeans, une vieille doudoune, une tuque avec un pompon et un foulard d'environ dix pieds. Je devais ressembler à ma sœur Ariane.

« Il m'a même pas demandé comment notre conversation s'était soldée !

— Ça c'est *weird*, a dit Julien.

— Ça c'est *weird*, mais c'est pas *weird* que Jeff et moi on soit gênés l'un devant l'autre ? L'endorphine te monte à la tête, mon pit.

— Nenni. » Il avait pris l'inexplicable habitude, depuis quelque temps, de dire « Nenni » et « Oui-da ». Laurent le soupçonnait d'avoir une aventure avec un paysan angevin vivant encore au XVIᵉ siècle. « C'est normal que vous soyez un peu gênés, Seigneur, vous avez failli coucher ensemble et là, tous les deux... et je dis bien *tous les deux*, vous vous demandez si c'est peut-être pas ce que vous auriez dû faire.

— N'importe quoi !

— Marine. On a-tu vraiment besoin d'avoir cette conversation-là ?

— Oui ! C'est n'importe quoi, cette idée-là ! » Je me suis arrêtée, pensant par le fait même l'obliger à ralentir, mais il a continué, criant simplement : « Si c'était tellement n'importe quoi, tu t'énerverais pas de même. *Asteure, enweye*, c'est pas en restant plantée au milieu du chemin que tu vas retrouver les cuisses de tes vingt ans ! » J'ai soupiré et me suis mise à courir pour le rattraper, en criant : « J'ai la cuisse très ferme, tu sauras ! » Presque sous le nez d'un autre joggeur qui n'a pu s'empêcher de rire et de me fixer les ischio-jambiers.

« Je me demande pas si j'aurais dû coucher avec Jeff », ai-je dit en arrivant à sa hauteur. C'était ridicule, j'avais couru à peine trente pieds et j'étais essoufflée. « Crisse, qu'est-ce que vous avez tous ? Lui pense que j'ai peut-être hésité si longtemps avant d'appeler Gabriel parce que j'avais en fait pas vraiment envie qu'il réponde, toi tu penses que je veux coucher avec lui, puis Laurent m'a appelée hier soir, soûl, pour me dire que sa mère et sa sœur l'avaient convaincu que, en fait, j'étais encore amoureuse de lui.

— Il a fait ça ?! » a couiné Julien. Pendant une seconde, j'ai cru que le choc était tellement grand qu'il allait s'arrêter.

« Il fait souvent ça, ai-je dit. Dès qu'il a pris un coup, il se met à croire que dans le fond je l'aime encore.

— Peut-être que tu l'aimes encore.

— O. K., là, il va falloir que tu te décides, je peux pas aimer encore Laurent, vouloir coucher avec Jeff et triper sur Gabriel. Peut-être que je pourrais avoir un *kick* sur toi, aussi, tant qu'à y être ?

— Tu sais que s'il y a UNE fille dans le monde avec qui je coucherais, ça serait toi, hein.

— Ah. Je sais, *sweety*. Tu sais que s'il y a UN fif dans le monde avec qui je coucherais, ça serait toi… À part peut-être le grand blond qui sert au Lulli les mardis soir.

— *Oh my God*, Gareth ? Y est TELLEMENT *hot*. » La *hotness* de Gareth, apparemment, était assez pour arrêter Julien. Il s'est planté devant moi, a fait un geste remarquablement vulgaire et un sourire extatique, puis a repris sa marche.

« En tout cas, a-t-il dit. Ce que j'essaye de te faire comprendre et que je SAIS que tu comprends *anyway*, c'est que c'est sûr que c'est bizarre avec Jeff parce que quand t'ouvres la porte de la sexualité avec quelqu'un, ben laisse-moi te dire qu'elle se referme pas si facilement que ça.

— Oui, mais...

— Tutut ! » Il a levé une main autoritaire et gantée de noir et bleu vers moi. « Perds pas mon temps, Marine. Tu sais que j'ai raison. »

Je savais qu'il avait raison. Je connaissais depuis longtemps ces portes qui s'entrouvraient sur des mondes possibles et jamais explorés et qui ne se refermaient plus, même quand on avait choisi de leur faire dos. Mais je savais aussi que ce que je devinais de l'autre côté de la porte qui s'était ouverte quand Gabriel et moi nous étions rencontrés sous la neige était autrement intéressant. J'avais laissé tant de portes entrebâillées dans mon passé – il y avait derrière moi tant de lieux que je n'avais pas visités et d'avenues que je n'avais pas osé prendre, et je ne m'en étais jamais voulu. Mais je savais que si je ne risquais pas cette aventure, j'allais le regretter.

« Crisse, ça vous tente pas de me soutenir, pour une fois ! ? » J'ai réalisé avant la fin de ma phrase que j'avais parlé trop fort, mais je n'étais plus capable de m'arrêter. Pour la première fois depuis au moins vingt ans, j'étais en train de me dire que ma mère avait peut-être eu raison sur toute la ligne et que de passer le plus clair de mon temps avec trois garçons n'était peut-être pas une bonne idée. « Les SEULES fois où vous m'avez encouragée, c'était par rapport à des histoires que vous saviez qui marcheraient jamais. » Je m'étais arrêtée et je criais, au beau milieu du chemin de neige, en direction de Julien qui s'était enfin retourné.

«Tu vas-tu pleurer?» a-t-il demandé, inquiet. Je me suis entendue dire un petit «Non» peu convaincant – je n'étais en fait pas exactement triste, mais j'étais fâchée. Et depuis que j'étais toute petite, quand je devenais fâchée, j'avais envie de pleurer (grave handicap pour une femme qui aspire à être prise au sérieux dans ses négociations professionnelles ou sentimentales).

Julien a hésité quelques secondes, ses joues comme deux rondelles roses sous sa tuque bleue comme ses yeux, puis a poussé un «Raaaah» exaspéré avant de finalement revenir vers moi et de me prendre par une épaule.

«Marine... ce que Jeff essaie de te dire très maladroitement et ce que je vais te dire, moi, avec l'habileté qui me caractérise toujours, c'est que si on se pose tant de questions, c'est que justement, on t'a jamais vue aussi emballée, et que tout ton...» Il a fait le geste qu'aurait fait un mime voulant évoquer une femme enceinte ou une personne très grosse. «... Tout ton... emballement, eh bien, ça adonne qu'il arrive très peu de temps après ta rupture avec Christophe et tout ce qui est arrivé après... et avant... et pendant, en fait...»

Il se faisait rire lui-même, et je lui ai donné un coup de coude dans les côtes.

«O. K., c'est beau. Excuse-moi.» Il riait toujours, mais nous marchions enfin à un rythme normal, bras dessus, bras dessous. D'autres couples nous croisaient et je me suis demandé s'ils nous voyaient comme un couple nous aussi, s'ils ne se disaient pas, après nous avoir croisés : «T'as vu le gars en bleu? Quels beaux yeux... veux-tu bien me dire ce qu'il fait avec une petite blonde même pas capable d'agencer sa tuque et son foulard?» et je m'en foutais un peu tellement j'aimais l'idée de faire partie d'un couple, fût-il imaginaire et composé d'une fille célibataire et d'un homosexuel. C'était, de toute évidence, un problème, et j'ai enfin compris ce que les garçons voulaient dire.

« Vous avez peur que je sois en train de me construire un château de cartes, hein ?

— J'ai peur que tu sois en train d'oublier que l'amour se construit pas du jour au lendemain.

— Je sais ça, Julien. Je sais aussi que je m'emballe, logiquement, beaucoup trop, et que peut-être que Gabriel veut juste être mon ami et que peut-être aussi je vais découvrir un jour ou l'autre qu'il est insupportable. Mais est-ce qu'on est rendus à ce point vieux qu'on va commencer à se conter des histoires, de peur de se faire mal ? »

Julien s'est retourné vers moi – il souriait. « Quand est-ce qu'on s'est mis à porter des casques de bicycle ? ai-je poursuivi. Puis à écouter les conseils de Santé Canada ? Quand est-ce qu'on s'est mis à espérer qu'il y ait toujours un filet avant qu'on saute ?

— Oui, mais je sais que t'as peur, cette fois-là.

— Oui, j'ai peur ! J'ai la *fucking* de chienne ! Puis je vais l'avoir encore plus dans un an, puis dix fois plus à quarante ans, je le sais ! J'ai de moins en moins de temps à perdre et le cœur de plus en plus friable. Mais câlisse... »

Julien m'a serrée contre lui, souriant toujours. « *Enweye*, championne. On se rejoint au belvédère ?

— On se rejoint ? Je vais être là cinq minutes avant toi ! »

Nous avons commencé à courir tous les deux. Cinq minutes plus tard, je l'avais perdu de vue et je pantelais au milieu du chemin en pestant contre tous les joyeux sportifs qui joggaient gaiement autour de moi comme s'il n'y avait jamais rien eu de plus simple et de moins essoufflant.

Julien était en train de prendre son pouls quand je suis finalement arrivée au belvédère. Sourcils froncés, doigts de la main droite appliqués au poignet gauche, il avait presque l'air d'une de ces personnes en santé dont je m'étais toujours méfiée, le genre qui promène son chien à sept heures du matin et qui boit beaucoup de thé vert – le genre, ai-je pensé en m'approchant de lui, qu'était peut-être Gabriel.

« T'es trop intense, ai-je dit à Julien en m'appuyant contre la balustrade.

— T'ES trop intense.

— Comment ça, trop intense ? Ça m'a pris trois quarts d'heure me rendre ici !

— Je veux dire en matière de cœur. T'es trop intense. Et câlisse que je t'envie. »

Il s'est retourné vers le chalet. Je regardais toujours vers la ville, mais je lui ai tout de même envoyé un petit coup de coude sur la hanche.

« Je sais que vous m'enviez, ai-je dit sans me retourner.

— Ouais, puis on sait que tu le sais. Mais on sait aussi qu'on aurait peur à ta place et que si TOI t'étais à la nôtre, tu t'inquiéterais pour toi.

— O. K., c'est vraiment pas clair, mais je comprends. »

Nous sommes restés silencieux un moment, lui observant, j'en étais certaine, les jeunes hommes essoufflés qui terminaient leur jogging pendant que j'essayais de voir la différence, au loin, entre le fleuve et le ciel qui se confondaient dans la lumière de mars.

« À propos de Jeff… a dit Julien.

— Arrête ! Je veux plus entendre parler de ça, c'est trop burlesque.

— Si tu veux… mais je persiste à croire que la seule chose qui est vraiment bizarre et certainement très révélatrice, c'est qu'il t'ait pas demandé si t'allais le revoir.

— TU m'as pas demandé si j'allais le revoir, ai-je fait remarquer en me retournant à mon tour.

— J'attendais le bon moment. » Il m'a fait un petit clin d'œil. « Fait que ? Pis ?

— Fait que *pis* ? » Je riais.

« Oui, fait que *pis* ! Vas-tu le revoir, saint-ciboire ?

— Peu importe ce que je vais dire, tu vas pas me juger, hein ?

— Que nenni. Promis. Oh, que nenni. Alors ? Vous avez une *date* ?

— Oui-da, mon Julien. Oui-ladidadi-da. »

« T'as vraiment dit "Oui-ladidadi-da" ? a demandé Élodie.

— Oui, j'ai dit "Oui-ladidadi-da".

— T'as quoi, mille ans ? Pourquoi pas "Tiguidou", pendant que tu y es ?

— Élo... déjà qu'on est pognées pour être ici, est-ce qu'on pourrait peut-être essayer de se rendre la vie facile ?

— Ouais, j'avoue. C'est mieux d'être pour une bonne raison. Je vais aller fumer une cigarette, O. K. ? Je reviens. » Ariane était en retard d'une bonne demi-heure et je n'avais pas encore eu le courage de dire à Élodie que si la raison était effectivement bonne, elle était loin d'être belle.

Ariane nous avait donné rendez-vous dans un petit café du Mile End – Ariane ne fréquentait QUE des petits cafés du Mile End. J'ai regardé la foule autour de moi pendant qu'Élodie faisait son chemin entre des filles portant des T-shirts diaphanes achetés au Village des valeurs, du rouge à lèvres rouge mat et des lunettes à larges contours noirs, et de grands garçons excessivement minces vêtus de ponchos ou, au contraire, de vestes trop minces et affichant, eux aussi, un goût prononcé pour les lunettes à larges contours. On dirait des figurants, ai-je pensé. Ils étaient parfaits, comme si le propriétaire de la place avait appelé une agence de casting pour leur dire : « J'ouvre un petit café dans le Mile End, j'ai besoin de la foule d'usage. »

Peut-être étaient-ils ingénieurs ou professeurs au primaire ou chauffeurs d'autobus ou infirmières, ces gens qui ne me ressemblaient pas, mais ils avaient tous l'air d'éternels étudiants, d'artistes en devenir, de gens qui voulaient beaucoup, en tout cas, et qui dans plusieurs cas devaient être en train de plancher sur un scénario ou un premier recueil de poésie. Ils avaient tous le même air de certitude morale qu'Ariane – le doute ne planait pas sur le café, on avait affaire à des personnes qui, pour la plupart, semblaient assez solidement persuadées d'être du bon bord et d'avoir compris plusieurs choses qui restaient de toute évidence en dehors de ma portée puisque, comme souvent lorsque je discutais avec Ariane, j'avais la nette impression d'être passablement impure et individualiste, pas assez idéaliste et révoltée, et j'aurais mis ma main au feu que la culture que je possédais aurait, dans cet endroit ensoleillé et joliment désordonné, fait plus rire qu'autre chose.

Le plus ridicule dans tout cela, c'était qu'ils m'intimidaient, ces jeunes femmes avec des foulards dans les cheveux et ces garçons qui devaient porter des paréos en été. Je les soupçonnais d'avoir tous un blogue et de se poser des questions sur l'avenir de la planète, alors que j'avais de la difficulté à ne pas m'ennuyer moi-même en tenant un simple journal intime et que les questions qui me trituraient, en général, tournaient autour de ma vie sentimentale ou de la quantité de vodka qui restait dans le congélateur.

J'étais sur le point de me lever et de crier : « Oui, j'achète des jeans chez Gap, j'ai même déjà mis les pieds chez Wal Mart, je mange du bœuf et j'aime ça, le dernier *show* que j'ai vu c'était U2, j'ai arrêté de lire le *Adbusters* et le *Vice Magazine* il y a longtemps parce que je ne le faisais que pour me donner bonne conscience, je hais Facebook avec passion, j'ai beau faire des efforts et dire le contraire, mais au bout du compte je suis personnellement plus affectée par la disparition momentanée de mon chat que par les bombes qui tombent sur Bagdad, et malgré toute ma bonne volonté je n'arrive pas à croire, *intrinsèquement*, *viscéralement*, que je peux "faire une différence". » Je prévoyais déjà finir sur une note pathétique en hurlant « JE SUIS ORDINAIRE!!!» quand Ariane est arrivée.

« Élodie fume une cigarette dehors ! m'a-t-elle dit avant même de me saluer, sur le ton qu'elle aurait employé pour m'informer qu'Élodie ramassait des clients et se montrait les boules devant le café.

— Oui, Ariane. Élodie fume. Depuis dix ans. » Cet endroit avait absorbé tout le sens de l'humour que je possédais.

« Je sais ! a crié Ariane. Je le sais depuis dix ans, justement, et est-ce que toi tu sais ce que la cigarette peut faire à une personne qui...

— Ariane, câlisse. »

Elle s'est tue et a fait un petit sourire qui se moquait d'elle-même et je me suis demandé, comme souvent, comment une personne aussi pure et charmante pouvait être dans ma famille immédiate.

« Excuse-moi, ai-je dit en souriant à mon tour.

— C'est correct. Tu lui as parlé de papa ?

— Non. Je voulais t'attendre.

— Merci, grande sœur. »

J'ai poussé le soupir que je poussais toujours quand elle ou Élodie me rappelait que j'étais la grande sœur de quelqu'un pendant qu'elle commandait un thé avec un nom interminable et alambiqué. Élodie est revenue s'asseoir, sentant un peu la cigarette et beaucoup le parfum synthétique.

« Bon, a-t-elle fait. Quoi ? »

Ariane s'est retournée vers moi et, pour la première fois de ma vie, j'ai senti que j'avais une responsabilité envers ces deux jeunes filles qu'après tout je ne connaissais qu'approximativement.

« Les filles, ai-je dit, avec la nette impression d'avoir, effectivement, mille ans. Vous avez sûrement remarqué que depuis un petit bout de temps, papa est un peu... » Un peu quoi ? J'avais l'impression qu'en reprenant le mot de ma mère, « oublieux », je le trahissais un peu. « Dans la lune » était beaucoup trop vague et « un peu perdu » carrément irrespectueux.

« Un peu quoi ?... a demandé Élodie en commençant à agiter sa jambe gauche, un geste qu'elle faisait toujours quand elle était nerveuse.

— Il oublie des choses de temps en temps », ai-je répondu.

Ariane a fait une petite moue triste – je ne la voyais que du coin de l'œil, trop occupée à fixer Élodie, qui ne disait rien. Elles attendaient visiblement toutes les deux que je poursuive, que je précise, que je fournisse des réponses. Étrange sentiment, pour moi qui avais toujours eu mille questions et jamais de réponse, que d'être celle dont on attendait une solution.

« On sait pas si...

— Papa est Alzheimer, a dit Élodie. *Oh my God*, papa est Alzheimer ? » Il y avait un point d'interrogation à la fin de sa dernière phrase, mais tellement faible que je me suis demandé si je ne l'avais pas rêvé, ou si elle ne l'avait pas ajouté là que dans un petit soubresaut d'espoir.

« Non ! Non. Papa a pas l'Alzheimer. On sait pas ce qu'il a. Il a décidé lui-même d'aller faire des tests pour voir si c'est normal ou si c'est pas autre chose. Ça va prendre un bout...

— Est-ce qu'il va nous oublier ? Est-ce qu'il va oublier nos noms ? » Sa question était tellement naïve mais aussi tellement sincère que j'ai failli me mettre à pleurer. J'avais vu un film, plusieurs années auparavant, intitulé *Se souvenir des belles choses* et j'avais été marquée par cette idée – j'avais passé des semaines à faire d'absurdes listes de ces belles choses qu'il ne fallait surtout pas que j'oublie, au cas où. Des noms, des visages et des regards, des moments que je ne savais pas décrire parce que, dans leur insignifiance apparente, ils contenaient pour moi une quantité incalculable de bonheur : un après-midi passé à accrocher des cadres au mur avec Laurent, d'interminables brunchs avec les garçons qui se terminaient à dix-huit heures avec une copie du *Parrain* dans le lecteur de DVD, la fois où papa et moi n'avions pas sauté dans le lac à la maison de mon oncle – nous avions couru tout habillés jusqu'au bout du quai pour nous arrêter à la dernière minute et papa disait encore : « Est-ce qu'on s'en souviendrait autant si on avait sauté ? » –, et, depuis, ma rencontre avec Gabriel sous la neige, et son sourire quand il avait accepté de venir avec moi chez Laurent.

« Élo, a dit Ariane en voyant que je ne disais plus rien. Papa est correct, O. K. ? Faut attendre qu'il finisse ses tests.

— Tu le savais ? » a demandé Élodie. Elle n'avait pas l'air fâchée, simplement blessée. « Vous pensez vraiment que je suis la nounoune de la famille, hein ?

— Non… chouchoune… » Ariane l'a prise par les épaules. « Je l'ai juste su par hasard, moi. Au mieux, dis-toi que tout le reste de la famille pense que toi et moi on est les deux niaiseuses. »

Élodie a esquissé un petit sourire pâle et Ariane l'a embrassée sur une joue – et, pendant un instant, j'ai retrouvé pour elles cet amour que j'avais autrefois, inconditionnel et sauvage, qui s'était estompé avec les années et les rencontres espacées.

« Écoutez... » ai-je dit, sur le ton de grande sœur le plus crédible que je pouvais prendre. Je leur ai raconté, plus en détail, la démarche de notre père et la demande de notre mère de garder le tout secret. Je les ai encouragées aussi, fortement, à ne pas dire à maman qu'elles étaient au courant du dossier si elles ne voulaient pas passer le plus clair de leurs journées au téléphone à l'écouter se demander ce qu'elle allait faire une fois devenue veuve. Ariane ne lâchait pas les épaules d'Élodie, même quand des gens venaient la saluer, ce qui se produisait toutes les dix minutes.

« J'aimerais ça m'impliquer, a finalement dit Élodie.

— Quoi ?

— T'as dit que tu l'accompagnais à ses rendez-vous, des fois. J'aimerais ça venir moi aussi.

— T'es sûre ?

— Oui, je suis sûre ! Câlisse, pour qui vous me prenez, exactement ? »

Cette fois, même Ariane n'a pas su quoi répondre. L'avions-nous sous-estimée, ou était-ce elle qui s'était à ce point mal présentée ? Toujours est-il que je savais qu'Ariane, tout comme Fred et moi, considérait qu'Élodie était probablement la dernière personne à qui on pouvait se fier en cas de drame personnel.

« Correct, a dit Élodie. Pas besoin de répondre. De toute façon, je sais que vous êtes juste amères parce que je suis la plus *cute* de la famille. » Elle a fait un petit sourire coquet.

« Euh... en fait, j'ai toujours trouvé que Marine était la plus belle de nous trois, a dit Ariane.

— Oh, t'es trop *sweet*, ai-je répondu. Moi ça fait longtemps que je sais que c'est toi la plus jolie. Je veux dire, pour s'amancher comme tu le fais et être quand même resplendissante, ça prend une base solide en crisse... »

Entre nous deux, Élodie riait. Il devait y avoir des années que nous n'avions pas joué à ce petit jeu, qui consistait à faire semblant que personne ne remarquait Élodie alors que de nous trois, elle était celle qui passait – et de loin – le plus de temps à se faire belle. L'idée m'a traversé l'esprit qu'il y avait quelque chose de tristement ironique dans le fait que ce qui nous rapprochait ainsi de notre enfance et de nos souvenirs était la mémoire défaillante de notre père.

« Sérieux, a dit Élodie. La prochaine fois que tu l'accompagnes… » Elle n'avait pas terminé sa phrase que j'entendais quelqu'un crier mon nom sur un ton de grande surprise. Complètement surprise moi-même (l'idée que je puisse connaître quelqu'un dans ce café, en dehors d'Ariane, me semblait très peu probable), je me suis retournée pour apercevoir Carole, en tailleur, qui s'approchait de notre table.

« Eille ! ai-je dit. Qu'est-ce que tu fais ici ?

— C'est le meilleur café dans le coin. Qu'est-ce que TU fais ici ?

— Ma sœur Ariane, ai-je répondu en pointant le menton vers celle-ci.

— Ah », a dit Carole en hochant la tête, un petit sourire entendu sur les lèvres. J'ai pensé que pour la première fois depuis que nous nous connaissions, nous nous sentions enfin un point en commun, dans cet endroit où le métier d'avocate en droit de la famille devait être méprisé autant que le pull de laine non équitable que je portais.

« Mes deux petites sœurs, en fait », ai-je ajouté. J'étais inhabituellement fière d'elles, je les trouvais jolies et uniques, ces deux jeunes filles que j'avais, après tout, changées de couches et nourries de Pablum. « C'est Carole, ai-je dit aux filles. La blonde de Laurent. »

Élodie, fidèle à elle-même, a balayé Carole d'un de ses regards impitoyables qui impliquait qu'elle n'était certainement pas aussi bonne pour Laurent qu'un membre de notre famille, alors qu'Ariane lui tendait la main tout en spécifiant qu'elle « s'ennuyait BEAUCOUP de Laurent » – tout pour mettre Carole à l'aise.

« Eille ! a-t-elle dit pour changer de sujet. Est-ce que tu revois souvent Gabriel ? C'est un gars VRAIMENT génial. Wow. »

Pendant une seconde, j'ai pensé lui dire, ce qui aurait été terriblement mesquin et injustifié, qu'elle pouvait encore une fois prendre un numéro, puisque, de toute évidence, elle semblait avoir un goût prononcé pour les hommes que j'avais aimés avant elle. Puis, j'ai pensé qu'elle était peut-être simplement gentille, qu'elle ne voulait peut-être que partager ce qu'Élodie appelait un « moment de filles », et je me suis trouvée tellement moche que j'ai failli lui offrir de venir prendre un verre un soir à la maison, sans Laurent. Nous nous connaissions si peu, après tout.

« Oui, ai-je répondu. Je suis supposée le revoir cette semaine. Demain ou après-demain, on doit s'appeler.

— Wow, a répété Carole. En tout cas, bonne chance avec ça. Vraiment. » Elle m'a fait un grand sourire, puis a enfilé son manteau pour partir.

« Carole ! l'ai-je appelée avant qu'elle ne sorte. Pourquoi on va pas prendre un verre à un moment donné ? Sans Laurent ? Juste entre filles pour parler un peu contre lui ? »

Elle a eu l'air tellement contente que pendant un instant, j'ai pensé que je manquais peut-être quelque chose à passer ma vie avec des gars, que les filles étaient peut-être une réserve pour moi inexplorée de tendresse et de générosité que je méconnaissais depuis des années.

« On s'appelle ? a-t-elle demandé.

— *Anytime…* »

Elle n'avait pas tourné les talons qu'Élodie, qui avait hérité de la disposition qu'avait ma mère de croire que le moindrement qu'une personne ne la regardait pas directement celle-ci ne pouvait pas entendre ce qu'elle disait, me demandait : « Ben là, tu vas pas pactiser avec l'ennemi, quand même ?

— C'est pas l'ennemi !

— C'est la blonde de Laurent ! » J'ai eu une brève pensée pour Gabriel. Si, par une chance incroyable, il n'était pas totalement convaincu que j'étais folle à lier et que la plupart de mes amis s'étaient récemment échappés de Louis-Hippolyte-Lafontaine et si, par miracle, il se développait quelque chose entre nous, il lui resterait ma famille à affronter qui, je le savais, allait baser son jugement sur un seul et unique critère : « Ce n'est pas Laurent. »

« Elle a l'air triste, a fait remarquer Ariane.

— Hein ?

— La blonde de Lo. Elle a l'air triste. »

J'allais protester quand j'ai réalisé qu'elle avait raison. Carole était toujours souriante, mais je ne me souvenais pas d'un seul sourire sincère éclairant son visage. J'ai réentendu la voix de Mathias dans le téléphone, l'autre matin, alors qu'il cherchait Julien, et j'ai pensé aux innombrables fois où j'avais dit à Marie-Lune que Jeff était sorti alors que celui-ci me regardait depuis le La-Z-Boy, une bière à la main. Que leur faisions-nous donc, à ces gens que nous étions censés aimer au moins aussi bien que nous-mêmes ? Nous aimions-nous trop, tous les quatre, pour être devenus fermés au reste du monde ? C'était une perspective tellement déprimante qu'en regardant vers la rue grise et enneigée, j'ai ressenti physiquement un besoin d'été et de soleil.

« Faut que j'y aille, ai-je finalement dit aux filles. J'ai rendez-vous avec Laurent puis Jeff pour l'apéro. Puis, y a comme trop de convictions artistiques et idéologiques ici, je commence à avoir mal à la tête.

— T'es juste jalouse, madame pas-de-convictions.

— Touché, ai-je dit avec un sourire.

— Je peux venir ? a demandé Élodie. J'ai toujours eu un petit peu peur de la laine d'alpaga. » Une jeune fille qui passait près de nous, en pull d'alpaga et portant un béret de Che Guevara, a lancé un regard courroucé vers Élodie. « Et puis, a-t-elle ajouté en ignorant Mlle Guevara, j'aime tellement le beau Jeff...

— O. K., ai-je répondu. Ariane, tu la maîtrises un moment, et je sors en vitesse. »

Ariane a fait mine de la tenir fermement par les épaules pendant que j'allais payer.

« Tu vas nous appeler pour nous raconter ta *date* ? a-t-elle dit et à côté d'elle, dans un étrange renversement des rôles, Élodie me demandait, sur un ton autrement grave : Tu vas m'appeler quand tu vas aller à l'hôpital avec papa ? »

Je leur ai fait un sourire et j'ai répondu en me levant : « Oui et oui. »

Alors que je franchissais la porte, j'ai entendu Élodie pousser un petit cri effrayé : un très beau jeune homme avec des *dreadlocks* d'au moins quatre pieds et tenant en laisse ce qui ne pouvait être autre chose qu'un cochon vietnamien venait de s'approcher de leur table pour embrasser Ariane.

Je riais encore en pensant à la réaction d'Élodie lorsque le cochon était venu s'asseoir sur une de ses petites bottes en faux crocodile rose quand je suis entrée au Lulli. J'ai tout de suite vu Jeff, assis au bar, qui me faisait de grands gestes absolument inexplicables, imité en cela par Andrew, le barman. Je me suis avancée vers eux en leur faisant signe que je ne comprenais pas quand Laurent a surgi de nulle part en m'attrapant par un bras et en me disant : « Veux-tu bien me dire pourquoi tu réponds pas à ton cell, toi ?

— Quoi ? » J'ai sorti mon téléphone de ma poche : j'avais onze appels manqués – sept de Jeff, trois de Laurent et un dernier, entré à peine une minute plus tôt, du Lulli. « C'est quoi ? Qu'est-ce qui se passe ? »

Laurent m'a brusquement placée devant lui comme s'il voulait me cacher quelque chose puis m'a poussée vers Jeff.

« On voulait te prévenir, a-t-il dit en regardant derrière nous. Peut-être que t'aurais aimé mieux pas venir, on sait pas. Puis, comme tu nous avais pas dit où t'étais…

— Mais qu'est-ce qu'il y a ? » Gabriel doit être juste derrière moi, ai-je pensé, en train d'embrasser passionnément une fille qui n'est logiquement pas moi.

« Il a eu l'air surpris de nous voir, mais il a insisté pour rester jusqu'à ce que t'arrives.

— O. K., si vous prononcez pas un nom dans une nanoseconde, je vais hurler.

— Juste… » Jeff m'a attrapé une main et m'a regardée très sérieusement. « Reste *cool*, O. K. ? Puis sois gentille. Il a l'air comme un peu à l'envers. On reste ici. »

Je m'apprêtais à enfin hurler quand une voix que je n'avais évidemment pas oubliée a dit mon prénom, tout près de moi. « Si les deux autres gars se présentent encore une fois, ai-je entendu Andrew dire à Laurent, *I'm gonna die laughing.* » Et moi qui m'étais demandé, à peine une heure auparavant, si nous n'avions pas tous le triste don de rendre nos proches malheureux, je me suis retrouvée devant Christophe, que je n'avais pas vu depuis plus ou moins deux mois et qui me regardait maintenant avec des yeux blessés et remplis de questions.

À : Fred
De : Marine Vandale
Objet : Plus de doute

....

Tu sais comment il y a des gens qui aiment dire
que leur vie est un roman ? Ben dans mon cas, il
faut se rendre à l'évidence : ma vie est un théâtre
d'été. Laurent était gentil hier, il me proposait
plutôt un vaudeville ou à la rigueur un Feydeau,
mais moi je crois qu'il ne faut plus se faire d'illusion depuis la triple rencontre au Lulli et le
sketch absurde chez Laurent : c'est un théâtre
d'été. Je m'attends à un caméo de Gilles Latulippe
d'un instant à l'autre.

À : Marine
De : Frédéric Vandale
Objet : Auteur en panne

....

Alors, sois gentille et raconte-moi, parce que là,
ça fait quelque chose comme trente fois que je
commence un roman et que je jette tout parce
que franchement, l'inspiration se fait pas trop
présente et tant qu'à rien écrire, je me dis : pourquoi pas un théâtre d'été ?

À : Fred
De : Marine Vandale
Objet : Le malheur des uns…

....

Tu crois à ça, toi, que le malheur des uns fait le
bonheur des autres ?

À : Marine
De : Frédéric Vandale
Objet : ... fait le bonheur des auteurs

Si tu insinues que grâce à tes déboires je risque de faire un tabac sur une scène à Rougemont ou à Terrebonne l'été prochain, je réponds : oui.

À : Fred
De : Marine Vandale
Objet : Rappel à l'ordre

Un peu de sérieux, tu veux ? C'est pas parce que j'ai Marcel Lebœuf sur la deux que c'est drôle.

À : Marine
De : Frédéric Vandale
Objet : Souvenir de Marcel

Tu sais que la seule fois de ma vie où je suis allé au théâtre d'été, il y avait justement Marcel dans la pièce ?

À : Fred
De : Marine Vandale
Objet : re : Souvenir de Marcel

Je sais, ducon, j'étais avec toi et papa et matante Emma, qui riaient à s'en décrocher la mâchoire pendant qu'on n'en revenait pas. D'où l'allusion. Maintenant tu veux répondre à ma question ?

À : Marine
De : Frédéric Vandale
Objet : Jugement mal éclairé

. . . .

Tu veux pas m'aider un peu ? Parce que demandé comme ça, c'est un peu vague comme question pour un homme qui n'a aucune idée pourquoi qu'elle a soudainement surgi dans la tête de sa petite sœur.

À : Fred
De : Marine Vandale
Objet : Éclaircissements

. . . .

Pour faire une histoire (relativement) courte, j'ai revu Christophe, et il était tout imprégné de l'étonnant sentiment qu'on était des adultes et donc qu'on se devait de parler de ce qu'il a nommé « les vraies affaires ». Et il mentait pas : il a dit un tas de choses qui étaient toutes vraies et comme souvent les vraies choses, elles étaient pas faciles à entendre, parce que dans ma lâcheté j'aurais grandement préféré croire que je lui avais pas fait si mal.

À : Marine
De : Frédéric Vandale
Objet : Poussée de croissance

. . . .

Oui, bien peut-être que tu te souviens pas, Marinette, mais ça fait toujours un peu mal de grandir. Cela dit dans mon souvenir, c'était aussi excitant comme c'est pas possible. Mais si je peux me permettre, maintenant, tu veux m'éclairer sur le lien que tu fais avec le malheur des uns et le bonheur des autres ?

À : Fred
De : Marine Vandale
Objet : Mise au point

....

Le rapport c'est que moi je suis toute pleine de l'idée que je vois Gabriel la semaine prochaine, pendant que mon ex me dit qu'il a eu une peine qu'il aurait jamais dû avoir. Peut-être que je m'exprime mal au fond : c'est toi l'écrivain, en panne ou pas. Ce que je veux dire, c'est : « Est-ce que tu penses qu'il y a une balance universelle dans le monde qui fait que pour chaque bonheur il faut qu'il y ait un malheur ? »

À : Marine
De : Frédéric Vandale
Objet : Croissance inachevée

....

Maintenant, je vais essayer de te dire ça avec toutes les pincettes que je peux trouver, mais faudrait peut-être pas te donner trop d'importance, petite sœur. Tu sais que je suis tout perclus d'amour pour toi, mais je pense tout de même pas que tu as une influence à ce point remarquable sur le cosmos. Donc pour répondre à ta question je te dirais : non. C'est pas nouveau, comme idée, mais j'ai toujours cru qu'on était tous responsables de notre bonheur.

À : Fred
De : Marine Vandale
Objet : Dure et saine vérité

....

O. K., c'est bon. Je comprends. Serait peut-être effectivement temps de grandir un peu.

Complexe processus. Et si je commençais tout
de suite ?

À : Marine
De : Frédéric Vandale
Objet : re : Dure et saine vérité

Par où ?

À : Fred
De : Marine Vandale
Objet : re : re : Dure et saine vérité

Je vais aller parler à Jeff.

:-)

Chapitre 8

Évidemment, parler à Jeff se serait révélé plus simple si Jeff avait été là et, autre détail important, si j'avais su de quoi je voulais lui parler exactement. J'avais quelques vagues idées, je voulais lui dire que je ne nous reconnaissais plus depuis ce que j'appelais encore « ma gaffe », que je sentais parfois qu'il y avait maintenant entre nous un vilain coussin de non-dits qui s'autogénérait, comme si chaque non-dit donnait naissance à un autre, créant des couches et des strates de choses peut-être insignifiantes mais non avouées et qui, à cause de cela, prenaient des proportions démesurées. Nous nous étions toujours tout dit – j'avais toujours été futilement fière d'être capable de lire en Jeff comme dans un livre ouvert. Maintenant, j'avais l'impression d'être devant un être à demi déchiffrable, et dont l'histoire ne se dévoilait plus pour moi avec la clarté d'un conte qu'on connaît par cœur.

Je ne voyais pas trop par où j'allais aborder tout cela. Seule dans l'appartement, je répétais à haute voix – une habitude plutôt ridicule que j'avais prise dans mon adolescence alors que je profitais de chaque précieux moment de solitude pour soliloquer plutôt que pour apprécier le silence, si rare dans notre maison. Le chat me regardait, impassible, et je ponctuais mes phrases de « qu'est-ce que t'en penses » à son intention, mais il n'avait pas l'air d'en penser grand-chose.

« Regarde, disais-je à une plante en pot. Tu vas peut-être me trouver ridicule, mais j'ai comme l'impression qu'il y a quelque chose de plus pareil. Et dis-moi pas non tout de suite ! » Je pointais un doigt autoritaire vers la plante muette. « Si tu me dis non, je veux que tu le penses vraiment. »

Je voulais qu'il me dise non, et surtout qu'il le pense vraiment. Je voulais qu'il me convainque, qu'il fasse comme toujours, qu'avec ses mots rassurants et sa présence si solide, il m'arrache pour un instant au cours de mes doutes.

L'idée m'est soudain venue, en voyant le chat cligner lentement des yeux en me regardant, que si mon but était de grandir et d'agir enfin comme l'adulte que j'étais, ce n'était certainement pas en m'adressant avec véhémence à d'innocents végétaux que j'allais l'atteindre. Christophe, lui, m'avait parlé. Directement. Bon, peut-être avait-il pratiqué lui aussi avec un poinsettia ou un cactus, mais il avait tout de même fait le saut jusqu'à un être animé, c'était un progrès indéniable.

Ce soir-là, au Lulli, Christophe et moi étions allés nous asseoir à une petite table placée devant les grandes vitrines qui, en été, s'ouvraient sur la rue. Il m'avait vue, je crois, jeter vers les garçons un regard qui devait osciller entre la supplication et le désespoir, et j'avais été soulagée de le voir presque rire.

« Je suis pas ici pour te crier après », avait-il dit sur un ton extrêmement doux. J'avais fait un sourire faible et forcé et j'avais dû me retenir pour ne pas lui passer une main sur le visage. Je ne l'avais pas vu depuis quelques semaines et je lui trouvais un air encore plus jeune, malgré la légère barbe qu'il avait laissée pousser, et qui lui allait plutôt bien. Il était encore plus mignon que dans mon souvenir, aussi. Je m'étais souvenue qu'au début de nos amours, j'avais été incapable de mentionner son nom sans dire « il est tellement *fucking cute* », en insistant sur le mot *cute* comme s'il s'était agi d'un objet dans lequel j'aurais pu mordre. J'avais pensé à Gabriel, aussi, qui lui était tellement beau, et au fait que ces deux adjectifs qu'on associait pourtant souvent étaient absolument impossibles à confondre, comme ces deux hommes, d'ailleurs.

« Christophe… » avais-je commencé, tout en n'ayant aucune idée où je m'en allais. Une douzaine de banalités se bousculaient dans ma tête, des phrases comme : « Si j'avais su » et « Je suis tellement désolée » qui étaient non seulement vides, mais aussi partiellement fausses. J'*avais* su, et j'étais parfaitement consciente de ne pas être aussi désolée que j'aurais dû l'être (et c'était bien là ce qui me désolait vraiment).

Il avait eu alors un petit rire indéfinissable, comme s'il avait entendu ces pensées creuses, et je m'étais dit qu'il savait sûrement, qu'il me connaissait bien après tout, et j'avais eu envie de me cacher quelque part, sous la table, entre Jeff et Laurent, en moi-même.

« Je suis pas venu ici exprès, avait finalement dit Christophe. Je veux dire : je savais pas que tu serais là. Je veux pas que tu penses que je te poursuis dans les bars de la ville ou quelque chose du genre. » Il avait ri encore, doucement, tristement. « En fait, j'étais pas venu ici depuis… » Il s'était contenté d'un geste vague de la main pour faire allusion à notre rupture, à ce que j'avais fait. «... Mais là, je sais pas, je me suis dit qu'il était temps que je passe à autre chose... Je peux pas t'en vouloir éternellement, hein ?

— Tu m'en as voulu beaucoup ? » Je n'avais pas terminé ma phrase que je réalisais à quel point elle était stupide. Christophe avait haussé les sourcils, l'air de dire : « Qu'est-ce que t'en penses ? »

« Je suis tellement désolée, Christophe.

— Je sais. » Il avait pris une gorgée de bière, puis s'était appliqué à regarder un sous-verre sur lequel était écrit en lettres rouges *My Goodness My Guinness*. Comment avais-je pu faire mal à une personne si douce, si tendre ? J'avais tendu une main vers lui, dans un geste indécis – j'avais envie, en fait, de le prendre dans mes bras, mais je savais que ce n'était plus possible, et que ça ne le serait jamais plus.

« Tu sais ce qui m'a fait le plus de peine ?

— Quoi ? » Je ne voulais pas le savoir. J'étais en train de penser, en fait, que ce que j'aurais vraiment voulu, ç'aurait été que LUI me prenne dans ses bras, et non l'inverse. Je l'avais toujours vu comme un petit garçon, avec ses cheveux en broussailles, ses T-shirts à la mode et sa sensuelle nonchalance. Mais là, assise devant lui dans ce bar où nous nous étions souvent embrassés, je comprenais enfin qu'il avait grandi, lui, et qu'il avait toujours agi comme un homme de trente et un ans, alors que j'étais restée coincée quelque part autour de mes vingt ans.

« C'est que j'ai réalisé qu'au fond t'avais jamais été en amour avec moi.

— Christophe... » Mais je m'étais arrêtée. Je n'avais rien à dire. Nous n'avions pas passé un an ensemble – nous ne nous étions même pas rendus à l'étape des « Je t'aime » et, dans mon égocentrisme d'adolescente, je n'avais jamais pensé qu'il était, lui, peut-être amoureux. J'étais aveugle, je me disais que nous avions du plaisir et que la vie était belle et simple parce que c'était ce que je voulais croire et que je refusais de voir que, si la vie était belle, elle était aussi complexe.

J'avais protesté un peu, mais il m'en avait empêchée – il avait raison, et je m'étais tue devant l'évidence de la chose.

« Je sais qu'on n'était plus ensemble, avait-il ajouté. Je sais ça. C'est même pas le fait que ça se soit passé avec un de mes chums, en plus, c'est juste… C'est juste ça. J'ai bien compris qu'une fille qui fait ça est clairement pas une fille amoureuse. Peut-être que c'est moi qui ai été naïf. »

Je ne disais rien. Je regardais mon verre de vin, j'avais envie de me fondre dedans. Pendant un bref instant, j'avais cru que j'allais me mettre à pleurer, mais ç'aurait été ajouter l'insulte à l'injure : Christophe aurait très bien deviné que c'était sur mon sort et non sur le sien.

« Tu sais, avait-il poursuivi, si ç'avait été avec n'importe qui… je sais pas… mais que ça soit avec *Patrick*. » Il avait prononcé le prénom de Patrick sur un ton qui m'avait fait comprendre que, malgré ce qu'il pouvait dire, il était encore fâché. « Une fille en amour ferait jamais ça au gars qu'elle aime. »

J'avais reçu la gifle sans broncher. Il avait tellement raison que toute protestation aurait été non seulement futile, mais minable.

« Je suis une horrible personne, avais-je dit. Vraiment…

— Non. Non, t'es pas une horrible personne. T'étais juste pas en amour.

— Christophe, on s'en fera pas accroire, c'est horrible que j'aie fait ça.

— O. K., c'est peut-être pas stellaire comme acte, mais c'est pas horrible.

— Comment tu peux dire ça ?

— Parce que moi, j'étais tombé en amour avec toi, Marine. Avec la fille que t'es, et je sais que c'est pas une personne horrible. C'est une ostie d'égocentrique qui a peur de l'engagement et de grandir, mais c'est pas une personne horrible.

— J'ai pas peur de l'engagement ! »

Il avait fait un geste vague et je n'avais pas insisté : nous n'étions tout de même pas pour faire ma thérapie, ç'aurait été, vraiment, la plus grosse cerise sur un *sundae* déjà énorme en soi.

« T'es un gars extraordinaire, Christophe.

— Pardon ?

— T'es un gars extraordinaire. N'importe qui d'autre m'aurait envoyée chier.

— Oh, j'y ai pensé. J'ai passé un mois à t'envoyer chier dans ma tête. Je t'envoyais chier en prenant ma douche, en me faisant à déjeuner, en prenant une bière, en écrivant mes papiers, en soupant avec mes chums – je t'ai même envoyée chier en baisant avec une autre fille. C'est là que je me suis dit qu'il fallait peut-être que je décroche. » Il avait fait un petit sourire en coin – c'était une tentative de blague, un geste gentil et généreux, et j'avais répondu moi aussi par un sourire.

« Je comprends, avais-je répondu. Je... Tu vas probablement me pitcher ta bière dans la face si je répète encore que je suis désolée, hein ?

— C'est un projet que je caresse.

— Est-ce que je peux te dire merci ? D'être aussi... je sais pas... mature ? » J'avais honte de moi. Je n'arrivais pas à m'exprimer, je disais des banalités à ce jeune homme qui non seulement m'avait aimée, mais que de toute évidence je n'avais même pas su voir. Alors, j'avais répété la seule chose qui me semblait absolument sincère, la seule idée qui me revenait : « T'es vraiment extraordinaire. Sérieux.

— Oui, bien pas assez, ç'a l'air. » Il s'était levé et avait posé une main sur mon épaule. « *Ciao*, Marine.

— Je... *Ciao* ? » J'avais l'impression que nous venions à peine de commencer à parler – et en même temps, je comprenais très bien que nous nous étions tout dit, que j'avais été chanceuse, même, de tomber sur un gars aussi lucide et loquace. Il n'y avait, vraiment, plus rien à dire.

« *Ciao* », avait-il répété. Et il était sorti en envoyant la main à Jeff et Laurent, qui nous dévisageaient depuis le bar.

Depuis, ses paroles me hantaient. Pas lourdement, pas terriblement – elles avaient en fait le poids inestimable et changeant de la vérité, elles se mouvaient en moi, se déplaçaient dans mon esprit, se faisant parfois presque absentes, s'imposant à d'autres moments comme autant d'évidences que j'aurais préféré ignorer, ce qui était justement LA chose que je ne pouvais plus faire.

J'ai fait le tour de l'appartement une dernière fois, comme si ce geste risquait de faire se matérialiser Jeff. Je m'étais emballée, comme souvent, en parlant au chat et aux plantes, et j'avais maintenant l'impression d'avoir non seulement mille choses à dire à Jeff, mais en plus que celles-ci étaient de la plus haute importance. Une petite partie de moi, résolument lucide et résistant depuis longtemps déjà aux constants assauts de mon irrationalité, savait pourtant fort bien que la réponse à mes questions ne se trouvait pas chez Jeff ou dans les courriels interminables que j'échangeais avec mon frère, mais en moi. C'était simpliste, mais il y avait des années déjà que je demandais aux autres et à ce que j'appelais

« la vie en général » des réponses pour tout. J'en attendais de Laurent, de Jeff et de Julien, j'en espérais maintenant de Gabriel.

En pensant à lui, je n'ai pu retenir un sourire. J'étais incapable de cesser de croire, d'arrêter de placer en des êtres une quantité incalculable d'espoirs jolis et fous, c'était plus fort que moi. Laurent se moquait souvent de moi à ce sujet – de tous les hommes qui avaient traversé ma vie depuis lui, il disait : « Encore un sauveur ? » mais je savais que, comme moi, il aurait été dévasté si j'avais cessé d'agir ainsi, si j'avais simplement capitulé devant une réalité que malgré les ans et l'expérience je refusais d'accepter en bloc.

Je savais aussi que c'était une des choses qui nous liaient, tous les quatre : cette croyance farouche et presque violente en un avenir fabuleux et digne de nos rêves que nous refusions d'abandonner. Nous vivions dans l'attente, je le savais – tout autour de nous avait une patine d'« en attendant ». Des êtres, des gestes, des affections qui n'avaient de poids que dans la mesure où ils précédaient cette ultime félicité que nous avions déclarée inévitable. Je me demandais parfois si ce n'était pas ce qui allait nous achever aussi, si à cause de cet optimisme despote nous n'allions pas nous retrouver, à quatre-vingts ans, assis tous les quatre dans nos chaises berçantes sur le porche d'une maison de retraite, grincheux, amers et surtout complètement seuls à force d'avoir refusé le moindre compromis et d'être restés volontairement des enfants, de peur de trahir ceux que nous avions été.

« Toi non plus tu fais pas de compromis, hein, mon garçon ? » J'ai donné un bisou sur la petite tête parfumée de Claude François. L'idée un peu abstraite m'est venue qu'il avait justement fait LE compromis que nous abhorrions le plus en acceptant, sans même le savoir, de devenir un animal domestique.

J'ai envoyé un message texte à Laurent : « Penses-tu qu'on est libres ? » Deux minutes plus tard, il répondait : « Ça va, les questions intenses à 4PM ? » Je répliquai : « Sérieux : penses-tu qu'on est des gens libres ? » Et quand il m'est revenu tout de suite après avec « Tu t'adresses à un gars qui est esclave de ses angoisses et de ses lubies depuis toujours. Qu'est-ce que t'en penses ? », j'ai dit au chat : « C'est ben ce que je pensais. »

« Ça va ? » m'a demandé Élodie en faisant semblant de ranger des crayons sur mon bureau. Je la soupçonnais de ne faire absolument, mais absolument aucun travail en mon absence, mais j'étais incapable de lui en vouloir. Un penchant excessivement prononcé pour la paresse pesait sur notre famille depuis plusieurs générations (notre arrière-grand-père paternel, que nous avions connu, se vantait de passer plus de temps endormi que réveillé par jour, et la mère de notre mère avait élevé ses enfants sur les *TV diner*, la plus grande découverte selon elle depuis la roue, et encore). J'étais moi-même d'une paresse à faire peur et je savais que si j'avais eu un métier comme celui de Frédéric dans le cadre duquel aucun client n'attendait de moi la livraison d'un travail à une date précise et inamovible, j'aurais fait exactement ce qu'il faisait à Paris depuis les deux ans qu'il y vivait dans le but d'écrire un roman, c'est-à-dire : absolument rien.

« Ça va, ça va », ai-je marmonné sans conviction, en posant mes affaires. Elle déplaçait les crayons d'un endroit à un autre, sans but ou ordre précis. Je l'ai regardée faire un instant, en me donnant mentalement le défi de découvrir la logique derrière ses gestes, mais il n'y avait rien à faire. Feutres, fusains, pastels, elle plaçait et déplaçait tout sans se préoccuper des marques ou même des couleurs. J'aurais presque souri si je n'avais pas été d'aussi mauvaise humeur.

« Bon, bon, bon », a dit Élodie sur le ton, totalement incongru chez elle, qu'ont parfois les mères avec leurs enfants quand elles devinent que les peines de ceux-ci relèvent en fait du caprice. « *Qu'est-ce* qu'il y a ? »

Je me suis appuyée contre la table à dessin et j'ai croisé les bras. « Tu veux savoir ce qu'il y a ?

— Ben sûr ! » Je pouvais entendre : « Absolument pas, en fait ! »

« J'ai trente-deux ans et je viens de découvrir que la grande liberté que je pensais qui me caractérisait est en fait tout le contraire de ça. Alors, non seulement je suis pas libre, mais en plus je me leurre sur moi-même depuis des années. As-tu des questions ? »

Élodie a levé la tête vers moi en poussant un soupir à peine exagéré. Elle avait l'air découragée, comme quelqu'un à qui on vient d'apprendre qu'il ne reste pas une heure de route, mais bien quatre. Cette fois, je n'ai pu retenir un sourire.

« Tu me niaises ? » a-t-elle dit, et cette fois le sous-texte était : « Vas-tu vraiment me faire subir ça ? »

« Eille, c'est toi qui as posé la question », ai-je dit en souriant toujours. Elle a haussé les épaules, considérant visiblement que si j'étais trop stupide pour avoir compris que sa question était totalement dénuée de sincérité, il n'y avait pas grand-chose à faire avec moi. J'étais en train d'installer un carton frais sur ma table à dessin quand elle a dit : « Ça fait des *années* que j'aurais pu te dire ça. Toi puis tes osties d'idéaux. Au moins, avec Laurent, t'avais l'air d'avoir compris que c'était correct que tout soit pas parfait tout le temps et même que c'était peut-être ça qui rendait les affaires intéressantes, mais là... pfffft ! » Elle a mimé à la hauteur de son front un crâne qui se serait entrouvert pour laisser échapper la raison. « Encore partie sur une balloune. *Man*, c'est comme si t'avais genre quinze ans, des fois.

— Oh, parce que toi t'as comme quarante ans d'âge mental, je suppose ? ai-je riposté en ayant la nette impression d'avoir, justement, quinze ans.

— Non, a répondu Élodie en haussant de nouveau les épaules. Mais au moins, je me fais pas d'illusions, moi. » Puis, regrettant sans doute la dureté de son ton et l'âpreté de ses propos, elle a ajouté : « T'essayeras de te faire des illusions avec trois livres de *lip gloss* puis une demi-tonne de *spray net*, toi.

— Me semblait que c'était justement ça l'idée du *lip gloss* et du *spray net* : cultiver l'illusion.

— Chez les autres, oui. Mais certainement pas chez toi, au contraire. M'a te dire, t'es lucide sur un temps rare quand tu sais que ça te prend une heure te maquiller et te coiffer le matin. Pas une illusion cultivable quand tu sens que tes cheveux sont littéralement solides.

— Élo... » J'avais quantité de gags à faire, mais j'avais moi aussi mes illusions que je ne savais plus comment cultiver. Elles me manquaient, ces confortables certitudes de mes vingt ans. Il fallait maintenant que je travaille fort sur elles, que je me les ressasse, que j'arrache les mauvaises herbes qu'étaient mes pensées plus réalistes. Non, ça n'ira pas comme tu le souhaites – pas complètement ou pas du tout, ça, tu ne le sais pas encore. Oui, il y aura des déceptions et des capitulations intimes. Tu sais que tu auras un jour l'impression de t'être trahie et tu sais que le pire c'est que cette trahison ne te semblera pas si horrible que cela. Non, l'amour n'est pas tout-puissant. Non, ta vie ne sera pas ce lumineux diaporama d'images croquées dans le pur bonheur que tu imagines encore. Et non, y en aura pas de facile.

J'arrachais, j'arrachais ces chardons autour des glorieuses fleurs de ma vie rêvée, mais parfois, et de plus en plus souvent, je me demandais si le chardon ne valait pas la peine, lui aussi, d'être contemplé et une partie de moi-même devinait bien qu'il allait finir par envahir la plate-bande, parce que c'était inévitable, non ? Les mauvaises herbes finissaient toujours par tout recouvrir. Et c'était souvent magnifique. Mais je n'étais pas encore prête à jeter l'éponge. Alors, je binais, je sarclais et je cultivais d'impossibles images de Gabriel et de moi, riant dans le soleil, enlacés sur le bord d'un lac et entourés de mes amis qui riraient eux aussi, tellement notre bonheur serait contagieux.

« O. K., ai-je dit. Je peux pas *croire* que je vais te demander ça à toi, mais penses-tu vraiment que je me fais trop d'illusions ? »

Élodie a fait un petit rire surpris. « Wow. Appelle les médias, envoie un communiqué de presse, fais quelque chose, ma grande sœur vient de me demander une opinion sur un sujet sérieux ! C'est le monde à l'envers.

— O. K., c'est beau le sarcasme… sérieux, Élo.

— Marine ! » Elle a ri encore – cette fois, c'était un rire spontané d'incrédulité. « Tu me niaises ? !

— Hmm… Tant que ça, hein ? » Je m'étais mise à dessiner – inexplicablement, cette conversation me gênait, une partie de moi était très mal à l'aise devant l'idée de montrer mes failles à Élodie. Sur le carton blanc, un cheval était en train de prendre forme.

« Marine, a dit Élodie. J'ai *jamais* vu ça. Quand j'étais petite, je pensais que c'était peut-être normal, mais *no offense*, après avoir fait une couple de tours dans le vrai monde, *uh-hun*. » Elle a fait un non caricatural du doigt accompagné d'un mouvement de la tête comme le font souvent dans des *sitcoms* des Noires portant des noms comme LaTeesha, ou les Blanches quand elles veulent les imiter. « *Nooooo way*, a-t-elle ajouté pour l'accent.

— Ben là, franchement… » Mon cheval avait une queue immense, qui commençait à s'étendre sur le haut du carton, qui faisait des boucles autour de lui. « C'est pas SI pire, ai-je dit.

— Eille, je te dis pas que c'est terrible ou un défaut ou *whatever*, mais si tu me poses la question, je te dis ce que je pense, c'est tout. T'as *toujours* rêvé à des affaires impossibles… »

Je me suis revue, assise en pyjama dans la chambre des filles – je devais avoir quatorze ans, elles huit et cinq – leur racontant ces histoires délirantes que je passais des heures à inventer et à polir. Je me mettais en scène, je leur parlais de cette électrisante histoire d'amour qui allait m'arriver le soir de mes dix-sept ans alors que, dans un beau restaurant sur le bord de la mer, au Mexique, un Américain de vingt-trois ans me demanderait de danser avec lui et me presserait doucement le bas du dos, juste au-dessus du coccyx, au rythme de *Samba Pa Ti*. Les hommes changeaient – des vedettes de cinéma, des personnages de roman (combien d'aventures avais-je eues avec le comte de Monte-Cristo !), des garçons plus vieux que moi que je croisais dans les corridors de l'école et à qui je n'avais jamais osé parler –, tout (et tous) était prétexte au rêve.

« Tout le monde fait ça, ai-je dit sur un ton de petite fille froissée.

— Pas à trente ans, Marine. Et regarde-moi pas comme ça, je *sais* que tu le fais encore. »

La queue du cheval s'était transformée en torrent, elle cascadait le long du carton, prenant de l'ampleur à chaque trait.

« C'est joli, a dit Élodie.

— Ben là.

— Non, sérieux. Je peux l'avoir, après ?

— Élo, franchement. C'est n'importe quoi.

— M'en fous, je trouve ça beau, moi. Je peux l'avoir ?

— Oui… je suppose. »

Elle s'est approchée et est venue se placer tout à côté de moi. Nous regardions toutes les deux le crayon. Elle sentait la fraise et le bonbon, et je me suis demandé si des hommes pouvaient vraiment aimer cette odeur sucrée qui ne ressemblait en rien aux êtres humains que nous étions tout de même. « Tu sais, a-t-elle dit, des fois je me demande si c'est moi qui ai tort, si on devrait pas toutes être comme toi à espérer des affaires de fous. C'est beau, ce qu'il y a dans ta tête. »

Je me suis retournée vers elle pour la regarder. Les yeux dans les yeux, nous avons échangé un sourire maladroit pour finalement revenir au cheval. « Mais je sais pas, a poursuivi Élodie. Il y a aussi une partie de moi qui pense que... tu sais.

— Quoi ? » Je savais. Jeff me l'avait dit, Julien me l'avait dit, je me le disais moi-même assez souvent.

« Que finalement, en pensant comme ça, tu puisses juste être déçue. C'est quand même rare que les illusions se matérialisent. »

Et comme si ces derniers mots avaient été une incantation magique, la sonnette s'est fait entendre. C'était un livreur de fleurs, avec un petit bouquet compact de roses orangées accompagnées d'un mot : « Tu m'as dit qu'il n'y avait rien de plus sain que de céder à ses coups de tête. Voilà le mien. À dimanche, Gabriel. P.-S. — Le jeu de mots est-il trop pénible si je dis que c'est en fait un coup de cœur ? »

Élodie et moi nous sommes regardées, sincèrement ahuries.

« O. K., a-t-elle finalement dit. C'est toi qui as arrangé ça, hein ? Le gars des vues est quelque part ? »

Je ne disais rien, trop occupée à être bouche bée. Au bout de quelques secondes, je me suis mise à sautiller, stupidement, en pressant le pauvre bouquet contre moi. Et j'ai compris qu'Élodie n'était pas aussi cynique ou lucide qu'elle voulait le croire quand elle s'est mise à sautiller elle aussi, en applaudissant ce beau geste du hasard qui venait de nous autoriser à rêver encore.

Laurent agitait frénétiquement une salière vide au-dessus de son tartare. « Ben là, FRANCHEMENT, est-ce que ça peut être PLUS rétro ? Envoyer des FLEURS ?

— Peux-tu être PLUS amer ?

— Je suis pas amer, mais d'abord c'est quoi la prochaine étape dans le rétro ? Coucher avec ton entraîneur, peut-être ?

— Eille ! Mon entraîneur est super adorable, il a les plus beaux yeux bleus du monde et des fesses à faire se damner un saint…

— Miaou ! a miaulé Julien.

— Il pisse assis, ai-je dit, pour remettre les choses au clair.

— M'en câlisse s'il pisse debout sur la tête, chérie. Je lui ai vu le *body* et M-I-A-O-U, miaou.

— V-O-M-I, vomi ? » a proposé Laurent.

Julien et moi avons éclaté de rire et j'ai pensé que c'était le moment le plus heureux de ma semaine. « Vous savez que vous êtes ridicules, hein ? » a-t-il ajouté. Julien et moi avons hoché la tête d'un air exagérément grave. « Des FLEURS. Qui envoie encore des fleurs ? Des FLEURS ?

— Peut-être que tu pourrais te calmer un peu sur l'emphase ? ai-je demandé.

— Peut-être ? a ajouté Julien.

— Ben non, mais des ff… des *fleurs.* » Cette fois, le mot n'était plus crié, mais simplement craché mollement, comme si le royaume floral entier avait été une source de mépris connue auprès de la société occidentale. « Des fleurs…

— Tu m'as déjà envoyé des fleurs !

— À ta fête, oui ! » Laurent a poussé un petit soupir caricatural, mais je voyais qu'il était réellement fâché, que cette absurde crise autour d'un bouquet de roses avait des racines plus profondes.

« Ben non, mais quand même ! a-t-il finalement grommelé. C'est qui, lui ? Il nous envoie des fleurs puis on sait même pas c'est qui ! » Et à cette mention de « nous », à ce puéril déplacement de « il t'envoie » vers « il nous envoie », mon cœur a fondu tellement ostensiblement que Julien a senti le besoin de me passer une main sur le dos. J'ai pensé à ce moment-là que si j'avais été un peu plus soûle ou beaucoup plus courageuse, je leur aurais dit que « moi » et « nous » allions inévitablement devoir nous séparer, ne serait-ce qu'un peu. Mais j'en étais incapable encore, physiquement incapable, parce qu'une telle admission m'aurait propulsée dans une vie que, comme mes pauvres chardons métaphoriques, j'étais encore incapable d'accepter.

« C'est super *sweet* », a dit Julien. Puis, en se retournant vers moi : « O. K., combien d'heures exactement tu veux qu'on passe là-dessus ? Parce que c'est un gros sujet. Le coup de tête, le coup de cœur, faut qu'on débriefe.

— Pas devant moi », a protesté Laurent, sur un ton extrêmement décidé. J'ai objecté d'un futile « Ben là », mais il se levait déjà, son tartare à peine entamé.

« Loulou ! » J'avais l'impression que s'il se levait, que s'il n'approuvait pas ce geste, les roses allaient se faner automatiquement. Je ne voulais pas qu'il gâche mes roses. « Loulou ! » ai-je répété – et j'ai senti la triste supplication dans ma voix. Je n'étais pas encore prête à les laisser partir. « J'ai vu Carole mardi dernier.

— Quoi ? ! » Je lui aurais dit que j'avais passé la veille à baiser avec Donald Duck qu'il aurait semblé moins étonné.

« J'ai vu Carole. Au café absurde pas loin de chez vous. J'étais contente de la voir. »

Le regard intelligent de Julien allait de lui à moi.

« Me semble, a dit Laurent. Me *fucking* de semble que t'étais contente de la voir. » Il a eu l'air étonné, soudainement, comme s'il ne pouvait pas croire en sa propre véhémence, et a regardé autour de lui, à la recherche de quelque chose, d'une idée qui a soudain semblé lui venir. Il s'est mis à parler de plus belle, avec une sincérité que je ne lui connaissais pas et qui me blessait. « Je suis désolé, O. K. ? Je suis fatigué, O. K. ? Je suis vraiment *fucking* fatigué. Je suis ÉPUISÉ. » Il est parti sans rien ajouter, en laissant devant nous un demi-tartare et beaucoup de frites vers lesquelles j'aurais normalement lorgné. Et parce qu'il était la seule personne qui pouvait encore me faire mal, je me suis mise à pleurer. Julien me passait une tendre et bienvenue main dans le dos.

« Moi aussi je suis fatiguée, O. K. ? » Ma voix était faible et peu crédible – mais j'*étais* fatiguée. J'étais épuisée, en fait, et j'avais honte de l'être. Un serveur, ayant vu mes larmes, est venu me porter discrètement un verre de vin – un geste gentil et désintéressé qui m'a fait pleurer encore plus.

« J'ai pas le droit d'être épuisée.

— Oh, *fuck. Fuck* tout ce que tout le monde pense. Oui, Ti-Joe éthiopien est autrement plus épuisé que toi. Mais qu'est-ce que tu vas faire à cause de ça, Marine ? Arrêter de sentir quelque chose jusqu'à ce que la paix dans le monde soit résolue ? Parce que je veux pas te décevoir, mais ça risque d'être long dans ce cas-là.

— Oui, mais…

— Tututut… » Il a porté le verre de vin à mes lèvres. « Moi je sais pas pour toi, mais si j'étais un enfant en train de mourir de faim ou un mineur à la Sierra Leone pogné avec un mauvais tournage de Leonardo Di Caprio, les Occidentaux ordinaires qui font semblant de se préoccuper de mon sort me feraient pas mal plus chier et m'humilieraient pas mal plus que ceux qui ont la décence d'admettre qu'ils peuvent rien faire.

— Ju!!!

— Arrête! m'a-t-il dit. Arrête!» Il me tenait par les épaules. «Arrête de t'en vouloir, O. K.? ÇA SERT À RIEN.»

Il était devenu aussi véhément que Laurent et j'étais consciente qu'en plus de mes larmes, nous parlions très fort.

«Viens-t'en, a dit Julien.

— Non, mais l'addition... On n'a pas tout payé...

— Viens.»

Il était autoritaire, et j'ai compris ce que ses chums plus jeunes lui trouvaient. Il m'a tenue par les épaules jusque chez moi – deux petits coins de rue dans la gadoue de mars.

«Parle-lui, m'a dit Julien en me laissant devant chez nous. Fais une femme de toi.» Il souriait. En temps normal, je lui aurais rétorqué: «Tu rêves de faire une femme de toi!» mais j'en étais incapable.

«Bonjouuuuuur?» ai-je demandé en entrant dans le condo. Je restais encore ridiculement sur ce que ma mère insistait pour appeler «le perron», la tête à peine introduite dans le cadre de porte.

«Euh... bonjour? a répondu la voix de Jeff. Qu'est-ce que tu fais, tu vends du chocolat?

— Non...

— Alors, voudrais-tu peut-être entrer?»

Ce que je fis. Je me sentais minuscule, avec mon attirail de fin d'hiver et mon attirail de jeune fille qui ne savait pas comment devenir une femme.

«Qu'est-ce qu'il y a?» m'a demandé Jeff quand je me suis finalement retrouvée devant lui. Il était assis dans son La-Z-Boy, une bière à la main. Sur le téléviseur, des garçons en rouge disputaient une ron-delle à des garçons en bleu et blanc. « Qu'est-ce qu'il y a ? a répété Jeff.

— Jeff... » Je tournais autour de ma propre question.

« Quoi ? » Il avait l'air encourageant des gens qui veulent vraiment entendre ce que vous avez à dire. Et par déférence pour cet enthousiasme – par lâcheté sur-tout –, j'ai répondu : « Est-ce que tu penses qu'on est des grandes personnes ? »

Il s'est mis à rire. Son grand rire qui était un triomphe sur toutes les failles que nous possédions, qui rendait notre condition d'humains acceptable. « Des grandes personnes ? ! Non, Marine. Non.

— Non ?

— Non. »

Je ne sais pas s'il a vu ma déchirure à ce moment-là, mais il s'est levé pour me recevoir, alors que je m'effon-drais mollement, et avec tout le maigre poids de ma tris-tesse, sur le divan. Il riait en me caressant les cheveux, en me répétant que ce n'était pas grave, que je n'avais rien à me reprocher.

« Veux-tu un *drink* ? m'a-t-il finalement demandé.

— Tellement. Rien de *weird* comme Julien, O. K. ?

— Rien de *weird*. *I'll make your day, sweety* », a-t-il ajouté avec son mauvais accent anglais (il persistait à croire – et à vouloir croire – que Brooklyn se prononçait « Brookelinde »). Et pendant qu'il se levait pour « mec maï dé », j'ai eu tellement peur, en effet, qu'il fasse ma journée que je me suis levée d'un bond.

« Je vois Gabriel dimanche. » Les mots n'étaient pas sortis de ma bouche que je réalisais que je les avais presque hurlés.

« Wow », a dit Jeff en versant ce qui me semblait être beaucoup trop de vodka dans le *shaker*. « *Cool*. » Il a pivoté sur lui-même pour prendre des glaçons dans le congélateur et a ajouté : « Flavie vient souper mardi prochain.

— Oh.

— Oh ? »

Il s'est retourné. « Quoi ? C'est pas bon pour toi ? » Je me suis entendue dire : « Pourquoi ça serait pas bon ? » et nous nous sommes retrouvés, colocs depuis trois ans, amis depuis quinze ans, face à face, avec pour la première fois aucun mot entre nous, que du silence et des regards.

À : Fred
De : Marine Vandale
Objet : Effondrement

- -

Sois honnête avec ta petite sœur : est-ce qu'il y a une loi universelle selon laquelle le moindrement que quelque chose commence à aller bien dans ta vie, tout autour s'effrite et que tout le monde était au courant de ça à part moi ?

À : Marine
De : Frédéric Vandale
Objet : Théorie du chaos

- -

Moi je serais d'opinion à ne pas me prononcer, mais c'est un bruit qui court, effectivement. C'est en tout cas la théorie de mon coloc. Tu vas me dire : c'est discutable, mais il prétend qu'afin de nous empêcher d'imploser en tant qu'individus, faut qu'il y ait un malheur pour balancer un bonheur, parce que trop de bonheur, ça serait trop lourd.

À : Fred
De : Marine Vandale
Objet : Bonsoir l'optimiste

- -

Il a l'air joyeux, ton coloc. Il a jamais pensé que trop de malheur ça peut aussi peser un tantinet ? J'ai la moitié du Bangladesh sur l'autre ligne qui peut confirmer, tu sais.

À : Marine
De : Frédéric Vandale
Objet : Théorie bancale

....

Oui, j'avoue que c'est pas trop à l'épreuve,
comme théorie. Je pense que ça lui vient d'un
genre de fond judéo-chrétien qui aimerait beaucoup qu'on croie tous que tu peux être malheureux sans déranger les autres, mais que trop de
bonheur, c'est comme un peu déplacé. C'est l'idée
qu'il faut que tu payes quelque part.

À : Fred
De : Marine Vandale
Objet : Grosse dette

....

T'es en train de me dire qu'il faut que je paye
parce que quelque part devant moi un vague
bout de tunnel commence à se faire voir ?

À : Marine
De : Frédéric Vandale
Objet : Blame the coloc

....

Hé, t'emballe pas, O. K. ? Le coloc, il a aussi la
ferme croyance que les gens heureux devraient
être envoyés dans des camps de concentration
et que Loft Story, c'est de la grande télé. Donc
faudrait pas s'énerver.

À : Fred
De : Marine Vandale
Objet : Coloc influent

···

Je voudrais surtout pas confirmer la grande qualité de Loft Story, mais là faut que je t'avoue que dans l'état où vont les choses, j'ai une grande envie de croire qu'il a peut-être pas tort sur le bonheur qui se paye.

À : Marine
De : Frédéric Vandale
Objet : Prix du bonheur

···

T'as parlé à Jeff ?

À : Fred
De : Marine Vandale
Objet : re : Prix du bonheur

···

Oui, et j'ai même pas envie de parler de ce dont on a parlé. Et puis il y a Laurent qui est tout chose aussi, et moi qui ai l'impression que je suis plus capable de communiquer avec eux. Et tu vas rire, mais le bonheur que je trouve ailleurs, si je peux pas le partager avec ces deux clowns, ben il me tente pas.

À : Marine
De : Frédéric Vandale
Objet : Complexes clowns

···

Oui, bien ils ont jamais été simples, tes deux clowns. C'est pour ça que tu les aimes aussi, non ? Qu'est-ce que tu ferais avec des amis qui vivent qu'au premier degré et qui se la jouent tout en surface ? C'est la profondeur qui nous rend beaux, Marine.

À : Fred
De : Marine Vandale
Objet : T'as bu ?

Bon, des phrases comme ça, tu me fais plaisir et tu les gardes pour toi, O. K. ? Surtout que d'aussi loin que je me souvienne, pour ce qui est de la profondeur, dans ton cas, on repassera. Je vais écrire un pamphlet pour défendre le simple, moi. J'en ai ras le pompon du complexe. C'est plus mon ami.

À : Marine
De : Frédéric Vandale
Objet : Allons en profondeur

Là je vais être gentil et magnanime et ignorer ce désobligeant commentaire sur une profondeur que selon toi je fréquenterais peu alors que tout le monde sait que je suis un véritable bathyscaphe humain. Raconte-moi donc un peu ce que Jeff a pu te dire pour que tu te transformes en suffragette du simple.

À : Fred
De : Marine Vandale
Objet : Suffragette en colère

C'est trop ridicule, Fred, juste l'idée de l'écrire et je me sens d'une lassitude pas possible. Si au moins ils étaient complexes comme du monde, mes deux clowns, passe encore. Mais on est complexes comme des enfants capricieux et je commence à trouver ça moins drôle.

À : Marine
De : Frédéric Vandale
Objet : Va-et-vient

Tu vas m'en vouloir si je te dis que vues d'ici, tes histoires me laissent une légère impression de tournage en rond ?

À : Fred
De : Marine Vandale
Objet : Je boude

Toi je te dis plus rien.

À : Marine
De : Frédéric Vandale
Objet : re : Je boude

Tu sais que quand tu étais petite tu boudais juste quand tu savais que t'avais tort, c'est-à-dire quand j'avais raison ? Qu'est-ce que vous vous êtes tant dit, Marine ?

À : Fred
De : Marine Vandale
Objet : re : re : Je boude

Rien.

À : Marine
De : Frédéric Vandale
Objet : Main tendue

. . . .

Aide-moi à t'aider, petite boudeuse.

À : Fred
De : Marine Vandale
Objet : re : Main tendue

. . . .

Fred. Je suis toute mêlée.

:-)

Chapitre 9

J'ai fermé l'ordinateur d'un geste sec – ma propre phrase m'avait fait peur et je m'en voulais de l'avoir écrite à Fred et, par le fait même, de me l'admettre. La maison était tranquille. Pas un son ne provenait de l'extérieur, c'était un samedi matin de grande neige molle. À l'intérieur, rien ne bougeait. J'étais assise à mon bureau, lorgnant l'ordinateur d'un air mauvais comme s'il était responsable de ma confidence, Claude François dormait dans son bol à fruits et la porte de la chambre de Jeff était encore fermée. Il était rentré tard la veille, après être sorti presque en coup de vent à la suite de notre conversation. Je l'avais entendu, vers trois heures du matin, traversant le plus discrètement possible le condo, guidant à voix basse une fille qui devait être Marie-Lune, vers laquelle il retournait toujours quand il était contrarié.

Nous étions restés interdits un moment, moi debout devant le sofa, lui tenant un bac à glaçons à côté du congélateur. J'attendais qu'il réponde à ma ridicule question et lui attendait visiblement que je développe un peu. « Pourquoi ce serait pas bon ? », surtout prononcé sur un ton agressif et paranoïaque, relevait plutôt du cri du cœur que de la question constructive.

« Euh... tu veux... euh... tu veux une vodka tonic ? » Il ne supportait pas les silences. C'était souvent pratique, et même si je lui étais reconnaissante d'avoir brisé la glace, j'aurais préféré, cette fois, quelque chose d'un peu moins orienté vers la boisson et un peu plus vers nous.

« Jeff...

— Gin tonic ?

— Jeff...

— Avec concombre ? Ben là tu m'as dit quelque chose de pas trop *flyé*... Un Ricard, peut-être ?

— Jeff !

— Quoi, câlisse ? Quoi ? Tu veux vraiment avoir cette conversation-là ?

— Quelle conversation, Jeff ? Je sais même pas de quelle conversation on parle. J'ai justement l'impression qu'on a plus de conversations. Fait que "cette conversation-là", je sais pas c'est laquelle. Éclaire-moi.

— Non. Tu t'en tireras pas de même encore une fois.

— Comment, de même ? »

Il avait terminé ce qui était de toute évidence un mélange de vodka pure et d'un filet de jus de lime avec une énergie que je ne lui connaissais pas. Lui qui était toujours calme et qui avait maîtrisé l'art de la nonchalance jusqu'à en faire un élément de séduction, il avait eu alors des gestes saccadés et rapides qui me faisaient mal et me donnaient envie de lui dire de tout oublier, de laisser tomber, de venir s'asseoir auprès de moi avec sa vodka pure et de faire semblant que tout était comme auparavant. Mais évidemment, tout n'était pas comme auparavant, tout ne pouvait plus être comme auparavant, et il fallait que je cesse de trouver qu'il s'agissait là d'une horrible chose comme le vieillissement prématuré, la possibilité de ne jamais être aimée et l'idée que mon père puisse tout oublier.

« Comment, de même ? avais-je répété.

— De même, a-t-il dit en posant un verre devant moi d'un geste sec et presque agressif. Tu t'arranges toujours pour que ça soit les autres qui disent tout pour toi. Que ça soit moi ou Julien ou même ton frère qui est à *fucking* six mille kilomètres d'ici qui répondions à tes questions. » Il s'était mis à m'imiter avec une petite voix caricaturale qui, je devais malheureusement l'avouer, me ressemblait plutôt. « "Qu'est-ce que je vais faire, Jeff ?" "Qu'est-ce que je dois penser, Fred ?" "Juuuuu, qu'est-ce que tu ferais à ma place ?" "Les gars, pourquoi tout est toujours compliqué ?" Eille ! avait-il lancé de sa propre voix. On n'a pas plus de réponses que toi, O. K. ? Et on a certainement pas TES réponses. Fait que si t'as quelque chose à me dire, dis-le-moi. Mais demande-moi pas de le dire à ta place. »

J'avais eu envie de lui lancer mon verre au visage, ou encore de courir dans ma chambre, dont je me voyais déjà claquer la porte avec fougue et panache. Mon frère avait raison : quand j'avais tort, je boudais.

« O. K., ai-je dit. O. K. » J'avais mentalement compté jusqu'à cinq comme quelqu'un qui s'apprête à plonger dans une piscine trop froide, puis je me suis mise à parler très rapidement. « J'ai l'impression que je peux plus te parler. J'ai l'impression qu'à cause de ce que j'ai fait, il y a quelque chose qui a changé entre toi puis moi. J'ai l'impression que t'es tout sauf content pour moi par rapport à Gabriel et…

— Et quoi ?

— Ben ça me fait chier que tu cruises ma seule ostie de chum de fille et j'ai l'impression...

— T'as beaucoup d'impressions, Marine.

— Ta gueule ! Tu voulais que je parle, ben là, je parle. Fait qu'écœure-moi pas. »

Il avait eu un petit air surpris – comment étions-nous devenus ces deux personnes véhémentes et désagréables ? Nous ne nous étions jamais parlé comme cela – pour ma part, je n'avais carrément jamais parlé comme cela à qui que ce soit. Ta gueule ? ! avais-je pensé. Mais depuis quand est-ce que je dis « Ta gueule » en le pensant vraiment ?

« Donc, avais-je poursuivi, j'ai l'impression que si t'as soudainement jeté ton dévolu sur Flavie, c'est en partie pour me faire chier.

— J'ai toujours trouvé Flavie de mon goût.

— Oui, mais... » Oui, mais quoi, innocente ? Il avait parfaitement raison. « Bon, avais-je dit en prenant une gorgée qui m'avait fait grimacer. O. K. d'abord. » Nous n'avions rien dit pendant un long moment, occupés tous les deux à observer les motifs du tapis.

« Excuse-moi, avais-je finalement dit. Je peux pas croire que je t'ai dit "Ta gueule". »

Il avait fait un petit sourire. « Correct. J'y suis peut-être allé un peu fort moi aussi.

— Tu vois ? C'est ÇA que je veux dire. Comment ça se fait qu'on se parle de même ? »

Il avait soupiré et s'était avancé sur le bout de son fauteuil. « Regarde. Je pense pas que j'aie invité Flavie ici juste pour t'écœurer. Peut-être à un genre de niveau inconscient...

— T'as un inconscient, toi ? » Il fallait bien que quelqu'un fasse une petite blague. Il avait ri, reconnaissant.

« Y est tout petit, mais y est là. Donc, peut-être qu'in-consciemment ç'a joué un peu. Parce que oui, ça me fait quelque chose que tu tripes sur un gars aussi... » Il avait frotté son pouce contre son index, à la recherche du mot juste. « Aussi *réel*. Genre que là, c'est plus des farces... On savait tous que ça durerait jamais avec Christophe. Gabriel, je sais pas. Il est crédible. Puis, ça me fait de quoi. »

J'avais ouvert la bouche pour dire quelque chose, mais Jeff levait déjà une main pour m'interrompre.

« C'est peut-être parce qu'on a peur de te perdre, avait-il poursuivi. Puis, si tu veux vraiment que je sois honnête... tu veux que je sois honnête ?

— Ben oui, franchement.

— C'est sûr que l'affaire qui s'est passée dans ma chambre, ça m'a troublé. Parce qu'une fois que t'ouvres la porte de la sexualité avec quelqu'un...

— Eille ! C'est la théorie de Julien, ça !

— Hein ?

— AH HA ! Jean-François Murphy, t'as parlé à Julien !

— Toi aussi ?

— Ben là ! » Nous nous étions mis à rire tous les deux. Douce délivrance du rire. « Alors, toi aussi t'avais l'impression que c'était peut-être spécial.

— Peut-être. » Il avait fait un petit sourire en coin.

« Pas de chance que tu m'en parles, grand innocent !

— T'en parlais pas non plus !

— J'ai essayé !

— Ben oui, en posant encore tes osties de questions. "Jeeeeeff... t'es-tu correct ?" "Claude François, est-ce que tu penses que papa est fâché après maman ? " "Plante inanimée, est-ce que quelque chose a changé ?"

— Tu sais que je parle aux plantes ? » Il avait haussé les sourcils comme il le faisait toujours quand il voulait dire : « Tu peux rien me cacher. »

« Alors ? avais-je demandé.

— Alors, inquiète-toi pas. Je pense qu'on a clairement établi qu'on voulait pas se perdre, non ? »

J'avais eu une douce envie de pleurer. Il m'avait
encore souri et s'était levé, posant son verre vide sur la
table à café. « Je vais aller faire un tour, avait-il dit.

— T'es sûr que t'es correct ?

— Marine... » J'avais failli lui faire remarquer que
quand il allait *faire des tours*, c'était généralement parce
que quelque chose le dérangeait, mais je m'étais dit qu'il
n'était peut-être pas nécessaire de *trop* parler non plus, et
que si les choses devaient ne pas changer entre nous, il
allait falloir nous laisser vivre l'un l'autre, comme nous
l'avions toujours fait. Jeff m'avait embrassée sur la tête.
« Tu sais que je t'aime, hein ?

— Oui, je sais. » Il avait laissé traîner une main sur
mon épaule et était sorti. J'étais restée seule en silence
pendant de longues minutes, à me rejouer notre conversation. Or, plus j'y repensais, plus je réalisais que nous
ne nous étions rien dit, vraiment, et que cette porte de
la sexualité que nous avions tous les deux évoquée était
encore ouverte, et peut-être même plus qu'avant.

« Je peux pas croire qu'il a même pas élaboré là-
dessus, avais-je dit à la plante. Crisse, ça fait deux fois
qu'il me fait le coup ! »

J'ai fait une petite grimace en direction de la porte
close de la chambre de Jeff. J'avais hâte de le voir et, en
même temps, de le confronter à la présence de Marie-
Lune, de retrouver auprès de lui et de nos matins plus
ou moins tranquilles un peu de notre normalité. Peut-
être aussi que de retrouver Marie-Lune au milieu de nos
déjeuners me permettrait d'enfin rêver à Gabriel, dont
le bouquet de roses illuminait encore la table de la salle
à manger, sans m'enfarger continuellement dans Jeff.

J'ai retiré machinalement du vase une des roses qui commençait à se faner – ses pétales n'en étaient que plus doux, comme les joues des très vieilles femmes. J'ai pris mon café et ma rose et je me suis installée tranquillement à la grande table.

J'étais en train de faire un sudoku (infâme, exécrable petit jeu qui ne demande qu'une chose : n'avoir aucune réticence à perdre complètement son temps ou, comme c'était mon cas, un sérieux désir de le perdre), quand une jeune fille est sortie de la chambre de Jeff. J'ai levé la tête vers elle – ce n'était pas Marie-Lune, mais une fille qui lui ressemblait beaucoup et qui devait avoir l'âge d'Élodie et aurait d'ailleurs pu être sa meilleure amie : elle était jolie comme elle, une beauté qui tenait encore plus de la fille que de la femme et qui se voulait ainsi, et elle avait le même air joyeux, innocent et primesautier qui évoquait le canari, ou le serin, ou je ne sais trop quel petit oiseau sautillant. J'ai ressenti, bêtement, une vague de soulagement en constatant que ce n'était pas Flavie. Ces jeunes filles-là, je le savais, ne faisaient que passer. Les Marie-Lune ne resteraient jamais. J'ai repensé à ce que Jeff avait dit, que Gabriel était « réel ».

« Salut ! m'a-t-elle dit beaucoup trop jovialement à mon goût, en tendant une main vers moi. Marie-Soleil. » C'est une ostie de *joke*, ai-je pensé.

« Marie-Soleil ? ai-je demandé en lui prenant la main. Pour vrai ?

— Euh… oui, pour vrai… » J'ai regardé derrière elle pour voir si je n'apercevais pas Jeff, parce qu'il *fallait* que je partage avec quelqu'un le comique de la situation. Mais la porte de la chambre était fermée, et Marie-Soleil restait plantée devant moi, s'attendant peut-être à ce que je la divertisse ou la nourrisse. Elle portait une chemise de Jeff – Pourquoi faisaient-elles toutes cela ? me suis-je demandé. Toutes les filles que

Jeff ramenait à la maison sortaient vêtues d'une de ses chemises. Qu'est-ce qui poussait ainsi les amantes de Jeff à enfiler ses vêtements ? Je connaissais parfaitement la coutume de la chemise du gars le lendemain d'une nuit d'amour. Mais dans son cas, c'était systématique. Il faudra que j'en parle à Julien, ai-je pensé. Il a sûrement une théorie.

« Je pense que Jeff est un peu magané, a dit Marie-Soleil. Il va rester couché un peu. » Jeff aurait pu boire toute la grappa du monde qu'il n'aurait pas été magané. Je le connaissais, je l'avais vu écluser des caisses de vin et se lever le lendemain à peine chiffonné. Je me suis promis mentalement de le faire payer pour ce faux lendemain de veille qui me laissait seule aux prises avec une jeune fille qui affichait une bonne humeur contre nature pour un samedi matin, neuf heures. J'ai imaginé le reste de mon existence, une suite de cafés pris avec des Marie-Noëlle, des Marie-Mai, des Marie-Québec, des Marie-Sourire, pendant que Jeff ferait semblant de récupérer dans sa chambre.

« Tu veux un café ? ai-je finalement demandé.

— Tu serais super fine ! »

J'ai pointé la machine à café. « Le café est dans le pot à côté, et le moulin est à droite. » Je n'étais pas « super fine », non madame. Pas ce matin. Mais il en aurait fallu, oh, mille fois plus pour diminuer la bonne humeur de Marie-Soleil (Jeff baisait-il donc si bien ? Peut-être aussi que Marie-Soleil était perpétuellement joyeuse. Terrifiante idée), et elle est allée se faire un café en chantonnant. Je l'ai observée un instant – elle était vraiment très jolie, et savait se servir d'une machine à espresso comme si elle était née avec une entre les mains. Une serveuse ou une *barmaid*, ai-je pensé. Jeff avait une touche avec ces filles-là qui relevait presque du surnaturel. Il entrait dans un bar, choisissait la plus jolie, et partait avec, immanquablement. Laurent lui avait fait promettre de lui donner un cours.

« Tu travailles dans un resto ? lui ai-je demandé.

— Dans un bar. Au Lulli. Je t'ai vue souvent. Marine, c'est ça ? » Je l'ai regardée de plus près. Son visage ne me disait absolument rien, et je me suis sentie un peu mal. Mais elle continuait à sourire, sans paraître remarquer mon regard qui devait être parfaitement creux.

« T'es toujours suuuuper bien entourée, a poursuivi Marie-Soleil. Tu sais qu'on a pas mal les mêmes goûts, en plus ?

— Les mêmes goûts ?

— Oui ! » Son oui suggérait qu'il s'agissait là de la nouvelle la plus merveilleusement délicieuse depuis l'invention du chocolat. « Ben... j'ai été pendant un bout de temps avec Christophe ! »

Je ne disais rien. Je ne voulais *pas* savoir qu'elle avait été pendant un bout de temps avec Christophe, et j'étais incapable de concevoir comment elle pouvait croire que cette information m'intéresserait.

« Tu sais, Christophe ? Le beau petit Christophe ? Celui qui a un grain de beauté et... tu sais, ton ex ?

— Oui, ça va, je sais.

— Fait que Christophe, puis là Jeff !

— Je sors pas avec Jeff. Je suis jamais sortie avec Jeff. » J'avais parlé trop vite, sur un ton sec et précipité et, à en croire les oreilles de Claude François, beaucoup trop aigu.

« Vous êtes *jamais* sortis ensemble ? » Marie-Soleil semblait ahurie. « Oh, ma fille, tu manques quelque chose. » Avait-elle été dressée par une quelconque puissance occulte pour dire exactement tout ce que je ne voulais pas entendre ? Je m'attendais à ce qu'elle finisse par m'annoncer qu'elle était la maîtresse de Gabriel. « Oh non, *sérieux*. Jeff, là... » Elle s'est assise et a baissé la voix comme le font les filles quand elles veulent souligner que ce qu'elles s'apprêtent à dire relève du merveilleux monde magique de la confidence féminine. « Il est tellement cochon… Hier, il m'a… »

J'ai été sauvée par Claude François – brave, brave minou – qui a bondi sur la table, blond et mignon, provoquant chez Marie-Joie-de-vivre une cascade de rires et d'« Allô bébééééé ! » que j'aurais pu trouver ravissants à une autre heure du jour. Une fois le chat parti, terrifié sans doute par autant de jovialité, elle est venue se placer derrière moi. Par bonheur, elle semblait n'avoir aucune suite dans les idées et avoir magiquement oublié la cochonceté de Jeff, qui sortait justement de sa chambre, en boxers et les cheveux en bataille.

« Ça va ? a dit Jeff, sur son meilleur ton de faux lendemain de veille.

— Ça va, oui.

— T'as fait connaissance avec…

— Avec Marie-Soleil. Oui. » J'avais un sourire d'au moins dix pouces sur le visage et je devais me retenir pour ne pas commencer à me moquer de lui tout de suite, devant Marie-Soleil. Tu peux bien parler de ton attirance pour des femmes fortes et flamboyantes comme Flavie, avais-je envie de lui dire. C'est toujours à des Marie-Astre-du-jour-ou-de-la-nuit que tu reviens. D'ailleurs, je ne voyais pas trop pourquoi il n'admettait pas tout simplement qu'il était mieux auprès de jeunes filles douces que d'exubérantes femmes. Sans doute entretenait-il une certaine idée de lui-même. Nous faisions tous cela, je le savais – mais Jeff ? J'avais toujours pensé qu'il était la personne la plus assumée que je connaissais. Comme quoi, ai-je pensé. Il y avait quelque chose d'attendrissant dans la découverte de cette petite faiblesse.

Trois quarts d'heure plus tard, il était assis devant moi, avec Marie-Soleil sur ses genoux qui essayait d'attirer son attention sur les mots croisés, quand j'ai entendu, depuis l'entrée, la voix de Julien.

« Y a quelqu'uuuun ? » Jeff a levé vers moi un regard paniqué, mais j'étais déjà levée, sautillant littéralement pour aller au-devant de Julien.

« Allô, allô », m'a-t-il dit en enlevant son manteau et ses bottes. Il portait un jeans rouge, un pull en cachemire violet et des chaussettes vertes. C'était comme trop d'informations d'un coup. J'allais passer un commentaire quand il a fait de grands yeux – il venait d'apercevoir Jeff, qui avait soudainement décidé d'investir toute sa concentration dans un article sportif. Marie-Soleil s'était levée, et se tenait, radieuse, à côté de lui.

« Qu'est-ce qu'il fait là, lui ? a demandé Jeff, à personne en particulier ou, à la rigueur, à la photo de Réjean Tremblay.

— J'ai plus de café.

— Y a pas un café en bas de chez toi ? » ai-je demandé. C'était une très mauvaise excuse. Julien habitait assez loin de chez nous, mais comme il n'était pas capable d'être seul, il débarquait généralement chaque samedi matin, prétextant une pénurie de lait, d'oranges, de journal, d'oxygène. Jeff a soupiré en dépliant son journal, puis a ajouté, en le repliant à une autre page et toujours sans lever la tête : « Faut vraiment arrêter de donner nos clefs à n'importe qui.

— Julien, ai-je dit, triomphante, je te présente... » J'ai fait une pause, histoire de savourer le moment, mais Julien tendait déjà une main vers elle.

« On se connaît, non ? a-t-il demandé. Tu travailles pas au Lulli ?

— Oui, les week-ends. Marie-Soleil », a précisé celle-ci, un sourire radieux sur les lèvres, en prenant la main que Julien lui tendait et qu'il a failli ne pas remarquer, trop occupé à jeter vers moi un regard dubitatif.

« Pas pour vrai ? »

Marie-Soleil a semblé un peu étonnée par cette attitude redondante, mais elle lui a souri gaiement, et je me suis demandé s'il y avait une chose qu'elle ne faisait pas gaiement. Elle devait baiser gaiement même. En riant.

« Mais, euh… a bredouillé Julien après avoir salué Marie-Soleil et en faisant aller une main de Jeff à moi. Vous deux, euh… ça va ? Vous vous êtes parlé ? » Il était pathologiquement incapable de discrétion. Ni Jeff ni moi n'avons répondu, et évidemment, Julien a insisté. « Sérieux, vous avez…

— Tututut, a interrompu Jeff, levant vers Julien un doigt qui le sommait de se taire.

— Tututut ? a demandé Julien.

— Ben oui, tututut, ai-je confirmé.

— Tutut, *fucking* tut, a précisé Jeff.

— Tutut ! » a chantonné Marie-Pinson, en allant se faire un autre café. Julien a poussé un soupir déçu et, je le savais, un peu vexé, puis a tendu une main vers les journaux.

« Tu me passes le cahier A, Jeff ? Ouh ! Mario Dumont. Je vous ai déjà dit que j'avais un petit fantasme sur Mario Dumont ?

— Ciboire… a soupiré Jeff.

— Eille. J'ai pas dit que j'étais d'accord avec ses politiques. Seigneur, loin de là, mais… je sais pas… il a un petit sourire carnassier que j'haïs pas.

— Moi, j'aime bien Marc-André Grondin, a pinsonné Marie-Soleil.

— Est-ce qu'il reste du café ? » a demandé Laurent en entrant. Il portait un pantalon de toile noire, des bottes énormes et un gros manteau qui laissait entrevoir le haut de combines en laine polaire et dont le capuchon de fourrure lui entourait encore le visage.

« Ça va, Bernard Voyer ?

— Ben quoi ? m'a-t-il demandé. C'est du sport, le bicycle de montagne dans la neige !

— T'habites à trois coins de rue.

— Y a *beaucoup* de neige ! a-t-il crié sur un petit ton indigné. Eille, salut, Ju. Bonjour Claude François. » Il s'est avancé et a aperçu Marie-Soleil. « Bonjour… »

Laurent semblait lui aussi la reconnaître et cherchait visiblement à mettre un nom sur ce visage, mais Julien, n'y tenant plus, a bondi devant lui et, un bras tendu vers elle, a crié, ou plutôt a chanté comme s'il s'était agi d'une finale d'opéra : « Marie-Soooooleiiiil ! »

Laurent a pointé un doigt vers Marie-Soleil, un sourire flottant déjà sur ses lèvres. Il m'a regardée, a regardé Julien, puis Jeff, qui s'est contenté de lui faire un air bête et de rapprocher le journal de son visage. S'il avait pu, il se serait probablement enveloppé la tête avec.

« Euh… » Laurent avait l'expression de quelqu'un qui arrive dans une surprise-partie un jour qui n'est pas son anniversaire et se demande s'il doit avoir l'air content ou si on se moque de lui. « Pour vrai ? a-t-il finalement demandé.

— Oui ! » a répondu Julien, ravi.

Marie-Soleil, qui malgré son pep surnaturel commençait à trouver que nous manquions sérieusement de classe, s'est mis les poings sur les hanches et a demandé, souriant toujours : « O. K., qu'est-ce qu'il y a ? » C'était plutôt valable. Elle devait penser que notre maison était ouverte à tous les hurluberlus en combines ou en jeans rouge de ce monde et que tous ces hurluberlus, inexplicablement, tombaient d'hilarité à la mention de son prénom. Nous étions insupportables, tous les quatre, et je me suis demandé comment Gabriel avait pu être attiré par la dynamique incestueuse et exclusive de notre petit groupe. Si je n'en avais pas fait partie, ç'aurait été *exactement* le genre de groupe que j'aurais trouvé trop satisfait et goguenard pour être sympathique.

« Fais-toi-z'en pas, ai-je expliqué à Marie-Soleil. C'est juste que Jeff a eu une copine pendant un bout de temps qui s'appelait Marie-Lune puis qui te ressemblait un peu, alors c'est un peu comique. C'est juste ça. Il nous en faut pas beaucoup, un samedi matin.

— Ah ! O. K. ! » a chantonné Marie-Soleil, avant d'aller légèrement s'asseoir sur Jeff, lui écrasant le journal dans le visage. « Vous... euh... vous vous connaissez comment ? » a demandé Marie-Soleil. Personne ne lui avait en effet expliqué la présence soudaine de deux personnes dans notre appartement, qui se comportaient comme s'ils avaient habité avec nous depuis toujours. J'étais en train de lui expliquer – Jeff, quant à lui, ne faisait aucun, mais aucun effort, le nez plongé dans son journal, espérant sans doute que Marie-Soleil s'en aille, ce qui ne semblait pas près de se produire – quand le téléphone a sonné. Jeff s'est précipité sur l'appareil et regardant l'afficheur a crié joyeusement : « C'est ta mère ! »

Il a répondu, et ses premiers mots ont été : « Madame Vandale. Bonjour. Très bien, très bien. Oui. Ma recette d'osso bucco ? *Anytime.* Non. Non, Marine est pas là. » J'ai levé les yeux au ciel, les gars n'ont même pas bronché, et Marie-Soleil a eu l'air encore plus perplexe. Il a parlé avec ma mère un bon dix minutes, de moi (au moins, il était discret, ou à la rigueur inventait n'importe quoi pour ne pas rendre ma mère plus folle qu'elle ne l'était), de lui (« Je travaille fort, ces temps-ci »), de son osso bucco (« Non. Non pas de tomates. Je sais, mais c'est comme ça ») et beaucoup de la météo (« Ben oui, je sais. Moins vingt-trois. Eh, sainte »). Il a finalement raccroché.

« Tes sœurs s'en viennent, a-t-il dit. Et tu peux me remercier à genoux, parce qu'elle appelait pour essayer de te convaincre de venir aux soixante-dix ans de ta tante à Québec.

— Oh mon Dieu. Mon Dieu merci. Je lui ai fait accroire que j'avais un rendez-vous super important avec une auteure française qui était en ville juste pour le week-end.

— Elle t'a crue ? » a demandé Laurent. Il connaissait ma mère et savait qu'elle se méfiait de tout – si je lui avais dit être dans l'incapacité de venir à cause d'un accident, il aurait fallu que je me présente avec une hache plantée dans le crâne pour qu'elle accorde foi à mes paroles. C'était la première fois qu'il m'adressait la parole depuis la scène qu'il m'avait faite au restaurant la veille. Je me suis retournée vers lui et il m'a fait son petit sourire qui lui donnait l'air d'avoir dix ans et demi et qui était sa façon de demander pardon. J'ai pincé les lèvres – ma façon d'accepter ses excuses – dans une routine que nous connaissions par cœur. Il était venu juste pour cela, j'en étais certaine, incapable qu'il était de supporter que quelqu'un puisse lui en vouloir.

« Non. Bien sûr que non, elle m'a pas crue. Mais je pense qu'elle a eu un peu de compassion. Elle-même aimerait mieux se faire arracher toutes les dents que d'aller là un samedi après-midi, je pense. C'est un genre de *save yourself*. Crisse, tu connais la famille de mon père… » Deux religieuses, un prêtre, un fanatique de golf et ma tante de soixante-dix ans qui aurait fait la morale au dalaï-lama s'il s'était retrouvé devant elle. Au moins une des religieuses était drôle et charmante, mais elle était présentement dans une mission à Pondichéry.

« Oui, ben tes sœurs s'en sont pas sorties, a dit Jeff. *Anyway*, elles sont en route pour chez ta mère et vont passer ici pour te faire signer la carte. »

Une heure plus tard, Ariane était dans la cuisine, avec un pantalon en toile de parachute, quelque chose comme huit chandails enfilés les uns par-dessus les autres et, évidemment, un bonnet péruvien.

« Tu viens d'où ? avait-elle demandé à Laurent en apercevant son accoutrement. Du pôle Nord ?

— Puis toi ? De Machu Picchu ? » Ils avaient ri tous les deux et s'étaient enlacés.

« T'aurais pu te forcer, me disait maintenant Ariane. C'est pas comme si on était obligées d'aller dans la famille de papa chaque fin de semaine. Puis matante Livia n'est plus jeune, tu sais.

— J'ai un rendez-vous cet après-midi... » Ariane n'a même pas fait mine de me croire et a croisé les bras dans un geste réprobateur – j'avais parfois l'impression qu'elle était la seule adulte dans la famille. La pauvre. Elle s'est retournée pour saluer Marie-Soleil, qui semblait totalement déconcertée par autant de laine vierge, puis a fait ce qui devait lui sembler le plus naturel : offrir un café.

« Oui, il est équitable », a dit Jeff avant qu'Ariane ait le temps de poser sa prévisible question. En retour, elle lui a fait une petite grimace de circonstance et a refusé.

« Élodie m'attend, elle est en train de parquer le char. » Jeff, Julien et Laurent ont échangé un regard de panique. J'ai eu une vision d'une voiture stationnée verticalement contre un banc de neige.

« En attendant, a dit Ariane, veux-tu bien me dire pourquoi ta propre sœur a pas de clef de chez vous, alors que les garçons ici en ont une ?

— C'est une *excellente* question, a dit Jeff.

— Parce que si je te donne une clef, il va falloir que j'en donne une à Élodie, et si j'en donne une à Élodie, elle va venir coucher ici chaque fois qu'elle va être dans un bar dans le coin.

— Julien a déjà fait la même chose, a fait remarquer Jeff.

— Comme tu veux, champion. Mais tu connais Élodie, c'est dans ton lit qu'elle va aller se coucher. » Marie-Soleil a froncé les sourcils pendant que Julien expliquait qu'en fait c'était exactement là qu'il était allé se coucher, lui aussi. Jeff a levé les yeux vers moi, un regard bref et plein de paroles auxquelles j'ai répondu en tournant la tête.

« Tiens », m'a dit Ariane en me tendant une carte comme on en trouve chez Jean Coutu, quelque chose avec des roses embossées et des lettres dorées faisant allusion à la belle et bonne vie menée par la fêtée. Je me suis penchée pour écrire.

« Bon anniversaire, belle Livia, de ta petite nièce qui t'embrasse fort et pense à toi souvent. À bientôt, Marine xxx. » Combien de mensonges y avait-il dans ce petit mot ? « Belle Livia » ? Non seulement Livia ressemblait à s'y méprendre à Martin Scorsese depuis qu'elle avait un nouveau dentier trop grand et de nouvelles lunettes, mais je ne pensais pas à elle souvent – quant au « À bientôt », je n'étais pas trop claire là-dessus non plus. J'aurais aussi bien pu écrire : « À dans deux ou trois ans. » Il y avait quelque chose d'un peu navrant dans ces rapports familiaux inutilement hypocrites (Livia écrivait toujours sur MES cartes d'anniversaire – mêmes roses embossées, même lettrage trop pompeux – « À ma nièce préférée », alors que la seule de ses sept neveux et nièces qu'elle supportait était Ariane). Enfin, dans un futile effort de personnalisation, j'ai fait un petit dessin à côté de ma signature (un chiot qui faisait un clin d'œil – Livia aimait les chiens au point d'avoir un tapis d'entrée, des coussins, des sous-verre, un service à thé et je ne sais combien de cadres représentant des beagles, des terriers ou des caniches).

« Je vais embrasser tante Livia pour toi », m'a dit Ariane en partant, et j'ai pensé qu'elle allait effectivement le faire. Elle avait toujours de petites attentions de ce genre qui, comme toutes les causes qu'elle embrassait, étaient sa façon de s'élever contre l'indifférence du monde. Je trouvais cela touchant, et même admirable.

Elle avait à peine fermé la porte que Marie-Soleil disait : « Ça vous tenterait d'aller bruncher ? »

Jeff, Laurent et moi avons levé la tête vers Julien. Le faux lendemain de veille n'avait pas fonctionné, ni la coloc désagréable, ni l'homme des neiges en combine, ni le clown en cachemire, ni même la sœur avec un parachute à la place du pantalon. C'était un cas pour Julien. Il a soupiré, a joint les mains dans un geste enthousiaste et décidé, puis a dit : « Marie-Soleil, ma belle Marie-Soleil… »

« Bon, je voudrais pas soulever un point désagréable, a dit Laurent quand Jeff est revenu de l'entrée après avoir raccompagné Marie-Soleil, mais c'est pas toi qui m'as mis en garde qu'à moins que tu saches déjà que tu veux passer ta VIE avec la fille, faut jamais, JAMAIS, la ramener chez vous, mais au contraire aller chez elle ?

— Je sais, je sais », a répondu Jeff en s'assoyant à côté de moi. Je lui ai lancé une boulette de papier journal qui a rebondi sur sa tête.

« En plus, c'est moi qui fais toute la sale job, a dit Julien.

— T'as bien fait ça.

— Merci, ma belle. »

Julien avait effectivement bien fait cela. Il avait une façon de faire comprendre aux gens ce qu'ils ne voulaient pas comprendre sans qu'ils aient l'impression d'avoir fait un compromis ou d'avoir abandonné une idée à laquelle ils tenaient. C'était très utile dans son travail (« Mais non, tu ne renonces pas à 25 000 dollars en prenant ce RÉER-là. Tu *fais* 2 800 dollars. C'est ce que tu veux, non ? ») et tout autant quand venait le temps de convaincre les maîtresses de Jeff, d'abord, qu'elles ne demandaient pas mieux que de quitter la maison la tête haute et, ensuite, de ne surtout pas rappeler Jeff pendant quelques mois.

J'ai lancé une autre boulette sur Jeff. « Tu pourrais faire attention, toi. Un jour y a une Marie-Bonne-Humeur qui va te remettre la monnaie de ta pièce. Tu pourrais t'assumer, au moins, monsieur Je-tripe-sur-Flavie.

— Tu peux ben parler, toi.

— Comment ça je peux ben parler ?

— C'est quand même pas comme si t'étais la reine de l'*assumation*. » Il a levé un sourcil, qui se voulait rempli d'insinuations, pendant que du coin de l'œil j'apercevais Laurent articuler à l'intention de Julien, sur un ton dubitatif : « *Assumation ?* »

« Pardon ? ! ai-je demandé.

— Ben là. Gabriel, *whatever…* » Il a pointé un doigt vers lui d'un air entendu.

« Eille, t'es baveux en tabarnak, toi !

— O. K., whoa, whoa whoa, a dit Julien. On se calme les pompons respectifs.

— Pourquoi vous couchez pas ensemble ? a proposé Laurent.

— Ben là, ciboire ! » Je me suis levée d'un bond, avec la ferme intention de vociférer quelque chose, mais j'ai été retenue dans mon élan par le téléphone.

« Allô ? ai-je répondu agressivement.

— Marine ? C'est ton père. » J'ai instantanément ressenti une vague d'affection. J'avais passé avec lui plusieurs après-midi silencieux depuis le début de ses examens. Il n'avait jamais parlé beaucoup, mais je retrouvais auprès de lui cet état confortable et serein de mon enfance, alors que je pouvais me laisser bercer par son amour solide qui s'était toujours passé de paroles, qui se contentait d'une main dans le dos, d'un baiser sur le front, d'un cornet de crème glacée molle acheté à la crémerie du coin.

« Allô papa ! Ça va ? Est-ce que les filles sont arrivées ? Je suis désolée de pas pouvoir venir. » À lui, il me coûtait de mentir.

« J'appelle pour te dire que les filles vont passer chez toi, a-t-il dit comme s'il ne m'avait pas entendue. Pour l'anniversaire de tante Livia. Tu vas embarquer avec elles ?

— Non… non, papa, je peux pas venir, je… » Je lui avais dit que je ne pouvais pas y aller à deux reprises déjà. J'ai senti mon cœur se serrer. Je voulais tellement qu'il ne soit pas malade, c'était viscéral – et douloureux quand j'avais peine à y croire. Pendant quelques secondes, j'ai pensé lui dire que je serais là et sauter dans un taxi, puis j'ai entendu ma mère lui dire le plus gentiment possible qu'elle m'avait déjà parlé et que je ne pourrais pas être là. C'était pour moi la confirmation qu'elle était vraiment inquiète quant à la condition de mon père : elle avait cessé de lui dire qu'il oubliait tout. Puis mes sœurs sont arrivées, j'ai entendu mon père les saluer, les embrasser, et me dire qu'il m'aimait avant de raccrocher.

« Il est correct ? m'a demandé Laurent.

— Bof. Ça va. »

Nous sommes restés silencieux un moment, chacun d'entre nous faisant semblant d'être absorbé par un article de journal que nous aurions été incapables de résumer, même si notre vie en avait dépendu.

« Excuse-moi, a finalement dit Jeff.

— Nah, c'est correct. » Je n'avais plus envie de me fâcher et je me disais qu'il avait en partie raison, et que c'était assez pour ne pas s'engager dans une engueulade futile et inutilement douloureuse. Je me suis remise à lire – cette fois réellement – le cahier Cinéma. Jeff avait toujours le nez dans le cahier Sports, Laurent dessinait des petits bonhommes allumettes sur une brochure publicitaire et Julien était plongé dans les indéchiffrables colonnes du cahier Affaires.

Au bout d'une quinzaine de minutes, Laurent a regardé sa montre. « Eille, il est onze heures et demie. Quelqu'un veut un Bloody Ceasar ? » Jeff et moi avons levé la main sans cesser de lire nos journaux, suivis de Laurent lui-même. Personne n'a même fait mine d'aller préparer les verres.

« Bon, bon, bon, a dit Julien au bout d'une ou deux minutes. J'y vais... » Il s'est levé, a contourné le bar de la cuisine en maugréant : « Coudonc, je fais toute, icitte...

— Fais-le double », a lancé Jeff, qui persistait à croire que rien ne remettait son homme sur pied un lendemain de brosse comme une solide dose de vodka.

« Tu sais, j'ai vraiment envie de voir Flavie, a dit Jeff en terminant son verre et en le tendant machinalement vers Julien qui s'est levé en soupirant pour aller lui en faire un autre. Je sais que je suis toujours avec des petites filles charmantes, puis je sais aussi que je suis avec elles parce qu'elles sont inoffensives.

— Toi ! ? T'as peur de quelque chose ? » a demandé Laurent en caressant le chat.

Jeff lui a fait une petite grimace de circonstance. « J'ai peur du trouble, peut-être.

— Et Flavie a *tellement* pas l'air d'être du trouble... a lancé Julien depuis la cuisine.

— Je sais ! a répondu Jeff. C'est exactement ça. Tu sais, la théorie selon laquelle quand quelque chose te fait peur, faut justement que tu fonces ? »

Il s'est heurté à trois regards vides qui, de toute évidence, n'avaient jamais entendu parler de la théorie en question.

« Ben voyons, c'est pas Kierkegaard quand même, tout le monde a déjà entendu parler de ça !

— Donc, si j'ai peur de me faire assassiner dans une ruelle sordide il faudrait juste que je fonce ?

— Laurent...

— *Just saying*...

— Ce que je veux dire, a poursuivi Jeff, c'est que je sais que c'est avec une femme comme Flavie – pas nécessairement *avec* Flavie précisément, je la connais pas – que j'ai envie d'être. Puis, je sais que les Marie-Lune et les Marie-Soleil, même si elles sont super, c'est juste des diversions. Comme ton Christophe, Marine. »

Je n'ai rien dit. Laurent et Julien l'écoutaient eux aussi, comme s'il était en train d'énoncer quelque chose de particulièrement sage.

« O. K., je sais que ça peut sembler absurde, puis c'est peut-être parce que la quarantaine approche, mais je me dis : de la *marde*. Je vais aller voir au moins. Voir si je suis capable, essayer de comprendre ce que je veux vraiment. »

J'ai hoché la tête. « Je comprends. C'est pour ça que j'aimerais que tu comprennes quand je te raconte que Gabriel... c'est sûr qu'il me fait peur, crisse, c'est comme une grande personne...

— On *est* des grandes personnes ! a dit Laurent.

— ... fonctionnelle et mature. » Laurent m'a donné raison d'un petit geste de la tête. « Je veux juste... je me pardonnerais pas de pas aller au bout de ça. Même si une bonne partie de moi est convaincue qu'il va finir par se rendre compte que je suis une *joke*... »

Ma phrase a été accueillie par les « Ben non » et les « Voyons » d'usage.

« Alors Gabriel et Flavie cette semaine... a dit Julien. On ose ?

— On ose ! » ai-je confirmé. J'ai pensé à mon père et je me suis dit que nous n'avions pas le droit de ne pas oser, que nous lui devions, à lui et à tant d'autres, d'oser pendant qu'il était encore temps.

« Je veux être honnête, a dit Julien. Je veux être honnête avec Mathias, pour que lui puisse faire son choix sans avoir à se baser sur un autre de mes mensonges. Je veux qu'il revienne avec moi les yeux grands ouverts. » Jeff et moi avons ouvert grand les yeux. « Quoi ? C'est vrai !

— Je veux expliquer à Carole que je veux pas d'enfants, a dit Laurent. Et lui faire comprendre que si elle veut qu'on reste ensemble, il va falloir qu'elle accepte ça. Pas que je veuille la perdre, mais… »

Nous nous sommes regardés tous les quatre un moment – nous n'étions pas habitués à de telles séances de confidences en groupe, et nous avons tous fait un petit sourire à la fois gêné et amusé. Nous voilà donc, ai-je pensé. Après toutes ces années, ensemble, à la croisée des chemins. Et pour la première fois de nos vies communes, nous l'acceptions, nous l'admettions. Et de savoir que ces trois hommes que j'aimais comme ma famille étaient dans le même bateau que moi, je me suis sentie presque confiante, avec juste ce qu'il fallait de peur et de papillons pour aller rencontrer Gabriel le lendemain.

À : Marine
De : Frédéric Vandale
Objet : Délivrance

· ·

J'ai commencé à écrire. J'ai commencé à écrire et ce n'est pas totalement nul, genre que je me relis et que j'ai pas honte ou envie de m'arracher les yeux avec des ventouses. J'ai l'impression d'être soûl depuis deux jours.

À : Fred
De : Marine Vandale
Objet : Nature de l'ivresse

· ·

Juste qu'on soit clairs, ton impression d'ivresse, elle vient bien de la création et pas d'une demi-bouteille de Ricard, comme la dernière fois ?

À : Marine
De : Frédéric Vandale
Objet : Ricaricide

· ·

Création, Marine, que création. J'ai envoyé le Ricard à la poubelle. J'en reviens pas. Et évidemment, du coup, j'ai tellement pas l'habitude de trouver que je suis enfin sur la bonne voie que je me dis que je suis peut-être aveuglé par moi-même ou par trop de lucidité en l'absence de Ricard... tu crois que ça se peut, trop de lucidité ?

À : Fred
De : Marine Vandale
Objet : Lucidity Overdose

Ça ferait un bon nom de band, tu trouves pas ?

À : Marine
De : Frédéric Vandale
Objet : re : Lucidity Overdose

...

À : Fred
De : Marine Vandale
Objet : re : re : Lucidity Overdose

O. K., O. K., c'est bon, excuse-moi. Oui, je pense que ça se peut, trop de lucidité. Pas que ce soit mal, mais disons que ça donne autrement le vertige que le Ricard. C'est épeurant de tout voir clair, tu penses pas ? Sinon, pourquoi tu crois qu'on passerait une bonne partie de nos vies à tout embrouiller ?

À : Marine
De : Frédéric Vandale
Objet : Ondes brouillées

Je croyais qu'on embrouillait sans faire exprès. Je sais pas pour toi, mais moi, j'ai jamais trop eu l'impression de m'asseoir à mon bureau et de me dire : « Ben embrouillons, tiens. »

À : Fred
De : Marine Vandale
Objet : Brouille freudienne

....

Tu veux ma théorie ? J'en ai une par décennie, et à ce jour pas une seule qui va passer à l'histoire, mais ce que je pense, c'est qu'on embrouille bien des choses inconsciemment, parce que c'est plus facile de voir pas trop clair, et qu'il faut un champion d'effort de conscience pour s'ouvrir les yeux.

À : Marine
De : Frédéric Vandale
Objet : Les yeux grands fermés

....

Tu sais ? C'est pas trop mal comme théorie. Mais là, je me dis que peut-être que je CROIS que je vois clair alors qu'en fait j'ai la paupière tout ce qu'il y a de plus close et que je suis en train de m'emballer comme une fillette pour un livre qui va s'avérer être aussi prenant qu'un manuel d'instruction pour monter une bibliothèque Börg ou une table à café Inglund. Et me fais pas la blague que les manuels IKEA sont, justement, très prenants, je la vois venir gros comme un paquebot.

À : Fred
De : Marine Vandale
Objet : Censure

....

Tu continues comme ça et je me monte un dossier contre toi pour censure excessive de blagues moyennes. Et puis, quel genre de personne se fâche d'avance pour des blagues qu'elle finit par faire elle-même ?

À : Marine
De : Frédéric Vandale
Objet : Petit garçon

....

Quelqu'un qui a la nette impression de venir
d'entrer en première année avec la culotte courte,
les bretelles, le cartable, la pomme, enfin tu vois
le portrait, guerre des boutons et tout et tout.
Moi qui me voyais jouir de mes premières pages
comme un prince, ben je suis pas loin d'avoir
peur de mon ordi. Merde, Marine. Trente-cinq
ans et encore peur de ce que je veux vraiment.

À : Fred
De : Marine Vandale
Objet : Bienvenue dans le club

....

Ben mon Fredou, si ça peut te rassurer, ta peur,
tu la vis pas tout seul. T'aurais dû nous voir hier,
les garçons et moi, quatre clowns devant leur
Bloody Ceasar à se dire exactement ça, qu'on a
la grosse peur au ventre quand vient le temps
de regarder ce qu'on veut en face. Parce que sans
vouloir tourner le fer dans ta plaie, il y a non
seulement la chance qu'on se trompe quant à ce
qu'on veut, mais pire encore, qu'on arrive pas à
les atteindre, ces obscurs objets de nos désirs.

À : Marine
De : Frédéric Vandale
Objet : Fer enfoncé

....

T'as un sacré don pour rassurer les gens, toi.
Vraiment championne.

À: Fred
De: Marine Vandale
Objet: Même bateau

Je me permets parce que si toi tu as peur de ton ordi, moi ça fait une heure que je me tape des crises de tachycardie parce que j'ai rendez-vous avec Gabriel dans une heure. Jeff est pas loin de me faire respirer dans un sac en papier brun.

À: Marine
De: Frédéric Vandale
Objet: Épidémie

Tu crois que tout le monde en est atteint ou c'est juste nous qui nous adonnons à nous transmettre le virus de la grande peur bleue comme des idiots ?

À: Fred
De: Marine Vandale
Objet: Pandémie

On en est tous atteints, mon frère. Et là si tu permets je vais filer, parce qu'il s'agirait quand même que je réussisse à maintenir mes tremblements, j'ai rendez-vous dans moins d'une heure.

À: Marine
De: Frédéric Vandale
Objet: 28 jours plus tard

On va passer au travers, Marinette. Bonne chance pour ce soir. Garde les yeux grands ouverts.

À : Fred
De : Marine Vandale
Objet : (aucun)

Tu crois qu'il va remarquer si j'ai un sac de papier
brun SUR la tête ?

:-)

Chapitre 10

« Allez, a dit Jeff. Tu vas être en retard.

— Ah, ciboire… tu veux pas y aller à ma place ? »

Il a croisé les bras et m'a regardée avec ce petit sourire qu'il avait quand il trouvait que je faisais la fillette. « *Enweye !* » a-t-il articulé en pointant avec insistance la porte qui, j'en étais maintenant certaine, allait s'ouvrir sur un précipice, une falaise ou un canyon, enfin quelque chose de très très profond et de très très dénué de pont.

« Veux-tu bien me dire c'est quoi cette idée-là de *date* ? Pourquoi on peut pas juste faire comme on a toujours fait, puis se rencontrer par hasard, se paqueter, baiser ensemble, puis voir après où c'est que ça va nous mener ? On a toujours fait ça, non ? TU fais encore ça !

— Je te rappelle que l'idée était justement de passer à l'autre niveau. C'est toi qui veux être une grande personne.

— Gaaaargh!» J'ai fait un geste sans but précis, pivotant sur moi-même pour aller m'appuyer, de face, sur un mur. «Trop d'anticipation... ai-je gémi dans le mur. Pas de spontanéité...

— T'as *jamais* eu de *date* de ta vie?

— Ben non! C'est ça que je te dis! Ç'a toujours été "Ah, salut, quelle surprise, toi ici, *bing bada bing*, eille, ça serait le fun de se revoir, ben regarde donc ça toi, on sort ensemble". Puis si on était chanceux, ça finissait avec l'incroyable réalisation qu'en plus on était en train de tomber amoureux. Mais toute l'affaire de la *date*, de... Y a comme quelque chose d'hypocrite, de *fake*... garrrgh... Juste le moment de l'arrivée au resto, puis là, lui te voit mais toi tu le cherches, puis là, faut marcher jusqu'à lui, puis...

— Marine... y est déjà sept heures et demie. Loin de moi l'idée d'être ton *dating* gourou, mais si tu veux pas qu'en plus il soit en tabarnak parce que ça fait une demi-heure qu'il t'attend, ça serait peut-être une idée d'y aller.»

Il m'a tendu mon manteau. J'avais envie de me jeter dans ses grands bras et lui demander de me serrer très fort, mais quelque chose me disait que ç'aurait été pousser un peu loin. Déjà qu'il avait voulu partir, une heure auparavant, et que je l'avais finalement retenu avec une voix suppliante et insupportable parce que je savais que, laissée à moi-même, j'aurais probablement vidé le cabinet à alcool, rendu le chat fou et fait une crise d'apoplexie entre la maison et le restaurant. La présence de Jeff me rassurait – l'idée m'était venue qu'il y avait quelque chose de terriblement égoïste dans ma demande, mais je m'étais souvenue que Flavie venait souper le surlendemain et que moi, contrairement à lui, j'allais en plus avoir à supporter la cour qu'ils risquaient de se faire.

« O. K., ai-je dit en enfilant mon manteau. O. K.,
O. K., O. K. Ooooo. K. O. K. O. K., O. K. Oooo…

— Marine ! » Jeff m'a prise par les épaules. Il avait
l'air amusé, mais aussi sincèrement déconcerté par une
angoisse qui devait lui sembler totalement injustifiée.

« O. K., ai-je répété une dernière fois. Jeff ?

— Quoi ?

— J'ai vraiment besoin que tu me souhaites bonne
chance. Je sais que c'est poche comme demande, mais
j'ai vraiment besoin de ça. »

Il m'a souri. « Bonne chance, mon bébé.

— Pour vrai ?

— Ben oui, pour vrai, innocente. » Il m'a embrassée
sur le front. « Souviens-toi de ce qu'on s'est dit hier : les
yeux grands ouverts…

— … puis perds-toi pas de vue. »

Nous avions fini la bouteille de vodka, tous les
quatre, à parler de nos peurs et de nos désirs, pour en
arriver à cette conclusion que j'avais fièrement partagée
avec mon frère quelques minutes plus tôt. Même une
fois l'effet de la vodka estompé, j'avais continué de croire
qu'il s'agissait d'une des choses les plus constructives
que nous avions décidée depuis très longtemps. J'ai
embrassé Jeff là où je l'avais toujours embrassé – et là
où je n'osais plus le faire depuis un bon bout de temps –,
sur le haut de sa poitrine, là où ses chemises toujours un
peu trop déboutonnées laissaient voir un peu de peau,
exactement à la hauteur que j'atteignais sans avoir à me
mettre sur la pointe des pieds. « Bye.

— Bye. »

J'ai levé une dernière fois la tête vers lui et il a posé
sur moi le regard de réconfort et de confiance que j'attendais. « Merci », lui ai-je murmuré. Puis j'ai ouvert la porte
et, les yeux bien ouverts, j'ai vu qu'il n'y avait ni précipice
ni falaise de l'autre côté, mais plutôt un chemin de neige

comme celui qui m'avait menée à Gabriel une première fois, quand nous nous étions rencontrés par hasard, au beau milieu de l'hiver.

Je l'ai aperçu avant qu'il me remarque. Il traversait la rue sous la neige, grand, brun, et je me suis arrêtée un moment pour observer ses longues jambes et son allure – pour regarder cet homme que je ne connaissais pas, qui ne m'était pas encore familier et qui allait peut-être le devenir. Allais-je alors encore remarquer sa silhouette ? Sa démarche ? Je me suis souvenue avec délice et nostalgie d'autres premières rencontres, de la découverte d'autres corps inconnus, de tous ces beaux et rares moments d'apprivoisement, quand tout était encore possible et que rien n'était tenu pour acquis. Y avait-il des choses, des gens, des amours auxquels on pouvait s'habituer sans qu'ils cessent de nous émerveiller ? J'ai failli fermer les yeux, pour ne voir que du brouillard et me convaincre que c'était possible, mais je les ai gardés ouverts sur la forme de Gabriel sous la neige, qui marchait maintenant vers moi.

« Eille ! » m'a-t-il dit en avançant. Il a glissé un peu sur une petite plaque de glace et s'est redressé en riant. J'ai ri moi aussi, jusqu'à ce que son sourire soit rendu tout près de mon visage et que ses yeux viennent se poser sur les miens. Il est alors arrivé quelque chose que je ne croyais plus pouvoir se produire de ma vie – quelque chose en fait que je soupçonnais presque d'être un mythe hérité de notre adolescence, alors que nous voulions tellement y croire et que nous ressentions tout si fort que cela pouvait encore avoir lieu : j'ai eu une réaction physique, ce que nous appelions autrefois des « papillons dans le ventre » et qui m'avait toujours donné l'impression de fondre de l'intérieur. Mon cœur ou mon estomac ou je ne sais trop quel organe en moi m'a semblé exploser, doucement, sensuellement, et j'aurais pu jurer que j'en ressentais la lumière qui irradiait, partout, jusque sur mon visage, avec lequel je ne savais plus quoi faire. J'aurais supplié n'importe qui, à ce moment-là, j'aurais fait n'importe quoi pour que Gabriel ne me quitte plus, pour qu'il me prenne dans ses bras.

« Je suis en retard, ai-je finalement balbutié.

— Ben... » Il a pointé un doigt vers lui, puis vers le sol, l'air amusé. Il était effectivement au moins aussi en retard que moi. J'ai pris conscience que je le regardais dans les yeux avec une intensité qui moi-même me dérangeait, et j'ai détourné la tête.

« On entre, mademoiselle ? » a-t-il demandé en me tendant un bras. Il souriait, détendu, et son aisance commençait à se transmettre lentement à moi – il avait l'air tellement certain de ce qu'il était, d'avoir les yeux tellement ouverts, pour reprendre notre expression du week-end, qu'on ne pouvait que se laisser aller avec lui.

Il avait choisi le restaurant, un endroit chaleureux et plutôt bruyant que je connaissais un peu. J'étais contente : une place guindée où chaque convive aurait murmuré autour d'une chandelle de paraffine m'aurait probablement achevée.

« Tu veux un apéro ? » m'a-t-il demandé alors même que nous nous asseyions, et j'ai pensé pour la première fois qu'il était peut-être nerveux, lui aussi, ce qui m'aurait normalement flattée mais qui maintenant me dérangeait : UN de nous, au moins, devait garder la barre. Sinon je risquais de partir avec le courant et de dériver jusqu'au bout du monde.

« Tellement, ai-je répondu. Teeeeellement. » Valait mieux être honnête.

« Tu sais ce qui est vraiment bon, en apéro ? » N'importe quoi ! avais-je envie de répondre. Absolument n'importe quoi ! J'aurais bu de la térébenthine si j'avais cru que ça pouvait me calmer. «Un gin tonic avec du concombre dedans», a dit Gabriel. J'ai dû le regarder avec un air tellement ahuri qu'il a senti le besoin de se justifier. «O. K., c'est peut-être un peu estival, mais… tu fais juste faire des tranches de concombre et…

— Je sais. Je… j'ai un ami qui est très fan du gin tonic au concombre.

— Tu me le présenteras, ç'a l'air qu'on a les mêmes goûts.

— C'est Jeff. »

Il a fait un petit sourire entendu et tellement charmant que j'ai dû me retenir pour ne pas trépigner, ou couiner quelque chose, ou apostropher mes voisins.

«O. K., a-t-il dit. J'ai une meilleure idée. Est-ce que j'ai déjà été trop loin avec les fleurs, puis que là, si je commande du champagne, je vais non seulement avoir l'air du gars qui a peaufiné un gag poche avec son nom de famille, mais en plus du genre de bonhomme qui serait capable de faire venir des mariachis ou de réciter des poèmes ? »

Je me suis mise à rire, un peu trop coquettement à mon goût, mais il n'y avait rien à faire : j'étais gaga. «Non, ai-je répondu. Puis *anyway*, j'aime beaucoup le champagne. S'il faut que j'entende des poèmes ou même des télégrammes chantés pour en boire, je vais faire avec.

— O. K. » Il riait lui aussi. Et j'ai pensé au titre d'un livre que je n'avais jamais lu, *Everything is Illuminated*. Les lumières dorées dansaient dans les miroirs, sur le bar de bois blond et les poteaux de cuivre qui l'entouraient, dans les yeux de Gabriel, surtout, qui me regardait sans détour, comme on devrait toujours regarder les gens. Tout était illuminé, moi la première.

Deux heures plus tard, je m'étais calmée, pour la très bonne raison que Gabriel aurait sans doute réussi à faire se détendre même un angoissé chronique. Il dégageait quelque chose de solide et d'ancré que je trouvais, ironiquement, chavirant, et qui n'avait rien à voir avec la force de Jeff. Si ce dernier m'avait toujours fait penser à un roc, à quelque chose d'immuable et d'éternellement stable, Gabriel me donnait l'impression d'être un grand arbre. Je lui devinais des racines, profondes et solides, mais aussi des branches et un feuillage cherchant à s'élever vers quelque chose de méconnu, vers un air plus léger.

Je l'écoutais parler en me demandant si ce don qu'il semblait avoir pour rassurer et calmer les gens était un corollaire de son métier ou si, au contraire, il avait choisi ce métier parce qu'il avait toujours su, plus ou moins consciemment, qu'il possédait ce talent impossible à acquérir ou à apprendre. Je lui ai posé la question, et il a eu ce rire charmant et modeste qu'ont les gens qui ont l'habitude des compliments mais n'ont jamais trop su quoi faire avec.

« Je sais pas, a-t-il dit. Je... J'ai *aucune* idée, en fait. J'ai jamais pensé que j'étais rassurant. » Il a ri de nouveau et a répété, pour lui-même plus que pour moi : « Rassurant... Rassurant ?

— Oui. Calmant. Apaisant.

— O. K., on est à deux épithètes de "soporifique". J'aime mieux t'arrêter tout de suite.

— Non ! Non ! Vraiment pas soporifique. Non ! *God*, pourquoi tout le monde trouve que "apaisant" est rendu négatif ? C'est comme s'il fallait être constamment *swingant* puis *pépé* puis *stimulant*... » Je mettais exagérément l'accent sur chaque adjectif, comme si j'avais été dans un music-hall sur Broadway.

« Puis *capotant*, a ajouté Gabriel sur le même ton.

— Exactement ! » J'avais peur que les joues ne me fendent tellement je souriais de plaisir. Élodie aurait trouvé Gabriel capotant, ai-je pensé. JE trouvais Gabriel capotant, en fait. Capotant et apaisant. Je me suis imaginée, devenue une célébrité de second ordre à qui on aurait demandé : « Mademoiselle Vandale, quel genre d'homme cherchez-vous ? » et ma réponse, idiote : « Un homme capotant et apaisant. »

« Je sais pas, ai-je poursuivi. Je sais pas si c'est la trentaine ou la fatigue ou autre chose, mais il me semble qu'après avoir passé ma vie à chercher quelque chose qui allait me faire décoller, j'ai finalement envie de... » Les mots me manquaient, et j'ai fait le geste de ramener un poids vers le bas. « ... de quelque chose qui va me grounder. C'est comme si... » Je me suis arrêtée un instant. Je ne parlais pas comme ça à des presque étrangers. Je ne parlais surtout pas comme ça à des hommes que j'espérais séduire, comme je l'avais toujours fait, avec mon sens de l'humour et ma légèreté. Puis, j'ai vu dans les yeux de Gabriel un intérêt véritable et sincère, et j'ai poursuivi. « C'est comme si tout ce qui avait du charme il y a encore cinq ans était devenu totalement, mais totalement dénué de sens. Je sais pas si tu comprends...

— Oui. Tout à fait. »

Il n'a rien ajouté, et j'ai continué : « Puis, comme je te dis, je sais pas si c'est parce qu'il s'est passé quelque chose de précis ou parce que c'est une espèce de loi inéluctable, mais on dirait que maintenant, j'ai juste envie de ça... de triper, tu sais... » Je me suis mise à rire, un peu gênée d'avoir utilisé l'excellemment stupide mot *triper*, mais Gabriel ne disait rien : il m'écoutait. « ... de triper les deux pieds sur terre, ai-je finalement dit. Parce que triper mille pieds dans les airs, ça donne pas grand-chose. Ou en tout cas, je pense pas que ça puisse encore donner grand-chose. »

Je réentendais la conversation que les garçons et moi avions eue la veille, les questions que nous nous étions posées avec la même urgence que des adolescents : « Mais c'est-tu vraiment ça qu'on veut ? » « Mais on se fait-tu croire ça juste parce qu'on a peur ? » « Avoir les deux pieds sur terre, c'est pas la chose la plus plate au monde ? » et je me suis demandé si nous ne nous étions pas dit tout cela par dépit, parce que, après toutes ces années et trop de vols ratés et d'écrasements douloureux, nous ne voulions pas nous faire accroire que les joies aériennes étaient derrière nous, et qu'au fond le plancher des vaches valait mieux que le septième ciel.

« As-tu déjà été amoureuse ? m'a demandé Gabriel.

— Pardon ?

— As-tu déjà été amoureuse ?

— Euh… oui ! » J'avais l'impression absurde et injustifiée qu'il venait d'insulter Laurent. « J'ai été cinq ans avec Laurent et je…

— Eille, a-t-il dit. Je te crois. C'est correct. Mais je pense pas que ça soit une question d'années. J'ai été onze ans avec Suzie…

— Suzie…

— Ma femme. »

Oh. Sa femme. Je savais qu'il avait été marié, mais il y avait quelque chose d'énorme dans cette union qui avait été officialisée par les fameux liens sacrés du mariage. Moi qui n'avais jamais eu envie de me marier, je trouvais soudainement que cela donnait un poids supplémentaire à une relation qui, dans ma tête, ployait déjà sous onze ans d'histoire et d'amour.

« On a été ensemble onze ans et je pense pas que je puisse dire qu'on était vraiment amoureux. »

Je ne disais rien. Je n'étais pas certaine si sa phrase elle-même était complètement stupide, ou s'il était, lui, gravement abruti. Je ne pouvais pas concevoir qu'on puisse passer onze ans avec quelqu'un sans aimer cette personne.

« Regarde-moi pas de même, a-t-il dit avec un sourire qui me pardonnait déjà. Je suis sûr que tu comprends ce que je veux dire. Tu peux être extrêmement bien avec quelqu'un sans être en amour avec. Tu peux t'entendre à la perfection, tu peux même triper sexuellement avec quelqu'un, puis pas être amoureux. Je suis sûr de ça. »

J'ai fini par acquiescer. Il avait peut-être raison. Je m'étais souvent demandé, après ma rupture avec Laurent, si nous nous étions vraiment aimés ou si notre relation n'était pas plutôt la manifestation d'une amitié tellement profonde, d'une complicité tellement unique et d'une entente si rare que nous avions voulu passionnément, nous et tous nos proches, la confondre avec l'amour.

« J'ai envie de te répondre "oui" pareil, ai-je dit. Toi ?

— Oui. Une fois. Lana. J'avais vingt-cinq ans. Je me voyais avec elle à soixante ans, à quatre-vingts… je voulais toujours être avec elle. J'avais pas peur, tu comprends ? »

Oui, ça je comprenais. J'ai eu une brève et douce pensée pour Jeff. Je n'avais pas peur avec lui. Ma seule peur était de le perdre. Cette idée m'a déstabilisée pendant un instant, mais Gabriel poursuivait déjà.

« C'était… c'était son odeur, tu sais ? Son odeur me rendait fou. J'étais littéralement *addict* à sa présence.

— Qu'est-ce qui est arrivé ? »

Il a eu un petit sourire triste. « Elle avait beaucoup de problèmes. Elle était toujours angoissée et, fouille-moi pourquoi, parce que je l'aimais comme un fou peut-être, elle me faisait pas confiance. Elle avait même commencé à se stationner devant chez moi pour être sûre que je la trompe pas. Moi je rentrais tard, j'étais en médecine, j'étudiais comme un câlisse de fou et, à un moment donné, j'ai choké. C'était trop. C'était juste trop.

— C'est toi qui es parti ?

— Oui. Et je l'ai *jamais* revue. J'ai eu des nouvelles un an plus tard, elle était retournée dans sa famille au Texas.

— Ouh, une Texane...

— *Howdy cowgirl !* »

Je me suis mise à rire. « Viens-tu juste de dire *howdy* ?

— *Yes m'am, I just did.* J'essaie toujours de ploguer un ou deux *howdy* la première fois que je rencontre quelqu'un. Je trouve que ça donne une certaine profondeur à la rencontre.

— Oui... moi c'est "tiguidou-laï-laï". Pour être honnête, ça fait une demi-heure que j'essaie de le placer. »

Nous avons ri tous les deux, plus de plaisir que d'autre chose, en nous regardant dans les yeux. Je me souviens d'avoir pensé : « Je ne suis pas toute seule. On ne regarde pas quelqu'un qui nous indiffère comme ça. » Et parce qu'il était si facile de lui parler, je lui ai posé la question que j'aurais normalement cherché à éviter : « Tu penses que t'es remis ? De ta Texane ?

— Ahh... » Il a pris une gorgée de champagne. « Je veux pas faire des phrases creuses, mais est-ce qu'on se remet jamais de nos amours ? »

J'ai hoché la tête. Il semblait avoir toujours la bonne réponse ou, dans ce cas-ci, la bonne question. La phrase, en tout cas, n'avait pas l'air creuse – pas avec l'intonation qu'il lui avait donnée et le regard qui l'accompagnait. J'ai pensé à Laurent et j'ai compris que nous ne nous étions pas complètement remis de nous deux, ni lui ni moi, et que c'était une belle et triste chose que ces liens indestructibles, à la fois lourds et infiniment précieux, qui survivent parfois à l'amour.

« Sur le coup, a poursuivi Gabriel, j'ai pensé que je m'en remettrais jamais, c'est sûr. Puis j'ai rencontré Suzie, puis les morceaux ont commencé à se recoller – tu sais comment c'est.

— Y a rien qui se recolle pas.

— Non.

— J'ai pas encore décidé si c'était triste ou merveilleux, comme idée. Des fois, je me dis que c'est les deux.

— Moi je pense que c'est les deux.

— Tu regrettes, des fois ?

— De l'avoir laissée ? Non. Plus maintenant. *God*, tellement pas. Je me demande comment ç'aurait été, c'est sûr. Souvent. Mais pas de regrets. Ça sert à rien.

— Facile à dire, ça.

— T'en as, toi ? Des regrets ? »

J'ai passé en revue, rapidement, tous les petits échecs que j'avais collectionnés, les plus ou moins grandes déceptions qui jalonnaient ma vie, les innombrables fois où je m'étais dit « si c'était à refaire… ».

« Non, ai-je répondu à Gabriel. Pas de regrets. » C'était vrai, et je me suis rendu compte que je souriais en le disant : ces erreurs et ces errements faisaient partie de ce que j'étais devenue, autant que mes amours et mes victoires, et je réalisais pour la première fois que je les aimais tout autant et que, d'une certaine manière, ils m'étaient même devenus précieux. J'avais toujours cru que c'était leurs fautes et leurs failles qui rendaient les gens beaux – je regardais parfois les gens que j'aimais, qui se débattaient plus ou moins héroïquement avec leurs petits démons et leurs mauvaises décisions, avec ce qu'ils n'avaient jamais eu la force de changer chez eux et le souvenir de ce qu'ils avaient perdu, avec certaines décisions douloureuses qu'ils avaient prises et certains gestes qu'ils auraient préféré n'avoir jamais posés, avec leur cœur cent fois brisé cent fois recollé, et je ne pouvais m'empêcher de les aimer encore plus, parce qu'ils m'émouvaient, parce que nous étions tous dans le même bateau et que le simple fait de vivre était aussi douloureux qu'éblouissant. Je n'aurais jamais avoué cela à personne – enfin, certainement pas sobre. C'était le genre de conviction profonde qu'on préfère garder cachée, comme «la vie est belle», parce qu'elle semble trop naïve et fleur bleue, mais qu'on finit par confier à un psychologue, à un inconnu dans un bar, ou à son meilleur ami après avoir éclusé deux bouteilles de vin et un banana daïquiri.

« Non, ai-je répété. Je suis… je suis pas vraiment capable de regretter, en fait. J'ai pas cette fibre-là, ou cette opiniâtreté-là. Il y a des choses… des moments dans ma vie que j'aimerais beaucoup pouvoir retravailler, ou même changer, mais je sais pas… je peux pas les regretter. C'est fait, c'est fait. »

Gabriel m'a regardée, un sourcil relevé comme s'il doutait de mes propos.

« C'est vrai ! ai-je dit. C'est pas que je VEUX pas regretter ou que je me suis fait une éthique de vie antiregrets et pro-"on-regarde-en-avant", c'est juste comme ça. C'est pas dans mon code génétique. » Je me suis arrêtée – l'image de mon père venait de faire surface entre Gabriel et moi. Avait-il des regrets ? Nous n'avions jamais vraiment parlé, tous les deux – en fait, il n'avait jamais vraiment parlé, point. Et si, par malheur, il fallait qu'il soit atteint de cette terrible maladie, quels souvenirs allaient le fuir sans que nous les ayons jamais connus ? Des regrets, des peines, des joies intimes. Je me suis sentie riche d'avoir encore les miens, et je m'en suis voulu – je me sentais comme une personne fortunée qui apprécie encore plus la liasse de billets dans son porte-monnaie après avoir croisé un ami démuni.

« Tu penses à ton père ? a demandé Gabriel.

— O.K. C'est quoi là ? T'es-tu vraiment parfait ? Beau, brillant, galant et en plus devin ? » Je me suis sentie rougir : bêtement, dire à quelqu'un que je le trouvais beau me gênait plus que d'avouer que je le trouvais brillant. Devant moi, Gabriel a ri, ses yeux verts reflétant les mille lumières du restaurant et même d'autres.

« Je pense que c'est un sens qu'on finit par développer après des années d'urgence. Puis, t'as dit "génétique", donc j'ai pensé que t'avais dû faire le lien. » Il a soudain pris un air professionnel et presque détaché. « Est-ce qu'il est correctement pris en charge ?

— Je suppose… Honnêtement, je sais pas vraiment, je connais rien là-dedans. Je l'accompagne demain à un rendez-vous chez un *autre* psy… Je comprends même pas pourquoi il voit des psys, il me semble que si…

— Non, il faut qu'il voie des psychologues. Qui il voit ?

— Euh… » J'ai cherché la carte du psychologue et la lui ai tendue. Il l'a considérée un instant, puis a semblé hésiter.

« Écoute, a-t-il finalement dit. Je veux pas me mêler de ce qui me regarde pas, mais ma… la femme que je vois ces temps-ci se spécialise dans l'accompagnement de ce genre de cas-là. Si tu veux, je peux te recommander auprès d'elle. »

« Plus de rhum ! a crié Julien. PLUS DE RHUM !

— Elle est déjà soûle, a dit Jeff, qui était en train de préparer une autre tournée de mojitos.

— J'ai dit : plus de rhum.

— PLUS DE RHUM ! ai-je hurlé.

— O. K., O. K., plus de rhum. T'es sûre que tu veux pas que j'aille lui casser la gueule ? » a redemandé Jeff pour la centième fois depuis que j'étais rentrée. J'avais encore dans la main la carte de « la femme que je vois ces temps-ci ».

Gabriel m'avait laissée devant chez moi en me disant : « T'as les cils les plus longs que j'aie vus de ma vie. » Je n'avais rien ajouté. Je n'avais presque plus parlé ensuite, en fait, après « si tu veux, je peux te recommander auprès d'elle ». J'étais tellement ahurie, tellement complètement déconcertée que – c'était peut-être là le seul avantage – j'avais été incapable de m'insurger, de me fâcher ou même de poser les questions qui s'imposaient. Étais-je trop résiliente ou trop stupide ? Toujours est-il que j'avais terminé la soirée en buvant peut-être un peu plus vite que de coutume, mais en maintenant avec Gabriel une conversation agréable. Mon cœur semblait endormi alors que mon cerveau fonctionnait à cent à l'heure, fourmillant de questions sans réponses – pourquoi a-t-il envoyé des roses ? Pourquoi suis-je si malchanceuse ? Ai-je envoyé les mauvais signaux ? Ai-je été trop aveugle pour voir qu'il ne cherchait qu'une amitié ? Qui, exactement, dans l'histoire de l'humanité, a réussi à nous convaincre que les femmes étaient plus compliquées et indéchiffrables que les hommes ? Et surtout : est-ce que je veux croire à ce point que j'en suis rendue à m'amouracher d'hommes qui m'aiment bien mais ne veulent rien savoir de moi ?

En partant, Gabriel s'était retourné et avait dit, sous la neige qui semblait toujours tomber lors de nos rencontres : « T'es une des filles les plus étonnantes que j'aie rencontrées dans ma vie, Marine Vandale. »

« Étonnante mon cul, ostie ! Ça veut dire quoi, ça, que je suis "étonnante" ? Que je suis la seule fille assez conne pour penser que j'ai une touche avec un gars qui m'envoie des fleurs… Des FLEURS câlisse ! Des osties de tabarnak de câlisse de FLEURS ! » J'ai pointé le doigt vers la table de la salle à manger.

« C'est correct, a répondu Julien. T'as déjà pitché les fleurs par la fenêtre.

— Avec le pot, a précisé Jeff.

— 'Scuse pour le pot...» Je ne pleurais pas. J'étais hors de moi, littéralement. Même pas humiliée, juste hors de moi. Jeff nous apportait nos mojitos quand nous avons entendu la porte s'ouvrir.

« O. K., je me suis vraiment mis dans la *marde* avec Carole, qui comprend pas exactement pourquoi j'ai une urgence à onze heures le soir, fait que c'est mieux d'être sérieux », a dit Laurent en entrant. Je me suis retournée – cette fois, il n'avait enfilé qu'un gros pull et une tuque et il se tenait dans l'entrée avec une bouteille de champagne. « J'ai apporté du champagne. Je sais que ça te fait du bien quand tu files pas. Qu'est-ce qui s'est passé ? »

Je n'ai pas eu le temps de comprendre si c'était sa gentillesse, le champagne ou le fait qu'un des deux autres garçons avait pensé à l'appeler, mais en le voyant, ses bottes encore pleines de neige, sur notre petit tapis de bienvenue qui annonçait en lettres jaunes sur la paille rouge « à vos risques et périls », j'ai sauté par-dessus le dossier du sofa et j'ai couru vers lui en criant un « Loulou ! » qui s'est transformé en sanglots au deuxième « lou », alors que je tombais dans ses bras.

J'ai pleuré contre lui pendant une bonne demi-heure. Laurent n'était pas habitué à ce genre d'épanchement – et contrairement à Jeff, il n'avait pas le don du réconfort imbriqué en lui. Il m'a lentement ramenée jusqu'au sofa, en me murmurant des banalités qui me faisaient du bien alors que Jeff et Julien lui faisaient un résumé de ce qui s'était passé.

« Veux-tu que j'aille lui casser la gueule ? » a finalement demandé Laurent, et j'ai pu rire un peu à travers mes larmes – l'idée de Laurent cassant la gueule à quelqu'un était tellement incongrue et impossible qu'elle ne pouvait qu'émouvoir et faire rire.

J'ai passé le reste de la nuit à pleurer et à vociférer dans les bras de mes trois garçons qui me consolaient à tour de rôle et en chœur, jusqu'à ce que je ne sache plus ce qui me peinait le plus : les illusions que je m'étais construites autour de Gabriel ou cet amour que je recevais de trois hommes qui n'étaient pas mes chums mais me donnaient plus qu'aucun amoureux n'avait pu le faire à ce jour.

Je me suis réveillée le lendemain matin couchée dans le lit de Jeff, à côté de Julien. Sentiment de déjà-vu, ai-je pensé en cherchant autour de moi, un œil ouvert et l'autre fermé, où pouvait bien se trouver Jeff. Question qui fut élucidée la seconde suivante par le bruit d'une substantielle masse s'écrasant au sol, suivi d'un retentissant « Tabarnak ! » et d'un « Miaou ! » strident. J'ai entendu le chat courir à travers l'appartement pour venir bondir sur le lit, l'air insulté.

« Ça va ? ai-je crié. Viens-tu de tomber sur le chat ?

— Qu'est-ce que je fais dans le salon, câlisse ? »

Son ton était tellement étonné que je me suis mise à rire. « Je sais pas, mais tu peux peut-être me dire ce que je fais avec un fif dans TON lit ?

— Vos gueuuuuuuules... » a gémi Julien à côté de moi.

Je lui ai donné un bisou sur l'épaule et ai entrepris de me lever – lentement, doucement – avant de réaliser que je portais le polo rose bonbon de Julien et qu'il avait sur le dos la blouse de satin violet que j'avais mise la veille. Combien de fois avions-nous fait cela ? Des dizaines de soirées fabuleuses et de matins beaucoup moins glorieux me sont passés par la tête : moi, en pantalon *blackwatch* et en veston jaune, et Julien, portant une robe décolletée ou un pull en cachemire ajusté et des leggings.

J'ai ri encore un peu en me tenant le front, puis les détails de la soirée de la veille me sont revenus lentement, au compte-gouttes, comme ils avaient tendance à le faire lors de tels matins. J'ai surtout revu Gabriel me tendant la carte de cette femme que je ne connaissais pas et qui avait instantanément pris dans ma vie une importance ridicule et démesurée. La veille, j'avais titubé jusqu'à mon ordinateur pour la googler, et les garçons et moi avions passé une bonne demi-heure penchés sur les trois photos d'elle que j'avais trouvées afin de décider si elle était jolie ou pas. Force m'était d'avouer, malgré les gentilles protestations des garçons, qu'elle était magnifique. ET qu'elle travaillait dans le même domaine que Gabriel et qu'elle avait cette déconcertante aura d'adulte que j'avais renoncé à posséder un jour. J'ai gémi quelque chose à l'intention de Jeff, qui était en train de se relever, entre le sofa et la table à café.

« *Oh boy*, a-t-il dit, toujours à quatre pattes. Laurent va être tellement dans la *marde*.

— Ben voyons. Y était à peine deux heures quand il est parti. Non ?

— *Quatre* heures, a fait la voix mourante à côté de moi. Je le sais parce que j'avais pas encore ton linge sur le dos.

— Laurent part toujours au moment de l'échange de vêtements. Je pense qu'il a peur de te trouver trop mignon en femme.

— Va-va-voom », a dit Julien avant de se cacher le visage avec un bras satiné.

J'entendais Jeff, dans la cuisine, qui rangeait les verres utilisés la veille dans le lave-vaisselle. « Ouh ! a-t-il dit. On a même fini la crème de menthe.

— C'est Laurent ! » avons-nous crié en même temps, Julien et moi, ce qui nous a fait rire tous les deux. Laurent avait passé une partie de la soirée à répéter que, au fond, il m'enviait, que j'étais encore libre et qu'il n'y avait rien de plus beau et de plus confortable au monde que le célibat, alors que Julien et moi radotions que

« *Love is the answer and you know that sure* » – jusqu'à ce que Laurent déclare : « O. K., sérieusement, John Lennon, c'est pas un peu surfait ? », précipitant Jeff vers la stéréo qui nous avait inondés pendant l'heure suivante de tout ce que Lennon avait fait de plus beau. Vers deux heures du matin, Laurent pleurait lui aussi comme une fillette, anéanti, disait-il, par le poids du couple, la responsabilité qui vient avec l'amour et la laideur banale des compromis de tous les jours. Julien, incohérent, avait essayé en vain de joindre deux de ses amants de passage dans l'espoir de s'abîmer dans le sexe, l'alcool ne suffisant pas. Pour des gens qui avaient pris la veille de belles et constructives résolutions, on ne pouvait pas dire que nous avions énormément de succès.

« Jeff ? ai-je appelé depuis sa chambre.

— Mmm ?

— Pourquoi on est dans ton lit ? »

Il y a eu un silence. « Tu as dit que tu voulais dormir dans mon odeur », a finalement répondu Jeff. Je me suis retournée vers Julien, qui a levé son bras pour se retourner vers moi et me confirmer d'un oui de la tête que c'était bien ce que j'avais dit.

Deux heures plus tard, nous étions assis tous les trois à notre table, au restaurant. Laurent avait refusé de venir, prétextant un mal de tête carabiné que nous avons tous interprété comme « une grosse explication à avoir avec Carole ».

« Je comprends pas, ai-je dit. Je veux dire : je vois bien pourquoi Carole peut trouver ça *weird* que Lo puis moi on soit restés si proches, mais ciboire... si elle a pas encore compris après tout ce temps-là que c'est vraiment fini entre lui puis moi...

— Ça t'a jamais effleuré l'esprit que Laurent entretient peut-être ça ? m'a demandé Julien.

292

— Ben là, franchement, a dit Jeff. Pourquoi il ferait ça ?

— C'est Laurent.

— Ostie que le monde est compliqué. »

Julien et moi avions à peine pris notre souffle en prévision de notre « Tu peux ben parler, toi » que Jeff avait déjà levé vers nous une main, nous signifiant que ce n'était pas nécessaire.

Une des jolies serveuses que j'avais vues à quelques reprises dans les chemises de Jeff est venue à notre table nous porter trois Bloody Ceasar – et, dans le cas de Jeff, un *shooter* supplémentaire de vodka : l'heure était grave pour lui, après un deuxième lendemain de veille en deux jours. Aux grands maux les grands moyens.

« Câlisse... ai-je soupiré en repoussant mon verre. Voulez-vous bien me dire qu'est-ce qu'on fait ? J'ai tellement l'impression de stagner, ç'a même pas de bon sens.

— Ben voyons...

— Non ! C'est exactement ça ! On s'étourdit, on vit à cent à l'heure, on prend un coup, mais il se passe ABSOLUMENT rien ! On fait rien ! Et dans mon cas, en plus, il se *passe* rien !

— O. K., arrête-moi ça, a dit Jeff en rapprochant de moi mon verre. Hier, t'as eu un choc à cause d'un gars qui honnêtement en a beurré un peu épais pour quelqu'un qui voulait rien savoir. Mais qu'il mange de la *marde*, O. K. ? Demain est un autre jour.

— Oui, bien des *heures* de plaisir m'attendent, moi, demain... J'ai rendez-vous à l'hôpital avec mon père en après-midi, et Élodie insiste pour venir. Je sais pas pour vous autres, mais moi, j'ai pour mon dire que les hôpitaux sont assez pénibles comme ça sans que je doive en plus endurer ma sœur qui va chialer tout le long, c'est sûr. » Les garçons ont hoché la tête avec compassion.

« Tu vas avoir le temps de venir au marché Jean-Talon demain matin ? m'a demandé Jeff. Faudrait peut-être pas oublier que Flavie vient souper…

— Non, j'ai pas oublié… » En fait, *j'avais* oublié, et j'aurais grandement préféré ne pas m'en souvenir. J'avais honte aussi, parce que ce souper me dérangeait infiniment plus que le fait d'avoir à accompagner mon père à l'hôpital. L'idée que Flavie et Jeff allaient peut-être avoir tout ce que je n'avais pu avoir avec Gabriel, qu'ils allaient peut-être s'embrasser, tomber dans les bras l'un de l'autre avec abandon et faire langoureusement l'amour m'a donné envie de me renverser mon Bloody Ceasar sur la tête. J'ai essayé de chasser ces égoïstes considérations : Ça sera mon premier test, me suis-je dit. Trouver quelque part en moi assez de confiance et de générosité pour être heureuse pour mes amis. Puis j'ai pensé, instantanément : Maudit test à *marde*.

Et comme un petit malheur ne vient jamais seul et que « jamais deux sans trois », mon cellulaire s'est mis à sonner. Je n'ai même pas eu le temps de me retourner vers mon sac à main que Julien l'avait ouvert, avait repéré le cellulaire et consulté l'afficheur avant de s'asseoir sur l'appareil.

« Julien…

— Non.

— Julien…

— Non. Jeff, tiens-la. Non.

— Julien, c'est Gabriel ?

— Hein ? Quoi ? Non. Non, c'est pas Gabriel.

— Depuis quand tu mens mal de même, toi ? Donne-moi le téléphone, Julien.

— Non, a répondu Jeff en me tenant les poignets. Je pense qu'on a établi assez clairement que c'est pas bon pour toi, hein ? »

Je l'ai regardé dans les yeux et je n'ai vu que de la sincérité, et un tel souci désintéressé pour mon bonheur que j'ai failli me mettre à pleurer. « O. K., ai-je dit.

— O. K., a répété Julien en plaçant le téléphone sur la table entre lui et moi. *Je* vais écouter le message, et on va voir. Moi, je te le disais pas trop hier, parce qu'on était en mode "cellule de crise", mais je pense pas nécessairement que ce soit un monstre. C'est peut-être vrai qu'il faudrait qu'il comprenne qu'il a agi de manière un peu ambiguë, mais je pense pas que ça soit une offense aussi terrible que tu penses.

— UN PEU AMBIGUË ? ! »

Julien m'a lancé son petit regard qu'il me faisait toujours quand il trouvait que je m'énervais trop pour des vétilles. « Oui, Marine, un peu. Puis peut-être que toi aussi tu t'es emballée un peu vite sur les bords. Crisse, t'as même pas encore couché avec le gars que t'as des plans d'avenir. » J'entendais pratiquement Jeff, devant moi, se retenir pour ne pas me crier : « Je t'avais prévenue. »

« Peut-être que t'as raison, ai-je dit. Sûrement en fait. On se l'est promis, yeux ouverts, grande personne, arrêter de vivre dans un monde imaginaire. Je. Ne. M'emballe. Pas. Puis à part ça, je suis encore en tabarnak après lui. »

Mais je regardais le petit appareil sur la table, et sa lumière clignotante annonçant un message et je ne ressentais rien, absolument rien d'autre qu'une joie irrationnelle et la conviction aveugle que tout était encore possible.

À : Fred
De : Marine Vandale
Objet : Parlons littérature

Il faut que tu me racontes ton livre. Et même si tu as juste trois paragraphes d'écrits, tu me les décris, tu me les lis, tu me les paraphrases comme jamais paragraphe n'a été paraphrasé.

À : Marine
De : Frédéric Vandale
Objet : Pied de la lettre

Tu sais que je pourrais être d'une rare sournoiserie et exaucer ton souhait ? Du coup je te vois déjà t'endormir d'ennui devant ton ordi et ne plus jamais te réveiller. Tu crois VRAIMENT que c'est une aiguille à filer la laine qui a endormi la Belle au bois dormant ? Ttt ttt ttt. C'est un de mes paragraphes paraphrasés.

À : Fred
De : Marine Vandale
Objet : Comme une odeur de doute

Tu me dis si j'ai tort, mais se pourrait-il que je perçoive un léger fumet de remise en question ? T'es plus content ou quoi ?

À : Marine
De : Frédéric Vandale
Objet : Comme un torrent d'angoisse

Je doute ferme, Marine. Pour être exact, je ne suis que doute, cent quarante-cinq livres de doute qui se promènent tous les soirs dans le cimetière du Père-Lachaise – tu respires la tristesse de la caricature ? Un aspirant auteur qui se farcit des errances au Père-Lachaise ?

À : Fred
De : Marine Vandale
Objet : re : Comme un torrent d'angoisse

Attends : tu pèses cent quarante-cinq livres ? J'appelle maman.

À : Marine
De : Frédéric Vandale
Objet : Peser le pour et le contre

Marine, si tu dis à maman que je suis rendu à cent quarante-cinq livres, je vais perdre le peu de santé mentale qu'il me reste, en plus de mes vingt livres et elle va littéralement m'envoyer des Tupperware de cretons maison par FedEx. Alors chut et re-chut. Tu t'inquiètes pas, je me mets sur le jambon-beurre dès demain. Mais si tu voulais être gentille et merveilleuse et encourager chez ton frère une saine reprise de poids, tu voudrais pas lire pour moi ce que j'ai déjà écrit ? Même si t'abhorres, ton opinion va m'aider.

À : Fred
De : Marine Vandale
Objet : Honneur

Avec grand plaisir, mon grand échalas. Mais je veux voir les factures de jambon-beurre.

À : Marine
De : Frédéric Vandale
Objet : Retour d'ascenseur

Les factures seront dûment acheminées. Maintenant, tu veux, toi, me faire l'honneur de me dire ce qui va tellement pas dans ta vie pour que tu exiges de la paraphrase ?

À : Fred
De : Marine Vandale
Objet : Pour ne pas paraphraser

En quelques mots : Gabriel, qu'il sera désormais convenu d'appeler Dr Jekyll because double personnalité, a une copine, chose qu'il m'a annoncée au-dessus d'une coupe de champagne. Flavie vient souper ce soir et je dois passer l'après-midi à l'hôpital avec papa ET Élodie. Dr Jekyll a rappelé, d'où l'urgent besoin de paraphrases pour m'enlever le désir de me précipiter sur le téléphone et composer son numéro dans un temps record encore jamais vu et, pour finir, je me sens à peu près la consistance morale d'une merde parce que de tout ça, la chose qui m'affecte le plus, c'est le rappel de Dr Jekyll.

À : Marine
De : Frédéric Vandale
Objet : Effort diplomatique

Dis-moi : de Julien ou de Jeff, un des deux t'a déjà dit que tu réagissais peut-être un peu fort, ou je suis le premier à risquer ma vie avec ces mots ?

À : Fred
De : Marine Vandale
Objet : Bourde diplomatique

> Ça va, hein. Julien m'a dit. Et je te rappelle que c'est pas parce qu'on sait pertinemment et rationnellement quelque chose qu'on le sait vraiment. Et essaie même pas de me faire croire que tu vois pas ce que je veux dire, je sais que tu suis à 100 %. J'ai mal à mon orgueil, Fred. Je me trouve tellement conne d'y avoir cru.

À : Marine
De : Frédéric Vandale
Objet : 110 %

> Ça va, c'est bon. N'empêche, ça t'a pas effleuré l'esprit qu'il avait peut-être aussi peur de toi que t'avais peur de lui ?

À : Fred
De : Marine Vandale
Objet : Psycho à cinq cennes

> Trop facile, Fred.

À : Marine
De : Frédéric Vandale
Objet : Encore drôle

> Penses-y.

À : Fred
De : Marine Vandale
Objet : re : Encore drôle

Je l'appelle tout de suite.

À : Marine
De : Frédéric Vandale
Objet : PENSES-Y ! ! !

J'ai pas dit « Deviens débile », j'ai dit « Penses-y ». Si tu crois que c'est pour te faire mal, tu te retiens, tu te concentres sur papa et Flavie et tu me demandes de te paraphraser quelque chose.

À : Fred
De : Marine Vandale
Objet : Bonsoir les succédanés

Pas sûre que ce soit la perspective de ma journée qui va me remettre la joie de vivre à la bonne place. Mais si tu m'envoies ce que t'as écrit, peut-être. ☺

À : Marine
De : Frédéric Vandale
Objet : Faut pas sous-estimer le succédané

Je t'envoie mon texte en pièce jointe. T'entête pas si ça t'emmerde. Et si tu peux pas résister à essayer de joindre Dr Jekyll et que tu crois que ça va te faire de la peine, tu m'appelles. Quand tu veux, petite.

:-)

Chapitre 11

Deux heures plus tard, j'avais appelé mon frère cinq fois et je m'apprêtais à le faire une sixième fois quand Jeff est entré dans ma chambre pour me dire qu'il fallait aller au marché dans la seconde si on voulait avoir le temps de luncher et de préparer le souper.

« Je peux pas t'aider pour le souper, Jeff, je vais être à l'hôpital.

— Oh. *Fuck*. C'est vrai.

— *Anyway*, c'est toi qui es bon dans la cuisine.

— Oui, mais qui va couper finement les légumes ? Qui va s'occuper de hacher le chocolat et d'émincer l'ail ?

— T'as juste besoin de quelqu'un pour faire les basses œuvres. Une petite main.

— Oui, mais... » Il s'est approché et a pris ma main droite dans les siennes. « As-tu déjà vu une plus jolie petite main ? »

J'ai levé les yeux au ciel alors qu'il embrassait mes doigts. « La vile flatterie te mènera nulle part, Jeff Murphy. Ça marche pas avec moi, ça. Et je pense pas que ça soit trop trop *hot* avec Flavie non plus, pour ton information. »

Il a laissé tomber ma main en faisant un petit soupir caricatural. « Pff. De vrais cœurs de pierre. Et vous êtes fières de l'être, en plus.

— T'es en train de réaliser qu'il va falloir que tu changes tes techniques de *cruise* ancestrales, toi, hein ?

— Quoi ?

— Essaye pas, Casanova. Les filles comme Flavie, ça s'attrape pas avec des clins d'œil puis des beaux sourires. Va falloir que tu rames, mon champion.

— C'est juste un souper.

— Hmm hmm. » Je n'ai pu m'empêcher de sourire. Fred avait peut-être raison, après tout. Le fait de penser à autre chose, même à ce souper que je redoutais depuis des jours, me changeait les idées. J'avais passé les deux heures précédentes à lui parler au téléphone plutôt qu'à lire son manuscrit, prétextant l'absence de cartouche d'encre dans mon imprimante et mon incapacité à lire un texte de plus d'une page sur l'écran d'ordinateur. Il m'avait écoutée gentiment, en riant juste assez de moi, jusqu'à ce qu'il finisse par se lasser et qu'il me dise, à la fin de notre conversation, alors que je tentais de calculer à quel moment exactement je devais rappeler Gabriel pour ne pas avoir l'air désespérée mais juste assez intéressée : « Arrête de jouer des *games*, O. K. ? Arrête juste de jouer des *games*. Personne a jamais trouvé le bonheur en jouant des *games*. »

« J'ai écouté le message de Gabriel », ai-je dit à Jeff, qui s'était couché sur mon lit alors que je m'habillais. Il avait les bras croisés derrière la tête, et ses pieds dépassaient complètement. Il doit donc exister des lits pour les grands garçons et d'autres pour les petites filles, ai-je pensé en enfilant un pull de laine qui me couvrait les fesses, mais malheureusement une seule épaule.

« Qu'est-ce qu'il disait ? a demandé Jeff.

— Il m'informait qu'il avait passé une super belle soirée et voulait savoir si on pouvait pas remettre ça... Mais là, à la fin, il a ajouté "Peut-être que... non, rien..." et... O. K., peux-tu l'écouter, s'il te plaît ? Ça fait vingt fois que je me le passe. »

Jeff m'a regardée avec un sourire qui voulait clairement dire qu'il s'attendait à ce que je lui demande ça et a tendu une main. J'ai rapidement composé le numéro de ma boîte vocale et lui ai tendu l'appareil. Il a écouté, les sourcils froncés, puis a appuyé sur un numéro pour l'entendre de nouveau.

« Il se demande s'il aurait peut-être pas dû te dire qu'il fourrait une psy.

— Il dit pas ça !

— Non, innocente. Mais c'est ce qui s'entend entre les "peut-être que" et le "*si jamais* tu veux qu'on se revoie". Il insiste sur le *si jamais*. Il doit ben savoir qu'il a pas été super habile en te sortant ça.

— O. K., DONC. » Je me suis assise sur le lit. « S'il s'est trouvé malhabile, c'est qu'il a peut-être des vues plus qu'amicales. S'il voulait juste qu'on soit *buddy buddy*, il s'en câlisserait d'avoir mentionné son ostie de guidoune de psy.

— Marine, arrête de jouer des *games*, O. K. ? Si tu veux le rappeler, rappelle-le.

— Coudonc, qu'est-ce que vous avez tous, aujourd'hui ? Fred m'a dit la même affaire !

— Peut-être que c'est parce que c'est l'*affaire* à dire, tu penses pas ? *Enweye*, a-t-il ajouté en me donnant une tape sur une cuisse. Mets ton jeans qu'on décâlisse. »

Je me suis levée en pestant contre l'hiver qui allait finir par causer chez moi une surdose de jeans.

« Tu sais quoi ? a demandé Jeff alors que j'essayais d'entrer dans un jeans qu'il avait laissé trop longtemps dans la sécheuse et qui aurait maintenant fait à un pygmée. Si ce qu'il veut au fond, c'est être avec toi, ben je serais prêt à dire qu'il est habile en crisse, en fait.

— Et comment, au juste ?

— Y a rien qui t'excite plus chez un gars que quand tu sens qu'il est inaccessible.

— Pas vrai pantoute !

— Total vrai. Vous auriez couché ensemble avant-hier, il t'aurait jamais parlé d'une autre femme et aurait tout de suite voulu te revoir que tu serais déjà en train de tiédir.

— N'importe quoi ! ai-je dit en lui jetant le jeans de pygmée en plein visage.

— Absolument vrai, a-t-il dit, parlant à travers les pantalons. Penses-y. *Tous* les gars avec qui tu t'es retrouvée ou dont tu t'es amourachée avaient quelque chose qui les rendait inaccessibles. » Il a retiré le jeans. « Soit ils voulaient rien savoir, soit ils avaient une blonde, soit ils étaient *beyond* compliqués, soit ils habitaient à Los Angeles.

— San Francisco.

— *Whatever.* »

J'ai terminé de m'habiller sans rien dire, sous le regard de Jeff qui semblait extrêmement satisfait de lui-même. Je n'avais pas grand-chose à ajouter, en fait. Je me disais qu'il avait raison sur la forme, dans la mesure où, bon, j'avais laissé derrière moi une série d'amours et d'aventures plutôt impossibles. Mais je m'étais persuadée depuis longtemps qu'il s'agissait là d'un pur hasard, d'un peu de malchance mélangée à un léger penchant pour ce qui n'était pas nécessairement simple.

Puis l'idée m'est venue, alors que je remontais mes cheveux, que Jeff n'avait peut-être pas prononcé son nom ou fait directement allusion à lui-même, mais qu'il y pensait en établissant cette liste d'hommes inaccessibles. Aurais-je été aussi bouleversée si nous avions baisé ensemble ? Je lui tournais le dos. Non, ai-je pensé. Je n'aurais pas été à ce point bouleversée. Puis, j'ai réalisé que c'était la première fois que j'évoquais le mot « bouleversée » en pensant à lui et j'ai eu envie de lui lancer à nouveau quelque chose – un autre jeans, une botte, mon fauteuil.

« Tu peux ben parler, toi, ai-je finalement dit en sortant de la chambre.

— BON ! a crié Jeff derrière moi. Je me demandais qu'est-ce que t'attendais ! Ça fait dix minutes que j'attends mon "Tu peux ben parler, toi". »

J'étais en train de palper distraitement des tomates pendant que Jeff choisissait avec un soin maniaque des champignons, un par un, quand j'ai aperçu, en face de la fruiterie où nous nous trouvions, Laurent et Carole qui marchaient main dans la main. J'ai donné un coup sur le bras de Jeff qui a levé la tête et lancé un « Eille ! » tout content avant de se diriger vers la porte pour les interpeller.

« Non, attends, ai-je demandé en le retenant. Attends. » C'était la première fois que je les voyais tous les deux sans qu'ils me voient, sans qu'ils sachent que j'étais là. Jeff a semblé comprendre et nous les avons regardés un moment. Carole se penchait sur l'épaule de Laurent, qui souriait. Puis, il a dit quelque chose et elle s'est mise à rire, sa tête joliment rejetée vers l'arrière.

« *God*, ai-je dit à Jeff. Ils ont l'air... tellement heureux.

— Ils SONT heureux, a dit Jeff. C'est juste que Laurent le sait pas. »

Je me suis retournée vers lui. Sa phrase m'avait frappée, principalement parce que je réalisais pour la première fois à quel point c'était vrai, à quel point il y avait au creux de Laurent un fond de bonheur qu'il s'évertuait à ignorer. Il avait été comme cela avec moi aussi, je le savais. Et je venais de comprendre, après tout ce temps, qu'il aimait Carole.

« Wow », ai-je murmuré, en suivant des yeux leur forme enlacée, la doudoune rose de Carole contre le long manteau gris de Laurent. « Wow. » J'étais absurdement émue et je me sentais comme une mère qui vient de comprendre que ses enfants sont grands. J'ai levé de nouveau le visage vers Jeff, qui ne m'avait pas quittée du regard.

« Oui, hein ? »

Il a souri, et j'ai su qu'il avait compris. « On va les appeler, a-t-il dit. Dans dix minutes. Tu veux ?

— Oui, je veux. Pour vrai. » J'ai regardé ma montre. J'avais donné rendez-vous à Élodie à quatorze heures au coin des rues Jean-Talon et Saint-Denis. « S'ils ont le temps, on peut même luncher tous ensemble, ai-je dit. Mais avant, finis de faire passer des auditions à tes champignons. »

Jeff s'est mis à rire et il m'a prise par la taille pour m'embrasser sur le front. « Merci, bébé. Tu veux aller chercher les herbes pendant ce temps-là ?

— Tout de suite, bébé ! » Je lui ai fait un clin d'œil et me suis retournée pour me retrouver face à face avec la femme du propriétaire, que nous croisions là presque tous les samedis.

« Ah ! Mes chéris ! s'est-elle exclamée en me tapotant les joues. Toujours le plaisir ça me fait de vous voir *vous*. Tellement d'amour… Cinq fois je suis grand-maman, et toujours je suis contente quand je vois les jeunes qui s'aiment pour vrai. Bravo, les petits. »

Elle est partie, minuscule et rondelette dans son tablier. Jeff et moi nous sommes regardés en riant, entre un monticule de champignons de Paris et un conteneur de bananes vertes, et je n'aurais su dire lequel de nous deux était le plus content.

« Petits ? ! a demandé Laurent à Jeff. 'Scuse-moi, mais t'es vraiment tout sauf petit.

— C'est une expression, innocent, ai-je répliqué. Tu trouves pas ça *cute* qu'elle pense qu'on est ensemble ?

— Non. » Laurent a haussé les épaules. J'avais été naïve de croire que certaines choses avaient changé simplement parce que, vu de loin, Laurent semblait heureux avec Carole. Sous mon regard qui devait lui rappeler trop de choses et lui faire l'impression d'une caméra impitoyable, il était redevenu l'être rempli de retenue et de malaise que j'avais toujours connu auprès de Carole.

Nous étions assis dans une petite trattoria donnant sur le marché et je regrettais déjà d'avoir appelé Laurent, qui regardait dehors d'un air maussade, et, je m'en doutais, m'en voulait d'avoir troublé cette journée tranquille. Il était mal à l'aise quand il se retrouvait à cheval sur ce qu'il appelait ses « deux vies », simplement parce qu'il était incapable de les réconcilier, ce qui, vu de l'extérieur, semblait pourtant facile.

Carole et moi faisions de notre mieux – ce qui n'était pas grand-chose – pour soutenir une conversation badine et légère qui était en fait le festival de la lourdeur. J'ai finalement démissionné à la suite d'un long échange sur le prix « odieux » des topinambours et je me suis tue, me contentant de faire comme Laurent, qui avait versé le contenu d'une salière sur la table et traçait des formes abstraites dans le petit tas de grains blancs. Jeff, s'étant lassé après quelques louables efforts, relisait pour la vingtième fois sa liste d'épicerie. J'ai levé les yeux vers Carole, histoire de lui envoyer un regard apologétique dans lequel elle allait savoir lire, je l'espérais, mon impuissance face à ce Laurent qui, en notre commune présence, devenait un véritable aspirateur à conversation, un canon à malaise, une usine à silences. Elle m'a répondu d'un petit sourire et d'un haussement de sourcils, puis elle s'est levée en s'excusant dans le vide, Laurent étant toujours absorbé par son tas de sel et Jeff par sa liste d'épicerie.

« Euh... ça va, la face de carême ? ai-je dit après le départ de Carole.

— Ben oui, mais c'était quoi cette idée-là d'appeler ? Qu'est-ce que tu voulais prouver ?

— Comment ça, qu'est-ce que je voulais prouver ? Je vois mon meilleur ami et sa blonde au marché, me semble que c'était la moindre des choses d'appeler, non ?

— Non c'était pas la meilleure chose. Câlisse, Marine. Tu le sais que c'est pas facile pour Carole, ces situations-là.

— Ah, *bullshit* !» J'étais plus fâchée que je ne l'aurais cru. Je pensais à Julien qui vivait des choses autrement « pas faciles », à mon père, même à tous ces inconnus qui nous entouraient et qui devaient fort probablement se battre chaque jour avec des démons et des regrets beaucoup plus lourds et complexes que ceux de Laurent. « *Bullshit*, ai-je répété. Tu pourrais au moins avoir la décence de pas mettre ça sur le dos de Carole. »

Laurent a levé la tête et j'ai vu Jeff faire de même, avec l'air alerte de quelqu'un qui vient de flairer un danger.

« Qu'est-ce que tu vas faire ? ai-je demandé à Laurent. Tu vas vraiment passer ta vie de même ? À devenir complètement débile et désagréable chaque fois que ta blonde et tes amis se retrouvent dans la même pièce que toi ?

— Pas mes amis. Juste toi.

— Ah, juste moi, hein ? Wow. » J'ai fait un rire vexé et j'ai tourné la tête vers la fenêtre. Un petit homme chauve marchait tout seul en criant des bêtises dans le vide. T'as ben raison, lui ai-je crié mentalement.

« Crisse, a dit Laurent, me semble que c'est évident, non ? Pour Carole, tu seras jamais mon "amie". Tu vas toujours être mon ex.

— Puis pour toi ? »

Il m'a regardée dans les yeux, sans rien dire. Carole revenait des toilettes et était déjà en train d'enfiler son manteau – elle n'avait clairement aucune envie d'être là, et étant donné l'ambiance qui régnait autour de la table, on aurait difficilement pu lui en vouloir.

« Bon ben... À la prochaine », a dit Laurent sur un ton si peu naturel que Jeff a étouffé un petit rire alors que je me contentais de lever une main en signe d'au revoir. Je les ai regardés partir en silence, crispés et maussades, et je m'en suis finalement voulu, après tout, d'avoir gâché leur belle journée. Je les revoyais une heure plus tôt et, malgré ma colère contre Laurent, j'aurais souhaité pouvoir leur rendre le bonheur léger qui les enveloppait alors. J'ai soupiré.

« C'était désagréable en crisse, ça.

— C'était très désagréable, bébé », a répondu Jeff, le nez toujours dans sa liste d'épicerie. Je lui ai lancé un petit paquet de sucre au visage et il a ri, sans lever la tête. Dehors, le petit monsieur chauve est repassé en sens inverse, criant toujours des insultes à une personne invisible ou à la vie en général.

« Ostie que des fois je me dis qu'on va tous finir comme ça, a dit Jeff.

— Arrête. Je sais. Faut vraiment pas.

— Non. Faudrait pas.

— D'où l'espoir d'aimer. »

Il m'a fait un sourire très doux. « Oui, a-t-il dit. Oui, je suppose. »

Deux heures plus tard, Élodie stationnait sa voiture devant chez nos parents. « Je conduis *tellement* pour le reste de l'après-midi, lui ai-je dit, t'as pas idée. Veux-tu bien me dire qui c'est qui t'a donné un permis de conduire ?

— La SAAQ.

— Oui, plus la SAQ, d'après moi. *Enweye.* »

Elle m'a regardée en riant et nous sommes sorties de la voiture. Le chemin qui menait à la porte avait encore été parfaitement pelleté par mon père. « Combien de fois tu penses qu'il pellette par jour ? m'a demandé Élodie alors que nous attendions devant la porte.

— Quand il neige ? Au moins dix fois, ai-je répondu. Facile. »

Ma mère est venue nous ouvrir, avec un air profondément navré qu'elle avait dû passer des heures à maîtriser.

« Il va pas bien », a-t-elle dit avant même de nous embrasser. Derrière moi, j'ai senti Élodie se crisper.

« Comment ça, il va pas bien ? » Je me suis retournée vers elle pour lui dire du regard de ne pas s'inquiéter – d'une certaine manière, même si elle l'aimait de tout son être, ma mère espérait qu'il n'aille pas trop bien, parce qu'elle se nourrissait de drames. Frédéric m'avait déjà fait remarquer qu'elle n'était jamais aussi radieuse que lors de funérailles. Elle pleurait, était éplorée et compatissante, serrait des mains avec une empathie infinie et ses yeux brillaient parce qu'elle était complètement ravie d'être triste.

« Il m'a rappelé QUATRE fois ce matin qu'il avait son rendez-vous cet après-midi.

— Ah, maman… c'est normal, ça.

— Comment ça, quatre fois ? a demandé Élodie.

— QUATRE fois, a répété ma mère. Quatre fois.

— Ça va, maman, on a compris. » Je l'ai embrassée. « Et *by the way*, ai-je précisé en lui donnant une petite tape sur une fesse, ça fait TROIS fois que tu nous répètes qu'il t'a dit QUATRE fois qu'il avait son rendez-vous. »

Elle n'a pu retenir un petit sourire. « En tout cas. Entrez deux minutes, il est pas prêt. Je vais aller l'aider à s'habiller.

— Monique... a dit mon père en venant vers nous. Je suis encore capable de m'habiller. »

Ma mère a fait un petit soupir déçu pendant qu'Élodie se précipitait vers notre père et l'enlaçait comme elle ne l'avait pas fait depuis des années. Mon Dieu qu'elles aiment le drame, ai-je pensé. Par-dessus l'épaule d'Élodie, mon père m'a adressé un petit clin d'œil.

« O. K., ça fait QUINZE minutes qu'on attend, a dit Élodie.

— Élo, le jour où quelqu'un attendra pas au moins vingt minutes à un rendez-vous chez le médecin, dis-toi que c'est parce que l'apocalypse est pas loin. »

Exactement sept minutes plus tard, le médecin appelait mon père. Il s'est levé en nous souriant. « Vous savez, a-t-il dit, c'est juste une prise de sang. J'aurais vraiment pu venir tout seul.

— Non ! Non », a presque crié Élodie. Puis, dans un geste qui ne lui ressemblait absolument pas, elle a pris une des grosses mains de notre père dans la sienne et l'a embrassée.

« Oh mon Dieu, a-t-elle gémi en le regardant partir avec le médecin. J'espère tellement qu'il va être correct. »

Je l'ai regardée un instant. Elle avait presque les larmes aux yeux. « Élo... voyons...

— Mais oui, mais c'est papa !

— Je sais, je sais... » Je l'ai prise par les épaules. Finalement, ai-je pensé, c'est elle que je suis venue accompagner. J'ai failli lui dire qu'elle aurait pu ne pas attendre les premiers signes d'une maladie peut-être incurable pour témoigner son amour à papa, mais je me suis retenue.

J'avais toujours un bras autour d'elle quand j'ai entendu, juste à côté de moi, quelqu'un prononcer mon nom. Je me suis retournée, et Gabriel était là, encore plus beau que dans mon souvenir (Devient-il de plus en plus beau de jour en jour ? ai-je eu le temps de me demander) et l'air absolument ravi de me voir.

« Ça va ? a-t-il demandé, en posant une main sur mon épaule qui m'a fait l'effet d'une décharge électrique.

— Euh... oui ! Oui... ben, en tout cas. » J'ai fait un geste vague vers l'espace dans lequel nous étions – à part en obstétrique, qu'est-ce qui allait vraiment bien dans un hôpital ? « Qu'est-ce que tu fais ici ? ai-je ajouté sur un ton que j'ai tout de suite trouvé trop agressif et qui a fait rire Gabriel.

— Mon meilleur ami est endocrinologue ici.

— Ah. Bon. » Je ne savais pas quoi lui dire. Il me souriait toujours et j'ai pensé que ce sourire m'avait manqué, ce mélange d'amusement et d'affection profonde – il avait toujours l'air incroyablement *surpris* par moi, par mes propos, par ma personne. Et moi, stupide, je n'avais que des phrases comme « Mais t'as une blonde ! » et « T'es tellement, tellement beau » en tête. Je me voyais, couchée près de lui, passer des heures à regarder son visage, à caresser ses joues, à me perdre dans ses yeux. Me perdre dans ses yeux, ai-je pensé. J'ai toujours trouvé cette expression tellement stupide, mais avec lui, non. Et je m'en suis voulu.

« Salut, a finalement dit Gabriel en tendant une main vers Élodie. Moi c'est...

— Gabriel, je sais, a dit Élodie, avant de pratiquement m'assommer pour attraper sa main. Vraiment enchantée. Vraiment. » J'avais soudainement quinze ans de nouveau, et j'ai dû me retenir pour ne pas donner un coup de pied à Élodie et prendre un air d'adolescente affolée.

« Tout le plaisir est pour moi, a répondu Gabriel. Élodie, c'est ça ?

— C'est ça », a répondu Élodie, toute en roucoulements et en papillonnements d'yeux.

Gabriel a ri un peu, sa main toujours dans la sienne. « Bon ben... » Il me regardait et une voix hurlait dans ma tête qu'il fallait que je dise quelque chose, mais je me sentais le regard bête d'un chien et j'étais incapable de faire autre chose que de le regarder. « Ben... appelle-moi ? » a-t-il finalement dit, et j'ai aimé le point d'interrogation à la fin de sa phrase. « Appelle-moi », a-t-il ajouté, et j'ai adoré le point à la fin de sa phrase.

« Oh mon Dieu, c'était lamentable, hein ? ai-je demandé en m'effondrant sur les genoux d'Élodie.

— Honnêtement ?

— Oui, honnêtement.

— C'était lamentable. »

Nous nous sommes mises à rire. « Tu vois ? ai-je dit en me relevant. C'est sûr que le gars va préférer avoir une blonde qui a une vraie job et qui est une grande personne, et qui a même probablement une vraie coupe de cheveux.

— C'est encore drôle.

— M'mouin.

— Marine ?

— Élodie ?

— Qu'est-ce qu'on va faire si papa est vraiment malade ? »

Je l'ai regardée un instant. Sa question était parfaitement sincère – elle ne voulait pas se vautrer voluptueusement dans le malheur comme notre mère. « On va se tenir les coudes », ai-je répondu. Et alors même que je me disais intérieurement qu'il devait s'agir là de la plus stupide réponse au monde, j'ai vu dans les yeux d'Élodie que c'était vrai et que c'était exactement cela : c'était tout ce que nous faisions, au bout du compte, c'était ce qu'il y avait dans le regard de Jeff quand il avait souri à mon « d'où l'espoir d'aimer », c'était ce que je voyais depuis quelque temps dans l'air reconnaissant de Julien : nous nous tenions les coudes.

La neige s'était transformée en pluie durant l'après-midi et j'étais complètement trempée quand je suis entrée dans l'appartement. Élodie avait insisté pour conduire en revenant de chez mes parents et elle m'avait laissée au coin de la rue parce que, prétendait-elle, elle était « super pressée ». Et moi, placide et bonasse, j'avais fait semblant de la croire alors que je savais que sa seule urgence était de se rendre chez elle et se préparer interminablement pour une autre de ces *dates* qu'elle collectionnait.

« Oh mon Dieu ! ai-je dit en entrant. Ça sent tellement bon ! » J'avais l'impression d'arriver dans un cocon accueillant et chaleureux – je me suis sentie vivement et profondément heureuse, de ce bonheur qui naît de la sécurité, du familier, des feux de foyer et de la bille de lumière écarlate qui se dépose au fond des verres de vin rouge, de la promesse d'un bon repas et de la présence de ceux qu'on connaît parfaitement et qu'on aime vraiment.

« Poulet au citron confit », a dit Jeff en soulevant le couvercle d'une grosse marmite dont s'est échappé un nuage de vapeur parfumée. Il avait mis la table, et c'est en apercevant le troisième napperon et la troisième coupe de vin que j'ai cessé de sourire. Pourquoi avais-je accepté d'être présente à ce repas ? Nous savions tous que c'était absurde. J'en étais certaine. J'ai enlevé mon manteau en soupirant et je me suis avancée vers Jeff, qui me tendait une coupe de vin rouge. Comme la lumière est belle ici, ai-je pensé. C'était pour cette raison que je préférais notre maison en hiver qu'en été. Quand il faisait noir dès seize heures trente, toute la grande pièce se transformait en un écrin de lumière dorée qui se lovait gentiment contre le mur de brique, les grandes bibliothèques et la table sur laquelle des verres scintillaient.

Jeff, penché sur le comptoir, hachait avec application un énorme bloc de chocolat noir qui allait, je le savais, se transformer en de délicieux fondants au chocolat, un classique qui ne décevait jamais et qui, selon Jeff, était un puissant aphrodisiaque. (J'avais toujours envie de lui faire remarquer que, selon lui, *tout* était aphrodisiaque, à part peut-être le poireau, et encore.) « Comment ça s'est passé ? m'a-t-il demandé.

— J'ai croisé Gabriel à l'hôpital. »

Il a posé son couteau et a appuyé ses deux poings sur le comptoir. « Marine. Ciboire.

— Quoi ?

— Tu pourrais au moins faire semblant d'être plus intéressée par ce qui arrive à ton père. » Il souriait affectueusement – il n'était pas horrifié, ni même choqué, mais il trouvait visiblement mon attitude inconcevable, et je ne pouvais que lui donner raison.

« Câlisse… ai-je dit en m'asseyant au comptoir. Câlisse que j'ai pas d'allure.

— Ben non… »

J'ai levé la tête vers lui.

« O. K., a-t-il dit en riant. Ben oui, t'as pas d'allure. Mais c'est pas grave. On est tous de même, Marine. Alors ?

— Alors quoi ? Mon père ou Gabriel ?

— Gabriel, innocente. On sait très bien tous les deux que c'est ce qui nous intéresse le plus et que si ton père allait pas bien, tu m'en aurais parlé en rentrant. »

Je lui ai fait un sourire reconnaissant. « Il venait voir un de ses chums. On a parlé même pas cinq minutes.

— Et… ? » Il me parlait sans me regarder, trop occupé à séparer les jaunes et les blancs d'une demi-douzaine d'œufs.

« Et… et même Élodie m'a confirmé que c'était lamentable.

— Lamentable… ? » Il avait cette manie, quand il était distrait, de répéter le dernier mot qu'il venait d'entendre en y ajoutant un point d'interrogation.

« Ben lamentable, lamentable. J'avais l'air d'avoir douze ans, et quand il m'a dit : "Appelle-moi", c'est tout juste si j'ai pas fait pipi dans mes culottes. Crisse, je sais pas ce que j'ai, mais on dirait que je deviens totalement innocente quand il est là.

— Innocente… ?

— Peux-tu arrêter de répéter chacune de mes fins de phrase ?

— Phrase… ?

— Ostie que tu m'énerves ! »

Je me suis mise à rire et lui aussi. Il a finalement levé la tête vers moi et m'a regardée un instant, en souriant.

« Quoi ? ai-je demandé.

— Câlisse que t'es belle. »

Je suis restée interdite un instant – complètement, absolument, *sidéralement* interdite – puis j'ai balbutié : « T'es-tu soûl ? » C'était plus facile d'être vaguement désagréable et agressive. Il a ri, puis a répondu, les yeux rebaissés vers son chocolat : « Non, même pas. » Je le regardais, tout en suppliant mon cœur et mon esprit de trouver quelque chose d'intelligent ou d'au moins gentil à dire, mais non. Alors un silence s'est établi entre nous, un genre de silence auquel nous n'étions pas habitués, lourd et rempli de paroles non dites, et j'ai souhaité que Flavie arrive avec une heure d'avance pour nous libérer de ce poids que ni lui ni moi n'avions envie de porter parce qu'il ne nous ressemblait pas, nous princes de la légèreté et régents de l'aisance.

« Alors, Gabriel ? a finalement dit Jeff. Et ton père ? »

Mais je n'avais pas envie de lui parler de mon père. Il était sorti du cabinet du médecin avec ce drôle de sourire courageux qu'il avait depuis quelques semaines et qui me brisait le cœur parce qu'il était d'abord et avant tout un signe d'inquiétude, et il nous avait annoncé qu'il n'aurait pas de nouvelles avant deux ou trois semaines, que peut-être, que toujours peut-être. Depuis le début de ses examens, nous nagions en plein « peut-être », à des kilomètres de toute information solide à laquelle nous aurions pu nous accrocher. J'aurais dû commencer à être habituée à l'incertitude – c'était tout ce qui m'entourait depuis des mois déjà, et je me demandais même si j'avais déjà touché à autre chose, si à un seul moment dans ma vie il m'était arrivé d'avoir pied. Peut-être qu'auparavant cette errance ne me dérangeait pas, ai-je pensé en attrapant machinalement un éclat de chocolat. Peut-être que je suis simplement arrivée au bout de mon souffle.

« Gabriel… » ai-je commencé, mais je n'avais pas envie de parler de Gabriel non plus. Je ne savais pas quoi dire – d'ailleurs, qu'y avait-il à dire ? Il est beau, lalala, j'ai eu l'air d'une sotte devant lui lalala ? Je n'avais plus quinze ans. Surtout, je ne *voulais* plus avoir quinze ans. Je me suis soudain sentie très lasse et j'ai eu envie de partir très loin, sur le bord de la mer, peut-être, ou dans une ville immense où je n'aurais connu personne et me serais enfin reposée, invisible et anonyme. Je suis allée m'étendre sur le divan, à côté de Claude François, qui s'est étiré de tout son long et a accueilli avec un miaulement reconnaissant mes caresses. Jeff me tournait le dos, il touillait, brassait, reniflait, mélangeait et je savais que la plupart de ces gestes étaient inutiles, et qu'ils avaient en réalité pour but de meubler notre silence. Je lui en voulais un peu – vaniteuse, j'aurais voulu qu'il développe sur cette beauté qu'il semblait venir de me découvrir, et j'aurais surtout préféré qu'il ne cherche pas à faire oublier cette phrase dans le bruit des casseroles s'entrechoquant. J'ai posé mon verre sur la table à café, et j'ai fermé les yeux.

Quand je me suis réveillée, Jeff était assis dans son fauteuil, devant moi, en train de lire. Je l'ai observé un instant, contente de le regarder alors qu'il ne savait pas que je le voyais. La lumière dorée éclairait un côté de son visage et ses doigts appuyés sur sa tempe, et je l'ai trouvé beau et humain. Quelle chose absurde que de trouver quelqu'un « humain », ai-je pensé. Évidemment qu'il est humain. Trouver le chat humain serait surprenant. Mais Jeff, ça allait un peu de soi. Pourtant, c'était le mot qui me revenait, et il y avait dans cette idée quelque chose de touchant et de presque dérangeant. Je n'aimais pas penser à Jeff comme à quelqu'un de fragile, et je venais de comprendre que la définition que je possédais de « humain » ressemblait dangereusement à celle que j'avais de « fragile ».

Jeff a tourné une page. « J'ai dormi longtemps ? » lui ai-je demandé. Il a levé les yeux vers moi, sans bouger – ses yeux bleus presque noirs dans la demi-pénombre – et a fait la petite moue qu'il faisait toujours quand il ne connaissait pas la réponse à une question ou qu'il hésitait. « Une demi-heure ? a-t-il répondu. Je sais pas. J'ai eu le temps de tout finir. Le gars le plus préparé en ville.

— 'Scuse… je t'ai vraiment pas aidé, hein ?

— Pas grave. C'est moi qui reçois, techniquement.

— Ouais, je sais… » Je me suis tournée sur le dos et j'ai fixé le plafond. Trente secondes plus tard, Flavie sonnait. Je me suis rassise, en me contentant de pointer vers la porte avec mon pouce pour que Jeff y aille.

« T'es sûre ? m'a-t-il demandé. C'est TA chum. » Je lui ai fait mon fameux regard « Tu veux-tu rire de moi », et il s'est levé. Je m'apprêtais à faire la même chose quand je l'ai entendu ouvrir la porte et dire très fort : « Non, non, non. *Out. Out.* Qu'est-ce que… ? EILLE ! » Julien est entré en coup de vent, ignorant Jeff, une flèche verte et jaune et… (étaient-ce des bottes Ugg roses que je voyais à ses pieds ?) et est venu se planter devant moi.

« Il a accepté de me voir ! Il a *accepté* de me VOIR !!! » Il avait l'air tellement heureux et ridicule, les bras grands ouverts, que je me suis mise à rire.

« Julien… a dit Jeff sur un ton presque piteux, on a de la visite à soir. Et… calvaire, c'est-tu des bottes roses ?

— *IIIII AAAAAAM YOUR… singing telegram !* » s'est mis à chanter Julien, et même Jeff a ri. Il s'est tout de même approché au bout de quelques instants, alors que Julien me soulevait pratiquement de terre, et a dit : « Sérieux, Ju. S'il te plaît.

— S'il te plaît ? Non, non, non. C'est moi qui te dis "s'il te plaît". Je peux pas rester tout seul, je vais exploser.

— *Please ?* » ai-je ajouté. Je me disais que si Julien était là, j'aurais au moins un allié en cas de séance intense de *necking* ou de roucoulage de la part de Jeff et Flavie.

« Non ! a dit Jeff. Et puis à part ça, y a pas assez de bouffe. » Cette fois, Julien s'est joint à moi pour le fameux regard « Tu-veux-tu-rire-de-moi » – Jeff cuisinait toujours pour au moins douze personnes, même s'il mangeait seul.

« Ah, câlisse ! » – et sur ce « câlisse », Flavie est entrée par la porte restée ouverte, superbe dans un long manteau pied-de-poule, sa crinière rousse remontée en un spectaculaire chignon.

« Alors, on a de la compagnie ? » a-t-elle dit, l'air content, et elle a enlacé Julien, qui était la personne la plus proche de la porte – et je me suis sentie un peu mal pour Jeff, et profondément ravie pour moi.

Une heure plus tard, il y avait déjà deux bouteilles vides sur la table et nous venions à peine de commencer l'entrée. Nous nous étions gavés de cochonnailles que Flavie avait apportées pour l'apéro et nous étions saturés de gras – et de spéculations quant à l'avenir sentimental de Julien. Flavie semblait y prendre un intérêt tout particulier, elle le conseillait, le mettait en garde et l'encourageait, et j'en étais rendue à me dire que j'allais hurler si je l'entendais dire une seule fois de plus « Il ne faut RIEN tenir pour acquis. Julien. Jamais. Rien. Tenir. Pour. Acquis » sur le ton de la fille qui en sait long sur le sujet et a vécu juste un peu plus que les autres.

« Sérieux, ai-je dit, s'agirait quand même de pas perdre de vue que peu importe ce qui arrive, Mathias risque assez certainement d'avoir un léger problème avec la confiance.

— Mais je l'aime !

— Ben oui, tu l'aimes, innocent ! a dit Jeff. Mais si un homme qui trompe sa blonde ou son chum avait juste besoin de lui bêler "Je t'aiiiiiiime" pour se faire pardonner, ça se saurait.

— C'est pas con, ça, a fait Flavie. T'emballe pas trop, mon chou. Étape par étape.

— *Baby steps*, ai-je ajouté.

— NON ! » Julien a donné une grande tape sur la table qui a fait sursauter le chat qui dormait tranquillement sur une des chaises vides. « NON ! » a-t-il répété, et Claude François a détalé en lui lançant un regard contrarié. « Je veux pas de pas de bébé. Je vais avoir quarante ans, je suis tanné de compter mes étapes, de faire attention, et d'espérer mais pas trop parce que ça risquerait de faire mal d'espérer comme un fou. Je veux des pas de géant, c'est-tu clair ? Je veux me pitcher à l'eau, je veux me jeter dans le vide, je veux croire que tout est possible. »

Il s'est arrêté – il était à moitié levé lorsqu'il a soudain semblé prendre conscience de nos visages interdits et du fait qu'il flirtait dangereusement avec le ridicule, un bras ainsi en l'air, une serviette de table dans son autre poing crispé, en train de cracher avec une véhémence qui ne lui ressemblait pas des phrases qui, étant donné la situation, avaient une connotation presque pathétique. J'ai regardé vers Jeff qui, j'en étais certaine, n'attendait que quelques secondes de plus pour lui sortir quelque chose dans la veine de « Ça va le démon du midi ? ». Il observait Julien, un léger sourire sur les lèvres. *Here comes the* blague plate, ai-je pensé. Mais Jeff a levé son verre et a dit, sur un ton parfaitement sincère : « Bravo, mon Ju. C'est probablement la pire idée sur terre, mais moi je l'aime. Aux pas de géant. »

Du coin de l'œil, j'ai vu Flavie qui regardait Jeff en souriant. Elle a levé son verre elle aussi, pendant que Julien se rasseyait, l'air étonné par ses propres paroles, et surtout par la réaction des deux autres. Que pouvais-je faire d'autre ? J'ai levé mon verre à mon tour en me disant que nous n'étions pas très loin de croire à littéralement n'importe quoi tellement nous voulions croire en quelque chose, point.

J'ai passé le reste de la soirée avec l'impression d'assister à une pièce de théâtre dans le décor de laquelle, inexplicablement, j'aurais été assise. Je voyais Julien rire et lever son verre, Flavie se rapprocher de Jeff et celui-ci commencer à lui passer de plus ou moins subtiles mains dans le dos. J'étais là, présente, tout à côté d'eux, mais je ne me sentais pas *avec* eux. J'étais perdue dans un dédale de pensées décousues, j'entendais « pas de géant » résonner encore, et l'image de la Chaussée des Géants, que j'avais vue en Irlande du Nord des années auparavant, flottait devant moi, analogie stupide et facile que j'étais trop fatiguée pour repousser.

Je pensais à Gabriel, à cette idée insensée qu'il était peut-être plus sage de se lancer à l'eau que de calculer patiemment quelles étaient mes chances de trouver la route prudente et précise qui me mènerait au bonheur.

Vers deux heures du matin, Julien, qui était complètement soûl et sautillait de bonheur anticipé et d'optimisme, a fini par déclarer qu'il devrait peut-être rentrer, que s'il était pour voir Mathias le lendemain, c'était peut-être une bonne idée de ne pas être trop poqué et de ne pas sentir le fond de tonne à des kilomètres à la ronde. « Un peu tard pour ça, mon homme », a dit Jeff, ce qui a fait rire tout le monde du rire tendre et heureux de l'ivresse.

« Penses-tu que tu peux me donner un *lift* ? » a demandé Julien à Flavie, qui habitait à un coin de rue de chez lui. Elle lui a souri, a relevé ses cheveux dans un geste magnifique d'Amazone et a regardé vers Jeff. J'ai fait signe à Julien de me suivre vers la cuisine, de les laisser seuls un moment, mais Jeff disait déjà, sur un ton carrément encourageant : « C'est peut-être une bonne idée, Flavie. Pas sûr que monsieur bottes roses est capable de chauffer, ou même de marcher jusque chez lui.

— Je peux prendre un taxi, a balbutié Julien.

— Non. Je vais te raccompagner », a dit Flavie. Et j'ai surpris un clin d'œil envoyé à Jeff qui signifiait « On se reprendra quand on sera seuls ». Ils se sont souri et j'ai pensé : bon, pas de géant.

« Ça va ? ai-je demandé à Jeff alors que nous terminions un fond de vin blanc en rangeant la cuisine.

— Oui, ça va. Mais toi ? T'avais l'air… *off*.

— Ouais, peut-être. 'Scuse. Son histoire de pas de géant. Gabriel, mon père, je sais pas. Peut-être que je suis juste soûle. » J'ai terminé d'essuyer une casserole. « J'ai-tu gâché ta soirée ? Est-ce que c'est parce que je suis ici que ça s'est pas soldé avec Flavie ?

— Non ! Ben non… Bottes roses a beau s'énerver avec son affaire de se pitcher à l'eau, on a quand même pas besoin de s'énerver, non ? Tu me connais, je suis pas un gars pressé.

— C'est encore drôle.

— Tu peux ben parler, toi. »

J'ai ri, mollement, et je me suis retournée vers lui. Il me regardait, et il faisait sa petite moue, celle du doute et de l'hésitation. J'avais encore la casserole de fonte dans une main quand il m'a embrassée. Je l'ai laissée tomber sur le poêle dans un grand *clang* et j'ai passé un bras autour de son cou alors qu'il me soulevait de terre pour m'asseoir sur le comptoir. Ça y est, me suis-je dit à travers les brumes d'alcool et de désir. Le saut dans le vide.

À : Fred
De : Marine Vandale
Objet : SOS

Est-ce que tu dors ?

À : Fred
De : Marine Vandale
Objet : SOS !!!

EST-CE QUE TU DORS ?

À : Marine
De : Frédéric Vandale
Objet : De la nature du sommeil

D'abord, si je dormais, je vois pas pourquoi mon ordi aurait été allumé, ni comment j'aurais pu entendre le gentil « ping ! » annonciateur de courriel, vu que l'ordi est dans le bureau et que j'ai cette étrange habitude de dormir dans ma chambre. Et puis pourquoi je dormirais à onze heures du mat' ? Et du coup, le corollaire de cette question : qu'est-ce que tu fais debout à cinq heures ?

À : Fred
De : Marine Vandale
Objet : Gros manque de perspicacité

Juste au cas où le SOS t'aurait pas mis la puce à l'oreille, je suis dans une sombre, mais alors la plus sombre de toutes les merdes. Et, en passant, la dernière fois que tu t'es levé avant midi, on était encore au secondaire.

À : Marine
De : Frédéric Vandale
Objet : Un homme neuf

....

Tu me reconnaîtrais plus, petite sœur. Depuis trois semaines que je pianote sur l'ordi dès neuf heures, parce que création, activité cérébrale intense et santé par le travail. Une usine, ici.

À : Fred
De : Marine Vandale
Objet : Un homme sourd

....

Il y a quelque chose qui t'a échappé dans les lettres S-O-S ?

À : Marine
De : Frédéric Vandale
Objet : À l'écoute

....

O. K., c'est bon. Qu'est-ce qui se passe ?

À : Fred
De : Marine Vandale
Objet : Sombrissime caca

....

Tu te rappelles quand je te disais que j'avais commis la boulette rapport à Jeff ? Ben la boulette a pris des proportions astronomiques, c'est plus une boulette, c'est une planète.

À : Marine
De : Frédéric Vandale
Objet : Astronomie 101

....

Tu veux développer ? Parce que là, j'envisage quelque chose, et si la planète en question est bien ce que je pense, je risque de manquer de mots et d'avoir besoin d'un pastis d'urgence.

À : Fred
De : Marine Vandale
Objet : re : Astronomie 101

....

Va chercher le pastis.

À : Marine
De : Frédéric Vandale
Objet : re : re : Astronomie 101

....

Oh non. Tu me NIAISES ? T'as pas fait ça ?

À : Fred
De : Marine Vandale
Objet : Rectificatif

....

Ça t'a pas effleuré l'esprit que peut-être IL avait fait ça ? Ça t'a jamais sauté aux yeux qu'il faut être deux pour faire ça ?

À: Marine
De: Frédéric Vandale
Objet: Excuses et questions

O. K., désolé. Maintenant, tu permets que je te demande, avec toute la politesse et la déférence dont je suis capable, à quoi tu pensais au juste ?

À: Fred
De: Marine Vandale
Objet: Ta stupidité m'ébahit

À quoi tu penses que je pensais, espèce d'abruti ? C'est la France qui te rend à ce point débile ?

À: Marine
De: Frédéric Vandale
Objet: Cerveau mou

Si tu permets, je vais mettre ça sur le compte de la création. Mais ça va, oui, je peux deviner à quoi tu pensais. Mais… Marine ? Câlisse ?

À: Fred
De: Marine Vandale
Objet: Câlisse, point.

Oui, câlisse. Et là, je me dis que pour que toi tu me sortes un « câlisse », alors que ça fait des mois que tu te vautres dans le « putain » et le « bordel », ça doit être véritablement aussi pire que ce que je crois.

À : Marine
De : Frédéric Vandale
Objet : Restons calmes

....

Écoute. Je sais pas. Peut-être que non, non ?
Peut-être qu'amour découvert et tout le tralala et
joie soudaine à l'idée que ma petite sœur adorée
va sortir avec mon meilleur ami ?

À : Fred
De : Marine Vandale
Objet : Non, paniquons

....

Je vais pas sortir avec ton meilleur ami, Fred. Et
je vais encore moins sortir avec MON meilleur
ami. Je sais pas ce qui nous a pris, mais je sais ce
qui M'a prise. Enfin, oui, je sais exactement QUI
m'a prise, et sur le comptoir derechef et… Oh
mon Dieu, Fred, il dort encore et moi je n'ai plus
d'épiderme, mais de la panique à la place, tout
mon corps est couvert de panique et du désir très
profond de me réveiller dans quelques secondes.

À : Marine
De : Frédéric Vandale
Objet : Non, restons calmes

....

Marine, il est onze heures du mat' et j'ai un pastis
de la grosseur d'une piscine dans la main gauche,
alors tu arrêtes de t'énerver et tu me donnes des
détails. Comment ça s'est passé ?

À: Fred
De: Marine Vandale
Objet: (aucun)

Fred. J'essaie ardemment depuis deux heures de chasser les détails de ma propre tête. Alors, donne-moi un moment, ou même trois ou quatre ans avant de les partager avec toi.

À: Marine
De: Frédéric Vandale
Objet: Ultime effort

Comme tu veux. Mais dis-moi : c'était bon ?

À: Fred
De: Marine Vandale
Objet: Résistance à l'effort

Tu crois vraiment qu'à cinq heures du matin, c'est pas exactement le genre de question que j'essaie d'éviter ? Tu crois vraiment que si je fuis ainsi le sommeil, c'est pour justement pas rêver à ce qui vient de se passer ? Fred, j'ai songé à quitter l'appart en douce.

À: Marine
De: Frédéric Vandale
Objet: Persévérance

Si je rapplique avec mon « C'était bon ? », j'ai aucune chance, hein ?

À : Fred
De : Marine Vandale
Objet : re : Persévérance

....

O. K., that's it. Tète ton pastis tant que tu veux,
moi je file en douce.

:-)

Chapitre 12

Alors, j'ai fui. Dans la pénombre de ma chambre, où je me refusais à allumer toute lumière de peur de réveiller Jeff, j'ai enfilé machinalement un vieux chandail et un pantalon en coton ouaté que je possédais depuis le secondaire. Une image inutile m'est soudainement venue à l'esprit, une bulle de passé que je n'avais pas appelée, mais qui a éclaté tout de même, doucement, à la surface de ma conscience : je me suis revue, à seize ans, dans le grand gymnase de la polyvalente, misérable dans cette même paire de coton ouaté, une raquette de badminton dans une main et le regard fixé sur le beau Mathieu Saint-Laurent qui embrassait à côté du filet la belle Clara Toussaint. « Oh douleur et désespoir de l'adolescence, oh insouciance d'autrefois », ai-je murmuré, me moquant de moi-même. Et pourtant, en mettant mes bottes, tandis que Claude François tournait autour de mes jambes en miaulant, je m'en voulais de ne pas avoir apprécié les joies faciles d'alors.

J'ai jeté un dernier regard vers l'appartement avant de partir, et j'ai retenu une vague envie de pleurer en repoussant doucement le chat, qui essayait comme toujours de me suivre. Pourquoi cette nostalgie idiote, comme si je partais pour toujours ? Ce n'est pas cela, me suis-je dit en refermant la porte. C'est que je sais que cet endroit ne sera plus jamais pareil, qu'il est désormais teinté – et de manière absolument indélébile – du souvenir de ce qui vient de se passer. « Veux-tu bien me dire, câlisse, ce qui nous a pris ? » ai-je lancé à haute voix en me tenant sur le palier extérieur et en me demandant où, exactement, je m'en allais avec mon sac à main, mon pantalon en coton ouaté et ma conscience embrouillée. Qu'est-ce qui nous avait pris ?

Jeff m'avait soulevée comme si j'avais pesé une plume. Je m'étais sentie levée de terre, puis légèrement déposée sur le comptoir où nous avions bu tant de fois ensemble, à l'abri du désir et de ses terribles et belles conséquences. Et encore une fois, j'ai ressenti le vertige de mon esprit vide et de mon corps, que j'habitais enfin entièrement. Je sentais ma peau et mon ventre, et la langue de Jeff se promenant légèrement sur mon épiderme. Et alors ? Plus rien. L'abandon, qui était de toute évidence ce que je désirais depuis longtemps déjà, peut-être même depuis toujours. Mauvaise idée, avais-je pensé. Terrible, terrible idée. Et j'avais souri intérieurement, parce que le fait même que l'idée soit terrible me la rendait irrésistible.

« Ta gueule, m'a dit Élodie quand je suis entrée chez elle. Ta gueule, puis raconte-moi juste ce qui s'est passé, parce que t'es mieux d'avoir une câlisse de bonne excuse pour m'avoir réveillée à cette heure-là. » Je m'étais finalement retrouvée chez elle, faute d'une meilleure idée – Laurent vivait avec Carole et ne me parlait plus, Julien était probablement soûl mort, Flavie avait visiblement un œil sur Jeff. Élodie m'avait ouvert la porte, enchifrenée et mal démaquillée, avec un des plus spectaculaires airs bêtes que j'avais eu l'occasion de voir de ma vie.

« J'ai couché avec Jeff », ai-je finalement lâché. Yeux de raton laveur écarquillés au possible, elle m'a fait entrer et ne m'a laissée me déshabiller qu'après avoir entendu chaque détail (surtout les scabreux, en fait).

« On a baisé sur le comptoir, ai-je ajouté, ma stupide tuque encore sur la tête. Ensuite, on a fait pas mal d'autres choses sur le plancher de la cuisine, et quand j'ai eu l'impression que mon épiderme allait tomber tellement j'étais excitée et à fleur de peau, on est allés dans ma chambre.

— Et alors ?

— Qu'est-ce que t'en penses, innocente ? »

Des images me revenaient, comme dans un mauvais film, corps moites, mains éperdues, langues chercheuses et reins se rejoignant fiévreusement dans la demi-pénombre avec une urgence enivrante, délicieuse et presque douloureuse.

« Oh ! a dit Élodie. *Oh boy*.

— *Oh boy*, en effet, ai-je confirmé.

— Qu'est-ce que tu vas faire ?

— Élo… » J'essayais de ne pas m'énerver, mais si je m'étais écoutée, je l'aurais engueulée, je l'aurais traitée d'idiote et d'inexpérimentée, je lui aurais reproché ses questions stupides et stériles. « Penses-tu vraiment que j'aurais sonné à ta porte à cinq heures et demie du matin si j'avais la moindre idée de ce que j'allais faire ? J'ai fui, Élodie. J'ai trente-deux ans et j'ai fui de chez nous comme une voleuse parce que j'ai peur de cc que j'ai fait avec mon coloc qui, incidemment, est mon meilleur ami. Alors, je sais pas. Je sais pas, je sais pas, je sais pas. » Je me suis mise à me frapper la tête avec une main.

« O. K., O. K., a dit Élodie, en enlevant ma tuque. Oooooo. K. C'est pas SI pire, non ? » J'ai vivement tourné la tête et l'ai regardée avec un air tellement explicite qu'elle n'a rien ajouté.

« Est-ce que tu veux quelque chose ? a-t-elle finalement dit. Un café ?

— Non...

— Un verre de quelque chose ?

— Non ! Non, il est cinq heures et demie. Juste un verre d'eau, peut-être. Je vais essayer d'aller dormir.

— Ça, c'est une bonne idée. Méééééchante bonne idée. Viens-t'en dans mon lit. Y a de la place. »

Merveilleux, ai-je pensé en la suivant dans sa chambre bleue et blanche. Je m'en vais dormir avec ma petite sœur après avoir couché avec mon meilleur ami, m'être engueulée avec mon ex et avoir eu l'air d'une abrutie devant le seul vrai homme à avoir croisé mon chemin depuis des années. Mer-veil-leux.

« Je vais juste aller me brosser les dents », ai-je dit. Mais mon téléphone sonnait déjà, strident et incongru à cette heure, et j'ai su avant de le voir que c'était Jeff. Élodie aussi, évidemment, et nous nous sommes retrouvées face à face, trépignant toutes les deux, parlant en même temps et faisant une série de signes incompréhensibles et inutiles.

« Réponds ! criait Élodie.

— Non !

— Réponds, ça va être fait !

— Non ! Non ! *Oh my God*, Élodie, qu'est-ce que je fais ?

— Réponds, ostie, ou je réponds à ta place.

— O. K. ! O. K. ! Non. Non, non. »

Je lui tendais le téléphone, elle faisait mine de l'attraper puis levait les mains en l'air en articulant désespérément : « Réponds ! » Nous étions dans ces positions ridicules quand, soudainement, le téléphone a cessé de sonner, nous laissant immobiles, elle, les bras en l'air, et moi, inexplicablement sur une jambe, tenant l'appareil le plus loin possible de moi. « *Fuck* », avons-nous dit toutes les deux en même temps, les yeux fixés sur mon cellulaire. Puis, nous nous sommes regardées et nous avons éclaté de rire.

« O. K., ai-je dit en reprenant une position normale. C'est ridicule. » Élodie a fait oui de la tête, riant toujours. « Je devrais le rappeler, hein ?

— Hmm hmm ! » Nous avons ri de plus belle, et je me suis assise sur le divan. « Je vais aller te chercher un verre, a dit Élodie. Force majeure.

— Ouais. Je pense aussi. »

Elle est partie vers la cuisine dans son petit pyjama bleu, et je l'ai entendue qui riait encore et criait : « *Man*, c'était quoi, ça, le geste avec tes mains de chaque bord de la tête comme si tu chassais des mouches ?

— Eille, c'est pas moi qui avais les deux bras dans les airs, O. K. ? » J'ai ri encore un peu et j'ai considéré le petit appareil. Bien sûr qu'il fallait que je rappelle. Jeff avait dû se réveiller peu de temps après mon départ, il devait me chercher et, si je ne me rapportais pas d'ici peu, il allait téléphoner à Julien, puis à Laurent, puis à ma mère, puis à Flavie. Très mauvais. Je me suis pincé le nez entre les deux sourcils, geste futile que font les gens fatigués quand ils veulent réfléchir, mais qui, dans mon cas, ne suscitait qu'une seule pensée : Veux-tu bien me dire pourquoi on se pince le nez quand on veut se concentrer ? J'étais terriblement fatiguée et incapable du moindre raisonnement.

« Bon, ai-je dit à haute voix pour donner un peu de consistance à mes pensées. Faut appeler. Et c'est vrai que c'est pas SI pire. » J'ai ouvert les yeux. « *Oh God*. C'est SI pire... ÉLODIE !

— Quoi ? a-t-elle crié depuis la cuisine.

— Sur une échelle de un à dix, dix étant le *plus plus* pire et un le moins pire, où est-ce que je me situe, présentement ? »

Elle est revenue au salon avec deux tasses. « Je suis sûre que tu te sens comme un onze ou un douze, mais objectivement, je dirais un... je sais pas. Trois ? Quatre ? Il y a un élément de plate, genre que ça risque évidemment de changer un peu votre relation, mais regarde ça autrement : vous avez trompé personne et c'est pas SI vrai que ça que le sexe gâche les amitiés.

— Non. Non, c'est vrai, ça. » J'ai fait une petite liste mentale de tous les hommes avec qui j'avais déjà couché et qui étaient restés des amis plus ou moins proches, mais des amis tout de même, et j'ai fait une petite moue appréciative.

« Oui, ai-je dit, MAIS. Jeff était pas juste un copain. C'est mon coloc. J'habite avec. Et mon meilleur ami.

— C'est sûr. Cinq, d'abord ? Mais je vais pas plus haut que cinq. »

J'ai hoché pensivement la tête en prenant une gorgée dans ma tasse, et je me suis instantanément étouffée. « Câlisse, c'est quoi ça ?

— Un grog.

— Un grog ? Tu sais que t'es censée mettre de l'eau, dans un grog ?

— Ah oui ? J'ai juste fait chauffer le rhum.

— Câlisse ! T'as-tu pris des cours du soir avec Julien ?

— Comment il va, lui ?

— Trop bien. Mathias a accepté de le voir demain... ben en fait, aujourd'hui, et il est tellement sur une balloune que j'ai peur qu'il se casse la gueule *big time*.

— Mais peut-être que non.

— Non, peut-être que non. Mais peut-être que oui.

— Est-ce que t'as déjà remarqué que t'as tendance à toujours envisager le pire pour pas être déçue ?

— C'est pas pour pas être déçue, c'est une superstition. Genre que si tu crois au meilleur, c'est sûr qu'il se produira pas.

— C'est complètement idiot.

— Oui, je sais. »

Nous sommes restées silencieuses un moment – les seules émanations du rhum me montaient à la tête.

« Marine ?

— Oui ?

— Téléphone ?

— Hein ?

— Téléphone, Marine ! Appelle ! Déniaise ! Plus t'attends, plus ça va être *weird*.

— Ah, ça va, hein ! J'haïs ça quand t'es plus rusée que moi. C'est beau, c'est beau, je vais appeler. »

Je tendais la main vers l'appareil quand il s'est remis à sonner. Je me suis retournée vers Élodie, qui m'a regardée avec un tel sérieux que j'ai eu envie de rire et qui s'est écriée : « Si tu réponds pas dans deux coups, je réponds.

— O. K., O. K... »

C'est comme s'arracher un *plaster*, me suis-je dit. Un coup, et ça va être fait. « Allô ?

— Allô... » Il avait l'air presque caricaturalement soulagé.

« Allô », ai-je répété. Trop de choses à dire. Trop de choses à dire, et aucune idée par où commencer. J'ai repoussé Élodie, qui s'était collée à moi dans le but d'entendre notre conversation.

« T'es partie », a dit Jeff. Ce n'était pas une question, mais un constat, et l'habitude que nous avions de

337

toujours nous moquer l'un de l'autre m'a presque fait répondre : « Perspicace, mon Jeff. »

« Oui. Excuse-moi. J'ai freaké. Je freake encore, d'ailleurs.

— T'es où ?

— Chez Élodie.

— Ça va ?

— Ben là, je sais pas. Je sais pas. » C'était vrai, d'ailleurs : je ne savais pas.

« Regarde, Marine. C'est pas grave. C'est rien.

— Ben là !

— Non, non, non ! Je veux pas dire que c'est rien comme dans "rien là". C'est juste rien.

— C'est rien. » J'étais stupidement insultée. Aurais-je vraiment voulu qu'il se jette à mes pieds et m'annonce que notre baise avait changé sa vie ? Étais-je à ce point bêtement orgueilleuse ? Probablement, oui.

« Pas un mauvais rien ! Un bon rien !

— Jeff. Ça veut rien dire.

— Quoi, ce qui s'est passé ?

— Non, ce que tu viens de dire.

— Quoi ? »

Il y a eu un silence, et nous nous sommes mis à rire tous les deux, d'un rire nerveux et content, parce que tout était mieux que les non-dits et la tension.

« Jeff, câlisse. Qu'est-ce qui nous a pris ?

— Je sais pas... Ça fait une heure que j'y pense.

— Une heure ?

— Ben oui, une heure. J'étais réveillé quand t'es partie. Trop épais et *chicken* pour te retenir.

— Regarde, blâme-toi pas, moi j'étais trop épaisse et *chicken* pour rester.

— Bon point. »

Des images de son corps au-dessus du mien sur le carrelage trop froid de la cuisine, puis du mien chevauchant le sien sur les draps emmêlés me sont revenues, et j'ai mis une main inutile devant mes yeux. « Jeff… câlisse…

— Je sais, je sais.

— Oui, mais qu'est-ce qui nous a…

— Arrête de demander qu'est-ce qui nous a pris. On le sait pas, O. K. T'es tout à l'envers avec tes histoires, puis moi…

— Toi quoi ? » Panique soudaine et intense : allait-il m'avouer qu'il avait toujours été secrètement amoureux de moi ?

« Puis moi, ça fait des années que je me pitche d'un bord puis de l'autre, de Marie-Lune à Flavie, en pensant trouver ce que je veux, fait qu'à un moment donné t'as beau faire ton *tough*, ça laisse comme un vide. Fais gaffe.

— Oh. O. K. » Humiliation et soulagement soudains et intenses : l'homme n'était pas amoureux, et j'étais gravement présomptueuse. « Est-ce qu'on va le dire aux gars ? ai-je demandé.

— Hein ? Non. Non, non, non. Non, hein ?

— Jeff, on se dit toujours tout. Ça va finir par sortir.

— On va le laisser sortir en temps et lieu, O. K. ?

— O. K… » J'ai jeté un regard vers Élodie qui écoutait mon côté de la conversation avec une avidité presque comique et a senti le besoin, en me voyant me retourner vers elle, de me montrer ses deux pouces en signe d'encouragement.

« Est-ce que c'est ma faute ? ai-je questionné. À cause de ce que j'ai fait le mois passé ?

— Pose-toi pas de questions comme ça, Marine. Ça relève déjà du miracle qu'il se soit rien passé plus tôt.

— Pardon ?

— Marine, câlisse ! T'es belle, je suis cochon. Fais l'équation. »

J'ai ri. « On va-tu être corrects, Jeff ?

— On n'a pas le choix. Je veux pas te perdre.

— Moi non plus.

— Tu veux revenir ?

— Non. Je suis juste trop fatiguée. Je vais me coucher.

— O. K. Je t'aime fort.

— Moi aussi. »

J'ai raccroché et j'ai vu devant moi le « fort » qui était un bémol ajouté au verbe aimer et que je comprenais parfaitement. Je savais aussi que ce ne serait pas aussi « correct » que nous nous plaisions à le croire, que pendant longtemps il y aurait entre nous le souvenir de ce que nous n'aurions pas dû faire, de ce que nous avions fait pour les mauvaises raisons et que nous regrettions pour des raisons pires encore. Orgueil, désir, peur de perdre l'autre, mais aussi la face : ça faisait un cocktail plutôt indigeste.

« Ça va ? » a demandé Élodie. J'ai haussé les épaules en me disant que, si ça continuait, je risquais de gagner pas mal de temps et de crises de nerfs en me faisant faire un T-shirt avec écrit dessus *Je sais pas si ça va*.

« Ça va pas *mal*, si tu vois ce que je veux dire.

— Mais ça va pas *bien* non plus.

— Un indice : il est six heures du matin, je bois une tasse de rhum chaud chez ma petite sœur.

— Moi je suis contente que tu sois venue. »

C'était tellement mignon et sincère comme phrase que je n'ai pu m'empêcher de lui caresser maternellement les cheveux. « Toi ? Tes amours ?

— Ben… je pense que David voit d'autres filles.

— David…

— Ben oui, David ! Tu sais ! Ça fait trois semaines qu'on se voit. »

Je sais ? me suis-je demandé. Mon cerveau ne gardait mention d'aucun David – mais il faut dire qu'il y avait longtemps que, par instinct de survie et pour ne pas risquer le trop-plein, il avait choisi de filtrer agressive-ment toute information concernant les amours d'Élodie. Trop complexe. Les théorèmes d'algèbre étaient beaucoup plus simples et prenaient infiniment moins d'espace.

« David… ai-je dit sur un ton évasif. Oui…

— Ben, l'autre jour, j'ai trouvé une enveloppe de condom sur sa table de chevet. Qu'il avait pas ouverte avec moi. Tu penses que c'est un indice ?

— Euh…

— Tu penses ? Oh non, tu penses ?

— Si t'aimes mieux, je peux te dire qu'il a peut-être eu une envie soudaine de faire des ballounes d'eau avec des capotes pour les pitcher sur les passants.

— Qu'est-ce que je vais faire ?

— S'il pitche des ballounes ?

— Marine ! » Elle a pris son grand regard offensé. Comment pouvait-elle être aussi lucide quand venait le temps de se pencher sur les amours des autres et aussi tarte quand il était question des siennes ? Puis, j'ai pensé que je faisais *exactement* la même chose, et j'ai passé un bras autour d'elle.

« Est-ce que vous aviez parlé d'exclusivité ?

— Faut parler de ça, asteure ?

— Des fois, je pense. On est rendus modernes et ouverts, qu'est-ce que tu veux.

— Ça pourrait pas être juste tenu pour acquis ?

— Élodie, ma p'tite fille, permets-moi ici de te dire une grande vérité : on peut plus RIEN tenir pour acquis. Souviens-toi de ça, ça va t'épargner bien du trouble.

— Tu peux ben parler, toi, madame j'étais-insultée-quand-Gabriel-m'a-annoncé-qu'il-voyait-une-fille-parce-que-j'avais-tenu-pour-acquis-qu'il-était-célibataire.

— J'ai pas dit que JE tenais quoi que ce soit pour acquis. J'ai dit qu'il faut pas. Parce qu'au cas où t'aurais pas remarqué, je suis assez dans le trouble merci.

— C'est pas SI pire. »

J'espère qu'ils ont un forfait deux pour un chez le fabricant de T-shirts, ai-je pensé. Celui avec *Je sais que c'est pas SI pire* écrit dessus risque de s'user avant l'autre.

« T'es prête à vivre avec ça ? ai-je demandé.

— Avec le fait qu'il voie d'autres filles ? NON !

— Bon ben tu sais ce qu'il te reste à faire.

— Quoi ?

— Ben tu lui dis !

— Puis là, quoi ? Il me dompe parce qu'il est pas prêt à être "exclusif" ? » Elle faisait le signe des guillemets avec ses doigts, et une petite grimace.

« Je voyais plus ça dans le sens que TU le dompes s'il est pas prêt à l'être.

— Oui, mais je l'aiiiiime !

— O. K. Non. Non, non, non. Arrête avec ça. Non, tu l'aimes pas. Puis, va falloir que tu te tiennes un peu debout, Élodie. C'est sûr que ce gars-là, s'il peut t'avoir toi et d'autres filles, il va en profiter. Pas fou, quand même.

— Le chien sale.

— Non. Il t'a rien promis, à ce que je sache. » J'ai repensé à Christophe. À lui non plus je n'avais rien promis, mais il y avait un engagement tacite, et je le savais.

« Je lui dirai rien, a balbutié Élodie avec une petite voix.

— Comme tu veux. Mais assume, d'abord.

— T'es pas fine !

— O. K., O. K… » Je l'ai prise contre moi. « Je suis juste au-delà de la fatigue. Et aussi, avoue, quand même un peu la voix du gros bon sens.

— Le gros bon sens est pas fin.

— Non. Non, ça, c'est sûr. » Je l'ai gardée dans mes bras un instant. Par la fenêtre, je pouvais voir au-dessus des toits une bande de ciel bleu foncé. « Viens-t'en, lui ai-je dit. On va aller essayer de dormir un peu. Ç'a été une crisse de grosse journée.»

Dans le lit étroit d'Élodie, j'ai rêvé de Jeff. Il était debout dans la neige, en T-shirt seulement. Il voulait me dire quelque chose, mais chaque fois qu'il ouvrait la bouche, il n'en sortait que des couleurs. Des volutes rouges, des volutes bleues, des volutes vertes, qu'il essayait de rattraper.

«Désolée, ai-je soupiré en m'asseyant à ma place. Oh, désolée, désolée, désolée.» Julien me regardait, les bras croisés, l'air d'abord courroucé, puis soudain perplexe.
«Euh... qu'est-ce que t'as fait à ta face?
— Hein?» J'ai porté une main à mon visage. «Oh. Euh...» Je m'étais fait réveiller, après cinq heures de sommeil absolument pas réparateur, par un appel de Julien qui m'attendait au restaurant où nous devions bruncher ensemble pour le préparer à la visite de Mathias. Non seulement j'avais complètement oublié notre rendez-vous, mais j'avais de la difficulté à croire qu'il avait réussi, lui, à se lever. «Je suis sur le Gatorade depuis dix heures à matin, moi, m'avait-il dit. C'est une journée capitale, tu sauras. Fait qu'*enweye*. T'as pas d'excuses. J'ai commandé des mimosas.»
Une brève inspection dans l'un des innombrables miroirs d'Élodie avait confirmé ce que je craignais: j'avais l'air de la chienne à Jacques. ET je portais un pantalon en coton ouaté. J'avais donc réveillé Élodie en la brassant frénétiquement pour l'obliger à me prêter un jeans et un pull convenable, et faire, pour moi, un tri préalable dans les cinquante millions de produits de beauté qu'elle possédait. Mais tous ses fards à joues étaient rose nanane, et elle avait insisté pour appliquer elle-même un peu

343

d'anticernes et une «poudre bronzante» qui était censée me donner un «air vitaminé». Avec pour résultat que je ressemblais maintenant à Barbie, et que je portais un chandail minuscule que je devais sans cesse tirer vers le bas pour qu'il ne me remonte pas jusqu'en haut des seins, et un jeans dont la taille m'arrivait environ six pouces en dessous du nombril. J'aurais dû garder les cotons ouatés, ai-je pensé en voyant Julien se pencher sous la table pour observer la chose.

« On commence par où, exactement ? » a-t-il demandé. Une des serveuses que je voyais là presque chaque jour est passée près de notre table et m'a lancé un regard un peu inquiet.

« Longue histoire. J'ai couché chez Élodie hier soir.

— Je me disais, aussi, que tu me rappelais quelqu'un... Mais... pourquoi ? »

J'ai pris une gorgée de mimosa. « On va le laisser sortir en temps et lieu », avait dit Jeff. Jamais temps et lieu ne se seront présentés aussi vite, ai-je pensé en regardant Julien. Et comme de fait, il a soudainement fait de grands yeux et s'est plaqué une main sur une joue dans un geste qui m'a donné envie de rire.

« NOooooooOON. » C'était le plus long «Non» de l'histoire.

« Ben oui. » Le « Ben oui » le plus bref.

« Nooooooon.

— *Yup*.

— Non.

— On va faire ça longtemps ?

— Le temps que ça va prendre pour que je digère l'information. » Il a calé son verre. « Noooon.

— *Oh yes*.

— Non.

— Quoi non ? » J'ai levé la tête. Laurent était debout à côté de la table, un petit sourire niais sur le visage.

« Ben quoi, a-t-il dit. C'est pas parce que j'ai eu l'air bête hier que je vais commencer à manquer le brunch dominical, quand même ?

— Loulou ! » ai-je dit. Il était tout ce qu'il y avait de bon et de rassurant. Je l'ai pris par le cou pendant qu'il demandait à Julien : « Elle est-tu déjà soûle ? » Il s'est finalement assis. Il avait l'air particulièrement de bonne humeur. « J'ai parlé à Carole.

— Parlé de quoi ?

— Je lui ai dit que… euh… c'est quoi cette face-là ? Ça va le maquillage ?

— Longue histoire. Qu'est-ce que t'as dit à Carole ? » Devant moi, je voyais Julien qui trépignait, complètement dévoré par le désir de hurler la nouvelle.

« Ben hier, après le marché, on s'est engueulés – parce que oui, tu sauras, ç'a fait une scène. » J'ai fait un petit sourire apologétique. « Mais là, plutôt que de juste vociférer de façon incohérente…

— Tu vocifères de façon incohérente régulièrement ?

— Oh oui. Je te donnerais bien un exemple, mais les clients vont avoir peur. *Anyway*. Je l'ai avertie que si elle voulait que ça continue, il fallait qu'elle accepte que tu fasses toujours partie de ma vie et que le dimanche, c'était ma matinée avec mes amis. Y a des gars qui ont des soirées de poker, moi j'ai des brunchs dominicaux.

— Viril.

— On fait ce qu'on peut, a-t-il déclaré en portant une fine coupe de mimosa à ses lèvres, le petit doigt en l'air.

— Elle l'a pris comment ?

— Pas bien.

— Donc ?

— Ben, donc on en a parlé, puis parlé, puis parlé encore jusqu'à ce que les oreilles me sifflent.

— Pourquoi tu lui as pas juste dit que tu l'aimais ? Ç'aurait certainement aidé à faire passer la pilule.

— O. K. Wow. Je lui ai dit que je tenais à elle. »

Julien et moi avons échangé une moue semi-appréciative : ce n'était pas génial, mais c'était un début. Et, dans le langage de Laurent, il s'agissait pratiquement d'une déclaration d'amour éperdu.

« Calvaire ! a dit Laurent, je sais que c'est pas facile pour elle, mais faut bien faire des compromis, non ?

— T'en fais, toi, des compromis ?

— Oui, j'en fais. Je vis avec elle. »

Je lui ai mis une main sur une cuisse. Je savais que Laurent, si on lui avait donné le choix, aurait préféré, et de loin, vivre seul. Je savais aussi qu'il aurait probablement été un meilleur amoureux de cette manière. Mais il était incapable de faire valoir cette idée à ses blondes parce qu'il était persuadé qu'aucune femme n'accepterait cela, et elles finissaient par emménager chez lui, et lui commençait à se plaindre. Il capitulait, en fait, devant les exigences de l'amour, sans même essayer de négocier. « Très, très mauvaise tactique militaire », lui répétions-nous sans cesse, sachant pertinemment que, nous aussi, nous capitulions – devant d'autres châteaux forts, d'autres terrains minés, peut-être, mais tout cela revenait au même.

« En tout cas, a poursuivi Laurent. Je suis content. Câlisse, j'ai l'impression d'avoir perdu vingt livres. Je voulais juste qu'elle comprenne ça, vous savez ? Je peux pas changer à ce point-là. Un peu, correct, mais pas à ce point-là. C'est pas comme ça qu'on garde les gens près de soi.

— *I'll drink to that* », a approuvé Julien en levant son verre.

Laurent s'est retourné vers moi. « Maintenant, est-ce qu'on peut revenir à ta face ? T'as l'air de Murielle Millard.

— Ben là, quand même, c'est pas si pire que ça ? »

Julien m'a regardée, l'air désolé pour moi, en hochant la tête, pendant que Laurent se penchait à son tour sous la table.

« C'est quoi, t'es déguisée en Élodie ?

— Oui ! Ouiiii ! a dit Julien en pointant vers lui deux doigts surexcités.

— Pourquoi ? Vous aviez pas un souper chez vous, hier ?

— Oui...

— Oh puis quoi, Jeff et Flavie se sont mis à baiser sur le comptoir ? T'es partie ?

— Bon ! ai-je lancé à l'intention de Julien. Ça te tentait pas de croire ça, toi aussi ?

— Je suis parti avec Flavie, elle m'a raccompagné.

— Ah. Oui.

— Alors ? » a demandé Laurent. Julien était pratiquement couché sur la table, les bras tendus vers Laurent, suppliant. Celui-ci a semblé hésiter un moment. Il scrutait mon visage et, alors que je comptais mentalement les secondes avant la révélation, je l'ai vue arriver, à grand renfort d'yeux ronds et bouche bée.

« Noooooon.

— Oui.

— Non. Pas vrai.

— Oui. *Full* vrai.

— Nooooooooon. »

Il s'est retourné vers Julien, l'air abasourdi, et ils se sont mis à hocher la tête comme deux abrutis, les mains écartées en signe d'impuissance, et j'ai placé une main sous le menton de Laurent dont la mâchoire menaçait de se décrocher complètement d'une seconde à l'autre. Puis, Julien a couiné quelque chose, un doigt pointé vers l'entrée, et je n'ai pas eu besoin de me retourner pour savoir que Jeff était là.

« Comme ça, ç'a pas été vraiment long avant que ça sorte, ç'a l'air, a fait Jeff en venant s'asseoir. Me disais ben aussi que… câlisse, qu'est-ce que tu t'es mis dans la face ?

— Maquillage d'Élodie », a répondu à toute vitesse Julien, qui ne voulait pas perdre une seconde avant d'entrer dans le vif du sujet. « Jeff. Sérieux. Nooooon.

— Ç'a ben l'air que oui.

— Non, a dit Laurent. J'en reviens pas.

— Eh bien oui.

— Noooon…

— C'est correct, ai-je dit à Jeff. Ça fait une demi-heure qu'ils ont le piton collé. »

Il m'a souri et m'a regardée dans les yeux pour la première fois depuis… depuis, en fait, que nous nous étions retrouvés collés l'un contre l'autre, moites et essoufflés, moins de douze heures plus tôt. « Ça va ? a-t-il articulé à mon intention, et j'ai répondu avec un sourire et un haussement d'épaules nonchalant. J'étais pas sûr de venir, mais bon…

— C'est ce que je me suis dit, moi aussi, a fait Laurent. D'ailleurs, je suis bien content d'être venu ! a-t-il ajouté en imitant André Dussolier dans *Les Enfants du marais*.

— Il est de bonne humeur, ai-je expliqué à Jeff. Il a eu une discussion avec Carole.

— Ah oui ? Puis ?

— Comment ça, puis ? a hurlé Julien. Je. Ne. Pense. Pas. Je t'aime, Laurent, mais ton dossier est vraiment pas en priorité ce midi. D'abord, on va débriefer sur Shrek puis Barbie, ici, puis après je veux que toutes vos intelligences se réunissent pour m'aider pour ce soir avec Mathias.

— Julien, ai-je dit. Penses-y deux secondes. Veux-tu *vraiment* que nos trois intelligences à nous, ici présents, qui en sommes où nous en sommes dans nos vies, te viennent en aide ? Moi ça me dérange pas, mais...

— Mais oui, voyons ! J'ai remarqué que plus vous êtes morons dans vos vies sentimentales respectives, plus vous êtes de bon conseil pour celle des autres.

— Eille ! ai-je dit joyeusement. Moi aussi ! Élodie était de super bon conseil ce matin et MOI j'étais de bon conseil pour elle.

— Tu devais être de bon conseil en crisse », a marmonné Laurent dans son verre. Je lui ai donné un coup de coude, tout en riant, et me suis enfoncé le visage dans mes mains.

« Ostie, je suis tellement fatiguée, c'est même pas drôle.

— Salut Marine ! » a dit une voix près de moi. C'était Gabriel. J'avais toujours mes mains sur le visage et, me souvenant de la gouache qu'y avait appliquée Élodie, je me suis contentée d'écarter deux doigts pour m'assurer que c'était bien lui. Comme de fait, mêmes boucles noires retombant sur son front, mêmes yeux verts qui s'auréolaient de rides on ne peut plus sexy quand il riait, même sourire tout suintant de charme et de confiance en soi.

« Allô ? ai-je dit à travers mes mains. Coudonc, toi, je vais sérieusement commencer à penser que tu m'as installé une espèce de Gizmo comme dans les films d'espions, pour savoir où je suis tout le temps.

— Eille. Je viens ici depuis des années, mademoiselle Vandale. J'ai des droits sur cet endroit.

— Puis le Lulli ?

— Tu peux garder le Lulli. » Il riait.

« Puis l'hôpital ?

— Ben là, a dit Julien, pousse mais pousse égal, ma belle. Y est docteur.

— C'était pas *son* hôpital.

— Moi je pense qu'il gagne tous les hôpitaux, a dit Laurent.

— Même psychiatriques ? » a demandé Julien sur un ton beaucoup trop intéressé, et ils se sont lancés dans un de leurs débats interminables et futiles qui les amusaient beaucoup trop à mon goût. Gabriel, lui, souriait, les sourcils levés, puis s'est retourné vers Laurent, faisant un signe avec ses mains à lui pour lui demander ce que je faisais au juste avec les miennes.

« Oh, *dude*. Tu veux PAS voir ce qu'il y a en dessous, a dit Laurent.

— O. K., ça va, ça va ! » J'ai retiré mes mains, les yeux levés au ciel comme une adolescente.

« Sa-cra-ment ! a crié Gabriel. Pourquoi ? Vraiment, pourquoi ?

— Veux-tu vraiment que je te raconte toute l'histoire ? » Les trois garçons se sont retournés vers moi, yeux écarquillés au possible, expression immobile et beaucoup trop concentrée.

« Moi j'ai tout mon temps, a dit Gabriel. Je suis tout seul au comptoir, donc… » Les garçons me fixaient toujours avec leurs grands yeux, aussi ai-je pris sur moi d'inviter Gabriel. Il avait à peine tourné les talons pour aller chercher son manteau que les six yeux écarquillés se penchaient sur la table pour murmurer à toute vitesse ce qui revenait à « Es-tu-folle-voyons-si-tu-veux-avoir-encore-la-moindre-chance-avec-ce-gars-là-ferme-ta-*yeule*-qu'est-ce-qu'y-te-prend-es-tu-virée-sur-le-top-puis-à-part-de-ça-c'est-pas-de-ses-affaires ! ! ! ! ».

« Je vais pas tout lui dire, gang d'innocents.

— Tu vas mentir ? a demandé Julien, grivois et ravi.

— Non. Juste faire un petit travail d'édition. » J'ai fait un clin d'œil à Julien pendant que Jeff se frottait le visage d'un air découragé et que Laurent, fidèle à son habitude, marmonnait dans son verre : « Va être beau, ça ! »

« Alors, a dit Gabriel en s'asseyant au bout de la table, entre Jeff et Laurent. C'est quoi cette longue histoire ?

— On s'est jamais rencontrés, a dit Julien en se couchant pratiquement par-dessus la table pour attraper la main de Gabriel. Julien McKay. On s'est parlé au téléphone.

— Enchanté, a dit Gabriel. J'ai beaucoup entendu parler de toi.

— Et moi donc », a répondu Julien, qui, une seconde plus tard, tressaillait en recevant un bon coup de pied dans le tibia. J'ai lancé un regard vers Jeff, qui avait l'air de se demander ce qu'il faisait là et s'est finalement retourné vers la serveuse pour lui demander son fameux Bloody Ceasar double. Laurent, devant lui, faisait aller ses beaux yeux noisette de lui à moi, essayant de déchiffrer doucement nos pensées, ce que nous ne disions pas, et surtout ce que nous ne *nous* disions pas.

Une heure plus tard, j'avais terminé ma fameuse « longue » histoire qui, une fois éditée par mes bons soins, n'était en fait qu'une petite histoire banale, et nous étions depuis longtemps sur le cas de Julien.

« Moi, si je peux te donner un conseil, disait Gabriel, c'est de surtout pas essayer de te faire pardonner *right away*. Reconnais tes torts, mon homme. Par respect pour lui. Puis, demande-lui pas de te refaire confiance tout de suite. Je veux pas être désagréable, mais c'est beau s'il te refait confiance un jour. Et il faudrait qu'il comprenne que toi, t'as compris ça. »

Julien l'écoutait avidement, les sourcils froncés, opinant de temps en temps comme quelqu'un à qui on explique une théorie complexe.

« Agresse-le pas, a poursuivi Gabriel en se levant pour aller aux toilettes. Laisse-le parler, lui. Parce que sérieux… » Il repensait visiblement à toute l'histoire et nous a quittés en riant.

« O. K., a dit Julien en se penchant vers moi. Si la théorie est vraie, ce gars-là doit être dans une crisse de mauvaise passe dans sa vie sentimentale parce qu'il est de TRÈS bon conseil.

— Oui, hein ?

— *Oh yes*. Tu penses que ç'aurait de l'allure si je lui demandais de se cacher derrière le divan pour me souffler des répliques quand je vais parler à Mathias ?

— Tu sais, ai-je dit, c'est presque un miracle qu'on ait pas encore fait ça. C'est tout à fait notre genre, les plans foireux de même.

— Gabriel ! a lancé Julien en le voyant revenir, tu veux pas être mon Cyrano ?

— Hein ?

— Ça serait bien la première fois que Cyrano est plus *cute* que Christian », a dit Jeff.

Julien lui a donné un coup de coude pendant que je me penchais sur l'épaule de Laurent pour rire. « Tu veux pas ? a-t-il poursuivi. Juste à te cacher derrière le divan et à me souffler mes répliques.

— Il est sérieux, hein ? m'a demandé Gabriel.

— C'est malheureusement possible, oui. »

Jeff s'est de nouveau passé une main sur le visage. Il avait l'air fatigué et vaguement ennuyé par nos propos et la situation en général. Il va falloir qu'on se parle, ai-je pensé. On ne peut faire semblant de rien et mettre tout cela derrière nous en espérant que, en ignorant toute l'histoire, nous allons finir par l'oublier. Nous méritons mieux que cela.

Les plats principaux venaient à peine d'arriver quand son téléphone a sonné. Il l'a sorti de sa poche et l'a regardé d'un air intrigué. « C'est ta mère », m'a-t-il dit. Puis, sur un ton légèrement paniqué : « *Oh my*

God, c'est ta mère. » Non, ai-je pensé. Elle ne peut tout de même pas… Frédéric ou Élodie auraient-ils ? Non… Laurent et Julien, qui avaient évidemment eu la même idée, regardaient Jeff, qui s'est finalement décidé à répondre.

« Allô ? Oui ? Ben oui quelle surp… Quoi ? Oui, oui, elle est à côté de moi, pourquoi ? Son cellulaire ? Je sais pas, peut-être… Marine, t'as pas ton cell ? » Nous l'écoutions tous dans un silence religieux, à part Gabriel qui mangeait joyeusement. « QUOI ? s'est finalement exclamé Jeff. Oui. Oui, oui. À quel hôpital ? » Il a levé la tête vers moi. « Ton père est à l'hôpital.

— QUOI ? »

Je regardais toujours Jeff, mais j'ai vu du coin de l'œil Gabriel poser immédiatement sa fourchette. « Où ? » a-t-il demandé à Jeff. C'était son hôpital. Il s'est levé et commençait déjà à mettre son manteau. « Qu'est-ce qu'il a ? » Et pendant que Jeff faisait le pont entre ma mère et Gabriel, j'attrapais des bribes de « AVC », « vaisseau qui a éclaté », « cerveau ».

« Calvaire, ai-je finalement dit, qu'est-ce qu'il a ?

— Attends », a dit Gabriel. Il a fait signe à Jeff de lui donner son téléphone et s'est rapidement présenté. « Madame Vandale, je suis un ami de Marine. Je suis urgentologue à l'hôpital où on a admis votre mari. Qu'est-ce qu'on vous a dit ?

— Oh, y est vraiment *hot*, présentement, a dit Julien, ce qui lui a valu trois "Ta gueule" irrités plus une claque derrière la tête de la part de Jeff.

— O. K., a dit Gabriel en raccrochant. Viens-t'en. On va aller voir ça.

— Il va être correct ?

— On va voir. Prends ton manteau. Je vais appeler un taxi.

— Je suis stationné juste en face, a dit Laurent.

— O. K., *go*, d'abord. » Il était debout, son manteau sur le dos, et nous le regardions encore tous les quatre avec des yeux de merlan frit. J'avais le sentiment presque physique d'être encore en train d'absorber une information trop grosse pour mon cerveau fatigué. Il n'a pas dit qu'il allait être correct, me répétais-je intérieurement. Il a dit « On va voir ».

« *GO* ! a crié Gabriel. *Enweyez*, qu'est-ce que vous faites ?

— Oui, oui, *go*, a répété Laurent en se levant et en mettant son foulard. Marine ! *Go* !

— Ciboire, a fait Julien en se levant à son tour. Je viens avec vous. Allez, Marine. Viens. »

Il m'a tendu une main et, comme je me répétais encore : Il a dit « On va voir » et que je restais immobile, il a fait un petit soupir irrité et m'a littéralement soulevée par les aisselles. « Marine ! a-t-il dit en approchant son visage du mien. Hôpital. *Now*.

— Oui. Oui, O. K. » Je me suis levée, avec la nette impression d'être *stone* ou dans un rêve, et j'ai commencé à m'habiller. Devant moi, Jeff restait assis, et je me suis finalement réveillée. « Tu viens ? ai-je demandé.

— Hein ? Non. Non, vous êtes assez de même.

— Jeff... » J'avais envie de lui dire que j'avais besoin qu'il vienne, que j'avais besoin de lui, mais les mots restaient coincés dans ma gorge, parce qu'ils étaient devenus trop lourds – ils étaient désormais chargés.

« *Enweye*, a-t-il dit. Je vais être à la maison. »

J'ai ouvert la bouche, mais je ne trouvais rien à dire et je n'ai pu que le regarder pendant que Julien me tirait par le bras. Quand je me suis retournée, j'ai vu Gabriel qui nous observait et, visiblement, il venait de comprendre quelque chose.

« Allez, m'a-t-il dit en attrapant mon autre bras. On va aller s'occuper de ton père. »

À : Fred
De : Marine Vandale
Objet : Cellule de crise

. . . .

Je suis là. T'as parlé à maman ?

À : Marine
De : Frédéric Vandale
Objet : Tympan crevé

. . . .

Non. Maman m'a parlé, pendant environ une heure. Comme tu étais avec elle, j'ai pas besoin d'évaluer pour toi le degré d'hystérie. Elle hurlait plein de mots en même temps et s'est surtout beaucoup étendue sur le fait que veuve à son âge, c'était trop injuste. Du coup, j'ai rien compris à ce qu'avait papa. Qu'est-ce qui se passe ?

À : Fred
De : Marine Vandale
Objet : Bobo à la caboche

. . . .

Il a un vaisseau sanguin qui a éclaté dans le cerveau. Tu comprendras que je me risquerai pas plus loin parce que le jargon médical et moi, ça fait deux. C'est pas un AVC, si ça peut t'aider, et ils savent pas encore à quoi c'est dû. Mais ça pourrait expliquer ses troubles de mémoire.

À : Marine
De : Frédéric Vandale
Objet : re : Bobo à la caboche

....

Ton jargon médical est à ce point mauvais que tu peux pas me dire s'il va être correct, ou tu t'amuses juste à me faire languir ?

À : Fred
De : Marine Vandale
Objet : Déduction, peut-être

....

Tu crois pas que si je savais s'il va être correct, je te l'aurais dit ? La dernière fois que j'ai entendu parler d'une sœur qui taquinait son frère par rapport à une question de vie ou de mort d'un de leurs parents, je me souviens pas de m'être décroché la mâchoire.

À : Marine
De : Frédéric Vandale
Objet : re : Déduction

....

T'as raison. Désolé. Légère panique. Tu crois que je devrais revenir ?

À : Fred
De : Marine Vandale
Objet : Superstition

....

Reviens pas de suite, Fredou. Parce que si tu te mets en route vers ici, je vais avoir l'indécrottable impression que c'est pour voir papa une dernière fois.

À : Marine
De : Frédéric Vandale
Objet : Âpre lucidité

....

O. K., je vois, mais si c'était le cas justement ?
C'est pas des mots que je veux dire, Marine,
mais ça se peut que mon père s'en aille et que
je garde comme souvenir de notre dernière rencontre un café Tim Horton pris en sa compagnie
à l'aéroport.

À : Fred
De : Marine Vandale
Objet : Délai de grâce

....

Fuck, Fred... mais je comprends, c'est sûr. Personne veut de Tim associé à de pareils souvenirs.
Mais écoute, moi je retourne à l'hôpital tout à
l'heure. Je suis juste venue me changer et surtout
me démaquiller pendant qu'ils lui font des tests,
parce que inutile de te dire que la journée a été
plutôt longue.

À : Marine
De : Frédéric Vandale
Objet : Subtil changement de sujet

....

Je suppose, oui... On en est où dans le dossier
coloc ? Et quel genre de fille quitte le chevet de
son père pour se démaquiller ?

À : Fred
De : Marine Vandale
Objet : Murielle Millard

. . . .

Question maquillage, je t'épargne, mais Laurent
a réussi à prendre une photo en douce et va sûrement te l'envoyer. Je peux juste te dire que c'est
Élo qui m'avait peinturée, et qu'à l'urgence les
patients s'enfuyaient en hurlant. Et puis, il y
avait rien que je pouvais faire, plantée là comme
une dinde. Déjà assez que certaines infirmières
songent sérieusement à attacher solidement
maman à une civière pour qu'elle leur foute la
paix. Et puis, il est en de bonnes mains, Gabriel
est là.

À : Marine
De : Frédéric Vandale
Objet : Superhéros

. . . .

Alors là, ça devait papillonner entre les civières…
T'as réussi à ne pas succomber au charme du
docteur sauveur ?

À : Fred
De : Marine Vandale
Objet : Humour de taverne

. . . .

T'es con. Il a juste été merveilleux, et moi, ça va
peut-être t'étonner, mais je suis pas exactement
sur le mode « succombation », si tu vois ce que
je veux dire. Mon père est dans le coma et j'ai
passé la nuit avec mon meilleur ami. Alors, tu
vois : retenue. Par contre, Julien papillonnait
comme une fillette, et si c'était pas du fait qu'il

avait un rendez-vous avec Mathias, j'aurais pas été étonnée qu'il tente de tasser Gabriel dans un coin.

À : Marine
De : Frédéric Vandale
Objet : Les vraies questions

. . . .

Te demande pardon, petite sœur. Je suis moi aussi un peu secoué, et tu sais comment je suis quand je secoue, je fais de l'humour minable. Mais dis-moi, toi, comment tu vas ?

À : Fred
De : Marine Vandale
Objet : Te le donne en mille

. . . .

Je sais pas trop, pour être exacte. Je sais pas. Jeff est pas ici. Et là j'ai pas le droit de lui dire ça, mais c'était tout ce que j'espérais. J'aimerais ça que tu sois là, toi aussi.

À : Marine
De : Frédéric Vandale
Objet : Là en pensée

. . . .

Tu sais que tu peux me joindre quand tu veux. Et dès que tu veux que je me ramène, t'as qu'un signe à faire. T'es toute seule, là ? T'as prévenu les sœurettes ?

À : Fred
De : Marine Vandale
Objet : Avoir un bon copain

> Non, Laurent est avec moi. Je retourne à l'hôpital
> bientôt, je veux attendre d'avoir quelque chose
> de concret à dire avant de prévenir les filles...
> Merde, Fred, ça sonne à la porte. Je file. Je te tiens
> au courant.

À : Marine
De : Frédéric Vandale
Objet : Sentiment de déjà-vu

> Tu connais l'histoire du gars qui se fait toujours
> planter par sa sœur en plein milieu d'un échange
> épistolaire ?

:-)

Chapitre 13

« C'est beau ! a crié Laurent depuis le salon. J'y vais. » Il avait passé tout l'après-midi à l'hôpital avec nous, puis m'avait ramenée à la maison à la tombée du jour quand Gabriel était venu nous expliquer que si nous voulions nous reposer (« ou, je dis ça comme ça, vous démaquiller un peu »), nous étions aussi bien d'y aller maintenant, qu'il s'écoulerait au moins une couple d'heures avant un premier diagnostic.

« Viens, avait dit Laurent en me prenant doucement par les épaules. Je vais te donner un *lift* jusque chez toi.

— Non, je vais rester... puis tu penses pas que tu vis un peu dangereusement, toi là ? Je veux bien croire que t'as parlé à Carole, mais bon... Ça se peut que l'idée que t'aies passé la journée au chevet du père de ton ex l'enchante pas exactement.

— Je m'en vais nulle part », avait-il répondu, et j'avais failli me mettre à pleurer, chose que je n'avais pas encore faite (une chance, d'ailleurs. Avec la quantité de maquillage que j'avais sur la figure, les conséquences mêmes d'une seule larme auraient été cataclysmiques).

J'étais fermement décidée à rester, mais ma mère, qui n'avait pas cessé de parler et d'apostropher le personnel entier de l'hôpital, incluant les employés de la cafétéria et les secrétaires, pour exiger d'eux un diagnostic précis sur l'état de son mari parce qu'elle avait « le droit de savoir s'il fallait qu'elle se prépare psychologiquement à être veuve d'ici la fin de la journée », venait de revenir auprès de moi, me bombardant moi aussi de questions qu'elle intercalait de commentaires sur ce maquillage qui « franchement, me donnait l'air d'une fille facile » et sur Gabriel qu'elle allait probablement assommer dès la survie de mon père assurée pour l'emmener à son insu à Las Vegas et le forcer à m'épouser. « Marine. Un médecin ! Un médecin dans la famille ! »

Je m'étais levée d'un bond. « Je vais accepter ton offre, Lo. Ça va me faire du bien.

— Prends ton temps, avait dit Gabriel. Dès que j'ai des nouvelles, je te tiens au courant. » Il m'avait prise dans ses bras. Ma tête lui arrivait à peine sous le menton et je l'avais senti déposer un baiser léger dans mes cheveux qui m'avait fait frissonner délicieusement. C'était un geste qui me semblait terriblement intime malgré son apparente insignifiance, et cette intimité me réchauffait enfin.

J'avais passé le plus long après-midi de ma vie dans cet hôpital achalandé où nous étions arrivés en trombe, groupe désordonné et bigarré, Gabriel en tête suivi de Julien qui me tenait par la main et des cris de Laurent qui nous hurlait qu'il allait stationner la voiture. Il nous avait rejoints dans une salle d'attente destinée aux familles où tout le monde parlait en même temps et ma mère plus fort que tout le monde. Nous étions restés assis tous les trois, moi entre Julien et Laurent, pendant des heures alors que Gabriel allait et venait et que ma mère tentait de soudoyer d'innocents employés pour avoir accès à son mari (Le pauvre, me disais-je alors. Car si quelque chose dans l'univers pouvait provoquer des ruptures d'anévrisme, c'était bien ma mère).

Dans la voiture, alors que nous revenions vers cet appartement que j'avais quitté douze heures plus tôt dans le plus grand désordre, Laurent n'avait presque pas parlé. Mais il avait tendu un doigt pour me caresser la joue gauche, minuscule geste tendre qu'il faisait autrefois alors que nous étions ensemble et qui, comme je connaissais par cœur sa réserve, avait toujours été pour moi d'une grande douceur.

« Tu devrais rentrer chez toi, Loulou.

— Ben non.

— Loulou… je dis pas ça pour faire ma martyre. » J'avais repensé à l'après-midi de la veille, qui pourtant me faisait l'effet d'être des mois plus tôt. « Je suis désolée pour hier au marché.

— T'as *vraiment* couché avec Jeff ?

— J'avais dit : "Je suis désolée pour hier au marché."

— Ben non, c'est moi qui ai été poche. » Il avait ouvert la fenêtre pour insulter sans conviction un conducteur dont la voiture était déjà trois pâtés de maisons plus loin. « Je le sais, que c'est moi qui suis poche dans toute cette histoire-là. Tu le sais que je le sais, hein ? »

Mon « Mais voyons donc, jamais de la vie » d'usage était sur le point de sortir, mais les dernières vingt-quatre heures m'avaient enlevé tout désir de mensonge, ou même d'hypocrisie. « Oui, je le sais, Loulou.

— Je sais que tu le sais que je le sais. »

J'avais fait un petit rire fatigué et je lui avais caressé le lobe d'oreille. « Tu sais que je t'en veux pas, hein ? Et que je te juge pas et que je t'aime ?

— Bon, ça va les gros mots… » J'avais eu droit à son petit sourire en coin, puis à un soupir, et à un nouveau : « Oui, mais *Jeff*… Qu'est-ce qui t'a pris ?

— O. K., si j'entends encore une fois cette question-là, je vais avaler ma propre langue, c'est-tu clair ? Il m'a rien pris. C'est arrivé, c'est tout.

— T'es correcte ?

— Ben oui, voyons. Personne est mort, non ? » Je m'étais mordu la lèvre d'en bas. Laurent, dans un geste presque inconscient, m'avait caressé paternellement la cuisse.

« Ça va être correct, avait-il dit. Tout va être correct. » Venant de lui, l'être le plus angoissé et le plus pessimiste que je connaissais, c'était la phrase la plus réconfortante que je pouvais concevoir.

« Attends ! Attends ! ai-je dit sur ce ton étrange que l'on prend quand on veut murmurer et crier à la fois.

— Quoi ? T'as peur que ça soit Jeff ?

— Non, nono, Jeff a la clef, figure-toi donc. Mais si c'est une de mes sœurs ?

— Marine, va falloir dealer avec ça.

— Non, pas tout de suite, je…

— O. K., je peux vous entendre », a dit la voix de Gabriel à travers la porte. Laurent a donc ouvert d'un grand geste et nous nous sommes retrouvés tous les deux avec nos sourires stupides devant Gabriel qui était appuyé sur la rambarde, les bras croisés. « Votre porte est peut-être pas super bien insonorisée, a-t-il dit en souriant.

— Mon père es-tu correct ? » Il me semblait que s'il venait jusqu'ici, que s'il avait pris la peine de se déplacer, c'était parce que les nouvelles devaient être mauvaises.

« Ton père est stable. » Stable ? C'était un mot angoissant et vide de sens que j'entendais aux nouvelles ou que je lisais dans les journaux jaunes et qui impliquait généralement que la personne était entre la vie et la mort, MAIS – quelle joie, quel soulagement – sans être secouée de spasmes.

« Il va bien, a ajouté Gabriel en remarquant mon air catastrophé. Stable veut dire bien. Il va falloir l'opérer au cerveau demain...

— Quoi ?! » Je n'ai pas eu conscience du léger effondrement intérieur qui avait soit précédé soit suivi cette question, mais je me souviens de Laurent qui m'a reçue alors que j'essayais de m'asseoir sur le dossier du sofa... à trois pieds du sofa en question.

« Eille ! Eille... » a murmuré Gabriel en s'approchant. Il avait presque l'air d'un parent désolé et affligé par la détresse de son enfant. « Je sais... Je sais. » Évidemment qu'il savait. C'était son métier de savoir. Il nous a suivis alors que Laurent me dirigeait doucement vers le sofa, en m'expliquant d'une voix, ma foi fort stable, ce qui s'était passé dans le cerveau de mon père.

« Gabriel, ai-je finalement dit. Peux-tu juste me dire que, pour le moment, il est correct ? » Un silence, évidemment. « Je sais que ça doit être écrit quelque part dans le serment d'Hippocrate...

— Hypocrite ? a demandé Laurent sans que personne ne fasse attention à lui.

— ... que tu peux pas mentir ou donner de faux espoirs, mais est-ce que, s'il te plaît, tu pourrais déroger un peu et m'en donner ?

— Te donner quoi ?

— De faux espoirs.

— Tu veux que je te donne de faux espoirs.

— Oui.

— Même si tu sais que c'est peut-être de faux...

— Eille ! Qu'est-ce que tu comprends pas, au juste ? » Une phrase complètement stupide m'est passée par la tête et j'ai failli lui dire que c'était bien ce qu'il faisait de toute façon en envoyant des fleurs à des jeunes femmes qu'il n'avait nullement l'intention de séduire, et j'ai plongé la tête dans mes mains, plus par dégoût de moi-même que par amour pour mon père. Les yeux toujours clos, j'ai entendu Laurent se diriger vers la cuisine et commencer à farfouiller dans le cabinet à alcool, et j'ai senti Gabriel venir s'asseoir à côté de moi.

« Écoute, m'a-t-il dit d'une voix douce, en appuyant une main chaude sur mon épaule. Il va être correct.

— Pour vrai ? »

Il a fait un petit sourire, l'air de dire « Ne m'en demande pas trop ».

Laurent, dans la cuisine, versait le contenu de diverses bouteilles dans le mélangeur. « Arrête, Marine, a-t-il dit. Tu voulais des faux espoirs ? En v'là. Et si t'es chanceuse, ça va peut-être même devenir des vrais. On sait jamais. Hein, docteur ?

— Euh… oui. Oui, en effet. En effet, a-t-il répété en me souriant doucement. C'est pas les mots exacts qu'on utilise en médecine, mais oui, c'est ça. »

Laurent est venu porter deux verres devant nous. « C'est quoi ? a demandé Gabriel. Je travaille pas ce soir, mais j'aimerais quand même ça être relativement lucide pour suivre l'affaire de M. Vandale.

— Long Island Iced Tea, a dit Laurent.

— Tu sais pas faire des Long Island Iced Tea !

— Goûte donc… »

J'ai goûté. C'était absolument infect. « Parfait », ai-je dit à Laurent. À côté de moi, Gabriel faisait une grimace spectaculaire en avalant sa première gorgée.

« Câlisse, qu'est-ce que t'as mis là-dedans, *man* ?

366

— Sais pas trop. Ils ont un cabinet à alcool vraiment super garni, ici. Du Drambuie... Tu connais ça, toi, du Drambuie ? »

Gabriel a jeté un regard navré vers son verre.

« Je suis désolée », lui ai-je dit. Les merveilleux « Laurent iced teas » faisaient déjà effet – ce qui devait certainement avoir un lien avec mon état émotionnel et le fait que je n'avais pratiquement rien mangé depuis le matin, mais qu'importait. Pour la première fois depuis que j'avais appris la nouvelle, je ne me sentais plus agressive. J'avais passé la journée à en vouloir au monde entier, à ma mère qui me rendait folle, à Gabriel qui était incapable de trouver un remède miracle, à mon père qui avait besoin d'un remède miracle, à Élodie qui m'avait étalé trois pouces de fond de teint dans le visage, à Jeff qui m'avait empêchée de passer une bonne nuit, à Julien qui était peut-être en train de retrouver le grand amour et dont j'étais jalouse, à Laurent, même, tout simplement parce que son père à lui n'était pas dans le coma pour la très bonne raison qu'il était mort, ce qui était certes triste, mais qui évitait tout de même à son fils les affres de l'angoisse qui m'habitait.

« Ben voyons, a dit Gabriel. Je veux pas t'enlever quoi que ce soit, Marine, mais j'ai déjà vu du monde réagir pas mal plus mal que ça. Personne accepte ces situations-là. T'es pas censée accepter ça. Personne te le demande, en tout cas. »

Je n'ai rien dit. Un petit « mraw ? » s'est fait entendre depuis ma chambre et Claude François en est sorti lentement, les yeux mi-clos et la queue dressée en forme de point d'interrogation. Il est venu s'asseoir devant nous et nous a regardés calmement avant de bâiller démesurément et de se coucher à l'endroit exact où il s'était arrêté.

« Je me souviens pas exactement de la mort de mon père, a soudaincment dit Laurent. Mais ma mère m'a dit que j'avais pas réagi. J'avais juste pas réagi. J'avais pas pleuré, je m'étais pas fâché, j'étais allé m'asseoir dans un coin avec une bande dessinée, et aux funérailles, j'avais monté un petit numéro comique avec mon cousin Raymond. Ma mère arrêtait pas de me dire : "Laisse-toi aller, mon fils, laisse-toi aller" et je comprenais carrément pas ce qu'elle voulait dire.

— T'avais quel âge ? a demandé Gabriel.

— Onze ans. »

Il n'a rien ajouté, mais je savais, moi, qu'il avait fini par se laisser aller à trente-six ans, un soir entre Noël et le jour de l'An, alors que rien ne nous avait préparés à cela et que les souvenirs enfouis de temps des fêtes vieux de trente ans avaient déferlé sans prévenir. Il avait passé des heures, prostré sur le sofa du salon, à pleurer comme un bébé, puis était parti, passé minuit, pour aller voir sa mère à Alma et lui dire qu'il s'était enfin laissé aller et que, désormais, elle ne serait plus seule à porter le deuil de son mari. C'était, comme disait Jeff, « insupportable d'intensité », mais c'était Laurent.

« Ouin, ai-je dit en prenant une autre gorgée de mon indescriptible cocktail. Peut-être que je me laisse trop aller. Y est quand même pas encore mort.

— Loin de là, a dit Gabriel.

— Y a des gens qui se remettent de ça ?

— Plein.

— Sérieux ?

— Sérieux. »

Dans la vitre du cadre qui nous faisait face, j'ai vu le reflet de Laurent se penchant derrière moi pour articuler à Gabriel « Faux espoirs ? » et celui-ci rire en faisant « Non ».

« Je peux vous voir dans le cadre, gang de caves. »

Ils ont ri tous les deux. Gabriel, à ma gauche, m'a frotté le dos. « Bonne idée, le démaquillage, a-t-il dit.

T'as retrouvé ton visage à toi. Tant mieux pour moi. »
Faux espoirs ? avais-je envie de lui demander sur un ton
fin finaud, ce que j'aurais fait en d'autres circonstances.

« Qu'est-ce qu'on fait, maintenant ? ai-je plutôt
demandé.

— On attend un peu. J'ai ma pagette, j'ai mon cellulaire, ta famille a tous tes numéros et si je peux te donner
UN conseil, c'est que tant qu'à attendre des nouvelles de
quelqu'un que t'aimes, t'es beaucoup mieux de le faire
chez toi que dans une salle d'attente.

— Oui, mais s'il se réveille et qu'il est pogné tout
seul avec ma mère ? Ça risque pas de le plonger dans un
autre coma ?

— S'il est *wise*, a dit Laurent, il va s'autoplonger
dans un autre coma. » J'ai pouffé de rire dans mon verre.
Décidément, les Laurent iced teas avaient intérêt à être
brevetés et vendus dans les hôpitaux à côté des machines
à café. Excellents pour la détente.

« Même s'il se réveille tout de suite, il va tellement
être dans les vapes que tu vas avoir amplement le temps
de te rendre », a repris Gabriel. Il a semblé réfléchir, puis
a ajouté : « Et *anyway*, même si t'étais là, je pense pas que
tu possèdes la force physique pour t'interposer entre ta
mère et lui avant un ostie de boutte.

— Elle est quelque chose, hein ? a fait remarquer
Laurent.

— Calvaire...

— Euh... Ça va la complicité entre *boys* ? Personne
a le droit de parler contre ma mère à part moi, c'est-tu
clair ?

— On a juste dit qu'elle était quelque chose !

— Oui ben... » J'allais poursuivre, mais mon téléphone, sur la table, venait d'émettre une alerte de message
et je me suis précipitée dessus. C'était Julien. « M parti
aux toilettes. Suis submergé sous reproches. Bon signe ? »

J'ai soupiré et ai tendu l'appareil aux garçons. « Est-ce que ça vaut vraiment la peine que je réponde, d'après vous ? » Laurent m'a fait un signe qui voulait dire : « Est-ce que ça vaut surtout la peine que tu poses la question ? » mais Gabriel était déjà en train de pitonner sur son téléphone.

« Qu'est-ce que tu fais ?

— Je lui dis que oui, ça peut être bon signe. Surtout s'il continue à se fermer la gueule. »

Laurent et moi avons échangé un regard. « Coudonc, ai-je dit, parles-tu par expérience, toi ?

— Peut-être un peu. » Il était toujours penché sur son téléphone. « Au début, avec ma femme. Avant qu'elle soit ma femme. J'ai comme qui dirait "fait une gaffe". Et plus j'essayais de m'excuser ou de me faire pardonner, plus elle s'éloignait. Finalement, un jour, je l'ai rappelée, puis je lui ai dit qu'elle avait raison et que j'avais pas d'excuse et surtout pas le droit de lui demander quoi que ce soit. Bon, ç'a pris des mois, mais un an plus tard on était mariés.

— Et onze ans plus tard, vous divorciez.

— Huit ans, a-t-il précisé, toujours sans lever la tête. Huit ans. On a été ensemble onze ans, mais mariés huit ans. »

Sur la vitre du cadre, le reflet de Laurent faisait une petite moue impressionnée. On avait beau rire, en effet, ni moi ni lui, qui avait pourtant un an de plus que Gabriel, n'avions approché les onze ans de relation.

« C'est pas parce que ça se solde par un échec que c'est pas une réussite quelque part », a dit Gabriel.

Ce serait beau si on appliquait ce principe-là en médecine, ai-je pensé. Votre mari est mort, madame, mais il a eu de superbes moments pendant l'opération, alors faudrait surtout pas voir ça comme une défaite.

Idée qui m'a instantanément fait penser à mon père et, par ricochet, à ma mère.

« Eille, vous trouvez pas ça inquiétant, vous, que ma mère ait pas encore appelé ?

— Tu te plains *vraiment* du fait que ta mère appelle pas ?

— Je sais pas, est-ce que je devrais ?

— Pagette », a dit Gabriel en pointant vers sa ceinture. Puis, en agitant son téléphone : « Cellulaire. Y a pas plus joignables que nous autres en ville. »

Je l'ai regardé un instant. Il me semblait étrangement familier, comme s'il avait fait partie de ma vie depuis presque aussi longtemps que les autres garçons. C'était dû à son aisance, peut-être, au fait qu'il se tenait à côté de moi, sur mon vieux sofa, comme s'il avait été là des milliers de fois. Il jouait distraitement avec le chat, il buvait tranquillement son verre, il blaguait avec Laurent comme s'ils s'étaient connus depuis toujours. Peut-être était-ce mon regard fatigué ou ma reconnaissance, je ne savais pas. Il matche avec le salon, ai-je pensé, et je me suis mise à rire toute seule. J'avais envie de tendre la main vers lui, de lui prendre un bras ou une cuisse comme on le fait avec un amoureux, de l'embrasser dans le cou avec le naturel de ceux qui aiment depuis longtemps.

« Wilaya ? a dit Laurent. Comment ça *wilaya* ? C'est pas un mot, ça ! »

Gabriel, impassible, a lentement compté ses points. « Avec le "w" qui compte triple et le mot qui compte double ça fait... 33, 43, 44... 88.

— Est-ce qu'on pourrait revenir sur le fait que c'est pas un mot ? a répété Laurent.

— Division administrative en Algérie.

— Oh, *come on* ! »

J'ai attrapé le dictionnaire et l'ai consulté. Puis j'ai levé la tête vers Laurent, l'air désolé. « *Yup*. Wilaya. C'est écrit ici noir sur blanc.

— Qui c'est qui connaît des mots comme "wilaya" ?

— Quelqu'un qui joue beaucoup trop au Scrabble », ai-je dit.

Gabriel a ri un peu. « Hé, c'est pas de ma faute. Dans les derniers temps avec ma femme on n'avait… on n'avait plus grand-chose à se dire, mettons.

— Alors, vous découvriez les wilayas, les zymases et l'yttria.

— Et le koumys. J'adooooore le koumys.

— O. K., pouvez-vous être PLUS *nerds* ? » a demandé Laurent.

Gabriel et moi nous sommes regardés, l'air de réfléchir, et nous avons répondu, en même temps : « Hum… non », ce qui nous a fait rire tous les trois.

« Et encore, a dit Gabriel. Je suis très correct, parce que je pourrais sortir plein de termes médicaux que personne connaît et qu'on dirait qu'ils ont été inventés juste pour faire des points au Scrabble. Quand je finissais mes études, mes chums et moi on se faisait des parties thématiques. Le plus de termes médicaux possible et… » Il s'est arrêté, a jeté un regard vers Laurent, puis vers moi, et a ajouté : « O. K., c'est désespérant de *nerditude*, hein ?

— Désespérant, tu dis ? » Je me suis mise à rire de lui pendant que Laurent, qui avait l'air tellement concentré que je craignais que son visage ne fende en deux, plaçait prudemment sur le jeu le mot : « etonees ».

« O. K., a dit Gabriel. ÇA c'est pas un mot.

— Ben là, franchement : elles étaient très étonnées que… oh. Ça prend deux "n", hein ? *Oh boy*. Désolé. C'est un peu gênant, hein ? a-t-il demandé.

— Mais non, a répondu Gabriel alors que je faisais de grands oui de la tête.

— Eille ! a dit Laurent en me donnant un coup de coude. Au moins, j'étais pas *nerd*, moi.

— Pardon ? T'as passé ton adolescence à enregistrer chaque jour un bulletin d'information sur ce qui se passait dans ta classe. Je SAIS où sont les cassettes, je te signale. ET ton superhéros préféré, c'était Robin. Pas Batman, Robin. »

Gabriel a pouffé dans son verre. « *Oh, man.* Robin ? ! *Nerd* ET gai. Même en médecine on n'était pas si pires. »

Laurent maugréait en déplaçant ses lettres sur son chevalet. « Tu peux ben parler, toi, madame J'avais-la-carte-de-Middle-Earth-sur-mon-mur-et-je-traçais-les-routes-des-divers-personnages-au-fur-et-à-mesure-que-je-lisais-l'histoire.

— Tu faisais ça ? a demandé Gabriel.

— Elle avait aussi écrit dans tous ses agendas "Marine + Edmond".

— Edmond ?

— Le comte de Monte-Cristo, ai-je balbutié.

— Quoi ? *Oh my God !* Je suis tombé dans le plus gros repaire de *nerds* de Montréal ! » Il riait, très fort maintenant.

« J'avais douze ans ! ai-je crié.

— QUINZE ans, a rectifié Laurent, et je lui ai lancé un coussin qui l'a manqué d'environ deux pieds.

— Sérieux, m'a demandé Gabriel. T'étais comment ?

— Ado ?

— Oui.

— Ouf… » Comment étais-je au juste ? Je me souvenais mal de mon adolescence. Ou plutôt, je revoyais à travers une brume une période confuse et trouble – quelquefois cependant, les brumes se déchiraient, il y avait çà et là des éclairs lumineux, premier baiser, premier désir, premier sentiment d'être absolument invincible et immortelle. J'avais été une enfant sage et, oui, plutôt *nerd*. Mes quelques amis, des garçons pour la plupart, et moi organisions des excursions dans les bois qui environnaient notre quartier de banlieue à l'époque, nous nous prenions pour des explorateurs, des aventuriers découvrant un monde encore vierge.

Mais le centre de mon monde restait mon frère. Nous avions un club de lecture qui avait pris fin le jour où il avait décidé, lui, de devenir *cool*, me brisant par le fait même le cœur et me laissant seule avec mes livres et mes dessins. Je dessinais ce que je lisais, des mousquetaires et des comtesses adultères, des elfes et des magiciens, des châteaux et d'inquiétantes prisons dressées au milieu de l'océan. Et j'avais peu d'amies. Je voulais parler de Quasimodo ou d'Excalibur, de chevaliers et de cette poésie que je découvrais peu à peu, mais les filles de mon âge ne parlaient que d'amour et de garçons, et l'amour me faisait peur.

Puis, un jour – avais-je cessé d'avoir peur ? Non. Mais un garçon était venu qui me troublait à un tel point que je n'ai pu que m'approcher. C'était comme un vertige : il était tellement grand, mon attirance et ma peur tellement fortes que j'ai pris ce pas de trop, celui qu'il *fallait* prendre. Alors, tout avait basculé et pendant des années les livres et les carnets de dessins avaient ramassé la poussière dans le sous-sol, à côté du sofa crevé où je passais des heures dans ses bras, à l'embrasser. Nous ne faisions que ça : nous nous embrassions, avec un sérieux presque comique, et mon cœur battait la chamade jusqu'au bout, durant tout le temps que durait notre étreinte. J'avais seize ans, et si au bout de quelque temps j'étais retournée vers mes livres et mes crayons, je n'avais tout de même plus cessé de rechercher ce déferlement de sensations qu'étaient l'amour et le désir. Je courais après des vertiges. Et je courais encore.

« Tu penses que l'amour fait toujours peur ? » m'a demandé Gabriel, et je me suis dit que je m'étais peut-être un peu emportée. Laurent me regardait, l'air étonné lui aussi. J'ai ouvert la bouche pour répondre, mais je suis restée interdite : avais-je eu peur, avec Laurent ? Au début, oui. Terrifiée. Puis, les années et sa drôle de façon d'aimer m'avaient rassurée. Était-ce à cause de cela que l'amour s'était enfui ? Si c'était le cas, j'étais vraiment, mais alors là vraiment mal barrée.

« Je sais pas, ai-je finalement répondu. Je sais pas s'il DOIT faire peur, mais je sais que moi, ça me fait peur, tout le temps.

— C'est pas fatigant, à la longue ?

— Moi je trouve ça exquis. »

Il m'a souri. « Toi ? lui ai-je demandé.

— Moi quoi ?

— Ça te fait peur ?

— L'amour ? » Il a semblé réfléchir, puis il m'a regardée dans les yeux. « Jamais. » J'ai cru qu'il allait ajouter quelque chose, mais Laurent, à côté de nous, a crié : « HA ! "notées" ! N-O-T-E-E-S. Les affaires que j'ai notées dans mon cahier. Et mot compte triple, en plus ! Vingt et un points, mesdames et messieurs ! » Il a attrapé la feuille de pointage et a triomphalement inscrit son score avant de dire à Gabriel, tout en pigeant ses lettres : « En tout cas, *man*, si tu dis vrai, t'es mon idole. »

Mon cellulaire s'est mis à sonner, et j'ai failli renverser le jeu en me précipitant dessus.

« Crisse, vous auriez pu me prévenir que vous étiez plus à l'hôpital ! Je suis dans une toilette pour échapper à ta mère, elle veut pas me laisser partir et franchement je commence à avoir un peu peur. » C'était Julien.

« Comment est mon père ?

— Ils le préparent pour l'opération. Ta mère m'a expliqué en détail chaque mouvement que va pratiquer le chirurgien, j'ai rien compris, mais paraît qu'il a de ben beaux yeux et a l'air propre de sa personne, ce qui rassure beaucoup ta mère. Où c'est que vous êtes, câlisse ?

— À la maison. J'aimais mieux attendre ici qu'avec ma mère.

— Oui, ben penses-tu que j'aimerais pas mieux ça ? Là, je vais essayer de sortir d'ici et s'il le faut j'assomme un infirmier, je lui vole son *suit* vert pâle et je me sauve par une fenêtre. Marine, elle est in-sup-por-table. Hystérique. Genre plus que d'habitude. »

J'ai eu un petit rire de compassion et j'ai levé la tête vers Laurent et Gabriel. « Julien est retourné à l'hôpital. Ma mère lui a mis le grappin dessus.

— T'es avec qui ?

— Laurent et Gabriel.

— Gabriel, hein ? Hmm… Le docteur s'implique…

— O. K., ta gueule. Comment ç'a été avec Mathias ?

— Je pense que j'ai peut-être une chance…

— Pour vrai ?

— Pour vrai ! » Il avait l'air si content et sa joie était tellement communicative que j'ai lancé un « Yé ! » surexcité.

« Viens nous raconter, ai-je dit. Assomme ton infirmier, puis viens-t'en.

— J'arrive. Ouh ! *Cute* docteur…

— Julien. Viens-t'en. » J'ai raccroché en regardant Laurent d'un air entendu. « Ça fait pas une heure qu'il a quitté Mathias et y est à ça de cruiser un docteur. QueSSÉ qu'on va faire avec lui ?

— Ce qu'on fait avec lui depuis des années, a dit Laurent. On va le prendre comme y est. »

J'ai hoché la tête, et j'ai vu Gabriel sourire.

J'étais dans la cuisine avec Gabriel, en train de placer dans des assiettes les dix-sept mille sushis que Julien avait apportés. « Quand je file pas, les sushis me font toujours du bien, avait-il indiqué en sortant les innombrables contenants de plastique et plusieurs bouteilles de saké.

— On est juste quatre, avais-je dit.

— Euh... Allô ? Force majeure ?

— Tu parles de M. Vandale ou de ta vie sentimentale ? » avait demandé Laurent.

« Tu sais, ai-je dit à Gabriel, t'es vraiment pas obligé de rester, hein. » C'était ma façon, ridicule et enfantine, de lui demander pourquoi il restait.

« Eille, a-t-il dit en plaçant un petit monticule de wasabi dans chaque assiette. Je veux rester. » Puis, comme s'il avait compris la question sous mon commentaire, il a ajouté : « Tu le sais, Marine. On se connaissait pas encore qu'il y avait quelque chose chez tes amis, dans vos rapports, chez toi surtout qui... qui me fascinait, on aurait dit. Peut-être parce que vous êtes tellement éloignés de moi. Peut-être pas non plus. Peu importe. Mais je me sens bien quand je suis avec toi. Alors, tu peux même voir ça comme un geste égoïste. Je suis ici parce que ça me fait du bien. »

Je ne savais pas quoi dire. Quel genre d'homme parlait ainsi à une femme qu'il connaissait à peine ? Quel genre d'homme parlait ainsi, point ? J'étais habituée aux non-dits, et là, j'avais l'impression d'être dans le « trop-dit », dans la trop grande transparence.

« *Oh my God*, a-t-il dit. Est-ce que c'était ta façon de me dire que je m'incruste ? Peut-être que tu voulais juste être avec tes chums.

— Enfin ! Enfin un peu d'insécurité ! Merci, Gabriel, merci. »

Il a ri et j'ai ajouté : « Non. Non, je veux pas que tu partes. Ça me rassure que tu sois ici. Puis... » Dieu que j'étais mauvaise avec les mots. Ils me semblaient toujours lourds et maladroits, trop près du sol alors que mes pensées ne demandaient qu'à décoller. « Puis, moi aussi je suis bien. Quand t'es là. C'est un petit peu épeurant.

— C'est exquis ?

— O. K., le *smatte*, ça va faire. Ça serait le fun que la tête te passe encore dans les portes quand va venir le temps de sortir d'ici pour retourner à l'hôpital. »

Il m'a donné un coup avec ses hanches, en riant, et j'ai pensé qu'il pouvait bien avoir la tête enflée, que tout ce que je voulais c'était de le voir se pencher vers moi pour m'embrasser, pour toucher ma gorge et mes seins.

« T'as eu beaucoup de blondes, dans ta vie ? » Absurde question qui m'était soudainement venue à l'esprit et que j'ai instantanément regrettée.

« Qu'est-ce que tu veux dire par blondes ? » Bienvenue au XXIe siècle, ai-je pensé. Entre blondes et maîtresses, chums, amants et *one-night stands*, *fuck friends* et grands amours, ça commençait à être difficile de s'y retrouver.

« Je sais pas, ai-je dit. Réponds comme tu veux.

— O. K… » Il a réfléchi. « J'ai été marié, j'ai connu un grand amour. J'ai eu plusieurs maîtresses, puis une couple de blondes. Je me suis jamais retenu, si c'est ce que tu veux dire. » Puis, il a semblé comprendre que sa phrase pouvait être mal interprétée et a précisé : « Pas que j'aie passé ma vie à sauter sur tout ce qui bouge ou à tromper ma femme puis mes blondes, non, non. J'ai trompé ma femme une fois, comme je t'ai dit. Pas bon. Horrible, horrible *feeling* que de tromper quelqu'un.

— Oui, je sais.

— Tu sais ?

— Oui. » J'ai pointé du menton en direction de Laurent.

« Non…

— Une fois. Horrible, horrible *feeling indeed*. Je sais pas pourquoi on fait des choses comme ça. Ç'avait tellement pas valu la peine, en plus. Et quand je te dis peine, je veux dire : peine. Je m'en veux encore.

— Il le sait ?

— Non ! Non, mon Dieu. Je voudrais jamais qu'il sache ça. Ça servirait tellement à rien. C'est la personne que j'aime le plus au monde, tu sais.

— Tu penses que lui aussi ?

— Je sais pas. Et je veux pas le savoir. Qu'est-ce que ça donnerait de savoir ça aujourd'hui ?

— C'est sûr. » Il a sorti les derniers sashimis de leurs contenants. « Y en aura pas de facile, hein ?

— Non. Non, je pense pas qu'il va y en avoir des faciles. C'est correct comme ça, aussi. »

Il a semblé étonné par mon propos et m'a regardée un instant, l'air indécis. « Moi aussi, je pense ça.

— Je m'en serais doutée, oui. »

Il y a eu entre nous un silence. Peut-être que trop de choses venaient d'être dites, trop vite. Je cherchais une phrase, une blague, qui aurait pu désamorcer la situation, quand Julien a hurlé « Téléphoooooone ! ! ! » comme s'il avait été possible que nous n'ayons pas entendu la sonnerie. Du coup, il s'est levé d'un bond et a littéralement enjambé Laurent pour aller répondre.

« A… » Il n'a pas fini son allô. Je le fixais, immobile et catatonique, le cerveau vide et le cœur à *off*. Je voyais qu'il essayait de parler, faisait des petits « mais… », « on… », « c'est que… », puis il a raccroché.

« Euh…

— QUOI, CÂLISSE ? » Je hurlais. Gabriel m'a mis une main sur la taille que j'ai vivement repoussée. « QUOI ! ? !

— C'était Ariane. Ta mère l'a appelée. Elle a appelé Élodie. Sont pas contentes. Elles s'en viennent ici.

— C'est tout ? C'est TOUT ? » Et je me suis mise à pleurer. De soulagement, surtout. « Julien, câlisse, pourquoi tu l'as pas dit tout de suite ! Je pensais que mon père était mort ! Je pensais que mon père était mort ! Elles... elles s'en viennent ?

— Oui. Ta mère leur a dit qu'on était ici. Tu vois que j'ai bien fait d'acheter mille sushis ! »

J'avais un peu envie de rire. Mais les larmes coulaient, larmes de fatigue, larmes de trop-plein. Gabriel a posé sa main de nouveau sur ma taille et cette fois je me suis laissée aller dans ses bras qui sentaient si bon. « Chut... murmurait-il. Chut... » puis la porte s'est ouverte et j'ai tourné la tête, ma joue droite encore collée contre la poitrine de Gabriel, pour apercevoir Jeff entrer, suivi de Flavie.

À : Fred
De : Marine Vandale
Objet : Calme après la tempête

....

Ouf... tu peux croire que c'est la première fois depuis plus d'une semaine que j'ai le temps de m'asseoir pour t'écrire ? C'est pas cool, ça, Fred. Moi quand je peux pas t'écrire, je me sens trop toute seule.

À : Marine
De : Frédéric Vandale
Objet : Solitude relative

....

T'as vraiment été seule ?

À : Fred
De : Marine Vandale
Objet : Façon de parler, peut-être ?

....

Pour un auteur, t'es pas exactement rapide, tu sais. J'ai pas eu une minute à moi. Enfin quelques-unes, et va savoir pourquoi, j'en ai profité pour mariner dans un bain avec un bon roman.

À : Marine
De : Frédéric Vandale
Objet : Club de lecture

....

Tu lis quoi ?

À : Fred
De : Marine Vandale
Objet : Futur Goncourt

....

Les premiers chapitres du premier roman d'un certain Frédéric Vandale.

À : Marine
De : Frédéric Vandale
Objet : Faut pas se moquer

....

Interdiction formelle de faire des blagues avec ça, O. K. ? Parce que là si je te demande, tout plein de candeur, si t'as vraiment aimé et que tu dis « Oui » juste pour te débarrasser ou pour rire, t'es plus ma sœur. Du coup il me resterait plus qu'Élodie et Ariane et j'ai beau les aimer, ça me laisserait un sentiment de vide, un peu.

À : Fred
De : Marine Vandale
Objet : Sérieuse comme un pape

....

Fred, je trouve ça brillant. Et je trouve ça doublement brillant parce que, ça va peut-être t'étonner, mais je te connais assez bien et je sais ce que ç'a dû te coûter d'écrire tout ça. T'as jamais été un as du dévoilement, si tu vois ce que je veux dire.

À: Marine
De: Frédéric Vandale
Objet: Homme voilé

....

Et moi qui croyais qu'à toi je me dévoilais. Tu peux apprécier l'ironie, quand même.

À: Fred
De: Marine Vandale
Objet: Cliché?

....

Je voudrais surtout pas sombrer dans la banalité navrante, mais comme tu le sais peut-être, on n'est jamais aussi transparent qu'on croit l'être, et on se ment à soi-même certainement autant qu'on ment aux autres. Mais dans ton livre, je vois que transparence et vérité, et je trouve ça beau et triste. Mais si tu veux, j'attends la suite pour te faire mes commentaires complets. Et peut-être aussi d'avoir la tête un peu plus reposée.

À: Marine
De: Frédéric Vandale
Objet: Repos tête et cœur

....

Maman m'a tenu au courant du dossier hosto, mais toi, dis-moi? D'abord comment va le cœur de ma petite sœur, et ensuite le cerveau de mon père? Parce que dans les explications de maman, il arrive que je m'y perde un peu. La dernière fois que je t'ai eue au téléphone, c'était le cirque chez toi, il y avait les sœurs, le coloc, l'ex, la copine, la tantouze adultère et le docteur, et disons que ton degré de cohérence en prenait pour son rhume.

À : Fred
De : Marine Vandale
Objet : Circus maximus

....

Oui bien, quand on se verra tous les deux et
qu'on aura deux ou trois heures devant nous,
je te raconterai la scène. Je m'en remets à peine.
Et puis, la semaine qui a suivi a pas exactement
aidé, j'ai passé plus de temps au chevet de papa
que chez moi. Et tu sais ce qu'il y avait au chevet
de papa ? Maman.

À : Marine
De : Frédéric Vandale
Objet : Compassion

....

C'est bon, je peux imaginer. Elle est pas
calmée depuis qu'on sait qu'il va s'en tirer sans
séquelles ?

À : Fred
De : Marine Vandale
Objet : Filtre maternel

....

Écoute, quand maman dit « sans séquelles »,
ça veut dire « On pense qu'il y aura peut-être
presque pas de séquelles ». Là, ça va, il est
réveillé, il nous reconnaît, mais on peut quand
même pas parler d'un verbomoteur ni d'un
homme au sommet de sa forme. C'est pas facile,
Fred.

À : Marine
De : Frédéric Vandale
Objet : J'accours, je vole

··

Tu vas me lâcher avec tes superstitions si je te dis que j'ai trouvé un billet à trois cent vingt euros et que je me ramène dans dix jours ?

À : Fred
De : Marine Vandale
Objet : Accours. Vole.

··

Non seulement je te lâche avec la superstition, mais je t'ouvre des bras grands comme c'est pas possible. Viens, mon frère. Papa va juste aller mieux, et ici, c'est le printemps.

À : Marine
De : Frédéric Vandale
Objet : Côté cœur

··

Alors j'arrive. Et histoire de me préparer pour les dossiers lourds, comment ça se passe, entre doc et coloc ?

À : Fred
De : Marine Vandale
Objet : Terrain vague

··

Le doc travaille, le coloc a passé quatre jours à Québec, et moi je suis à deux doigts de me planter une tente à l'hôpital. Mais comme je te dis, ici c'est le printemps.

:-)

Chapitre 14

C'était vrai, mon histoire de printemps. Il était arrivé comme d'habitude, sans crier gare, sans même s'annoncer – mais un matin, j'étais sortie de chez moi tout emmitouflée dans mon foulard et mon manteau pour me retrouver les deux pieds dans le soleil et le ruissellement des neiges fondantes, et la tuque frémissant dans le vent doux et tiède. J'avais senti mon cœur bondir, ou plutôt s'élargir carrément dans ma poitrine et j'étais rentrée en trombe, en trébuchant sur la minuscule marche du pas de la porte et en criant : « Jeff ! C'est le printemps, câlisse ! » La porte de sa chambre s'était ouverte et Marie-Lune en était sortie, encore endormie et évidemment enroulée dans une des chemises de Jeff, et elle m'avait fait un petit salut brumeux.

« Allô, Marine.

— Ah. Marie-Lune. *Long time no see.* »

Elle avait fait un « Hmm... » qui oscillait entre le sourire et le bâillement. J'étais en train de triomphalement enlever tuque, mitaines et foulard quand la voix de Jeff m'était parvenue depuis la chambre : « Fais-toi z'en pas accroire, Marine, y a pas encore fini de faire *frette* puis de neiger. » Je n'avais rien dit et j'étais sortie dans l'air doux, un manteau léger sur le dos.

L'ambiance à la maison était plutôt étrange depuis cette journée trop énorme durant laquelle tout avait semblé nous arriver – Jeff et moi, mon père, Julien qui s'était réconcilié avec Mathias, Laurent qui avait parlé à Carole, le débarquement des petites sœurs en furie et Gabriel, à travers tout cela, à travers nos vies, qui semblait s'être coulé doucement, pour mettre un peu d'ordre et de plomb dans nos cœurs affolés.

Jeff avait beaucoup travaillé depuis – je le soupçonnais en fait de se trouver de fausses excuses pour aller à Québec, d'écrire des reportages bidon sur des sujets qui ne l'intéressaient pas trop parce qu'il avait peur de moi. J'en parlais des heures durant avec Julien alors que nous nous tenions au chevet de mon père endormi. Avait-il peur de moi, de nous, ou de la conversation que nous n'avions pas encore eue ? Il m'évitait, je le sentais bien, et la chose me blessait trop pour que je l'aborde, surtout là, alors que je passais le plus clair de mes journées à l'hôpital et que je rentrais chez moi épuisée et émotionnellement vidée.

« Presse-toi pas, me disait Julien. Les affaires vont se tasser, tu sais bien. Les affaires se tassent toujours avec nous. On est des maîtres *tasseurs*. »

J'avais toujours cru cela, moi aussi. Mais après la première soirée, alors que nous nous étions tous retrouvés dans le salon et que tout le monde s'était mis à crier en même temps, j'avais douté, disons, de nos dons de tassage. Et depuis, je me disais qu'il était peut-être temps que nous cessions de tasser, justement, que ménage se fasse et que nous parlions enfin de ce qui n'était plus tassable.

Je venais à peine de me remettre du choc de l'arrivée de Jeff – avec Flavie (Que fait-il avec Flavie ? se demandait mon cerveau embrumé par la fatigue, l'alcool et l'abus d'événements, jusqu'à ce qu'il réalise que j'étais moi-même dans les bras de Gabriel, la tête pressée contre sa poitrine). Je m'étais redressée rapidement et une suite de salutations absurdes, un peu hypocrites et maladroites s'était ensuivie.

« Salut ! Salut ? Jeff ? Oh, Flavie ! Salut les garçons ! Ah, Marine, je pensais que tu serais à l'hôpital ! Tu pensais que ? Gabriel ? ! T'es pas à Québec ? Julien ? Je pensais que t'étais avec Mathias ! Ça va ? » Personne, évidemment, ne posait les questions qui nous trottaient tous dans la tête. Puis, Julien s'était levé alors que Laurent et moi échangions un regard paniqué – il était bien capable d'hurler à l'intention de Flavie ou de Gabriel que Jeff et moi avions couché ensemble, histoire d'ajouter à cette interminable journée un beau petit scandale bien ficelé. J'avais eu le temps de penser qu'il avait été ici, moins de vingt-quatre heures auparavant, en compagnie de Jeff et de Flavie, à des années-lumière d'où nous nous trouvions maintenant.

Je regardais Laurent, qui lui regardait Julien en se demandant visiblement s'il devait lui sauter dessus et le clouer au sol ou le museler, mais Julien avait simplement crié : « Mathias va me donner une chance. Une chance ! » Il était resté figé un moment, les bras en l'air, dans son col roulé vert lime et ses pantalons turquoise, attendant sans doute une réaction, mais personne ne parlait. Jeff avait sa petite moue qu'il faisait quand il voulait signifier qu'il avait entendu mais qu'il se foutait passablement de la nouvelle, Laurent soupirait de soulagement, Gabriel et Flavie riaient – c'était effectivement plutôt drôle. Julien souriait toujours, lançant de temps en temps de petits «Hein? Hein?» qui réclamaient de la part de Flavie et Jeff des élans de joie démesurés, mais qui ne recevaient rien d'autre qu'une moue et un rire affectueux. Il avait encore les bras en l'air quand la voix d'Élodie s'était fait entendre derrière Jeff.

«Viens-t'en, je te dis! Si elle est trop épaisse pour barrer sa porte, on va pas se gêner pour entrer. Parce que je te rappelle, câlisse, que ses osties d'amis fifs ont les clefs, mais pas nous. Fait qu'*enweye*. M'a y en faire moi des... oh!»

Elle s'était arrêtée d'un coup dans le cadre de porte, suivie d'Ariane qui courait et avait buté contre elle, les projetant toutes les deux dans la grande pièce où nous nous trouvions tous. Élodie avait retrouvé son équilibre puis m'avait regardée, avait failli dire quelque chose, mais son regard avait glissé vers Gabriel, ce qui avait déclenché un spectaculaire écarquillement d'yeux, et ensuite vers Julien, les bras toujours en l'air, qui avait fini par se résigner et les avait baissés en lâchant un retentissant: «Ben là!» Puis, elle avait aperçu Jeff, à sa gauche, et fait un grand sourire niais et entendu.

«Allô Jeff...

— Ben oui, ben oui, allô.

— Allô...

— Ça va», avait dit Jeff en lui faisant de gros yeux. «Allô.» Élodie avait tourné la tête et fait un «Oh! Ah!» absolument pas subtil en apercevant Flavie. Elle semblait un peu déstabilisée par cette audience qu'elle ne pouvait pas avoir prévue, et je savais qu'elle se demandait par où commencer.

«Je suis pas fif, avait dit Laurent.

— Hein ? » Nous le regardions tous, cherchant à savoir quel était le lien et s'il y avait une raison à cette soudaine déclaration qui, franchement, n'apprenait rien à personne.

« Je suis pas fif, avait-il répété. "Les osties d'amis fifs qui ont les clefs…" J'ai la clef, moi. Et pas fif. *Julien* est fif.

— Eille ! avait dit Julien. C'est vrai, ça, c'est un peu insultant, Élodie Vandale.

— Ben là, je voulais pas… » Elle avait pris son petit air piteux – Élodie était tellement terrifiée à l'idée de déplaire le moindrement à qui que ce soit qu'elle pouvait se mettre à pleurer si elle avait l'impression d'avoir froissé un inconnu ou contrarié une vendeuse dans une boutique. « C'est juste que…

— O. K., whoa ! » avait crié Ariane en la bousculant et en venant se placer devant elle. Doc Martens mauves, collants noirs déchirés portés par-dessus des leggings turquoise, au moins trois pulls de laine absolument gigantesques, petits carrés rouges épinglés sur son cœur pour souligner son appui aux étudiants. Elle avait l'air tellement petite sous toute cette laine que j'avais eu envie de la prendre dans mes bras, malgré son air fâché et indigné – *à cause* de son air fâché, en fait, qui me faisait un peu rire et me la rendait attachante. « T'es mieux d'avoir une ostie de bonne excuse, Marine. Une OSTIE de bonne excuse.

— Je voulais attendre d'avoir quelque chose de précis à vous dire. À quoi ça vous aurait servi de paniquer et de…

— Mon père était à l'hôpital dans le coma et je le savais pas ! En quoi est-ce que ça pouvait te sembler une bonne idée ? » À côté d'elle, Élodie, à la mention du mot « coma », s'était mise à pleurer. « Quand est-ce que tu vas arrêter de nous voir comme des petites filles de dix ans ? »

C'était une bonne question. « Jamais, avais-je dit. Je peux faire des efforts pour pas vous traiter de même, mais vous allez toujours rester mes petites sœurs. » Élodie était en train de s'affaler sur le divan, à côté de Laurent, en lâchant un « papaaaaa » plein de larmes. J'avais tendu un bras vers elle pour faire valoir à Ariane qu'il y avait encore, de toute évidence, de la petite fille chez Élodie. Il y en a tellement chez moi aussi, si tu savais, avais-je pensé.

« Puis, à part ça, qu'est-ce que tu fais ici ? Papa est à l'hôpital. » Elle parlait lentement, appuyant chaque mot comme s'il y avait quelque chose que je n'avais pas assimilé dans l'idée que papa était à l'hôpital. « À l'hôpital, avait-elle répété.

— C'est moi qui lui ai conseillé de revenir ici, avait répondu Gabriel.

— C'est qui, lui ?

— Ariane, je te présente Gabriel, Gabriel, ma sœur Ariane.

— Gab… Oh ! » Je l'aurais étranglée sur place. Elle avait lancé un regard vers Élodie, cherchant sans doute une complice, mais celle-ci avait maintenant le nez enfoui dans le pull de Laurent, qui semblait désemparé et la berçait maladroitement en ânonnant des petits « ben non ben non ».

« Votre père va s'en sortir, a dit Gabriel. Mais là, ils étaient en train de le préparer pour une opération qui va prendre beaucoup de temps et durant laquelle vous ne pourrez pas le voir. Ça sert à rien de rester là. Les gens virent juste fous. Puis ici, on est à deux minutes de l'hôpital, elle peut retourner quand elle veut.

— Ben qu'elle retourne quand elle veut, moi j'y vais tout de suite.

— Maman est là, avais-je dit et Ariane, qui s'était déjà retournée et avançait vers la porte, s'était arrêtée net.

— Elle est comment ? Je lui ai parlé vite au téléphone.

— Quelle partie de "les gens virent juste fous" t'as pas compris ? »

Elle avait fait quelques petits « Hmm » hésitants. Jeff, toujours debout à côté de la porte, avait finalement parlé. « Euh… moi je pense que je vais aller au Lulli, parce que…

— Ben c'est ça, va-t'en donc encore. » Je ne savais pas pourquoi j'avais dit cela. C'était complètement injustifié.

Il m'avait regardée, l'air piqué : « Euh… je te signale que si y a quelqu'un qui part ces temps-ci…

— De quoi il parle ? avait demandé Ariane.

— Laisse faire », avaient répondu Laurent et Julien en même temps.

Flavie, qui était restée muette depuis le début, avait finalement poussé un grand soupir et, dans un même geste, elle avait enlevé son grand manteau pied-de-poule et son béret noir avec une grosse fleur blanche. Puis, en deux enjambées, elle s'était retrouvée à côté du bar. « Si on est pour rester ici, on va se prendre un verre au moins, non ? » Elle avait tendu une main vers une bouteille de saké et une autre vers Gabriel. « Salut, moi c'est Flavie. Très *très* contente de vous rencontrer. » Elle m'avait fait une moue appréciative qui aurait difficilement pu être moins discrète, puis avait crié : « Jeff ! Tu bois quelque chose ?

— Non. Non, non. Je vais sortir, moi.

— Attends, ta coloc est en détresse et tu te tires ? Ça va pas ou quoi ? On bouge pas, Marine. »

Bougez, avais-je envie de dire. De grâce, bougez ! Gabriel observait la scène, et je savais qu'il replaçait dans sa tête les morceaux du puzzle, patiemment, comme il le faisait depuis que nous nous étions rencontrés.

« Papaaaaa ! avait gémi Élodie.

— Ah ciboire, Élo, ferme ta gueule. C'est pas de même qu'elle va arrêter de nous prendre pour des flounes.

— T'es pas fiiiiiiine !

— Ben non, ben non, psalmodiait Laurent sans conviction.

— Est-ce que quelqu'un pourrait se réjouir du fait que Mathias est prêt à me donner une autre chance ?

— Ostie d'innocent, veux-tu bien te fermer la gueule ? avait lancé Jeff. Son père est à l'hôpital.

— Eille ! Toi ! C'est pas parce que t'as...

— O. K. ! O. K. ! WHOA ! Silence. » J'avais failli sauter par-dessus le bar et fourrer douze sushis dans la bouche de Julien pour le faire taire. Jeff, quant à lui, était resté figé au milieu du salon avant de bondir vers le bar où il avait reniflé rapidement ce qui restait de Laurent Iced Tea dans le malaxeur, puis se l'envoyer derrière la cravate d'un seul coup. Il m'avait jeté un regard en le reposant sur le comptoir, n'avait rien dit, puis avait tendu une main vers Gabriel. « Salut *man*. » Il ne le regardait pas dans les yeux.

« Je te gage que Frédéric est au courant ? » avait demandé Ariane.

J'avais hésité un instant. Au point où on en était. « Maman l'a appelé ce matin. » Alors, elle s'était remise à crier, à répéter que « même maman les méprisait » et je la soupçonnais de songer à fonder un syndicat, une amicale, une ONG, enfin quelque chose pour défendre les droits des petites sœurs – c'était ce qu'elle faisait de mieux, sa manière de s'exprimer, après tout. Jeff, qui semblait complètement découragé, était allé lui mettre une main sur l'épaule pour qu'elle se calme. Elle avait donc détourné sa colère vers lui pendant que Julien s'habillait rageusement pour protester contre la phrase de Jeff. Derrière le comptoir, Gabriel nous avait servi deux verres de saké et avait levé le sien vers moi, en faisant un petit sourire.

« T'avais raison », a dit Jeff en entrant dans ma chambre. J'ai sursauté d'au moins un mètre. Je sursautais beaucoup depuis quelque temps et je ne savais pas trop si c'était à cause de la fatigue, de l'état d'alerte permanent qui vient avec le fait d'avoir un proche à l'hôpital ou parce que, moi aussi, quelque part, j'avais peur de Jeff. Je venais de terminer d'écrire à Frédéric – il était un peu passé minuit – et je voulais aller me coucher pour dormir enfin, pour pouvoir être à l'hôpital tôt le lendemain matin.

Ariane et Élodie ayant fini par se calmer, elles avaient dormi chez moi ce soir-là, une sur le divan et l'autre pelotonnée dans le vieux La-Z-Boy de Jeff. Les autres étaient partis un peu avant minuit, alors que Gabriel avait eu un appel l'informant que l'opération aurait lieu dans la nuit et qu'il sortirait de la salle de réveil autour de huit heures. Il m'avait prise dans ses bras avant de partir et j'avais failli m'accrocher à lui, lui demander de rester près de moi, de dormir à côté de moi – juste dormir, car si au moins il pouvait être là, il me semblait que j'aurais eu moins peur.

Le lendemain, nous débarquions toutes les trois à l'hôpital pour trouver notre père toujours endormi, avec un énorme bandage sur le crâne. Un chirurgien à l'air fatigué nous avait expliqué qu'ils avaient dû ouvrir la boîte crânienne pour enlever un caillot de sang et nettoyer je ne savais plus trop quoi. Les mots se mêlaient dans ma tête, j'avais cessé de comprendre après « ouvrir la boîte crânienne ». J'étais fatiguée et je me répétais que j'allais tout demander plus tard à Gabriel, que dans sa bouche à lui, les mots me feraient moins peur.

Ariane s'était mise à pleurer à la vue du bandage et c'était Élodie, étonnamment, qui avait gardé son aplomb. « O. K., avait-elle dit sur un petit ton décidé, en plaçant une main sur une des larges épaules de notre père. O. K. On va s'occuper de lui. Je propose de faire des *shifts*.

— Hein ?

— Ben là, ça sert à rien qu'on soit ici toutes les trois tout le temps.

— Les quatre », avait dit ma mère en entrant dans la chambre. Elle semblait épuisée et avait l'air d'avoir vieilli de dix ans. Comme elle est petite, avais-je pensé. Je l'avais prise dans mes bras et pendant quelques secondes je m'étais demandé pour qui j'avais le plus de peine : pour mon père, qui reposait dans un lit d'hôpital et venait de se faire ouvrir le crâne, ou pour elle, qui se battait depuis vingt-quatre heures avec l'idée d'une vie sans lui, ce qui visiblement la tuait. Ariane caressait doucement le visage de mon père en pleurant en silence. J'avais pensé à Fred, à qui j'avais alors dit de ne pas venir la première fois qu'il me l'avait proposé, et il m'avait cruellement manqué.

« On le laissera pas tout seul », avait poursuivi Élodie. Et nous l'avions écoutée toutes les trois, fatiguées et dociles, alors qu'elle dressait un horaire. Ce n'est qu'en rentrant chez moi ce soir-là que j'ai compris que je m'étais fait avoir et que la petite vengeance d'Élodie consistait à me faire arriver tous les matins à huit heures, moi qui de nous trois étais la moins lève-tôt.

Depuis, elle était à l'hôpital tout le temps. *Shift* ou pas *shift*, elle était là, arrivant à peine plus tard que moi le matin, ne quittant notre père qu'en soirée. Elle s'était transformée en infirmière responsable, elle lui lisait des livres et lui parlait doucement quand elle avait l'impression que cela ne le fatiguait pas trop. Ariane et moi nous regardions, étonnées et attendries – notre petite sœur, que nous avions toujours considérée comme étant une égoïste de première, absolument incapable de la moindre pensée ne la concernant pas directement, se révélait être la plus altruiste et dévouée de nous trois. Je n'avais jamais été aussi contente de m'être trompée au sujet de quelqu'un. J'avais presque honte, en fait, car je comparais mon implication à la sienne, et je voyais bien aussi, dans les yeux fatigués de mon père, un éclair de joie lorsqu'il la voyait arriver. « C'est une bonne petite fille, ta sœur Élodie », me répétait-il sans cesse, et je sentais qu'il était aussi étonné que moi. « Si j'avais su, ajoutait-il avec un sourire tendre et triste, je serais tombé malade bien avant. »

« Comment ça, j'ai raison ? » ai-je demandé à Jeff en me tenant la poitrine.

Il souriait, les sourcils levés, amusé par mon saut démesuré. « Pour le printemps, a-t-il dit. T'avais raison. »

Je lui ai rendu son sourire. Je devais avoir l'air de Jennifer Beals dans *Flashdance*, avec mon vieux pull échancré porté par-dessus une camisole, mes leggings et mes gros bas qui me remontaient au milieu des mollets. Manquait plus qu'un bandeau et une permanente.

Jeff a semblé hésiter, puis il est venu s'asseoir sur mon lit, en poussant un grand soupir. Il attend que je parle, ai-je pensé, alors je me suis assise devant lui, sur ma chaise de bureau. Il ne me regardait pas, les coudes appuyés sur ses genoux, jouant distraitement avec un petit coussin brodé qui semblait absorber toute son attention.

« Regarde…

— Écoute… »

Nous nous sommes mis à rire : nous avions parlé tous les deux en même temps.

« Vas-y, m'a-t-il dit.

— Non, non. Toi vas-y. »

Il tournait toujours le petit coussin dans ses grandes mains, alors je me suis lancée : « Écoute, on ne s'en fera pas accroire et… »

Il a levé la tête vers moi, d'un coup : « Ça te tente pas de descendre au Lulli ? » J'ai pensé rapidement : Non, j'étais fatiguée. Non, je voulais me lever à sept heures le lendemain. Non, nous pouvions parfaitement parler ici. Non, il pleuvait à boire debout. Non, c'était lâche et non, il fallait que nous soyons capables de nous parler chez nous, sans chercher à ne pas être seuls ensemble en nous perdant dans une foule. Alors j'ai dit : « Oui, bonne idée. »

Nous avons traversé en courant les deux cents mètres qui nous séparaient du bar. Il pleuvait, mais l'air était presque tiède et les vitrines du Lulli brillaient d'une lumière chaude et dorée qui me faisait toujours penser à Paris, sans que je sache trop pourquoi. Peut-être était-ce parce que Frédéric adorait l'endroit, et que j'associais maintenant tout ce qui le concernait à Paris, et vice versa (une odeur de marrons chauds évoquait pour moi le souvenir de Fred). Nous sommes entrés, lançant de grands « Salut ! » joyeux à Andrew, qui a levé un bras bien haut pour nous souhaiter la bienvenue. C'était une bonne idée, ai-je pensé. Un peu lâche, peut-être, mais le terrain neutre, la légèreté de l'ambiance, tout cela avait du bon.

Nous nous sommes approchés du bar pour commander – geste inutile, puisque Andrew avait déjà placé devant lui un verre de vin blanc et un gin tonic. Jeff a pris les verres et a désigné une table près de la fenêtre.

« Ça te va ? m'a-t-il demandé.

— *Oh, come on, guys !* a supplié Andrew. *It's a slow night.* Je m'ennuie. Asseyez-vous avec moi. »

Jeff n'a rien dit, mais je l'ai vu lui lancer un petit regard entendu. Andrew a fait de grands yeux. « *Oh ! Oh… Tonight is the talk…* »

Je me suis retournée vers Jeff. « Ben là, franche-ment ! Tu lui as raconté ? !

— *Oh oh…* a dit Andrew. *Sorry man.* »

Jeff le dévisageait comme s'il venait d'être lobotomisé. « *Dude ! What the fuck ?*

— Tu lui as raconté ?

— Eille ! J'avais pas les deux fifs à qui me confier, moi.

— Laurent est pas fif.

— *Whatever.*

— *Listen*, m'a dit Andrew. Je suis *bartender*. C'est mon rôle social. Les confidences. *It's fine.* C'est surtout mon rôle de pas juger. *No judgement*, Marine, *trust me on that one.*

— Câlisse…

— 'Scuse… m'a dit Jeff.

— Ben non, c'est correct. Ça va. On va s'asseoir ?

— *The drinks are on me*, a dit Andrew.

— Ouin, t'étais mieux. » Jeff lui a tout de même fait un sourire bourru, et nous sommes allés nous asseoir. Il y avait une chandelle sur la table, la pluie battait contre la grande vitrine, et quand Jeff est venu s'installer devant moi, j'ai su que ça irait. J'étais bien, et contente d'être avec lui. C'était la première fois depuis l'accident de mon père que je me détendais, que je pensais à quelque chose d'autre, et je savais, quelque part, que la présence de Jeff y était pour beaucoup. Il m'avait toujours rassurée, mon Shrek, et j'étais presque émue de constater que de ce côté-là, rien n'avait changé.

« Allô, a-t-il dit.

— Allô. »

Nous avons souri tous les deux, tendrement, et il m'a pris les mains. « Comment va ton père ?

— Mon père ? » Je m'attendais si peu à cette question que je suis restée interdite quelques secondes. « Mon père va…

« — On s'est pas parlé de la semaine, Marine.

— Je sais. *Weird*.

— Je sais. Alors parle. »

De mon père ? avais-je envie de dire. N'étions-nous pas ici pour parler de tout autre chose que de mon père, de quelque chose de beaucoup moins grave, mais qui me pesait presque autant parce que Jeff était au centre de ma vie, de mon quotidien et de ce que j'étais, bien plus que mon père ? Mais je me suis mise à parler et rapidement, j'ai senti un poids me quitter : je racontais les mêmes anecdotes que je ressassais depuis une semaine, mais il m'avait manqué cela, depuis tous ces jours : les raconter à Jeff. N'était-ce pas ce que j'avais toujours fait ? Je parlais à mes garçons. Et depuis les « événements », il m'en manquait un, et l'équilibre était bancal. Il me manquait un pilier. Je lui ai donc parlé de l'opération, de l'ambiance à l'hôpital, d'Élodie qui s'était révélée avoir du Mère Teresa quelque part en elle, de ma mère que j'étais allée voir à deux reprises chez elle pour lui faire un peu à manger et qui selon moi faisait plus pitié que mon père.

« Et Gabriel ? a demandé Jeff.

— Gabriel quoi ?

— Tu le vois beaucoup ?

— Ben… à l'hôpital, oui. Il passe de temps en temps quand il sait que je suis avec papa.

— Puis en dehors ?

— Comment ça en dehors ?

— Ben… vous vous voyez souvent ?

— Dans la vie ? » Quelle stupide question, ai-je pensé. Où aurait-il voulu que nous nous voyions ? Dans l'au-delà ? En enfer ? En rêve ?

« Non, Marine, dans un monde parallèle.

— Ça va, c'est beau, c'était une question totalement ridicule. Mais non.

« — Non quoi ?

— Non, non. On se voit pas dans la vie. Ou dans un monde parallèle.

— Ah non ? Parce que je pensais que…

— Hein ? » Comment pouvait-il penser cela ?

« Mais je sais pas, quand je suis arrivé l'autre jour, t'étais collée sur lui. J'ai pensé que peut-être…

— Quand t'es arrivé avec Flavie. Tu la vois, toi, Flavie ?

— Non… Ici, des fois. Ben… une fois. »

J'avais envie de lui crier par la tête « Tu la vois genre que tu la vois, ou tu la vois genre que tu la fourres ? », cependant ça me semblait non seulement vulgaire, mais passablement déplacé.

« O. K., a dit Jeff, est-ce qu'on va faire ça ? Est-ce qu'on va commencer à s'espionner comme des fillettes ?

— Non. Faudrait vraiment pas. » J'ai repensé à Marie-Lune, quittant sa chambre l'autre matin dans sa chemise bleu pâle et j'ai serré les lèvres. « Non. Mais c'est sûr que… » Je voulais être honnête. Je ne voulais plus de ce silence trop lourd entre nous deux, nous deux qui avions toujours été si proches, de qui on disait à l'université que nous n'étions pas loin de faire de la télépathie.

« C'est sûr que quoi ? » J'ai vu dans ses yeux qu'il pensait à la même chose que moi, et se posait la même question : était-il vraiment prudent d'énoncer cela ? De se demander mutuellement si nos sentiments restaient purement amicaux, en espérant que nos réponses concordent et sachant pertinemment que, parce que nous étions orgueilleux et humains, une réponse affirmative nous aurait autant blessés que soulagés ?

« Je suis content que tu sois pas avec Gabriel, a dit Jeff en regardant dans son verre.

— Je suis contente que tu sois pas avec Flavie, ai-je répondu en observant une goutte descendre le long de la vitrine.

— C'est un peu ridicule, a dit Jeff.

— C'est très ridicule.

— Parce que t'as le droit de...

— Oui ! Oui, je sais. Toi aussi, c'est...

— Tu penses que ça va passer ? » Oh mon Dieu ! Nous nous approchions dangereusement d'un tournant dans la conversation que je n'étais pas certaine d'avoir le courage de prendre. J'ai pensé à Gabriel, qui me faisait toujours l'effet d'un soleil quand il entrait dans la chambre de mon père, avec son sarrau blanc, ses yeux si beaux qui s'attardaient sur les miens, à Gabriel qui ne demandait jamais si j'avais envie de prendre un verre, ou un café, ou même une eau minérale et qui faisait que je cassais les oreilles de Julien depuis une semaine en lui répétant que c'était clair, évident, indiscutable qu'il ne voulait rien savoir. Julien, lui, ne m'écoutait plus, se contentant de dire, sans cesser de lire son article de magazine : « Invite-le, toi. »

J'ai levé la tête vers Jeff. Qu'est-ce que j'allais lui dire ? Que je ne sais pas si ça va passer, et je ne sais pas si je veux que ça passe ? Ç'avait pris des années, dans le cas de Laurent, et même si nous savions hors de tout doute que nous n'étions plus amoureux, chacune des aventures de l'un heurtait bêtement l'autre. Alors quoi ? Les yeux bleus de Jeff étaient fixés sur moi et je les ai revus, au-dessus de moi cette fois, plantés dans les miens alors que nous reprenions ensemble notre souffle. J'ai soupiré pour essayer de chasser cette image beaucoup trop troublante qui m'empêchait d'élaborer la moindre pensée rationnelle, puis j'ai failli tomber en bas de ma chaise quand une forme bleu clair s'est précipitée contre la vitrine, cognant dessus joyeusement, juste à côté de ma tête.

« Câlisse ! ai-je crié.

— Veux-tu ben me dire qu'est-ce qu'il fait là, lui ? »

Julien nous a fait un grand tata avec un sourire démesuré, puis il est entré dans le bar. « Helloooooo ! » a-t-il lancé, et Jeff et moi avons échangé un regard faussement découragé et sincèrement soulagé. « *Saved by the fif*, ai-je dit, et nous avons pouffé dans nos verres.

— Qui c'est qui a une *date* demain ?

— Euh... Pas moi. Toi, Jeff ?

— *Nope*.

— Alors ? Qui c'est qui a une *date* demain ?

— Andrew ?

— Non...

— Ta voisine d'en bas qui porte toujours des pantalons trop courts ?

— Non...

— Ton collègue ? Le gros qui bégaye un peu ?

— Non...

— Ta tante qui vient de perdre son mari ?

— Non...

— Le vieux bonhomme qui mange toujours tout seul au bar du resto en regardant les fesses des serveuses !

— O. K., vous allez jouer à ça combien de temps exactement ?

— Oh, on a *toute* la soirée ! » Nous nous sommes mis à rire, Jeff et moi, et nous avons trinqué.

« Vous me faites chier. J'AI une *date* demain. Avec Mathias. Une vraie *date*. Je vais aller le chercher après le travail puis on va aller manger. Des sushis. On repart en neuf.

— À neuf.

— À neuf ?

— Ben oui, *à* neuf.

— O. K. *Anyway*, yééééé ! J'ai une *date* !

— Je suis content pour toi, mon homme. » Jeff a passé une main dans le dos de Julien et a fait signe à Andrew de lui apporter son scotch. « Et si je peux me permettre, je trouve que c'est très *wise* de t'y prendre comme ça. *Baby steps*.

— J'ai suivi les conseils de Gabriel, a dit Julien en me faisant un clin d'œil.

— Gabriel donne des conseils matrimoniaux, maintenant ? Il a un courrier du cœur ?

— C'est la Louise Deschâtelets du milieu hospitalier », a dit Julien. Puis il a figé, le regard planté sur la porte, avec l'air du gars qui vient d'apercevoir un revenant. Je me suis retournée – un bel homme d'environ soixante ans se tenait là, dans un grand imper beige, en train de refermer son parapluie. Il a ensuite tendu un bras derrière lui pour encourager un jeune garçon d'une trentaine d'années à entrer à sa suite. Le jeune, qui aurait pu être son fils, avait une grande mèche blonde qui lui tombait devant le visage et un *bummer jacket* trempé. Il a souri au plus vieux et ils se sont dirigés vers le bar, passant tout à côté de nous sans paraître nous voir.

« Est-ce qu'il est encore possible de manger à cette heure ? » s'est informé l'homme, dans un français impeccable mais avec un léger accent. À la suite de la réponse affirmative d'Andrew, il s'est extasié, s'est plaint du manque de restaurants ouverts tard et a encouragé « Kevin » à venir s'asseoir.

« C'est lui », a dit Julien. Il était livide.

« Lui qui ? » a demandé Jeff, alors que je venais de comprendre.

J'ai mis une main sur celle de Julien.

« Il m'a même pas vu ! Il m'a même pas… » Il balbutiait. Andrew est arrivé avec son scotch, qu'il a d'abord semblé ne pas voir puis qu'il a attrapé, le regard toujours fixé sur la porte, pour le caler d'un coup.

« Aussi bien en apporter un autre, a dit Jeff à Andrew. Julien, c'est qui ?

— Ancien amant, ai-je expliqué. Lui a brisé le cœur. Deux fois plutôt qu'une.

— Oh. » Jeff a essayé de se retourner discrètement, mais s'est pris un terrible coup de coude dans les côtes.

« Que je te *voie* bouger, toi. » Il a finalement cessé de fixer la porte et s'est passé les mains sur le visage. « Vingt ans, ostie. Ça fait vingt ans. »

Jeff et moi nous regardions sans rien dire. Qu'y avait-il à dire ? Certaines blessures d'amour ne se cicatrisaient jamais, nous le savions tous les deux – même après que l'amour s'en est allé, les marques restent. Ce n'était rien de nouveau, mais c'était la première fois que je voyais une plaie se rouvrir aussi spectaculairement. Julien était pratiquement plié en deux au-dessus de la table.

« Est-ce que c'est ça que je suis en train de faire à Mathias ? a-t-il demandé, le visage toujours dans ses mains.

— Ben non... Voyons... »

Il a levé la tête vers moi et m'a regardée dans le blanc des yeux. « Marine. Niaise-moi pas. C'est exactement ce que je suis en train de faire. Tu sais aussi bien que moi que si jamais on retourne ensemble, je vais recommencer à le tromper.

— Non ! Tu... » Je ne savais pas quoi dire. J'avais vraiment cru à la possibilité d'un renouveau, d'une rédemption. D'un vrai changement. Étais-je à ce point naïve ?

« Si je l'aimais vraiment, a poursuivi Julien, je le débarrasserais de moi.

— Arrête.

404

— Croyez-vous vraiment à ça, vous ? *If you love somebody, set them free ?*

— Moi oui, a tout de suite dit Jeff. Mais ce que je crois pas, c'est qu'il y a du monde sur terre assez fort pour faire ça. On est juste humains. Quand on aime, on s'accroche. Y a pas de saints *icitte*.

— Oui, y en a, ai-je dit.

— O. K., peut-être, mais on les connaît pas.

— Et on est pas sûrs de vouloir les connaître, ai-je ajouté, en vain, pour faire sourire Julien.

— Je vais aller lui parler, a dit Julien.

— Quoi ? Non ! » J'ai mis une main sur son bras. « Julien, tu vas juste te mettre à l'envers.

— Non, c'est une bonne idée ! Tu devrais y aller, Ju. Crisse, si ça fait vingt ans, t'es aussi bien de crever ce qu'il reste d'abcès.

— O. K... O. K... » Il a pris de grandes respirations, comme un athlète qui s'apprête à accomplir une prouesse remarquable, puis il a vidé son verre, encore une fois d'un seul coup. « O. K. », a-t-il répété, sur un ton plus décidé. Mais alors même qu'il s'apprêtait à se lever, les deux hommes repassaient devant notre table, leur manteau sur le dos. « *We'll just get room service* », avons-nous pu entendre dire l'ancien amant de Julien. Apparemment, nous a expliqué Andrew qui venait renouveler nos verres, que le jeune homme avait exprimé le désir pressant et indiscutable de manger des pâtes, ce qu'il n'y avait pas sur le menu simple mais exquis du Lulli.

Julien avait recommencé à fixer la porte. Jeff et moi ne disions rien, nous contentant de nous parler par signes ou en articulant seulement quelques mots. « On devrait-tu... » et « Je sais pas... » constituant le gros de notre échange.

« Julien, ai-je finalement dit. C'est correct. C'est juste correct. Tu le savais qu'il était encore quelque part dans le monde ce gars-là. T'es plus fort que ça, maintenant.

— Câlisse, j'aurais tellement voulu qu'il voie ça, justement.

— Ju, ça fait vingt ans…

— Tu peux pas savoir, toi. Tu t'es jamais fait briser le cœur de même. »

Jeff a haussé les épaules, obligé de se rendre à l'évidence.

« J'étais très intense, quand j'avais vingt ans. Et faites pas de gags genre "Quelle surprise", parce ç'a RIEN à voir avec ce que je suis aujourd'hui. J'étais un ti-cul, j'arrivais de Percé, j'étais hyper naïf et je voulais juste tomber en amour. Et je suis tombé en amour solide avec Harold. Il était beau, il était cultivé, il m'emmenait voir des spectacles, il me faisait, littéralement, découvrir le monde. Je veux dire… j'ai pensé mourir, vous comprenez ? »

À côté de lui, Jeff a levé les sourcils.

« Je sais, ç'a l'air absurde aujourd'hui, mais… je sais pas… c'est le souvenir de ce que j'ai été, je suppose, qui me met à l'envers comme ça. Puis Mathias…

— Ju… est-ce que tu l'aimes ?

— Ben oui, je l'aime. Mais je pense que, quelque part, Harold m'aimait aussi.

— Ouin. » Nous sommes restés silencieux un moment. Il n'y avait pas grand-chose à dire, vraiment. Je n'allais quand même pas reprocher à Julien d'être trop lucide, tout de même. Dix ans plus tôt, je l'aurais peut-être fait. Mais plus maintenant. L'idée m'a un peu attristée. On vieillissait donc, malgré tout ce qu'on pouvait croire. On devenait un peu plus adulte et, par le fait même, on abandonnait de jolies choses.

« Bon, v'là aut'chose », a dit Jeff. Il regardait, par la vitrine, Laurent qui se dirigeait vers la porte du bar. Il est entré, nous a vus tout de suite et s'est dirigé vers la table à grands pas.

« Ah ben ça c'est providentiel, a-t-il dit, sans enlever son manteau. J'osais pas vous appeler à cette heure-là. Carole m'a mis dehors.

— De chez toi ?

— Ben… c'est rendu chez nous, techniquement.

— Qu'est-ce qui s'est passé ? » Je lui ai donné un bec sur la joue. Devant moi, Jeff et Julien souriaient un peu eux aussi – il y avait quelque chose de joyeux dans ces deux rencontres impromptues, personne n'allait se plaindre.

« On s'est engueulés, a expliqué Laurent. Pour les mêmes osties de raisons que d'habitude. J'ai été *très* désagréable. Elle m'a dit qu'elle voulait plus me voir la face, j'ai répondu "Tant mieux" et j'ai câlissé mon camp. Une fois dans la rue, je me suis rendu compte que j'étais ridicule, fait que là… j'ai pensé venir prendre un verre pour me calmer, puis que je retournerais. Mais euh… Ça va vous autres ?

— Ça va, a dit Jeff, sans conviction.

— Ben… comme ça peut, ai-je ajouté.

— Je viens de voir l'homme qui m'a brisé le cœur il y a vingt ans », a dit Julien.

Il y a eu un autre silence, alors qu'Andrew plaçait un scotch devant Laurent. Même lui n'osait plus parler. Le bar était presque vide et nous étions là, tous les quatre, nos verres à la main, un peu en suspens derrière cette grande vitrine contre laquelle la pluie tombait toujours.

« Fred s'en vient dans une semaine », ai-je finalement annoncé.

Les trois garçons se sont extasiés. « Peut-être que c'est un signe, a dit Laurent.

— De quoi ?

— Ben je sais pas, de renouveau ? »

Nous l'avons tous regardé comme s'il venait de dire la plus grande niaiserie de l'histoire.

« Ben quoi ? a-t-il demandé.

— T'as raison, a fait Julien en levant son verre. Au fond, ça peut juste aller mieux, non ? Ça peut juste aller mieux.

— Tu veux dire que ça peut pas aller plus mal, a dit Jeff.

— Non. Je veux dire que ça peut juste aller mieux. »

Alors nous avons levé nos verres et nous avons trinqué en silence, tous les quatre.

Une semaine plus tard, j'appelais Julien à moitié hystérique pour lui dire qu'il ne pouvait savoir à quel point il avait eu raison, et que sa phrase relevait carrément de la prophétie.

À : Fred
De : Marine Vandale
Objet : (aucun)

Oh my God. Oh my God oh my God oh my God.
Omigod. Oooooooooh my God. OH. MY. GOD.
Omigod ! Ohmygodohmygodohmygod.

À : Marine
De : Frédéric Vandale
Objet : Oh mon Dieu

Marine, j'ai le passeport entre les dents, la valise
à la main, la tuque sur la tête et l'ordi sur les
genoux : le portrait, tu l'auras compris, d'un
homme qui s'apprête à prendre un avion et qui
a, par le fait même, peu de temps à accorder à sa
petite sœur qui joue l'autiste.

À : Fred
De : Marine Vandale
Objet : Rectitude politique

Eh, oh, faut pas faire de blague sur les autistes,
c'est pas drôle. Déjà que ça fait huit ans que j'essaie de rééduquer Laurent, rapport à son imita-
tion de Dustin Hoffman dans Rain Man, tu vas
me lâcher avec ça.

À : Marine
De : Frédéric Vandale
Objet : Troubles de comportement

Ça te dirait d'être cohérente ? Parce que quand je
te dis « passeport entre les dents », c'est pas une

blague. J'ai un avion dans deux heures quinze, Marine, et j'ai encore les fesses sur mon sofa. Donc, sois gentille, c'est-à-dire brève.

À : Fred
De : Marine Vandale
Objet : Gestion d'horaire

....

Qu'est-ce que tu fais le derrière sur ton sofa si tu décolles dans deux heures ? Ça sent l'auto-sabotage, ça. Tu veux pas venir ? C'est ça ? Parce que papa il t'attend et il sait très bien que tu t'en viens, vu qu'il est tout ce qu'il y a de plus lucide (enfin, tu me diras « Mais on peut débattre longuement au sujet de la nature exacte de la lucidité » et je te dirai « Effectivement, Fred, mais entendons-nous tout de même : il entend, il comprend, il répond, il est cohérent »).

À : Marine
De : Frédéric Vandale
Objet : Nature exacte de la lucidité

....

Tu veux vraiment qu'on débatte au sujet de la lucidité ? Parce que je sais pas Marine, mais si je regarde le présent échange, tu pars pas championne. Tu veux me dire ce qu'il y a ?

À : Fred
De : Marine Vandale
Objet : (aucun)

....

Devine.

À : Marine
De : Frédéric Vandale
Objet : re : (aucun)

On va faire un petit jeu, O. K. ? Tu vas aller chercher dans un des tiroirs de ta mémoire un souvenir de toi et moi, petits, dans lequel toi tu me dis : « Devine. » Maintenant. Tu te souviens de comment je réagissais ?

À : Fred
De : Marine Vandale
Objet : Déni

Me fais pas le coup, pas aujourd'hui. Vingt ans que j'essaie d'oublier comment tu me crachais dans les oreilles pour me punir de l'affront en question. Cruel. Tant pis pour toi.

À : Marine
De : Frédéric Vandale
Objet : Oreille humide

Je te crachais dans les oreilles ?

À : Fred
De : Marine Vandale
Objet : Orgueil humide

Oh oui. Tu m'as aussi déjà enfermée dans une valise en me promettant une Hubba Bubba au raisin si j'y restais cinq minutes. C'est maman qui m'avait retrouvée une heure plus tard.

À : Marine
De : Frédéric Vandale
Objet : Mauvaise deal

....

Pour UNE Hubba Bubba ? Vraiment, Marine, tu savais pas négocier.

À : Fred
De : Marine Vandale
Objet : re : Mauvaise deal

....

Sûr que pour DEUX gommes ballounes, je gagnais au change ☺. Câline, je m'ennuie de toi, mon frère. Va prendre ton avion.

À : Marine
De : Frédéric Vandale
Objet : Scandale

....

Attends : QUOI ? Tu m'inondes de Omigod et tu me laisses avec un « Va prendre ton avion » ? Ça va pas, ou quoi ?

À : Fred
De : Marine Vandale
Objet : Sommeil de l'homme

....

O. K… Puisque t'insistes. Il dort. Présentement. Juste à côté de moi. Enfin, à deux mètres de moi, pour être rigoureusement exacte. Mais tu en déduiras que si je suis à deux mètres de sa personne ensommeillée, c'est que j'étais par-dessus il y a pas longtemps.

À : Marine
De : Frédéric Vandale
Objet : Spectre de la valise

....

Tu joues avec le feu, Marinette. Tu me dis pas
c'est qui dans les cinq secondes qui suivent, je
t'enferme dans une valise dès mon atterrissage
et je te mets sur un avion en direction de Chypre.
C'est le docteur. C'est sûr. Ou pas encore Jeff ?
Pas encore Jeff, tout de même ? Non, tu serais
moins joyeuse. Je le sais que tu es joyeuse parce
que la joie t'a toujours rendue incohérente, c'est
à la fois idiot et attachant. En même temps, le
doc, tu me l'aurais dit tout de suite. Quoique...
Marine ! Mon avion part dans deux heures !

À : Fred
De : Marine Vandale
Objet : Hubba Bubbet

....

Allez, tu me fais pitié. Pour une gomme balloune
au raisin, je te donne la réponse. À ton arrivée.

À : Marine
De : Frédéric Vandale
Objet : (aucun)

....

T'es plus ma sœur.

:-)

Chapitre 15

J'ai refermé l'ordinateur, doucement, en tâchant de ne pas faire de bruit, mais je crois, encore à ce jour, que je n'ai pu retenir un petit rire coquin. J'étais, effectivement, incohérente. Je m'étais levée en plein milieu de la nuit après m'être rendue à l'évidence que le sommeil n'était pas une option.

Gabriel s'était endormi assez rapidement, en me tenant tout contre lui, un bras autour de ma taille, une main sur mon sein gauche, ses jambes toutes tricotées avec les miennes. J'avais entendu son souffle s'apaiser tranquillement, puis prendre le rythme tendre et docile du sommeil, et j'avais senti son corps s'alourdir et devenir plus chaud, comme celui des tout petits enfants quand ils s'endorment dans vos bras. Moi, je gardais les yeux grands ouverts, fixés sur le plafond blanc de sa chambre, parfaitement consciente que j'allais me réveiller avec au moins vingt-quatre crampes tellement j'étais crispée. Je ne voulais pas bouger, de peur de le réveiller, de peur de briser la trop belle fragilité de ce moment. Il avait dit « reste ». Et j'étais restée, trop heureuse d'obéir à ce doux ordre.

Mais deux heures plus tard, constat d'échec : j'étais incapable de trouver le sommeil, et il m'avait fallu un bon vingt minutes pour me défaire le plus doucement possible de son étreinte afin qu'il ne se réveille pas et ne m'entende pas me diriger vers le salon où j'avais finalement trouvé le téléphone. Il était trois heures du matin, j'étais complètement nue, et je m'étais assise par terre contre le comptoir de la cuisine (qui, selon mes estimations de redoutable arpenteuse, devait être le lieu le plus éloigné possible du lit de Gabriel) et je téléphonais à Julien. Qui, évidemment, ne répondait pas. Et que donc, je rappelais. Au bout du cinquième appel, une voix hystérique et survoltée avait beuglé :

« Qu'est-ce qu'il y a ? Marine ? Qu'est-ce qui se passe ? T'es où ? Marine, *my God*, c'est le printemps, faut que tu viennes nous rejoindre pour danser. *Wooooooooooo-hooooooo* ! Le printemps !... Quoi ?... Eille ta gueule, vieux tabarnak. J'ai ben le droit de crier sur la rue Sainte-Catherine si je veux, c'est le printemps ! Comment ça y'est trois heures du matin ?... Ouh, belle montre... Oui, mais... Y EST TROIS HEURES DU MATIN ? Marine ! T'es-tu correcte ? Marine ? T'es où ? C'est quoi ce numéro-là ?

— J'ai plus de batterie sur mon cell, et...

— Mais t'es où ? C'est le printemps ! »

Depuis ce que nous appelions déjà sa « non-rencontre » avec Harold, Julien avait dû dormir environ vingt-deux minutes et passer quatre-vingt-dix-sept pour cent de son temps éveillé dans des bars du Village gai, où il dansait jusqu'aux petites heures contre les corps moites et parfaits de garçons qui avaient la moitié de son âge. « J'en ai pas touché un ! » nous répétait-il sur un ton tellement fier qu'il me faisait de la peine. Ni Jeff, ni Laurent, ni moi n'avions le courage de lui dire que cette absurde démonstration de fidélité était non seulement pathétique, mais aussi parfaitement inutile – et surtout qu'elle n'avait rien à voir avec l'amour. Mais ça ne faisait qu'une semaine. Qu'une semaine, répétais-je aux garçons.

« Viens dansssssser ! avait-il hurlé.

— Ju, y est trois heures. Plus de *dansage* possible.

— On va dans un *after-houuuuur* !

— Ju, j'ai mille ans. Je ne vais pas dans des *after-hours*. J'allais dans des *after-hours* quand j'avais dix-neuf ans et déjà là, j'haïssais ça.

— Oui, mais c'est tellement *cooooool* ! Moi j'ai trente-quatre ans et j'aime encore ça et…

— Mon chéri d'amour, tu t'en vas sur tes quarante ans.

— Chuuuuuuuut. Chut chut chut. Rod va t'entendre.

— Rod ? » S'appeler Rod et danser dans un bar gai relevait, selon moi, soit du miracle, soit de l'imposture.

« Oui… Rod. Beau garçon. Beau, beau garçon. Mais il se passera rien. Je t'ai dit que j'étais resté fidèle ? *Même* si je suis pas techniquement avec Mathias ? Je l'aime, Marine, je l'aiiiiiime !

— Ju… t'es sur quelle dope au juste ?

— L'amour, Marine ! Juste l'amour ! »

J'avais levé les yeux au ciel et j'avais ri. Peu m'importait que Julien soit soûl ou sobre ou *high* simplement sur l'amour.

« Julien… Tu sais quand t'as dit que tout pouvait juste aller mieux ?

— Oui…

— T'avais raison. T'avais raison ! T'avais tellement raison.

« — Fait que tu viens danser ?

— Juuuu ! Non.

— T'es heureuse ?

— Je... je suppose. »

Il avait ri alors, et moi aussi et j'avais raccroché. J'étais toute seule, assise sur le plancher en belle céramique orange de cet homme que je connaissais à peine. Et j'avais continué à rire, en m'ennuyant presque physiquement de la présence d'un chat qui, ce soir-là, aurait été mon confident indifférent et muet et que j'aurais pu prendre dans mes bras, histoire de rire dans son petit cou tiède et de sentir sa fourrure contre ma peau nue.

Quatre secondes plus tard, le téléphone sonnait chez Gabriel. Prise de panique à l'idée que celui-ci se réveille, je m'étais précipitée sur l'appareil.

« O. K., avait fait la voix de Julien, soudainement sobre. J'ai pas posé les bonnes questions. Qu'est-ce qui s'est passé ? Pourquoi le bonheur ?

— Rod t'a flushé, hein ?

— Totalement. Fait qu'*enweye*. *Shoot*. »

Alors je lui avais raconté. Le premier baiser.

J'étais retournée voir mon père, mais j'avais cette journée-là le *shift* de soir, Ariane étant occupée à découper des carrés de tissu rouge pour la cause étudiante. « Louable projet, lui avais-je dit en me demandant en quoi des bouts de tissus pouvaient aider quoi que ce soit. Tu me remplaceras demain.

— So ! So ! So ! Solidarité ! » avait-elle répliqué.

J'étais donc restée auprès de notre père, qui dormait, avec le souffle tranquille d'un volcan actif. Son ronflement était un poème, un phénomène, un événement que même les charmants préposés aux bénéficiaires que nous côtoyions depuis déjà deux semaines et qui en avaient vu d'autres trouvaient fantastique.

Je m'étais endormie, une main dans la sienne, et j'avais été réveillée par une paume chaude contre mon dos. C'était Gabriel, qui venait voir comment tout allait.

« Ça va ? avais-je répondu avec cet éternel point d'interrogation qui me suivait depuis que je savais que mon père était malade.

— Ça va super bien, avait répondu Élodie, que je n'avais pas vue mais qui se tenait juste derrière Gabriel. J'ai apporté des livres que papa aime. »

C'était de mauvais polars, et la vue de leurs couvertures usées et démodées m'avait rempli les yeux de larmes.

« Je vais lire pour papa, avait dit Élodie. Sors un peu. Prends une pause.

— Élo… » Je venais de me réveiller, je ne pensais plus. « O. K., qu'est-ce qu'on a fait avec la vraie Élodie ? Quand est-ce que t'es devenue cette fille-là ? »

Elle avait ri doucement – elle aussi, visiblement, était prise de court. « Je sais pas, grande folle. Mais prends au moins une heure de *break*, O. K. ? Je vais être là. »

Ravie, j'étais partie vers la sinistre salle où nous pouvions nous procurer des délices telles que Jos. Louis, muffins de la consistance d'une belle brique, Doritos, *chips* de tout acabit, barres Mars, sachets infects de « mélange du voyageur », Yoplait périmés et bananes trop ou pas assez mûres. Il y avait aussi un petit four à micro-ondes pour réchauffer, je supposai, les plats des plus chanceux que moi, qui avaient pensé s'apporter un lunch. La lumière était verte et triste et je me demandais ce qui avait poussé des architectes, ou des designers, même dans le milieu hospitalier, à concevoir de tels espaces.

J'hésitais entre un excellent paquet d'abricots desséchés ou une nutritive barre de protéines qui avait la densité d'un parpaing quand Gabriel était entré. Il m'avait fait un petit sourire et s'était dirigé directement vers la machine à café, qu'il avait mise en marche. Puis, il avait tourné la tête vers moi et m'avait fait un petit sourire. Il portait son sarrau et, même dans la lumière verdâtre de cette salle qui nous donnait à tous des airs de cadavre, il trouvait le moyen d'être beau. Des mèches de cheveux noirs retombaient mollement sur son front, et son sourire, comme toujours, me semblait être rempli de paroles, comme si cette ride qui lui creusait du côté gauche me parlait, me disait « viens », me répétait qu'elle en savait bien plus long que je n'aurais pu le croire. Je ne peux rien lui cacher, avais-je pensé en le regardant sans rien dire. Et je ne savais pas si c'était vrai, ou s'il était simplement passé maître dans l'art du sourire qui semble tout savoir, mais c'était enivrant – c'était surtout terriblement sexy. J'avais l'impression d'être nue quand il me regardait ainsi. Pas physiquement, mais à un autre niveau, plus intime encore. Certaines personnes devaient détester cela, chez lui. Moi, ça me rendait folle.

« Ça va ? m'avait-il demandé.

— Ça va. » J'étais toujours plantée devant la distributrice à délices, et lui devant la machine à café.

« Tu pourrais t'en aller, tu sais. Ta sœur va rester toute la nuit. Elle reste toutes les nuits.

— Non… Déjà qu'elle a passé la matinée ici… » Il avait haussé les épaules, l'air de dire « Comme tu veux », puis s'était approché de moi. « La barre Mars, avait-il dit.

— Quoi la barre Mars ?

— C'est probablement ce qu'il y a de plus sain là-dedans.

— J'aurais pensé que le savoureux mélange du voyageur…

— Randonneur. Il y a des ananas et des papayes séchés dans celui du voyageur. Le randonneur, c'est les pommes et les bananes.

— Ah... Il y a un mélange du sédentaire ?

— Non... mais tu peux le faire toi-même. Une barre Mars et un sac de Doritos. C'est mon préféré. »

J'avais levé la tête vers lui et j'avais ri. C'était plus un sourire en fait, qui était resté, flottant entre nous. Il était tout près de moi – je sentais sa poitrine contre mon épaule. Il avait fait un très léger sourire, lui aussi, puis s'était approché. Je croyais qu'il allait dire quelque chose, mais il avait semblé hésiter. Puis, il avait souri plus franchement et c'était là, devant un paquet de *chips* sel et vinaigre, sous la lumière vibrante des néons, à quelques mètres du lit où dormait mon père, que j'avais embrassé Gabriel Champagne.

« *Tu* l'as embrassé ?

— *Yup*.

— *Vous* vous êtes embrassés.

— Non, non. JE l'ai embrassé. J'ai littéralement pogné son sarrau et je l'ai embrassé. Je fais jamais ça.

— Je sais ! Ça va faire dix ans que je te dis qu'il faut que tu le fasses plus souvent. *Out there, girl !* Faut que tu sois *out there* !

— Bon, on se calme, quand même. Il allait m'embrasser d'une seconde à l'autre, c'était évident. C'est juste que c'était trop long.

— Deux secondes ?

— Interminable. »

Je ne voyais que ses yeux. Leurs iris de jade, les cils noirs et fournis comme ceux d'une femme et ce regard qui semblait ne plus vouloir me lâcher, qui semblait ne voir que moi. Il va le faire, avais-je pensé. Ça va arriver. Je me sentais extrêmement légère, presque immatérielle même, comme si je n'avais plus eu de corps. Puis un geste, vers sa poitrine, et je n'avais eu qu'à lui faire franchir les quelques centimètres qui nous séparaient pour retrouver mon corps, et enfin trouver le sien. C'était la chose la plus irréfléchie et la plus logique que j'avais faite de ma vie. Je n'avais pas pensé, j'avais agi, très simplement, parce qu'il n'y avait que cela à faire. C'était inévitable, comme le geste de se nourrir lorsqu'on est affamé ou celui de plonger dans un courant d'eau vive quand on meurt de chaleur. Et puis, et puis : c'était ce que je voulais. Durant ces deux interminables secondes, j'avais eu une impression de clarté presque aveuglante.

« Et...

— Quoi, et ?

— Marine, y est trois heures et demie du mat', je suis assis sur un banc minable dans le Village, je te soupçonne d'être cachée derrière un fauteuil ou en dessous d'un bureau avec un téléphone portable, fait qu'écœure-moi pas.

— Qu'est-ce que tu veux savoir ? Comment c'était, ou s'il a un beau *body* ?

— Marine... Ma-rine... Ta naïveté, des fois, me désespère. J'ai vu la bête, Marine. Et quand je te dis que j'ai un regard à rayons X en ce qui concerne les beaux gars, c'est pas des blagues. Je *sais* qu'il a un beau *body*. Mais euh... sa...

— Non. Je réponds pas à ça.

— T'en meurs d'envie.

— Non. Non, sérieusement, s'il y avait une expression pour signifier le contraire de mourir d'envie, c'est exactement ce que je serais en train de te dire.

— *Come on*... Ses fesses, d'abord ? Son torse ? Il est pas poilu, hein... Hein ?

— Je vais raccrocher. Et puis non, il est pas vraiment poilu. Et tout est parfait. Voilà.

— Miaou. Je le savais ! Et ? Et ? Ce qu'il fait avec ? »

Je savais qu'il rêvait de détails croustillants. Détails que je refusais de lui donner, aussi j'avais choisi de le faire languir et de lui raconter en détail plutôt comment nos corps s'étaient rapprochés – s'étaient carrément moulés l'un à l'autre dans cette triste salle d'hôpital. Je parlais à Julien de ses mains contre mon visage, de sa bouche contre la mienne, puis sur mon cou, de mes doigts dans ses cheveux.

« Je savais que ç'allait arriver, avais-je murmuré à Gabriel, son beau visage entre mes mains.

— Tu savais ?

— Oui, je savais. » Et j'avais réalisé en disant cela que c'était vrai. Moi qui ne croyais en rien, qui aimais les chats noirs et marcher sous des échelles, qui me moquais de Flavie qui passait son temps chez des voyantes, j'avais, sans m'en rendre compte, cultivé cette étrange certitude qui n'était basée sur rien de réel et qui, à ce moment-là, me rassurait autant qu'elle me faisait peur.

« Tu pourrais t'en aller, tu sais », avait dit Gabriel. Et j'avais de nouveau devant moi ce sourire plein de paroles et ces yeux qui semblaient vouloir me prendre tout entière.

« Oui, avais-je répété. Je pourrais m'en aller. »

Et cinq heures plus tard, je me retrouvais assise dans la cuisine de Gabriel, les yeux grands ouverts dans l'obscurité où je revoyais parfaitement chacun de nos gestes, mon manteau attrapé à la sauvette sous le regard fatigué, complice et inexplicablement indulgent d'Élodie, le rétroviseur me renvoyant les yeux amusés du chauffeur de taxi qui ne pouvait ignorer nos étreintes d'adolescents enflammés, notre entrée maladroite dans son appartement – corps plaqués contre murs, vêtements enlevés frénétiquement, mes mains agrippant un cadre de porte alors qu'il me soulevait de terre. Puis, son corps contre le mien, sa sueur sur mon ventre, sa bouche embrassant mon épaule, mes dents sur sa peau et ses yeux dans les miens alors qu'il me sentait jouir.

J'ai porté une main sur mes yeux, en sachant parfaitement que je souriais idiotement et que je n'avais aucune intention de chasser loin de moi ces images. Au contraire, me disais-je, je veux les cultiver, les ressasser, les caresser jusqu'à plus soif.

J'étais en train de revisionner mentalement un passage particulièrement savoureux de notre nuit quand j'ai soudain réalisé que j'avais froid. Je devais avoir froid depuis un bon bout de temps, mais j'étais dans cet état étrange et beau et si rare qui nous tient à des lieues de toute sensation désagréable et même de toute pensée que nous n'avons pas envie d'avoir. « Tu veux dire comme quand t'es complètement soûle ? » aurait demandé Laurent et je lui aurais probablement répondu : « Exactement, oui. » Parce que j'avais peur, plus que jamais, du lendemain de veille.

Je me suis levée pour aller chercher mon chandail quand j'ai aperçu, sur un fauteuil, une veste de laine. Je l'ai observée un instant, j'ai hésité – j'ai failli lui parler, en fait, lui demander ce qu'elle pensait de son maître et si elle n'avait pas quelques bonnes anecdotes à me raconter, ou deux ou trois secrets à me confier à propos de l'homme dont elle couvrait parfois les épaules. C'était une vieille veste, dans le genre de celle que la plupart des hommes gardent cachée dans leurs placards, un peu usée au bout des manches, avec seulement deux boutons restants, vert foncé, chaude et molle. Je l'ai attrapée et l'ai enfilée d'un seul geste, puis j'ai continué à marcher dans l'appartement, en essayant de ne pas toucher à ce que je voyais, de ne pas soulever chaque livre, chaque magazine dans l'espoir de découvrir quelque chose, une trace infime de la vraie personnalité de Gabriel.

C'était un bel appartement, qui ne ressemblait en rien à l'idée que je m'en étais faite. Certains murs étaient en pierre grise, il y avait des poutres au plafond et les planchers étaient de bois franc. Et partout, de vieux objets qui parlaient d'une vie que je ne connaissais pas, une valise du début du xxᵉ siècle qui servait de rangement pour des CD, de lourdes armoires canadiennes remplies de livres, une table en gros bois verni, des lampes torchères qui, de toute évidence, avaient connu d'autres générations que la nôtre. Je voyais de la vie, partout, des couches d'existence, et je me trouvais stupide et naïve d'avoir cru que Gabriel vivait dans un espace-temps qui ne se conjuguait qu'au présent, et que sa vie n'avait jamais eu de consistance avant que j'y débarque.

Debout devant une des armoires canadiennes, je considérais les livres de Gabriel – nos livres en disent tellement long sur nous et je voulais tellement en savoir sur lui. Il n'y avait dans cette armoire que des volumes en anglais – ceux en français étaient ailleurs, un peu partout dans l'appartement, dans une bibliothèque massive dans la salle à manger, dans une autre armoire, dans un vieux coffre qui semblait avoir été fait pour contenir des pièces d'or. Des classiques, d'abord, Forster, Waugh, Kipling, Faulkner, Fitzgerald et Hemingway, Woolf, Joyce, Miller. Puis, toute une étagère de livres contemporains (que je n'avais pas réussi à trouver du côté français, comme si Gabriel avait abandonné la littérature francophone après Sartre) : Zadie Smith, Jonathan Franzen, Paul Auster, Mordecai Richler, Michael Ondaatje. Ah, me suis-je dit fièrement en attrapant *The English Patient*. Au moins, ceux-là, je les ai lus. Un exemplaire de *Barney's Version*, qui avait lui aussi visiblement beaucoup vécu, était dédicacé. J'ai fait une petite moue appréciative puis, en levant la tête, j'ai aperçu mon reflet dans une des grandes fenêtres.

« Marie-Lune », ai-je chuchoté. C'était la veste de laine : j'ai revu toutes ces fois où elle était sortie de la chambre de Jeff avec une de ses chemises. Et donc, j'ai pensé à Jeff. J'ai pensé à Jeff et à ses bras, à la nuit que nous avions passée ensemble, à Jeff que je connaissais si bien, si intimement. Que savais-je de cet homme qui lisait voracement, sauvait des vies et aimait la mer ? Bien peu de choses. Et je venais de comprendre que si Marie-Lune tenait tant aux chemises de Jeff, c'était parce qu'elles étaient pour elle une façon de se rapprocher de lui.

Je me suis soudain sentie toute petite dans cet appartement, dans cette veste de laine trop grande pour moi, au beau milieu de cette vie dont j'ignorais presque tout, en dehors du fait qu'elle était peuplée de vieux coffres, de livres et de... Il ne m'avait jamais reparlé de cette femme qu'il fréquentait, aveu qui m'avait tellement secouée, des semaines plus tôt. Était-elle encore quelque part dans cette vie touffue et lointaine ? Gabriel avait une manière de parler de lui qui donnait l'impression qu'il se dévoilait intimement, mais je me rendais compte, à cette heure où la paranoïa était si facile, que je ne savais presque rien de son emploi du temps, de ce qu'il faisait, le soir, la nuit, les petits matins gris. Je ne connaissais pas son quotidien, et cette idée m'a soudain fait peur.

« Tu *cherches* ce qui peut te faire peur », devait plus tard me dire Laurent (j'avais répondu, faute de mieux, par une grimace).

C'était la nuit sans doute, ou la fatigue accumulée des journées précédentes qui me gagnait enfin, mais j'avais presque envie de m'en aller, de m'enfuir pour me retrouver chez moi, dans mon petit cocon loin de toutes ces histoires de maladie, de désir et de rêves d'amour démesurés. J'étais en train de replacer le livre de Richler quand j'ai entendu la voix de Gabriel.

« Ça va ? »

J'ai sursauté. Il était de l'autre côté de la pièce, appuyé sur un mur, les cheveux emmêlés et les yeux endormis, complètement nu.

« Ça va, ai-je dit. Pas capable de dormir. Mon père. »

Il a fait un petit sourire poli – nous savions très bien tous les deux que ce n'était pas mon père qui m'empêchait de dormir.

« O. K. D'accord. » Il a levé l'index pour me faire signe d'attendre, est retourné vers sa chambre et en est revenu avec, cette fois, un bas de pyjama. Snoro, ai-je eu le temps de penser. Tu sais à quel point tu es beau avec juste ça sur le dos. Il s'est installé sur le divan, bien calé contre un des accoudoirs, les jambes allongées, et a tendu une main vers moi. « Allez. Viens.

— Hein ? »

Il a ri un peu, comme on le fait quand on est attendri par la timidité ou la naïveté de quelqu'un. « Viens ! »

Alors, je me suis assise entre ses jambes. Il a passé un bras autour de moi, et de l'autre a tendu la télécommande vers l'immense écran plasma qui nous faisait face. Une image est apparue, une grille qui me semblait complexe et sibylline (Jeff et moi avions le câble de base, une vieille télé de dix-huit pouces et à peu près autant de connaissances techniques qu'un chimpanzé d'intelligence moyenne). Gabriel a appuyé sur quelques touches, puis a déposé la télécommande, l'air satisfait. « Tiens, a-t-il dit. Rien comme un bon vieux film quand tu peux pas dormir. » Sur l'écran, le logo d'une compagnie de production apparaissait, accompagné d'une petite musique qu'il me semblait connaître. Gabriel m'a entourée de ses deux bras nus et, les mains posées sur mon ventre, a dit, comme s'il s'agissait d'une excuse : « C'est à cause de mes horaires. À un moment donné, tes *patterns* de sommeil deviennent un peu fuckés. Fait que c'est toujours pratique de pouvoir regarder des films n'importe quand. »

J'ai finalement reconnu la petite musique, et la première image du film est venue confirmer mon doute : *Four Weddings and a Funeral* ? ! J'ai levé la tête vers lui, un sourire amusé sur les lèvres. À part Laurent, je ne connaissais aucun autre homme qui avouait aimer ce film. Je savais que plusieurs d'entre eux l'avaient adoré, mais ils faisaient tous semblant de préférer *Gladiator*, *Slapshot* ou *Magnolia*, selon qu'ils voulaient avoir l'air virils, drôles ou intellos.

« Ben quoi, a dit Gabriel avec un petit sourire gêné. Y est trois heures du matin passées, on n'est pas pour écouter *Die Hard*, non ?

— C'est parfait », ai-je dit en l'embrassant. Je me suis retournée vers Hugh Grant qui répétait « *Fuck* » pour la sixième fois, pendant que Gabriel donnait de petits baisers sur ma tempe. C'est toi qui es parfait, ai-je pensé. Ridiculement, impossiblement parfait. Et j'ai eu un petit frisson de peur et de plaisir.

« Je sais, je sais, ai-je dit en entrant dans l'appartement. Je sais, je suis en retard. Donnez-moi dix minutes. »

Jeff et Laurent, appuyés contre le bar de la cuisine, me toisaient tous les deux, les bras croisés, l'air caricaturalement fâché.

« J'étais…

— C'est beau, on le sait, a dit Jeff.

— Vous le savez ? » J'ai entendu au même moment le bruit lointain de la chasse d'eau et Julien est arrivé dans la grande pièce en rezippant son jeans mauve. « Ta daaa ! J'ai pas pu me retenir !

— Considérant que tu sors de la toilette, a dit Laurent, tu veux peut-être repenser à la formulation de ta phrase. »

À côté de lui, Jeff a ri silencieusement.

« Qu'est-ce que tu fais ici ? ai-je demandé à Julien.

— Tu penses vraiment que je vais vous laisser aller à l'aéroport sans moi ? Manquer tout le plaisir ?

— Tu voulais juste bavasser, espèce de grande langue sale.

— Eille. T'étais *very* contente d'avoir quelqu'un à qui bavasser à trois heures du matin.

— Ben oui, mais…

— O. K., ça va faire ! a dit Jeff. Marine, faudrait être partis dans quinze minutes max.

— Je saute dans la douche. »

J'ai laissé mon manteau tomber directement par terre et j'ai couru d'un pas léger vers la salle de bain. Lorsque je suis passée devant les garçons, Laurent a dit : « Tu pourrais peut-être te taper Julien aussi, pendant que tu y es ? Ça va la promiscuité ? Pffff… » Ce n'était pas méchant. Il me taquinait plus qu'autre chose.

« T'es juste jaloux, lui ai-je dit.

— Du docteur ?

— Non, de moi. T'es jaloux parce que t'aimerais ça t'envoyer en l'air avec qui tu veux. »

Je suis entrée dans la salle de bain. Derrière moi, j'ai entendu la voix de Jeff dire « Touché » et Laurent répliquer sur un petit ton contrit : « Ah, mange de la *marde*. »

« On a la même discussion *chaque* fois, a gémi Jeff.

— Je savais qu'on aurait dû prendre mon *char*. » Julien était appuyé sur le toit de la voiture de Laurent. « Il y a plus de place en arrière. Ton ostie d'Audi est ben *cute*, mais à part deux Hobbits, je sais pas qui tu pourrais asseoir derrière.

— Exactement mon point. Les deux nains en arrière, Jeff et moi en avant.

— Eille ! ai-je crié pendant que Julien remontait son foulard multicolore sur son visage dans un grand geste offensé. On n'est pas nains !

— Avez-vous quatre pieds de jambes ? Non. Je ne pense pas. Mesurez-vous plus de six pieds deux ? Non.

Je ne pense pas. Jeff et moi ici, six pieds deux. Donc en avant. Puis à part ça, c'est moi qui chauffe.

— *Chaque* fois, a soupiré Jeff en donnant un coup de pied dans un petit tas de neige sale qui résistait encore au printemps.

— C'est beau, c'est beau, ai-je dit. C'est vrai. Correct. Mais... euh... Fred, on le met où ? Dans le coffre ?

— Peut-être sur le toit, a proposé Julien.

— Eille, si quelqu'un va sur le toit, c'est toi. Je te signale que tu t'es royalement incrusté, Bozo le clown, fait que va falloir que t'assumes.

— Non mais, sérieux ? ai-je demandé.

— On le met en arrière ! a finalement crié Jeff, visiblement irrité. Ciboire, une chance que vous êtes pas placiers dans un théâtre, vous vous feriez lyncher. C'est pas compliqué, câlisse, Marine dans le milieu, Bozo puis Fred de chaque bord.

— O. K., depuis quand on a décidé que je m'appelais Bozo ? »

J'ai levé un doigt :

« Oui, mais... Fred il fait quand même six pieds un...

— O. K., a dit Jeff à Laurent. Rentre dans le char. Moi je laisse ces deux-là sur le trottoir, sont trop épais.

— EILLE ! »

Dix minutes plus tard, nous étions assis dans la voiture, aux places exactes que nous occupions toujours. « Quelqu'un connaît une chanson à répondre ? a demandé Julien.

— Ostie de câlisse », a dit Jeff, alors que Laurent et moi éclations de rire. J'étais complètement épuisée, mais sur un tel *high* que j'aurais pu courir un marathon ou danser la claquette ou même m'improviser majorette. J'avais envie de sautiller et c'était exactement ce que je faisais, sur la banquette, juste derrière Jeff : je trépignais. Je l'ai aperçu qui me regardait dans le miroir à sa droite. « Ça va ? » m'a-t-il demandé.

J'avais envie de lui dire que ç'allait mieux que ç'avait rarement été, que j'étais violemment heureuse et que cela me faisait peur, que tout autour de moi me semblait être une promesse de bonheur et de plénitude : mon père qui ne pouvait qu'aller mieux, Élodie qui s'avérait être une âme généreuse, mes trois garçons d'amour dans la même voiture que moi, mon frère adoré que j'allais serrer dans mes bras dans moins d'une heure, Gabriel qui m'avait gardée contre lui alors que je m'endormais un peu avant le quatrième mariage et juste après l'enterrement et qui m'avait encore regardée dans les yeux, la tête renversée sur le dossier du divan alors que nous faisions l'amour dans la lumière pâle du matin. Je me sentais invincible et naïve – j'avais retrouvé la force de mes seize ans.

Mais c'était Jeff, Jeff qui malgré tous nos efforts me semblait maintenant séparé de moi, imperceptiblement, par quelque chose de flou et d'insaisissable qui tenait à la fois des désirs inexprimés et des questions qu'on n'ose pas poser. Aussi j'ai répondu : « Ça va, oui. » Et dans le miroir, son reflet a fait un sourire et il a hoché la tête d'un air approbateur et totalement dénué de sincérité. Il faut toujours qu'il y ait une faille, ai-je pensé. Une petite tache sur nos bonheurs qui n'en seraient pas s'ils étaient immaculés. Tant pis. Je savais que ces moments de joie intense qu'on ressent avec une lucidité presque surnaturelle ne durent pas et je n'avais aucune intention de laisser le mien me filer entre les doigts aussi rapidement. Tant pis pour la faille, me suis-je dit. On s'occupera de la tache plus tard.

Je trépignais toujours devant la porte d'arrivée d'où allait sortir Fred d'une minute à l'autre. J'avais tellement hâte de le voir que je redoutais presque le moment et je tapais sporadiquement des mains en envoyant des regards remplis d'espoir et d'inquiétude à Laurent, qui a fini par rire.

« Veux-tu bien te calmer ?

— Pas assez dormi.

— Oui, ça va, on sait. » Il a tourné la tête pour ne pas me regarder en face, ce qu'il faisait toujours quand un sujet de conversation l'intimidait. « C'était, euh... c'était correct, avec le docteur ?

— Loulou...

— Quoi ?

— Tu veux vraiment savoir ? »

Il a semblé réfléchir. « Hmm. Non. Peut-être pas.

— Comment ça, peut-être pas ? » Julien l'a pratiquement fait basculer par-dessus la barrière de métal. « Oui, on veut savoir !

— Veux-tu que je lui fasse avaler son foulard de clown ? m'a demandé Jeff.

— Non... peut-être juste le bâillonner avec... Ou encore... FRED !!! » J'ai attrapé la barrière de métal pour me glisser dessous le plus élégamment (ou plutôt, devrais-je dire, le moins ridiculement) possible, j'ai bousculé une dame âgée et deux enfants, crié un « 'Scusez ! » peu senti dans leur direction approximative, projeté le chariot qui contenait les bagages de Fred contre un mur et j'ai finalement pu sauter dans les bras de mon grand frère. Les jambes autour de sa taille, la tête dans son cou, je l'entendais rire et je le sentais me serrer de toutes ses forces. Nous nous sommes embrassés presque brusquement, chacun sur une joue puis nous nous sommes enfin regardés, en riant toujours. Dans cette position, dans ses bras, mon visage était plus haut que le sien et il devait lever la tête vers moi. « Tes cheveux ! ai-je dit en passant mes mains dans les vagues blondes. Tes cheveux sont tellement longs ! » Puis j'ai reposé les pieds au sol et c'est moi qui ai dû lever la tête vers les hauteurs de son visage.

« Ça pogne au boutte », m'a-t-il dit avec un petit clin d'œil. Deux minutes en terre québécoise et il s'était réapproprié notre bel accent. Il m'a donné un gros baiser sonore sur le dessus de la tête puis, apercevant les garçons devant lui, a fait un grand « Eille ! » et ce fut une suite d'accolades – une bise à Julien, qui a trouvé le moyen de lui passer une main dans les cheveux, une virile étreinte accompagnée de bonnes tapes dans le dos à Laurent et l'inévitable *bear hug* de Jeff qui a levé Frédéric de terre avant de lui donner une claque sur une épaule qui a failli le faire revoler dans la petite madame que j'avais bousculée quelques minutes plus tôt.

« O. K., a dit Laurent. *Drinks*.

— Ben là, peut-être attendre d'arriver à la maison…

— Es-tu tombée sur la tête ? *Drinks right through !* Au bar de l'aéroport. » Il a donné une autre tape dans le dos de Fred. « Hein, l'frère ? »

J'ai levé les yeux au ciel. J'avais oublié cette habitude ridicule et insupportable que Jeff, Laurent et Fred avaient de s'appeler, entre eux, « l'frère », qu'ils prononçaient avec un accent tellement habitant qu'il aurait fait rougir mon grand-oncle Marcel.

« Mets-en l'frère ! Eille, y est huit heures du soir pour moi ! » Ils sont partis tous les trois, grands éclats de rire et claques dans le dos, coups de coude virils et « Ostie, l'frère ! » tonitruants.

« Y est encore plus beau que dans mon souvenir, m'a chuchoté Julien.

— Ta *yeule*, l'frère ! »

Une heure plus tard, Jeff faisait signe à la serveuse qui, malgré ses soixante ans, était tombée comme toutes ses collègues sous son charme. « Une autre tournée, ma belle Adèle.

— Ma belle Adèle ? Adèle a plus de dents, Jeff. » Éclat de rire général. Nous étions tellement contents de nous retrouver tous ensemble, nous qui avions fait les belles années du Lulli et de tant d'autres bars et restaurants, qui avions célébré notre joie de vivre et d'être entre nous dans au moins une dizaine d'appartements, des chic comme des miteux, qui avions chanté à tue-tête, dans de grosses voitures de location, sur la route entre Québec et Baie-Saint-Paul, *Unchained Melody* et *Le Feu sauvage de l'amour*, nous étions tellement ravis de partager un verre dans cet endroit sans âme, où les gens ne sont jamais que de passage, que tout nous semblait drôle et charmant – à commencer par nous-mêmes. J'aurais voulu ne jamais quitter ce bar de transit, ne jamais quitter, surtout, ce moment trop précieux de félicité collective. Nous pensions tous la même chose, je le savais, parce que nous hésitions à trop nous l'avouer, comme si le fait de parler de notre bonheur allait le faire fuir – comme on croit parfois que mentionner la présence longtemps attendue du soleil suffit à faire réapparaître les nuages.

« Comme ça, t'as mis le grappin sur ton docteur, a répété Fred. Bon travail, 'tite sœur.

— Ben là, on se calme, quand même. J'ai passé une nuit avec lui. Faudrait pas mettre la charrue devant la peau de l'ours.

— Arrête donc… je te connais assez, je SAIS que t'es déjà en train de te forger des scénarios d'amour, de mariage, de bébé, puis de main dans la main dans la rue.

— Non… » J'essayais de retenir un sourire, mais j'y réussissais mal. Puis, j'ai jeté un regard furtif vers Jeff, qui lui me dévisageait avec une expression que je ne lui avais jamais vue et qui n'avait rien d'amer ou de vexé – c'était une question muette, une observation calme et attentive, comme s'il croyait qu'en me fixant ainsi, il aurait une réponse ou pourrait lire en moi. « Vraiment ?

avaient l'air de me demander ses grands yeux bleus. Peux-tu vraiment en être certaine ? » Mon sourire s'est estompé et, en me retournant, j'ai vu que Fred, lui aussi, observait Jeff.

« Écoute-la pas, a dit Julien, qui n'avait rien vu. Cette femme-là est en feu. En FEU, Fred.

— Puis vous autres ? » a demandé mon frère.

Julien et Laurent ont chacun maugréé quelque chose.

« L'frère. Toujours avec Carole ?

— Mmm. Oui. »

Frédéric s'est mis à rire. « Toujours aussi expansif, comme je peux voir... Sérieux, ça va bien avec elle ?

— Bof...

— Loulou...

— Ben oui, ben oui, ça va. Ça va, O. K. ? Oui, ça va. » Il était retourné chez lui après s'être fait « mettre dehors » par Carole et lui avait dit, tout simplement, qu'il était « fatigué ». Qu'il n'en pouvait plus de ces tensions-là et de leurs innombrables chicanes. Quand elle lui avait demandé s'il voulait qu'elle parte, il avait répondu non, en la regardant bien droit dans les yeux. Je le savais parce que Carole me l'avait dit : le lendemain, d'une façon tellement inattendue que j'avais failli m'étouffer sur ma savoureuse poignée de mélange du randonneur, elle m'avait appelée pour me proposer d'aller prendre un café. Et moi, bêtement, j'avais hésité, envisageant une séance interminable de doléances et une heure de gros malaise, mais j'avais compris, en voyant son air nerveux et ses sourires sincères, qu'elle me tendait une main et que si j'aimais vraiment mon ami, j'avais tout intérêt à l'attraper.

Nous avions parlé presque deux heures, nous rassurant mutuellement, riant prudemment des travers de Laurent (« Il t'a déjà fait sa fameuse omelette ? Pauvre petit, il est tellement fier de sa fameuse omelette... »

« Attends, il vient de découvrir les *frittatas*. Trois samedis matin de suite que je me tape une *frittata*. » « Ouch... »). Les mots exacts n'avaient pas été prononcés, mais nous nous entendions : nous n'avions rien à nous reprocher au bout du compte, rien à envier l'une à l'autre, et tout à gagner. J'étais sortie du café légère et soulagée, en me répétant qu'il fallait vraiment que nous soyons une joyeuse bande de tatas pour avoir attendu aussi longtemps avant de poser ce genre de geste aussi simple et salutaire.

Laurent, quant à lui, avait décidé quelques jours auparavant qu'un sain optimisme allait inévitablement paver la voie vers la félicité amoureuse. Aussi doué pour l'optimisme que je l'étais, moi, pour le trapèze, il se débattait depuis avec cette résolution qui ne lui seyait pas, mais pour laquelle on aurait difficilement pu le blâmer. Il m'épatait, parfois, avec ce don presque surnaturel qu'il avait de compliquer ce qui aurait pourtant pu être si simple. Il vivait avec une femme intelligente, belle et vive, qui avait certes des défauts (mais qui veut vraiment d'un partenaire parfait ? Qui ne veut pas aimer quelqu'un pour ses défauts autant que pour ses qualités ?), mais qui l'aimait et que lui, malgré ses dires, malgré ce que lui-même pouvait croire, aimait.

« Plus ça change plus c'est pareil, hein ? a dit Frédéric. Puis toi, Ju ? » Je lui ai donné un petit coup de pied sous la table, non pas de peur que sa question cause un malaise (rien, mais rien dans l'univers ne mettait Julien mal à l'aise), mais pour éviter l'interminable récit des amours de Julien que Jeff, Laurent et moi n'étions plus capables d'entendre et qu'il venait, justement, de commencer.

« Je le prends par les jambes, a murmuré Jeff à Laurent, et toi tu l'attrapes par en dessous des bras. Marine...

— Oui, je sais, j'aurais dû acquiescer tout à l'heure quand tu voulais lui faire avaler son ostie de foulard.

— O. K., O. K., c'est beau, d'abord ! a couiné Julien. Tant pis pour vous autres. Longue histoire courte – et crois-moi mon Fred, tu manques un *fabuleux* récit, Mathias m'a dompé parce que... »

Laurent et moi avons échangé un regard, puis nous avons pouffé de rire. « O. K., c'était effectivement assez fabuleux », a dit Laurent. Et nous nous sommes mis à raconter l'histoire, tous les quatre, Jeff, Laurent et moi ajoutant des détails comme si elle nous concernait, pendant que Frédéric riait de plaisir.

« Puis toi ? a demandé Julien à Fred. Hop, hop, hop ?

— Hop, hop, hop ?

— Bing badabing ?

— Quoi ? »

Julien a poussé un soupir découragé. « Tu fourres-tu, câlisse ?

— Ah... c'est ÇA que tu voulais dire...

— Ben là, *hop hop hop*, *bing badabing*, *shaky shake shake*, tout le monde comprend ça ?

— Tu sais c'est quoi le pire ? m'a demandé Jeff. C'est que pour moi, ce que Julien dit est parfaitement clair.

— Ouais, je sais... » Nous avons ri ensemble et j'ai senti une douce chaleur en moi, celle qui n'irradie que lorsque rien, absolument rien ne nous manque.

« Ça va, a dit Fred en riant. Là, ces derniers temps, j'ai beaucoup travaillé...

— Ça avance ? ai-je demandé.

— Je t'ai apporté la suite et...

— Continuuuuue... lui a dit Laurent entre les dents. On veut des anecdotes de petites Françaises, on *exige* des anecdotes de petites Françaises.

— Ben... mettons que je me suis pas ennuyé. Je sais pas si c'est l'accent, mais... *Oh boy*. Je vous jure, pendant un bout de temps je pense que j'en passais quatre par semaine. Et pas nécessairement les mêmes de semaine en semaine.

— O. K., WHOA ! Peut-être pas vraiment intéressée à entendre parler de la vie sexuelle de mon frère ? !

— Venant de la fille qui passe douze heures par semaine sur son ordi à m'envoyer les détails de SA vie sexuelle, c'est peut-être un peu déplacé comme commentaire.

— Ouin. Peut-être. » J'ai fait une moue piteuse et Fred m'a attirée contre lui pour m'embrasser dans les cheveux. Jeff, devant moi, ne disait rien.

« *Enweye*, l'frère, ai-je dit à Fred. Serait temps d'aller voir l'père.

— Puis l'doc, je vais le rencontrer ?

— Fais pas l'*smatte* », ai-je dit en me levant alors que Julien s'obstinait déjà avec Jeff pour ce qui était des places que nous allions prendre dans la voiture.

En sortant de l'aéroport, Frédéric a levé le nez vers le ciel parfaitement bleu. On sentait l'eau tout autour de nous, de l'eau sale et joyeuse sur l'asphalte luisant, sur les carrés d'herbe jaunie et détrempée, dans les bruits délicats de gouttelettes dans les caniveaux. La grande fonte. « Le printemps, a-t-il dit. Ostie que je m'étais ennuyé du printemps. » Je le regardais en souriant, presque avec adoration. Il m'avait manqué, terriblement, depuis son départ, mais je réalisais seulement maintenant, en sa présence, à quel point. Je détaillais son profil, ses cils d'une longueur démesurée, ses yeux qui avaient la couleur des miens. Avec ses cheveux qui ondulaient presque jusqu'à sa mâchoire – des cheveux dorés, aux boucles molles et tombant toujours parfaitement, des cheveux dont les femmes étaient toujours jalouses –, son foulard gris et son long manteau, il avait l'air d'une caricature de jeune poète.

« Ça va, lui ai-je demandé, le style je-me-prends-pour-Rimbaud ? Ça pogne beaucoup dans Saint-Germain ? »

Il a baissé la tête vers moi en riant, puis m'a prise par l'épaule. « Câlisse que je suis content de te voir. »

Et j'ai ri dans le soleil en me collant contre lui, parce que mon frère était revenu, que je pouvais enfin le prendre dans mes bras et que, devant nous, les trois garçons avançaient côte à côte et que je les entendais rire et parler comme ils l'avaient toujours fait (« On serait aussi bien avec un Winnebago, non ? » « Je vous avais prévenus que ça finirait en commune, cette affaire-là. » « *Oh boy*. Pas sûr que Carole va triper sur l'idée de commune, moi. » « Moi, tant qu'il y a des draps en coton égyptien et de la liqueur de banane, *I'm all for the commune*. » « De la liqueur de… ? Ostie de dégénéré à *marde*. » « Arrête donc… tu m'aimes. » « Non, non, c'est exactement là que tu trompes. Je t'aime pas du tout. Du tout. » « Ah *come on*… un bec. Donne-moi un bec. Je sais que tu veux un bec, Jeff Murphy. » Et alors Jeff attrapait Julien dans l'étau de ses grands bras pour lui plaquer, sur le dessus de la tête, un bec énorme et violent qui laissait Julien échevelé et ahuri et Laurent parfaitement hilare).

Je les regardais aller et je tenais la main de Frédéric, je pensais à Gabriel et je me sentais un soleil à la place du cœur parce que j'étais comblée. Et j'essayais bêtement de ne pas trop l'admettre, pas même à moi seule parce que, ne le savions-nous pas tous, on ne peut que descendre d'un sommet ? Plus tard, me répétais-je. Plus tard les grands questionnements. Pour le moment, juste bonheur et plénitude. Plus tard l'inévitable naufrage. Et j'étais tellement heureuse que je n'y croyais même pas.

À : Gabriel
De : Marine Vandale
Objet : Du Plateau à la Pomme

· ·

Comment va New York ?

À : Marine
De : Gabriel Champagne
Objet : De la Pomme à la Palourde

· ·

En fait, je suis à Boston. On pensait arriver juste demain, mais on a réussi à se libérer plus tôt, alors on est venus ici à l'avance.

À : Gabriel
De : Marine Vandale
Objet : Pomme vs Palourde

· ·

Tu veux me dire qu'ayant devant toi une petite plage de temps libre, tu as délibérément jeté le trognon pour aller te vautrer dans le mollusque ?

À : Marine
De : Gabriel Champagne
Objet : Nerd 101

· ·

Je veux bien croire que ça fait seulement deux semaines qu'on se fréquente, mais si tu n'as pas encore saisi l'ampleur de ma nerditude, tu me permettras de douter de ton sens de l'observation. J'ai de vieux amis, ici. Et puis, Harvard et l'ambiance exquise qui précède les interminables colloques de la faculté de médecine, c'est un peu l'équivalent de la Playboy Mansion pour moi.

À : Gabriel
De : Marine Vandale
Objet : (aucun)

Fais attention à ce que tu écris, des plans pour
faire faire une crise cardiaque à Hugh Hefner.
Quoiqu'il serait en bonnes mains, je suppose.
Mais parle-moi de New York. Ou même de
Boston, si tu veux. Je veux dire : si tu insistes.

À : Marine
De : Gabriel Champagne
Objet : Vie monastique

Tu vois, j'ai beau chercher, je sais pas vraiment
comment rendre excitant le récit de deux jours
passés entre collègues dans un centre de congrès,
fût-il à New York. Ton frère serait sans doute
meilleur que moi pour ça. Par contre, on mange
comme des rois, comme si les organisateurs voulaient compenser l'ennui de nos journées en nous
gavant dans des restos insensés où chaque plat a
dû demander plus de travail et de connaissances
qu'une première année de médecine.

À : Gabriel
De : Marine Vandale
Objet : Merdre

Je t'avais prévenu que je serais jalouse, donc
la nécessité de tourner le fer dans la plaie, je la
vois pas trop. Moi, je passe chaque jour à Laval
auprès de mon père, et tu comprendras que
malgré l'amour filial qui me caractérise, la tâche
a quelque chose un brin moins trépidant que tes

escapades gastronomiques. Une chance que Fred est là parce que, sinon, le combo « Maman qui angoisse » et « Papa qui de toute évidence veut rester malade parce que ça lui évite de trop parler à la maman qui angoisse », ben je sais pas trop comment je supporterais.

À : Marine
De : Gabriel Champagne
Objet : L'frère

Je l'adore, ton frère.

À : Gabriel
De : Marine Vandale
Objet : LE frère

Oui, j'ai cru remarquer quelque part autour de la cinquième bouteille de vin que vous avez ouverte ensemble l'autre soir. Cela dit, tu veux être gentil et ne jamais, jamais utiliser l'expression « l'frère » ? Ça t'a peut-être échappé, mais c'est juste un peu insupportable.

À : Marine
De : Gabriel Champagne
Objet : Yes sir

Comme vous voudrez, miss Vandale.

À : Gabriel
De : Marine Vandale
Objet : Miss curieuse

Tu fais quoi ce soir ?

À : Marine
De : Gabriel Champagne
Objet : Mr indécis

- -

Je sais pas encore. Peut-être souper avec une
vieille amie, ou une virée au pub avec deux gars
qui étaient dans ma classe à Montréal. Je te dis,
la Palourde regorge de possibilités.

À : Gabriel
De : Marine Vandale
Objet : (aucun)

- -

Tu reviens quand ?

À : Marine
De : Gabriel Champagne
Objet : Je reviendrai à Montréal

- -

Mardi ou mercredi, je suis pas sûr encore. Mais
ça sera dans un grand Boeing bleu de mer, je te
promets.

:-)

Chapitre 16

« Non mais sérieux, Ju. SÉRIEUX. Une vieille amie ? Pas d'idée exacte de quand il revient ? Sérieux. »

Julien était affalé dans son gros sofa, une copie de mon échange avec Gabriel dans une main. « Je peux pas croire que tu as imprimé ça. Marine, ça atteint un niveau de pathétisme encore inégalé au sein de notre petit groupe.

— Jeff a déjà dit à une fille : "Aurais-tu vingt-cinq cents, parce que ma mère m'a demandé de l'appeler quand j'allais avoir rencontré la femme de ma vie"...

— Ç'avait marché.

— O. K... Laurent a déjà passé trois heures assis par terre derrière le bar du Lulli pour qu'une fille avec qui il avait couché une fois le voie pas. »

Julien a réfléchi. « Ouin... c'est sûr que c'était pas pire, ça... Mais en même temps, ça devait lui donner une vue sur l'entrejambe d'Andrew *assez* extraordinaire. Fait quc... non, tu gardes la palme du pathétisme.

— O. K. Comme tu veux. Tu m'obliges d'abord à te rappeler que tu as déjà envoyé quelque chose comme quinze lettres érotiques à un gars de vingt ans qui voulait rien savoir de toi.

— C'était de TRÈS belles lettres.

— C'était du *cheap porn*.

— Tu les as jamais lues.

— Oh oh, je ne pense pas, jeune homme. T'avais imprimé une copie sur l'imprimante de Jeff et...

— Vous les avez lues ?!

— Oh, tellement. On a même fait des lectures publiques. Cocktails et *erotica*. Un gros succès.

— C'était pas pathétique.

— "Ma langue curieuse remonte lentement le long de ta verge tremblante et... "

— O. K. ! O. K. ! C'est beau. On est *ex æquo*. »

J'ai croisé les bras et levé un sourcil, sans cesser de le fixer.

« O. K., O. K., c'est moi qui ai la palme. Mais quand même. Marine. Faut que tu te calmes.

— TU me dis ça ?

— Peux-tu arrêter deux secondes de toujours nous renvoyer la balle ? T'es en train de devenir la fille qu'on n'aime pas, Marine !

— *Oh my God. Oh my God*, t'as raison. »

J'avais une main sur le front et je faisais les cent pas devant lui. C'était vrai. J'étais devenue cette fille sans aucune confiance, trop émotive et incapable de recul qui s'amourache d'un homme en moins de quarante-huit heures et planifie enfant-maison-vieillir-ensemble au bout d'une semaine de relation. Je me suis laissée tomber sur le sofa à côté de Julien, qui a spontanément levé un bras pour le placer autour de mes épaules.

« Je sais pas ce qui m'arrive, Ju. Je sais pas si je suis comme ça parce que Gabriel me fait plus d'effet que tous les gars m'en ont fait depuis des années et que je confonds ça avec de l'amour, ou parce que je SUIS amoureuse, ou parce que je suis juste devenue une autre folle désespérée... J'étais pas comme ça à vingt-cinq ans.

— Honnêtement ?

— Quoi, honnêtement ?

— Honnêtement, t'as toujours été un peu intense sur les bords. » Je me suis redressée, prenant un air offensé qui n'était qu'à moitié exagéré. « Et c'est pour ça qu'on t'aime, Marine. Mais j'avoue que là...

— Je suis devenue folle, hein ?

— Ça fait juste deux semaines, pitoune. Et je sais que c'est quelque chose de pas ordinaire et...

— Tu le sais, hein ? Tu le sais ! Tu le sais... » J'avais les mains croisées sous le menton comme une fillette amoureuse. Julien m'a doucement pris un bras.

« Sors de ton corps, Marine. Regarde-toi, deux secondes. »

Je suis sortie de mon corps. Je devais avoir l'air de ce dont mon amie Mélanie et moi avions l'air à onze ans alors que nous regardions *Dirty Dancing* en pyjama, en mangeant du pop-corn et en nous roulant sur le plancher du salon chaque fois que Patrick Swayze apparaissait à l'écran. « Julien. Faut que tu m'aides. On s'est promis de devenir des adultes et je suis plus ado que je l'ai jamais été.

— Je vais t'aider, ma pitoune. Si tu veux que l'amour dure pour toujours, faut pas lui faire peur en se garrochant sur lui.

— Ou en donnant rendez-vous à un gars sur Internet pour coucher avec, sans savoir que c'est ton chum qui s'est créé un pseudonyme.

— Oui. En effet. » Les choses allaient mieux entre Julien et Mathias. Ils se revoyaient depuis peu, pour prendre un café ou un verre, pour aller souper. Mais

Mathias se faisait difficile et même si une partie de moi trouvait qu'il en mettait un peu, qu'il jouait trop à celui qui reste calme et distant alors qu'il n'a qu'envie de se laisser aller, j'admirais sa fierté et sa volonté. Tandis que moi, de mon côté, je m'emballais, je ne réfléchissais pas et je laissais mon cœur m'inventer des histoires impossibles et belles, je le laissais bâillonner ma raison et je ne savais plus si c'était parce qu'il était trop plein ou, justement, trop vide. « Mais on parle de toi, a poursuivi Julien. Et, par extension, de nos oreilles qui commencent à être plus capables. Fait qu'il va falloir que t'arrêtes de tout analyser comme si ta vie en dépendait. » J'ai ouvert la bouche. « Et ne me dis PAS que ta vie en dépend, O. K. ?

— O. K...

— Marine. C'est un gars super, vous vous êtes vus presque tous les jours depuis deux semaines, veux-tu bien me dire ce qui t'angoisse tant que ça ? »

Ce qui m'angoisse tant que ça ? ai-je failli répéter. C'était absurde, et je savais au bout du compte que Julien avait raison, mais mes inquiétudes et mon questionnement perpétuel me semblaient tellement justifiés que si je cessais le moindrement de raisonner, et que si pendant une seconde à peine je me laissais aller au penchant naturel que j'avais adopté depuis deux semaines, j'allais avoir mille preuves à lui offrir.

En dix jours à peine, je m'étais ouverte à Gabriel comme à personne auparavant. Je savais, au fond, que c'était parce que je le connaissais peu et que certaines choses se disent mieux à ceux qui n'ont pas de nous une idée complexe et fixe. Gabriel n'était pas pour moi un miroir, comme Jeff ou Laurent l'étaient. En lui parlant, en lui racontant ma vie et mes petites histoires, je n'avais qu'à les exposer, telles quelles, sans avoir à penser aux innombrables liens qui nous unissaient. Le terrain était vierge, et sur ce terrain je me sentais infiniment moi-même, et étonnamment libre. Peut-être était-ce dû à la profonde confiance en lui qu'il dégageait, à la solidité qu'il inspirait, mais devant lui, je n'avais plus de personnage, je n'étais que moi-même – et dans ses yeux verts, je voyais de moi une image imparfaite et simple, une image qui me ressemblait.

Nous passions nos journées ensemble – je négligeais mon père et je rationalisais bêtement comme le font les gens amoureux, je me disais que mon père voulait mon bonheur, qu'on ne pouvait aider les autres qu'en étant heureux soi-même.

J'essayais pourtant de me retenir, de harnacher cette félicité irrationnelle qui accompagnait chacune de nos rencontres, et l'angoisse encore moins logique qui s'installait dès que je n'avais pas de ses nouvelles pendant une journée entière. Ensemble, nous passions des heures sous la grosse couverture de laine que nous jetions chaque matin sur le lit pour le rendre plus confortable, pour y être tellement bien qu'aucun effort de volonté ne puisse nous en sortir. Enlacés dans la douce chaleur de nos corps repus, nous dressions des listes futiles et charmantes, nous demandant mutuellement quelles étaient nos cinq plus grandes passions (« La mer, les livres, marcher seul dans la ville, le moment où tu réalises que tu vas pouvoir sauver la vie de quelqu'un en danger, celui où tu sens que tu es sur le bord de tomber amoureux », selon Gabriel. « La solitude, l'abandon du corps comme du cœur, les gens en général, le bonheur, l'esprit », dans mon cas. Nous nous étions disputés pour ce qui était de marcher seul, mais je le lui avais laissé, en échange de la solitude en général).

Nos autres listes comprenaient nos saveurs préférées, les personnalités que nous voudrions retrouver à notre table dans l'au-delà (il avait gardé Brillat-Savarin, Rita Hayworth et Mordecai Richler, mais j'avais Walt

Witman et Proust comme invités ET Baudelaire et Nerval comme serveurs), nos meilleures histoires de brosse, les extraits de livres qui nous touchaient le plus. C'était prétentieux, nono et adorable et je savais que lorsque nous n'étions pas ensemble, nous cherchions tous les deux de nouvelles listes à faire pour le plaisir de nous dévoiler devant l'autre et de voir nos personnalités, nos goûts et nos inclinaisons se rejoindre et s'entremêler.

Il me donnait rendez-vous dans des cafés ou de petits bars et j'accourais littéralement, le cœur presque trop léger et certainement trop grand – je le sentais prendre presque toute la place dans ma poitrine, me coupant un peu le souffle et me faisant perdre mon pourtant légendaire appétit. Puis, je m'asseyais devant lui et me perdais dans ses grands yeux, dans sa voix grave et chaude, et je n'étais même pas pressée de rentrer chez lui tellement nous étions simplement bien et tellement notre conversation était pour nous une autre façon de faire l'amour. Nous quittions ces cafés et ces bars dans un état d'excitation presque tangible pour aller retrouver la couverture de laine et nos corps qui se devinaient avec un instinct troublant dont nous n'étions pas peu fiers.

Puis, il y avait les moments d'absence, ceux durant lesquels il travaillait et qui ne me dérangeaient pas, et ceux qu'il passait à faire je ne sais trop quoi d'autre, à lire, à voir ses amis, à marcher seul et qui me torturaient stupidement parce que je ne voulais, moi, qu'être avec lui. Il m'avait parlé un soir de son grand besoin d'indépendance et de liberté – ce n'était pas un avertissement, mais simplement quelque chose qui, de toute évidence, faisait tellement partie de lui qu'il avait voulu le partager avec moi, comme bien d'autres aspects de sa personnalité. Mais les autres m'avaient ravie, alors que celui-là me donnait l'impression d'être clouée au sol, moi qui me serais si joyeusement envolée.

Mais bon, comme me le rappelait régulièrement Julien (et Laurent, et Fred, et Jeff), nous n'avions passé que deux semaines ensemble et si je ne me calmais pas, je me dirigeais directement vers une relation qui, inévitablement, avorterait avant même d'avoir eu le temps d'éclore vraiment ET me ferait valoir le statut officiel de « crisse de folle » dans la tête de Gabriel. Et je savais qu'ils avaient raison, mais ma raison, justement, était remarquablement déficiente, ce qui, bien que navrant, me semblait tout de même relativement normal. J'étais, après tout, complètement entichée de Gabriel – et j'avais beau savoir que ce n'était pas encore de l'amour, les deux états se ressemblaient étrangement. Ils avaient surtout les mêmes symptômes, dans tout ce qu'ils ont d'exquis et d'absurde.

« Merci, ai-je dit à Flavie quand elle est venue s'asseoir à côté de moi au bar du Lulli.

— Mer-CI, a ajouté Andrew, qui était déjà épuisé de m'entendre roucouler et radoter au sujet de Gabriel.

— Mais y a pas de quoi, poulette !!! » Elle portait une petite veste de jeans tout ce qu'il y avait de plus normal mais, en dessous, une robe blanche avec de grosses cerises rouges qui moulait sa taille fine avant de venir s'étendre sur une crinoline d'environ trois pieds de diamètre. Elle avait, aussi, des talons hauts (d'étranges choses à plate-forme d'un beau vert lime) qui me semblaient vaguement déplacés dans la mesure où, juchée dessus, elle faisait officiellement un pied de plus que moi. « Alors, a-t-elle dit en pointant à Andrew le *tap* de Boréale rousse. Qu'est-ce qui se passe ?

— J'avais besoin de parler à une fille.

— Pardon ? » Elle a éclaté de rire, la tête renversée, une main sur son grand chapeau de paille verte pour l'empêcher de tomber. « Toi ? À une fille ? » Puis elle a porté

ses poings à ses hanches et a ajouté : « Je savais que tu fini-
rais par avoir besoin d'une de tes pairs, Marine Vandale.

— Bon, bon, bon. Correct.

— T'es amoureuse, c'est ça ?

— Hein ? ! Non ! » Je devais avoir l'air d'un enfant pris
la main dans la jarre à biscuits et essayant de tout nier.

« Marine. Je te connais assez bien. Et je sais que tu
as toujours tout trouvé auprès de tes amis et de ton frère
et je sais aussi que tu dois être beaucoup trop fière pour
admettre que, parfois, des copines peuvent t'apporter
quelque chose que même le meilleur des amis masculins
peut pas.

— O. K. ! O. K., c'est beau !

— ET ! » Un index dont l'ongle était peint en rouge
pompier s'est dressé juste sous mon nez. « Et je sais
que quand une fille a le plus besoin de ses copines, c'est
quand elle est amoureuse. » Elle a semblé réfléchir. « Ou
quand vient le temps de donner une opinion honnête sur
un nouveau soutif. Alors. C'est quoi ? Tu te souviens plus
si tu portes du B ou du C, ou tu es amoureuse de Gabriel ?

— Je sais paaaaas…

— Tu portes du C. Maintenant. Pour Gabriel. Allez !
On n'a pas toute la soirée, quand même. » Elle avait déjà
terminé sa pinte de bière, qui dans sa main avait l'air
d'un tout petit verre, et faisait signe à Andrew de lui en
verser une autre.

« O. K. Est-ce que c'est normal, au bout d'à peine
deux semaines de fréquentation, de devenir littéralement folle quand le gars en question t'appelle pas pendant vingt-quatre heures ou qu'il te fait un long *speech*
sur son besoin d'indépendance ? »

Flavie a porté un doigt sur ses lèvres et a fait mine
de réfléchir intensément. « Tu veux savoir si c'est normal
dans le sens de "recommandable" ou dans le sens de
"récurrent" ?

— Euh… les deux ?

— Attends. Tu SAIS que c'est une mauvaise attitude, non ?

— Oui, oui, oui, je le sais. Mais est-ce que je suis à blâmer de pas pouvoir m'en empêcher ?

— Non. Non, on est presque toutes comme ça.

— C'est vrai ? ? ? » J'étais aussi contente qu'un nain qui, élevé au milieu de géants, viendrait de découvrir une ville entière peuplée de gens pareils à lui.

« *Cela dit*, a poursuivi Flavie, pour la plupart d'entre nous, on sait que l'emballement excessif, c'est peut-être le plus grand repousseur de mec au monde. Surtout si le tien te fait déjà l'éloge de sa liberté.

— Donc je me retiens.

— Et tu te calmes, poulette. Tant que tu peux.

— C'est possible ? »

Elle a pris une grande gorgée de bière. « Honnêtement ? Très peu. » Nous nous sommes mises à rire toutes les deux et elle m'a prise par l'épaule. « Bienvenue à Girl-Land, chérie.

— Mmm.

— De toute manière, t'as toujours vécu ici, je te signale.

— Ça va, je sais…

— Ta sœur Élodie, aussi.

— Ma sœur Élodie est la *mairesse* de GirlLand.

— Au moins, elle s'assume, la puce. Toi, t'es comme cette citoyenne qui voudrait croire depuis toujours qu'elle vient de BoyCountry, mais qui a vécu à GirlLand depuis quarante générations. Faut arrêter de te conter des histoires, Marine, t'es une vraie fille.

— Câlisse… »

Elle a pris un air *caricaturalement* insulté. « Eh, oh ! Tu crois que je vais te laisser insulter mes compatriotes comme ça, toi ? Un peu de respect, je t'en prie.

— J'ai toujours ri des Français devant toi. »

Elle m'a donné un coup de coude qui a failli me faire passer à travers la vitrine et a ajouté, avec son petit sourire moqueur : « T'es vraiment conne.

— Non mais, sérieux, Flav. T'as déjà été comme ça ?

— Oh oui. J'ai déjà lu les mails de mon copain en France.

— Quoi ? ! » J'ai porté une main à ma poitrine, sincèrement horrifiée. « Flavie ! C'est épouvantable !

— Et je pourrais te présenter vingt filles qui ont fait la même chose. Et, à bien y penser, quelques mecs aussi. »

J'ai pensé à Mathias, et j'ai hoché la tête, obligée de me rendre à une certaine évidence.

« T'as jamais vécu ça avec Laurent, a poursuivi Flavie, parce que... parce que c'était presque trop simple, toi et lui. Mais là... si tu veux que ça marche, poulette, faut que tu lui donnes de l'air à ton Gabriel.

— Tu viens de dire que la plupart des filles sont comme ça !

— Et maintenant je viens de te dire que la plupart des filles qui ont une tête sur les épaules se calment, Marine. Y a pas un mec sur terre qui a envie d'être avec la folle du village.

— Argh... » Je me suis frotté les yeux. « C'est trop compliqué, Flav. Si je fais ça, ça veut dire que je joue une *game*.

— Non. Ça veut dire que tu apprends à voir, et à respirer. Respire, Marine. Respire. »

J'ai instinctivement pris une grande inspiration, qui m'a tout de suite fait du bien. Elle avait raison, tout de même, et je me suis souvenue de la fameuse théorie de Julien selon laquelle plus NOS vies sentimentales vont mal, plus nous sommes de bon conseil.

« Toi, Flav. Ça va ?

— Ça va, oui.

— Flav...

— Ça va...

— Flavie... »

Elle s'est retournée d'un geste brusque vers moi, et l'ongle rouge pompier s'est de nouveau retrouvé juste sous mon nez. « Si je te dis quelque chose, tu me promets – mais alors là, tu me *promets* que tu te la fermes ?

— Ben ça dépend de...

— Marine, merde ! GirlLand !

— Quoi ?

— C'est une des lois de GirlLand ! Silence et secret ! On se trahit pas !

— J'ai toujours trouvé que les filles ont tendance à être vraiment plus portées sur la trahison que les *boys* et...

— Attends, tu veux savoir mon secret, ou pas ?

— O. K., oui. Motus et bouche cousue. C'est beau.

— Tu me jures ?

— Oui.

— Tu me *jures* ?

— Oui.

— Tu me JURES ?

— OUI... EUH !

— Sur la tête de ton père ? »

J'allais répondre quand Andrew a frappé le comptoir devant Flavie. « *Jesus, girl, she said she sweared !* »

Flavie l'a regardé un instant, les yeux plissés comme un mauvais personnage de bandes dessinées quand il est fâché, et elle allait se tourner de nouveau vers moi quand j'ai crié : « Juré craché, croix sur mon cœur, si je mens je vais en enfer, sur la tête de Jeff, Julien, Laurent, Fred et Claude François, de mes sœurs et de mes parents, sur la tête de mon vieux pull de cachemire bleu, sur la tête de Gabriel et même de Jerry Seinfeld.

— Tu sais, ç'aurait quand même été *un peu* apprécié que tu mentionnes MA tête avant celle de Géri Cinnefèlde. Mais ça va.

— Fait qu'*enweye ! Shoot !* »

Elle a ouvert la bouche – nous étions toutes les deux accoudées au bar, nos visages rapprochés –, puis elle s'est tue et nous nous sommes retournées pour apercevoir, pratiquement penché par-dessus nous, Andrew, qui écoutait avec avidité. « *DUDE !* » lui ai-je crié, alors qu'il filait déjà vers l'autre bout du bar, sans doute plus terrifié par la force physique de Flavie que par mon ton.

« C'est Jeff, a dit Flavie.

— …

— T'en fais pas, il s'est rien passé.

— Pourquoi je m'en ferais ?

— Parce que je sais ce qui s'est passé entre toi et lui, poulette, et je sais comment on peut se sentir après un truc comme ça. Et je sais aussi qu'il y a pas une *meuf* sur terre qui a envie de voir sa grande copine se taper son ancien amant. »

J'étais mortifiée. « C'est lui qui t'a raconté ?

— Mais non, crétine. J'ai deviné. Honnêtement, pour pas deviner, y aurait fallu être Helen Keller.

— Ohhh… tu penses que Gab…

— Oui.

— Ohh… Mais… Mais attends, qu'est-ce que tu me disais, au juste ?

— Ton coloc, couillonne ! » Elle chuchotait. « Ton coloc ! Je pense qu'à lui.

— …

— O. K., et ça serait sympa si tu pouvais articuler quelque chose après que j'ai dit son nom.

— Je…

— Tu crois que j'ai une chance ?

454

— …» Pour la première fois depuis des semaines, je ne pensais plus à Gabriel. J'avais dans la tête des images idylliques de Flavie et Jeff, marchant main dans la main, riant ensemble, s'étreignant passionnément sur un grand lit, un sofa, contre un mur. Ce serait merveilleux, me répétais-je, pour tâcher de m'y faire croire, merveilleux ! Mais l'effort était futile et j'étais troublée, terriblement troublée. J'ai regardé Flavie, incapable de dire quoi que ce soit et nous sommes restées silencieuses un moment, les yeux dans les yeux, jusqu'à ce que je ne puisse retenir un sourire et que nous nous remettions à rire toutes les deux, et que Flavie me passe une main dans le dos.

« On est ridicules, hein ?

— Ah, ça, poulette, pour être ridicules, on est ridicules… alors ?

— Alors oui. Oui je pense que t'as une chance.

— Et ça t'emmerde ?

— Ça… » J'ai essayé de réfléchir. « Tu sais quoi ? Ça irait.

— Non, hein ? »

Je lui ai souri et l'ai enlacée – ou plutôt me suis laissé enlacer par les bras immenses de Flavie. « Non. Mais va falloir que ça aille. Parce que ç'a beau me faire chier, toi et Jeff, j'y crois. » Je ne pouvais croire que je venais de dire cela. Mais c'était vrai, et le simple fait de l'avoir dit me faisait du bien.

Flavie m'a serrée contre elle. « Tu sais quoi ? Ça va aller.

— Ça va aller ?

— Oui, ça va aller. On va trouver notre chemin. »

J'ai pensé à mes petits chaperons de couleurs. « Flavie ?

— Quoi ?

— Tu penses vraiment que je porte du C ? »

J'essayais de ne pas l'attendre. Mais j'étais encore debout à minuit parce que son vol devait arriver vers vingt-trois heures trente et que je ne savais pas comment faire autre chose que l'attendre. À vingt-trois heures trente-cinq, j'avais déjà commencé à faire les cent pas dans l'appartement, suivie de Claude François, qui en tant que chat connaissait par cœur l'art de marcher sans but, dans l'espoir indéfini de quelque chose – un câlin, un bonbon, un reste de prosciutto, un joujou en peluche.

« P'tite sœur… » a dit Frédéric en entrant. Il sentait l'alcool frais et le printemps. « Arrête.

— Pas capable. Sérieux, je suis pas capable ! » L'absurdité de la situation m'a alors frappée, et je me suis mise à rire. « Je te jure ! » ai-je dit en pouffant. Fred riait lui aussi. « Arrête, c'est pas drôle !

— Tu ris toi-même !

— Ah, je sais, mais ç'a pas de bon sens… Je veux dire : je suis complètement consciente de mon ridicule, mais il y a absolument, absolument RIEN que je peux faire. Zéro pouvoir de rationalisation et je suis incapable de penser à autre chose. Fred, j'ai de la misère à suivre *Friends*.

— Ouch.

— Crisse, c'était pas assez que je sois devenue insupportable, maintenant je suis rendue stupide. » Je me suis remise à rire. « Comme vraiment… » J'ai fait un bruit débile et une grimace idiote.

Fred m'a prise dans ses bras. « Tu veux un verre de vin ?

— Je veux un baril de vin, Fred. Mais j'ai pas envie d'être soûle si jamais il appelle.

— Bon, d'abord je te connais assez pour savoir qu'il t'en faut pas mal plus qu'un verre pour être paquetée et ensuite, s'il faut que tu commences à te retenir de faire certaines affaires *au cas où* Gabriel t'appellerait, c'est très,

très mauvais. Veux-tu vraiment être la fille qui arrête d'appeler ses amis parce qu'elle a un nouveau chum ?

— M'non... » J'ai pris un air piteux et j'ai tendu un bras vers le verre qu'il me proposait. « Câlisse... tu penses que ça va passer ?

— J'espère. »

Il s'est assis sur le sofa et je suis venue m'installer à côté de lui, mes jambes étendues par-dessus les siennes. Content de me voir enfin immobile, Claude François est venu se pelotonner sur le dossier, juste à côté de ma tête. Il ronronnait tellement fort que les vibrations se faisaient sentir jusque dans les coussins.

« Est-ce qu'il pourrait ronronner plus fort ? a demandé Fred.

— Non. Sérieux, je sais pas pourquoi je suis comme ça et...

— O. K., t'es *vraiment* pas capable de seulement même parler d'autre chose, hein ?

— Non. Tu penses que c'est le signe que je l'aime vraiment ?

— Marine, ça fait *deux semaines* ! » Il a réfléchi un instant, puis a ajouté : « Écoute, c'est sûr que c'est le signe de quelque chose, mais je me calmerais un peu avant de parler d'amour, moi. Surtout que le gars a l'air de tenir à sa liberté et...

— Mais justement ! C'est comme un cercle vicieux ! Il me dit qu'il tient à sa liberté, il l'exerce en passant parfois une ou deux journées sans donner de nouvelles, et du coup, je suis de plus en plus folle et je le brime et l'énerve de plus en plus... c'est une catastrophe, Fred.

— Arrête... » Il riait. « Veux-tu bien ? Je l'ai rencontré le gars, je l'ai vu avec toi, j'ai parlé de toi avec lui et je peux te jurer qu'il est là pour rester au moins un bout. Si tu lui fais pas peur.

— Comment je pourrais ne pas lui faire peur, Fred, je suis devenue la folle du village !

— O. K… » Il a délicatement soulevé mes jambes pour se mettre debout et reculer jusque derrière le La-Z-Boy. « Là, je vais émettre une théorie et je vais l'émettre d'*ici*, pour des raisons de sécurité personnelle. » J'ai levé un sourcil. « Est-ce que t'as pensé que peut-être t'es en train de volontairement te convaincre que cette relation-là peut pas marcher parce que… ben… parce que tu fais toujours ça ? » Il a fini sa phrase en se cachant d'un coup derrière le La-Z-Boy, ce qui lui a évité de recevoir en plein visage le coussin que je lui lançais.

« Juste une théorie, a dit sa voix depuis sa cachette.

— Mauvaise théorie. Sérieux. Je voudrais vraiment, vraiment que ça marche.

— Sûre ?

— Si tu veux pouvoir sortir de là à temps pour ton vol de retour, t'es mieux de me croire, Frédéric Vandale.

— O. K., O. K… Tu veux que ça marche. » Il a agité un mouchoir blanc par-dessus le dossier.

« *Enweye*, niaiseux, ai-je dit en riant, alors que mon cellulaire sonnait.

— Marine ! Non ! a crié Fred alors que je volais littéralement par-dessus la table à café pour atteindre le comptoir où se trouvait mon téléphone. Non ! Y a pas besoin de penser que tu passes chaque seconde que t'es pas avec lui à attendre ses appels !

— Hein ? » J'étais au milieu de la grande pièce, pratiquement haletante et complètement ridicule, les yeux rivés sur le téléphone qui a finalement cessé de sonner.

« Bravo, a dit Fred. Bonne job, ma sœur.

— Ohhhh… » J'ai finalement attrapé l'appareil pour constater que c'était bien Gabriel qui m'avait appelée. Bonds, couinements, cris joyeux, attitude générale de fillette attardée.

« O. K., a dit Frédéric en essayant de me calmer. Maintenant, est-ce que tu peux faire l'effort surhumain de ne pas l'appeler avant demain matin ?

— Oui, mais d'un coup qu'il veut me voir ce soir ?

— Il va aussi vouloir te voir demain. »

J'ai hoché la tête, en prenant une grande inspiration, comme me l'avait recommandé Flavie. Décidément, la respiration avait du bon. J'ai souri à Fred, puis lui ai donné un petit coup de poing sur le bras. « Merci d'être là, Fred. Merci d'être là, puis d'être toi, puis de pas me juger parce que je suis moi.

— Oh, hmm hmm. » Il avait une gorgée de vin dans la bouche et faisait non d'un index. « Non, non, a-t-il ajouté après avoir avalé. Je te juge. Je voudrais pas que tu te méprennes là-dessus. »

Je lui ai donné un coup, un peu plus fort cette fois, sur la poitrine, puis je l'ai enlacé. « Pars plus, O. K. ?

— Il faut que je parte.

— Tu pourrais écrire n'importe où...

— Peut-être. Mais j'ai comme pas fini mon affaire avec Paris. Je sais pas si tu vois ce que je veux dire. Je suis encore en amour avec la ville comme un flo.

— Maudite agace-pissette de Paris.

— Ah ça, pour être agace-pissette... mais tu sais comment j'ai toujours été un gars facile...

— Niaiseux... » Je suis restée quelque temps contre sa poitrine. « Tu vas m'envoyer la suite de ton livre ?

— À personne d'autre qu'à toi. Tu vas venir me voir ?

— Ben là, tellement... »

Il y a eu une petite pause, puis Fred a dit, en m'éloignant de lui tout en me tenant par les épaules : « T'es en train de t'imaginer marchant sur le pont des Arts avec Gabriel, hein ?

— Ben là, tellement... »

Nous avons ri tous les deux, et il m'a demandé si j'allais prendre bien soin de notre père – une question étrange et presque touchante parce que nous savions chacun qu'elle était une formalité plus qu'autre chose. Bien sûr que j'allais prendre soin de papa. Bien sûr qu'Élodie allait en prendre soin mieux que moi. Et bien sûr qu'à cause de notre jeune âge nous étions persuadés tous les deux que papa n'irait que mieux – protégés par l'optimisme et la naïveté de notre jeunesse, le moindre espoir nous rendait complètement incapables de nous inquiéter. Et il y avait de l'espoir dans le cas de mon père, énormément d'espoir. Il était déjà capable de faire quelques pas, il pouvait dire tout ce qu'il voulait (lentement, péniblement, mais quand même – tout le vocabulaire était là) et Gabriel me répétait qu'en dehors des légers dommages qu'avait subis son cerveau, il était en santé comme un trentenaire. Ce qui, pour un homme qui avait fumé trois paquets par jour pendant cinquante ans, relevait presque du miracle.

Et surtout, surtout, il avait retrouvé sa mémoire, que la pression sur je ne savais trop quelle partie de son cerveau avait affectée tout ce temps. Et le simple fait de se souvenir de tout, surtout des événements qui venaient tout juste de se produire, le ravissait tellement qu'il prenait du mieux de jour en jour.

Ma mère, quant à elle, se remettait pratiquement plus lentement que lui et j'avais parfois l'impression qu'elle lui en voulait presque de l'avoir ainsi épuisée, de lui avoir fait peur à ce point pour finalement se retrouver confortablement couché dans son lit, hors de tout danger immédiat.

« Il va être correct, a dit Fred.

— Oui, je sais. » Et je le croyais. Je le croyais tellement que je ne sentais même pas le besoin d'extrapoler et que, passant du coq à l'âne, j'ai lancé à Frédéric :

« Eille. Tu devineras jamais ce que Flavie m'a dit. »
Gabriel m'avait appelée, j'étais libérée, je pouvais enfin
penser à autre chose. Devant moi, Fred a fait un petit
sourire entendu. C'était absurde et enfantin, en effet,
mais j'avais l'impression de peser vingt livres de moins
et j'étais tellement heureuse que je ne cherchais même
pas à m'en vouloir.

« Qu'est-ce qu'elle t'a dit ?

— Jeff. Elle a un *kick* sur Jeff. Ou, plus précisément,
elle "pense tout le temps à Jeff".

— T'es sûre qu'elle serait contente de savoir que tu
m'as répété ça ?

— Non, mais je sais que toi, tu le répéteras à absolument personne, alors c'est correct.

— Fine logique.

— Logique de fille.

— Tu t'assumes en tant que fille, maintenant ?

— Pas le choix, hein ? »

Nous avons ri encore. « Ça te fait quelque chose ? a
demandé Fred.

— Je sais pas. Sur le coup, oui, un peu… mais bon. Je
me dis que j'ai juste pas le droit, tu sais ? Je suis à moitié
folle à cause de Gabriel, et quand je suis avec lui c'est le
bonheur total, alors je vois pas vraiment comment je
pourrais m'indigner parce que deux de mes meilleurs
amis ont aussi une *shot* à être heureux.

— *My God*… tu peux imaginer ça, Flavie et Jeff
ensemble ?

— Je sais… Ils auraient des bébés de quatre pieds,
genre. »

Nous étions en train de rire quand Jeff est entré. Il
a d'abord aperçu Fred, qui a lancé un « Eille, l'frère ! »
joyeux, puis moi, et son visage s'est illuminé d'un grand
sourire spontané et content qui m'a fait chaud comme
une lourde couverture. « Eille ! » lui ai-je dit en lui

rendant son sourire, et j'ai pensé : Je veux tellement ton bonheur. Et je veux tellement vouloir ton bonheur. Et pendant un moment j'ai entrevu la possibilité que cela soit et l'idée m'a rendue tellement heureuse, m'a semblé tellement juste et bonne que j'ai eu envie d'aller serrer Jeff contre moi, d'aller enlacer le monde entier, en fait, dans un élan idiot de joie et d'amour universels.

Puis, son sourire s'est estompé – pas complètement, c'était plutôt comme s'il avait rectifié le tir, comme s'il avait pensé : « O. K., mets-en pas trop. » Il n'y avait pourtant plus de malaise entre nous – du moins quand nous étions seuls ensemble ou juste avec les garçons. Nous avions réappris à nous parler comme autrefois, avec l'aisance de quelqu'un qui, après une foulure à la cheville, réapprend à marcher comme il l'a toujours fait. Et les rares fois où je l'avais vu alors que j'étais en compagnie de Gabriel, il avait été agréable, sans plus. Mais j'étais comme lui, faisant attention de ne pas trop toucher Gabriel, marchant sur des œufs qui, au fond, n'existaient que dans nos têtes.

« Ton homme revenait pas aujourd'hui ? m'a demandé Jeff en se servant un verre de vin.

— Oui... mais j'aimais mieux passer du temps avec mes amis et mon frère qui part dans deux jours.

— T'es tellement pleine de *marde*... a dit Fred en riant.

— O. K., O. K... J'essaie juste de lui donner un peu d'air pour pas le terrifier.

— C'est une drôle d'idée, ça, a dit Jeff. Moi, me semble que si j'étais en amour avec une fille, je voudrais être avec elle tout le temps.

— Menteur, a lancé Fred. Toi, *of all people*, tu virerais fou. Il y a des vertus inestimables dans la distance.

— Pas trop de distance, quand même.

— Non, une judicieuse distance.

— Quelqu'un a une idée de combien ça mesure, une judicieuse distance ? ai-je demandé.

— Ça dépend, a répondu Jeff. Surtout que les gars calculent en milles et les filles en pouces et…

— Ostie que t'es colon ! » Il riait déjà de son grand rire, un bras devant le visage dans l'attente du prévisible coussin, mais celui-ci était toujours derrière le La-Z-Boy et j'ai dû me contenter de lui faire une grimace.

« As-tu parlé à Laurent aujourd'hui ? a demandé Jeff.

— Non, pourquoi ?

— Je l'ai croisé au dépanneur, il avait l'air pressé, mais il m'a dit qu'il avait une grande nouvelle.

— Et tu lui as pas demandé c'était quoi ?

— Ben oui, niaiseuse. Mais il voulait la garder pour le brunch demain. Apparemment que c'est d'intérêt public. » Il m'a dévisagée un instant puis a pointé un doigt vers moi. « Eille. Pas question que tu foxes le brunch au cas où Gabriel appellerait. Fred part après-demain.

— Eille ! » J'ai pris un air indigné totalement inutile : il avait littéralement lu dans mes pensées et il le savait.

« Vous pensez qu'il a une nouvelle idée de documentaire ? a demandé Fred.

— Non, il a pas encore fini le dernier… puis au rythme où il travaille ces temps-ci, ça sortira pas avant dix ans, je pense.

— Peut-être que Carole est enceinte.

— Whoa, l'frère ! C'est Laurent quand même. Faut pas s'attendre à des miracles. »

Autour de la table, Julien, Jeff, Fred et moi dévisagions Laurent avec un air tellement ébahi qu'il s'est mis à rire. Puis, nous nous sommes mis à nous regarder entre nous, bouches entrouvertes, expressions *flabbergastées*.

La serveuse passait à côté de nous et Jeff, qui n'avait pas cligné des yeux après la déclaration de Laurent, a simplement levé une main en balbutiant : « Champagne. On va avoir besoin d'une bouteille de champagne.

— Tu lui as dit "Je t'aime !" a couiné Julien. "Je t'aime !"

— Sérieux, a dit Fred à personne en particulier, j'aurais été moins étonné si Carole avait été enceinte.

— Je peux pas le croire, ai-je répété pour la centième fois.

— Tu penses que JE peux le croire ? » À côté de moi, Jeff pointait sa bouche toujours entrouverte.

« Ben là, ça va ! » a fait Laurent, pendant que la serveuse, l'air de se demander ce qui se passait, ouvrait la bouteille. « Il a dit "Je t'aime" à sa blonde ! » lui ai-je dit. Elle a fait de grands yeux elle aussi : « Nooooon » – de toute évidence, la charmante Julie écoutait nos conversations depuis plusieurs années déjà et la nouvelle l'étonnait autant que nous. « Ben y était temps ! » a-t-elle ajouté, avant de sembler réaliser qu'elle s'adressait après tout à un client qu'elle connaissait peu et de s'enfuir avec un air contrit.

« Voulez-vous arrêter ? a demandé Laurent. J'ai déjà assez de misère à digérer l'information, ça aide pas si vous me regardez comme si je vous avais dit que j'avais gagné le million.

— On serait *beaucoup* moins étonnés si t'avais gagné le million, a dit Julien, provoquant de grands hochements de tête affirmatifs de notre part.

— Sérieux », ai-je confirmé.

Laurent s'est croisé les bras. « Bon, c'est quoi là, je te gage que t'es vexée parce que je te l'ai pas dit à toi dans le temps ? Tu sais que je t'aime. C'est juste que… » Il poursuivait, mais je ne l'écoutais plus. Non, avais-je envie de lui dire. Je ne suis pas vexée. Mais l'idée de toi articulant ces mots que pour le moment je dois m'interdire de dire me pince le cœur parce que je t'envie. Il y avait si long-temps que je n'avais pas dit « Je t'aime », enfin pas à un amoureux, et cette idée me faisait littéralement de la peine, elle m'emplissait d'une nostalgie sans charme.

Et comme Gabriel avait apparemment le don surna-turel de m'injecter une dose d'espoir à chaque moment précis où je n'arrivais plus à en trouver en moi-même, il est apparu, debout à côté de notre table et a dit, en me regardant directement dans les yeux : « Je savais que je te trouverais ici. » Et moi je sentais une vague brûlante de joie se répandre en moi, partant de mon cœur pour déferler rapidement jusqu'à mon cerveau, jusque dans mes doigts et mes orteils. Mon cœur battait la chamade – c'était comme si instantanément, en l'espace de deux secondes, toutes mes priorités avaient changé de point focal : il était là, et je ne pouvais qu'être optimiste.

Il m'a embrassée discrètement et s'est assis en don-nant de bonnes tapes dans le dos aux garçons, alors que nous nous coupions tous la parole pour essayer de lui raconter la dernière nouvelle. J'ai croisé le regard de Fred, et j'ai lu dans ses yeux ce que je devinais dans mon cœur : que cette joie insensée que la présence d'un seul homme me causait était radieuse mais dangereuse et que mon manque de recul faisait pratiquement penser à l'attitude d'un toxicomane par rapport à sa drogue de prédilection. « Va-t'en pas à Paris », ai-je articulé à son intention, et il m'a fait un petit sourire désolé.

Moins de deux mois plus tard, ce sourire était ce qui me manquait le plus alors que je répétais cent fois par jour aux garçons exaspérés : « J'ai tout gâché. J'ai tout gâché, et je savais que je gâcherais tout. »

À : Marine
De : Frédéric Vandale
Objet : Paris s'inquiète

....

Comment tu vas, mignonne ?

À : Fred
De : Marine Vandale
Objet : Montréal déprime

....

Tu sais dans Road Runner quand pour une raison
inexplicable un bulldozer passait par-dessus le
coyote et il se retrouvait tout plat ? Ben je me
sens à peu près comme ça. Complètement uni-
dimensionnelle, vide et incapable du moindre
mouvement. Sans blague, si ça continue, c'est
possible que j'entre littéralement dans le divan.

À : Marine
De : Frédéric Vandale
Objet : Sofa anthropophage

....

Ouais, Jeff m'a un peu informé du fait que tu
avais élu domicile sur le sofa et que ça l'étonnerait pas trop que tu te fondes dedans. Maintenant
tu es sûre que c'est une bonne idée de te taper
l'intégrale de Grey's Anatomy en loop ? Parce que
moi je vois un genre de lien niveau profession
des protagonistes, si tu vois ce que je veux dire,
et du coup je me demande si t'es pas devenue
maso.

À: Fred
De: Marine Vandale
Objet: Psychologie féminine

....

On s'en fout de ce qu'ils font. Je veux juste regarder des gens qui sont plus nuls en amour que moi, ça me réconforte. Et comme malheureusement ça existe seulement à la télé, parce que dans la vraie vie personne est aussi nul que moi question sentiments, pas question que je bouge de ce sofa.

À: Marine
De: Frédéric Vandale
Objet: Paranoïa féminine

....

Marine. Tu sais très bien qu'il va revenir. Donne-lui le temps, c'est tout.

À: Fred
De: Marine Vandale
Objet: Se rendre à l'évidence

....

Écoute, ça fait deux fois que je lui fais le coup. La première fois il a encaissé, mais mon petit doigt me dit que d'avoir exigé amour et engagement une deuxième fois alors qu'il m'avait déjà expliqué que c'était pas des choses qu'il voulait offrir juste parce qu'on les lui demandait, c'était un plan assez infaillible pour le faire déguerpir à tout jamais.

À : Marine
De : Frédéric Vandale
Objet : Intuition masculine

....

Pourquoi tu veux rien entendre quand on est quatre à te dire que justement, s'il est revenu une première fois, il va finir par se ramener encore ? Ça fait qu'une semaine que tu l'as pas vu, je te rappelle, et il a quand même téléphoné deux fois.

À : Fred
De : Marine Vandale
Objet : La maison aux espions

....

Attends, t'as fait installer une caméra au-dessus du divan ou t'es en ligne directe avec Jeff ?

À : Marine
De : Frédéric Vandale
Objet : Téléphone rouge

....

C'est Jeff. Et fais pas la surprise, tu sais que tes amis s'inquiètent autant que moi. T'as pas qu'un frère, Marinette, t'en as quatre.

À : Fred
De : Marine Vandale
Objet : Frères ennemis

....

Ouais, ben les trois qu'il me reste ici ils papillonnent au rythme de leurs cœurs amoureux et tu sais ce que je dis, moi, aux cœurs amoureux ?

À : Marine
De : Frédéric Vandale
Objet : Restons polis

....

Sois douce avec les cœurs amoureux. Et puis Jeff
il a pas encore atteint les sommets avec Flavie,
donc tu t'énerves pas.

À : Fred
De : Marine Vandale
Objet : Bernard Voyer

....

T'inquiète, l'ascension va bon train. Je sais qu'il
est poli et qu'il se retient pour pas déverser sa joie
sur ma peine, mais je vois bien qu'il est emballé
comme un cadeau sous le sapin. Et moi, minable
sur mon sofa, je souhaite dans le secret de mon
âme pas fine que ça foire, parce que si je me
retrouve toute seule au pays des sans-amours,
Fred, je me fais carmélite.

À : Marine
De : Frédéric Vandale
Objet : Pauvres carmélites

....

Marine, les carmélites, elles ont fait vœu de
silence. Et de chasteté. Donc tu te fais pas d'illusions, c'est pas pour toi cette communauté. Je te
comprends, cela dit. C'est pas moral, mais c'est
normal.

À : Fred
De : Marine Vandale
Objet : (aucun)

J'ai tellement l'impression d'avoir tout gâché, Fred, et moi qui ai jamais rien regretté de ma vie j'ai un goût amer dans toute ma personne que j'arrive pas à faire partir. Je peux même pas le blâmer lui, tu comprends ?

À : Marine
De : Frédéric Vandale
Objet : re : (aucun)

Je sais. Je veux pas tourner le proverbial fer mais t'as raison. Il a été honnête. Mais s'il te plaît, Marinette. Crois-moi quand je te dis qu'il va revenir. Et de grâce, Marinette, sois cool quand il va revenir.

À : Fred
De : Marine Vandale
Objet : Doute et promesses

T'en fais pas. Je me le jure chaque soir en m'auto-flagellant. Si par miracle il se ramène... Si par miracle il se ramène. Mais j'y crois pas. J'y crois vraiment pas.

À : Marine
De : Frédéric Vandale
Objet : Foi

T'as toujours cru aux miracles. Ça me faisait rire quand on était petits et ça m'inquiétait quand on était ados parce que je me disais que croire aux miracles c'est l'équivalent d'un ticket aller simple pour la déception. Alors tu me feras pas croire que t'y crois plus, parce que moi je te crois pas.

À : Fred
De : Marine Vandale
Objet : Athée

. . . .

Quand je te dis que j'y crois plus. Et sois gentil, ne crois pas pour moi. Parce que je pourrais pas endurer un faux espoir de plus.

À : Marine
De : Frédéric Vandale
Objet : re : Athée

. . . .

Désolé, Marinette. Full croyant, ici. Dévot, même. Attends. Tu vas voir.

:-)

Chapitre 17

Depuis ma station sur le sofa qui commençait à sérieusement épouser ma forme, j'entendais la voix de Jeff au téléphone : « Je sais... ben oui, je sais, mais ne serait-ce que pour MA santé mentale... Je t'imagine, toi, avec une pleureuse clouée sur ton divan... Oui ben chez nous le divan est pas mal au milieu de la pièce, fait que je peux pas vraiment ign... Puis à part ça c'est ma chum, je suis quand même pas pour m'asseoir dessus puis faire semblant qu'elle est pas là !... Je sais mais... O.K. O.K. Merci, Élodie. »

Manquait plus que ça, ai-je pensé. Élodie, *of all people*, est devenue la redresseuse de torts de notre groupe. Je me suis retournée mollement sur le ventre et ai appuyé le menton sur un des accoudoirs du sofa. « T'as pas vraiment fait venir Élo ?

— Je ferais venir le bonhomme Carnaval si je pensais que ça prend ça pour te brasser.

— Oui mais *Élodie*... je suis si pire que ça ? »

Jeff m'a lancé un regard qui se passait de paroles. « Tu sais ce que t'es en train de faire, Marine ? T'es en train de te complaire dans le malheur comme une ado parce que t'as rien de mieux à faire. Crisse, non seulement c'est pas la fin du monde, mais je sais que tu sais que c'est pas fini. On dirait qu'une drôle de partie de toi *aime* répéter que "c'est finiiiii" sur un ton pathétique... C'est quoi, Marine ? Tu t'ennuies vraiment à ce point-là ? »

Il a tourné le dos et j'ai essuyé le coup sans broncher. C'était la chose la plus cinglante et la plus vraie qu'on m'avait dite depuis une semaine. Ce n'était même pas insultant tellement c'était exact. Je me suis assise d'un coup – une position étrange à laquelle je n'étais plus habituée depuis quelques jours – et je me suis frotté le visage vigoureusement en geignant un peu. « O.K., ai-je dit. O.K., t'as raison. »

Debout derrière le bar, Jeff avait l'air ahuri et soulagé du gars qui se croyait condamné à mort et vient d'apprendre qu'il a été gracié. « J'ai... raison... ? a-t-il articulé sur un ton incrédule qui m'a obligée à rire.

— Tu le sais, que t'as raison, grand niaiseux... »

Il est venu s'asseoir près de moi. Nous sommes restés ainsi un moment, côte à côte, dans la même position, les avant-bras appuyés sur les genoux, les mains croisées, la tête penchée vers le sol. Il s'est finalement tourné vers moi.

« Faut que tu te brasses, a-t-il dit.

— Jeff... » J'étais piquée au vif comme s'il m'avait dit une bêtise. « T'as déjà entendu l'expression "facile à dire" ? Je le sais qu'il faut que je me brasse. Mais là là, juste là, j'ai pas l'énergie qu'il faut pour me donner le coup de pied dans le cul de départ.

— Marine, *même* si t'avais été en amour par-dessus la tête...

— Comment ça, *même* ?

— Parce que personne tombe en amour en deux mois, Marine, ça se peut juste pas.

— Qu'est-ce que t'en sais, CÂ-lisse ? T'en sais *fucking* rien. » Je me suis redressée. J'étais démesurément insultée, et incapable de me retenir. Et je n'avais pas envie de me retenir. J'étais fâchée parce que j'étais persuadée depuis un bon bout déjà que personne ne croyait à cette soudaine toquade, à tel point que j'en doutais parfois moi-même, que je me disais, alors que je fixais le plafond depuis ma station sur le sofa, que j'avais peut-être imaginé cet amour, que je l'avais gonflé, que par solitude et désœuvrement j'avais sans m'en rendre compte exagéré ce qui au fond n'était qu'un béguin. Puis je revoyais Gabriel et ses yeux brillants de joie lorsque je disais quelque chose qui l'impressionnait, je réentendais nos conversations interminables et rythmées, je me remémorais la sensation de sa peau, de sa poitrine contre mon dos et de ses doigts emmêlés aux miens, de son souffle sur ma nuque et j'avais une envie presque irrésistible de me frapper le front très fort sur la table du salon pour sentir n'importe quoi d'autre que ce vide envahissant qui me remplissait la poitrine. J'étais, en fait, sidérée par l'ampleur de ce que j'avais perdu par ma propre faute.

« Comment tu peux dire ça ? ai-je demandé à Jeff.

— Écoute… » Il a pris un ton conciliant que je savais peu sincère, comme quand on parle trop calmement à quelqu'un qui nous énerve, pour lui montrer qu'on est plus posé que lui. « T'as peut-être raison. S'il y a une chose que je sais, c'est que tout est possible. » J'ai levé la tête vers lui et nous nous sommes regardés un moment : oui, si nous nous fiions aux six derniers mois, tout était possible – nous le savions mieux que personne, ces temps-ci.

« C'est juste que… » Je me suis retournée vers la petite table pour ne pas avoir à le regarder en parlant, dans un geste timide et futile. « C'est juste que j'ai l'impression qu'à cause de ce que j'ai fait, je suis passée à côté de quelque chose qui… Regarde, je dis pas que j'allais faire ma vie avec Gabriel. Peut-être qu'on aurait toughé juste un an ou deux, peut-être même que ça aurait chié au bout de huit mois. Mais j'aurais aimé ça au moins me laisser la chance d'aller jusqu'au bout de ce que ça devait être. Là je… je sais pas ce qui m'a pris. »

C'était vrai, que je ne savais pas. J'avais en tête des excuses stupides et faciles, du genre de : « C'est la trentaine », « C'est parce que lui je l'aime vraiment », « C'est parce qu'au fond il m'envoyait tous les signaux de l'amour et que j'ai eu le malheur de le croire » – celle-là, je la croyais presque. Et dans mes moments « fâchés » – quand j'avais cessé d'être triste, cessé d'être soudainement remplie d'un nouvel espoir, cessé de m'en vouloir et que je me réconfortais en me disant que ce n'était pas ma faute, j'accusais Gabriel de tous les maux, d'avoir trop bien joué la comédie de l'amour, et je demandais à voix haute, à Claude François, à la plante ou aux pauvres amis qui avaient le malheur d'être chez moi à ce moment-là, comment un homme sain d'esprit pouvait être à ce point démonstratif et ensuite faire l'innocent.

Ces démonstrations d'amour, je les voyais dans ses regards, dans ses sourires, dans ces élans vers moi qu'il avait parfois, alors que nous étions sur une terrasse ou dans un restaurant, comme s'il avait peine à se retenir pour ne pas m'étreindre au point de m'étouffer sur place. Je les voyais dans les livres qu'il me prêtait, remplis de poésie sauvage et tous empreints d'un érotisme aussi profond que langoureux. Je les voyais dans son insatiable curiosité pour tout ce que j'aimais manger, lire, voir, comprendre, découvrir, comme si j'avais été la plus fascinante des créatures. Dans sa voix aussi, quand il m'avait dit un soir : « Je suis toujours tellement bien quand je suis avec toi. »

Puis je redevenais cynique et triste, et je me disais qu'il était peut-être ainsi avec tous ses flirts, qu'il avait sans doute été comme cela avec la psychologue qu'il voyait lorsque nous nous étions rencontrés et dont je n'avais plus jamais réentendu parler, comme si elle n'avait tout simplement pas existé. Je me convainquais alors que j'avais voulu voir de l'amour là où il n'y avait que bonne compagnie et affinités. Dans ces moments-là, les images de notre dernière rencontre remontaient à la surface comme autant de preuves de son indifférence.

Nous parlions gentiment, assis sur le sofa qui allait devenir ma résidence permanente. Je lui racontais une histoire, dont je ne me suis jamais souvenue depuis, qui le faisait rire et le poussait, de temps en temps, à couvrir mon corps du sien pour m'embrasser, l'air radieux et ravi. Moi aussi, je devais avoir l'air radieux et ravi (déduction facile et logique étant donné que j'*étais* radieuse et ravie). Puis je m'étais tue, me perdant un instant dans ce regard qu'il posait toujours sur moi et me donnait l'impression qu'il cherchait à m'avaler avec, à m'absorber complètement dans le vert de ses yeux, et j'avais dit : « Gabriel... » Et je crois qu'à mon ton il avait compris, il avait su que je lui redemanderais encore ce qu'il ne voulait offrir que de lui-même et avait fait non de la tête, un de ces « non » accompagnés d'un sourire désolé et empathique – et je m'étais mise à pleurer. C'était trop pour moi. Ces derniers mois, cette escalade émotive qu'avait été notre relation (jamais je ne m'étais sentie si proche de quelqu'un en si peu de temps) m'avait tellement secouée que j'étais incapable de tout recul. Je n'avais plus pied depuis longtemps, ça je le savais, mais là, devant ce « non » désolé de Gabriel, j'avais eu l'impression que je n'allais plus jamais retrouver mon équilibre, que le sol s'était dérobé à tout jamais et que j'allais passer le reste de ma vie à flotter, sans but et sans attaches. Et le fait que lui, justement, me dise qu'il n'aspirait qu'à cela : pas de but, pas d'attaches, me faisait presque trop mal.

Il m'avait regardée un instant, puis avait hoché la tête de nouveau et s'était levé. « Tu vas partir ? » lui avais-je demandé à travers mes larmes, et il avait dit quelque chose de vaguement incohérent comme : « Je peux pas… Tu peux pas… » et il était sorti.

« Marine, a dit Jeff. Ça t'a pas effleuré l'esprit que tu lui as peut-être fait peur ?

— Tu penses pas que j'ai peur, moi, câlisse ? » Je criais presque, et je sentais que d'ici à deux minutes, je risquais de me mettre à pleurer.

« Oui. Ça, pour avoir peur, je le sais que t'as peur.

— Pardon ? ! » Je me suis levée d'un bond. « *J'ai* peur ?

— Crisse, Marine, on couche ensemble UNE fois puis tu deviens à moitié folle, t'es plus capable de me parler normalement puis tu "tombes en amour" » – il a fait les signes de guillemets avec ses doigts, comme pour souligner que c'était ce que JE croyais mais qu'il n'endossait certainement pas cette théorie farfelue – « avec le premier venu ».

J'ai ouvert la bouche, prête à l'insulter copieusement, mais les mots se bousculaient et je ne trouvais rien à dire, rien qui puisse traduire ce que je ressentais, pour la très bonne raison que je n'en avais aucune idée. J'étais fâchée, insultée, blessée, déconcertée, humiliée, aussi j'ai dit, avec toute la conviction qu'il me restait : « Tu peux ben parler, toi ! » Et pour la première fois, cette phrase n'a pas provoqué chez l'autre un sourire. Jeff m'a regardée d'un air presque mauvais et a dit, lentement : « Par-don ?

— J'ai dit : "Tu peux ben parler, toi."

— Attends. Tu vas pas me faire une scène parce que je vois Flavie ? Parce que de temps en temps je vais prendre un verre avec cette fille-là qui *by the way* est supercool et brillante et *normale* ? »

J'ai failli lui crier que Flavie était aussi folle que moi, que je le savais de source sûre parce qu'elle me l'avait dit elle-même et que la seule différence était qu'elle arrivait, elle, à contenir ses ardeurs (méchante différence quand même, ai-je eu le temps de penser. Peut-être était-ce ce qui séparait les fous et les excessifs des gens normaux, au fond : la capacité de se retenir). « JE ne fais pas de scène, ai-je finalement dit. TU fais une scène.

— Non non non. TU scènes sur ton ostie de divan depuis une semaine. »

Je ne savais pas quoi dire. Je le trouvais méchant et, pire, j'avais envie d'être méchante moi aussi. De lui crier des choses blessantes et fausses. « Tu vois ! ai-je lancé. Tu vois ! Tu me disais : ça va bien, Marine, tout est correct entre nous, tout est normal, c'est pas le fait qu'on ait couché ensemble qui va changer quoi que ce soit, ben là regarde-toi !

— Regarde-*toi*.

— O. K., tu sais quoi ?

— Quoi ?

— *Fuck you*. Vraiment, *fuck you*. T'es juste en tabarnak parce que t'es insulté que je sois pas tombée éperdument amoureuse de toi après avoir couché avec toi. *Get over yourself*, câlisse.

— Ben oui. Ben oui, je suis insulté. Bou-hou. J'aurais *tellement* apprécié qu'une fille qui prétend tomber amoureuse à peu près vingt-quatre secondes après avoir rencontré un gars tombe en amour avec moi. Ton amour a tellement de profondeur, Marine. »

J'ai voulu répliquer, mais l'idée même de ce que j'aurais pu dire, l'idée même de cet amour que j'avais ressenti (ça, je le savais. Il n'était peut-être pas profond, il n'avait peut-être pas encore la permanence des amours qui durent toute une vie, mais il existait et surtout m'habitait) m'a submergée et je me suis mise à pleurer. J'étais debout, devant lui, en camisole et en paréo, dans la lumière crue et impitoyable d'un midi de fin juin, et je pleurais, une main sur le visage. L'air était presque liquide – pas un souffle de vent n'entrait par la fenêtre ouverte et j'ai soudain haï l'été, presque viscéralement. J'aurais souhaité qu'il neige, que nous soyons enfermés dans nos appartements aux lumières dorées, emmitouflés dans de grands cols roulés, protégés par la bulle blanche de nos hivers. Je revoyais Gabriel sous la neige et j'en voulais au soleil, qui avait tout gâché, qui avait fait fondre ma raison et, par ricochet, cet amour qui aurait peut-être pu éclore un jour.

Je pleurais toujours quand Jeff s'est levé. « Tu devrais être contente, a-t-il dit. Maintenant t'as quelqu'un d'autre que toi à blâmer. » Puis il est sorti. Dans l'entrée, je l'ai entendu balbutier quelque chose à Élodie, qui est venue directement vers moi pour me prendre dans ses bras tout en disant : « Hé, câlisse d'innocente... »

Elle m'a bercée un instant, alors que je marmonnais sans cesse des choses plus ou moins cohérentes selon lesquelles Jeff était méchant, j'étais dégoûtante et folle et je faisais peur aux hommes, tout le monde était en amour sauf moi, j'allais finir vieille fille, j'avais tout gâché et mon Dieu que m'était-il donc arrivé pour que je me retrouve à me faire consoler par ma petite sœur ?

« Crisse, il y a encore six mois, c'est moi qui te torchais parce qu'un genre de Félix-Antoine-Frédéric Beaubien-Dumouchel t'avait dompée...

— Ben oui... puis là c'est toi qui t'es fait domper...

— Je me suis pas fait domper ! » Et relarme. Audessus de moi, je pouvais pratiquement entendre

Élodie lever les yeux au ciel. Mais elle me faisait du bien, ma petite sœur au parfum de framboise et de *spray net* – je l'avais vue pleurer si souvent, je l'avais trouvée enfantine à tellement de reprises que je ne ressentais aucune gêne à m'effondrer stupidement devant elle et à ânonner en pleurant les bêtises classiques qu'on redit toujours quand nos amours sont déçues, dans le seul but de se faire répondre « Ben non, ben non » : tous les « Pourquoi ça marche jamais pour moi », « Je suis repoussante », « J'ai jamais, jamais eu de chance », « Comment elle a pu me faire ça », « Le tabarnak, il va me regretter un jour », « Je suis sûre qu'il y a quelqu'un d'autre » et l'indémodable « Pourquoi il/elle m'aime pas ? ».

J'avais toujours pris un malin plaisir à me moquer de ces phrases, et surtout de ceux qui étaient à mes yeux assez faibles pour les dire. Mais là, la tête sur les genoux de ma petite sœur, les yeux fixés au plafond, je leur trouvais une certaine volupté. Je ne les pensais pas – enfin pas vraiment, pas intrinsèquement –, mais elles me soulageaient, comme un placebo donne au malade l'impression qu'il a un peu moins mal.

Au bout d'environ une heure, Élodie s'est levée et est allée ouvrir une bouteille de vin. « Va t'habiller, a-t-elle dit. On va être en retard.

— En retard où ?

— Ben chez papa puis maman ! C'est la fête d'Ariane, je te rappelle !

— Argh… » Je me suis recouchée en position fœtale. « Non non. Sérieux, Élo, je peux pas. »

Elle a posé un verre sur la table d'un geste autoritaire. « Oh oui, tu peux. Eille, ça fait DEUX mois que je m'occupe de papa comme une infirmière pendant que tu batifoles avec ton docteur.

— Baaaaah… Mon docteur est parti…

— EILLE ! Je dis pas que je suis pas contente de m'être occupée de papa, mais là tu dois quelque chose à cette famille-là, câlisse.

— Baaaaaah ! Même ma famille m'haït ! » Une partie de moi, toute petite et pour le moment muselée quelque part dans mon cerveau, me trouvait tellement ridicule que j'avais presque envie de rire. Je suis en train de jouer un personnage, ai-je pensé. Aussi je me suis rassise et j'ai dit à Élo : « O. K. O. K. o. k. *Fuck*, j'ai pas de cadeau.

— On va lui acheter un arbre. Ou lui faire planter un sapin quelque part dans le Grand Nord. Tant que le certificat est imprimé sur du papier recyclé, elle va être contente. » J'ai ri un peu. « Oh, et en passant, a poursuivi Élodie, Ariane est lesbienne.

— O. K... » J'ai eu brièvement mal à la tête. « Quoi ?

— Ben, on sait pas si ça va durer, mais elle sort avec une fille depuis une couple de semaines. »

J'ai regardé Élodie un instant, bouche bée, puis je suis retombée sur le divan : « Baaaaaah ! Même ma petite sœur de vingt-quatre ans est en amour ! »

Derrière ma mère, la petite télévision qui trônait sur le comptoir de la cuisine depuis toujours diffusait des images d'un chef trop souriant qui s'agitait joyeusement dans une cuisine surnaturellement propre aux côtés de sa coanimatrice et conjointe, une femme tout aussi souriante et qui possédait l'incroyable capacité de s'extasier devant, entre autres choses, des pommes de terre (« À l'huile ! Sont luisantes ! Que c'est beau ! ») et des filets de sole (« Hmm ! Ça goûte même pas le poisson ! »). Et les deux, triomphants, nous répétaient comment la « haute cuisine était à la portée de tous », en donnant pour preuve un magret de canard (« Saignant ! Aux POMMES !!! ») qu'ils avaient préparé.

Jeff et moi les imitions souvent, derrière *notre* comptoir alors que nous faisions à manger, souriant de toutes nos dents et nous enthousiasmant démesurément pour des triomphes culinaires tels que des spaghettis aux tomates : « Alors, ce qui est vraiment incroyable, Jean-François, c'est qu'on a ajouté un petit ingrédient secret...

— ... qui fait toute la différence, Marine. » Échange de regards coquins. « Est-ce qu'on dévoile notre ingrédient à nos auditeurs, Marine ?

— Oh, allez, Jean-François. C'est si bon quand c'est frais.

— Alors, pour un plat de pâtes inoubliable, à la maison, des tomates en dés et...

— ... et de l'ail !

— De l'ail !

— Mais oui, Jean-François, une simple gousse d'ail et pouf ! Vous allez vous croire en Italie ! »

Nous exagérions, mais à peine. Et soudain, dans la cuisine de ma mère, le souvenir de Jeff m'a fait fondre le cœur, au moment même où la coanimatrice tombait en extase devant le miracle que semblaient être pour elle des oignons caramélisés. Depuis le salon, j'entendais la voix d'Ariane qui décrivait avec enthousiasme le voyage qu'elle voulait faire en Inde avec Julie, sa blonde (Ariane disait le mot « blonde » aux trente secondes et avait pris soin de dire à nos parents « Je vous présente Julie, ma blonde ». Je la soupçonnais d'être un peu fière d'avoir une blonde, de voir cela comme un badge d'excentricité et d'ouverture d'esprit, et je me demandais si Julie aussi était consciente de cela).

Je les avais laissées au salon avec Élodie, qui était presque trop charmante, voulant sans doute montrer par là que bien que résolument hétérosexuelle elle n'avait absolument rien contre celles qui ne l'étaient pas. Notre père, plus en forme qu'il ne l'avait été depuis des années, était assis devant les trois jeunes filles, muet comme une carpe, regardant tour à tour Ariane puis Julie, l'air de se demander comment quelqu'un pouvait « devenir lesbienne » du jour au lendemain. Il m'avait prise à part lorsque nous étions arrivées pour me demander si je pensais que c'était « pour de bon ».

« Je sais pas, papa, avais-je répondu sur un ton un peu las.

— Oh, mais j'ai rien contre les gens comme ça, tu sais.

— Je sais, papa.

— Ton ami Julien... J'aime beaucoup ton Julien.

— Je sais...

— C'est juste... J'ai ben de la misère à comprendre comment ça se passe dans leurs têtes... »

Je l'avais regardé un instant – ses cheveux avaient depuis longtemps repoussé, son regard avait retrouvé sa vivacité d'autrefois et, surtout, n'était plus voilé par cette angoisse que lui donnaient ses pertes de mémoire depuis presque deux ans. Il ne l'avait jamais dit, et ne le dirait sans doute jamais, mais je savais que le spectre de la maladie d'Alzheimer l'avait complètement terrifié. De s'en savoir libéré le rendait presque léger. Il avait échappé à quelque chose de pire que la mort, après tout. Pour un homme fruste comme mon père, l'idée de voir la mort venir, de la sentir s'installer avec chaque prénom oublié, chaque souvenir envolé était pire que tout, et, sans pouvoir me mettre à sa place, je le comprenais.

Il avait fait un petit haussement d'épaules déconcerté. Bien sûr qu'il ne comprenait pas ce qui se passait dans leur tête. Il avait passé quarante ans de sa vie dans un camion, puis dans un garage où chaque centimètre carré de mur était recouvert par des pages arrachées dans des *Hustler*, *Penthouse* et autres publications de qualité du genre.

« Je sais… » avais-je répété en l'entourant de mes bras. Je le trouvais touchant. Je savais qu'il ne jugeait pas Ariane. Mais ce soudain revirement d'orientation sexuelle le laissait dans un tel état de perplexité qu'il me donnait presque envie de rire.

« As-tu déjà… Toi, t'as-tu déjà été…

— Papa !

— Ben quoi. Je sais pas… »

Mon père n'était pas le genre d'homme à qui on répondait : « En fait, oui, une couple de fois à l'université. » L'idée même d'une telle réponse m'avait tiré une petite grimace et je m'étais enfuie vers la cuisine où ma mère, mitaine de poêle au poing, avait le nez plongé dans un des livres de recettes du cuisinier souriant. Elle préparait une moussaka végétarienne pour Ariane. « Veux-tu ben me dire quel genre de personne mange pas de viande… Je comprends pas ça », avait-elle soupiré. Lesbienne, passe encore. Mais végétarienne, c'était trop pour ma mère. Et LÀ, j'étais d'accord avec elle.

Le souvenir de Jeff et moi riant derrière le comptoir toujours en tête, je me suis dirigée vers le réfrigérateur pour me servir un verre de vin.

« Marine ! a dit ma mère. Il est même pas six heures ! » Item numéro 35 dans l'inexplicable guide des bonnes manières de ma mère : pas d'alcool avant dix-sept heures. Item 35 bis : la bière est acceptable après dix-sept heures. Le vin, JAMAIS avant dix-huit heures. Elle ne voyait pas cela comme une opinion personnelle, mais comme une loi aussi indiscutable que « On ne tue pas son voisin » ou « On ne rote pas à table » (loi mille fois transgressée par mon frère et par moi – les rots, pas les meurtres – alors que nous organisions de véritables tournois de rots chaque soir, ce qui faisait mourir de rire les petites sœurs et rendait ma mère à moitié folle).

« Maman… je viens de me faire traîner dans la *marde* par mon meilleur ami, et j'ai réussi de façon vraiment magistrale à faire fuir un gars qui était absolument extraordinaire. C'est un miracle que je boive pas à partir de dix heures du matin, O. K. ? » (Vil mensonge : depuis une semaine, plusieurs Bloody Ceasar avaient été consommés avant midi.)

Ma mère m'a regardée faire, une mitaine fermement plantée sur sa hanche gauche. « Qu'est-ce que tu lui as dit ?

— Hein ?

— Qu'est-ce que t'as bien pu dire à Gabriel ? » (Elle disait déjà « Gabriel », même si elle ne l'avait jamais rencontré. C'était un médecin, et elle avait la ferme intention de pouvoir parler de son gendre médecin d'ici à la fin de l'année, je le savais. Maintenant que mon père était hors de danger, c'était *son* projet.)

« Je lui ai dit… Ah, laisse faire.

— Non ! Dis-moi. J'ai été mariée quarante ans, ma petite fille. C'est pas parce que j'ai passé ma vie dans une cuisine que je connais rien aux hommes, tu sauras. »

Je lui ai fait un sourire. C'était vrai que nous la sous-estimions, comme si nous étions la première génération de l'histoire à pouvoir prétendre à une vraie compréhension de l'amour et des relations. Je lui ai souri et je lui ai raconté, le plus honnêtement possible, ce qui s'était passé entre Gabriel et moi.

« Mmm, a-t-elle fait après mon récit. Pas champion.

— Quoi ?

— Ben là, Marine, t'as quand même pas besoin que je t'explique que les gars sont tous peureux quand vient le temps de parler d'amour ? Penses-tu que ton père était le genre à me chanter *La Vie en rose* quand on avait vingt-cinq ans ? » L'image de mon père chantant *La Vie en rose* m'a fait pouffer de rire. « Je sais bien que c'est plus

485

comme ça asteure, puis qu'il y a des hommes romantiques…» Une petite lueur est passée dans ses yeux et j'ai pensé qu'elle avait dû rêver devant ses téléromans ou en tournant les pages des Harlequin qu'elle dévorait autrefois, qu'elle avait dû imaginer une autre vie, des hommes aux accents latins qui lui auraient apporté des roses rouges et lui auraient dit «Je t'aime» avec la même facilité que mon père disait «J'ai faim».

«Écoute, a-t-elle poursuivi. Je savais que ton père m'aimait. Et c'est sûr que j'aurais ben aimé ça un homme plus… plus expressif, mettons. Mais on choisit pas, hein ? On tombe en amour puis c'est comme ça. On choisit pas. Moi, je suis tombée en amour avec le frère de mon amie Lorraine parce qu'il était beau, puis qu'il était fort, puis que quand j'étais avec lui j'étais… Oh Marine, j'étais tellement *fière* d'être vue avec lui. Pas un autre garçon qui osait m'approcher. Puis il me faisait rire ! Hé qu'il me faisait rire…»

Je les ai imaginés, se tenant la main quelque part au milieu des années soixante, devant l'orange Julep, mon père en veston et ma mère en jupe courte et avec ses bottes blanches qui montaient jusqu'aux genoux, qu'elle avait gardées et que je m'amusais à porter quand j'étais petite – j'avais une image plutôt floue de ce à quoi pouvait ressembler Cartierville, le quartier de leur enfance, en 1967. Je voyais un mélange de vieux Archies, de premiers hippies, quelque chose qui oscillait entre Elvis et Jimi Hendrix.

«Mais je savais comment il était, a poursuivi ma mère. Je savais que c'était pas un diseux de "Je t'aime". Alors j'essayais pas de lui tirer des "Je t'aime" qu'il voulait pas dire, tu comprends ?»

C'était exactement ce que m'avait expliqué Gabriel : on ne dit pas «Je t'aime» parce que quelqu'un nous demande de le dire. On le dit parce qu'on *veut* le dire.

Une évidence. Une opinion que je partageais complètement, même. Mais je n'avais pas pu, je n'avais pas su, et maintenant il était trop tard.

« Il va revenir, a dit ma mère.

— Tout le monde dit ça.

— Peut-être parce que tout le monde voit clair, à part toi...

— Pffff... »

Elle a haussé les épaules, visiblement découragée par mon refus de comprendre, et est allée enfourner sa moussaka végétarienne qu'elle regardait avec un air de profond mépris.

« Je peux pas devenir une autre personne, maman. Je peux pas faire semblant d'être au-dessus de mes affaires et indifférente, c'est pas moi.

— Écoute-le donc un peu, ton Gabriel. Regarde-le aller. T'es une fille intelligente, quand même, t'as-tu vraiment besoin que tout soit épelé pour toi ? Ça fait deux mois qu'il décolle pas et il est même revenu une première fois après que t'es virée folle.

— Je suis pas virée folle !

— Oh oui, ma petite fille. Jeff m'a raconté. »

Maudit Jeff trop à l'aise avec ma mère.

« Fait que contente-toi donc de lire les signes. De laisser les affaires aller à leur rythme. Respire donc un peu. Y a jamais rien, dans la vie, qui a réussi aux gens qui se garrochent à l'eau sans prendre le temps d'en jauger la profondeur avant.

— C'est quoi, ça, un proverbe ? »

Elle m'a souri et m'a caressé le dos (avec sa mitaine). « Étouffe-le pas, Marine. S'il est pour tomber en amour, faut que tu lui laisses l'espace pour le faire. Mais *force-le pas*. »

J'étais abasourdie : ma mère, la grande contrôleuse, celle qui gérait notre univers et gouvernait la vie entière de mon père depuis sa cuisine, me disait de lâcher prise. Et elle avait raison.

Je suis revenue vers le salon en essayant de respirer, de me calmer. Si je voulais ne pas étouffer Gabriel, il s'agissait de me donner de l'air à moi aussi, après tout. J'allais entrer dans la pièce quand Élodie en est sortie en trombe, me fonçant dessus et se cognant le front contre le mien – deux « Ayoye, câlisse ! » ont retenti et nous sommes restées debout un instant, nous frottant la tête pendant que derrière nous mon père riait à gorge déployée : le *slapstick*, ça il comprenait.

« Qu'est-ce que tu fais, à courir de même ? »

Élodie s'est contentée de brandir devant moi mon cellulaire. Je me suis penchée, une main toujours sur le front, pour constater que dans le fichier « Appels manqués », le nom de Gabriel figurait en haut de la liste. « Ça vient de sonner », a dit Élodie.

Joie intense, vive et lumineuse, désir de trépigner, d'être à la fois seule pour jouir jalousement de mon bonheur et entourée pour pouvoir le partager. « RESPIRE ! » a crié ma mère depuis la cuisine. Élodie et moi avons échangé un sourire, et j'ai levé les yeux au ciel. O. K., j'allais respirer.

« Tu vas le rappeler ? » a demandé Julie quand je suis venue m'asseoir à côté d'elle. Elle devait avoir trois ou quatre ans de plus qu'Ariane, et le même air de certitude morale. Elles s'étaient rencontrées lors d'une manifestation pacifiste contre (ou était-ce pour ?) je ne savais plus trop quoi, et partageaient les mêmes idéaux (innombrables, immenses idéaux que les leurs. À deux, elles auraient pu recouvrir le monde entier de vertu biologique et de convictions équitables).

« Je... je sais pas, ai-je répondu à Julie. Pas tout de suite, en tout cas. » Elle m'a regardée en hochant la tête un instant, comme si elle réfléchissait à un commentaire approprié. Elle avait de très grands yeux d'un vert presque translucide qui faisait penser à du verre, ou à un lac des Rocheuses, et le sourire facile.

« Moi, je pense que je le rappellerais. Si t'as envie de le rappeler, évidemment. Me semble que les *games*, là… ça paye jamais ben ben. J'ai passé trois ans à jouer des *games* à cause d'une fille qui savait pas ce qu'elle voulait, puis… pffff… » Mon père, dont le malaise augmentait à chaque mention, s'est agité sur sa chaise. « Il sait ce qu'il veut, au moins, ton chum ?

— C'est pas mon chum. » Avait-il seulement déjà été mon chum ? Non, me suis-je dit. Chose étrange, tout de même. Nous ne nous étions pratiquement pas quittés durant deux mois, mais je n'avais pas l'impression d'avoir un « chum ». Peut-être était-ce un signe.

Julie a fait un geste de la main pour signifier que tout cela n'était que de la sémantique. « O. K., mais est-ce qu'il *sait ce qu'il veut* ?

— Mais je sais pas ! Je sais pas, moi, s'il sait ce qu'il veut. Je sais ce que *je* veux.

— T'es sûre ? »

Coudonc, avais-je envie de lui dire, t'es qui, toi, pour me parler comme si tu étais ma psy ? Elle m'irritait, mais je ne voulais pas que notre conversation cesse : elle m'aidait, et il y avait quelque chose de presque voluptueux à parler de Gabriel à une presque étrangère.

« Moi, après mes trois ans à tourner comme une girouette, j'ai décidé qu'il était temps que je voie clair dans MES affaires. Maintenant, je dis pas que j'ai tout compris, mais au moins je sais ce que je veux. » Elle a fait un grand sourire à Ariane en lui passant une main sur la cuisse. Mon père, n'en pouvant plus, s'est levé pour aller rejoindre ma mère dans la cuisine.

J'ai réfléchi un instant. Oui, au début, j'avais moi-même douté devant cet emballement précipité, devant cette entente si rapidement scellée entre Gabriel et moi. Je m'étais posé des questions lorsque j'avais constaté qu'il était tout ce que j'attendais, en quelque sorte. Il était cultivé, il me faisait rire, il avait de l'esprit et un don de conteur incroyable, il baisait bien (plus que bien. *Nous* baisions bien ensemble et nous le répétions vingt fois par jour, fiers et nonos), il aimait le silence et la solitude, il s'entendait bien avec mes amis, il était beau. Il était gentil, même. Moi qui n'avais jamais été particulièrement excitée par la gentillesse, la sienne me séduisait – je la trouvais sexy. Et même là, son désir d'indépendance, son honnêteté face à l'amour et à ses sentiments, sa lucidité qui me le rendait tellement plus adulte que moi, même s'ils me blessaient, je les aimais, je les respectais. Et il y avait quelque chose de presque suspect dans le fait qu'il représente encore tout ce que j'attendais. Peut-être que c'était trop beau pour être vrai. Peut-être était-ce justement pour cela que ça ne pouvait pas durer. Peut-être que j'avais volontairement saboté notre relation parce qu'une partie de moi n'y croyait pas.

« Tu sais quoi ? ai-je dit à Julie. Je pense que t'as raison. Je pense que je sais pas ce que je veux. J'ai une vague idée, mais... je me suis trop énervée pour voir clair. Je veux dire : il était vraiment, *vraiment* incroyable. Ça m'a un peu aveuglée, je pense. Fait que là, je sais plus trop. C'est plus confus qu'autre chose. J'ai la très nette impression que ce que je veux, c'est tout lui, mais encore là, je me truste juste à moitié.

— Peut-être que tu devrais pas l'appeler, a dit Ariane.

— Tu penses ? lui a demandé Julie.

— Ben... peut-être que ça te ferait du bien, pendant un boutte, de laisser les choses aller, non ? De pas t'en mêler, de voir ce qu'il va arriver puis de t'ajuster par rapport à ça. Peut-être que tu verrais plus clair ? Non ? Je sais pas... » Ce n'était pas dans l'habitude d'Ariane de donner des conseils amoureux, et elle semblait presque timide.

« Oui, ai-je dit. Je pense que t'as raison. » Elle m'a fait un grand sourire, comiquement fière, et Julie lui a recaressé la cuisse. Au même moment, Élodie entrait dans le salon en hurlant « Téléphone ! ». Elle était partie avec mon cellulaire dans la cuisine et le tendait à nouveau à bout de bras comme s'il s'était agi d'une bombe. « Téléph... » Elle a regardé l'appareil. « Oh. C'est Julien. »

J'ai souri et j'ai pris l'appareil.

« Allô ?

— C'est la pire soirée de ma vie. » Il murmurait.

« Bon, qu'est-ce qu'il y a encore ?

— On a une double *date* avec Laurent et Carole. »

Maudites, maudites doubles *dates*. J'haïssais les doubles *dates* et les doubles dateux parce qu'ils me rappelaient que je n'avais pas accès, moi, aux doubles *dates*, n'étant pas double. Et il planait sur le concept en général quelque chose de mortellement ennuyeux et prévisible qui le plaçait pour moi dans la même catégorie que les bungalows en banlieue, les collants couleur chair, les jobs de neuf à cinq, les gens qui ne sortent au restaurant que le vendredi soir ou qui servent du porto et du chocolat après les repas. Mais, surtout, j'étais jalouse. Pas des collants beiges, mais des doubles *dates* et des amoureux.

« Puis ? ai-je dit à Julien.

— Je sais pas. C'est plate, là ! Mais plate ! Je sais pas si c'est parce que Mathias et Carole savent très bien que Laurent et moi on est au courant de toutes les histoires de l'autre, mais il y a un ostie de malaise plate et... Sérieux, viens me chercher, fais quelque chose.

— On avait pas déjà discuté des doubles *dates* ? Que même avec du monde que t'aimes c'est comme l'anti-thèse du fun ?

— Je sais... C'était pas supposé être ça. Mais tu répondais pas à la maison, puis le gros est pas rejoignable depuis ce midi.

— Me suis chicanée avec. Solide.

— Hein ? Raconte.

— Non, Ju... T'es à ta *date*, c'est la fête d'Ariane...

— Des nouvelles de Gabriel ?

— Il vient d'appeler, j'ai pas rép... Attends donc deux secondes. » Je venais de recevoir un message texte. J'ai regardé l'afficheur – c'était Gabriel : « Libre ce soir ? Peut-être un verre au Lulli vers 19 h ? »

« *Oh my God*, ai-je dit à l'intention des filles. Il veut que j'aille le rejoindre au Lulli. » Les filles se sont mises à piailler et à donner des opinions contradictoires. J'avais toujours le téléphone sous les yeux et j'entendais la voix de Julien, qui ne murmurait décidément plus : « C'est qui ? C'est quoi ?

— C'est Gabriel, ai-je dit en reprenant l'appareil. Veut qu'on aille au Lulli. À sept heures.

— *Oh my God*, il est sept heures moins quart.

— Je *sais* qu'il est sept heures moins quart. Mais je peux pas y aller. Faut que je respire, faut que je lui donne de l'air, faut que j'aie l'air *cool* et distante. Si je me pré-cipite, je vais avoir l'air d'une câlisse de folle. » Ariane, devant moi, faisait oui de la tête.

J'ai entendu la voix de Julien, qui ne m'écoutait visi-blement plus, dire : « C'est Marine. Ç'a l'air que Gabriel veut la voir. » Puis des bruits indistincts et finalement la voix de Laurent : « Ben là, tu vas pas y aller, j'espère ?

— Non. Non non non. » Je n'avais qu'UNE envie : y aller. J'entendais Carole dire : « Ben oui, il faut qu'elle y aille », et Mathias abonder dans son sens.

« Marine ? a dit Laurent.

— Quoi ? »

Il s'était de toute évidence déplacé. « Si tu y vas, ça va peut-être te faire du bien.

— Depuis quand t'es rendu rationnel, toi ?

— Eille, j'ai dit à Carole que je l'aimais, O. K. Contre TOUS mes instincts. Ben c'était apparemment LA chose à faire pour qu'elle se calme et donc redevienne *cool* et agréable et que… ben tu sais… ça soit plus facile de… de l'aim… » Le mot, visiblement, n'allait pas devenir monnaie courante du jour au lendemain. Mais on progressait. « Ce que je veux dire c'est que… T'sais, c'est comme le *band aid* si tu l'enlèves d'un coup… »

Je me suis mise à rire : « Tu parles tellement bien d'amour, Loulou.

— En tout cas, tu comprends… Vas-y, écoute ce qu'il a à te dire, puis après tu verras. Non ? Si ça peut te faire arrêter de répéter les mêmes affaires et de nous poser les mêmes osties de questions à longueur de journée, moi je suis pour.

— Tu souhaites mon bonheur avec un autre homme ? » Je le taquinais, mais une partie de moi était sincèrement étonnée.

« Non, je veux juste que t'arrêtes de radoter. » Un silence. « Ben oui, ben oui, O. K., je veux que tu sois heureuse, parce que… je t'ai… me. O. K., c'est beau, je l'ai dit, on peut passer à autre chose ?

— O. K. » J'avais un grand sourire sur le visage. « Mais *anyway*, c'est la fête d'Ariane, je suis à Laval, je peux quand même pas y aller.

— Moi, je pense que tu devrais y aller. » Mon père était debout entre le salon et l'entrée et me regardait. « Si tu y vas pas, tu vas pas le regretter ? » Il parlait prudemment – c'était un terrain totalement inconnu pour lui, ct

493

il s'y avançait avec l'air circonspect et poli des gens qui savent qu'ils ne sont pas chez eux.

J'étais abasourdie. « Je...

— Tu devrais y aller, Marine. »

Derrière lui, ma mère est sortie de la cuisine, mitaine sur la hanche. « Raymond...

— Non, dis pas non, Monique. Elle devrait y aller. Si tu veux, je vais aller te conduire à Montréal. » Il avait l'air tellement décidé et c'était tellement ce que je voulais entendre que j'étais déjà convaincue. « Veux-tu que j'aille te mener, Marine ? »

J'ai regardé mon père, puis Ariane qui me faisait signe « *Go, go, go* » et qui a finalement dit : « C'est vrai que si t'es pour le regretter... » J'allais accepter l'offre de mon père quand je me suis souvenue de Laurent, au téléphone, qui criait pour se faire entendre.

« Qu'est-ce que tu dis, Loulou ?

— Je dis qu'on va venir te chercher.

— Quoi ? ! »

Il a baissé la voix : « Marine, on se fait tellement chier ici, puis on est juste à l'apéro. Je tougherai pas à travers un souper, moi. On s'en vient. » Je l'entendais marcher. « Je vais aller chercher Marine à Laval, a-t-il dit. Tu viens ? » De loin, les voix de Carole, Julien et Mathias me sont parvenues, des « Oui oui » et « Bonne idée » et « On est comme des Cupidons » et « Yé ! Une aventure ! » (celle-là suivie de : « Une aventure à Laval ? Ta *yeule*, niaiseux »).

« Vous avez vraiment pas de vie, hein ? ai-je dit.

— Aucune ! » a répondu Laurent, triomphalement.

J'ai raccroché. « Ils s'en viennent.

— Ils ont vraiment aucune vie, hein ? a demandé Élodie.

— Aucune, madame ! »

Mon père me regardait avec un grand sourire content, et je suis allée l'enlacer. Par-dessus son épaule,

494

j'ai vu ma mère qui, elle, souriait d'un air bourru et a murmuré : « Respire. » Je lui ai envoyé un baiser puis j'ai repris mon cellulaire pour écrire à Gabriel : « Bien sûr, pourquoi pas ? J'arrive. »

À : Fred
De : Marine Vandale
Objet : Insondable cœur des hommes

....

Tu veux me redire encore c'est qui le clown qui
est allé inventer un jour que les femmes sont
compliquées ? Parce que je t'assure que vous
battez des records que c'est pas croyable.

À : Marine
De : Frédéric Vandale
Objet : Clown collectif

....

Je pense que tous les hommes qui ont vécu sur
la Terre depuis nos belles années de chasseurs-
cueilleurs en Afrique ont déjà formulé cette
pensée, Marinette.

À : Fred
De : Marine Vandale
Objet : re : Clown collectif

....

Oui, ben votre clown collectif, il est aussi compliqué si c'est pas plus que toutes les filles que
j'ai rencontrées. Tu veux m'expliquer le sens profond du comportement de Gabriel et le pourquoi
de la démarche de Jeff parce que là ni Flavie ni
moi on y voit clair avec le docteur qui se com-
porte comme un amoureux platonique et le coloc
qui a décampé en Gaspésie il y a déjà dix jours.

À : Marine
De : Frédéric Vandale
Objet : Cœur de l'homme

. . . .

Si je te réponds que nos petits cœurs sont mous et fragiles et qu'on a peur pour eux, tu vas m'envoyer paître ?

À : Fred
De : Marine Vandale
Objet : re : Cœur de l'homme

. . . .

Oh yes. Tu crois qu'on l'a pas mou, nous, le cœur ? Moi je suis là comme une dinde à avoir tellement peur de perdre Gabriel complètement que je le vois deux fois par semaine pour des soupers toujours merveilleux pour ensuite me faire laisser au coin de la rue avec une bise et un sourire à faire se liquéfier des statues. Et maman et les sœurs qui me disent qu'il va revenir, qu'il faut juste que je lui fasse pas peur une autre fois. Comme si j'avais pas peur, moi. Fred, je m'insurge.

À : Marine
De : Frédéric Vandale
Objet : Mesures insurrectionnelles

. . . .

C'est bon, c'est bon. T'as toujours pas de nouvelles de Jeff ?

À : Fred
De : Marine Vandale
Objet : Exilé gaspésien

Non. Il est parti le lendemain de notre chicane et il a laissé une note cryptique à propos de camping dans le parc Forillon et de recul nécessaire. Et puis hier j'apprends qu'il avait bing bada bing avec Flavie la veille. Du coup, on a comme une impression de fuite, ici.

À : Marine
De : Frédéric Vandale
Objet : re : Exilé gaspésien

Bing bada bing bada bing bing bang ?

À : Fred
De : Marine Vandale
Objet : re : re : Exilé gaspésien

Bada bing bing bang.

À : Marine
De : Frédéric Vandale
Objet : Surprise et consternation

Ah ben ça alors. Et il me l'avait même pas dit, la hyène. T'as raison, Marine, ça sent la fuite. Ça sent jusqu'ici même. Depuis quand il prend peur, le grand Jeff ?

À : Fred
De : Marine Vandale
Objet : Cœur de l'homme part 2

....

Depuis que son petit cœur mou a été confronté
à une Flavie qui est, je te le rappelle, une entité
autrement substantielle que les Marie-Bonheur
de ce monde.

À : Marine
De : Frédéric Vandale
Objet : Peu fier

....

Oui ben c'est pas pour dire, mais je commence à
trouver qu'ils nous donnent une mauvaise répu-
tation, ces deux-là.

À : Fred
De : Marine Vandale
Objet : Regarde qui parle

....

Heu… je voudrais pas insinuer quoi que ce soit,
mais disons que niveau engagement, tu fais pas
les séries toi non plus. C'est quand la dernière
fois que tu as passé plus que six mois avec une
fille ?

À : Marine
De : Frédéric Vandale
Objet : Sournoise attaque

....

C'était avec Caroline Julien, au cégep. Je te
l'accorde, ça date pas d'hier, mais je te trouve
très sournoise de ramener ça comme ça avec
l'aplomb de la fille qui vient de prouver quelque

chose. Rien à voir avec la peur, c'est mon amour légendaire de l'indépendance.

À : Fred
De : Marine Vandale
Objet : L'homme est aveugle

Oui, ben je suis sûre que Gabriel et l'autre hurluberlu assis sur sa roche dans le parc Forillon aussi ils se racontent des histoires d'indépendance.

À : Marine
De : Frédéric Vandale
Objet : Droits de l'homme

Écoute, je te dis pas que tu as tort mais on a pas le droit d'avoir un peu – et là je dis bien « un peu », sur un ton que tu auras deviné viril et assuré – peur de temps en temps ?

À : Fred
De : Marine Vandale
Objet : Devoir de l'homme

Vous avez tous les droits que vous voulez. Mais de l'admettre de temps en temps ça vous arracherait vraiment les tripes ?

À : Marine
De : Frédéric Vandale
Objet : re : Devoir de l'homme

Les tripes et les couilles, Marine. J'ai quand même pas besoin de te faire une dissertation sur l'orgueil du mâle, non ?

À : Fred
De : Marine Vandale
Objet : La bête orgueilleuse

··

Non, ça va, je crois connaître. Mais merde, Fred, si c'est juste à cause de ça que Gabriel revient pas, c'est trop con. Parce que moi, si on alimente pas mon amour il va finir par se ratatiner, le pauvre. Et je veux pas qu'il se ratatine parce que je l'aime, cet amour, et que quoi qu'en dise l'abominable homme des Chic-Chocs, il existe vraiment. Et puis s'il est pour mourir de sa belle mort, il y a maman qui va devenir folle, perdre tout espoir et me vendre à des proxénètes thaïlandais parce que je te jure qu'entre avoir une fille prostituée et une vieille fille, elle hésitera pas.

À : Marine
De : Frédéric Vandale
Objet : Mission maternelle

··

Oui, bien moi, elle est à la veille de m'envoyer sa voisine d'en face par FedEx tellement elle est sûre qu'on « est faits l'un pour l'autre ». Elle est comment, sa voisine d'en face ?

À : Fred
De : Marine Vandale
Objet : Conseil

··

Disons seulement que si tu reçois un colis FedEx de 200 livres, tu signes pas, et tu renvoies à l'adresse de départ.

À : Marine
De : Frédéric Vandale
Objet : re : Conseil

....

C'est noté. Maintenant si je peux t'en donner un de conseil : désespère pas tout de suite, Marinette. Si c'est la peur qui le motive, ton homme, il va finir par la surmonter. On est comme ça. On est juste un peu lents.

À : Fred
De : Marine Vandale
Objet : Bande d'aïs

....

J'avais cru remarquer, oui. Mais t'en fais pas. Quand bien même que je voudrais, je suis pas capable de désespérer. C'est génétique, je pense. Depuis dix jours le comte de Monte-Cristo et moi, c'est un même combat : attendre et espérer.

:-)

Chapitre 18

J'ai posé l'ordinateur à côté de moi, sous le ficus que Jeff sortait chaque été sur le balcon. Il devait être près de dix-neuf heures mais le soleil était encore chaud et j'ai fermé les yeux un moment. « Attendre et espérer », ai-je répété à voix haute. C'était idiot, et un peu enfantin, mais je me croyais. Et j'étais presque bien au creux de cette attente, j'étais tranquille et sereine – j'étais passive. Élodie et Julien me reprochaient d'avoir renoncé, d'avoir finalement capitulé devant la forteresse qu'était Gabriel (et l'amour en général, avais-je toujours envie de répliquer), mais je voyais cela comme une prise de conscience, comme un retour à la lucidité. Si Gabriel avait à me revenir, il me reviendrait. Et je ne savais pas si c'était l'engourdissement provoqué par les chaleurs de juillet ou la lassitude, mais je n'arrivais plus à m'en faire, pour la très bonne raison que je ne pouvais rien faire.

« Maman peut rien faire, hein ? ai-je dit à Claude François, qui se tortillait voluptueusement dans une flaque de soleil. Maman peut rien faire. » J'ai pris une gorgée de vin rosé et j'ai fermé les yeux pour faire la seule chose que je savais faire depuis quelques jours : imaginer le retour de Gabriel, la scène si douce et lumineuse qui précéderait nos retrouvailles, les mots magiques et inoubliables qui suivraient. J'en avais mille versions en tête, que je polissais amoureusement, que j'ajustais selon nos dernières conversations, que j'étirais avec un bonheur presque lascif. Je m'attardais au lieu, aux vêtements que nous allions porter, à l'intonation exacte de sa voix et au sens strict de mes paroles, à nos regards, aux gens qui seraient là, témoins du renouveau de notre amour.

« T'es vraiment rendue ridicule », me disait Laurent. « Je sais, lui répondais-je. Mais c'est tellement plus facile qu'être activement folle. Maintenant je suis passivement folle. Juste dans ma tête. Beaucoup moins risqué. » Il riait, alors, et se levait pour aller chercher d'autre vin blanc, que nous buvions sur la petite terrasse derrière mon atelier.

Il était arrivé à Laval, le soir de l'anniversaire d'Ariane, avec un sourire fendu jusqu'aux oreilles et une bouteille de vin de dépanneur qu'ils avaient achetée en chemin pour ne pas arriver les mains vides.

« On a aussi... avait dit Julien en fouillant dans un grand sac, des *chips* de plantain... du jus de goyave... me semble que c'est ton genre, ça, le jus de goyave, non ?... une copie du *Adbusters*... une tirelire en forme de marsupilami. » Ariane prenait les cadeaux un à un en riant alors qu'à côté d'elle Julie jetait sur le sac un air angoissé, l'air de se demander quelle autre absurdité inutile allait en sortir. « ... et une copie de photos lesbiennes érotiques. » Il avait fait un clin d'œil à Ariane avant d'ajouter : « Bienvenue au club », ce qui avait fait gémir mon pauvre père. « Désolé, avait dit Laurent. C'est juste qu'on avait pas beaucoup de temps, fait qu'on a tout pris chez Multimag, c'était plus pratique… On avait pensé à des Kleenex avec des cœurs dessus mais ils étaient en papier blanchi, fait que… »

Il allait s'asseoir quand Carole avait fait remarquer que l'idée de départ était tout de même de m'emmener au Lulli pour dix-neuf heures trente, exploit qui risquait de se révéler difficile, considérant qu'il était déjà dix-neuf heures dix. Cinq minutes plus tard, alors que Laurent s'étouffait en criant des « *Go go go, people, gooooooooooo !* » comme s'il avait été en charge d'un bataillon au Vietnam, nous courions vers la voiture dans laquelle je m'étais retrouvée saucissonnée à l'arrière entre Mathias et Carole, alors que Julien s'assoyait, triomphant et jubilant, à la place du passager.

« Vous êtes prêts ? avait demandé Laurent. Oui ? Alors *let's hit the road*…

— Est-ce que c'est moi ou il a beaucoup trop de fun ? avais-je demandé à Carole.

— Il a *beaucoup* trop de fun. »

Mathias s'était penché sur mon épaule. « Si t'avais été à cet apéro-là, toi aussi t'aurais du fun à venir chercher des gens à Laval. Wowzers.

— Wowzers ?

— WOW-zers. »

S'était ensuivie une cacophonie de rires et d'anecdotes, chacun soulignant l'infinie platitude de leur soirée « jusqu'à ce qu'on soit sauvés par Laval, câlisse ! La-val ».

« Je pense que ça va devenir un nouveau baromètre, avait dit Laurent. Dorénavant, quand je vais me faire chier quelque part, je vais me demander : "Est-ce que j'aimerais mieux être à Laval ?" Si la réponse est "Oui", c'est que c'est le temps de fuir. »

Ils avaient continué à décortiquer la soirée pendant un bon moment, tâchant de découvrir la « source de la cataracte d'ennui » qui s'était abattue sur eux jusqu'à ce que Mathias fasse remarquer que, finalement, ils avaient un fun noir. « On va manger ? avait demandé Laurent.

— Oui, mais d'un coup que l'ennui revient ?

— On retournera à Laval.

— T'es con…

— Sérieux, vous avez faim ?

— Ben, on peut manger au Lulli…

— Julien ! » avions crié Mathias et moi en même temps.

« Ben là, attends… tu penses quand même pas qu'on va te domper là sans profiter de nos privilèges ? On est venus te chercher à *Laval* ! Au péril de nos vies !

— Oui, une attaque de bungalow ou de centre d'achat est toujours à prévoir…

— Excuse-moi ! Le Colossus, le Cosmodôme, le… le *Fuzzy*… tu penses que c'est pas des quartiers généraux d'extraterrestres, toi ?

— Mathias, peux-tu le faire taire ?

— Oh, je peux me taire, mais on VA manger au Lulli. Tu nous dois ça. On a le droit à des *front row tickets*.

— Julien. Non.

— *Come on.*

— NON ! avions-nous tous crié d'une même voix.

— O. K., d'abord… Allez manger où vous voulez et…

— Que je te voye assis tout seul dans un coin noir, toi !

— O. K. ! O. K… Câlisse que je suis incompris… »

Mathias lui avait passé une main dans les cheveux. Nous étions presque arrivés. « Sérieux, avais-je dit. Vous pensez que je fais la bonne affaire ? Peut-être qu'il va me trouver pathétique, peut-être qu'il va… »

J'avais senti une des mains manucurées de Carole sur ma cuisse. « Moi je pense que tu fais la bonne affaire. T'as écouté ton cœur. » Je l'avais regardée, étonnée, sans rien dire. J'avais depuis longtemps décidé que « Écoute ton cœur » était une des plus grandes niaiseries qu'il soit donné à un être humain de prononcer au cours de sa vie : ça se voulait profond et audacieux alors que ça ne signifiait qu'une chose : prends la plus mauvaise décision possible et si jamais tu t'en veux après, justifie-la en disant que tu as écouté ce noble et magnifiquement faillible organe qu'est ton cœur. J'avais failli répliquer à Carole que je n'avais pas écouté mon cœur mais plutôt mon père, mais elle me souriait avec une telle confiance, avec quelque chose qui ressemblait même à de l'admiration (elle avait certainement dû faire taire son cœur à plusieurs reprises, elle – c'était malheureusement ce que ça prenait pour vivre avec Laurent) que je lui avais rendu son sourire en lui pressant la main.

J'étais sortie de la voiture devant le Lulli, étrangement calme. Quand je m'étais retournée, Julien me faisait à la fois une grimace et signe de l'appeler plus tard et Mathias criait : « Patience, Marine ! Ça paye toujours. » Autant encourager un goinfre à rester frugal, avais-je pensé en traversant la rue, le cœur léger et la tête presque vide. J'étais là, j'étais venue, je n'avais plus qu'à l'écouter. La balle est dans son camp, me disais-je, et la chose était parfaitement apaisante.

Il écrivait dans un petit cahier quand j'étais entrée dans le bar – je m'étais arrêtée sur le pas de la porte pour le regarder un moment, pour profiter du fait qu'il ne me voyait pas. Je le connaissais depuis si peu de temps – un peu plus de cinq mois, qu'était-ce à l'échelle de toute une vie ? –, mais déjà la forme de ses épaules m'était douce et familière. Je détaillais son profil, la façon dont il tenait son crayon, ses longues jambes sous la table, et je m'étais soudain sentie si proche de lui que j'avais eu l'envie urgente de me serrer contre lui. Ce que nous avions eu ensemble avait été si bon, me disais-je. Pourquoi y avoir mis un frein ? L'idée que c'était peut-être fini pour toujours, qu'il puisse, lui, me considérer joyeusement comme une simple copine me désolait encore plus qu'elle me faisait de la peine, parce que je ne voyais là qu'un terrible gaspillage, et je ne savais même plus à qui j'en voulais le plus.

Il avait d'abord aperçu mon reflet dans la fenêtre à côté de lui et avait tourné la tête vers moi avec un sourire content qui m'était allé droit au cœur. « Reviens-moi, avais-je envie de lui dire en m'assoyant devant lui, reviens-moi. »

« Je suis content de te voir.

— Moi aussi. » J'avais posé une main sur son petit cahier. « T'écris ? »

Il avait hoché la tête en haussant les épaules, comme pour signifier que ce n'était rien, qu'un petit passe-temps insignifiant. « J'écris mal. Mais j'aime ça. »

Et moi j'étais dans cet état d'amour où tout ce qu'il faisait me semblait adorable et émouvant, et je lui en voulais presque d'écrire dans un petit cahier noir parce que c'était une habitude qui me faisait l'aimer encore plus.

Il y avait eu un silence ponctué de regards furtifs – ses yeux verts évitaient les miens et quand ils les croisaient, ils s'illuminaient instantanément d'un sourire complice qui m'enchantait et me déconcertait à la fois. Il avait les avant-bras appuyés sur la table et le haut du corps un peu avancé vers moi. « Puis, avait-il dit. Comment va tout le monde ? »

Alors nous avions commencé à parler. Parler comme nous le faisions toujours, bien et longtemps, un peu trop vite et parfois un peu trop fort quand nous nous emportions, encouragés mutuellement par nos idées et notre humour. La conversation papillonnait gentiment, sautant d'un propos à l'autre, entremêlant les sujets, allant et venant. Il avait reculé sa chaise et s'était assis de profil à la table, le dos appuyé sur la grande vitrine qui était ouverte à ma hauteur et laissait entrer une brise tiède et le son du vent dans les feuilles. Il se passait une main dans les cheveux de temps en temps, il penchait la tête en arrière quand il riait, faisait tous ces petits gestes anodins qui n'ont de signification que chez ceux qu'on aime, et je ne savais même plus si je le trouvais beau parce qu'il l'était vraiment ou parce qu'il avait pour moi les grâces infinies et toujours renouvelées des êtres aimés.

Nous avions commandé une autre bouteille de vin et il s'était replacé devant moi, les bras croisés sur la table, et m'avait enfin regardée dans les yeux. Et alors que j'attendais, presque sans inquiétude, les mots que je rêvais d'entendre depuis des semaines, il avait dit : « Quelqu'un est mort aujourd'hui pendant mon *shift*. »

J'avais reculé instinctivement. Je savais que la mort faisait partie de son quotidien, mais elle ne fréquentait pas le mien. Et sa présence soudaine entre nous deux, dans le contexte charmant et tellement *vivant* qu'était celui d'un bar un soir d'été, me laissait complètement interdite.

« On s'habitue jamais.

— Jamais ?

— Non. Je connais pas un médecin qui s'est habitué.

— C'était... c'était ta faute ?

— Non. Il y avait rien à faire. Un accident de char, le gars avait le foie perforé. Tout son abdomen était fini – il était du côté du passager et la porte avait été défoncée, mais défoncée complètement, puis tout ça lui était rentré dedans... Sa tête était parfaite, par contre. Il était conscient. » Il avait fait une pause et avait dit exactement ce que j'attendais cette fois : « Il avait mon âge. Toujours *weird* quand ils sont jeunes. »

Je m'étais demandé, terriblement égoïstement, si c'était pour cela qu'il avait voulu me voir.

« Fait que merci d'être ici, avait-il ajouté. Ça me fait *vraiment* du bien de me changer les idées. »

Ah. Alors il voulait se changer les idées. J'étais donc l'amie qui change les idées. Tu penses trop, m'étais-je dit, tu penses trop et tu analyses tout. Arrête. *Let go.* Respire, comme me disait ma mère.

Mais ma mère et sa mitaine étaient loin de moi, elles étaient à Laval en train de servir une moussaka végétarienne, et moi j'étais au cœur de la ville devant une bouteille de blanc et un homme auprès de qui je me sentais mieux que partout ailleurs, aussi j'avais dit : « Gabriel… je sais plus sur quel pied danser. » Et alors qu'il réfléchissait à je ne sais trop quelle réponse, je m'étais vue en train de danser, sautillant d'un pied sur l'autre, et j'avais pensé : « Tiens, il y a des expressions encore plus niaiseuses que "Écoute ton cœur". »

Gabriel s'était lentement replacé contre la vitrine, avait regardé un moment droit devant lui, puis s'était retourné – il cherchait visiblement ses mots, qui furent finalement : « T'as… t'as des plans, Marine.

— Quoi ?

— Je le vois. Je le sais. T'as des plans. Tu veux… t'as des plans.

— Quoi des plans ? Quels plans ? Je comprends pas.

— T'imagines un futur. »

Je tombais des nues. « Mais évidemment que j'imagine un futur ! T'es ben drôle, toi ! Qui c'est qui imagine pas un futur ?

— J'imagine pas de futur. Je trouvais qu'on était bien au jour le jour, je…

— Tu me *niaises* ?

— Quoi, on était pas bien ?

— Gabriel, câlisse, t'es plus intelligent que ça.

— Non, j'imagine pas de futur. Parce que celui que j'ai imaginé une fois m'a pété en pleine face.

— Mais je… j'imagine pas de *futur*, je… » Je quoi, au juste ? J'avais imaginé des centaines de déclarations mais « T'imagines un futur », vraiment, je ne l'avais pas vue venir. « T'es trop envahissante », « Je suis pas encore prêt », « J'aime une autre femme », « Je veux pas m'engager », « Je suis en fait transsexuel et j'ai toujours préféré les hommes » – tout m'aurait moins étonnée. Et là je me retrouvais tout enveloppée de la brise de juillet avec un futur imaginé en guise de reproche.

Je ne savais pas quoi dire. Avais-je imaginé un futur ? Avais-je des *plans* ? J'avais soudain regretté d'avoir dit à Julien de ne pas venir manger au Lulli – s'il avait été là, j'aurais au moins pu demander à Gabriel de patienter un moment pendant que j'allais débriefer avec lui et m'épancher un peu, discuter au moins avec quelqu'un qui partageait mon langage et non pas avec cet être étrange et adoré qui parlait de jeunes morts et craignait le futur.

« Je… » Je n'étais pas énervée, je n'avais même pas envie de pleurer, j'étais simplement fatiguée et trop déconcertée pour pouvoir formuler une pensée constructive. « Je pense que je peux pas continuer comme ça, Gabriel. Je suis désolée. Je peux pas continuer à te voir de même puis à… » J'avais laissé la phrase en suspens et elle avait flotté un moment entre nous deux, et Gabriel, avec un regard qui m'avait crevé le cœur parce que j'y voyais du regret plus qu'autre chose, avait répondu : « O. K. Je comprends, alors. »

Mais de toute évidence il ne comprenait pas, et j'étais capable de continuer à le voir de même puis à... Il y avait des soupers, des cafés, mon espoir que je n'arrivais pas à étouffer et lui qui semblait avoir besoin de me voir et de me parler régulièrement. « C'est trop absurde, disais-je à Julien. J'entretiens littéralement une relation sentimentale mais platonique avec Gabriel. Veux-tu bien me dire pourquoi on peut pas juste coucher ensemble et redevenir comme avant et...

— Parce que vous *pouvez pas* revenir comme avant, répondait Julien sur un ton infiniment las, en observant dans le miroir l'effet qu'avait son nouveau T-shirt violet avec son jeans vert. On revient jamais comme avant, Marine. Et je veux pas retourner le fer dans la plaie, mais c'est toi qui as coupé les ponts pour revenir en arrière. Avec ce que tu lui as dit. Vous pouvez pas juste recommencer à baiser et à être pas trop sûrs si vous êtes un couple ou juste des amants après ce que tu lui as dit. Si vous allez quelque part, ça va être vers l'avant, et en avant il y a l'amour que t'as évoqué, il y a le futur qui lui fait peur et qui, en passant, te fait peur à toi aussi.

— Moins qu'à lui.

— C'est encore drôle, ça. Personne rushe de même avec des prédictions et des rêves et des *plans*.

— J'ai pas de plans !

— ... avec des *plans* au bout de deux mois à moins d'être mort de peur. Personne fait de telles demandes à un gars – ou à une fille, *for that matter* – à moins d'avoir un désir secret de se faire planter là. Tu savais qu'il chokerait, Marine.

— Non !

— Oui, tu le savais. Mais ça te faisait moins peur que de vivre dans l'insécurité.

— Tu m'écœures.

— Je t'écœure toujours quand j'ai raison.

— Tu m'écœures doublement.

— *Enweye*, viens-t'en. On va aller voir l'effet que mon nouveau T-shirt fait sur la terrasse du Unity. »

Ce soir-là, il s'était retourné avant de sortir et m'avait dit : « Tu sais, Mathias et moi non plus on ne peut plus revenir en arrière. Nos ponts à nous aussi ont crissé le camp avec la débâcle. Puis c'est sûr qu'il y a des bouttes où j'ai des méchantes sueurs froides quand je pense qu'il y a plus de retour possible. Mais c'est la meilleure chose qui peut arriver à du monde comme nous, Marine. Juste un choix : en avant ! *Adelante ! To infinity, and beyond !* »

« *To infinity and beyond* », ai-je dit au chat qui était assis devant moi et me regardait avec adoration. Puis j'ai répété, à voix haute, un poing levé vers le ciel : « *To infinity ! And beyond !*

— Dis donc, ça va, là-haut ? »

Je me suis penchée sur la balustrade. Deux étages plus bas, Flavie avait le visage levé vers moi : « T'es devenue folle, ou quoi ?

— On le serait à moins, non ?

— Ouais, ben ça, tu peux le dire. » Elle a tendu vers moi une bouteille de rosé. « Je monte ? »

Une bouteille et demie plus tard, nous étions maintenant deux sur le balcon à hurler « *To infinity and beyond* » aux cieux, à tel point que le chien d'en face s'est mis à japper.

« Faudrait peut-être se calmer, ai-je dit à Flavie.

— Peut-être oui. T'as toujours pas de nouvelles de Jeff ? »

Nous avions évité le sujet depuis son arrivée – elle n'en parlait pas et je me disais que son silence exigeait aussi le mien.

« Non, ai-je répondu. Rien pantoute.

— Quelle merde, quand même.

— J'avoue que c'est pas fort. J'avoue que c'est *beyond* pas fort.

— Tu sais ce qui me fait vraiment chier ? C'est qu'à cause de ce trouduc qui a zéro couilles, je me retrouve à douter de moi.

— Quoi ? Non non non non non. » J'agitai un doigt ivre sous son nez. « Non non. Pas toi. Interdiction formelle de douter, c'est clair ? Eille ! C'est LUI qui a eu peur, c'est LUI qui a pris la poudre d'étampette...

— Escampette.

— *Whatever*. C'est lui qui a fui comme une fillette en Gaspésie, alors non. Je refuse catégoriquement qu'on commence à se remettre en question, nous, parce qu'on a trouvé le moyen de s'amouracher de deux lâches.

— T'as pas peur, toi ?

— Ben oui, j'ai peur, mais je suis ici, non ? »

Flavie a hoché la tête. « Je sais pas. Je comprends pas, c'est tout. On se voit pendant des semaines, on se drague jusqu'au paroxysme, on finit par enfin baiser et c'est une bonne baise. C'est une vraiment bonne baise. Tu me crois, Marine ?

— Ben là... » Toujours un peu gênant de parler avec une copine des prouesses sexuelles de son meilleur ami. « Oui, oui c'est sûr. » Surtout que je les imaginais bien, ces deux-là, faits l'un pour l'autre, plus grands que nature – on ne savait évidemment jamais, mais il me semblait que ça ne pouvait qu'être grandiose, qu'il avait dû y avoir des tremblements de terre, des plaques tectoniques déplacées, des tsunamis. « En fait, c'est sûr que c'est sûr, ai-je dit, soulagée de pouvoir parler d'autre chose que de l'acte lui-même. Il serait pas parti si ç'avait été ordinaire. Moi je te dis que s'il a crissé le camp, c'est qu'il a eu peur. Et Jeff a peur d'une chose. De tomber en amour.

— C'est pas un peu facile, comme théorie ?

— Qu'est-ce que tu penses qu'il fait à passer sa vie avec des petites filles jolies comme tout mais que lui-même trouve nounounes ? Avec elles, il peut s'amuser sans risquer de tomber. Il l'admettra jamais, mais...

— Peut-être aussi qu'il est parti à cause de votre dispute. Peut-être que c'est de toi qu'il a peur de tomber amoureux.

— Quoi ? Non ! N'importe quoi...

— Tu vois quand je te dis qu'il me fait douter de moi-même ? Quelle merde...

— *I'll drink to that*. » Nous avons trinqué dans le soleil couchant. Il n'y avait pas grand-chose à ajouter, de toute façon : nous demandions l'impossible par crainte de voir le possible se concrétiser trop rapidement, ils avaient peur de nos exigences. Joyeux bordel, ai-je pensé en vidant mon verre.

« C'est absolument extraordinaire, ai-je dit en déposant le manuscrit du roman de Fred sur la table. Absolument *fucking* extraordinaire.

— Tu penses pas que t'as peut-être un léger parti pris ? a demandé Julien.

— C'est sûr que j'ai un parti pris, innocent, mais ça veut pas dire que je suis plus capable de lire... Si c'était de la *marde*, je ferais *semblant* d'aimer ça parce que j'aime Fred, mais je vous dirais pas que c'est extraordinaire. »

Laurent, à côté de moi, sirotait son mimosa en feuilletant le manuscrit. « Ça parle de quoi ?

— Ç'a l'air un peu étrange, expliqué comme ça, mais c'est l'histoire d'un écrivain qui décide un jour d'écr... »

Laurent s'était laissé tomber la tête sur le manuscrit et imitait un puissant ronflement.

« Bon, ça va faire, le colon ? C'est pas parce que t'as jamais lu un livre de ta vie que...

— Chaque année, je dévore *Le Guide de l'auto*, tu sauras… »

Julien et moi avons échangé un regard amusé. C'était un *running gag* entre nous, cette allergie aux livres que Laurent élevait au rang de phobie et démontrait toujours avec force bâillements et ronflements, quand il ne se prenait pas tout simplement la gorge en croassant comme un homme qu'on étouffe.

« En tout cas, ai-je dit à Julien. Je te dis que c'est superbe. Tu devrais le lire.

— Mais avec plaisir ! Ouh ! Un *preview* du futur Goncourt !

— Ben là, calme-toi le pompon, quand même… Mais tu vas voir c'est… je sais pas, je parlais à Fred l'autre soir et j'étais presque intimidée. C'est comme si je venais de découvrir que cette personne-là que je connais mieux que moi-même est… je sais pas comment dire… genre que tu découvres une immense pièce supplémentaire dans une maison où t'as vécu toute ta vie…

— M'a te dire, pour la sœur d'un supposé grand écrivain tu t'exprimes mal sur un temps rare…

— Ça va, monsieur Je-fais-des-boutons-à-la-vue-d'un-livre… »

Laurent m'a souri et m'a donné un petit coup d'épaule. Il avait presque terminé son documentaire sur la *Main* et les premiers extraits que j'en avais vus étaient plus que concluants. Lui qui était si complexe et dur à suivre, il faisait des films simples et efficaces, intelligents et sans fioritures inutiles. Je lui ai donné un petit baiser sur la joue.

« Vous pensez que je devrais prendre le saumon fumé ou le saumon grillé ? a demandé Julien.

— Coudonc, t'es-tu à la diète, toi ?

— Eille, si je veux être le minet des plages à Noël, je suis mieux de commencer tout de suite.

— On loue encore la maison cette année ? » a demandé Laurent. Chaque année, depuis cinq ans, nous nous retrouvions dans une immense maison en République dominicaine qu'un client de Julien lui laissait pour une bouchée de pain. La géométrie était variable, il y avait eu des années sans conjoints, d'autres où nous étions tous accompagnés, mais la base restait la même : Jeff, Julien, Laurent et moi. Et à l'évocation de la maison, nous nous sommes regardés tous les trois : si nous y allions, Jeff serait-il des nôtres ? Et surtout : pouvions-nous y aller sans lui ? Il y avait quelque chose de sacrilège dans cette idée et soudainement ces images de mer et de sable blanc, le souvenir des poissons perroquets que Jeff faisait griller sur le grand barbecue, des chemins qui sillonnaient la montagne derrière la maison et menaient à de petits villages endormis où des enfants jouaient avec des cerceaux et des ballons crevés, des bouis-bouis de campagne où nous buvions un mélange de rhum et de lait condensé, de la verdure presque fluorescente qui entourait la maison – ces souvenirs que je gardais en moi précieusement entre chaque visite m'ont semblé lourds et presque vides.

« Toujours pas de nouvelles, hein ? a demandé Julien.

— *Nope*. Vous non plus ?

— Non.

— C'est vraiment *weird*. C'est vraiment, vraiment *weird*. C'est vraiment, vraiment, vraim…

— C'est beau, Marine, on a compris.

— Ça fait des mois qu'il rêve de Flavie. Flavie arrive dans sa vie, il décâlisse. Pourtant, c'est exactement ce qu'on s'était dit cet hiver, vous vous rappelez ? On était chez nous, on buvait des Bloody Ceasar, on s'était dit qu'il fallait arrêter d'agir comme des flos puis assumer nos amours… Crisse, vous avez réussi, vous autres ! Même *Laurent* a réussi.

— Ben là, peut-être pas nécessaire de dire ça comme si j'étais débile, quand même.

— Euh… niveau engagement émotif, t'es à peu près aussi évolué qu'une amibe, Loulou. Fait que si même toi t'as réussi à faire le grand saut, tout le monde devrait pouvoir le faire.

— Et si Julien a réussi à pas tromper son chum depuis trois mois…

— Exactement.

— Alors t'attends quoi, toi ? »

Je me suis retournée vers Laurent. Devant nous, Julien observait la situation avec l'air prudent et prêt à tout de l'homme qui vient d'apercevoir une grenade. « J'attends… » Qu'est-ce que j'attendais, au juste ? Gabriel, évidemment. Mais c'était plus encore. J'attendais de ne plus avoir de plans, j'attendais d'être capable d'aimer au jour le jour, j'attendais de ne plus attendre.

« Je sais pas, ai-je dit. Je sais vraiment pas, en fait. » J'allais ajouter autre chose mais j'ai vu Julien faire de grands yeux – et avant même que j'aie le temps de me retourner, Jeff était assis devant moi.

Deux minutes plus tard, malgré mes protestations, Laurent et Julien étaient debout et fuyaient la table à toute vitesse, Laurent prétextant un *meeting* oublié avec son monteur et Julien s'étant soudainement souvenu qu'il avait donné rendez-vous à Mathias à l'autre bout de la ville. Jeff, de son côté, avait une drôle de barbe de cinq jours qui lui allait plutôt bien et faisait signe à la serveuse de lui apporter un verre de rouge. Il avait l'air fatigué.

« T'as dormi, à Forillon ?

— Je suis pas allé à Forillon.

— T'es allé où ?

— À Québec.

— À Québec.

— Oui.

— T'as passé deux semaines tout seul à Québec.

— C'est-tu vraiment plus *weird* que Forillon ?

— Euh... oui ? Oui, parce que c'est à deux heures d'ici et parce que tu sais aussi bien que moi que Julien est allé à Québec la semaine dernière et que... Qui c'est qui passe deux semaines à Québec pour le fun *anyway* ?

— Quelqu'un qui a besoin d'un *break* ?

— Un *break* de quoi ? De quoi pouvais-tu possiblement avoir besoin d'un *break* ?

— De quoi tu penses ?

— De Flavie ? Déjà ?

— Tu penses que c'est de Flavie ?

— T'as vraiment envie de me faire croire que c'est d'autre chose ?

— Est-ce que...

— Eille, ça va faire, là ! a interrompu le serveur en plaçant devant moi une assiette de tomates vinaigrette. Ça fait dix minutes que vous vous parlez en questions, ça vous tente pas de vous dire quelque chose, à place ? »

Jeff et moi sommes restés muets un moment, observant le serveur alors qu'il prenait son temps, disposant l'assiette dans le bon sens, versant un peu plus de vin dans mon verre. Puis nous avons échangé un regard et j'ai perçu, au-delà ou en deçà de nos problèmes présents, un relent de complicité – il y a eu un demi-sourire, une faible étincelle, puis nous avons baissé les yeux, lui vers sa coupe, moi sur mes tomates.

« Ce que t'as fait à Flavie...

— Je sais...

— Mais est-ce que ?...

— Est-ce que quoi...

— Tu le sais... Est-ce que tu...

— Finissez vos phrases ! » a lancé le serveur depuis la table d'à côté.

— Eille ! a dit Jeff en pointant un doigt vers lui. Pousse pas ta *luck*, toi. »

J'ai ri, un peu. « Jeff… sérieux. J'ai pas à te faire la morale, mais Flavie… elle comprend pas trop trop, si tu vois ce que je veux dire. Et moi, je vois pas trop trop pourquoi t'as volontairement chié sur quelque chose que tu voulais depuis longtemps et pourquoi t'es parti après une petite chicane et pourquoi tu nous as rien dit, ni à Lo, ni à Ju, ni à moi, ni même à Fred et pourquoi…

— O.K., whoa ! Ça va ! J'ai… C'était trop d'affaires, j'avais besoin de recul, c'est tout. Ça t'est jamais arrivé d'avoir juste besoin… d'un *break* ? »

Un *break* ? avais-je envie de lui dire. J'avais besoin d'un *break* depuis au moins cinq ans, j'avais besoin d'un *break* depuis la fin de mon adolescence, même. Mais c'était justement ce que nous devions faire, non ? Il fallait tougher, comme disent les Anglais. Il fallait naviguer dans les eaux troubles de nos jeunesses avant de pouvoir jeter l'ancre, avant de pouvoir enfin prendre ce fameux *break*.

« Jeff…

— Je suis désolé d'être parti.

— Ben non… C'est surtout pour Flavie… Je veux dire, elle comprend *vraiment* pas, et honnêtement, je comprendrais pas non plus à sa place.

— Je sais, je sais… » Il a pris une gorgée de vin puis m'a regardée droit dans les yeux, un sourcil levé. « Tu penses que j'ai encore une chance ? »

Je me suis étouffée dans mon verre. « Eille, t'as du front tout le tour de la tête, Jean-François Murphy. Je sais pas si t'as encore une chance, mais si c'est le cas, va falloir que tu rames en tabarnak… Elle est pas exactement contente, Flavie…

— Mais oui mais…

— Non non non ! » J'ai levé une main devant lui. « Zéro excuse, mon pit. T'as littéralement fui jusqu'en

"Gaspésie" alors qu'en fait t'es allé te cacher à Québec et t'as jamais rappelé la fille après avoir couché avec elle ? Jeff, c'est in-dé-fen-da-ble. »

Il s'est pris la tête dans les mains.

« Écoute, ai-je dit. Tu… Est-ce que tu veux vraiment que ça marche ?

— Quoi ? Je sais pas, je…

— Crisse, Jeff, t'as eu deux semaines pour y penser puis…

— Je sais pas, O. K. ! ? Je pense que oui. Je pense que oui, mais je peux pas être sûr parce que je te rappelle que j'ai jamais vraiment été dans cette situation-là, O. K. ? J'ai jamais… » Il a hésité un moment, cherchant visiblement ses mots. « Câlisse, je suis pas bon là-dedans. Ce que je veux dire, c'est que… j'ai trente-six ans. Je peux plus niaiser. Je *veux* plus niaiser mais je… je sais pas comment, O. K. ? »

Il avait l'air tellement désemparé, tellement sincèrement désemparé que je n'ai pu m'empêcher de rire. C'était un rire attendri et sincère et je lui ai pris une main. Il a eu lui aussi un petit rire d'autodérision et a ajouté : « Crisse, même Laurent a fini par se déniaiser…

— Je sais ! Je sais…

— Ton docteur…

— Ah, laisse faire… C'est ridicule. On nage en plein ridicule. On se voit deux fois par semaine, il m'appelle quasiment tous les soirs, mais apparemment il veut rien savoir de moi. Je pense qu'il veut juste qu'on soit des chums. En fait, je sais plus quoi penser.

— Je suis pas mal sûr qu'il veut pas juste être ton ami. Crois-moi. »

Nous nous sommes souri. « J'ai pas été *cool* l'autre fois. Je… je sais que tu… En fait, je sais pas si tu l'aimes, mais je sais que c'était ce que tu croyais. Sincèrement. »

J'ai réfléchi un instant – j'aurais pu me refâcher, j'aurais pu crier à Jeff que j'aimais vraiment Gabriel, mais je n'avais plus vraiment ni la force ni l'envie de m'obstiner. Et les chances étaient fort élevées qu'il ait raison – ces temps-ci, les chances étaient fort élevées que qui que ce soit ait raison à ma place.

« Jeff ?

— Hmm ?

— Tu penses que j'ai des plans ?

— Des plans ? »

Alors j'ai expliqué à Jeff la théorie de Gabriel. Je lui ai parlé de ces plans qu'il croyait que j'avais et que je n'étais pas certaine d'avoir, de ce futur dont j'avais malgré moi déjà choisi les couleurs, de cette attente que je n'étais plus capable de supporter parce qu'elle durait depuis trop longtemps. Et devant moi, Jeff écoutait, relevant la tête de temps en temps seulement pour commander un verre de vin.

« Marine, a-t-il finalement dit. Est-ce que tu penses que t'es capable de voir les choses avec Gabriel sans te projeter dans le futur ?

— Oui !

— Je suis pas sûr, moi.

— O. K., Jeff ? Recommence pas avec ça, veux-tu ? Parce que tu peux vraiment, vraiment pas me faire la morale, O. K. ? Parce que si y a quelqu'un qui se projette dans le futur, c'est bien toi. Si tu te projetais pas, t'aurais pas choké comme ça après avoir couché avec Flavie. »

Il m'a regardée un moment, l'air vaguement insulté, puis a hoché la tête. « Peut-être qu'on est mieux de pas avoir ces conversations-là, toi puis moi, non ?

— Peut-être, oui.

— Alors, qu'est-ce qu'on fait ?

— Je sais pas… On demande l'addition ? »

« On demande l'addition, a répété Élodie en se limant un ongle. Champion, comme phrase.

— Ben, qu'est-ce que tu voulais que je lui dise ? On fait une thérapie de couple ? Ça fait trois jours, *anyway*, puis il agit encore comme si on s'était rien dit.

— Ouais… c'est sûr. »

Je traversais l'atelier en essayant de ne pas laisser échapper un des dix rouleaux de papier que je tenais contre moi. Des dessins accumulés depuis le début de l'année, des affiches, deux ou trois esquisses. « En même temps, a dit Élodie, il a pas complètement tort…

— Hein ? » Un des rouleaux, sur le dessus, a commencé à glisser vers la droite – j'ai essayé de le rattraper en me penchant vers la gauche avec pour résultat, évidemment, que tous les rouleaux sont tombés dans un grand bruit de papier froissé, de cartons s'entrechoquant et de couvercles de métal résonnant.

« AH ! a dit Élodie en se mettant les mains sur les oreilles.

— Eille, ça va ! Je te rappelle que t'es payée pour m'aider ici et que pour une raison qui m'échappe, JE suis en train de charrier des rouleaux pendant que tu te limes les ongles. » Je l'ai regardée, les poings sur les hanches, et nous nous sommes mises à rire toutes les deux.

« T'es la pire, mais vraiment la *pire* employée de l'histoire. Et si pendant UNE seconde j'ai cru que t'avais changé à cause de ton attitude avec papa, je m'en excuse.

— Eille ! Ris pas de moi. Tu sauras que j'ai une entrevue pour un poste d'assistante au *Chérie*.

— C'est quoi ça, le *Chérie* ?

— Euh… juste la meilleure revue pour filles sur le marché ? » Elle a brandi devant elle un magazine sur la couverture duquel souriait une mannequin d'environ quatorze ans, entourée de gros titres roses et mauves,

«Votre horoscope pour l'automne», «Comment le rendre fou au lit» et «Maquillage de star à petit prix».

«Pour vrai ? ai-je demandé, surexcitée.

— Oui !

— Genre que tu vas avoir une vraie job et que je vais enfin être débarrassée de toi comme employée ?

— Ouiiiiii !

— *Oh my Gooooooood !* » Je l'ai prise dans mes bras et nous avons toutes les deux sautillé, enlacées, au beau milieu de l'atelier, jusqu'à ce que le téléphone se mette à sonner. «Élodie ! ai-je dit au bout de cinq coups. T'as pas encore été engagée au *Chérie*, si je me souviens bien ? Fait que tu peux peut-être répondre ? » Mais il était trop tard, évidemment, et elle s'est contentée d'un petit haussement d'épaules. Elle avait opté, quelques semaines plus tôt, pour un retour au célibat qui lui allait remarquablement bien. Débarrassée de ses angoisses constantes à propos d'hommes qui ne faisaient jamais l'affaire et étaient d'emblée contre-indiqués, elle s'épanouissait enfin, ce qui se lisait sur son joli visage un peu moins maquillé. Mais elle restait la petite princesse qu'elle avait toujours été, ce qui étrangement me rassurait et m'étonnait – je réalisais que si elle avait vraiment changé, j'aurais eu un drôle de deuil à faire.

«Allô ? ai-je répondu à mon cellulaire.

— C'est moi, a dit Julien.

— C'est toi qui viens d'appeler à l'atelier ?

— Non, c'est Jeff. Rappelle-le. Rappelle-le tout de suite. »

«Je peux pas t'expliquer au téléphone, avait dit Jeff. Viens, c'est tout, O.K. ? » Et parce que c'était Jeff et que, malgré tout ce qui nous était arrivé depuis des mois, je lui faisais confiance plus qu'à quiconque, j'avais sauté dans un taxi et je me dirigeais vers la maison en me demandant ce qu'il pouvait avoir de si urgent à me dire, quels étaient ces mots qui ne se transmettaient que face à face. Laurent m'avait appelée, aussi, et comme je ne répondais pas avait laissé un message : « Euh... C'est moi... Écoute, je veux pas me mêler de ce qui me regarde pas mais... je pense que Jeff t'a téléphoné et euh... juste vas-y, O.K. ? »

Arrivée devant la porte du condo, je me suis arrêtée un moment. Il y avait quelque chose de solennel dans tous ces appels et dans cette invitation soudaine et impromptue qui ne ressemblait pas à Jeff, aussi j'ai eu le réflexe un peu absurde de cogner à la porte, comme si je n'avais pas eu la clef. Au bout de quelques secondes, Jeff est venu ouvrir. Il s'est tenu devant moi, se contentant de me regarder sans rien dire alors qu'il commençait à pleuvoir.

« Ben là, ai-je dit. Qu'est-ce qui se passe ? »

Jeff m'a regardée un moment encore, puis s'est écarté doucement – jusqu'à ce que j'aperçoive, derrière ses larges épaules, Gabriel.

Je suis restée sur le pas de la porte un bon moment, regardant tour à tour Gabriel et Jeff, ânonnant de temps à autre des « Euh » qui déjà là me semblaient complètement stupides, jusqu'à ce que Jeff dise : « Bon ben... je vous laisse, j'ai... j'ai mon affaire... mon... affaire à faire. »

Et parce que les situations imprévues m'ont toujours rendue légèrement débile, j'ai demandé : « Quelle affaire ? Quelle affaire t'as à faire ? » et j'ai vu Jeff se retourner vers Gabriel et échanger avec lui un regard qui voulait clairement dire « Ça se peut-tu être niaiseuse de même » – doute que je confirmai sur-le-champ en déclarant triomphalement : « Ah oui ! Ton *affaire* ! Ben oui... » Devant moi, Gabriel, qui se tenait debout, les bras croisés, a éclaté de rire.

J'ai levé la tête vers Jeff – je voulais lui dire quelque chose, lui poser cinquante questions, mais il m'a fait un petit clin d'œil et a pointé le doigt vers la porte avant de sortir. Je me suis retournée pour lui dire quelque chose (quoi ? Aucune idée). Quand je suis revenue vers Gabriel, il me regardait toujours, les bras croisés, et il avait un grand sourire sur le visage.

« Wow, a-t-il dit. C'était... Comment dire ? Belle performance. »

J'ai croisé les bras à mon tour et j'ai penché la tête sur le côté en lui lançant un mauvais regard qui l'a fait rire.

« Je suis désolé, c'est juste que... » Il riait de bon cœur.

« O. K., ai-je finalement dit. Qu'est-ce que... Comment ça se fait que... »

Gabriel, qui s'amusait visiblement, me faisait de grands signes encourageants de la tête en répétant après moi : « Qu'est-ce que... Comment ça se fait que...

— De quessé, câlisse ? ai-je finalement crié.

— De quessé quoi ?

— Peux-tu au moins arrêter de me niaiser ?

— Je sais pas, c'est un petit peu l'fun... »

Il portait son vieux T-shirt blanc un peu trop serré que j'aimais tant parce qu'il moulait juste assez ce corps que j'avais adoré, et j'avais simplement envie de franchir les quelques pieds qui nous séparaient pour l'enlacer, pour sentir ses bras autour de moi et ses lèvres sur mon visage, mais j'étais paralysée et je réalisais que j'étais, en fait, morte de peur.

« Jeff m'a appelé, a finalement dit Gabriel.

— Jeff t'a appelé ?

— Ouaip. » Il a hoché la tête exagérément, comme pour me signifier qu'il partageait mon étonnement.

« Oh... je... » J'ai failli lui demander ce que Jeff lui avait dit au juste, mais j'avais trop peur de la réponse. « Je... tu veux un verre de quelque chose ?

— Je pensais jamais que tu l'offrirais. »

Soulagée d'avoir quelque chose à faire, j'ai marché beaucoup trop rapidement vers la cuisine et j'ai ouvert le cabinet à alcool. La bouteille de gin avait été placée en évidence et devant se trouvaient deux petits concombres. J'ai baissé la tête en souriant – pour un peu, j'aurais pleuré.

« Quoi ? » a demandé Gabriel.

J'ai pris les concombres dans une main et la bouteille de gin dans l'autre et je les lui ai montrés – et il a eu exactement la même réaction que moi.

« Écoute, ai-je dit.

— Non. Non, toi écoute.

— O. K. » Et pendant que je préparais nos verres, Gabriel s'est mis à parler.

« Je veux pas avoir de plans. Je veux pas penser que TU as des plans, parce que la dernière chose que je veux au monde, c'est te décevoir. J'ai déçu bien des filles, Marine. Depuis mon divorce, c'est un peu ça que je suis devenu : le gars qui déçoit des filles. J'ai pas été correct, des fois. J'ai menti. Mais je veux pas te mentir à toi et je veux pas...

— J'ai pas de plans, Gabriel. » Je lui ai tendu son verre. « Je sais que tu le penses, et j'ai vraiment réfléchi à ça... Crisse, c'est littéralement TOUT ce que j'ai fait depuis un ostie de boutte et j'ai pas de plans, c'est pas vrai. Mais j'ai des rêves. J'ai des rêves.

— C'est la même chose.

— Non, c'est pas la même chose puis... Attends deux minutes : t'es en train de me dire que t'as pas de rêves ? Quel genre de personne a pas de rêves ?

— Je parle pas de rêves dans ce sens-là, je parle de rêves dans le sens de...

— O. K., t'es quand même pas venu ici pour faire de la sémantique ? »

Décidément, ça partait mal. Dehors, il pleuvait maintenant à boire debout et le martèlement des gouttes sur le puits de lumière était presque assourdissant.

« Excuse-moi, ai-je dit. Excuse-moi. Mais écoute-moi juste deux secondes. J'ai des rêves. J'ai toujours eu des rêves. Je suis Joe Rêve. C'est ça que je fais dans la vie, Gabriel : je rêve. Je rêve quand je marche dans la rue, quand je lis, quand je dessine, quand je regarde dehors, avant de m'endormir et en me réveillant. Je suis de même.

— Je sais, Marine, mais je...

— Laisse-moi finir. C'est des rêves, O. K. ? C'est pas des plans. Des rêves mouvants, ça change, ça se transforme... Des fois t'es dedans, des fois je suis toute seule sur une plage en Tasmanie, des fois... Crisse, c'est juste des rêves, je peux-tu ? Pourquoi tu penses que tu te sens seul comme ça, Gabriel ? Pourquoi tu penses que t'étais aussi attiré par nous ? Peut-être parce qu'on s'empêche pas de rêver juste de peur de se casser la gueule. »

C'était un peu mélo, et surtout un coup en bas de la ceinture. Gabriel m'avait parlé une fois, une seule, de cette solitude qui l'habitait, malgré la famille, les collègues, les amis. Mais j'avais mal et j'étais faible devant lui – et à cause de cela je voulais qu'il ait mal lui aussi.

Gabriel, comme à son habitude lorsqu'il était fâché, a pris un ton encore plus calme : « Je veux juste pas... je veux pas que tu me demandes quelque chose, O. K. ? Parce que si je suis pour te donner quelque chose, je veux que...

— Mais arrête de me dire ça ! C'est de la *bullshit*, ça ! Si t'as la chienne à ce point-là, Gabriel, c'est que tu veux rien savoir de moi, O. K. ? Et ça serait sincèrement apprécié si tu avais le *guts* de me le dire clairement pour une fois.

— EILLE ! WHOA ! »

J'ai reculé – je n'avais jamais entendu Gabriel élever la voix. Il était devant moi, de l'autre côté du bar, et me pointait du doigt. « Peux-tu arrêter d'accuser les autres, deux secondes ?

— Je t'accuse de rien !

— Euh... excuse-moi ? Tu viens de me dire que, un, j'ai la chienne et que, deux, j'ai pas de *guts*.

— T'en as-tu ? Du *guts* ? »

Il a ouvert la bouche pour dire quelque chose mais s'est tu – c'est moi qui ai pris la parole, en me versant un autre verre, la tête obstinément baissée vers le comptoir parce que je me disais que si je ne le voyais pas, je risquais moins de me mettre à pleurer.

« Je sais pas ce que t'es venu faire ici, Gabriel.

— Pardon ?

— J'ai dit : je sais pas ce que t'es venu faire ici.

— Moi non plus, je pense. »

Nous sommes restés silencieux un moment, avec le comptoir entre nous. J'étais persuadée qu'il allait tourner les talons et je savais que, s'il le faisait, je n'aurais pas la force de le retenir.

« Qu'est-ce que Jeff t'a dit ? lui ai-je demandé en me concentrant sur tout ce qui n'était pas lui : nos verres, un livre qui traînait à côté du poêle, Claude François qui ronronnait à mes pieds.

— Il m'a traîné dans la *marde*, si tu veux savoir. Il m'a dit que j'étais un ostie de clown si je passais à côté d'une fille comme toi et que j'étais mieux de me déniaiser si je voulais pas te perdre.

— Tu veux pas me perdre ?

— Non. Non, je veux pas te perdre.

— Tu veux quoi, d'abord ? Être mon gentil ami médecin ? Être mon...

— Arrête ! Mais arrête, Marine ! On a-tu vraiment besoin d'établir des paramètres ? On a-tu besoin d'avoir un plan de vie avant que...

— ... J'AI PAS DE PLANS !

— Fait que donne-moi un *break*, O. K. ? Je suis encore là, Marine, et je veux pas être désagréable, mais y a bien des gars qui auraient reviré de bord depuis longtemps.

— Quelle surprise.

— O. K., tu vois ? Tu *vois* ? » Il me pointait de nouveau du doigt. Machinalement, j'ai rempli son verre. « Tu vois, c'est exactement ça. Chaque fois qu'on a eu une conversation qui le moindrement se rapprochait de ça, j'ai eu l'impression que tu me faisais la morale parce que j'étais juste pas assez le chevalier sur son cheval blanc. Il arrivera pas, Marine, le chevalier sur son cheval blanc. Mais moi je peux arriver, par contre. Juste moi. Mais va falloir que tu me prennes comme je suis.

— Comment tu peux me demander ça ? TU me prends pas comme je suis. TU veux même pas dealer avec le fait que dans la vie, je rêve.

— Arrête de me faire la morale, Marine. Arrête de me faire la morale, parce que pour ton information, c'est quelque chose que j'ai déjà fait dans la vie, moi. Prendre quelqu'un comme elle est. Puis je sais ce que ça demande de risques et de sacrifices, puis je sais quel prix on peut payer. Fait que dis-moi pas que J'AI peur. J'ai été là où tu veux aller.

— O. K., pourrais-tu être PLUS condescendant ? »

Il s'est presque mis à crier : « J'ai pas d'autre choix que d'être condescendant, Marine, tu m'écoutes pas ! La *seconde* où je dis quelque chose que tu veux pas entendre, tu m'écoutes plus ! C'est une *game* qui se joue à deux, tu sauras. C'est un dialogue.

— Quoi ?

— L'amour. »

Il y a eu un silence. Je n'entendais que la pluie et que ce dernier mot qui résonnait en moi : l'amour. Gabriel a lentement fait le tour du comptoir et est venu se placer devant moi. J'ai levé les yeux vers ce visage qui était tout ce que je désirais – vers ce qu'il y avait derrière, aussi, vers cet esprit, ce cœur, vers cet homme imparfait que je n'aurais pas voulu autre.

« Je vais pas arrêter de rêver, Gabriel.

— O. K.

— O. K. ?

— O. K. »

J'ai mis mes deux mains devant ma bouche. Je ne crois pas avoir, à aucun moment de ma vie, regardé quelqu'un aussi intensément dans les yeux. Il a doucement pris chacun de mes poignets et a écarté mes mains, puis il m'a embrassée. Quand il a finalement lâché mes bras, nous nous embrassions toujours et j'ai pu finalement l'étreindre – mes doigts étaient emmêlés dans ses cheveux, je soupirais dans son oreille et je sentais sa bouche sur mon cou quand il a dit : « Donne-moi une chance, O. K. ? »

Épilogue

«J'ai trop chaud. J'ai vraiment trop chaud.

— Mets-toi en dessous du parasol, innocent.

— Puis mon bronzage?

— Si j'entends encore parler de son ostie de bronzage je l'empale avec le parasol», a dit Laurent.

Julien a fait un sourire lubrique: «Hmmm... empalé par un parasol...

— Vomi! a crié Laurent, sans même prendre la peine d'enlever le T-shirt qu'il avait sur le visage pour le protéger du soleil. Vo-mi!

— Sérieux, ai-je dit à Julien, tu devrais peut-être te mettre à l'ombre, tu vas rôtir.

— Oh non non. Le minet des plages ne craint pas le soleil. *El minetto de la playa no tiene miedo del sol.*» Il gonflait ses biceps dans la lumière. «Quand même, hein? Pour un gars de quarante ans, c'est pas si pire...

— Gabriel a quarante ans, a marmonné Laurent sous son T-shirt. Est-ce qu'il passe ses journées à nous faire remarquer ses biceps ?

— Moi je les remarque, a dit Julien. Oh, que je les remarque... Regardez-moi ça... Miaou...

— Arrête donc, ai-je dit pendant qu'à côté de moi Laurent hurlait "VOMI !", tu voudrais jamais rien savoir d'un gars de plus de trente ans.

— Bah... peut-être que je ferais une petite exception...

— Ta gueule... »

J'ai enlevé mes lunettes fumées pour regarder Gabriel, qui avançait vers nous. L'océan s'étendait derrière lui, scintillant, aveuglant – la plage était presque vide et s'étendait de chaque côté en un long croissant clair que bordaient des montagnes aux formes inégales et évocatrices, une sainte vierge sur la gauche, un profil grec sur la droite.

« Hé, m'a-t-il dit en venant s'asseoir au bout de ma chaise.

— Hé, ai-je répondu en clignant des yeux dans le soleil.

— L'eau est bonne ? a demandé Laurent, qui aurait préféré mourir que de mettre même un orteil dans la mer.

— L'eau est parfaite. » Gabriel a pris ma jambe gauche et l'a levée vers lui pour l'embrasser puis m'a tirée vers lui, me faisant descendre sur la chaise d'un coup sec.

« EILLE ! » Je riais comme une fillette, m'abandonnant avec bonheur au plaisir simple et idiot de la chamaille amoureuse. Puis il s'est couché de tout son long sur moi alors que je me débattais pour la forme, criant qu'il était tout mouillé, qu'il allait froisser mon livre, enfin toutes ces niaiseries que l'on crie dans ces circonstances alors que tout le monde sait très bien que les bords de mer sont faits pour être mouillés et que les livres qu'on lit sur les plages ne reviennent jamais intacts.

« Je t'aime », a dit Gabriel tout bas en m'embrassant. Sa langue goûtait le sel.

« Je t'ai... » Je n'avais pas terminé ma phrase que les voix de Jeff et de Flavie nous parvenaient depuis la maison, qui se dressait pourtant à près de quinze mètres de la plage. Les mots restaient indistincts mais le propos était clair : ils s'engueulaient – et pas qu'un peu – comme du poisson pourri, comme un banc de poissons pourris.

Gabriel s'est rassis en faisant attention à moi et a tendu une main vers Julien. « Trois cents pesos. Tu me dois trois cents pesos.

— O. K. O. K... Je paye la prochaine tournée au bar d'en haut. » Le bar d'en haut était en fait constitué d'un toit de tôle soutenu par quatre piliers de béton où nous nous retrouvions presque chaque soir parce que la famille qui le tenait était adorable et que de sa situation dans la montagne on pouvait voir la mer, et le soleil agoniser au-dessus des vagues dans un flamboiement qui nous laissait tous silencieux et recueillis comme devant une présence divine. « Mais quand même, a poursuivi Julien. On aurait pu croire qu'on aurait droit à UNE journée au moins sans... »

De la maison, un strident « Va te faire foutre ! » nous est parvenu. Gabriel m'a regardée et nous avons ri tous les deux.

« Donne-moi une chance », m'avait-il dit près de cinq mois plus tôt, et je m'étais demandé si ce n'était pas plutôt lui qui m'en donnait une. Et à la prudence des premières semaines avait succédé un abandon graduel jusqu'à ce qu'un matin de septembre qui ressemblait encore au beau mitan de l'été Gabriel me dise, alors que nous nous regardions dans les yeux, couchés côte à côte dans ses draps : « Je t'aime. » Je lui avais mis une main sur le visage et il m'avait prise dans ses bras et nous étions restés immobiles durant de longues minutes. Le menton sur son épaule, je regardais par la fenêtre le soleil danser dans les feuilles de l'arbre d'en face et je souriais jusqu'à en avoir mal aux joues.

« T'étais pas supposée aller chercher des *drinks* ? m'a demandé Laurent en soulevant juste assez le T-shirt pour pouvoir me regarder.

— Oh non. Je rentre pas là-dedans, moi. Sérieux, ils me font peur. Ju ?

— Non ! C'est toujours moi qui… Non. Je me révolte. Hier c'est moi qui y suis allé puis je vous rappelle qu'elle avait les boules à l'air et…

— Elle est française, c'est normal.

— Ça reste des boules ! a crié Julien.

— On peut toujours attendre que Carole et Mathias rentrent, ai-je proposé.

— Tu me niaises ? a dit Julien. Chaque fois qu'ils vont faire des courses, ça leur prend trois heures. » Carole et Mathias s'étaient découvert depuis peu une complicité hors du commun et surtout un goût prononcé pour ce qu'ils appelaient leurs excursions gastronomiques. Armés de la petite moto de Carole et de l'espagnol de Mathias, ils sillonnaient la région à la recherche de pêcheurs, de producteurs et de petits fermiers puis nous revenaient chargés de poissons luisants, de lambis et de poulpes entiers, de fruits dont nous ne connaissions même pas le nom en français et de poulets qui n'avaient pas encore été plumés. Nos repas étaient grandioses et s'étendaient jusque tard dans la nuit – jusqu'à ce que nous montions sur le toit de la maison pour compter les étoiles et finir nos verres de vin en chantant de vieilles ballades françaises alors que Flavie, splendide dans ses longues robes d'été, tournoyait sur elle-même, sa silhouette se détachant contre la nuit noire.

« O. K., d'abord, a dit Gabriel sur un ton bourru. Je vais y aller.

— T'es sûr, mon amour ? T'es sûr ?

— Puisqu'il le faut. »

Il s'est levé, caricaturalement solennel, et je l'ai embrassé. « Mon héros...

— En tout cas, a dit Laurent, qui était maintenant assis sur sa chaise, si tu reviens pas, sache qu'on va se souvenir de toi.

— Je sais », a dit Gabriel.

Julien s'est levé à son tour, juste à temps pour adresser à Gabriel un salut militaire. « Y a vraiment du *guts*, a-t-il dit en le regardant partir.

— Je sais... »

Cinq minutes plus tard, Jeff arrivait sur la plage et se laissait choir sur le bout de ma chaise en vociférant : « Crisse de folle ! C'est une crisse de folle ! » J'aurais pu répondre quelque chose mais à cause de son poids, qui était presque le double du mien, l'avant de la chaise avait calé dans le sable et j'avais, littéralement, revolé jusque sur lui alors que Laurent et Julien applaudissaient.

« Câlisse, Jeff !

— Joli bikini, a-t-il répondu – il avait mes seins dans le visage.

— Jeff !

— Crisse de folle. Je vous dis, c'est une crisse de folle. Elle va me rendre fou.

— Euh... t'as pas pensé que c'était peut-être déjà fait ? a proposé Laurent.

— Vous êtes tellement faits l'un pour l'autre... » ai-je dit en rajustant mon haut de maillot.

Après le retour de Jeff, Flavie et lui ne s'étaient pas parlé durant presque un mois. Mais il était obsédé par elle, je le savais, et elle faisait de tels efforts pour me convaincre qu'elle se foutait de lui que je me doutais bien qu'il était au cœur de toutes ses pensées. Alors j'avais fait un Jeff de moi et je m'étais arrangée pour qu'ils se retrouvent ensemble, supposément « par hasard ». Depuis, ils ne se laissaient plus, s'engueulaient huit heures par jour et s'adoraient le reste du temps. Dans la grande maison blanche devant la mer, nous les entendions faire l'amour chaque soir – et certains après-midi – et nous échangions des regards étonnés et amusés devant l'ampleur de leur passion. « Vous pensez que ça va bien finir ? » demandait parfois Carole, toujours pragmatique. Un soir, Julien avait répondu : « Même si ça finit mal, ça va être splendide. »

« Coudonc, c'est donc ben long, a dit Jeff au bout de vingt minutes. Ils font quoi, là-dedans ?

— Ils parlent, grand niaiseux... »

Il m'a fait une grimace. Jeff était devenu un autre homme auprès de Flavie, un homme juste un peu plus humain, et je ne l'en aimais qu'encore plus. Nous avions passé une soirée ensemble, tous les deux, après mes retrouvailles avec Gabriel. Il m'avait parlé avec une vulnérabilité qui au départ m'avait déstabilisée puis m'avait émue, puis m'avait fait l'aimer encore plus. « Quand j'étais à Québec, m'avait-il dit, je pensais juste à une chose : c'était que je voulais être heureux. Et que je pouvais pas être heureux si toi t'étais pas heureuse...

— Moi non plus je peux pas être heureuse si tu l'es pas.

— J'avais tellement peur que tu m'en veuilles d'avoir appelé Gabriel.

— C'est la chose la plus généreuse qu'on ait jamais faite pour moi. »

J'ai entendu la moto de Carole se stationner dans l'allée qui bordait la maison. « Les *cooks* sont arrivés », a dit Julien.

Nous étions étendus tous les quatre sur nos chaises longues, face à la mer.

« Ma mère a appelé ce matin, ai-je dit.

— Puis ?

— Oh, *same old, same old*. Les sœurs vont bien – Élodie est tombée en amour avec un gars qui a deux prénoms puis trois noms de famille, Ariane a dompé Julie pour une certaine Mathilde... Les parents ont mis la maison en vente.

— Quoi ? !

— Ben oui. Ils veulent déménager en Floride. »

Les garçons se sont mis à rire. Devant nous, trois petits bonshommes et une fillette sont passés, le plus vieux tenant à bout de bras un cerf-volant qui s'élevait à près de trente mètres dans les airs. Nous les avons regardés passer, puis je me suis levée.

« Trop chaud, ai-je dit. Je m'en vais me pitcher à l'eau. »

J'ai traversé lentement l'espace qui me séparait de la mer, savourant la morsure du sable brûlant sur mes pieds et celle du soleil sur mes épaules. Quand je me suis retournée, j'ai vu Jeff, Laurent et Julien, toujours étendus sur leurs chaises longues, qui riaient ensemble. Gabriel descendait vers la plage avec une bouteille de rosé et a levé une main vers moi. « Je t'aime », ai-je dit pour moi seule.

Puis je me suis avancée dans les flots turquoise et aveuglants et, en me laissant envelopper par leurs eaux, en perdant doucement pied, j'ai pensé que j'avais enfin retrouvé mon équilibre, et que je n'avais plus peur.

À : Fred
De : Marine Vandale
Objet : Test

Ça marche ?

À : Marine
De : Frédéric Vandale
Objet : Évidence

Bien sûr que ça marche, pourquoi ?

À : Fred
De : Marine Vandale
Objet : Constance du doute

D'abord si tu voyais la grosseur du truc depuis
lequel je te courrielle, tu en reviendrais même
pas, et puis on sait jamais, tu sais, paraît que
certains auteurs, une fois qu'ils sont publiés, ils
deviennent un brin distants.

À : Marine
De : Frédéric Vandale
Objet : Courte distance

Et si je répliquais que certaines personnes,
une fois qu'elles sont comblées côté cœur, elles
deviennent un brin distantes ?

À : Fred
De : Marine Vandale
Objet : Mini distance

Je te suggérerais de regarder par ta fenêtre. Tu m'avais pas dit que les marronniers étaient déjà en fleur à Paris.

À : Marine
De : Frédéric Vandale
Objet : re : Mini distance

Attends, t'es où ?

À : Fred
De : Marine Vandale
Objet : Ouvre ta fenêtre

On est au café d'en bas. Le grand brun avec un col roulé ivoire et la petite blonde avec une tuque grise, je te laisse deviner c'est qui. Descends, Fred. On t'attend. On bouge pas.

:-)

Collection 10 SUR 10

Rafaële Germain
Gin tonic et concombre
Soutien-gorge rose
 et veston noir
Volte-face et malaises

Gilles Gougeon
Catalina
Taxi pour la liberté

Claude-Henri Grignon
Un homme et son péché

Michel Jean
Envoyé spécial
Un monde mort comme
 la lune
Une vie à aimer

Lucille Jérôme
et Jean-Pierre Wilhelmy
Le Secret de Jeanne

Saïd Khalil
Bruny Surin –
 Le lion tranquille

André Lachance
Vivre à la ville en
 Nouvelle-France

Louise Lacoursière
Anne Stillman 1 – Le procès
Anne Stillman 2 – De New
 York à Grande-Anse

Roger Lemelin
Au pied de la Pente douce
Le Crime d'Ovide Plouffe
Les Plouffe

Véronique Lettre
et Christiane Morrow
Plus fou que ça...
 tumeur !

Denis Monette
Et Mathilde chantait
La Maison des regrets
La Paroissienne
Les Parapluies du Diable
Marie Mousseau,
 1937-1957
Par un si beau matin
Quatre jours de pluie
Un purgatoire

Paul Ohl
Drakkar
Katana
Soleil noir

Jean O'Neil
Le Fleuve
L'Île aux Grues
Stornoway

Annie Ouellet
Justine ou Comment se
 trouver un homme en
 cinq étapes faciles

Cet ouvrage a été composé en Dolly 9,5/12
et achevé d'imprimer en mars 2015 sur les presses de
Marquis Imprimeur, Québec, Canada.